Andreas Eschbach
*Time*Out*

*Weitere Bücher von Andreas Eschbach im
Arena Verlag:*

Black*Out
Hide*Out
Perfect Copy
Die seltene Gabe
Gibt es Leben auf dem Mars?
Das Marsprojekt – Das ferne Leuchten (Band 1)
Das Marsprojekt – Die blauen Türme (Band 2)
Das Marsprojekt – Die gläsernen Höhlen (Band 3)
Das Marsprojekt – Die steinernen Schatten (Band 4)
Das Marsprojekt – Die schlafenden Hüter (Band 5)

Andreas Eschbach
Time*Out

Arena

1. Auflage 2012
© 2012 Arena Verlag GmbH, Würzburg
Alle Rechte vorbehalten
Dieses Werk wurde vermittelt durch die
Literarische Agentur Thomas Schlück GmbH, 30827 Garbsen
Einbandgestaltung: Frauke Schneider
Gesamtherstellung: Westermann Druck Zwickau GmbH
ISBN 978-3-401-06630-1

www.arena-verlag.de
Mitreden unter forum.arena-verlag.de
www.eschbach-lesen.de

Befreiung

1 | Das Warten schien kein Ende zu nehmen. Der Tag auch nicht. Christopher kam es vor, als müssten sie bis in alle Ewigkeit in diesem glühend heißen Wagen sitzen, im Niemandsland von Nevada, am Rand dieser Siedlung, die sich wie nannte? *Wells?* Hieß das auf Deutsch nicht so viel wie *Brunnen?* Wie passend!

Jetzt rührte sich etwas. Doch es war nur ein magerer, jammervoll aussehender Hund, der von Schatten zu Schatten schlich und an Mülleimern schnüffelte. Ab und zu schaute er witternd herüber, als ahne er, dass ihn aus dem grauen Lieferwagen am Straßenrand vier Männer und ein siebzehnjähriger Junge beobachteten. Schließlich spitzte er die Ohren und huschte davon.

Niemand sagte etwas. Alle waren damit beschäftigt, zu atmen, zu schwitzen, am Leben zu bleiben. Christopher griff nach der Flasche mit dem Wasser, aber das schmeckte brühwarm und abgestanden und erfrischte längst nicht mehr.

»Das war keine gute Idee«, sagte er leise.

Er sagte es eigentlich zu sich selbst, aber Kyle hatte es gehört, klopfte ihm von hinten auf die Schulter und meinte:

»Nur kein Neid, Sportsfreund. Bloß, weil es ausnahmsweise mal nicht *deine* Idee war.«

»Quatsch«, gab Christopher ärgerlich zurück.

Allerdings fragte er sich tatsächlich, warum er nicht selber auf die Idee gekommen war. Vor Kyle zumindest, der von Computern und Mobilfunktechnik so gut wie nichts verstand.

Andererseits, sagte sich Christopher, hatte er damals einfach anderes im Kopf gehabt. Im wahrsten Sinne des Wortes.

Er kniff die Lider zusammen, öffnete sie wieder. Der Schweiß biss in den Augen. Ihm war, als brenne sich der Anblick draußen allmählich in seine Netzhaut ein: eine ausgebleichte Asphaltstraße, auf einer Seite eine Reihe identisch aussehender Häuser, auf der anderen Niemandsland bis zum Horizont. Karge Steppe, graues bleiches Gras und schließlich, wie zum Hohn, schneebedeckte Berge, deren Konturen in der aufsteigenden Hitze flimmerten.

Vor dieser Szenerie stand eine abgeschabte Plakatwand. Sie war leer. Kein Wunder: Wer würde Geld dafür bezahlen, hier zu werben, in dieser öden, verlassen daliegenden Straße?

Christopher betrachtete die Häuser. Es stimmt nicht, dass sie alle gleich aussahen. Eines davon war größer, sein Garten besser gepflegt, und es besaß nicht wie die anderen eine simple Einfahrt vor einer Garage, sondern einen Carport. Ein protziges Schild verkündete: *Immobilien Albert Burns*.

Und schräg gegenüber hatten sie ihren Wagen am Straßenrand geparkt, so, dass sie, hinter einer halb verspiegelten Sonnenschutzfolie verborgen, alles gut im Blick hatten. Denn dieses Haus war der Grund, warum sie hier waren.

Hinter Christopher rauschte plötzlich das Funkgerät. »Ein

Wagen biegt ab«, sagte eine undeutliche Stimme. »Der Beschreibung nach könnte er das sein.«

Die Männer rings um Christopher setzten sich auf, rutschten in ihren Sitzen zurecht, streckten die Köpfe nach vorn. Jemand patschte Christopher auf die Schulter, mit einer heißen, feuchten Hand. »Dass du dir die Nummer von diesem Motorrad gemerkt hast – sagenhaft. In so einer Situation. Reife Leistung.«

Christopher sagte nichts. Er bereute es längst, das mit dem Motorradkennzeichen überhaupt erwähnt zu haben. Und was hieß reife Leistung? Er hatte nun mal ein Gedächtnis für Zahlen, Codes, Programme, Passwörter und so weiter. Sich so etwas zu merken, ging bei ihm ganz von selbst.

Anstrengung erforderte es höchstens, sich die Begleitumstände ins Gedächtnis zu rufen, unter denen er sich ein Detail gemerkt hatte. In diesem Fall kein Problem, dazu waren die Geschehnisse zu dramatisch gewesen: Er sah das Kennzeichen noch vor sich, dann das Motorrad und schließlich die ganze Szenerie. Passiert war es rund zweihundertfünfzig Kilometer von hier entfernt, mitten in Nevada, auf einer der wenigen Straßen, die die Wüste durchquerten. Ein hagerer älterer Mann in Motorradkluft hatte sie angehalten und behauptet, seiner Frau sei schlecht.

In Wirklichkeit war es eine Falle der Kohärenz gewesen. Der Mann hatte sie mit einer Waffe bedroht. Und Serenity hatte ihn hinterrücks niedergeschlagen, mit einem Stück Holz, das ihr Bruder Kyle als Unterlage für den Wagenheber dabeigehabt hatte, und mit einer wütenden Entschlossenheit, die Christopher immer noch imponierte, wenn er daran zurückdachte. Er bezweifelte, dass er das selber so hingekriegt hätte.

Anhand des Motorradkennzeichens hatten sie den Halter

des Motorrads ermittelt. Was solche Dinge anbelangte, verfügten die Leute von Hide-Out über eindrucksvolle Beziehungen. Und die Spur hatte hierhergeführt. Zu einem Immobilienmakler namens Albert Burns.

Inzwischen war Christopher davon überzeugt, dass die Kohärenz das Ganze damals inszeniert hatte, um ihn dazu zu bringen, ins Feld zu gehen. Das Feld war erstaunlich stark hier in Nevada. Zumindest fand man es erstaunlich, bis man sich klarmachte, dass in Kalifornien, vor allem im berühmten *Silicon Valley*, mehr Upgrader lebten als sonst irgendwo in den USA. Und da die Upgrader viel reisen mussten, war das Mobilfunknetz auch in den umliegenden menschenleeren Wüstenstaaten stark ausgebaut worden.

»Da kommt er.« Kyles Stimme klang angespannt.

Es war ein Schiff von einem Auto, mit einer fetten Stoßstange, viel zu vielen Scheinwerfern und getönten Scheiben. Es rauschte an ihnen vorbei, bog in einer schwungvollen Kurve in den Carport ein und kam schaukelnd zum Stehen. Ein Mann stieg aus.

»Okay.« Russell, der das Kommando hatte, reichte Kyle das Fernglas. »Euer Job.«

Kyle hob das Glas vor die Augen. »Das ist er«, erklärte er ohne Zögern und reichte es an Christopher weiter.

Auch Christopher erkannte das Gesicht wieder. Der Mann trug statt der Lederjacke ein dünnes weißes Leinenjackett, aber Christopher erinnerte sich nur zu gut an die stechenden Augen und die wie gegerbt wirkende Haut. »Ja«, bestätigte er. »Das ist der Mann.«

»Okay«, sagte Russell. »Dann los.«

2 | Matthew und Patrick stiegen aus. Christopher duckte sich, obwohl er wusste, dass die Folie an der Innenseite der Frontscheibe keinen Blick ins Wageninnere zuließ. Der Mann durfte auf keinen Fall jemanden zu Gesicht bekommen, den die Kohärenz kannte, und ihn schon gar nicht.

Niemand sprach. Alle schauten sie gebannt zu, wie die beiden Männer die Straße überquerten und auf den Immobilienmakler zutraten, die Hände zu einem harmlos wirkenden Gruß erhoben.

»Mr Burns?«, hörten sie Matthew sagen. Ein winziges Mikrofon in seinem Kragen übertrug seine Stimme.

Was der Mann daraufhin erwiderte, hörte man nicht, dazu war er wohl noch zu weit weg oder sprach zu leise. Aber er sah nicht aus, als schöpfe er Verdacht.

»Freut mich, Sie zu treffen. Mein Name ist Tom Miller junior und das ist mein Cousin Peter Hecker.« Sie schüttelten Burns die Hand.

»Wir haben auf Ihrer Website gesehen, dass Sie auch Farmen im Angebot haben«, fuhr Patrick alias Peter fort. »Und da wir gerade in der Gegend waren, haben wir gedacht, schauen wir doch einfach vorbei.«

»…dachten Sie denn?« Das war, ganz leise, die Stimme des hageren alten Mannes. Christopher erkannte sie wieder. Dieselbe Stimme hatte damals »*Keiner bewegt sich*« gesagt. Und dann: »*Wir brauchen nur den Jungen, Christopher Kidd.*«

Christopher lief immer noch ein Schauer über den Rücken, wenn er an diesen Augenblick zurückdachte.

»Irgendwas, das sich für Hühnerzucht eignet. Nicht zu klein. *Think big,* sag ich immer.«

Burns, der eine Aktentasche in der Hand trug, musterte die

hemdsärmelig dastehenden Männer. Christopher hielt den Atem an. Die beiden wirkten harmlos, aber Patrick hatte eine sperrige, ziemlich geräumige Tasche über der Schulter hängen. Das musste sein, war aber ziemlich auffallend.

Sie hörten Burns etwas von »engem Zeitplan« und »Termin machen« sagen. Schöpfte er Verdacht?

»Ja, klar. Können wir machen«, sagte Patrick. Christopher fand ihn beneidenswert cool. »Aber ich würde gern wissen, dass Sie auch gerade was im Angebot haben, was annähernd hinkommt. Sonst lohnt sich der Weg ehrlich gesagt nicht.«

»... kommen Sie her?«

»Aus Richmond, Utah. Aber Sie wären der Erste, der das kennt, der nicht von dort ist.« Patrick lachte.

Sie hatten sich die Einzelheiten dieser Geschichte sorgfältig zurechtgelegt. Es *gab* eine Ortschaft namens Richmond in Utah: Es kostete die Kohärenz nur den Bruchteil einer Sekunde, das nachzuprüfen.

Christopher hörte Kyle neben sich aufatmen. »Es klappt«, murmelte er, als sie sahen, wie Burns eine einladende Handbewegung machte.

»Gefällt mir nicht, dass sie nur zu zweit sind«, brummte Russell. »Drei wären besser gewesen.«

»Drei Männer wären *verdächtig* gewesen«, widersprach Kyle. »Da hat mein Vater schon recht.«

Russell sagte nichts. Er war einst beim *Marine Corps* gewesen, hatte in Kriegen in Übersee gekämpft, bis er nicht mehr daran hatte glauben können, dass er auf diese Weise die Welt besser machte. Zweifellos war er derjenige von ihnen, der am meisten vom Kämpfen verstand.

Burns ging voraus, auf die Haustür zu. Patrick und Matthew

folgten ihm. Patrick hatte die Hand auf der Umhängetasche, bereit hineinzugreifen. Die beiden hatten das alles in Hide-Out bis zum Abwinken geübt.

»Jetzt können wir nur beten, dass das klappt mit dem Kupfernetz«, fügte Kyle mit angespannt klingender Stimme hinzu.

In diesem Moment meldete sich Finn wieder per Funk. »Achtung. Weißer Lieferwagen ohne Aufschrift nähert sich euch. Fährt ziemlich schnell.«

»Verdammt«, knurrte Russell.

Der Makler schloss gerade die Tür auf, sagte irgendwas. »Ja, genau«, hörten sie Patrick lachend erwidern.

»Und jetzt?«, fragte Kyle.

»Wir müssen es laufen lassen«, erwiderte Russell. Aber er nahm seine Pistole aus dem Ablagefach der Fahrertür und entsicherte sie.

Patrick, Matthew und Burns betraten das Haus. Die Tür schlug hinter ihnen zu.

Im nächsten Augenblick drang Stimmengewirr aus dem Lautsprecher. »Was soll das?«, hörte man Burns rufen, gleich darauf schrien die drei Männer durcheinander.

»Halt ihn!«

»Jetzt!«

»Hoch!«

»*Hilfe!*«

»Schnell, verdammt!«

Dann war es mit einem Schlag still.

»Okay«, hörten sie gleich darauf Patricks Stimme. Er atmete schwer. »Alles in Ordnung.«

Russell sicherte seine Pistole wieder.

»Es hat geklappt.« Patrick schien es selber kaum glauben zu können. »Krass, aber … ja. Los, beeilt euch.«

Im gleichen Moment kam der weiße Lieferwagen heran und hielt direkt vor ihnen am Straßenrand.

3 | »Wir warten«, entschied Russell. »Erst mal sehen, was das wird.«

Ein Mann in einem weißen Overall stieg aus, ging um den Wagen herum und öffnete schwungvoll die Seitentür. Dann holte er einen Plastikeimer und einen breiten Pinsel an einem Stiel heraus und begann, die Plakatfläche einzukleistern.

»Er klebt ein Plakat an«, sagte Kyle verblüfft.

»Okay.« Russell zog die Schutzfolie von der Frontscheibe. »Der Typ ist harmlos. Wir machen nach Plan weiter.«

Er ließ den Motor an, fuhr neben den Lieferwagen des Anklebers und setzte in einem raschen Bogen zurück. Als das Heck des Wagens dicht vor der Haustür stand, sprang Kyle auf, um die hinteren Türen zu öffnen. Gleich darauf kamen Patrick und Matthew aus dem Haus. Sie trugen eine rötlich metallisch glitzernde Last.

»Ist er schwer?«, hörte Christopher Kyle fragen.

»Ach was. Ein alter Mann?« Patricks Stimme kam gleichzeitig aus dem Lautsprecher.

»Beeilt euch!«, rief Russell, der den Mann an der Plakatwand nicht aus den Augen ließ. Doch der kümmerte sich nicht um sie, sondern klebte den ersten Teil des Plakats an. *Am 8. Juni beginnt* stand darauf.

Patrick und Kyle hievten derweil ihre Last auf eins der

Stockbetten im hinteren Teil des zu einem Wohnmobil umgebauten Lieferwagens. Der Mann war in ein stabiles engmaschiges Kupferdrahtnetz gewickelt und rührte sich nicht.

»Warte. Leg ihm das Kopfkissen unter«, sagte Kyle halb laut.

»Wir müssen ihn noch richtig fesseln«, sagte Patrick.

»Kann ich los?«, rief Russell nach hinten.

»*Yep*«, rief Matthew und schlug die Hecktüren krachend von innen zu. »Gib Gas!«

Das nahm Russell wörtlich. Er bog aus der Einfahrt nach rechts ab und drückte das Gaspedal durch. Kurz vor der Kurve sah sich Christopher ein letztes Mal nach dem Ankleber um. Der war damit beschäftigt, den zweiten Teil des Plakats auseinanderzufalten, und würdigte sie keines Blickes.

Russell drückte die Sprechtaste am Walkie-Talkie. »Finn? Wir sind auf dem Rückweg.«

»Finn hier«, kam es krachend aus dem Lautsprecher. »Hat es geklappt?«

»Sieht so aus«, gab Russell zurück. Die Skepsis in seiner Stimme war unüberhörbar.

»Was war mit dem weißen Van?«

»Nur ein Plakatankleber.«

Hinten fesselten sie den eingewickelten Mann mit zusätzlichen Stricken um Beine und Brustkorb. Dabei erzählte Patrick aufgekratzt, was sich im Haus abgespielt hatte: »Das war der Hammer. Es ist tatsächlich so abgelaufen, wie Christopher es vorausgesagt hat. Als wir drin waren, bin ich hinter ihn, zieh das Netz aus der Tasche und werfe es ihm genau mittig über den Kopf. So, wie wir's geübt haben. Klar, er wehrt sich, aber da packt Matthew ihn schon mitsamt dem Netz um den Leib und hebt ihn hoch. Der Kerl schreit. Ich runter. Ich denke,

Scheiße, das klappt nicht, greife nach den Enden des Netzes, so viel ich davon kriegen kann – der Kerl strampelt mit den Füßen, aber ich zurre alles zusammen –, und peng, er wird bewusstlos!« Er zurrte den letzten Knoten fest, kam nach vorn. »So richtig verstehe ich es immer noch nicht.«

»Das Netz ist eine Abschirmung«, sagte Christopher. »Es schirmt ihn vom Mobilfunknetz ab. Oder besser gesagt, seinen Chip. Und wenn ein Upgrader die Verbindung zur Kohärenz verliert, verliert er erst mal das Bewusstsein.«

»Weil ihn die Kohärenz nicht mehr fernsteuert? Aber wieso wird jemand deswegen bewusstlos? Er müsste doch ... was weiß ich, frei sein in dem Moment?«

Christopher rieb sich die Nasenwurzel an der Stelle, hinter der auch er einen Chip sitzen hatte. Zwei mittlerweile, um genau zu sein. Der Unterschied war nur, dass er seine Chips unter Kontrolle hatte, sie nach Belieben ein- und ausschalten konnte.

»So einfach funktioniert das nicht«, sagte er. Sie hatten das den Leuten von Hide-Out natürlich schon ausgiebig erklärt, aber es dauerte immer eine Weile, bis man den entscheidenden Punkt kapiert hatte. »Ein Upgrader wird nicht *ferngesteuert,* er ist *ein Teil* der Kohärenz. Die Chips verbinden die Gehirne der Upgrader direkt miteinander. Das heißt, Gedanken wandern nahtlos von einem Gehirn in alle anderen Gehirne. Dadurch verschmilzt der eigene Geist mit dem der anderen und eine Art Über-Geist entsteht.« Er wies auf den eingewickelten Mann. »Das ist nicht mehr Albert Burns gewesen. Sein Gehirn war ein Teil des Super-Gehirns, das in seiner Gesamtheit die Kohärenz bildet. Es hat sich umstrukturiert, um als Teil der Kohärenz zu funktionieren, und jetzt muss es sich zurückkonfigurieren, um wieder als Individuum zu funktionieren. Das wird eine ganze Weile dauern. In dieser Zeit ist er bewusstlos.« Er zögerte, dann fügte er hinzu: »So war es jedenfalls bei meinem Vater.«

Matthew ließ ein Räuspern hören. »Könnte man sagen, dass wir sozusagen mit einem Prozessor ausgestattet sind und diese Kohärenz eine Art Multiprozessor-System ist?«

»Sozusagen«, bestätigte Christopher.

»Und wieso ein Netz aus Kupferdraht?« Matthew kam auch nach vorn, drängte sich neben Patrick. »Klar, zur Abschirmung gegen die Funkverbindung. Aber ehrlich, im ersten Moment hab ich gedacht, das geht in die Hose. Als ich ihn gepackt und in die Höhe gehalten habe, damit Patrick das Netz unten schließen konnte, da war er noch voll da, hat sich gewehrt, hat regelrecht ... also, fast als ob er mal irgendeinen Kampfsport gelernt hätte.«

»Zur Kohärenz gehören auch Leute, die Kampfsportarten beherrschen. Deren Wissen steht allen anderen Upgradern ebenfalls zur Verfügung«, erklärte Christopher. »Bloß war sein Körper nicht trainiert. Sonst hättet ihr keine Chance gehabt.«

Matthew furchte skeptisch die Stirn. Man sah ihm an, dass er das jetzt für übertrieben hielt. Aber da täuschte er sich, Christopher wusste es.

»Jedenfalls«, fuhr der breitschultrige Mann fort, »Patrick hat das Netz zugemacht – und peng, war der Typ hinüber. Auf einen Schlag. Kaum zu glauben.«

Alle sahen Christopher fragend an. Also war es wieder an ihm, die Sache zu erläutern. Wie oft hatte er das jetzt eigentlich schon erklärt? Egal.

»Die Chips stehen über das Mobilfunknetz miteinander in

Verbindung«, sagte er so geduldig, wie er konnte. »Und Mobilfunk findet in einem Frequenzbereich statt, dessen Wellen auch noch durch kleinste Öffnungen in abschirmenden Materialien kommen. Wenn das nicht so wäre, könnte man im Inneren von Autos nicht telefonieren. Eigentlich ist die Karosserie eines Fahrzeugs nämlich eine Abschirmung; sie hält einschlagenden Blitzen stand ...«

»Faradayscher Käfig«, warf Kyle ein.

»Genau. Aber einem Mobilfunktelefon genügen die Fensteröffnungen, um Verbindung zu bekommen. Deswegen musste das Netz, das ihr dem Mann übergeworfen habt, aus Kupfer sein: weil Kupfer ein guter Leiter ist. Die Maschen mussten eng sein und vor allem musste es den ganzen Körper umschließen. Kein Spalt durfte übrig bleiben.«

»Krass«, meinte Matthew nach kurzem Nachdenken. Er wandte den Kopf, warf einen Blick auf den Mann, der immer noch reglos auf dem Bett lag.

Inzwischen kamen die letzten Häuser von Wells in Sicht. Russell lenkte den Wagen an den Straßenrand. »Die Nummernschilder«, sagte er.

Patrick sprang rasch aus dem Wagen, um die Schilder auszuwechseln, und er tat das mit einer Selbstverständlichkeit, dass Christopher nur staunen konnte. Die Leute von Hide-Out waren wirklich auf die unglaublichsten Aktionen eingerichtet!

»Alles klar«, rief Patrick, als er zurückkam. Die falschen Nummernschilder flogen in eine Ecke, und die Fahrt ging weiter.

Sie fuhren und fuhren. Die einzigen Pausen fanden statt, wenn sie tanken mussten, ansonsten lösten sich Russel, Matthew und Kyle am Steuer ab, ohne anzuhalten.

Es begann zu dämmern, was den angenehmen Effekt hatte, dass es endlich kühler wurde. Ein normales amerikanisches Auto hätte eine Klimaanlage gehabt, aber für die Fahrzeuge, die die Gruppe um Jeremiah Jones verwendete, traf das nicht zu. Es hätte sich schlecht damit vertragen, dass Jones weitestgehende technische Enthaltsamkeit predigte – er duldete Technik nur, wenn sie unbedingt nötig war. Was man unter »unbedingt« zu verstehen hatte, darüber konnten er und seine Freunde ganze Abende diskutieren, ohne dass es ihnen langweilig wurde.

Jones und seine Freunde hatten früher friedlich auf einer Farm in Maine gelebt und biologischen Landbau betrieben. Doch dann hatte man ihnen Bombenanschläge auf Rechenzentren zur Last gelegt, die in Wirklichkeit das Werk der Kohärenz gewesen waren, und sie hatten fliehen müssen: zuerst in die Wälder von Montana und Idaho, wo Christopher, Kyle und Serenity zu ihnen gestoßen waren, schließlich nach Arizona, in ein Versteck namens *Hide-Out*.

Hide-Out war eine Art Bunker, den eine Gruppe von Leuten sich in einem ehemaligen Silberbergwerk eingerichtet hatte, um einen Atomkrieg zu überleben. Der Atomkrieg hatte nicht stattgefunden, aber weil es ihnen gefiel, ihre eigenen Herren zu sein, lebten sie immer noch dort, von aller Welt vergessen.

Dass genau dieser Welt eine viel heimtückischere Gefahr in Form eines Mikrochips drohte, den man den Menschen nur zu implantieren brauchte, um sie ihrer Individualität zu berauben – das beunruhigte diese Männer und Frauen so sehr, dass sie sich bereitwillig an den Aktionen beteiligten, die sich Jeremiah Jones ausdachte.

Jones hoffte immer noch, der Kohärenz beizukommen. Er

wollte sie besiegen, sie ausschalten, und Christopher hatte es aufgegeben, ihm begreiflich zu machen, wie aussichtslos das war. Die Kohärenz umfasste inzwischen weit über hunderttausend Mitglieder, von denen viele einflussreiche Stellen in Banken, bei der Polizei und den Geheimdiensten innehatten. Zwar gehörten selten die Spitzen dieser Organisationen dazu – es war schwierig, Vorstandsvorsitzende, Staatschefs und dergleichen gegen ihren Willen in Upgrader zu verwandeln, ohne Aufsehen zu erregen –, aber das schwächte die Kohärenz nicht. Dadurch, dass alle Upgrader in völliger Übereinstimmung handelten, aus einem geeinten und durch die Vereinigung superintelligent gewordenen Geist heraus, waren sie, war die Kohärenz als Ganzes weitaus effektiver als jede Verschwörung. Denn eine Verschwörung musste sich vor Verrätern in Acht nehmen oder vor Spitzeln in den eigenen Reihen, während so etwas bei der Kohärenz gar nicht möglich war. Die Kohärenz war ein einziger Geist in vielen Körpern. Dass ein Teil von ihr gegen den Willen des Ganzen handelte, wäre gewesen, als widersetze sich einem der kleine Finger der eigenen Hand, wenn man nach irgendetwas griff.

Es wurde dunkel. Die Fahrbahn begann, vor Christophers Augen zu verschwimmen, zerfloss zu einem dahinfließenden Strom aus Lichtern und bleichem Asphalt. Ein paar Mal nickte er ein. Irgendwann klopfte ihm jemand auf die Schulter und sagte: »Komm, Junge. Leg dich hinten hin.«

Das war eine gute Idee, fand Christopher und kletterte auf das obere der beiden Stockbetten. Es schaukelte ziemlich, einen Moment lang befürchtete er, seekrank zu werden ... aber dann war er auch schon weg.

Bis ihn ein jäher Schrei aus dem Schlaf schreckte.

»Was ist los? Was ist los?«, hörte er. Und: »Wer sind Sie?«

Christopher brauchte einen Moment, ehe er begriff, dass die Stimme zu Albert Burns gehörte, der im Bett unter ihm zu sich gekommen war.

»Beruhigen Sie sich«, erklang Russells tiefer Bass. »Wer wir sind, erklären wir Ihnen später. Sie sind in Sicherheit und Sie haben nichts zu befürchten. Wir bringen Sie an einen Ort, an dem man Ihnen den Chip entfernen wird.«

»Oh«, stieß der alte Mann hervor. Er atmete eine Weile heftig, dann sagte er: »Das ist gut. Ja, das ist gut.«

Im nächsten Moment begann er zu schnarchen.

»Hmm«, machte Russell verwundert. »War's das schon? Er wollte nicht mal wissen, wieso er in Drahtgeflecht eingewickelt und gefesselt ist.«

»Das ist ein gutes Zeichen«, sagte Christopher. »Bei meinem Vater hat es Tage gedauert, ehe er richtig wach geworden ist.« Er hob den Arm, versuchte, auf die Armbanduhr zu sehen, aber es war zu dunkel, als dass er die Zeiger erkennen konnte. »Wie spät ist es?«, fragte er.

»Halb drei vorbei«, sagte Patrick, der am Steuer saß. »Noch gut zwanzig Meilen, dann erreichen wir Arizona.«

»Schlaf weiter, Junge«, riet Matthew. »Dauert noch, bis wir zu Hause sind.«

Christopher ließ sich zurück auf die Matratze sinken. Zu Hause. Wie das klang. Was für ein schönes Wort das war. Dann schlief er wieder ein.

4 | Serenity erwachte wieder mit dem Gefühl, zu ersticken. Sie fuhr auf, hielt die Hand an das Belüftungsgitter ...

Nein, alles okay. Es strömte Luft herein. Die Belüftungsanlage funktionierte. Natürlich. In Hide-Out war alles neu, alles vom Feinsten.

Aber sie war es einfach seit ihrer Kindheit gewöhnt, bei offenem Fenster zu schlafen, von Vogelgezwitscher oder Straßenlärm geweckt zu werden. Das gab es hier unter der Erde alles nicht.

Was half es? Sie würde sich dran gewöhnen müssen. Sie wälzte sich aus dem Bett, sammelte ihre Klamotten ein und machte sich auf den Weg ins Bad.

Am Eingang zum Waschraum der Frauen stolperte sie, wie fast jeden Morgen, über einen Felsbrocken, der dort aus dem roh abgeschliffenen Boden ragte. Dass man den nicht entfernt hatte! Überhaupt gab es nirgendwo so etwas wie eine gerade Wand. Sie lebten in behauenem Felsen oder in mit Beton zugekleistertem Geröll. Jede Menge Holzbalken, die die Decken stützten. Überall Stromkabel, die zu Leuchtstoffröhren führten, die Tag und Nacht leuchteten. Strom gab es genug; tief unterhalb von Hide-Out floss ein starker unterirdischer Fluss, der einen Generator antrieb. Vor rund hundert Jahren hatte man hier Silber abgebaut, es aber wieder aufgegeben, weil das Gestein ringsum zwar Silber enthielt, jedoch so fein verteilt, dass sich der Abbau nicht lohnte. Heute wirkte das Metall abschirmend und verhinderte, dass sie von Spionagesatelliten aufgespürt werden konnten.

»Guten Morgen, Serenity«, sagte eine der Frauen, die zur Stammbesatzung gehörte. »Na, gut geschlafen?«

»Ging so«, erwiderte Serenity unleidig und stellte ihren Waschbeutel auf den Rand eines der Waschbecken. Sie hatte den Namen der Frau vergessen. Josephine oder so ähnlich.

»Man braucht eine Weile, bis man sich daran gewöhnt«, sagte die Frau mit den zu kurzen Zöpfen geflochtenen Haaren. Sie massierte sich in aller Seelenruhe das Gesicht mit irgendeiner Paste. »Ging mir auch so. Das ist das Silber im Boden. Das spürt man.«

»Verstehe.« Serenity hatte keine Lust auf ein tiefer gehendes Gespräch. Nicht unmittelbar nach dem Aufstehen. Und nicht über so ein Thema. Die Hide-Out-Leute hatten eine Vorliebe für ziemlich schräge Diskussionsthemen.

»Magst du auch?« Die Frau schob ihr den tönernen Tiegel hin. »Ein selbst gemachtes Peeling. Total natürlich.«

»Danke. Lieber nicht.« Serenity musterte ihr eigenes sommersprossiges Gesicht im Spiegel. Ein Peeling? So empfindlich, wie ihre Haut war, wäre das gewesen, als behandle sie sich mit einem Stück Schleifpapier.

»Weißt du, ob Christopher und die anderen schon zurück sind?«, fragte sie.

Die Frau – Jacqueline, jetzt fiel es Serenity wieder ein – hob die Schultern. »Ich bin auch gerade erst aufgestanden.«

Serenity seufzte, nahm ihren Kamm und bearbeitete ihr vom Schlaf zerzaustes Haar, das sich wie üblich tapfer gegen alle Versuche wehrte, in eine zivilisierte Gestalt gebracht zu werden. Schrecklich. Morgens sah sie immer aus wie frisch aus dem Urwald gezerrt. Und später nicht viel besser.

Aber irgendwie machte ihr das in letzter Zeit weniger aus als früher. Vielleicht, weil sie nicht mehr an der Schule war und es keine Rolle mehr spielte, ob sie von den Jungs aus ihrer Klasse wahrgenommen wurde?

Nein. Seit sie den Verdacht hatte, dass es jemanden gab, der mehr an ihr sah als ihre äußere Erscheinung.

Eine Katzenwäsche später schlüpfte Serenity rasch in ihre Kleider und eilte anschließend hinab in die »Halle«, wie die große Höhle direkt hinter dem stählernen Zufahrtstor genannt wurde. Es war eine riesige, natürlich entstandene Kaverne. Vor Jahrmillionen, hatte ihr jemand erklärt, habe derselbe Fluss, der jetzt tief unter ihnen floss, sie aus dem Gestein gewaschen. Ein Erdrutsch weiter nördlich hatte bewirkt, dass sich das Gewässer unter die Erde verlagert hatte. Und viel, viel später hatte man hier Silber gefunden, woraufhin das Bergwerk gegraben worden war.

Was sie einem eben immer so erzählten. Jahrmillionen – das konnte sich Serenity nicht wirklich vorstellen. Jedenfalls diente die Höhle nun als Abstellplatz für alle Fahrzeuge, über die sie verfügten. Entsprechend roch es nach Abgasen, Benzin und Steinstaub.

Da – der graue Lastwagen, der Brian Dombrow, einem alten Freund ihres Vaters, gehörte, stand wieder an seinem Platz! Also waren sie zurück. Erleichtert rannte Serenity die Wendeltreppe hinauf, die in den Hauptstollen führte, wo sich die Gemeinschaftsräume befanden.

Die Küche war nicht nur der eigentliche Mittelpunkt von Hide-Out, sondern auch der am freundlichsten eingerichtete Raum des ganzen Bunkersystems. Wenn man sie betrat, konnte man im ersten Moment glauben, auf eine Terrasse zu gelangen. Das war ein Trick; der Eindruck wurde durch die versteckt angebrachte Beleuchtung erzielt, deren Licht auf wuchernde Kräuterbeete entlang der Wände fiel. Außerdem umgab eine Balustrade aus dunklem Holz die Sitzgruppen, als läge jenseits davon ein weitläufiger Garten.

Ein paar Männer und Frauen waren an den Herden beschäftigt, vermutlich schon mit Vorbereitungen für das Mittagessen. Ihre Mom stand an der Kaffeemaschine. Serenity begrüßte sie mit einem raschen Kuss, schnappte sich eine Tasse und erkundigte sich, während sie sich einen Kaffee einschenkte, wie es der Gruppe ergangen und wann sie zurückgekommen war.

»Hat das was zu bedeuten?« Ihre Mutter musterte Serenity skeptisch. »Wieso fragst du nicht, wann *dein Bruder* und die anderen zurückgekommen sind?«

Serenity stutzte. »Wieso? Hab ich doch gefragt?«

»Nein. Du hast gefragt, wann *Christopher* und die anderen zurückgekommen sind.«

Ups. Serenity hatte das Gefühl, rot anzulaufen. Hastig nahm sie einen Schluck Kaffee, hustete dann übertrieben und stöhnte: »Brr! Ist der bitter ohne Milch.«

Ihre Mutter ließ sich nicht ablenken. Serenity kannte diesen Blick.

Sie räusperte sich. »Meinte ich ja. Also, wann sind sie angekommen?«

»Heute Morgen um halb sechs. Hat dein Vater jedenfalls erzählt; ich war um die Zeit noch nicht auf«, sagte Mom. Sie wirkte auf einmal müde. »Es hat wohl alles geklappt. Sie haben diesen Mann mitgebracht und Dr. Connery und Barbara operieren ihn gerade.«

Serenity musste einen Moment überlegen, ehe ihr wieder einfiel, von welcher Frau ihre Mutter sprach. Barbara Fowler hatte all die Jahre als Ärztin der Hide-Out-Leute fungiert – bloß war sie gar keine Medizinerin; sie hatte sich alles, was sie wusste, selber beigebracht.

Serenity nippte weiter an ihrem Kaffee. »Gibt es immer noch keine Milch?«, fragte sie.

Ihre Mutter zuckte mit den Schultern. »Gestern gab es den ganzen Tag über keine blinde Zeit. Ich glaube aber, heute fährt jemand raus.«

Die Tür ging auf. Es war Christopher, noch ziemlich verschlafen.

»Morgen«, nuschelte er und schnitt seltsame Grimassen, als müsse er verhindern, dass seine Augenlider von selber wieder zufielen. Als er Serenity erblickte, meinte sie, einen Moment lang so etwas wie ein Leuchten über sein Gesicht huschen zu sehen.

Sie hob ihren Kaffeebecher an den Mund, wie um sich dahinter zu verstecken. Sie wusste nicht, was sie sagen sollte. Vielleicht am besten gar nichts.

»Morgen, Christopher«, dröhnte einer der Hide-Out-Leute vom Herd herüber. »Ich hätte gedacht, ihr schlaft alle noch, nach dieser Mammutfahrt!«

»Ich hab unterwegs geschlafen, hab's nicht mehr ausgehalten im Bett.« Er rieb sich den Nacken, warf einen Blick an die Decke. »Ich schlaf überhaupt schlecht hier.«

»Das ist das Silber«, platzte Serenity heraus. »Man muss sich erst daran gewöhnen.«

Er sah sie mit großen Augen an und schien über ihre Worte nachzudenken, auf seine eigenartige Weise, die sie nie verstehen würde. Wahrscheinlich würde er zu dem Schluss kommen, dass das alles Blödsinn war. Dass die weitverbreitete

Schlaflosigkeit ganz andere, viel einfachere Ursachen hatte – die Belüftung oder so etwas. Serenity ärgerte sich, dass sie nicht die Klappe halten konnte.

»Willst du einen Kaffee?« Ihre Mom hielt Christopher eine leere Tasse hin.

Der schüttelte sich. »Nein, danke. Ich steh nicht so auf Kaffee.«

»Du siehst aber aus, als könntest du einen vertragen.«

Christopher sah zu Boden. »Ehrlich gesagt weckt allein der Geruch ungute Erinnerungen.«

Serenity wusste, was er meinte. Während der Flucht aus dem letzten Waldcamp hatte Christopher eines Abends, um wach zu bleiben, so viel Kaffee in sich hineingeschüttet, wie er nur konnte. Es war eine schrecklich lange Nacht geworden, eine seltsame lange Nacht...

Doch irgendetwas war passiert in dieser Nacht. Mit ihm. Und mit ihr auch.

Sie wusste nur noch nicht genau, was.

5 | Wieder klappte die Tür. Diesmal war es Dad, der beschwingten Schrittes hereinkam, sie begrüßte und sich dann einen Kaffee zapfte. Er trank ihn schwarz, wie immer, sodass ihm das Fehlen der Milch nicht auffiel.

»Hat Christopher euch schon alles erzählt?«, fragte er und pustete über seine Tasse, mit einer Bewegung, die so charakteristisch für ihn war, dass Serenity ihn allein daran erkannt hätte. Und er wartete eine Antwort gar nicht ab. Auch das war typisch für ihn. »Erfolg auf ganzer Linie. Damit sind wir einen großen Schritt weiter. Einen richtig großen Schritt.«

»Wieso? Was ist an diesem... Albert Burns so wichtig?«, fragte Mom.

Dad winkte ab. »Um Burns selber geht es gar nicht. Der ist nur ein ganz normales Opfer der Kohärenz. Man hat ihm den Chip verpasst, weil man ihn aus irgendeinem Grund brauchte, weiter nichts. Nein, ich meine die Methode! Dass man jemanden nur in ein engmaschiges Netz aus leitendem Material einwickeln muss, um ihn aus der Kohärenz zu lösen. Das ist ein entscheidender Schritt. Vor allem, weil wir damit auch die Möglichkeit haben, auf einfache Weise festzustellen, ob jemand ein Upgrader ist oder nicht. Ein normaler Mensch wird nicht ohnmächtig, nur weil man ihn in ein Netz wickelt. Ein Upgrader dagegen unweigerlich.« Er rieb sich den kahl geschorenen Schädel. »Das hilft uns enorm weiter.«

Wieder knallte die Tür auf. Diesmal war es Dr. Connery, der zielstrebig auf den Kaffeeautomaten zustrebte. Er wirkte erschöpft und hatte rötliche Striemen über den Ohren, die von den Haltebändern der Chirurgenmaske stammten.

»Lief gut«, stieß er hervor, während er sich Kaffee einschenkte. »Lief vor allem besser als bei James damals. Viel besser.«

James Kidd war Christophers Vater; der erste Mensch, den sie aus der Kohärenz befreit hatten. Das war eine aufwendige Aktion gewesen, ein Abenteuer auf Leben und Tod.

Dr. Connery nahm einen tiefen Schluck, ohne Zucker, ohne alles, wischte sich dann den Bart rings um den Mund trocken. »Wenn man Instrumente für mikroinvasive Eingriffe zur Verfügung hätte...« Er sah Dad an. »Ich meine fast, man könnte diese Injektoren, die die Kohärenz verwendet, dazu umbauen, die Chips auch wieder zu entfernen. Damit wäre das eine Sache von Minuten. Blutstillendes Spray hinterher, und fertig. Okay, ich bin kein Ingenieur, aber so kommt es mir vor.«

»Ich spreche mal mit den Hide-Out-Leuten«, erwiderte Dad. »Die sind ja große Bastler; vielleicht fällt denen was dazu ein.«

Serenity lief ein Schauer über den Rücken, als sie an die Injektoren dachte, die sie erbeutet hatten. Die Geräte sahen aus wie vergoldete Pistolen, nur dass sie einen sehr langen, sehr dünnen Lauf besaßen. Man schob sie dem Opfer in die Nase, um den Chip in die Nähe des Riechnervs zu implantieren. Dazu war nötig, die Knochenwand zwischen Nasenhöhle und Gehirn zu durchbrechen oder zumindest zu perforieren... und weiter wollte Serenity nicht darüber nachdenken.

»Barbara war übrigens grandios.« Dr. Connery hob die Kaffeetasse, als wolle er mit jemandem anstoßen. »Hut ab. Die kann echt alles. Kaum zu glauben, dass sie all das nur aus Büchern gelernt haben will. Jedenfalls mach ich mir keine Sorgen mehr, was passiert, falls mein Blinddarm mal rausmuss.« Er leerte die Tasse vollends. »Ich hab ihr die Wache überlassen, bis Burns aus der Narkose aufwacht.«

»Wann wird das sein?«, wollte Dad wissen. »Wie schätzt du das überhaupt ein? Wann können wir mit ihm sprechen?«

Dr. Connery sah auf die Uhr. »Schwer zu sagen. Die Narkose endet zwischen zwei und drei Uhr, aber wann er zu sich kommen wird... Du weißt, wie das mit James war. Das kann Tage dauern.«

»Ähm, Dr. Connery«, sagte da Christopher plötzlich, die Arme um den Leib geschlungen. »Wenn die OP so gut verlaufen ist... könnten Sie dann vielleicht meine Chips auch entfernen?«

Dr. Connery sah ihn mit großen Augen an. »Deine Chips? Wozu? Ich meine, du hast sie doch wieder vollständig unter Kontrolle, oder? Und keine Beschwerden? Körperlich, meine ich.«

»Ich halte das für keine gute Idee«, schob Dad sofort nach. »Du kannst jetzt dank des zweiten Chips und des Virus im ersten ins Feld der Kohärenz gehen, ohne dass sie dich bemerkt. Das könnte noch einmal ein entscheidender Faktor werden!«

»Aber die Kohärenz wird nicht aufgeben, mich zu kriegen«, sagte Christopher. »Und wir können nicht wissen, was ihr als Nächstes einfällt. Wir können es einfach nicht wissen.«

Serenity beobachtete ihren Vater und hielt den Atem an. Ihr Dad war ein vorwiegend friedliebender, diskussionsbereiter Mann. Aber es gab auch einen Jeremiah Jones, den die meisten nicht kannten. Serenity hatte ihn in Momenten erlebt, in denen er vor Wut brannte, vor Zorn fast explodierte, in denen er keine andere Meinung gelten ließ als seine eigene.

Eine Erinnerung war besonders stark. Sie war mit ihren Eltern im Wald unterwegs gewesen, hatte ihre Schuhe ausgezogen und war durch einen Bach gewatet, wie sie es als Kind oft und gern getan hatte. Plötzlich ein Schmerz, Blutspuren im Wasser: Sie hatte sich die Fußsohle an einer Glasscherbe aufgeschnitten, die, wie sich herausstellte, von einem Haufen Müll stammte, den jemand achtlos in den Wald gekippt hatte. Dad war rot angelaufen, hatte einen dicken Ast gepackt und am nächsten Baum zerschmettert, ihn mit einem wuchtigen Schlag buchstäblich in Fetzen geschlagen und gebrüllt:

»Manchen Leuten müsste man es mit dem Baseballschläger erklären!«

Und in letzter Zeit – seit dieser Kampf gegen die Kohärenz, dieser so aussichtslos scheinende Krieg gegen eine Übermacht, immer schärfer wurde – entdeckte sie an ihrem Vater wieder Anflüge dieses unnachsichtigen Zorns. In manchen Momenten merkte sie, dass seine Bereitschaft, sich auf Kompromisse einzulassen, nachließ.

Es war nur ein kurzes Aufblitzen in seinen Augen, dann war er wieder der Jeremiah Jones, den die meisten kannten: wortgewandt argumentierend, seinen Standpunkt mit Humor und Hartnäckigkeit vertretend, aber um Ausgleich bemüht.

»Ich kann verstehen, dass du die Chips loswerden willst«, sagte er zu Christopher. »Ich an deiner Stelle würde mir wohl auch nichts sehnlicher wünschen. Aber du bist nun einmal immer noch unsere größte Hoffnung in diesem Kampf. Niemand sonst könnte mit diesen Chips so umgehen wie du, der beste Hacker der Welt. Wir haben nicht so viele Chancen gegen die Kohärenz. Wir können es uns nicht leisten, auf eine davon zu verzichten.«

»Vor drei Wochen hat nicht viel gefehlt und ich hätte mich von einer Chance in eine Gefahr verwandelt«, sagte Christopher düster.

»Aber es ist nicht so gekommen. Du warst stark genug. Du warst mutig genug. Und letzten Endes – auch das sollte man nicht gering schätzen – war das Schicksal auf deiner Seite. Wärst du nicht gewesen«, sagte Dad und legte seinen Arm um Serenitys Schulter, »wären meine Tochter und mein Sohn der Kohärenz zum Opfer gefallen. Niemand anders als du hätte sie retten können.«

Christopher sah Dad an, dann sah er Serenity an. Der Blick seiner Augen wurde weich. »Okay«, meinte er schließlich mit einer Stimme, in deren Klang sich Resignation und Stolz mischten.

6 | Als Christopher am Sonntagmorgen aufwachte, fühlte er sich bleischwer. Das Abenteuer in Wells steckte ihm immer noch in den Knochen.

Es war dunkel. Allerdings war es hier immer dunkel, egal, wann man aufwachte. Er hörte die gleichmäßigen Atemzüge seines Vaters, der in dem Bett an der gegenüberliegenden Wand schlief. Die Stollenanlage des Hide-Out war riesig, klar, aber die Anzahl der bewohnbaren Räume darin war begrenzt. Das meiste waren Gänge. Tief unten gab es Stollen, in denen Stockbetten standen, Hunderte davon – »für den Notfall«, hatte jemand erklärt. Man hatte sich seinerzeit vorgestellt, Flüchtlinge aufnehmen zu müssen, wenn der Dritte Weltkrieg ausbrach.

Dass ein Weltkrieg auch ganz anders aussehen konnte – das hatte man damals nicht ahnen können. Doch nichts anderes war es, was die Kohärenz tat: Sie führte einen heimlichen Krieg mit dem Ziel, die Welt zu erobern.

Und sie würde es schaffen. Nur ein Wunder konnte das noch verhindern.

Christopher seufzte leise. Jetzt fiel es ihm wieder ein: Er hatte von früher geträumt. Von der Zeit, als sie in Frankfurt gewohnt und seine Großeltern noch gelebt hatten. In dem Traum hatte er im Atelier seiner Großmutter gesessen, eine

Tasse Kakao in der Hand, und ihr beim Malen zugesehen. Sie hatte an einem riesigen Bild gearbeitet, einem hässlichen Gemälde, das aus nichts anderem als einem schier endlosen Gittermuster zu bestehen schien. »*Na?*«, hatte sie gefragt. »*Fällt dir nichts auf?*« Und da hatte Christopher entdeckt, dass sie auf jeden Kreuzungspunkt des Gitters ein *Gehirn* malte!

Davon war er aufgewacht. Und sein Herz raste immer noch. Er stieß die Luft aus, die er unwillkürlich angehalten hatte.

Hatte er seinen Vater geweckt? Oder hatte der schon wach gelegen? Auf jeden Fall hörte er, wie Dad sich aufrichtete, dann ging die Leselampe über seinem Bett an. »Christopher? Bist du wach?«

»Ja.«

»Mir geht das nicht aus den Kopf«, sagte sein Dad. »Es ist doch gut gelaufen, wie ihr den Mann aus der Kohärenz geholt habt, oder?«

»Hat jedenfalls geklappt.« Die Frage war, ob es ein zweites Mal funktionieren würde. In den Sekunden, die es gedauert hatte, das Abschirmnetz vollends zu schließen, war Burns ja noch Teil der Kohärenz gewesen. Damit hatte die mitgekriegt, was passiert war. Sie war bestimmt schon dabei, sich Gegenmaßnahmen auszudenken.

»Meinst du nicht, man könnte deine Mutter auf die gleiche Weise rausholen?«

Christopher schloss für einen Moment die Augen. Diese Frage hatte ja kommen müssen. Wobei es ihn irgendwo auch beruhigte, dass Dad sie stellte. Seit sie ihn von dem Chip befreit hatten, hatte man den Eindruck kriegen können, dass er sich kaum an seine Frau erinnerte.

Doch das tat er offensichtlich noch. Ja, es lag so viel

Schmerz, so viel Sehnsucht in seiner Stimme, dass es Christopher schwerfiel zu antworten.

Zumal er selber schon Dutzende derartiger Pläne entwickelt und wieder verworfen hatte.

»Dad«, sagte er. »Wie soll das gehen?«

»Na, genauso. Netz drüber, abtransportieren, raus mit dem verdammten Chip.«

»Aber Mom ist in London.«

»Ja. Bei der Silverstone Bank.«

»Also. Und London liegt zehntausend Kilometer weit weg.« Es war ein gutes Zeichen, dass ihm solche Details wieder einfielen. Bisher hatte er nur gewusst, dass sie bei einer Bank in der Londoner City arbeitete. »Wir können dort nicht mal hin. Die hätten uns, ehe wir im Flugzeug säßen.«

Sein Dad schwieg. Irgendwie war das schlimmer, als wenn er Gegenargumente gebracht hätte. »Ich vermisse sie, weißt du«, sagte er schließlich irgendwann.

Christopher spürte einen Kloß im Hals. Ich auch, dachte er. Ich auch.

»Vielleicht können wir sie irgendwie herlocken?«, schlug sein Vater vor. »In die Staaten zumindest?«

»Glaube ich kaum. Die Kohärenz wird nicht vergessen haben, dass sie dich auf diese Weise verloren hat. Sie lässt Mom garantiert nicht in unsere Nähe.«

»Wir müssten es eben so aussehen lassen, als sei es ganz anders als damals im Silicon Valley.«

»Dad – wenn wir ›Sie-weiß-dass-ich-weiß-dass-sie-weiß‹ mit der Kohärenz spielen, verlieren wir. Keine Chance. Auf dem Gebiet ist sie nicht zu schlagen.«

Dad starrte einen Moment lang ins Leere. »Ja. Stimmt. Ich

erinnere mich. Das war immer ein endloses Einerseits, Andererseits, Hin-und-Her... Ich frage mich jetzt oft, wie da überhaupt je ein Entschluss zustande gekommen ist.«

Christopher schauderte. Es war nach wie vor gespenstisch, daran zu denken, dass sein Vater bis vor Kurzem selber Teil der Kohärenz gewesen war – und zwar ein *richtiger* Teil davon. Anders als Christopher, der während seiner Zeit in der Kohärenz insgeheim seine geistige Eigenständigkeit hatte bewahren können, hatte Dads Gehirn im Gleichtakt mit allen anderen gearbeitet.

Dann fiel ihm sein Traum wieder ein. Das Bild seiner Großmutter. Träume sind Schäume, sagte man. Garbage-Collection des Gehirns. Nächtliche Maintenance-Routinen.

Aber irgendwie wurde er das Gefühl nicht los, dass ihm dieser Traum irgendetwas sagen wollte.

Er kam nur um alles in der Welt nicht darauf, was.

7 | Den Samstag hatte Serenity vergessen können. Christopher war in einer Besprechung nach der anderen gewesen, über die Aktion in Nevada, was daraus zu lernen war, was man beim nächsten Mal besser machen konnte – endlos. Und wenn er sich nicht gerade mit Jeremiah und den anderen zusammengehockt hatte, war Serenity in der Küche eingeteilt gewesen. Keine Chance, auch nur drei Worte mit ihm zu wechseln.

Diese ewigen Dienste – das war noch so etwas, das begann, ihr auf den Geist zu gehen. Verglichen mit den Waldcamps war das Leben in Hide-Out richtig anstrengend. Dauernd gab es was zu tun, jeder musste ran, immer war es eilig.

In den Wäldern hatte sie auch arbeiten müssen. Aber dort waren frische Luft, Sonnenschein und Bäume um sie herum gewesen. Hier umgab sie Felsgestein und Neonlicht: Irgendwie machte das alles mühseliger.

Und sie kam nie raus. Nicht mal auf eine der Einkaufsfahrten. Ein paar Stunden über verlassene Straßen, um in irgendeinem Supermarkt Milch und Obst einzuladen: Zu riskant, fand Dad. Die Polizei suchte Serenity als vermisst. Sie könne ja in der blinden Zeit spazieren gehen, hatte Mom vorgeschlagen.

Super – durch Geröll und Staub stapfen, nur um mal ein paar Sonnenstrahlen abzukriegen!

Auch am Sonntagmorgen klappte es nicht, Christopher allein zu treffen. Als Serenity zum Frühstück kam, war noch fast niemand auf. Sie sah Dad an einem Tisch im Hintergrund, wo er sich mit John Two Eagles besprach. Die beiden sahen nicht so aus, als sei ihnen Gesellschaft willkommen. Und dann noch ein paar Hide-Out-Leute, die ihr Müsli mit Keimlingen mampften.

Serenity holte sich einen Kaffee. Während sie unentschlossen das Büffet studierte, hörte sie plötzlich Stimmen von der Tür her: Ihre Mutter kam herein, vertieft in ein Gespräch mit Barbara Fowler – und Christopher direkt hinter ihnen! Doch sie hatten wieder keine Gelegenheit, miteinander zu reden, denn die pummelige Ärztin ging an Dads Tisch und verkündete mit sanfter Stimme: »Mr Burns ist aufgewacht. Und er ist ansprechbar.«

Dad stand auf. »Schon? Das ist ja großartig.« Er blickte sich um und entdeckte Serenity und Christopher. »Ihr beiden kommt mit«, rief er. »Ich will sehen, ob er euch wiedererkennt.«

Serenity zuckte zusammen. Musste das sein? Sie schaute Hilfe suchend zu Christopher hinüber, aber der hob nur ergeben die Schultern.

Es war das erste Mal, dass Serenity die Krankenstation von Hide-Out betrat. In dem kleinen Raum mit zwei Betten stank es derart nach Chemikalien, dass man das Gefühl hatte, die Nasenschleimhäute stürben einem ab. »Dr. Connery hat eine Flasche Desinfektionsmittel umgeworfen«, erklärte Barbara Fowler grinsend.

In einem der Betten lag der Mann, den Serenity – vor hundert Jahren, wie es ihr vorkam – k. o. geschlagen hatte. Sie machte sich unwillkürlich klein. Okay, er hatte damals eine Pistole in der Hand gehabt und sie bedroht, und was sie getan hatte, war Notwehr gewesen... trotzdem.

»Albert Burns?«, fragte Dad und trat neben das Bett, in dem der Mann lag, angeschlossen an allerlei Schläuche und mit einem weißen Verband über der Nase. »Guten Tag. Mein Name ist Jeremiah Jones. Sagt Ihnen das etwas?«

Burns musterte Dad, dann nickte er matt. »Sie sind dieser Zurück-zur-Natur-Typ, nicht wahr? Eines Tages kam in den Nachrichten, Sie hätten irgendwelche Gebäude in die Luft gesprengt. Und dann war ich... war ich...« Er hob hilflos die Hand. »Ich weiß nicht, wie ich das erklären soll.«

»Leute sind gekommen und haben Ihnen einen Chip eingepflanzt.«

Burns nickte schwach. »Mit so einem goldenen... *Ding*. Und danach war ich irgendwie... nicht mehr ich selber.«

»Sondern?«

Der Mann schien nach Worten zu suchen. »Also, wenn Sie mir sagen würden, dass ich tot war und dass Sie mich wieder aufgeweckt haben, ich würd's fast glauben«, sagte er schließlich. »Ich hab die ganze Welt gesehen, alles gleichzeitig, durch Tausende von Augen. Und es war nicht so verwirrend, wie sich das anhört. Bloß war ich gar nicht *ich*, falls Sie verstehen, was ich meine. Ich war jemand anders. Ich war... Es klingt blöd, aber wenn ich zurückdenke, kommt es mir vor, als sei alles ein Traum gewesen. Ein Traum, dass ich die Welt beherrsche.« Burns atmete schwer. »Ja. Genau. Und ich hab Sie gesucht, Jones. Sie und...« Sein Blick blieb auf Christopher haften. »Und ihn. Ihn vor allem.«

»Warum ihn?«, fragte Dad rasch.

»Weil er gefährlich ist. Ich muss ihn zurückbekommen... oder ihn töten.« Er schloss die Augen, keuchte. »Entschuldigung. Das sind nicht meine Gedanken. Das sind nur Erinnerungen an Gedanken, die ich gedacht habe, weil ich sie denken *musste*. Ich war... ich war irgendwie Teil eines riesigen Geistes, der nichts von mir selbst übrig gelassen hat.«

Serenity musterte Christopher, der dem Mann im Bett scheinbar unbeeindruckt zugehört hatte. Am Anfang, als sie ihn noch nicht so gut gekannt hatte, hatte sie diese Reglosigkeit völlig irritiert. Inzwischen wusste sie, dass er sich damit schützte. Das war seine Art und Weise, Bedrohungen nicht an sich herankommen zu lassen.

»Mr Burns«, sagte Dad eindringlich, »man hat Ihnen einen Chip eingepflanzt. Dieser Chip hat Ihr Gehirn mit einer virtuellen Wesenheit aus etwa hunderttausend anderen Gehirnen verbunden. Wir nennen diese Wesenheit die *Kohärenz*. Können Sie mit diesem Begriff etwas anfangen?«

»Ja«, stieß Burns hervor. »Ich weiß, so nennt ihr uns. Mich. Der Name ist nicht ganz falsch – Kohärenz, ja. Gehirne im

Gleichtakt. Die größte Macht der Welt. Die Zukunft der Menschheit.«

»Können Sie uns sagen, aus welchem Grund man Sie in die Kohärenz geholt hat?«

Albert Burns zögerte. »Es ging um diese Grundstücke«, murmelte er undeutlich. »Für die Mobilfunkantennen. Ich war im Gemeinderat, man hat auf mich gehört. Zwei Firmen wollten die Grundstücke, eine hat mehr geboten, aber wir wollten den Vertrag mit der anderen machen... Eines Abends sind drei Männer gekommen, drei Männer mit einem Injektor und einem Chip...« Seine Stimme versandete.

Die Ärztin trat auf die andere Seite des Bettes, fühlte den Puls des Mannes. »Ganz ruhig, Mr Burns«, sagte sie. »Sie sind den Chip jetzt los, das wissen Sie?«

»Ja«, sagte er, lächelte schief. »Es ist schön, noch mal ein paar Monate lang allein im eigenen Kopf zu sein...«

Noch mal ein paar Monate lang? Serenity hatte das Gefühl, dass ihr sich bei diesen Worten die Nackenhaare aufstellten. Ihrem Vater schien es genauso zu gehen. »Was meinen Sie mit ›ein paar Monate‹, Mr Burns?«

Burns fuhr sich flüchtig über die Stirn. »Ich hab so viel vergessen... lauter lose Enden im Kopf, furchtbar...« Er seufzte. »Die Kohärenz, wie Sie sie nennen, wird expandieren. Sie wird die ganze Menschheit aufnehmen. Eine Welt, ein Geist – das ist das Ziel. Und das wird schnell gehen. Unglaublich schnell. Monate, das ist fast schon optimistisch gedacht.«

Serenity war, als sei es auf einen Schlag ein paar Grad kälter im Raum geworden.

Dad räusperte sich vernehmlich. »Wir wissen, was die Kohärenz vorhat. Aber ich versichere Ihnen, dass in dieser Hinsicht das letzte Wort noch nicht gesprochen ist.«

Mr Burns sah ihn traurig an. »Ich fürchte, dagegen können Sie nichts machen.«

»Oh, ich glaube schon.« Dad lächelte zuversichtlich. »Uns ist nämlich aufgefallen, dass die Kohärenz enorm viel Wert darauf legt, im Verborgenen zu wirken. An dieser Stelle werden wir sie treffen. In wenigen Wochen – am ersten Juli, um genau zu sein – wird in über fünfhundert verschiedenen unabhängigen Zeitschriften, Zeitungen und anderen Medien ein Artikel erscheinen, der die Kohärenz öffentlich machen wird. Dieser Artikel wird die Namen von Firmen nennen, die unseres Wissens nach der Kohärenz gehören. Er wird die finanziellen Machenschaften der Kohärenz aufdecken. Und er wird genau erklären, wie man Upgrader – also Menschen, die den Chip tragen – identifizieren kann. Bislang brauchte man dazu eine Röntgentomografie, doch nun wissen wir, dass es auch viel einfacher geht: mit einem simplen Kupferdrahtnetz. Fast zweihundert Radiostationen werden gleichzeitig auf diesen Artikel hinweisen, den wir zudem über eine weltweite Mail-Kampagne an jeden Besitzer eines E-Mail-Accounts schicken. Was immer danach geschieht, die Kohärenz wird nicht mehr im Geheimen operieren können.«

Serenity fühlte ihr Herz schlagen, spürte regelrecht, wie der Optimismus ihres Vaters auf sie übersprang. Ja, es war noch nicht alles verloren. So groß die Gefahr auch sein mochte, sie hatten noch eine Chance. Und sie würden sie nutzen, oh ja!

Sie suchte Christophers Blick. Wenn er doch diese Zuversicht teilen könnte! Er konnte es nicht, sie sah es ihm an. Er kämpfte gegen die Kohärenz, aber er rechnete nicht damit, am

Ende zu gewinnen. Er sah keine Zukunft, sah nur ein schwarzes Morgen. Im tiefsten Grunde war er verzweifelt.

Sie hätte ihm diese Verzweiflung so gerne genommen. Wenn sie nur gewusst hätte, wie.

Ein trockenes Husten ließ sie herumfahren. Es kam von Burns. Er schüttelte den Kopf. »Das weiß die Kohärenz längst«, stieß er hervor. »Sie weiß, was Sie vorhaben. Vergessen Sie's. Es laufen schon Gegenmaßnahmen.«

Mobilmachung

8 | Diese Behauptung war ein regelrechter Schock für Jeremiah. Lilian Jones konnte es spüren. Die anderen merkten vermutlich nichts davon – ihr Exmann war ein Meister darin, seine Unsicherheit zu überspielen. Aber ihr machte er nichts vor, dazu kannte sie ihn zu lange. Auch die Jahre, die sie getrennt gelebt hatten, hatten nichts daran geändert.

Lilian wusste, dass Jeremiah all seine Hoffnungen in dieses Projekt setzte. Die Kohärenz ans Licht der Öffentlichkeit zu zerren, das war für ihn die einzige Chance, die ihnen noch blieb. Er hatte alles getan, um die Vorbereitungen für diesen Schlag geheim zu halten... und nun sollte die Gegenseite schon Bescheid wissen? Woher? Wie war das möglich?

Und vor allem: Was wollte die Kohärenz dagegen unternehmen?

»Wir müssen das nachprüfen«, sagte Jeremiah, als sie die Krankenstation wieder verließen. »Wann beginnt die nächste blinde Zeit?«

Die Frage war an niemand Bestimmtes gerichtet und er schien auch nicht mit einer Antwort zu rechnen. Stattdessen stürmte er allen voran in Richtung Küche, wo einer der Bildschirme stand, an denen man diese Zeiten ablesen konnte.

»Von 10:22 bis 10:49«, stellte Jeremiah fest. »Das ist kurz. Und dann erst wieder morgen früh. Hmm, das heißt, jetzt muss alles schnell gehen.« Er hob den Kopf. »Wir brauchen zum Glück nur für eine Übernachtung zu packen. Wer könnte mich begleiten? Rus vielleicht, Finn –«

Lilian begriff, was er vorhatte. »Willst du etwa *selber* gehen?«

»Natürlich«, erwiderte er. »Die Leute in den Redaktionen haben bisher immer mit mir gesprochen. Da kann ich jetzt in der Krise nicht andere vorschicken.«

Da war er wieder, der unbeugsame Ritter für das Gute und Wahre. Der Mann, der niemals Kompromisse machte, auch nicht für seine eigene Familie. Auf einmal fiel Lilian wieder ein, warum sie es damals nicht mehr mit Jeremiah Jones ausgehalten hatte.

»Entschuldigen Sie«, sagte in diesem Augenblick eine jugendliche Stimme hinter ihr. »Aber das ist keine gute Idee.« Es war Christopher, der sich einmischte. »Sie sollten da nicht rausgehen. Nicht jetzt.«

Jeremiah musterte den Jungen. Wahrscheinlich, überlegte Lilian, war sie die Einzige, die merkte, wie er seine Wut über diese Einmischung unterdrücken musste.

»Ah ja?«, erwiderte er. »Was bringt dich zu dieser Einschätzung?«

»Der Kohärenz ist klar, dass Mr Burns sein Wissen verraten kann. Und sie wird genau mit dieser Reaktion von Ihnen rechnen.«

Jeremiah furchte die Augenbrauen. »Mag sein, aber was hilft ihr das? Sie weiß ja nicht, wo wir sind. Wo ich bin.«

»Sie wird die Fahndung über das FBI und die Polizei intensivieren.«

»Ich wüsste nicht, was man da noch intensivieren könnte.«

»Ich schon«, sagte Christopher.

Lilian hätte beinahe aufgelacht, als sie sah, wie sprachlos Jeremiah diese Antwort machte. Sie konnte sich nur an wenige solcher Momente erinnern. Überhaupt wusste sie immer noch nicht, was sie von dem schmächtigen, dunkelhaarigen Jungen halten sollte. Er galt als bester Computerhacker der Welt. *ComputerKid* nannte man ihn. Aber wenn man ihn so ansah, fiel es einem schwer zu glauben, dass es diese unscheinbare Gestalt gewesen sein sollte, die im Alter von dreizehn Jahren die Welt in die schwerste Finanzkrise aller Zeiten gestürzt hatte, einfach dadurch, dass er das Bankensystem gehackt und jedem Besitzer eines Bankkontos eine Milliarde Dollar aus dem Nichts überwiesen hatte. Bis auf ein paar Fachleute wusste bis heute niemand, wie er das gemacht hatte, und diese Fachleute schwiegen wohlweislich.

Dann fiel ihr Blick auf ihre Tochter, und das Lachen blieb ihr im Hals stecken. Wie Serenity ihn ansah – kein Zweifel, sie war dabei, sich in diesen mageren Jungen zu verlieben. Man konnte zusehen, wie es geschah. Nur – warum? Was zum Teufel fand sie an einem Computerfreak, für den die Bezeichnung »schräger Vogel« noch geschmeichelt war?

Jeremiah hatte sich erholt. »Und was schlägst du stattdessen vor?«, fragte er Christopher grimmig.

»Dass jemand anders geht.«

»Was macht das für einen Unterschied? Nach den meisten Leuten, die infrage kämen, wird ebenfalls gefahndet.«

»Ja, aber in Ihrem Fall ist es so, dass Millionen Menschen

Sie kennen, von Ihren Fernsehauftritten früher, von Buchplakaten, Interviews und so weiter.«

»Ist mir klar. Deswegen habe ich mir den Rauschebart abrasiert, den ich früher hatte, und die Haare noch dazu«, erwiderte Jeremiah und strich sich über den spärlich behaarten Schädel.

»Man erkennt Leute genauso leicht an ihrer Art, sich zu bewegen. Die können Sie nicht ändern.«

Jeremiah gelang ein spöttisches Lächeln. »Ich weiß deine Fürsorge zu würdigen, aber ich glaube, du machst dir zu viele Sorgen. Ich werde schon auf mich aufpassen. Es ist ja nicht das erste Mal, dass ich mich durchs Land bewege.«

»Das kann man nicht vergleichen«, beharrte Christopher. Lilian hatte den Eindruck, dass der Junge gar nicht merkte, wie er Jeremiah damit auf die Palme trieb. »Wie gesagt, die Kohärenz rechnet mit so einer Reaktion. Sie wird Telefone überwachen, Anrufe zurückverfolgen... Und anders als früher gibt es kein Camp mehr, das alle paar Tage weiterzieht. Wenn die Kohärenz Sie jetzt erwischt, wird sie Ihnen einen Chip verpassen und dann alles über Hide-Out wissen, was Sie wissen. Und dann?«

Einen Moment lang zögerte Jeremiah. Einen winzigen Moment lang, den wahrscheinlich außer Lilian niemand bemerkte. Dann schüttelte er den Kopf. »Es muss sein. Ich muss mit den Leuten reden, den Klang ihrer Stimmen hören, und sei es nur am Telefon. Ich brauche ein Gefühl dafür, was da draußen vor sich geht. Ich kann niemand anders schicken. Wir werden eben aufpassen.« Er klatschte in die Hände. »Ende der Diskussion, Zeit zu packen.«

9 | 10:37. Serenity schaute dem Geländewagen nach, wie er sich entfernte, kaum noch auszumachen war zwischen Felsen und trockenen Büschen. Ein letztes Aufblitzen einer Scheibe oder eines Rückspiegels im grellen Sonnenlicht, wie ein Zuzwinkern, dann war er verschwunden.

Das also würde das Letzte sein, was sie von ihrem Vater gesehen hatte, falls ihm tatsächlich etwas zustoßen sollte. Es war wie ein brennender Schmerz, das zu denken, aber gleichzeitig kam es Serenity vor, als könne sie das Schicksal damit beschwören. Als würde Dad heil zurückkehren, wenn sie nur diesen Schmerz bis dahin in sich festhielt und erduldete.

»Es ist ein unnötiges Risiko«, sagte Christopher leise neben ihr. »Ich glaube nicht, dass sie irgendwas rausfinden.«

»Warum nicht?«, fragte Serenity.

Jetzt drehte das Bürstenauto um, das Dad und die anderen begleitet hatte. Mit gesenkten Drahtbürsten kam es zurück, schleppte eine dichte hellbraune Staubwolke hinter sich her, die alle Spuren zudecken würde.

»Wenn die Kohärenz schon Gegenmaßnahmen eingeleitet hat, werden das Maßnahmen sein, gegen die wir nicht das Geringste machen können«, sagte Christopher.

Sie musterte ihn von der Seite. Da war sie wieder, diese Verzweiflung, diese Hoffnungslosigkeit. Und dennoch hatte er nicht aufgegeben, denn wenn das so wäre, dann wäre er nicht mehr hier. Aber wie brachte er es nur fertig, diesen Kampf zu kämpfen, den er längst für verloren hielt? Irgendwie kam es ihr gerade vor, als sei das der eigentliche, der wahre Heldenmut: für eine Sache zu kämpfen, nicht weil man sich Chancen ausrechnete, sondern weil es die richtige Sache war.

Ein leiser, elektronischer Gong aus einem Lautsprecher. Die letzte Minute blinder Zeit. Der Bürstenwagen kam hereingebrettert, wirbelte so viel Staub auf, dass sich Serenity unwillkürlich das T-Shirt vor die Nase zog.

»Serenity!« Das war Mom. Sie kam zu ihnen herüber, während das Metalltor begann, sich brummend zu schließen. »Denkst du daran, dass du Küchendienst hast? Irene braucht Hilfe beim Brotbacken.«

Küchendienst. Ja, klar. Wie hätte Serenity das vergessen können? »Ich geh schon«, sagte sie missmutig.

Mom wandte sich an Christopher: »Und du sollst Matthew Ingelman helfen. Es geht um Satellitendaten. Er hat gemeint, du wüsstest Bescheid.«

Christopher nickte nur. »Okay.«

Seltsam. Als sie sich auf den Weg machten, wurde Serenity das Gefühl nicht los, dass es ihrer Mutter vor allem darum gegangen war, Christopher und sie voneinander zu trennen.

Christopher fand Matthew in dem Raum neben der großen Werkstatt, in dem zwei Computer und der Server standen, der die technischen Systeme von Hide-Out steuerte. »Gut, dass du kommst«, sagte Matthew. »Wir müssen uns beeilen.«

Dad saß schon an einem der Computer, hatte eine Datei voller Zahlen vor sich am Schirm. »Fünf neue Satelliten. Mindestens.«

Hide-Out hatte ein großes Problem: Wie konnte man verhindern, dass das Versteck von Satelliten aus entdeckt wurde? Die Umgebung des Unterschlupfs war quasi Wüste. Fahrzeuge, die sich dem Eingang näherten, wären auf den Aufnahmen von Erdbeobachtungssatelliten früher oder später unweigerlich entdeckt worden. Und wenn nicht die Fahrzeuge selbst, dann die Reifenspuren, die sie im Sand hinterließen.

Die Hide-Out-Leute hatten auch dafür eine Lösung gefunden. Auf geheimen Wegen hatten sie sich die Bahndaten sämtlicher militärischer Satelliten besorgt, anschließend hatte einer von ihnen ein Programm geschrieben, das auf die Minute genau ausrechnete, wann das Gelände rings um die ehemalige Silbermine vom Himmel aus sichtbar war. Die Perioden, in denen kein Satellit über dem Horizont stand, nannte man »blinde Zeiten« und nutzte sie, um das Bunkersystem zu verlassen oder zu betreten. Man folgte dabei einer Route, die vorwiegend über blanken Fels führte, sodass kaum Reifenspuren zurückblieben. Um auch die noch zu beseitigen, gab es das »Besenauto«, das eben die Spuren des Wagens von Jeremiah Jones verwischt hatte.

Natürlich waren diese blinden Zeiten wild verteilt. Zudem lag der nächste Supermarkt über hundert Meilen weit entfernt, und dort wollte man nicht durch ungewöhnlich große Einkäufe auffallen: Das machte die Versorgung mit frischen Nahrungsmitteln schwierig, seit sie alle hier Unterschlupf gefunden hatten.

»Aber keine Sorge, verhungern werden wir auf keinen Fall«, hatte Clive Tucker versichert. Clive war so etwas wie der Sprecher der Hide-Out-Leute: ein schriller Typ, der nur Overalls trug – vorwiegend in Farben wie Bonbonrosa oder Kotzgrün – und seinen enormen Bart zu zwei Zöpfen flocht, die er im Nacken miteinander verknotete. Er hatte ihnen die Vorratskammern gezeigt: schier endlose Stollen voller Regale, in denen sich Dosen, Säcke und Plastikboxen stapelten; haltbare Nahrungsmittel und genug davon, um notfalls mehrere Jahre ohne Kontakt mit der Außenwelt überleben zu können.

Nun gab es neue Satellitendaten. Doch derjenige, der das Programm geschrieben hatte, war inzwischen zu seinen Eltern zurückgekehrt, weil sein Vater, der eine kleine Softwarefirma führte, einen Schlaganfall erlitten hatte und vorerst nicht mehr arbeiten konnte. Deswegen waren die Hide-Out-Leute froh über Christophers Hilfe. Es genügte nämlich nicht, die Daten, die, so munkelte man, von einem Kontaktmann im Pentagon kamen, einfach nur einzuspielen. Man musste auch nachprüfen, ob das Programm überhaupt noch richtig rechnete und ob womöglich ein Satellit dazugekommen war, der die bisherigen Lücken schloss.

Genug zu tun also. Und Christopher war froh, dass er in dem ganzen Tohuwabohu, zu dem sein Leben geworden war, endlich wieder einmal das tun durfte, was er am besten konnte: Programmieren.

Das Schönste dabei war, dass Dad wieder mitmachte. Es war fast wie früher, wenn sie an den Computern saßen und sich über Unterprogrammaufrufe, Variablenbelegungen und Laufzeitprobleme unterhielten.

Wenn ein Tag wie im Flug verging.

Brotbacken war nicht das Problem. Wie man das machte, hatte Serenity schon als Kind gelernt. Damals, als sie noch mit ihren Eltern und ihrem Bruder Kyle in dem Haus am Waldrand gelebt hatte und die Welt in Ordnung gewesen war. Sie hatte noch im Ohr, was Mom über das richtige Kneten gesagt hatte: »So lange, bis du nicht mehr kannst. Und dann noch ein bisschen.«

Brot für *so viele* Menschen zu backen, war aber etwas völlig anderes. Serenity hatte das Gefühl, seit Ewigkeiten in der riesigen heißen Küche zu stehen und in einem fort Weizen aus gigantischen Säcken in die Getreidemühle abzufüllen, Teig zu machen und einen Brotlaib nach dem anderen zu formen, die ein hagerer Mann mit kurz geschorenen Haaren, der Bernie oder Bunny hieß, dann in den glühenden Ofen schob. Zeit, sich irgendwelche Sorgen zu machen, blieb da nicht groß; das war ein Vorteil. Außerdem lief das Radio auf voller Lautstärke. Serenity hoffte jedes Mal, wenn ein neuer Song anfing, dass sie Madonna Two Eagles singen hören würde.

Wie lange war ihre Freundin jetzt fort? Eine Woche? Serenity kam es vor wie ein Monat. Da würde die CD wohl kaum schon fertig sein. Bestimmt war Madonna noch schwer damit beschäftigt, sich in ihrem neuen Leben zurechtzufinden.

Serenity seufzte. Sie wäre so gerne dabei gewesen, wenn ihre Freundin das erste Mal ihre Lieder in einem echten Tonstudio sang. Stattdessen stand sie hier und kämpfte mit der Getreidemühle. Die Hide-Out-Leute lagerten kein Mehl ein, erklärte Irene, weil das mit der Zeit schlecht werden konnte. Reiner Weizen dagegen war nahezu unbegrenzt haltbar; man hatte in Gräbern ägyptischer Pharaonen viertausend Jahre alten Weizen gefunden, der noch essbar gewesen war.

Die Mühle machte einen Heidenlärm, der das Radio jedes Mal übertönte. Was wiederum nicht so schlimm war, denn allmählich begann Serenity, die Werbung auf den Geist zu gehen, die nach fast *jedem* Stück kam: »Internet war gestern. Mach den Schritt in die Zukunft. Am achten Juni, acht Uhr. Mit *FriendWeb*.«

Nächste Ladung Getreide in die Mühle, erste Ladung Mehl in die Schüssel zum Teiganrühren. Und im Radio leierte diese beknackt begeisterte Stimme *schon wieder:* »Internet war gestern...«

Wen wollten die damit erreichen? Niemand aus Serenitys Klasse hörte noch *Radio*. Höchstens jemand, der sich keinen CD-Wechsler im Auto leisten konnte.

Ihre alte Schule... Ob sich überhaupt jemand an sie erinnerte? Sie gar vermisste?

Wahrscheinlich nicht. Wahrscheinlich dachten alle nur noch an die Abschlussprüfungen, die...

Himmel! Die waren schon *übernächste Woche!*

Serenity verschlug es den Atem. All die Jahre hatte sie auf den Abschluss hin gefiebert, sich Sorgen gemacht, wer sie zum Abschlussball begleiten würde...

Sie blickte auf ihre teigverschmierten Hände hinab und kam sich auf einmal schrecklich allein und verlassen vor. Die beste Freundin, die sie je gehabt hatte, war in Nashville und würde demnächst ein weltberühmter Popstar sein. Der Abschlussball ihrer Schule würde ohne sie stattfinden. Und sie? Sie hockte in einer Höhle in Arizona, von oben bis unten voller Mehl, und war dabei, sich in einen schrägen Typen zu verknallen, der nur Computer im Kopf hatte.

Und das im wahrsten Sinne des Wortes.

10 | Christopher atmete auf, als Jeremiah Jones und die anderen am Montagmorgen zurückkehrten. Er hatte in der Nacht wach gelegen und sich überlegt, was sie tun mussten, falls die Kohärenz Serenitys Vater und die anderen erwischte. Aber dann stiegen die Männer kurz vor elf Uhr aus dem staubigen Geländewagen; unversehrt, wie es aussah.

Jeremiah berief sofort eine Besprechung in der Küche ein. Alle kamen, nur Mr Burns blieb auf der Krankenstation. Wie zuvor Christophers Vater schlief er seit der Entfernung des Chips die meiste Zeit.

»Wir haben keinerlei Hinweise darauf gefunden, dass jemand versucht hätte, die Leute aus dem *Independent Network* unter Druck zu setzen«, berichtete Jeremiah ernst. »Ich habe mit Zack Van Horn telefoniert und einigen der Herausgeber, die wir selber kontaktiert haben – nichts. Keine Drohungen, keine Manöver, keine Druckerei, die plötzlich Aufträge storniert, nichts dergleichen. Dabei wäre das für die Kohärenz ein Kinderspiel; schließlich ist es kein Geheimnis, wer in diesem Netzwerk Mitglied ist – es gibt eine Webseite, ein Mitgliederverzeichnis mit Adressen... Kurz und gut, was immer die Kohärenz vorhat, sie hat in dieser Richtung nichts unternommen. Ich weiß nicht, was ich davon halten soll.«

»Und wenn sich Burns schlicht und einfach irrt?« Der Einwand kam von Russell. »Wenn er sich das nur einbildet? Wir haben uns auf der Rückfahrt von Wells unterhalten, während er hinten im Wagen gelegen hat. Und ich meine, dass wir auch über den Artikel gesprochen haben. Was, wenn Burns trotz seiner Bewusstlosigkeit irgendwas mitgekriegt hat und das nun falsch einordnet?«

»Das wäre vorstellbar«, pflichtete ihm Dr. Connery bei. »Von der Kohärenz abgeschnitten zu sein, ist ein bislang noch völlig unerforschter Zustand des menschlichen Gehirns. Der betreffende Mensch ist bewusstlos, ja – aber das heißt nicht, dass man von einem Koma oder einem Tiefschlaf oder dergleichen sprechen kann. Wir wissen schlicht nicht, was ein Mensch in diesem Zustand wahrnimmt.«

Christopher schaute zu Serenity hinüber, die neben ihrer Mutter am Tisch saß, den Blick auf ihren Vater gerichtet. Sie sah heute irgendwie gut aus. Vielleicht war sie einfach erleichtert, dass ihrem Vater nichts passiert war.

Sie wandte den Kopf, als spüre sie, dass sie beobachtet wurde. Christopher richtete den Blick rasch auf ihren Vater.

»Ich glaube nicht, dass es so einfach ist«, sagte Jeremiah. »Nein, ich habe ein ungutes Gefühl bei der Sache. Und dieses Gefühl will einfach nicht verschwinden.«

»Aber wenn die Kohärenz verhindern will, dass der Artikel erscheint«, wandte Russell ein, »warum unternimmt sie dann nichts?«

»Vielleicht denkt sie, der Artikel wird ihr nicht schaden«, meinte jemand von den Hide-Out-Leuten.

Jetzt war es Christophers Vater, der sich einmischte. »Das ist nicht die Art, wie die Kohärenz über solche Dinge denkt«, erklärte er. »Sie ist lieber zu vorsichtig als zu sorglos.«

Jeremiah Jones nickte entschieden. »Ich halte das auch für unwahrscheinlich. Bis jetzt hat die Kohärenz in allem, was sie getan hat, eine Vorsicht an den Tag gelegt, die an Paranoia grenzt. Nein, ich bin überzeugt, dass sie tatsächlich schon dabei ist, etwas zu unternehmen – wir wissen nur noch nicht, was.«

»Warum ziehen wir den Artikel nicht einfach vor? Lassen ihn nächste Woche erscheinen?«

Jeremiah schüttelte den Kopf. »Damit würden wir die meisten Zeitschriften verlieren. Schon für den ersten Juli haben sich einige ziemlich verbogen, ihren Erscheinungstag vorgezogen oder nach hinten geschoben. Wir bekämen nur ein paar Lokalzeitungen. Damit würde die Aktion verpuffen.« Er zog einen der Ordner, die auf dem Tisch lagen, zu sich heran. *Sicherheitsmaßnahmen Hide-Out* stand auf dem Rücken. »Ich fürchte, wir müssen uns mit der Vorstellung anfreunden, dass die Kohärenz nicht gegen die Herausgeber vorgehen wird, sondern direkt gegen uns.«

Erschrockenes Einatmen in der Runde. »Was heißt das?«, fragte Serenitys Mutter.

»Ich fürchte, dass sie sich darauf konzentriert, uns aufzuspüren«, sagte Jeremiah. »Deswegen sollten wir sämtliche Sicherheitsmaßnahmen noch einmal genauestens auf Schwachstellen durchgehen. Die Einrichtungen von Hide-Out auf volle Funktionsfähigkeit überprüfen.« Jeremiah schlug den Ordner auf, legte die Hand auf die Seiten. »Wir müssen das alles ganz neu diskutieren. Nur dass wir es diesmal nicht mit einem möglichen Atomkrieg zu tun haben. Sondern mit der Kohärenz, die uns finden will.«

Die Leute wechselten skeptische Blicke. Christopher konnte es ihnen nicht verdenken: Hide-Out existierte seit über vierzig Jahren, ohne entdeckt worden zu sein. Ihren langjährigen Bewohnern zu unterstellen, ihre Sicherheitsmaßnahmen könnten unzureichend sein, grenzte an Beleidigung.

»Und für dich, *ComputerKid*«, fuhr Jeremiah fort und sah Christopher an, »habe ich einen speziellen Auftrag. Einen, den niemand außer dir erledigen kann.« Er lächelte, halb spöttisch, halb entschuldigend. »Tut mir leid. Aber ich hab dir ja gesagt, wir werden deine Chips noch brauchen.«

»Ich soll ins Feld gehen«, sagte Christopher.

»Genau. Finde heraus, was die Kohärenz plant.«

11 | »Ich verstehe nicht, wieso du dazu nach *Los Angeles* fahren musst!«, sagte Serenity.

Christopher stand vor seiner Kommode und packte. Krasses Durcheinander, aber er schien alles zu finden, was er suchte. »Wir fahren nicht nach Los Angeles. Wir fahren nur in die äußersten Randgebiete. Das spart uns locker vier Stunden im Stau.«

»Das ist keine Antwort auf meine Frage.«

Er hielt zwei schwarze T-Shirts nebeneinander, die absolut gleich aussahen. »Die Antwort ist doch einfach: Falls die Kohärenz mich bemerkt, kann und wird sie ermitteln, über welchen Netzknoten ich ins Feld gegangen bin.« Er wählte nach unerfindlichen Kriterien eines der T-Shirts aus und stopfte es in den Umhängebeutel, mit dem er zu reisen pflegte. »Deswegen ist es besser, ich gehe an einem Punkt ins Feld, an dem es viele Netzknoten gibt. Wo ringsum viele Menschen leben. Und der möglichst weit von Hide-Out entfernt ist.«

»Aber Los Angeles, das sind –«

»Das sind sechs Stunden Fahrt. Wir fahren um zwei Uhr los, wenn die blinde Zeit beginnt, sind um acht Uhr dort und können um zwei Uhr nachts zurück sein.« Er stopfte einen Satz Unterwäsche zu seinem Shirt und einen Schlafanzug. »Praktischerweise haben wir da gerade wieder eine blinde Zeit. Passt doch.«

»Und wieso packst du dann Klamotten ein?«

»Für alle Fälle«, sagte er und ging aus dem Zimmer.

Serenity folgte ihm. Er marschierte ins Badezimmer der Männer. Sie blieb in der Tür stehen. »Und findest du es gut, dich von jemandem wie Clive Tucker fahren zu lassen? Ich meine, er ist nett, aber...«

»Ja, ich weiß«, sagte Christopher und fischte seine Zahnbürste und eine Tube Zahnpasta aus dem Glas. »Clive ist ziemlich, hmm ... *markant.*«

Serenity musste grinsen. »Höflich ausgedrückt.«

»Er hat sich freiwillig gemeldet.« Christopher schnappte sich seinen Kamm, und anscheinend hatte er damit fertig gepackt. Typisch Mann.

»Was ist mit Kyle? Der könnte dich fahren.«

»Kyle wird vom FBI gesucht. Clive nicht. Und so richtig der unauffällige Typ ist dein Bruder auch nicht gerade.«

Das stimmte allerdings, das musste Serenity zugeben. Kyle war groß und breitschultrig und trug seine Haare, die genauso störrisch waren wie ihre, zu einem wilden Ungetüm von Pferdeschwanz gefesselt. Mädchen sahen ihm nach, wo er ging und stand, und die Narbe, die über seine Stirn lief, war ebenso unübersehbar wie leicht zu beschreiben.

Christopher war schon wieder unterwegs in das Zimmer, das er sich mit seinem Vater teilte. Serenity lief ihm nach. »Du weißt nicht, was passiert, wenn du wieder Kontakt mit der Kohärenz aufnimmst!«

»Stimmt. Weiß ich nicht.« Christopher stopfte einen Laptop in seinen Sack, dazu diverse Kabel und Zusatzgeräte, die Serenity nicht identifizieren konnte.

»Und wenn dir was passiert? Wenn irgendwas ist? Dann hast du niemanden außer Clive!«

»Mir passiert schon nichts.«

»Und wenn doch?«

Christopher zögerte. »Ein zweites Auto wird uns folgen. Mit Finn und Matthew. Bewaffnet.« Er hob die Hand, als sie etwas sagen wollte, und erklärte: »Dein Vater hat in einem recht: Es wäre gut, wenn wir wüssten, was die Kohärenz vorhat. Und wenn wir keine Risiken auf uns nehmen, um das herauszufinden, können wir uns genauso gut gleich hier verkriechen und auf das Ende warten.«

Serenity seufzte. »Ich will einfach nur, dass du heil wiederkommst, glaube ich.«

Er schulterte seinen Reisesack, sah sie noch einmal an. War da etwa ein kleines Lächeln um seine Mundwinkel? »Ich tu mein Möglichstes.«

Natürlich war die Fahrt langweilig. Stundenlang rollten sie nur über weitgehend leere Straßen und durch kahle Landschaften. Zuerst unterhielten sie sich über die Probleme bei der Integration der neuen Satellitendaten, aber davon gab es nicht so viele, dass es für sechs Stunden gereicht hätte. So begann Clive schließlich, von Hide-Out und seiner Geschichte zu erzählen.

Dass Hide-Out einst eine Silbermine gewesen war, hatte Christopher schon gewusst. Dass alle ihre Besitzer daran pleitegegangen waren, dagegen nicht. Mitte 1922 waren die Zugänge zu den Stollen schon wieder geschlossen worden, und in der Folge war die Mine in Vergessenheit geraten.

»Auf dem Land rings um die Mine haben danach nur Schafe geweidet. Die werden sich schön bedankt haben, die armen Tiere. Danach hat das Gelände wer weiß wie oft den Besitzer gewechselt. Verkauft, vererbt, beim Pokern verloren – alle Varianten. Mitte der Sechziger gehörte es einem Freund meines Vaters. Die beiden waren damals nicht viel älter als du heute.«

»Und hatten Angst, dass ein Atomkrieg kommt«, sagte Christopher.

Clive Tucker schmunzelte. »Na ja. Das haben sie denen erzählt, die sie dabeihaben wollten. In Wahrheit hatten die beiden einfach keine Lust, eingezogen und nach Vietnam geschickt zu werden.«

Christopher stutzte, rechnete nach. »Ah, stimmt. Der Vietnamkrieg.«

»Ganz genau. Sie haben halbe Kinder in Uniformen gesteckt, ihnen Gewehre in die Hand gedrückt und sie in den Dschungel geschickt, wo viele nicht mal die erste Woche überlebt haben.«

»Auch ein guter Grund, so etwas wie Hide-Out zu bauen«, meinte Christopher.

Immerhin: Derartige Kriege würde es nicht mehr geben, wenn die Kohärenz erst einmal gesiegt hatte. Dann würde nie wieder ein Mensch gegen einen anderen die Hand erheben. Frieden würde herrschen, für alle Zeiten.

Vielleicht musste er sich ab und zu solche Aspekte vor Augen halten. Vielleicht würde es ihm dann einst, wenn das Unausweichliche geschah, nicht so schwerfallen, es zu akzeptieren.

»Der Gedanke, Hide-Out zu einem echten Schutzbunker auszubauen, kam Anfang der Achtziger wieder auf, als die USA und die UdSSR heftiger aufrüsteten als je zuvor. Damals sind Luftfilter installiert worden, Schutztüren und noch ein paar Dinge. Alles ziemlich primitiv, weil schlicht und einfach das nötige Geld fehlte. Mit dem Ausbau von Hide-Out, wie es heute dasteht, haben wir erst vor etwa vier Jahren begonnen.«

Christopher stutzte. Warum hatte er eigentlich noch nie vorher darüber nachgedacht? Die ganzen technischen Installationen in dem Bunkersystem: Das waren Millionenwerte.

Allein die Stahltür, die die große Höhle abriegeln konnte... und die gigantischen Lebensmittelvorräte...

»Und woher hattet ihr damals das Geld dafür?«

Clive Tucker lächelte versonnen, den Blick hinaus in die Nacht gerichtet, auf die einsame Fahrbahn im Licht der Scheinwerfer. »Das ist eine lange Geschichte«, sagte er. »Und du wirst sie mir kaum glauben.«

12 | »Ach, hier steckst du.«

Serenity sah auf. War sie so vertieft in den Fortpflanzungszyklus der Seeanemonen gewesen, dass sie ihren Vater nicht hatte hereinkommen hören? Offenbar.

»Ich hab vergessen, dir das zu geben.« Dad legte ihr den Ausdruck einer E-Mail auf den Tisch. »Ist gestern gekommen. Von deiner Freundin, glaube ich. Ich habe es nicht gelesen, nur ausgedruckt.«

»Danke«, sagte Serenity. Im Hintergrund klapperte jemand mit Geschirr. Sie hatte sich absichtlich in die Küche gesetzt, damit ihre Mutter auch sah, dass sie sich mit den *Home Schooling*-Unterlagen befasste. Bloß hatte die sich bisher hier nicht blicken lassen.

Dad hob die Augenbrauen, als er die Übungshefte sah. »Ich wollte dich nicht ablenken.«

»Kein Problem«, sagte Serenity. Sie hatte die Schulsachen sowieso nur aus diesem Grund hervorgezogen: um sich abzulenken. Weil das immer noch besser war, als die ganze Zeit darüber nachzudenken, wo Christopher gerade sein und was er tun mochte.

Sie schob das zusammengefaltete Stück Papier unter ihre Bücher, doch sobald Dad gegangen war, zog sie es wieder hervor.

Betreff: Mail für Serenity Jones! Bitte weiterleiten! Als Absender war *madonna2eagles@gmail.com* angegeben. Die Empfängeradresse sagte Serenity nichts; sicher der Account von jemandem aus Hide-Out.

Hi Serenity, schrieb ihre Freundin, *ich hoffe, die Mail erreicht dich. Es ist nämlich geschafft – »No Longer Lonely« ist im Kasten! Ich kann dir sagen, ich bin so was von erleichtert... Ich dachte zwischendurch schon, das wird nie mehr was. Zack ist dermaßen streng, das glaubst du nicht. Und das Blöde ist, er hat fast immer recht. Er hört noch den kleinsten Fehler, und wenn er sagt, die und die Stelle ist zu lasch, dann denkst du erst, jetzt spinnt er, aber wenn du dir's dann noch mal anhörst, musst du zugeben, es stimmt. Also hab ich das Lied eine Million Mal oder so gesungen, ehe Zack endlich zufrieden war.*

Serenity musste lächeln. Auch das Leben eines Popstars war mit Arbeit verbunden. Ob sich Madonna das wohl so vorgestellt hatte? Vermutlich schon. Sonst hätte ihre Mail nicht so... *glücklich* geklungen.

Und jetzt ist es so weit! Der Song steht seit gestern auf allen Portalen zum Download bereit und im Lauf der Woche kommt er auch als Single-CD in die Läden. Ich bin ja soo gespannt!

Dass das Lied ein Erfolg werden würde, stand für Serenity außer Frage. Schließlich war Madonnas selbst gemachtes Video schon ein Hit gewesen.

Übrigens habe ich dir den Song als MP3-Datei an diese Mail angehängt; ich hoffe, er gefällt dir!

Mist. Die Datei hatte ihr Dad natürlich nicht heruntergeladen. Sie ärgerte sich wieder einmal, dass er ihr verbot, Hide-Out zu verlassen. Hätte sie die Mail in einem Internet-Café gelesen, hätte sie sich das Lied gleich anhören können. Jetzt konnte sie nur hoffen, dass es bald im Radio kam.

Zack hatte es sehr eilig mit dem Song, damit wir auf dem Markt sind, ehe Cloud ihre Version herausbringt. Er meint, dass das bestimmt nicht mehr lange dauern wird. Und hey, ich bin wesentlich ausdauernder im Studio als Cloud! O-Ton Zack! Nicht schlecht, oder?

Zack Van Horn war Produzent der Sängerin Cloud gewesen, deren Karriere nach vielen erfolglosen Jahren in letzter Zeit sensationell abgehoben hatte. Zu Van Horns Enttäuschung war Cloud vor Kurzem für viel Geld zu einem der richtig großen Labels gewechselt – was Serenity gut fand, denn so konnte er sich nun völlig auf Madonna Two Eagles konzentrieren.

Jetzt geht es ans Album. Und obwohl ich noch ganz fertig von der Arbeit an dem einen Lied bin, kann ich es kaum erwarten weiterzumachen. Die Musiker, mit denen ich zu tun habe, sind großartig. Sie sind natürlich alle Profis, aber ich habe nicht das Gefühl, dass irgendeiner von ihnen deswegen auf mich herabschaut. Im Gegenteil, sie sagen immer wieder, dass sie meine Lieder toll finden, und ich glaube, sie meinen das auch so. Sie müssten das ja nicht sagen; dafür kriegen sie nicht einen Cent zusätzlich. Irgendwie lerne ich gerade jeden Tag mehr als in meinem ganzen bisherigen Leben, was Musik anbelangt. Ach, ich wollte, du wärst hier anstatt meines ewig grimmigen Bruders. George langweilt sich entsetzlich. Ich hab ihn im Verdacht, dass er sich ärgert, weil er hier nicht mehr der Exot ist. Hier kann er den Super-Indianer raushängen, so viel er will, das kümmert keinen, weil hier Leute aller Hautfarben, Kontinente, Religionen und so weiter zusammen sind. Das spielt hier alles keine Rolle, weil die Musik alle miteinander verbindet. Nur George nicht. Also ist er wütend, die alte Schlange.

Das war eine Anspielung auf Georges indianischen Kriegernamen, George Angry Snake. Madonna selber hatte für diese Traditionen wenig übrig.

Wenn das Album fertig ist, müssen wir uns dringend treffen!!! Entweder komme ich zu euch – oder du zu uns. Dann könntest du auch sehen, in was für einer abgefahrenen Umgebung wir wohnen: Das Ganze ist eine riesige Ferienanlage, wo siebenhundert Familien unterkommen könnten. Tatsächlich aber ist kein Mensch hier, weil die Anlage zwei total zerstrittenen Brüdern gehört, die sich über nichts einigen können, nicht mal darüber, wie viel Miete sie verlangen wollen – also lassen sie's lieber leer stehen! Die Leute, die die Küche und so weiter betreiben, sind angeblich Freunde von Zack, aber in Wirklichkeit sind es, glaube ich, Typen, die sich vor der Steuerbehörde verstecken. Alles ziemlich schräg. Ich könnte jeden Tag ein neues Zimmer beziehen, wenn ich wollte, und wäre in zwei Jahren noch nicht durch! Was ich natürlich nicht tun werde, denn irgendwann würde ich mich verlaufen und wäre darauf angewiesen, dass George mich findet.

Serenity musste lachen.

Und du? Schreib mir doch auch mal, meine neue Mail-Adresse hast du jetzt ja. Ich würde so gern wissen, ob endlich was läuft zwischen dir und dem König der Hacker. Oder ob ich ihm ein User Manual für Mädchen schicken muss.

Alles Liebe

Deine Freundin
Madonna Two Eagles
Serenity ließ das Blatt sinken. Die letzten Worte hatten ihr einen Stich versetzt. Sie wusste gar nicht genau, warum eigentlich. War es Ärger, dass sich Madonna in etwas einmischte, das sie gar nichts anging? Schließlich hatte sie selber auch keinen Freund, wieso versuchte sie dann, andere zu verkuppeln?

Außerdem war ja nichts zwischen Christopher und ihr. Und vermutlich war das auch gut so. Entschlossen faltete Serenity das Blatt wieder zusammen und schob es in ihr Arbeitsheft.

Oder war es doch Enttäuschung? Hätte sie es denn nicht gerne gehabt, wenn sich Christopher mehr für sie interessiert hätte?

Sie wusste es nicht. Immer noch nicht, obwohl sie darüber nachgrübelte, seit ihr Christopher über den Weg gelaufen war.

Im Grunde war es keine Frage: Christopher lebte in der Welt der Computer, der Bits und Bytes und Betriebssysteme, und nahm kaum wahr, dass andere Menschen um ihn herum existierten. Er war verdammt clever, was Programme anbelangte, und ein Vollidiot, wenn es um Gefühle ging. Er konnte in einem Moment umgänglich und gesprächig sein und im nächsten verschlossen und stumm wie ein Fisch. Mit einem Satz: Er war geradezu das Gegenteil von dem, was man sich unter einem akzeptablen Boyfriend vorstellte.

Andererseits hatte Serenity sich im Verdacht, dass sie gerade das interessant fand.

Himmel, war das alles verworren!

Und dann, als sie versuchte, ihre Aufmerksamkeit wieder dem Fortpflanzungsverhalten der Seeanemonen zuzuwenden (ob die wohl auch solche Probleme miteinander hatten?), kam ihr ein Gedanke, bei dem sich ihr das Herz im Leib verkrampfte.

Was, wenn es einen ganz anderen Grund hatte, dass Christopher so förmlich mit ihr umging? Wenn es gar nichts mit Computern zu tun hatte, sondern mit etwas ganz anderem?

Was, wenn Christopher in Wirklichkeit immer noch in Madonna Two Eagles verliebt war?

13 | »Wie gesagt: Ist eine lange Geschichte«, sagte Clive. »Willst du sie hören?«

»Na klar.«

»Okay.« Der Mann mit dem geflochtenen Bart schnaufte, als gelte es, eine schwere Arbeit in Angriff zu nehmen. »Zunächst musst du wissen, dass ich in jungen Jahren im Hide-Out gelebt habe, irgendwann aber fortgegangen bin, genau wie Brian oder viele andere.«

Christopher nickte. Brian war ein alter Freund und Weggefährte von Jeremiah Jones. Er war es, der die Gruppe überhaupt erst ins Hide-Out geführt hatte.

»Das ist unser Netzwerk, verstehst du? All die Leute, die mal im Hide-Out gelebt haben. Ohne die hätten wir es schwer, deswegen organisieren wir alles so, dass wir sie notfalls alle wieder aufnehmen könnten. Falls sich doch mal eine bedrohliche Situation in der Welt entwickelt.«

»Verstehe«, sagte Christopher. So also war das.

»Bei mir war's die Liebe«, fuhr Clive fort. »Ich hab eines Tages jemanden kennengelernt, der eben nicht irgendjemand war, sondern – *Zack! Bumm! Wow!* – der eine Mensch, mit dem man zusammenbleiben will, weil alles andere sinnlos wäre. Wie es halt so geht. Sie hieß Mary, war wunderschön und so weiter und so weiter. Aber sie war in Hide-Out nicht glücklich. Also bin ich mit ihr zusammen fortgegangen.«

Christopher dachte an Serenity und fragte sich dann, warum sie ihm ausgerechnet jetzt einfiel. Eine Freundin zu haben, mit allem, was damit zusammenhing – sich anzufassen, sich zu küssen und so weiter –, war ihm bisher immer vorgekommen wie etwas, das andere Leute betraf, nicht ihn. Er war einfach nicht der Typ dafür. Er mochte Dinge, die Mädchen nicht mochten, benahm sich auf eine Weise, die Mädchen nicht ansprach... Nicht, dass er's sich nicht gewünscht hätte. Manchmal. Selten eigentlich. Irgendwie hatte er gelernt, solche Wünsche gar nicht erst hochkommen zu lassen. Besser, man hielt sich aus einem Spiel raus, für das man kein Talent hatte, oder?

Und wenn er sich Hoffnungen auf ein Mädchen wie Serenity machte, war das... also, *größenwahnsinnig* war noch untertrieben. Einmal hatte er sie, aus Versehen, halb nackt gesehen. Dieses Bild, wie sie da mit bloßem Oberkörper am Seeufer saß, strahlte in seiner Erinnerung wie eins dieser von hinten beleuchteten Werbeplakate. Man sah Serenity immer nur in unscheinbaren Schlabberklamotten, aber darunter war sie, wow, ein atemberaubend schönes Mädchen, mit ihren wilden Löwenhaaren und all diesen wundervollen Sommersprossen...

Nein, besser, er ließ das Träumen bleiben. Alles andere würde nur zu schrecklichen Enttäuschungen führen.

Clive erzählte weiter. »Wir haben geheiratet und sind nach

Kansas gezogen, weil Mary dort eine Stelle als Lehrerin an einer Grundschule gekriegt hat. Ich hab mir einen Job in einer Autowerkstatt geangelt, wir hatten ein Häuschen im Grünen, alles war bestens. Das Einzige, was gefehlt hat, waren Kinder, aber das war nur eine Frage der Zeit, dachten wir.« Seine Stimme bekam einen dünnen Klang. »Stattdessen wurde Mary krank.«

»Oh«, machte Christopher unbehaglich.

Clives Blick war starr geradeaus auf die Straße gerichtet. Er schien sich in Erinnerungen zu verlieren, in schönen wie in traurigen. Als Christopher fast nicht mehr damit rechnete, fuhr Clive mit brüchiger Stimme fort: »Anderthalb Jahre später ist sie gestorben. Wir haben alles versucht, jede Therapie, die es gab, egal, was es gekostet hat. Ich habe Kredite aufgenommen, so viel ich kriegen konnte. Am Schluss hatte ich gerade noch genug Geld, um meine Mary anständig zu beerdigen. Eine Woche darauf kam der Brief von der Bank. ›Einladung zu einem Gespräch über meine finanzielle Situation‹ nannten sie es, aber mir war klar, worauf es hinauslaufen würde: Ich würde alles verlieren, was ich besaß, und den Rest meines Lebens Schulden abzahlen.«

Christopher schluckte. Zu erleben, wie dieser Mann das erzählte, ließ ihn ahnen, wie sehr Clive seine Frau geliebt haben musste. Auf einmal verstand er, dass es das war, was Liebe ausmachte: dass man für den anderen alles auf sich nahm, was nötig war. Dass der andere einem wichtiger war als man selbst.

Clives Erzählung ließ Christopher an seine Mutter denken, die sich einst auf andere Weise in eine ähnliche Situation manövriert hatte. Letztendlich hatte das zu dem Coup geführt, der Christopher den Ruf eingebracht hatte, der beste Hacker der Welt zu sein. Jener Coup, der die glückliche Zeit seines Lebens beendet hatte.

Jener Coup, mit dem letztlich alles angefangen hatte – sogar die Entstehung der Kohärenz.

»Ich ging natürlich hin«, fuhr Clive fort. »Was hätte ich schon anderes tun sollen? Der Termin war abends, nach dem offiziellen Schalterschluss. Das machten sie immer so, wenn es ernst wurde – die anderen Kunden sollen es nicht mitkriegen, falls jemand anfängt, herumzuschreien oder in Tränen auszubrechen. War eine große Filiale, die Hauptgeschäftsstelle von Kansas. Und niemand mehr da, nur ich und die Wachleute und mein Bankberater. Ich weiß nicht, wer von uns beiden bleicher im Gesicht war. Er kannte meine Geschichte ja, aber er konnte auch nichts machen. Da waren eben diese Schulden. Ich hatte sie schwarz auf weiß vor mir. Er sagte: ›Tja, Clive, schauen wir mal‹, und rief an seinem Computer mein Konto auf.« Clive grinste dünn. »Ich sehe ihn noch vor mir. Tim hieß er. Tim Briggs. Ich sehe noch, wie er auf den Schirm schaut und wie seine Augen immer größer und größer werden. Und dann flüstert er: ›Jemand hat Ihnen *eine Milliarde Dollar* überwiesen.‹«

Christopher schnappte nach Luft. »Doch nicht etwa –?«

»Na klar. Davon wusste ich in dem Moment natürlich noch nichts – niemand wusste das –, aber es war der Tag, an dem ein gewisser *ComputerKid* im fernen Deutschland die Banken aufs Kreuz legte, wie sie noch nie aufs Kreuz gelegt worden waren. Der Tag, an dem ein dreizehnjähriger Hacker jeden Menschen auf Erden zum Milliardär gemacht und damit die verrückteste Finanzkrise aller Zeiten ausgelöst hat.«

»Aber wie kann das –?« Christopher hielt inne, rechnete. Er hatte den Virus, der im Computersystem der Banken zahllose Trillionen aus dem Nichts erzeugt hatte, um genau 23:51 Uhr Mitteleuropäischer Zeit abgeschickt. Kansas lag im Mittleren Westen der USA, dort musste es gerade 16:51 Uhr gewesen sein. Rechnete man noch eine gute Stunde dazu, bis sich all die Buchungen, Gegenbuchungen und Löschaktionen durch das System verbreitet hatten... »Wie spät war es in dem Moment?«

»Kurz nach sechs. Wie gesagt, Tim und ich waren allein in der Bank. Abgesehen von den Wachleuten natürlich.«

Christopher konnte es kaum fassen. »Das haut hin. Das war meine Milliarde.«

»Klar war sie das.« Jetzt grinste Clive übers ganze Gesicht.

»Das heißt, Sie waren einer der Ersten, bei denen die Buchung angekommen ist!« Das hatte er damals extra so eingerichtet: Zu viele Buchungen der gleichen Art zur gleichen Zeit wären den Routinen aufgefallen, die Fehler abfangen sollten. Deswegen hatte er seinen Virus so programmiert, dass die Datenpakete mit zyklischer Verzögerung ausgelöst wurden.

»Muss wohl so gewesen sein. Auf jeden Fall sitze ich da und in meinem Kopf ist nur ein Gedanke: Das war Mary. Sie hat aus dem Jenseits eingegriffen und ein Wunder bewirkt. Ich darf es jetzt nicht versauen. Also bleibe ich völlig cool und sage: ›Das ist eine Erbschaft. Kommt gerade rechtzeitig, was?‹ Und dann habe ich ihn gebeten, meine Schulden zu tilgen und mir zwanzig Millionen von dem Geld auszuzahlen. In bar.«

Christopher lachte auf. »Ehrlich?«

»Ja. Natürlich hat er sich gewundert. Wollte wissen, wer mir das Geld vererbt hätte und so, weil die Überweisung offenbar aus irgendwelchen dunklen Kanälen gekommen war...«

Christopher nickte. Dunkle Kanäle, das konnte man wohl sagen. Er hatte Schwachstellen im System ausgenutzt, von denen die Fachleute in den Rechenzentren der Banken später gesagt hatten, sie seien ihnen unbekannt gewesen. Dabei hätten sie nur einmal ihre eigenen Handbücher genau durchlesen müssen. Nichts anderes hatte er nämlich getan. Die Dinger hatten eingestaubt im Keller gestanden, weil sein Vater in der IT-Abteilung der Bank gearbeitet hatte. Und so viel Text war das nicht gewesen, ein paar Ordner voll. Fünftausend Seiten oder so. Durchlesen und gründlich drüber nachdenken: Mehr hatte er nicht gemacht.

»Und dann?«, fragte Christopher gespannt.

»Er wollte mich auf den nächsten Tag vertrösten. Es sähe jetzt ja alles gut aus, also hätte es keine Eile, und so spät am Abend könne er ohnehin nichts machen... ›Hören Sie‹, sagte ich, ›wenn das Geld nicht rechtzeitig aufgetaucht wäre, hätten Sie heute Abend noch eine Menge mit mir gemacht, oder? Sie können sich's aussuchen. Wenn ich morgen wiederkommen muss, geh ich mit meinem Vermögen zu einer anderen Bank, so einfach ist das.‹ Na, das wollte er natürlich nicht. Einen Milliardär gehen lassen? Sein Chef hätte ihm den Kopf abgerissen. Also ist er los, hat mir alle Urkunden und Hypothekenbriefe und was er sonst so von mir hatte, zurückgegeben. Er hat meine Schulden getilgt und bereinigt – das war schließlich laut Brief der Zweck des Treffens gewesen.« Clive grinste. »Und dann ist er tatsächlich in den Tresorraum und hat Bargeld geholt. Es war ihm schrecklich unangenehm, dass er mir nur elfeinhalb Millionen geben konnte; mehr sei nicht da. ›Okay‹, sage ich, ›das reicht fürs Erste.‹ Und zehn Minuten später spaziere ich mit einem Koffer voller Dollarnoten aus der Bank.«

»Wahnsinn«, stieß Christopher hervor.

Clive gluckste belustigt. »*Völliger* Wahnsinn. Ich bin nach Hause, hab in Windeseile das Auto vollgepackt und bin abgedüst, so schnell es ging. Mir war sonnenklar, dass ein Fehler passiert sein musste. Weder in meiner noch in Marys Familie gab es irgendwelche reichen Leute, ganz zu schweigen von einem Milliardär. Die Bank würde das Geld zurückverlangen und die Tilgung der Schulden für ungültig erklären, sobald sie den Fehler bemerkte. Und dann wollte ich nicht mehr da sein. Das Haus sollten sie meinetwegen kriegen, aber die elfeinhalb Millionen, die nicht.« Wehmut lag in seinem Blick. »Ich dachte in dem Moment immer noch, das sei ein Geschenk von Mary. Ich wusste ja nicht, was wirklich dahintersteckte.«

Christopher nickte. Es war eigentümlich, diese Geschichte zu hören. Er selber erinnerte sich nur zu gut daran, wie er an jenem Abend in die Bank geschlichen war, in das Büro seiner Mutter. Er hatte ihren Computer gebraucht, um den Virus in das Banksystem einzuschleusen. Bis auf den Monitor und die Schreibtischlampe war es dunkel im Raum gewesen, und er hatte eine grandiose Aussicht auf die Skyline von Frankfurt gehabt. Und dann die Eingabetaste gedrückt und die Welt ins Chaos gestürzt.

Natürlich hatten sie ihn schnell erwischt. Nur konnten sie ihm nichts anhaben; er war erst dreizehn Jahre alt und damit noch nicht strafmündig gewesen. Er stand den IT-Spezialisten tagelang Rede und Antwort und zuletzt blieb den Banken nichts anderes übrig, als aus den Datensicherungen den Zustand vom Tag zuvor wieder herzustellen. Genau das, was Christopher beabsichtigt hatte, denn damit waren auch die Optionskäufe seiner Mutter, die die Familie ins Unglück gestürzt hätten, annulliert.

»Ich bin erst mal nach Westen, hab in irgendeinem Motel in Colorado übernachtet«, erzählte Clive weiter. »Als ich am nächsten Morgen beim Frühstück sitze, war es schon *das* Thema im Fernsehen. Alle Banken geschlossen, alle Geldautomaten abgeschaltet, die Geschäfte akzeptierten keine Schecks und keine Kreditkarten mehr, alle Fachleute ratlos, wie es mit einer Welt weitergehen soll, in der jeder Milliardär ist. Irgendjemand hat von der Apokalypse des Finanzsystems gesprochen. Da ist mir Hide-Out wieder eingefallen. Also bin ich kurzerhand hierher zurückgekommen, und da die Welt dann bekanntlich doch nicht untergegangen ist, haben wir die Millionen verwendet, die Anlage nach und nach zu erneuern.«

Christopher spürte eine Gänsehaut über seinen Rücken laufen. »Wow«, sagte er ehrfürchtig. »Das ist unglaublich.«

»Ja, nicht wahr?« Clive sah ihn von der Seite an. »Auf jeden Fall«, sagte er, »hast du noch was gut bei mir. Okay?«

»Okay«, gab Christopher zurück, ratlos, was das nun wieder heißen mochte.

14 | Kurz vor der Stadtgrenze von Los Angeles bog Clive vom Highway ab und machte schließlich an einem Einkaufszentrum halt, das aussah wie alle Einkaufszentren, die Christopher in diesem Land bisher gesehen hatte. Er drehte die Scheibe herunter und bildete sich ein, den Ozean zu riechen, was vermutlich eine Selbsttäuschung war; es mussten noch wenigstens dreißig Kilometer bis zur Küste sein. Los Angeles war ein Koloss von einer Stadt, ähnelte eher einer ansteckenden Krankheit, die Hügel und Täler befiel und deren Ausschlag die Form von Straßen und Häusern annahm.

Inzwischen war es Nacht geworden. Eine Diskothek und eine Kegelbahn hatten geöffnet, eine Menge Leute standen herum, viele davon telefonierten. Niemand achtete auf sie.

»Sag, wenn es kein guter Platz ist«, meinte Clive. »Wir können auch woandershin fahren.«

Direkt vor ihnen standen Plakatwände. Auf allen, ohne Ausnahme, klebte dasselbe Plakat, und zwar genau jenes, von dem Christopher vor ein paar Tagen in Wells nur den ersten Teil gesehen hatte. *Internet war gestern* verkündete es, und darunter: *Am 8. Juni beginnt die Zukunft.* Daneben prangte das Gesicht von John Salzman, dem Gründer von *FriendWeb*. Christopher fragte sich flüchtig, was das wohl sollte. *FriendWeb* war kürzlich an die Börse gegangen; hatten sie dabei so viel Geld eingesackt, dass sie jetzt nicht wussten, wohin damit?

»Doch«, sagte er. »Der Platz ist okay.«

»Okay oder bloß okay?«

»Der Platz hier ist so gut wie jeder andere.« Eine Menge Leute, die telefonierten, das war gut. Das hielt die Netzknoten beschäftigt und machte die Daten unübersichtlich.

Wobei... Für die Kohärenz spielte das keine Rolle.

»Du bist der Boss«, meinte Clive. »Ich hab keine Ahnung, wie das abläuft mit diesem Feld. Du musst mir sagen, was ich tun soll.«

»Mich zurückholen«, sagte Christopher. »Aber ich muss erst noch was erledigen.«

Er drehte sich nach seinem Reisesack um, der auf dem Rücksitz lag, und holte den Laptop heraus. Als er hochgefahren war, startete Christopher ein Programm, das er direkt nach seiner Ankunft in Hide-Out geschrieben hatte.

Natürlich war es möglich, dass die Kohärenz damit rechnete, dass er genau so ein Programm einsetzen würde. Es war sogar wahrscheinlich. Aber kein Grund, es nicht trotzdem zu versuchen.

»Du checkst irgendwas«, sagte Clive, als die Zahlenkolonnen über den Schirm rannten.

»Die Register meiner Chips«, erklärte Christopher. »Ich verbinde mich per Bluetooth mit ihnen, lese die Speicherinhalte aus und vergleiche sie mit den Daten, die ich gesichert habe.«

»Die Chips in deinem Kopf?«, hakte Clive nach. »Du verbindest dich von diesem Laptop aus... mit deinem eigenen Schädel?«

»Ja.«

»Unglaublich«, sagte der Mann, der selbst so viel Unglaubliches erlebt hatte.

Der Balken lief auf die hundert Prozent zu. »Ich muss das vorher und nachher machen, um sicher zu sein, dass die Chips unverändert sind«, erklärte Christopher.

»Kann das passieren? Dass sich da was verändert?«

»Es ist mir einmal passiert«, sagte Christopher düster. »Und einmal reicht fürs Leben.«

Die Chips schienen okay zu sein. Die Registerinhalte waren unverändert, was hieß, dass die Tarnfunktion weiterhin aktiv sein musste. Nach allem, was er wusste, würde die Kohärenz nicht imstande sein, ihn zu identifizieren.

Er legte den Laptop auf den Rücksitz. »Okay«, sagte er. »Haben Sie eine Armbanduhr mit Sekundenzeiger?«

»Ja«, sagte Clive Tucker und strich den linken Ärmel seines Overalls zurück. Der Overall war heute dunkelblau, was ihn schon fast zivil aussehen ließ.

»Behalten Sie sie im Auge. Von dem Moment an, in dem ich ›jetzt‹ sage, warten Sie genau drei Minuten. Wenn ich bis dahin nicht wieder zurück bin, müssen Sie mich holen.«

Clive musterte ihn stirnrunzelnd. »Und wie mach ich das?«

»Sie rütteln mich, schütteln mich, geben mir eine Ohrfeige, wenn es sein muss. Hauptsache, Sie wecken mich wieder auf.«

»Okay. Das mit der Ohrfeige hast du gesagt.«

»Wichtig ist«, sagte Christopher eindringlich, »dass Sie auf die Zeit achten. Drei Minuten. Keine Sekunde länger.«

»Hab ich verstanden.«

»Gut«, sagte Christopher.

Er atmete ein paar Mal tief durch, ruckelte sich bequem im Sitz zurecht. Als ob es darauf ankäme! Das tat es natürlich nicht.

Wenn alles klappte, wie er sich das vorstellte, würde er sowieso keine drei Minuten brauchen. Im Feld lief alles viel, viel schneller ab. Er würde die Welt einmal umrundet haben, ehe der Sekundenzeiger eine Stelle weitergerückt war.

Bloß hatte es bisher noch nie so geklappt, wie er es sich vorgestellt hatte.

Er spürte, dass er Angst hatte. Bislang hatte er jedes Mal, wenn er mit der Kohärenz in Kontakt getreten war, eine unangenehme Überraschung erlebt. Es war durchaus angebracht, sich zu fragen, was diesmal auf ihn wartete.

Aber das wollte sich Christopher nicht anmerken lassen. Außerdem war es zu spät, es sich noch einmal anders zu überlegen.

»Okay«, sagte er und schloss die Augen. »Jetzt.«

Im gleichen Moment aktivierte er die beiden Chips in seinem Kopf. Ein Gedanke genügte und er spürte, wie sie aktiv wurden.

Ins Feld zu gehen, war bisher immer gewesen, als beträte er ein Land, das sich jedem Versuch, es zu beschreiben, entzog. Ein Land, dessen Landschaften aus Daten bestanden und in dem es keine Wege gab, weil man seinen Ort gedankenschnell und ohne Mühe wechseln konnte, ja weil es gar keinen Sinn machte, überhaupt von einem Aufenthaltsort zu sprechen. Man bewegte sich durch Licht, das aus Informationen bestand, überwand unsichtbare Schutzwälle, musste Fallen entgehen, die sich zugleich überall und nirgendwo befanden, hörte Stimmen, die man nicht hören konnte, aber dennoch verstand, Stimmen, die die Stimmen vieler und trotzdem eins waren... Und letztendlich waren all diese Beschreibungen falsch, weil es schlicht und einfach keine Worte für das gab, was das Feld war.

Diesmal jedoch – passierte gar nichts. Christopher aktivierte die Chips, aber das Feld ließ ihn nicht ein.

15 | »Es war, als würde ich gegen eine Wand rennen«, erklärte Christopher am nächsten Tag, als sie wieder zurück waren.

Sie saßen in der Werkstatt zusammen, im hinteren Teil, wo sich Jeremiah Jones eine Art Büro eingerichtet hatte. Eine große Karte der USA hing an der Wand, bestückt mit bunten Nadeln und Haftnotizen. Daneben reihten sich Ausdrucke seines Artikels, an dem er bis zuletzt gefeilt hatte.

»Und du bist sicher, dass es nicht einfach an einem fehlerhaften Mobilfunkmast oder so etwas lag?«, fragte Jones.

Das war natürlich das Erste, was Christopher überprüft hatte. »Wir haben ein Dutzend Standorte durchprobiert. Das hat die halbe Nacht gedauert. Überall das Gleiche.«

»Deswegen haben wir auch die blinde Zeit um zwei Uhr früh verpasst«, warf Clive Tucker ein.

Christopher war müde bis auf die Knochen. Es hatte schon gedämmert, als sie endlich nach Hide-Out hatten einfahren können. Er hatte drei Stunden geschlafen, aber er fühlte sich, als seien es nur drei Minuten gewesen.

Jones rieb sich das Kinn. »Hmm. Und was bedeutet das?«

Christopher hob die Schultern. »Keine Ahnung.«

»Ach, komm. Erzähl mir nicht, dass du nicht wenigstens eine Theorie hast, ComputerKid.«

Ja, die hatte er natürlich. Das Problem war, sie so zu formulieren, dass jemand anders sie verstand.

»Du hast gesagt«, fuhr Jeremiah Jones fort, »der zweite Chip verhindert, dass dich die Kohärenz erkennt –«

»Das muss auch immer noch so sein«, sagte Christopher. »Es ist die Zusammenschaltung der beiden Chips. Der Virus in dem einen unterdrückt die Identifikation des anderen. Und der andere unterdrückt den Virus.«

»Aber die Kohärenz muss gemerkt haben, dass du es bist. Sonst hätte sie dich doch nicht blockiert.«

Christopher massierte sich die Schläfen und sehnte sich nach einer heißen Dusche und seinem Bett. »Als ich das letzte Mal im Feld war, da hat die Kohärenz von mir gewusst, ja. Aber sie hat mich bemerkt, weil ich eine Gruppe von Upgradern unter meine Kontrolle gebracht habe. Als sie mich dann angegriffen hat...« Er musste schlucken, als er an diesen Moment zurückdachte. Daran, wie ihn die ungeheure geistige Kraft der Kohärenz in die Knie gezwungen hatte. »Sie hat mich nicht erkannt. Sie hat geglaubt, ich sei eine *andere* Kohärenz.«

»Wegen der zwei Chips?«, fragte Jones.

»Wahrscheinlich.«

»Kann das sein?«, wollte einer der Hide-Out-Leute wissen. »Dass es *noch* eine Kohärenz gibt?«

»Im Prinzip ja«, sagte Christopher. »Anfangs muss es viele kleinere Kohärenzen gegeben haben. Das Phänomen hat an mehreren Stellen parallel begonnen. Leute haben einfach ausprobiert, was passiert, wenn man Gehirne miteinander verbindet. Nachdem Dr. Connery seine Forschungsergebnisse veröffentlicht hat, war ja bekannt, wie man Nervenzellen mit elektronischen Schaltkreisen koppelt.« Mann, er hatte richtiggehende Kopfschmerzen! Hoffentlich kam das tatsächlich nur von der Müdigkeit. »Jedes Mal, wenn zwei Kohärenzen miteinander in Kontakt geraten sind, ist es zu einer Verschmelzung gekommen. Die stärkere hat jeweils die schwächere dominiert, sie sozusagen aufgesogen. Am Schluss ist die eine übrig geblieben, mit der wir es zu tun haben.«

»Aber theoretisch könnte es noch eine andere geben?«, vergewisserte sich Jones.

»Klar. Es brauchen bloß irgendwo ein paar Leute auf die Idee kommen, sich Internet-Schnittstellen ins Hirn zu pflanzen, und schon geht alles wieder von vorne los.« Christopher beugte sich vor, stützte die Hände auf die Knie. »Es ist nur so: Eine andere Kohärenz zu übernehmen – das ist enorm anstrengend. Auch wenn es eine viel kleinere Gruppe ist. Das ist ein Prozess, der alle Kraft braucht.« Er seufzte. »Ich schätze, genau das ist es, was im Moment passiert. Die Kohärenz kann mich gestern Abend nicht bemerkt haben. Es ging auch gar nicht um mich. Sie hat sich schlicht und einfach abgeschottet, weil sie etwas vorhat, für das sie all ihre Energie braucht.«

»Aber was das ist, wissen wir damit immer noch nicht«, stieß Jones hervor. Er schnellte von seinem Stuhl auf und begann, auf und ab zu tigern. »Diese Wand – meinst du, es ist technisch möglich, sie zu durchdringen?«

Christopher spürte plötzlich Ärger in sich aufwallen wie Dampfblasen in Wasser, das zu kochen beginnt. »Wir sind hier nicht in diesen Fernsehserien, wo der Held in jeder Folge denselben Trick abzieht«, erwiderte er knurrig.

Im nächsten Moment war der Ärger bereits wieder verpufft, als sei ihm die Energie ausgegangen, und es tat Christopher leid, dass er so heftig reagiert hatte.

»Sie wissen schon«, sagte er mit einer wegwerfenden Handbewegung. »McGyver und so. Der Six-Million-Dollar-Man. Immer dasselbe Schema. Die Geschichte spitzt sich zu, bis der Held seine Superkräfte einsetzt und den Tag rettet. Aber so läuft das in Wirklichkeit nicht. Das meinte ich.«

Jones schien nicht zu verstehen, wovon Christopher redete. »Ich fürchte, ich hab zu früh aufgehört fernzusehen, um mitreden zu können.«

Christopher seufzte. Okay. Wahrscheinlich war er es selber, der zu viel ferngesehen hatte. »Was ich damit sagen wollte«, erklärte er, »war, dass ich im Moment keinen Anhaltspunkt habe, wie sich diese Barriere überwinden lässt.«

»Aber vielleicht findest du irgendwann einen.«

»Vielleicht«, sagte Christopher, weil er nicht einfach bloß Nein sagen wollte.

Anthony Finney machte den Vorschlag, einen gewissen George zu kontaktieren, und dann ging das Gespräch eine Weile um Leute, deren Namen Christopher nichts sagten. Er wandte den Kopf, ließ den Blick über den vorderen Teil der Werkstatt streifen, der im Halbdunkel lag. Er betrachtete all die Geräte, die Drehbänke, Fräs- und Bohrmaschinen, von denen die meisten noch recht neu glänzten, und musste wieder an das denken, was Clive Tucker ihm erzählt hatte. Irgendwie ging ihm die Geschichte nicht aus dem Kopf.

Und es gab noch etwas, das ihm nicht aus dem Kopf ging ... Er fragte sich immer noch, ob es klug war, es zu erwähnen, aber irgendwie war ihm auch nicht wohl dabei, es zu verschweigen, also sagte er: »Eine Sache habe ich gefunden, die möglicherweise interessant ist.«

Stille. Als hätten sie alle nur darauf gewartet, dass er etwas von sich gab.

»Erzähl«, forderte Jeremiah Jones ihn auf.

Christopher sah Clive Tucker an. »Wir haben auf der Rückfahrt in diesem Truckstopp haltgemacht, ich weiß nicht mehr genau, wo ...«

»Kurz vor Needles«, sagte Clive. »Um ein bisschen was zu essen und weil wir sonst zu früh dran gewesen wären. Die blinde Zeit hat ja erst um fünf Uhr zehn begonnen.«

»Die Tischuntersetzer dort haben mich darauf gebracht«, fuhr Christopher fort. »Auf denen war dasselbe Motiv wie auf dem Plakat, das der Typ in Wells vor ein paar Tagen angeklebt hat, gerade als wir dort waren. Gestern waren, egal wo wir hingekommen sind, alle Plakatwände voll mit Werbung für *FriendWeb*. Da läuft gerade eine gigantische Kampagne.«

»Die sind grade überall«, bestätigte Patrick, der in letzter

Zeit die Einkaufsfahrten organisiert hatte. »Man hat das Gefühl, die haben sämtliche Werbeflächen gemietet, die's überhaupt gibt.«

Christopher nickte. »Wie gesagt, ich hab mir die Tischuntersetzer angeschaut. Am unteren Rand stand ganz klein der Name der Druckerei. Und da der Truckstopp kostenloses Wi-Fi hatte, habe ich mich mal bei denen eingehackt.« Er sah Clive entschuldigend an; er hatte ihm nicht erklärt, was er machte. »Ich habe rausgefunden, dass der Text für diese Untersetzer am zweiundzwanzigsten Mai geändert worden ist. Die Werbeagentur, die die Kampagne organisiert, hat eine Mail geschickt, dass die Fernsehpräsentation von *FriendWeb* vom achten August auf den achten Juni vorverlegt worden ist. Sie haben eine neue Druckdatei mitgeschickt und verlangt, dass dieser Auftrag höchste Priorität erhält.«

»Und das heißt für uns?«, wollte Jeremiah Jones wissen.

Christopher zuckte mit den Schultern. »Vielleicht gar nichts. »Aber es wäre vielleicht interessant, sich das anzuschauen.« Er warf einen Blick auf den Wandkalender. »Der achte Juni, das ist morgen.«

16 | Dienstagmittag war Christopher nicht beim Mittagessen, und als Serenity nachfragte, hieß es, er schliefe noch. Er war mit Clive erst am frühen Morgen zurückgekommen und hatte sich danach wohl noch mit ihrem Vater und ein paar anderen besprochen.

Später am Nachmittag traf sie ihn unten in der Halle. Er saß da auf den Steinen und starrte die geparkten Autos an, als könne er sich nicht entscheiden, in welches davon er steigen solle.

»Hi«, sagte sie.

Er hob den Blick, lächelte geistesabwesend. »Hi.«

Natürlich war es kein Zufall, dass sie ihn traf. Sie hatte nach ihm gesucht, so unauffällig wie möglich. Aber wenn es nach Zufall aussah, sollte es ihr recht sein.

»Stör ich dich gerade bei irgendwas?«

Er schüttelte den Kopf. »Nein.«

»Madonna hat gemailt. Ich dachte, du magst es vielleicht lesen.«

»Ja«, sagte er.

War das ein schnelles Ja gewesen? Ein neugieriges Ja? Oder sagte er das nur höflichkeitshalber? Unmöglich zu entscheiden. Sie reichte ihm das Blatt.

»Da fehlt ein Stück«, stellte Christopher sofort fest.

»Das war privat«, erwiderte Serenity. »Mädchenzeug.« Vor allem war es der Teil, in dem Madonna wissen wollte, was zwischen Christopher und ihr lief: Das ging ihn nun wirklich nichts an. Deswegen hatte Serenity den Ausdruck an dieser Stelle sorgfältig abgetrennt.

»Verstehe.« Er las es. Wobei man, wenn man Christopher zusah, wie er etwas las, nie das Gefühl hatte, dass er es tatsächlich las; es sah immer aus, als werfe er nur zwei, drei flüchtige Blicke auf eine Seite Text. Aber das genügte ihm anscheinend.

»Scheint ihr ja gut zu gehen«, sagte er also ungefähr null Komma fünf Sekunden später und reichte ihr das Blatt zurück.

»Ja, nicht wahr?«

»Schön«, sagte Christopher.

Leuchteten seine Augen dabei? Es war einfach nicht zu erkennen, was er dachte. Irgendwas beschäftigte ihn, aber was?

Jedenfalls fragte er nicht nach dem Song.

»Leider hat mein Dad die Datei nicht mit runtergeladen«, fuhr Serenity fort. »Ich hätte gern gehört, wie das Lied jetzt klingt, mit einer richtigen Band.«

»Hmm«, machte Christopher.

Serenity biss sich auf die Lippen, zögerte, dann fragte sie rundheraus: »Du bist in Gedanken woanders, oder?«

Christopher sah sie überrascht an, blinzelte. »Ja«, gab er zu. »Irgendwie schon.« Sein Blick wanderte davon. »Ich denke gerade darüber nach, ob es wirklich Zufall ist, wer einem so begegnet im Leben. Wen man trifft unter all den Millionen von Menschen, die man treffen *könnte*. Ist das nur Zufall, oder gibt es womöglich doch so etwas wie Schicksal?«

Serenity sah ihn konsterniert an. So hatte sie Christopher noch nie reden hören. Schicksal? Begegnungen? Bisher hatte sie nicht den Eindruck gehabt, dass Christopher sich sonderlich viele Gedanken über Begegnungen mit anderen machte oder darüber, was solche Begegnungen möglicherweise zu bedeuten hatten.

Mit einem Mal fühlte sie ihr Herz sinken. Ihrer Erfahrung nach redeten Jungs nur dann von Schicksal und dergleichen, wenn sie zu feige waren, einem direkt zu sagen, was Sache war.

Wie war das denn gewesen, als Madonna und ihr Bruder George Hide-Out verlassen hatten? Damals schien es klar gewesen zu sein, dass Christopher nicht in Madonna Two Eagles verliebt war. Was er natürlich nicht direkt ausgesprochen hatte. Aber zwischen den Zeilen hatte er es gesagt. Angedeutet. Oder wenigstens war es ihr so vorgekommen.

Und wenn sie sich geirrt hatte? Sie konnte es ja auch nur zu gut verstehen, wenn Christopher sich in ihre Freundin verliebt hatte – denn Madonna war einfach ... na, Madonna halt und sie nur Serenity, das Mädchen mit den unmöglichen Haaren, den grässlichen Sommersprossen und den schrecklichen Eltern.

War doch okay. War doch einleuchtend. Sie musste es einfach nur akzeptieren.

»Na dann«, brachte sie mühsam hervor. »Ich muss dann mal wieder.« Sie schaute auf ihre Armbanduhr. »Küchendienst.« Was gelogen war, aber egal.

»Okay«, sagte Christopher. »Verstehe. Dann sieht man sich.«

»Ja«, sagte Serenity mühsam. »Genau.«

Dann machte sie, dass sie davonkam.

17 | Am Mittwochabend, den achten Juni, drängten sich alle in der Küche. Niemand fehlte. Sie saßen im Halbkreis vor der Leinwand, auf der sonst eher Spielfilme aus der umfangreichen Videothek von Hide-Out liefen. Jetzt aber war ein Fernsehkanal eingestellt – die Antenne dafür stand gut getarnt auf dem Berg über der Mine.

»Die nachfolgende Sendung wird über alle großen Fernsehkanäle ausgestrahlt, ferner über Satellit und per Livestream«, verkündete eine dezente Frauenstimme, während man nur das *FriendWeb*-Logo sah. »Wir senden live aus dem Huxley-Auditorium in Silicon Valley, San Francisco.«

Das Logo verschwand, und die Kamera glitt über einen Saal voller Leute, die frenetisch Beifall klatschten. Dieser galt einem schlaksigen jungen Mann, der in diesem Moment die weitläufige, sparsam dekorierte Bühne betrat. Es war ebenjener John B. Salzman, dessen Konterfei all die Plakate, Reklameaufkleber und Werbebanner zierte, die behauptet hatten, *Internet war gestern*. Genau dieser Satz prangte auch auf der großen Projektionsfläche hinter der Bühne – und sonst nichts.

John Salzman trug Jeans, ein blaues T-Shirt und Turnschuhe. Es war allgemein bekannt, dass er sechsundzwanzig Jahre alt war und Milliardär. Aber er sah aus wie ein harmloser Student.

»Hi«, sagte er einfach, als der Beifall verebbt war. Er trug ein dezentes Headset und machte keine übertriebenen Gesten. »Im *FriendWeb* wie im Internet geht es vor allem um eines: um Kommunikation. Kommunikation, die immer schneller, einfacher und umfassender wird.«

Er trat an einen Tisch, auf dem allerlei Gegenstände angeordnet waren. Nun, in der Nahaufnahme, die auch hinter ihm auf die riesige Leinwand projiziert wurde, sah man, worum es sich dabei handelte. Der erste Gegenstand, den Salzman in die Kamera hielt, war ein alt aussehender Briefumschlag mit bunten, abgestempelten Briefmarken. »Ein Brief – auf diese Weise haben unsere Urgroßeltern kommuniziert. Ein Brief war langsam, umständlich und hat in der Regel nur genau einen Adressaten erreicht.«

Daneben stand ein Käfig, in dem eine Taube unruhig hin und her wackelte. »Die Brieftaube war etwas schneller, aber dafür noch umständlicher, was das *Interface* anbelangt.«

Ein Morsetaster. »Samuel Morse hat die Kommunikation beschleunigt, aber *einfach* war sie deswegen immer noch nicht.«

Ein schweres, altes Telefon aus schwarzem Bakelit. »Einfach wurde es erst hiermit.« Salzman zog ein modernes Mobiltelefon aus der Tasche und hielt es daneben. »Und damit noch einfacher.« Er erntete Gelächter.

Schließlich blieb er vor einem Bildschirm stehen, auf dem die Startseite von *FriendWeb* zu sehen war. »Und schließlich das Internet und *FriendWeb*. Eine einzige Nachricht, die all Ihre Freunde auf einmal erreicht – überall, jederzeit. Geht es noch schneller? Geht es noch einfacher? Geht es noch umfassender?«

Er machte ein paar Schritte hin zur Mitte der Bühne, die Kamera fuhr zurück, sodass man sah, wie ein großes Fragezeichen hinter ihm erschien.

»Die Antwort«, sagte er, und noch während er sprach, verwandelte sich das Frage- in ein Ausrufezeichen, »lautet: Ja. Ja, es geht noch schneller, noch einfacher, noch umfassender. Und heute Abend will ich Ihnen zeigen, wie.«

Er ging weiter. Auf der gegenüberliegenden Seite der Bühne stand ein Regal voller kleiner bunter Schachteln. »Vor einiger Zeit«, erzählte John Salzman im Plauderton, »hat Samantha mich in den Drugstore geschickt, wie üblich mit einer ausführlichen Liste.« Kichern im Publikum. »Ja, Sie lachen. Aber Samantha weiß, dass Männer von so was nichts verstehen.«

Vor dem Regal angekommen zog er zur allgemeinen Belustigung tatsächlich eine Liste aus der Tasche und beugte sich vor, um die Reihen der Packungen zu studieren. Er ließ sich Zeit dabei. Das Publikum giggelte und kicherte.

»Hmm!«, machte er. »Wo ist denn...?«

Das Kichern im Saal griff um sich.

Schließlich richtete er sich seufzend wieder auf, zog sein Mobiltelefon aus der Tasche und wählte eine Nummer.

Irgendwo in den Sitzreihen klingelte es. Die Kamera schwenkte von Salzman weg, jagte über die Köpfe der Zuschauer hinweg und erfasste, dem Klingeln folgend, schließlich eine blonde, hochgewachsene Frau, die in diesem Moment gerade aufstand. Sie holte ihr Telefon aus der Tasche und nahm den Anruf entgegen. »Ja, Schatz?«

Frenetischer Beifall, der gar nicht mehr enden wollte. Man sah die Frau mit strahlendem Lächeln in die Runde blicken. Samantha Robinson, die Freundin von John Salzman, war kaum weniger populär als er.

»Hi, ich bin's«, sagte Salzman in sein Telefon, und die Lautsprecheranlage übertrug seine Worte in den Saal. »Ich stehe gerade im Drugstore. Dr. Leroy's Natural Hand Cream ist aus – soll ich stattdessen was anderes bringen?«

Das schmale, markante Gesicht seiner Freundin wurde hinter ihn auf die Rückwand projiziert. Es sah aus, als blicke sie riesengroß auf ihn hinab.

»Gibt es eine Creme mit Aloe vera?«, fragte sie.

Salzman musterte das Regal, nahm eine Schachtel in die Hand. »Ich hab hier eine Honey-Doll-Handcreme mit –«

Samantha schüttelte entschieden den Kopf. »Nein. Bloß nicht.«

Er stellte die Packung zurück, griff nach einer anderen. »ActiDerm-Y15-Schaumcreme...?«, las er vor.

»Das ist was ganz anderes«, beschied sie ihn. »Gibt es nichts von Eu-Care?«

»Hmm ja, hier.« Er nahm eine schlanke Flasche heraus. »Eu-

Care Lotion mit Aloe vera. Aber das sieht nicht aus wie eine Handcreme.«

Samantha lächelte milde. »Doch, doch. Bring das.«

»Okay«, sagte er. »Bis später, Honey.«

»Bis später.«

Sie beendeten das gespielte Telefonat. John Salzman streckte den Arm in ihre Richtung wie ein Showmaster, der einen Stargast angekündigt hat. Es wurde frenetisch geklatscht, während Samantha über eine Seitentreppe auf die Bühne kam. Sie blieb allerdings an deren Ende stehen. Die Show war noch nicht vorüber.

»Das war schnell«, rief Salzman, »wenn man es damit vergleicht, wie es bei unseren Eltern abgelaufen wäre. Aber es waren trotzdem« – er sah auf die Uhr – »über drei Minuten. Und ich habe mich gefragt: Muss das sein? Geht das nicht schneller und einfacher?« Er schritt langsam auf den vorderen Rand der Bühne zu. »Ich habe mit den besten Fachleuten dieses Planeten diskutiert. Ich wollte wissen: Geht da noch was? Können wir Kommunikation nicht noch einfacher machen? Noch schneller? Noch umfassender?« Er machte eine Kunstpause. »Lassen Sie mich Ihnen etwas zeigen.«

Er holte ein Päckchen Spielkarten aus seiner Jeanstasche und deutete auf die vorderen Sitzreihen. »Dafür brauche ich einen Freiwilligen aus dem Publikum. Keine Angst, es werden keine Jungfrauen zersägt, niemand kommt zu Schaden... Sie vielleicht? Der Herr im grauen Sakko?« Er lächelte gewinnend, wies zur Seite. »Ja, über die Treppe dort, bitte. Dan, gib dem Herrn ein Mikrofon, okay?«

Nach kurzem Hin und Her stand der Mann neben Salzman und blinzelte nervös in die Kamera. Salzman fragte ihn nach seinem Namen und seinem Beruf und er erwiderte, er hieße Gary Wilson und arbeite bei einer Versicherung. »Aber von Computern verstehe ich ehrlich gesagt nicht viel«, fügte er rasch hinzu.

Salzman schmunzelte. »Das müssen Sie auch nicht. Wenn wir sagen, *Internet war gestern,* dann gilt das für Computer logischerweise genauso.«

»Gut«, stieß der Mann erleichtert hervor und nestelte nervös an seinem Headset. Es krachte in den Lautsprechern. Es wirkte alles sehr spontan.

»Das sollten Sie nicht tun, Gary«, sagte Salzman rasch. »Kommen Sie, ich habe für Ihre Hände eine andere Aufgabe. Hier, nehmen Sie dieses Kartenspiel, mischen Sie es, und halten Sie es mir so hin, dass ich eine Karte ziehen kann.«

Gary Wilson tat wie geheißen. Er kaute dabei auf seiner Lippe. Im Saal lachten einige. Schließlich hielt er John Salzman einen Fächer Karten hin. Der zog eine und warf einen Blick darauf.

»Pikvier«, rief Samantha fast im selben Moment vom anderen Ende der Bühne her. Sie stand mit dem Rücken zu ihrem Freund.

Salzman drehte die Karte zur Kamera um; das Bild wurde riesig auf die Leinwand projiziert. Es war tatsächlich die Pikvier. Beifall.

»Noch eine«, sagte Salzman, zog die nächste Karte und betrachtete sie hinter vorgehaltener Hand.

»Herzdame!«, rief Samantha und drehte sich um. »Besser wird's nicht mehr.«

Er hielt lachend die Karte in die Kamera: Herzdame.

»Das war kein Zaubertrick, meine Damen und Herren«, erklärte er, während er die Karte achtlos in seine Hosentasche schob, »sondern die fortgeschrittenste Kommunikationstechnologie der Welt. Nicht Magie war im Spiel – auch nicht Telepathie –, sondern das hier.« Damit zog er ein kleines Plastiketui aus der Tasche und hielt es vor die Kamera. Es schien leer zu sein bis auf einen winzigen schwarzen Punkt. »Dieser Chip, den Sie fast nicht erkennen können, hat das bewirkt.«

Nun tauchte der Chip, riesenhaft vergrößert, an der Projektionswand hinter ihm auf.

»Dies, meine Damen und Herren, ist Kommunikation pur. Dieser Chip *definiert völlig neu,* was Kommunikation eigentlich ist. Wir nennen ihn den *Lifehook* und wir kommen damit wirklicher Magie so nahe, wie es technisch möglich ist.«

Der Chip verblasste, an seiner Stelle erschien eine stilisierte Zeichnung, die einen Querschnitt durch einen menschlichen Kopf darstellte.

»Alles, was nötig war, um Samantha wissen zu lassen, welche Karte ich vor mir hatte, war, ihr *meinen Gedanken zu schicken.*«

Das Bild einer Karte – das Kreuzass – blitzte im Inneren des Kopfes auf und flog zu einem zweiten Kopf im Hintergrund des Bildes, um dort ebenfalls aufzublitzen.

»Und natürlich kann das *jeder* Gedanke sein.«

Dasselbe Spiel, nur dass diesmal keine Spielkarte aufblitzte und davonflog, sondern – ein großes, dickes Herz.

Samantha warf ihm eine Kusshand zu. Das Publikum applaudierte.

»Das klingt einfach«, sagte John Salzman, »aber in Wirklichkeit ist es noch viel einfacher. Der *Lifehook* erweitert Ihre Möglichkeiten in einem Maße, dass Sie das Gefühl haben werden, vorher taub und stumm gewesen zu sein. Mir jedenfalls geht es so, seit ich ihn trage. Es ist, als habe er Tore und Fenster für mich aufgestoßen. Es ist Magie – ach was! Es ist mehr als das. Keine Magie war jemals so wirkungsvoll.«

Der Kopf hinter ihm wurde größer. Man sah einen kleinen goldenen Punkt, der gemächlich durch das Nasenloch in die Nasenhöhle hineinschwebte.

»Die Anwendung dieser Magie ist denkbar einfach. Natürlich muss der *Lifehook* in Kontakt mit dem Nervensystem stehen. Der ideale Platz dafür ist eine ganz bestimmte Stelle an der Oberseite der Nasenhöhle. Die Installation ist schmerzfrei, unblutig und kann jederzeit rückgängig gemacht werden.«

Man sah den goldenen Punkt landen. Die betreffende Stelle wurde herangezoomt, sodass man verfolgen konnte, wie kleine goldene Schlangenlinien von dem Punkt aus nach oben ins Gehirn wanderten. Es sah geradezu niedlich aus.

»Der *Lifehook* verbindet sich durch sogenannte Pseudoganglien mit dem Nervensystem. Hierüber kann er Gedanken aufnehmen und in digitale Impulse umwandeln, die er über das Mobilfunknetz zielgerichtet an den *Lifehook* der Person sendet, der Sie Ihre Nachricht schicken wollen. Oder an alle Ihre Freunde, wenn Sie das möchten, soweit diese einen *Lifehook* tragen. Das Ganze geht in Bruchteilen von Sekunden vor sich, vollkommen reibungslos und ohne jede Mühe.«

Salzman wandte sich zu der Projektionswand um, auf der nun groß der Schriftzug *Lifehook* erschien.

»Und das ist genau das, was ich Ihnen versprochen habe. Kommunikation wird damit noch einfacher, noch schneller, noch umfassender. Das ist es, was wir meinen, wenn wir sagen: Das Internet war gestern«, schloss Salzman. »Die Zukunft gehört dem *Lifehook*.«

Der aufbrandende Beifall war ungeheuer.

Propaganda

18 | »Stopp!« Es war Jeremiah Jones, der das rief. Christopher hielt die Wiedergabe an. Der Festplattenrekorder zeichnete die Sendung ohnehin auf; sie würden sie sich zweifellos noch viele Male anschauen.

Der Mann, der der größten Bedrohung der Menschheit den Kampf angesagt hatte, war so blass, wie Christopher ihn noch nie gesehen hatte. »Das sind also die Gegenmaßnahmen, von denen Albert Burns gesprochen hat«, stieß er hervor. »Die Kohärenz gibt sich gar keine Mühe mehr, die Existenz dieser Chips zu verheimlichen – stattdessen *verkauft sie sie!*«

»Da muss man erst mal draufkommen«, knurrte Brian.

»Das wird nicht funktionieren«, meinte Lilian Jones, Serenitys Mutter. »Wer lässt sich denn freiwillig so ein Ding einpflanzen?«

Sie betrachteten das stillstehende Bild. John Salzman, in der Bewegung erstarrt, hinter ihm die große Leinwand, auf der der Preis des *Lifehook* leuchtete: 49 Dollar. Und in den ersten vier Wochen, zur Einführung, nur 19 Dollar.

Neunzehn Dollar.

»Wer sich so etwas einpflanzen lässt? Vielleicht mehr Leute, als man denkt«, sagte Melanie Williams ahnungsvoll.

Christopher sah sie verblüfft an. Es war das erste Mal, dass die bisherige Freundin von Jeremiah Jones auf etwas antwortete, das dessen Exfrau gesagt hatte.

»Aber was soll das alles?«, fragte jemand. »Was bezweckt die Kohärenz damit?«

»Ist doch klar«, sagte Christopher. »Das ist die große Offensive.«

Er sah in die Runde, in geweitete Augen, in Gesichter, die zu verlangen schienen, dass einer das Offensichtliche aussprach. Und da er gerade dabei war, warum nicht er?

»Es hat begonnen«, fügte er also hinzu. »Und es wird erst vorbei sein, wenn die Kohärenz die gesamte Menschheit in sich aufgenommen hat.«

Nachher traf sie Christopher draußen im Gang, in jenem Abschnitt, der mit prächtigen Wandmalereien verziert war, die die Sehenswürdigkeiten der Erde darstellten. Auf dem Bild stand der Eiffelturm neben der Golden Gate Bridge, das Kolosseum neben den Niagarafällen und so weiter.

Nach dem Ende der Fernsehübertragung hatte sich Dad zusammen mit John Two Eagles, Dr. Connery, Russel, Brian und ein paar der Hide-Out-Leuten zu einer Besprechung zurückgezogen und seltsamerweise Christopher nicht dabeihaben wollen. Es sei im Moment *nicht nötig,* hatte er nur gemeint. Und so hockte Christopher nun einfach vor dem Bild des Tadsch Mahal auf dem Boden.

Vor dem Tadsch Mahal. Von dem es hieß, es sei das Denkmal einer großen Liebe gewesen.

Serenity setzte sich neben ihn. »Wie geht es jetzt weiter?«, fragte sie.

Christopher hob nur die Schultern. Er schien keine Lust zu haben, sich zu wiederholen.

Serenity seufzte. »Okay. Und wie lange, meinst du, haben wir noch?«

»Keine Ahnung. Es kann jetzt ganz schnell gehen.«

Serenity spürte, wie etwas in ihrem Bauch anfing zu zittern. »Ich will das nicht«, flüsterte sie. In diesem Moment hätte sie alles darum gegeben, wenn er sie einfach in den Arm genommen hätte und wenn er hundertmal Madonna und nicht sie liebte, egal. Aber natürlich dachte er nicht mal daran.

»Ich will es auch nicht«, sagte er leise. »Aber ich weiß gerade nicht, was man noch tun könnte. Ich muss erst gründlich darüber nachdenken.«

Nachdenken. Serenity hatte erlebt, wie das war, wenn Christopher gründlich über etwas nachdachte: erschütternd. Als verschwände er aus der Welt. Genau das, was sie jetzt nicht haben wollte. Sie wollte nicht, dass er verschwand, nur noch körperlich anwesend war, während sein Geist sich in Regionen bewegte, die sie nie verstehen würde.

Sie wollte... ach, sie wollte einfach nicht allein sein. Aber sie sah seinen Blick bereits glasig werden, spürte schon, wie er ihre Anwesenheit vergaß...

Diesmal ertrug sie es nicht. Also ging sie, ging in ihr Zimmer, warf sich auf das Bett und umarmte ihr Kissen. Und wartete, bis die Tränen kamen und sie endlich weinen konnte um alles, was sie verloren hatte –, ihr Zuhause, ihr altes Leben, ihre Zukunft. Alles, im Grunde.

Und wie schnell das alles gegangen war! Noch vor ein paar Wochen hatte sie nichts von der Kohärenz geahnt. Sie hatte keine größere Sorge gehabt als ihre Abschlussprüfung, sich über nichts Schlimmeres den Kopf zerbrochen als darüber, wie sie Brad Wheeler auf die Tatsache ihrer Existenz aufmerksam machen konnte. Was aussichtslos gewesen war, denn dummerweise war Brad Wheeler der Schwarm sämtlicher Mädchen an der Santa Cruz Highschool und gewohnt, dass weibliche Wesen in ihn verknallt waren.

Brad Wheeler! Unter ihren Tränen musste Serenity unwillkürlich auflachen. Das kam ihr jetzt vor, als sei es hundert Jahre her und einer ganz anderen Serenity passiert, einem unreifen, ahnungslosen Teenager, der mit ihr nichts mehr zu tun hatte.

Brad Wheeler... Jede Wette, dass der noch nicht mal gemerkt hatte, dass sie nicht mehr da war.

19 | Eine schräge Musikauswahl hatten sie hier in diesem Schuppen. Gerade war »Tell Me The Truth« gelaufen, der erste große Hit von Cloud und immer noch eine starke Nummer – Brad Wheeler stand auf die Sängerin aus Seattle –, aber jetzt brachten sie so einen alten Schmachtfetzen von den Beatles, du meine Güte!

Aber man kam schließlich nicht wegen der Musik in *Jefferson's Diner*. Sondern wegen der Drinks. Vor allem, weil sie es hier nicht so genau nahmen mit der Alterskontrolle.

Brad rührte seinen Whiskey Sour um und aus irgendeinem Grund fiel ihm ein zu fragen: »Sag mal, in deiner Klasse war doch so eine mit Sommersprossen und Löwenmähne...?«

Tamara kniff die Augen zusammen. »Serenity Jones?«

»Kann sein«, meinte Brad.

»Wieso? Was ist mit der?«

»Das frag ich dich doch gerade. Ich hab das Gefühl, die hab ich ewig nicht mehr gesehen.«

Tamara fuhr mit den Händen durch ihre langen blonden, weich gewellten Haare. Das machte sie ziemlich oft.

»Die ist krank«, erklärte sie. »Sagt man zumindest. Man sagt allerdings auch, sie sei abgehauen, und ihre Mutter auch.« Ein paar scharfe Falten bildeten sich um ihren Mund herum. »Wieso fängst du überhaupt jetzt von der an? Hey – *ich* bin hier!«

Ja, dachte Brad insgeheim, das ist ja das Problem. Es war eine blöde Idee gewesen, sich mit Tamara zu verabreden. Sie sah sensationell aus, das schon – aber sie hatte schlicht nichts in der Birne. Nicht, dass Brad in dieser Beziehung sonderlich anspruchsvoll gewesen wäre, aber Tamara war ihm dann doch ein zu krasser Fall. Sie schien überhaupt keine anderen Themen als Klatsch und Klamotten zu kennen. Aber darüber redete sie ohne Punkt und Komma.

»Fiel mir nur gerade ein«, sagte Brad und beschloss, sich das nicht länger anzutun. Er angelte nach seinem Autoschlüssel und sagte: »Lass uns gehen. Ich fahr dich nach Hause.«

»Was?«, begehrte sie auf. »Es ist nicht mal zehn Uhr!«

»Ich weiß. Aber ich muss noch lernen.«

Tamara bedachte ihn mit einem ausgesprochenen Schlafzimmerblick und leckte sich träge die Lippen. »Oh! Lernen. Nennt man das heute so?«

Brad unterdrückte ein Stöhnen. Da hatte er sich etwas eingebrockt. »Komm«, sagte er nur und stand auf.

Auf dem Weg zum Wagen checkte er sein Telefon. Pete hatte sich gemeldet. *Meine Gebete sind erhört worden. Hast du die Keynote von Salzman gesehen?*

Brad runzelte die Stirn. Er hatte keine Ahnung, wovon Pete redete.

Allerdings kam das nicht so selten vor, als dass es ein Grund gewesen wäre, sich Sorgen zu machen. Er steckte das Telefon wieder ein.

Tamara nach Hause zu bringen, war alles andere als schnell erledigt. Kaum hielt er vor dem Haus ihrer Eltern, fiel sie über ihn her. Nicht so tragisch; auf die Weise hatte er wenigstens noch Gelegenheit zu prüfen, ob in ihrer Auslage auch alles echt war. Aber dann reichte es ihm auch schon, und als sie endlich begriff, was Sache war, war es schlagartig vorbei. Sie stieg aus, knallte die Tür hinter sich zu und rauschte davon, ohne sich noch einmal umzusehen.

Erleichtert, sie los zu sein, ließ Brad den Wagen wieder an. Zu Hause schaltete er den Computer ein und suchte im Internet nach der Keynote, die er heute Abend verpasst hatte.

Das war kein Problem; das Video stand schon in voller Länge an Dutzenden von Stellen im Internet. Er schaute es sich an.

Und begriff, was Pete gemeint hatte.

20 | »Jetzt sind sie vollkommen übergeschnappt«, murmelte Richard »Dick« Poldo, als die Präsentation des *Lifehook* zu Ende war. Er stellte seinen Fernseher leise, holte seinen Laptop, klappte ihn auf und begann, hektisch zu tippen. Die ersten Gedanken einfangen: So nannte er die

Phase, wenn er einfach Ideen, Satzfragmente und Stichworte festhielt, aus denen er später, mit mehr Ruhe, den Text seiner Kolumne destillieren würde.

Für Dick Poldo war es ein einträgliches Geschäft geworden, die diversen Überspanntheiten der Computerindustrie zu kritisieren. Seine scharfzüngigen Glossen hatten ihm zu einer Wohnung in New York mit einem grandiosen Blick auf den Central Park verholfen und dazu, dass er sich seit Jahren kein einziges elektronisches Gerät mehr selber hatte kaufen müssen, weil ihm alle Hersteller ihre neuesten Modelle geradezu aufdrängten, um anschließend vor seinem Urteil zu zittern.

Keine Frage, dass er sich zum Thema *Lifehook* äußern musste, und zwar umgehend. Das erwarteten seine Leser von ihm.

Und eigentlich war es eine Frechheit von *FriendWeb*, ihn nicht vorab über ihr Projekt informiert zu haben. Allein dafür gehörte es sich, dass er ihnen gehörig an den Karren fuhr.

Das war schon die erste Frage, die man stellen musste: Was zum Teufel sollte das für ein Geschäftsmodell werden? Das Einführungsangebot mal außer Acht gelassen: Diese neunundvierzig Dollar, die ein *Lifehook*-Chip regulär kosten sollte, waren im Endeffekt eine Telefon-Flatrate auf Lebenszeit, oder? Schöne Sache für die User, aber wie sollte sich das rechnen? Womit wollte *FriendWeb* in ein oder zwei Jahren, wenn jeder, der einen *Lifehook* wollte, einen hatte, noch Geld verdienen? Gut, sie konnten versuchen, irgendwelche kostenpflichtigen Zusatzdienste anzubieten, aber die Frage war erstens, welche, und zweitens, ob jemand bereit sein würde, viel Geld dafür auszugeben. Immerhin zielte der *Lifehook* in erster Linie auf Jugendliche, die bekanntlich chronisch knapp bei Kasse waren.

Ging es bei der Aktion womöglich schlicht darum, schnell Geld in die Kassen von *FriendWeb* zu spülen? Es kursierten Gerüchte, dass die Bilanzen des riesigen sozialen Netzwerks, dem man kostenfrei beitreten konnte, gar nicht stimmten. Angeblich brachte die Werbung im Internet bei Weitem nicht so viel ein, wie Salzman behauptete, und es hieß, seine Firma verfeuere in Wirklichkeit das Geld unbekannter Investoren.

So oder so –, das Ganze würde nicht ohne Folgen für den Rest des Marktes bleiben. Wie sollten andere Telefonfirmen mit dem Angebot von *FriendWeb* konkurrieren? Der *Lifehook* würde den gesamten Markt für Telekommunikation umkrempeln ...

Das Telefon summte und flötete dann den Namen des Anrufers: »Jill Withers, *Advanced Investor Magazine.*«

Dick Poldo nahm ab. »Jill?«

»Hast du die Keynote von Salzman gesehen?«, hörte er die helle, wie immer aufgeregt klingende Stimme seiner liebsten Herausgeberin. »*Lifehook?*«

»Klar«, sagte Poldo.

»Kannst du darüber was schreiben?«

»Bin schon dran, Schätzchen.«

Sie seufzte erleichtert. Entzückend, dass sie nach all den Jahren immer noch das Gefühl zu haben schien, ihn zu Beiträgen ermutigen zu müssen.

»Meinst du«, fragte sie, »du kannst bis Mitternacht was fertig haben? Dann würde ich das noch in die morgige Printausgabe setzen.«

»Machst du Witze?«, gab er zurück. »Um Mitternacht gedenke ich, längst in tiefem Schönheitsschlaf zu liegen. Du hast den Artikel spätestens um elf in deiner Mailbox.«

»Du bist ein Schatz«, flötete sie. Schade, dass sie das rein beruflich meinte.

Er legte das Telefon beiseite und wandte sich wieder seinen Notizen zu. Zeichnete sich ein neuer Trend ab? Jahrelange Indoktrination über entsprechende Fernsehsendungen hatte dafür gesorgt, dass Jugendliche Schönheitsoperationen für etwas ganz Normales hielten. Derzeit sorgte ein Prozess für Aufsehen, in dem geklärt werden sollte, ob Mädchen ein Recht darauf hatten, von ihren Eltern eine Brustvergrößerung bezahlt zu bekommen. Wurden nun funktionale Erweiterungen des Körpers ein neuer Markt? Man durfte gespannt sein.

Und schließlich: Der *Lifehook*-Chip sollte das Telefonieren per Gedanken ermöglichen, und zwar ohne dass man von außen etwas davon mitbekam. Wenn man dabei an Jugendliche dachte, dann war das geradezu eine Einladung, bei Prüfungen zu betrügen. Ja, im Endeffekt würden Schüler ohne *Lifehook* benachteiligt sein und sich genötigt fühlen, ebenfalls einen Chip implantieren zu lassen. Dass *FriendWeb* den *Lifehook* kurz vor den diesjährigen Abschlussprüfungen auf den Markt brachte, war ein deutlicher Hinweis darauf, dass man auf genau diesen Effekt spekulierte.

Dick Poldo betrachtete seine Notizen und schüttelte fassungslos den Kopf. Je länger er über diese ganze Geschichte nachdachte, desto verrückter kam sie ihm vor.

Doch das kam ihm gerade recht. Er hatte schon lange auf eine Gelegenheit gewartet, mal wieder einen richtig ätzenden Verriss zu bringen.

Vor ein paar Jahren hatte er John Salzman dazu gebracht, ihn anzurufen und sich zu beschweren. Das sollte diesmal auch zu schaffen sein, nahm er sich vor und begann zu schreiben.

21 | Am nächsten Tag kam Pete erst in der großen Pause in die Schule, und als er mit leuchtenden Augen erklärte, er habe »ihn«, wunderte sich Brad kein bisschen. Pete war der Typ, der alles, was angesagt war, immer gleich als Erster haben musste. Wenn ein neues Telefonmodell angekündigt wurde, stand Pete in der Nacht vor dem Erstverkaufstag in der Schlange. Er war auch der Erste gewesen, der sich einen 3-D-Fernseher angeschafft hatte. Er hatte sich sogar diese unsäglichen Laufschuhe zugelegt, deren Sohlen farbig leuchteten, wobei der Farbton die Geschwindigkeit anzeigte, mit der man lief. Was ihm natürlich bald peinlich gewesen war, ihn aber nicht dazu gebracht hatte, seine Kaufgewohnheiten mal zu überdenken.

»War total easy«, raunte er verschwörerisch. »Du gehst auf deren Website und gibst deine Adresse ein. Dann zeigen sie dir die nächstgelegenen *Lifehook*-Center an, mit Öffnungszeiten und allem. Das Ding neben dem Telefonladen, mit den blauen und violetten Scheiben, das sie vorige Woche hektisch umgebaut haben, erinnerst du dich? Wir haben uns gefragt, was das werden soll.«

Brad nickte. »Ja. Wo vorher der Teeladen drin war.«

»Genau. Das ist jetzt das *Lifehook*-Center für Santa Cruz. Du kannst einen Termin ausmachen oder einfach hingehen, wie du willst. Ich bin natürlich einfach hin, gleich heute Morgen. War nicht viel Andrang; ich war fünf Minuten, ehe sie aufgemacht haben, da und bin als Dritter drangekommen. Geht ratzfatz und tut kein bisschen weh, ehrlich. Sich ein Ohrloch stechen lassen, ist hundertmal unangenehmer.«

Brad musterte ihn skeptisch. »Ich weiß nicht... Wozu soll das gut sein?«

»Wozu das gut sein soll?« Pete riss die Augen auf. »Sag mal, muss ich dir das im Ernst erklären? Nächste Woche sind Abschlussprüfungen. Also, ich weiß nicht, wie's dir geht, aber mir werden da ein paar Telefonjoker nicht schaden.«

»Dann brauchst du aber jemanden, den du anrufen kannst.«

»Hab ich.« Pete zog ein Buch aus seiner Tasche und reichte es Brad. »Da. Frag mich was daraus. Irgendwas.«

Brad schlug das Buch auf. Es war ein Biologiebuch. An der Stelle, die er aufgeschlagen hatte, ging es um Ameisen. »Wie lautet der lateinische Name der Roten Waldameise?«

»Moment«, sagte Pete und lauschte in sich hinein. Weiter geschah erst mal nichts.

»Hmm«, meinte Brad. »Nicht sehr beeindruckend.«

»Mach schon«, flüsterte Pete.

In diesem Augenblick sah Brad, dass Jake, Petes zwei Jahre jüngerer Bruder, auf einer der Bänke neben dem Haupteingang saß und hektisch im selben Biologiebuch blätterte.

»*Formica rufa*«, verkündete Pete triumphierend.

»Du hast deinen *Bruder* mitgeschleift?«, fragte Brad entgeistert.

Pete grinste. »Er hilft mir bei meiner Prüfung, dafür helfe ich ihm später mal bei seiner.«

Wobei sehr die Frage war, ob das für Jake überhaupt eine Hilfe sein würde. Jake war ungefähr tausendmal besser in der

Schule als Pete, aber er tat immer alles, was sein großer Bruder von ihm verlangte.

»Das ist Betrug«, sagte Brad.

Pete furchte die Stirn. »Du enttäuschst mich, Mann.«

Brad presste die Lippen zusammen. Ja, es war tatsächlich besser, diesen Aspekt nicht weiter zu vertiefen. Nicht, wenn man in seinem Leben schon so viele Spickzettel verwendet hatte wie Brad Wheeler.

»Meine Eltern würden das nie erlauben«, erklärte er stattdessen.

Pete winkte ab. »Na und? Die im *Lifehook*-Center heften die Einverständniserklärungen bloß ab, die prüfen nichts nach. Das ist denen völlig egal, glaube ich... Und neunzehn Dollar – ich meine, hey, was sind schon neunzehn Dollar für 'nen guten Abschluss?«

Es klingelte zum Ende der Pause und zu Brads großer Erleichterung hieß das, dass sich ihre Wege trennten, weil sie unterschiedliche Kurse hatten, sodass sie ihr Gespräch nicht fortsetzen konnten.

Denn Brad Wheeler würde nie im Leben den wahren Grund preisgeben, warum er sich keinen *Lifehook* besorgen würde, ganz egal, wie kritisch es um seine Noten stand.

Was niemand ahnte, der Brad Wheeler kannte, war, dass er panische Angst vor medizinischen Eingriffen jeder Art hatte. Schon die Aussicht auf eine Spritze brachte ihn der Ohnmacht nahe, und bei der Vorstellung, sich freiwillig irgendetwas einpflanzen zu lassen, wurde ihm regelrecht schlecht.

Nie im Leben, sagte er sich.

Und außerdem war das Quatsch. Eine Mode, die in vier Wochen wieder vorbei sein würde. Kannte man doch.

22 | Dick Poldo war überrascht, wie viele seiner Stammleser Kinder im schulpflichtigen Alter hatten. Bisher war er davon ausgegangen, dass hauptsächlich Informatikstudenten und Computerfreaks seine Kolumne lasen. Doch seit der Artikel in den frühen Morgenstunden online gestellt worden war, waren Hunderte von Mails bei ihm eingetrudelt, die meisten von besorgten Eltern, die ihm zustimmten. Ein Lehrerverband bat um seine Unterstützung für eine Initiative, die Anschaffung von Mobilfunk-Störgeräten für Schulen zur verbindlichen Vorschrift zu machen. Etliche Leute dankten ihm für seine Hinweise und schrieben, sie hätten ihre Aktien von Telefonfirmen umgehend verkauft. Und mehrere Schönheitschirurgen hatten sich bei ihm gemeldet, um sich gegen seine »Unterstellungen« zu verwahren und ihm rechtliche Schritte anzudrohen. Wobei es Dick Poldo schleierhaft blieb, was diese Chirurgen konkret zu beanstanden hatten.

Draußen wurde es schon dunkel. Die Skyline von New York verschmolz allmählich mit der Dämmerung. Nie sah die Stadt so magisch aus wie in dem Zwielicht dieser Minuten.

Es klingelte an seiner Wohnungstür. Das war ungewöhnlich. Dick Poldo erwartete niemanden. In dem Fall, dass ihn jemand unangemeldet besuchen wollte, würde der Portier vorher anrufen.

Es musste also jemand aus dem Haus sein. Was zwar noch nie vorgekommen, aber im Prinzip denkbar war; schließlich wohnten mehrere Dutzend Parteien in diesem Gebäude. Wobei Dick Poldo mit keinem seiner Mitbewohner je ein Wort gewechselt hatte.

Er spähte durch den Türspion. Eine Frau stand vor seiner

Tür, eskortiert von zwei stämmigen Männern in grauen Overalls.

Es sah irgendwie amtlich aus, also öffnete er.

»Guten Abend, Mr Poldo«, sagte die Frau. »Ich bin Jennifer Brown von der Hausverwaltung. Entschuldigen Sie bitte die Störung. Es hat in der Wohnung unter Ihnen ein kleines Malheur mit Gas gegeben und wir würden gerne überprüfen, ob etwas von dem Gas bis in Ihre Wohnung gedrungen ist. Sicherheitshalber.«

»Gas?«, echote Dick Poldo verschreckt.

»Gas«, bestätigten die beiden Männer wie aus einem Mund.

»Okay. Kommen Sie rein«, sagte der Journalist und öffnete bereitwillig die Tür. Er wusste von Fernsehbildern, wie Gebäude nach Gasexplosionen aussahen – wie Ruinen nämlich –, und er hatte keine Lust, so zu enden.

Die Frau und der Mann, der einen kleinen Koffer trug, marschierten an ihm vorbei. Der andere Mann ließ ihm höflich den Vortritt.

Als Dick Poldo ins Wohnzimmer kam, hatte der erste Mann seinen Koffer bereits auf die Küchentheke gelegt und geöffnet. Sein Benehmen wirkte unangenehm besitzergreifend.

Dick fiel etwas ein. »Sagen Sie«, meinte er, »steht die Wohnung unter mir denn nicht leer?«

Die beiden Männer und die Frau drehten sich mit merkwürdig synchronen Bewegungen zu ihm herum und sahen ihn an. Erst jetzt wurde Dick Poldo klar, dass sie ihn umzingelt hatten.

»*Schreien Sie nicht*«, sagten die drei im Chor, in einem gruseligen Gleichklang ihrer Stimmen, »*und wehren Sie sich nicht. Wir müssen Sie einem kleinen Eingriff unterziehen, aber Sie werden bald feststellen, dass es zu Ihrem Besten ist.*«

Fünf Tage später erschien wieder eine Kolumne von Richard »Dick« Poldo zum Thema *Lifehook*.

Sie begann mit den Worten: *Journalisten können dazulernen. Auch Kritiker sind imstande, ihre Meinung noch einmal zu überdenken und an neue Einsichten anzupassen. Denn manchmal – wenn man mit wahrhaft weltbewegenden Innovationen konfrontiert ist – braucht man eine Weile, bis man erkannt hat, dass man es mit nicht mehr und nicht weniger als einer Zeitenwende zu tun hat. Und der* Lifehook, *liebe Leser, steht mehr als jede andere Erfindung der letzten Jahrzehnte für eine solche Zeitenwende…*

23 | In den Tagen nach der Vorstellung des *Lifehook* setzte ein Kommen und Gehen ein, als sei Hide-Out ein Bienenstock. In jeder blinden Zeit schwärmten Autos aus, kamen andere zurück, doch Serenity erfuhr nicht, was eigentlich los war.

»Ich nehme an, sie sammeln Informationen«, meinte Christopher, als sie ihn fragte. »Wie die Presse auf die Neuigkeit reagiert, die Öffentlichkeit und so weiter.« Er zog die Augenbrauen zusammen. »Mir sagt auch niemand was.«

»Ehrlich, manchmal verstehe ich meinen Dad nicht.« Serenity schüttelte den Kopf. »Auf der einen Seite sagt er immer, du wärst die letzte Hoffnung der Menschheit. Und jetzt fragt er dich nicht mal nach deiner Meinung?«

Christopher zuckte nur mit den Schultern, schaute eine Weile ins Leere und meinte dann leise: »Bist du sicher, dass er *irgendjemanden* nach seiner Meinung fragt?«

Nein. Da war sich Serenity alles andere als sicher.

Sie nahm sich vor, Kyle zu fragen. Sie erwischte ihren Bruder, als er gerade von einer dieser Ausfahrten zurückkam, und bedrängte ihn, ihr zu verraten, was los war.

»Ach, nichts Aufregendes«, sagte Kyle. »Ich weiß nicht, wieso Dad so geheimnisvoll tut. Wir sammeln Zeitungsmeldungen und Zeitschriftenartikel, hören uns um, was die Leute so reden, surfen im Internet... Das ist alles.«

Mom nervte täglich, was ihre Heimunterrichtskurse machten, wie weit sie sei und so fort. Was in Serenitys Augen ziemlich sinnlos war, denn: Wozu sollte sie sich noch anstrengen? In ein paar Tagen waren die Abschlussprüfungen, und sie würde nicht daran teilnehmen. Trotzdem zuckte sie jedes Mal zusammen, wenn sie auf dem Kalender den fünfzehnten und sechzehnten Juni erblickte. So lange hatte sie auf dieses Datum hin gelebt, dass es tief in ihr Gedächtnis eingegraben war.

Genau wie der siebzehnte Juni – der Tag der Abschlussfeier.

Wenigstens brauchte sie sich nicht mehr den Kopf zu zerbrechen, welcher Junge sie dorthin begleiten würde.

Dann sagte ihre Mutter zwei Tage später: »Hast du schon gehört? Du kriegst heute Besuch.«

»Besuch? Von wem denn?« Doch im selben Moment wusste sie, dass es nur Madonna Two Eagles sein konnte.

Serenity kam gerade rechtzeitig in die Halle, um ihre Freundin ankommen zu sehen. Madonna trug eine riesige Sonnenbrille, extrem lässige neue Klamotten, und ihre ohnehin schon wunderschönen, langen schwarzen Haare glänzten noch unwirklicher und umwehten sie noch eleganter, als Serenity das in Erinnerung hatte: Sie war jeder Zoll ein Popstar, wie sie da aus dem Wagen stieg. Und ihr Bruder George, der auf der anderen Seite ausstieg und finster dreinblickte, wirkte wie ihr Leibwächter.

Was er ja, wenn man es genau bedachte, auch war.

Serenity blieb unwillkürlich am Fuß der Treppe stehen. Es versetzte ihr einen Stich, ihre Freundin so zu sehen – so unnahbar wirkend, dass man sich kaum näher zu kommen traute. Zu allem Überfluss war Christopher auch da, starrte Madonna an... Sein Gesicht war unbewegt wie fast immer. Serenity konnte nichts darin lesen. Lag Sehnsucht in seinem Blick, Verliebtheit, Hoffnung? Unmöglich zu sagen.

Der Erste, den Madonna begrüßte, war ihr Vater. John Two Eagles hatte reglos wie sein eigenes Standbild dagestanden, ein riesiger Mann, in dessen Armen sie, als die beiden sich umarmten, regelrecht verschwand. Und irgendein Zauber schien in diesen kurzen Augenblicken zu geschehen, denn als seine Pranken sie freigaben, wirkte Madonna wieder wie ein ganz normales, siebzehnjähriges Mädchen. Der Popstar war verschwunden, hatte sich aufgelöst, und Madonna, Serenitys Freundin, war zurück.

»Serenity!«, rief Madonna. Dann rannten die beiden aufeinander zu und fielen sich um den Hals.

Madonna hatte ein neues Parfüm und vibrierte vor Aufregung. Doch ansonsten war sie noch ganz die Alte.

»Was machst du hier?«, wollte Serenity wissen. »Ich dachte, du arbeitest an deinem Album?«

»Ja, eigentlich schon«, sagte Madonna. »Aber Zack meinte, ich bräuchte mal ein *Time-out*. Auszeit. Ich würde anfangen, mich zu verkrampfen.« Sie winkte ab. »Ehrlich gesagt glaube ich, dass vor allem *er* eine Auszeit braucht. So, wie der hinter dem Mischpult rumturnt, muss der richtig fertig sein.« Sie musterte Serenity neugierig. »Wie geht's dir? Du hast gar nicht auf meine E-Mail geantwortet...«

Serenity nickte beklommen. »Hätte ich gern«, sagte sie und spürte wieder einmal, wie es sie bedrückte, in Hide-Out eingeschlossen zu sein. »Aber du weißt ja, wie es hier aussieht: hundert Meilen, bis man im Internet ist. Und sie lassen mich nicht raus.«

»Echt nicht?«

»Nicht mal mit einkaufen darf ich fahren. Zu gefährlich, meint mein Dad.«

»Das klingt gar nicht gut«, meinte Madonna und musterte sie besorgt. »Das klingt fast nach Höhlenkoller. Vielleicht solltest du einfach mitkommen, wenn wir zurück nach Nashville fahren.«

Serenity sank in sich zusammen. Das würden ihre Eltern nie erlauben, da brauchte sie gar nicht erst fragen. »Hey, ich hab noch nicht mal dein Lied gehört!«, wechselte sie das Thema und erklärte Madonna, wie das mit der Mail gelaufen war. »Ich hab bei der Küchenarbeit immer das Radio angemacht, aber es ist nicht gekommen. Oder ich hab's nicht erkannt.«

Madonnas Gesicht verdüsterte sich. »Du hättest es erkannt. Es wird nicht gespielt, das ist das Problem.«

Doch ehe sie mehr dazu sagen konnte, waren die Augenblicke, die sie allein miteinander hatten, erst mal vorüber. Die anderen, bis gerade eben noch mit George beschäftigt, kamen hinzu, es gab einen regelrechten Auflauf, der sich dann in die Küche verlagerte, wo Madonna die Studiofassung ihres Songs vorspielte. Sie hatte das Lied auf einem MP3-Player dabei, den sie mit der Anlage im Speiseraum verband.

Serenity traute ihren Ohren kaum. Okay, vielleicht war es was anderes, wenn man den Werdegang eines Lieds so miterlebte, wie sie es mit *No Longer Lonely* erlebt hatte. Auf jeden Fall kam es ihr vor wie der beste Song, den sie je im Leben gehört hatte. Das Lied war schon ein Ohrwurm gewesen, als Madonna es einfach nur mit der Gitarre gesungen hatte, aber wie nun Bass, Schlagzeug und Keyboards ihre Stimme ergänzten, den Rhythmus betonten, und die Art und Weise, wie Madonna auf der Aufnahme ganz unauffällig mit sich selbst im Duett sang... Es war nicht zu fassen.

Serenity hatte das Gefühl, immer kleiner zu werden, während der Song lief. Was hatte sie dagegen schon zu bieten?

Alle waren sich einig, dass das Stück großartig war. »Das wird bestimmt ein Nummer-eins-Hit«, meinte jemand.

Madonna blickte finster drein. »Aber leider nicht meine Aufnahme«, sagte sie. »Auf Platz Nummer eins ist nämlich schon Cloud – mit *meinem* Lied!«

Verwirrung, Entrüstung, und ein paar Hide-Out-Leuten musste man erklären, wer Cloud war. »Ihre Version ist fast zeitgleich mit meiner herausgekommen, aber sofort nach oben geschossen«, erzählte Madonna. »Sie ist halt schon bekannt. Und durch diese Internet-Geschichte scheint sich das Lied mehr eingeprägt zu haben als mein Name.«

»Kann sie das einfach so machen?«, wunderte sich jemand. »Ich meine, es ist doch *dein* Song! Du hast ihn geschrieben!«

Madonna hob die Schultern. »Jeder darf von jedem Song eine Coverversion machen. Das ist künstlerische Freiheit. Klar, ich verdiene jetzt Geld an ihrem Nummer-eins-Hit, aber anders wär's mir natürlich lieber.« Sie seufzte. »Außerdem ist ihre Version grauenhaft. Wartet, ich spiel sie euch vor.«

Madonna fummelte an ihrem Player und gleich darauf klang eine andere Version desselben Lieds aus den Boxen. Serenity war nie ein großer Fan von Cloud gewesen, aber natürlich erkannte sie deren charakteristische, näselnde Stimme wieder. Doch was an diesem Stück *grauenhaft* sein sollte, erschloss sich Serenity nicht. Für ihre Ohren klang der Song auch nicht schlecht.

»Hört euch das an!«, rief Madonna aufgeregt. »Wenn es nicht ihre Stimme wäre, würde man sagen, das kann unmöglich Cloud sein, oder?«

»Wieso?«, fragte Kyle. »Das ist sie eindeutig.« Im Unterschied zu den meisten hatte Kyle Cloud schon bei einem Konzert gesehen, war ihr sogar, da er als Sanitäter hinter der Bühne Dienst getan hatte, persönlich begegnet.

»Klar ist sie das«, erwiderte Madonna ungeduldig. »Was ich meine, ist, dass das nicht ihre Art ist, Musik zu machen. Hört euch zum Beispiel mal das hier an, das ist von ihrem letzten Album.« Sie ließ ein anderes Stück laufen, einen Hit aus dem letzten Jahr. Es hieß »My Own Mind« und fiel dadurch auf, dass ein hell klingendes Schlaginstrument einen eigentümlich vertrackten Gegenrhythmus zum Refrain spielte.

»*Das* ist Cloud«, verkündete Madonna. »Sie bringt immer was Neues, Ungewohntes, macht keinen Mainstream. Sie verblüfft ihre Hörer. Das Stück hier pulsiert vor Leben! Das dagegen« – sie spielte wieder Clouds Version von *No Longer Lonely* an – »ist tot. Plastik. Technisch perfekt, aber völlig leblos.«

Serenity bemühte sich, vorurteilsfrei hinzuhören. Sie war sich unsicher, ob sie hörte, wovon Madonna sprach, oder ob sie sich das nur ihrer Freundin zuliebe einredete. Allerdings gefiel ihr nun, beim zweiten Hören, das Stück schon deutlich weniger als Madonnas eigene Version.

»Hat vielleicht mit der neuen Plattenfirma zu tun«, mutmaßte jemand.

»Vielleicht.« Madonna schien das nicht zu glauben. »Aber ehrlich gesagt – wenn es nicht technisch unmöglich wäre, würde ich behaupten, dass Cloud von der Kohärenz übernommen worden ist. So hört sich ihre Musik an.«

Zu Serenitys Überraschung war es Christopher, der sich daraufhin zu Wort meldete. »Wieso denkst du, dass das technisch unmöglich ist?«

Madonna sah ihn an, auf eine Weise, als nehme sie ihn jetzt erst überhaupt zur Kenntnis. Immerhin, dachte Serenity. Sie hat Christopher gar nicht beachtet.

Aber das war ja nicht die Frage. Die Frage war, ob Christopher *sie* beachtete.

Und das tat er. Und wie!

»Du hast mir das doch erklärt«, sagte Madonna. »Dass es in der Kohärenz keine Musik mehr gibt.«

Christopher wiegte den Kopf. Sie kannte diese Geste bei ihm. Sie wirkte immer, als wolle er damit ausdrücken, dass sein Gegenüber gerade etwas unsagbar Dummes von sich gegeben hatte, wobei es die Höflichkeit gebot, ihm das nicht direkt ins Gesicht zu sagen.

»Stimmt«, erwiderte Christopher, »aber das heißt genau genommen nur, dass die Kohärenz *für sich selber* keine Musik macht, weil ihr das nichts bedeutet. Es heißt nicht, dass sie nicht welche produzieren *könnte,* wenn sie wollte. Sie kann alles, was jedes einzelne Mitglied der Kohärenz kann, das darf man nicht vergessen. Die Kohärenz kann auf den Sachverstand all ihrer Mitglieder zugreifen, und so intelligent, wie sie ist, kann sie auch künstlerischen Gehalt imitieren. Das heißt, sie kann etwas hervorbringen, was den meisten Menschen wie Kunst vorkommen wird, weil es die passenden Signale aussendet und die Erwartungen auf die passende Weise bedient. Es ist nur kein Ausdruck einer Persönlichkeit, weil alle Persönlichkeiten in der Kohärenz aufgegangen sind.«

Madonna nickte. »Es wäre also eine Art Imitation von Kunst?«

»Ja. Technisch perfekt, aber eben nur ein maßgeschneidertes Produkt.«

»Genau.« Madonna schien begeistert, dass Christopher ihr beipflichtete, und nicht zu bemerken, dass er es im Grunde nicht getan hatte. Er hatte nur ein Missverständnis korrigiert.

Kyle räusperte sich. »Also, Leute, denkt doch mal nach. Wozu sollte die Kohärenz eine *Sängerin* übernehmen?«

Madonna sah ihn hilflos an. »Keine Ahnung«, gestand sie. »War nur so ein Gefühl.« Sie zog den Stecker von ihrem MP3-Player. »Kann auch einfach nur an ihrem neuen Produzenten liegen.« Mit einem Grinsen fügte sie hinzu: »Scheint, als sei Zack nicht so leicht zu ersetzen. Und den hab jetzt *ich!*«

Das gab allgemeines Gelächter, selbst unter den Hide-Out-Leuten. In diesen paar Minuten schien die gesamte Besatzung von Hide-Out zu Fans von Madonna Two Eagles mutiert zu sein.

Später, als Madonna gerade anderweitig in ein Gespräch vertieft war und Christopher sich verblüffend lebhaft mit George Angry Snake unterhielt, nahm Kyle seine Schwester beiseite. »Vielleicht hat das alles weder mit der Kohärenz noch mit dem neuen Produzenten zu tun«, raunte er ihr zu. »Ist dir das aufgefallen? Sie hat erwähnt, dass Cloud auf Platz eins steht. Aber ich hab mir gestern an einem Zeitschriftenstand die *Billboard Charts* angeschaut. Dass ihre eigene Version auf Platz dreiundneunzig in die Charts eingestiegen ist – das hat sie unter den Tisch fallen lassen.«

Serenity kniff die Augen zusammen. »Du meinst, Madonna ist bloß *eifersüchtig?*«

Darauf antwortete Kyle nicht, sondern grinste nur vielsagend.

Aufklärung

24 | Einen Tag, nachdem Madonna und ihr Bruder wieder abgereist waren, und eine Woche nach der Einführung des *Lifehook* lud Jeremiah Jones alle Bewohner Hide-Outs in die Werkstatt ein. Deren hinterer Teil, der bei ihrer Ankunft leer gestanden hatte, war inzwischen so etwas wie ein Lagezentrum geworden. Die Wände ringsum hingen voll. Ausschnitte aus Zeitungen, ausgedruckte Internet-Seiten, Bilder und handschriftliche Notizen bedeckten sie.

»Also, der Stand der Dinge«, begann Jones, als alle versammelt waren. »Allein in den USA sind in der ersten Woche über eine Million *Lifehooks* implantiert worden. Die Aktion läuft auch in vielen anderen Ländern – im Grunde in allen Ländern mit ausgebautem Mobilfunknetz –, aber von dort haben wir noch keine Zahlen. Wir müssen davon ausgehen, dass der *Lifehook* überall ähnlich gut ankommt. Von England wissen wir es definitiv; es gibt Fotos von langen Schlangen am Donnerstagmorgen.«

Er ging die Wände auf und ab, deutete mal auf eine Liste, mal auf ein Foto. Christopher konnte sich plötzlich gut vorstellen, wie Serenitys Vater gewirkt haben musste, als er noch Professor an der Universität gewesen war.

»*Lifehook* agiert als eigene Firma, gehört aber zu hundert Prozent *FriendWeb*. Sie hat in vielen Städten sogenannte *Lifehook*-Centers eingerichtet. In kleineren Gemeinden wird die Implantation von Arztpraxen, teilweise sogar von Tätowierstudios angeboten.«

Wieder ein paar Schritte zur Seite, eine Bewegung der Hand über eine Gruppe von Dokumenten. »Die Reaktionen in der Presse sind vorwiegend positiv. Nur aus den ersten Tagen gibt es Meldungen, dass Lehrer ein Verbot der *Lifehooks* für Minderjährige fordern oder eine Möglichkeit, ihn im Unterricht und in Prüfungen abzuschalten. Eine Gruppe von Eltern hat *FriendWeb* verklagt, weil die elterliche Zustimmung zur Implantation nicht verifiziert wird. Die Klage wurde abgewiesen aus dem formalen Grund, dass nicht die Firma *FriendWeb* für die Implantationen verantwortlich ist, sondern die *Lifehook*-Corporation. Danach«, fügte Jeremiah Jones hinzu und tippte auf die mit rotem Filzstift fett notierten Datumsangaben, »kommt über den Fall nichts mehr.«

Er wechselte zu einer anderen Wand. »In Blogs und Wirtschaftsmagazinen wird der *Lifehook* ebenfalls diskutiert. Viele sind der Ansicht, dass ein *Lifehook* auch für Geschäftsleute nützlich ist. Einige haben ihn sich schon implantieren lassen und schreiben über ihre Erfahrungen.«

Nächste Wand. »Wenn sich Träger von *Lifehooks* in Internet-Foren und Netzwerken zu Wort melden, äußern sie sich fast nur enthusiastisch. Hier haben wir ein paar Beispiele ausgedruckt. Die meisten versuchen mehr oder weniger direkt, andere davon zu überzeugen, sich ebenfalls einen *Lifehook* implantieren zu lassen.«

Er kehrte an die hintere Wand zurück, wies auf eine dort

angepinnte Zeitungsseite, die in großen Lettern verkündete: *Frau (89) in Vermont tot: Hätte sie ein Lifehook gerettet?*

»Das ist am neunten Juni im Norden von Vermont passiert, dicht an der Grenze zu Kanada. Eine Frau wurde tot aufgefunden, die eine Woche zuvor aus einem Altersheim verschwunden war. Sie litt an Alzheimer und hat sich wahrscheinlich verlaufen.« Jones legte die Hand auf den Text der Meldung. »Hier wird diskutiert, ob man alten Menschen mit Demenzerkrankungen generell einen *Lifehook* implantieren sollte, weil man sie darüber im Notfall sofort lokalisieren könnte.«

Christopher sah sich verstohlen um. Er meinte, auf den Gesichtern der Anwesenden Niedergeschlagenheit zu lesen. Auch Jeremiah Jones klang nicht gerade wie jemand, der aufbauende Neuigkeiten zu verkünden hatte, sondern wie ein Mann, der sich geschlagen sah.

»Okay. Dann frage ich mich, wozu wir uns eigentlich noch anstrengen.« Das war Melanie Williams, Jeremiahs Freundin. Zumindest war sie das gewesen, bis dessen Frau zur Gruppe gestoßen war; seither sah man die beiden kaum noch zusammen.

»Wie meinst du das?«, fragte Jones zurück.

»Welchen Sinn hat es, gegen die Kohärenz zu kämpfen, wenn die Menschen sie offenbar *wollen?*«

»Sie wollen sie nicht«, widersprach Jones.

»Doch, wollen sie! Es kostet neunzehn Dollar, sich einen *Lifehook* einpflanzen zu lassen. Nicht die Welt, aber es kostet etwas. Und man muss hingehen. Man muss warten. Man muss es *tun.*« Sie strich ihre langen, wie flüssiges Silber fallenden Haare zurück. »Wenn das niemand täte... wenn die auf ihren Chips sitzen bleiben würden... dann wäre der Spuk schon vorbei. Stattdessen rennen die Leute hin – in Massen!«

»Weil sie getäuscht werden«, sagte Jeremiah Jones. »Man verspricht ihnen Vorteile. Es sind diese Vorteile, die sie haben wollen. Den Verlust der eigenen Persönlichkeit – den will niemand.« Er trat an eine Stelltafel, auf der breite Spalten eingezeichnet waren, über denen Zettel mit Datumsangaben hingen: neunter Juni, zehnter Juni und so weiter. In den Spalten waren Zeitschriftenartikel angepinnt und durch gespannte Wollfäden miteinander verbunden. »Wenn man sich die kritischen Stimmen zum *Lifehook* anschaut, dann fällt auf, dass *alle* einflussreichen Bedenkenträger – renommierte Rezensenten wie Dick Poldo, Peter Carrington, Larry Hayes und so weiter –, etwa vier bis fünf Tage nach Erscheinen ihrer ersten Artikel plötzlich ihre Meinung geändert haben. Inzwischen singen sie alle das Loblied auf den *Lifehook*.«

»Vier bis fünf Tage«, sagte Russell mit grollender Stimme. »Genau die Zeit, die es dauert, bis jemand von der Kohärenz übernommen worden ist.«

»Du sagst es.« Jones nickte. »Offenbar hat die Kohärenz diese Leute aufgesucht und ihnen die guten alten Chips eingepflanzt. Die Frage ist: Warum? Was hat die Kohärenz von derartiger Kritik zu befürchten?«

Zu Christophers Verblüffung meldete sich sein Vater zu Wort.

»Die Kohärenz ist in solchen Dingen praktisch paranoid«, erklärte er bedächtig. »Sie will immer auf Nummer sicher gehen.«

Jones nickte nachdenklich und schwieg einen Moment. »Es ist schade, dass mein Artikel schon in Druck ist«, sagte er dann. »Es wäre nützlich gewesen, eine Verbindung zum *Lifehook* zu ziehen. Nicht zu ändern. Immerhin haben wir noch bei der Mail-Aktion die Chance, diesen Aspekt einzubringen.«

Er sah in die Runde, legte die Hände zusammen, fast wie

zum Gebet. »Wir müssen herausfinden, was ein *Lifehook* genau ist. Wie er sich von den klassischen Chips unterscheidet, die die Kohärenz bisher verwendet hat. Mit anderen Worten, wir müssen uns so einen *Lifehook* besorgen und analysieren.« Er sah Christopher an. »Da kommst du natürlich ins Spiel.«

»Was soll das für einen Sinn haben?«, warf Lilian Jones, Serenitys Mutter, ein. »Melanie hat recht: Die Menschen wollen das. Okay, vielleicht wollen sie nicht gerade die Kohärenz – aber ganz bestimmt wollen sie etwas in der Art. Das ist offensichtlich, wenn du mich fragst. Wer sind wir, dass wir uns anmaßen, uns dagegenzustellen?«

Einen Herzschlag lang war es völlig still – und doch war Christopher, als höre er ein Geräusch. Ein Geräusch, das klang, als bekäme jeder im Raum eine Gänsehaut.

»Ich weiß es nicht«, bekannte Jeremiah Jones schließlich leise. »Ich weiß nur, dass wir nicht aufhören *können*. Die Kohärenz hat uns zu Terroristen erklärt. Man jagt uns mit allen Mitteln. Die Wahrheit ans Licht zu bringen, ist die einzige Chance, die wir noch haben.«

In Christophers Ohren klang es entsetzlich hilflos, wie er das sagte, und zugleich unerbittlich entschlossen.

Es klang nach drohendem Unheil.

25 | Wie immer war Pete der große Trendsetter

der Clique. Roxanne war die Nächste, die sich den *Lifehook* holte, und ab da wurden es von Tag zu Tag mehr. Diejenigen, die ihn hatten, erklärten, es sei wirklich total easy, blitzschnell Gedanken auszutauschen. Das helfe einem in der

Schule sogar außerhalb von Prüfungen, einfach weil man die Aufgaben gemeinsam bearbeitete, als unsichtbare Gruppe gewissermaßen.

»So macht mir der Unterricht zum ersten Mal Spaß«, erklärte Whitney, ein Mädchen aus der Parallelklasse, am letzten offiziellen Unterrichtstag. »Fast schade, dass jetzt schon die Abschlussprüfungen sind.«

Es war richtig schwierig, Gegenargumente zu finden. Brad entdeckte schließlich, dass es funktionierte, wenn er sich auf den Standpunkt stellte, nicht jede Mode mitmachen zu müssen, und einfach beharrlich dabei blieb. Es klang gut zu sagen, das habe etwas mit Erwachsenwerden zu tun. Er wolle für sich selbst entscheiden, welche Angebote er nutzen wolle und welche nicht. Und als Pete ihm einmal dumm kam, fragte Brad: »Okay, und was machst du, wenn John Salzman morgen rote Nasenringe zum Trend erklärt? Springst du dann auch los?«

Nein, verteidigte sich Pete, das würde er natürlich nicht, aber das sei ja was anderes. Doch dadurch, dass er sich verteidigte, hatte er die Diskussion schon verloren, und er fing auch nicht mehr davon an.

Wie sich der *Lifehook* ansonsten verkaufte, war schwer zu sagen. Auf jeden Fall war das Ding Thema in allen Talkrunden im Fernsehen und die Werbung dafür lief auf vollen Touren. Der *Lifehook* blockierte sämtliche Anzeigenplätze, Plakatwände und Werbezeiten. Man hatte fast den Eindruck, dass gar keine Hamburger, Autos oder Erfrischungsgetränke mehr hergestellt wurden.

Dann wurde eine Tournee von Cloud angekündigt, die unter dem Titel »Cloud live 'n' hooked« lief und deren Konzerte exklusiv für *Lifehook*-Träger stattfinden sollten – Eintritt frei! Clouds neuer Song »No longer lonely« war inzwischen das offizielle Lied der *Lifehook*-Kampagne.

Der blöde Chip schien solche Marketingtricks offenbar mächtig nötig zu haben.

Aber Mist – ein Konzert von Cloud! Und nicht in einem Stadion wie sonst, sondern in einem der coolen Klubs von San Francisco, wo man die Chance gehabt hätte, Cloud aus nächster Nähe zu erleben! Einen Moment lang fragte sich Brad sogar, ob das nicht den Gang ins *Lifehook*-Center wert war.

Aber wirklich nur einen Moment lang.

Nachdem er sich damit abgefunden hatte, Cloud nicht zu sehen, und er das Pete gegenüber durchblicken ließ, meinte der nur: »Ist doch kein Problem, Mann. Ich geb dir einfach meine *Lifehook*-Karte. Moment...« Sein Blick ging kurz schräg nach oben, dann sagte er: »Alles klar. Ich hab einen Platz auf mich reserviert. Merkt doch keiner, wenn du an meiner Stelle hingehst, um dir das Gesäusel von der Tante anzuhören.« Pete stand auf Metal, je härter, je lieber. Er zückte eine Plastikkarte, die das *Lifehook*-Logo trug, und hielt sie Brad hin. »Viel Spaß.«

Brad nahm die Karte, völlig verdattert über die unverhoffte Wendung seines Schicksals. Ja, das konnte funktionieren. Auf der Karte stand nur Petes Name, das Datum, an dem der Chip eingepflanzt worden war, und dessen Seriennummer. Kein Foto, kein Fingerabdruck, nichts.

»Danke«, stieß er hervor. »Du bist ein echter Freund.«

Pete hob spöttisch die Brauen. »Mit dem *Lifehook* hätte dich das nur einen Gedanken gekostet. Sag ich nur mal so.«

26 | Lakeview war eine kleine Stadt in Südkalifornien, am Highway 243 gelegen und ungefähr gleich weit von San Bernardino und Palm Springs entfernt. Wenn Immobilienmakler den Ort beschrieben, hoben sie die Naturnähe und die Freizeitmöglichkeiten hervor – womit der nahe gelegene San-Bernardino-Nationalpark gemeint war –, die familienfreundliche Atmosphäre und die hervorragende ärztliche Versorgung. Dass Lakeview, anders als der Name vermuten ließ, nicht an einem See lag und auch keine Aussicht auf einen solchen bot, blieb dagegen meist unerwähnt.

Einer der weniger gut angesehenen Ärzte von Lakeview war Dr. Phil Garner. Man sagte ihm Probleme mit Alkohol nach, und obwohl allgemein bekannt war, dass er das Ausstellen ärztlicher Bescheinigungen großzügig handhabe, galt es als ratsam, einen anderen Arzt aufzusuchen, wenn man ernsthaft krank war. Dr. Garner sang im örtlichen Gesangverein mit, wozu er dank seiner vollen Baritonstimme weitaus befähigter war als zur Ausübung des Arztberufs, und er war einer von denen, die jedes neue technische Spielzeug sofort haben mussten: Die Mobiltelefone, die er zugunsten des jeweils noch aktuelleren Modells abgelegt hatte, füllten schon zwei große Schubladen.

Dr. Garners Praxis lag in einem Einkaufszentrum am Stadtrand. Nachts gab es dort einen Wachdienst, doch da Lakeview ein so friedliches Städtchen war, nahm der es mit den Rundgängen nicht so genau.

Das war günstig für die drei Männer, die kurz vor drei Uhr mit einem Auto auf den weitläufigen Parkplatz rollten. Sie fuhren, seit sie von der Hauptstraße abgebogen waren, ohne Licht, und ihr Autokennzeichen war gefälscht. Der Wagen glitt an einem Supermarkt, einem Ein-Dollar-Laden, einem Bio-Händler und einer Bankfiliale vorbei und kam vor der Praxis von Dr. Garner zum Stehen. Die Männer, die ausstiegen, trugen Handschuhe und dunkle Kleidung, und sie schlugen die Wagentüren nicht zu, sondern lehnten sie nur an. Sie unterhielten sich im Flüsterton.

Jeder Beobachter hätte sofort gemerkt, dass diese Männer etwas im Schilde führten. Nur gab es keinen Beobachter.

Sie machten sich an der gläsernen Eingangstür der Praxis zu schaffen. Ab und zu leuchtete eine Taschenlampe auf, man hörte Metall auf Metall kratzen. Endlich gab es ein scharfes Knacken und die Tür schwang nach innen auf. Die Männer zögerten keinen Moment hineinzugehen.

Einem patrouillierenden Wachmann wäre der parkende Wagen aufgefallen. Unter Umständen hätte er auch die blassen Lichtkegel von Taschenlampen hinter den Scheiben der Praxis bemerkt. Doch wie gesagt, es patrouillierte niemand. Der Wachmann, der in dieser Nacht Dienst tat, übte seinen Beruf seit zwanzig Jahren aus, und in diesen zwanzig Jahren war *nie* irgendetwas passiert. Das hatte ihn zu der Auffassung gebracht, dass es völlig genügte, wenn er einmal in der Woche wirklich *alle* Runden so drehte, wie es im Plan vorgesehen war. Das letzte Mal war erst vier Tage her, der Film, der gerade im Fernsehen lief, ziemlich spannend, also war er diese Nacht eher großzügig mit dem Zeitplan.

Zwanzig Minuten später kamen die Männer wieder heraus. Sie trugen ein Gerät aus Stangen und Haltebügeln mit sich, das sie in Wolldecken wickelten und sorgsam im Kofferraum ihres Wagens verstauten, außerdem eine prall gefüllte Stofftasche.

Nun, da sie sich auf den Rückweg machten, gaben sie sich keine Mühe mehr, leise zu sein. Die Türen des Wagens schlugen lautstark zu, der Motor brummte los. Als das Auto zurückstieß, glitten die Lichtkegel der Scheinwerfer für einen Moment über ein Schild, das erst seit einer Woche über der Praxistür hing. Darauf stand: *Lifehook-Center*.

Matthew strahlte. »War völlig easy«, erklärte er. »Sie hatten keine wirkliche Alarmanlage, in der Tür war nur ein billiges Schloss aus dem Baumarkt und auch sonst war alles wie früher.«

Die ganze Sache schien ihm richtiggehend Spaß gemacht zu haben. Christopher, der zusammen mit den anderen dem Bericht der drei Männer lauschte, die den weiten Weg nach Kalifornien auf sich genommen hatten, fragte sich unwillkürlich, wovor sich dieser Matthew wohl in Hide-Out versteckte.

Auf dem Tisch stand das Gerät, das sie erbeutet hatten. Es war ein Instrument, das man spontan der Praxis eines Augenarztes zugeordnet hätte – es gab gepolsterte Bügel, auf die man das Kinn stützen und gegen die man die Stirn pressen konnte, diverse Riemen, um den Kopf wie für eine Untersuchung zu fixieren, und so weiter. Bloß die Instrumente, die vor das Gesicht geklappt werden konnten, sahen nicht mehr so aus wie Instrumente aus einer Augenarztpraxis.

»Das sind die Chips«, erklärte Russell und ließ Schachteln aus durchsichtigem Plastik herumgehen. In jeder davon steckten sechzehn der Dinger in Plastikhalterungen. Die *Lifehooks* sahen anders aus als die schwarzen, viereckigen, flachen Chips, die Christopher kannte: Sie hatten dieselbe hellblaue Farbe wie das Logo von *FriendWeb* und die Form einer kleinen Halbkugel. Auf den ersten Blick sahen sie aus wie blaue Marienkäfer.

»Das hier fand ich auch höchst interessant«, sagte Anthony Finney und holte ein paar Aktenordner aus einem schwarzen Sack. »Der *Lifehook* kostet neunzehn Dollar, nicht wahr?«

»Einführungspreis«, erwiderte jemand.

Finn schlug einen der Ordner auf und schob ihn in die Mitte des Tisches. »Die Abrechnungen unseres guten Docs. Der *Lifehook* wird massiv bezuschusst. Für jeden implantierten Chip kriegt er von der *Lifehook*-Corporation hunderteinunddreißig Dollar. Die Chips und das ganze Zusatzmaterial kosten ihn keinen Cent.« Er blätterte ein paar Seiten um. »Hier, das ist die Vereinbarung mit *Lifehook*. Geheimhaltung – das wird als ›Wahrung der Privatsphäre‹ bezeichnet, sehr geschickt – Abrechnungsmodalitäten, Gebietsschutz... alles ordentlich geregelt.«

»Pro Chip einhundertfünfzig Dollar«, resümierte Jeremiah Jones. »Wenn die Implantation wirklich so leicht und schnell geht, wie es heißt, ergibt das einen guten Stundenlohn.«

Dr. Connery schüttelte fassungslos den Kopf. »Mit anderen Worten, die haben inzwischen mindestens hundertfünfzig Millionen Dollar hingelegt, um die Chips unters Volk zu bringen. Nein, mehr – man muss die Dinger ja herstellen, verpacken, transportieren...«

»So viel ist das auch wieder nicht«, warf Christophers Dad ein. »Ihr dürft nicht vergessen, mit wem ihr es zu tun habt. Eine Menge Mitglieder der Kohärenz sitzen in Schlüsselstellen bei Banken und schaffen Geld beiseite. Meine Frau ist nur eine davon.«

»Auf alle Fälle heißt das«, sagte Jones, »dass es die Kohärenz mit diesem Projekt verdammt eilig hat. Deswegen sollten wir auch keine Zeit verlieren.« Er nahm eine der Schachteln und hielt sie in die Höhe. »Wir müssen das Ding so schnell wie möglich analysieren.«

Clive Tucker strich über seinen geflochtenen Bart. »Haben wir schon organisiert.«

27 | Diejenigen aus der Clique, die zum Cloud-Konzert nach San Francisco wollten, beschlossen, eine gemeinsame Fahrt zu organisieren. Jason, der schon über achtzehn war und deswegen ohne die für Minderjährige geltenden Einschränkungen Auto fahren durfte, übernahm den Job des Chauffeurs, und Rebecca, deren Eltern eine Autovermietung betrieben, besorgte ein ausreichend großes Fahrzeug. So kamen die beiden am Tag des Konzerts mit einem dieser neuen Zehnsitzer an, die wie ein Mittelding aus Bus und Geländewagen aussahen.

Tamara fuhr auch mit, tat aber, als sei Brad Luft. Im Grunde kam es Brad vor, als täten das alle, denn unterwegs wurde nicht viel geredet; die anderen warfen sich nur Blicke zu und kicherten hin und wieder.

Klar: Sie unterhielten sich über ihre *Lifehooks* und dadurch war Brad natürlich außen vor. Ein blödes Gefühl.

Schließlich quatschte er Tamara einfach an. »Ich wusste gar nicht, dass du auch einen *Lifehook* hast«, sagte er zu ihr.

Sie geruhte, ihn zur Kenntnis zu nehmen. »Wieso auch?«, fragte sie spitz. »Du hast doch keinen.«

»Woher weißt du das?«

Diese Frage schien sie regelrecht sprachlos zu machen. »Das merk ich doch. Du *reagierst* nicht.«

In diesem Moment ahnte Brad, dass es nicht so laufen würde, wie Pete sich das vorgestellt hatte.

Und tatsächlich: Als sie vor dem *Unity Club* in der Schlange standen, sah Brad, dass die Wachleute am Eingang sich überhaupt nicht um Karten kümmerten. Sie winkten die Leute einen nach dem anderen durch, auch Jason und die anderen.

Nur ihn nicht. Brad wurde angehalten.

»Sorry«, sagte der Wachmann, ein breitschultriger Muskelprotz mit einem wie aufgemalt wirkenden Oberlippenbärtchen. »Eintritt nur für *Lifehook*-Träger.«

Brad hatte Petes Karte schon griffbereit. Er hielt sie dem Typ unter die Nase. »Aber ich –«

»Junge«, unterbrach der ihn und schob ihn beiseite, »erzähl mir nichts.«

Mist. Zum Glück erreichte er noch Jason über das Handy, und der kam noch mal raus.

»Tja, blöd gelaufen«, meinte er ohne spürbares Bedauern. »Was willst du jetzt machen?«

»Keine Ahnung«, sagte Brad. »Ich werd auf euch warten müssen, nehme ich an.«

»Du kannst ja vielleicht ins Kino gehen oder so«, schlug Jason vor. »Ich ruf dich auf jeden Fall an, wenn das Konzert vorbei ist.«

Und so machte er es dann. Allerdings war der Film, in den Brad geriet, so schlecht, dass er noch vor dessen Ende rausging. Vielleicht war er auch einfach nur zu aufgebracht, um sich auf einen Film einzulassen. Tatsächlich hätte er kotzen können.

So verbrachte Brad den Rest der Zeit in einem Schnellimbiss schräg gegenüber vom *Unity Club*. Dort hörte er nur die Bässe aus dem Konzert und trank Milchshakes, bis ihm schlecht wurde.

28 | Die Fahrt dauerte den ganzen Tag, und der zog sich wie Kaugummi. Es kam Christopher so vor, als sei er nur noch auf endlosen Straßen unterwegs, seit er in den USA war.

Das war das Dilemma eines Verstecks wie Hide-Out: Zwar war man dort einigermaßen sicher vor der Welt – doch wenn man aus irgendwelchen Gründen in diese Welt zurückkehren musste, galt es jedes Mal, gigantische Wege zu bewältigen.

Endlich brach, auf geradezu tröstliche Weise völlig unbeeindruckt vom Treiben der Menschen auf diesem Planeten, die Nacht herein. Leider waren die Straßen zu dicht befahren, als dass man Sterne am Firmament gesehen hätte. Scheinwerfer blendeten. Die Straßenbeleuchtung in den Ortschaften und die allgegenwärtige Leuchtreklame taten das ihre, um einem den Blick auf den Sternenhimmel zu verwehren.

Schade. Christopher hätte gerade gerne zu ein paar Sternen aufgeschaut.

Zwei Stunden später fuhren sie von der Interstate ab. Finn saß am Steuer, Clive Tucker dirigierte ihn. Sie gelangten in ein Industriegebiet, in dem sich ein riesiger Kasten aus Blech an den anderen reihte, alle von Flutlicht angestrahlt, bewacht von Hundemeuten, die sich hinter hohen Maschendrahtzäunen die Seele aus dem Leib bellten.

Clive zog ein Telefon aus der Tasche, das sie unterwegs gekauft hatten, und wählte eine Nummer. »Wir sind's«, sagte er halb laut. »Fast da. Hmm. Okay. Bis gleich.« Er schaltete das Gerät ab, öffnete es, holte die SIM-Karte und die Batterie heraus und steckte die Einzelteile in die Tasche. Standardprozedur, um ein Angepeiltwerden zu verhindern. Er deutete in Fahrtrichtung. »Die übernächste Querstraße rechts, dann dort rein, wo ›Tor 17‹ steht. Wir sollen auf den Hof fahren und vor einer grünen Stahltür warten.«

»Grüne Stahltür«, wiederholte Anthony Finney. »Alles klar.«

Die grüne Stahltür stand schon offen, als sie ankamen. Ein Mann in einem weißen Kittel erwartete sie. Er trug eine massige, schwarz gerahmte Brille mit dicken Gläsern und war so hager, als nehme er sich keine Zeit zum Essen.

Sie stiegen aus. Clive und der Mann begrüßten sich enthusiastisch. Aber erst drinnen, in einem kleinem Raum mit ein paar Spindschränken und einer Reihe Kleiderhaken, in dem es, soweit Christopher sah, keine Überwachungskameras gab, stellte Clive ihn vor.

»Also«, sagte er, »das ist Wayne Koleski, ein alter, hmm, Freund der Familie, sozusagen.« Er nickte dem Mann zu. »Und Wayne – ehe ich dir jetzt die anderen vorstelle, muss ich dich bitten, ein magisches Ritual für uns zu vollführen.«

Wayne riss die Augen auf, was in seinen Brillengläsern einen Anblick erzeugte, bei dem man fast zusammenzuckte. »Ein magisches Ritual? Ähm – ehrlich gesagt sind wir hier eher auf schlichte Naturwissenschaft und simple Technik spezialisiert…«

»Es ist nicht schwierig«, sagte Clive. »Ich erklär's dir.« Er holte aus seiner Umhängetasche das große Kupfernetz, das sie bei der Entführung von Albert Burns verwendet hatten. »Ich lege dir dieses Netz über den Kopf, sodass es den ganzen Körper einhüllt. Du wirst ein paar Mal die Füße heben müssen, es muss dich komplett einschließen.«

Wayne blinzelte. »Und danach? In welche Bruderschaft bin ich dann aufgenommen?« Er befühlte das Netz. »In die der Hochseefischer? Oder doch eher in die der Elektrotechniker und Hochfrequenzingenieure?«

Clive lächelte dünn. »Keine Bruderschaft. Es gibt was zu gewinnen.«

»Zu gewinnen? Oh. Was denn?«

»Unser Vertrauen.«

Wayne stieß einen Pfiff aus. »Ach ja? Na dann her damit.«

Clive warf ihm das Netz über, Matthew half ihm, es über Waynes ganzen Körper zu ziehen, und gemeinsam legten sie es unten so zusammen, dass der Mann im weißen Kittel vollständig umhüllt war.

Nichts geschah. Weder wurde er ohnmächtig, noch reagierte er sonst irgendwie, außer mit verwunderter Belustigung.

»Okay«, sagte Clive. »Du kannst wieder herauskommen.« Und während Matthew das Netz zusammenlegte, stellte Clive Wayne seine Begleiter vor: »Das ist Anthony Finn, das ist Bob Connery, Matthew kennst du ja noch... und das ist Christopher Kidd, besser bekannt als ComputerKid.«

Wayne pfiff wieder, nur diesmal noch lauter. »Wow!«, meinte er dann und sah Christopher an wie eine Erscheinung. »Welch Glanz in unserer Hütte. Clive, jetzt musst du mir aber endlich erklären, was los ist. Wenn ich doch jetzt euer Vertrauen habe.«

»Na klar«, sagte Clive.

Und so erzählten sie ihm alles. Von der Kohärenz. Von den direkten Verbindungen der Gehirne über die Chips. Vom *Lifehook* und dem Verdacht, dass es sich dabei um nichts anderes als um eine »Light«-Variante des ursprünglichen Kohärenz-Chips handelte.

Wayne hörte gebannt zu, fast regungslos. Seine durch die Brille ohnehin riesigen Eulenaugen schienen immer noch größer zu werden; Christopher konnte gar nicht hinschauen.

Als sie mit ihren Erklärungen fertig waren, spitzte Wayne wieder die Lippen, doch diesmal kam kein Pfiff zustande. »Wow«, sagte er stattdessen. »Wow, wow, wow. Und das ist wirklich alles wahr?«

»Wirklich«, sagte Clive.

»Weil – das klingt wie die verrückteste Verschwörungstheorie, die ich je gehört habe.«

»Ging mir auch so«, sagte Clive. »Aber leider ist es keine Theorie.«

Endlich blinzelte Wayne mal. »Und ihr wollt welchen Chip untersuchen?«

»Den hier.« Clive zückte eine Plastikbox. »Den *Lifehook*.«

»Okay.« Wayne nahm ihm die Schachtel ab, betrachtete die hellblauen, halbkugelförmigen Chips darin fasziniert. »Ich fürchte bloß, um die Schaltungen zu analysieren, wird eine Nacht nicht ausreichen.« Sein Blick fiel auf Christopher. »Obwohl ...?«

Christopher hielt die Rolle verknitterten Papiers hoch, die er die ganze Fahrt über nicht aus der Hand gegeben hatte. »Ich hab schon einmal einen ihrer Chips analysiert. Der *Lifehook* wird nicht gravierend anders aufgebaut sein.«

»Ist das der Schaltplan?«

»Ja.«

»Okay. Dann kommt.«

Er öffnete die gegenüberliegende Tür und sie betraten hell erleuchtete, hohe Räume voller Maschinen. Christopher war beeindruckt. Hide-Out mit seinem Netzwerk Ehemaliger hatte wirklich ganz andere Möglichkeiten zur Verfügung als Jeremiah Jones und seine Gruppe allein in den Wäldern Idahos und Montanas.

Wayne marschierte auf eine Maschine zu, die ungefähr so groß war wie ein Automobil und aussah wie ein auf engsten Raum zusammengefalteter Riesenroboter. Stellräder, dünne Schläuche, Tastenfelder und Leuchtanzeigen umgaben den Arbeitsplatz auf ihrer Vorderseite.

»Das ist eine Höchstpräzisionsfräse«, erklärte Wayne. »Die benutzen wir sonst, um uns die Prozessoren und Grafikchips der Konkurrenz anzuschauen.«

Er öffnete den Deckel der Plastikschachtel, nahm einen der *Lifehooks* heraus und legte ihn auf die kaum handtellergroße Arbeitsfläche, die Dutzende von mikroskopisch kleinen Greifbacken aufwies, die über Rändelschrauben und Gewindestangen aufeinander zubewegt werden konnten. Dabei handhabte er den Chip so behutsam, als handele es sich um ein winziges Insektenei.

»Nein«, meinte er nach einer Weile. »So geht das nicht. Der ist zu klein. Und die Form ist völlig ungewöhnlich.« Er nahm den Chip wieder zwischen die Finger, betrachtete ihn. »Wie machen die das eigentlich mit der Kühlung?«

»Braucht der nicht«, sagte Christopher. »Die Kohärenz betreibt ihre Chips mit der körpereigenen Elektrizität. Das sind minimale Ströme.«

»Hmm.« Wayne drehte den Chip hin und her. »Und das sind ja auch minimale Anschlüsse. Wie verbindet sich das Ding überhaupt mit dem Nervensystem?«

»Mithilfe einer sogenannten bioaktiven Substanz«, erklärte Christopher. »Das ist eigentlich ein Mittel, um Nervenschäden zu heilen. Es wird eingesetzt, wenn abgetrennte Gliedmaßen wieder angenäht werden. Diese Substanz hüllt den Chip bei der Implantation ein und bildet selbstständig Pseudoganglien, ausgehend von den Kontakten am Chip.« Er nahm Wayne den *Lifehook* aus der Hand und drehte ihn um, sodass die flache Unterseite mit den kaum sichtbaren Silberstiften nach oben zeigte. »So sitzt das Ding in der Nasenhöhle. Das Implantationsgerät bohrt mehrere winzige Löcher in die sogenannte Siebbeinplatte – das ist einer der Knochen, der Nasenhöhle und Hirnhöhle voneinander trennen –, oberhalb derer der Riechnerv liegt. Mit dem verbinden sich die Pseudoganglien.«

Wayne runzelte die Augenbrauen. »Ehrlich? Okay, das interessiert mich. Ich will sehen, wie so ein Ding funktioniert.« Er nahm Christopher den Chip wieder ab und ging damit zu einem Labortisch. Er holte eine Art Petrischale aus einer Schublade und legte den *Lifehook* hinein.

»Gib mir noch ein paar von den Dingern«, wandte er sich an Clive, der die Plastikbox mit den übrigen fünfzehn Chips in der Hand hielt. »Ich mach sicherheitshalber gleich mehrere Proben. Sagen wir, vier fürs erste.«

Als vier solcher Schälchen mit je einem *Lifehook*-Chip vor ihm lagen, mischte er zwei Chemikalien, die eine bläulich schimmernd, die andere tiefrot und von stechendem Geruch. Zusammen ergaben sie ein wasserklares, zähflüssiges Gemisch, mit dem Wayne die Petrischalen bedächtig ausgoss.

Anschließend stellte er sie in einen kleinen Ofen, schaltete ihn ein und drehte eine Zeitschaltuhr auf fünf Minuten.

»Ein Ofen?«, fragte Clive. »Kann das den Chips nicht schaden?«

»Ich erhitze auf höchstens fünfzig Grad. Normale Prozessoren werden im Betrieb heißer.«

»Diese nicht«, warf Christopher ein.

Wayne zuckte mit den Schultern. »Riskieren wir es. Bei Zimmertemperatur dauert es eine gute Stunde, bis die Proben ausgehärtet sind.«

Während sie warteten, unterhielten Clive und Wayne sich angeregt über den »Bau«, wie Wayne Hide-Out nannte; er schwelgte offenbar in Erinnerungen an alte Zeiten. Endlich ertönte das helle *Ping!* der Uhr am Ofen.

Mithilfe einer Greifzange holte Wayne die Proben heraus. Ein paar Minuten später waren sie so weit abgekühlt, dass er eine davon einspannen konnte. Es klappte ohne Probleme.

»Wie ihr seht, habe ich die Probe so eingesetzt, dass die Unterseite des Chips nach oben zeigt. Erfahrungsgemäß ist es besser, mit der Analyse von der Seite her zu beginnen, auf der sich die Kontakte befinden«, erklärte Wayne. Ein bisschen war es, als sei er ein Professor und sie die Studenten und als sei damit zu rechnen, dass das alles in irgendwelchen Prüfungen drankam. »Nun müssen wir das Objekt so genau wie möglich ausrichten. Das ist der heikelste Teil der ganzen Prozedur. Und der entscheidende.«

Ein Instrument mit einem halbkugelförmigen Ende schwenkte über die Probe. Aus seiner Spitze sprühte ein roter, fächerförmiger Laserstrahl, der das Plastik spurlos durchdrang und ein hauchfeines Gitter auf die kreisrunde Unterseite des *Lifehook*-Chips zauberte.

»Die Fräsen müssen exakt parallel zu den Schaltebenen arbeiten, damit es funktioniert«, erklärte Wayne und tippte auf ein paar Tasten. Jetzt erst bemerkte Christopher, dass die gesamte Maschine um die kaum handgroße Arbeitsplattform herum schwenkbar gelagert war. Mit jedem Tastendruck veränderte sich eine von drei langen Zahlenreihen auf einem Bildschirm. Gleichzeitig gingen ruckelnde Bewegungen durch die kolossale Apparatur, die so winzig waren, dass man sie nicht sah – aber man *spürte* sie! Der Boden erzitterte davon wie von kleinen, kurzen Erdbeben.

»Okay«, sagte Wayne, als alle drei Zahlenreihen nur noch 00000000 anzeigten. »Los geht's.«

Eine weitere Taste, eine letzte Sicherheitsabfrage, dann schwenkte der halbkugelige Apparat beiseite und der Rest der Maschine setzte sich in Bewegung: Mit saurierhaftem Zischen schob sich ein kolossaler Arm über die Probe. Das Messer an seiner Spitze schabte eine hauchfeine Lage des Materials ab, so wenig, dass man es kaum sah. Als der Arm wieder zurückfuhr, senkte sich ein anderes Instrument auf die Probe herab, ein zylindrisches Gerät mit einem Kameraobjektiv an der Unterseite. Ein Blitzlicht flammte auf, dann erschien auf dem Bildschirm neben der Maschine – nichts.

»Das dauert eine Weile, bis wir durch sind«, meinte Wayne.

Eine Weile? Christopher hatte das Gefühl, dass es bei dem Tempo eine *Woche* dauern würde, bis sie bloß bei dem Chip angelangt waren. Wieder und wieder schabte der riesige Fräsarm über das Kunststoffstück, jedes Mal erzitterte der Boden unter ihnen, aber man hatte nicht den Eindruck, dass die Probe dadurch kleiner wurde. Von Zeit zu Zeit schaltete sich ein Gebläse ein, um die Probe zu kühlen und vielleicht auch um

Partikel von der Schnittkante wegzublasen, aber man sah nur hauchfeine Staubschleier davonhuschen.

»Erregt das eigentlich keinen Verdacht, dass wir so spät noch arbeiten?«, wollte Finn wissen.

Wayne schüttelte den Kopf. »Das ist hier normal.«

Finn hob die Augenbrauen. »Normal? Heißt das, irgendjemand könnte plötzlich in der Tür stehen?«

Wayne lächelte milde. »Keine Sorge. Ich war lange genug in Hide-Out. Ein bisschen hab ich noch was drauf in Sachen Versteckspielen.«

Und irgendwie ging es schließlich doch voran. Die Maschine trug tatsächlich Schicht für Schicht von dem Chip ab und enthüllte auf diese Weise das Innenleben des *Lifehooks*. Stück für Stück baute sich auf dem Monitor ein dreidimensionales Bild der Schaltungen auf, mit dem sich etwas anfangen ließ.

»Aha«, meinte Wayne mit fachmännischem Blick, als sich eine zweite Ebene zeigte. »Kompaktbauweise.«

Christopher fand es einfach, die Baugruppen zu identifizieren. »Das ist der Mobilfunkteil«, erklärte er Wayne und umfuhr den entsprechenden Bereich auf dem Monitor. »Hier ist der Empfang, da der Sendeteil.«

Wayne furchte die Augenbrauen. »Und wo ist die Antenne?«

»Die Antenne ist der Körper.«

»Ah. Okay. Bietet sich an.«

Christopher umriss weitere Baugruppen. Die Ähnlichkeit mit dem Kohärenz-Chip war bestürzend. »Das ist die Energieversorgung. Zapft die Bio-Elektrizität des Körpers an. Das ist der eigentliche Prozessor. Hier ist die Schnittstelle zu den Nervenbahnen...«

Wayne musterte ihn verwundert. »Woher weißt du das alles?«

»Ich hab schon einmal den Schaltplan eines ähnlichen Chips analysiert«, sagte Christopher. »Und was die Schnittstelle anbelangt, hab ich an der Entwicklung der Technologie mitgearbeitet.«

»Ehrlich?«, stutzte Wayne. »Wie das?«

Christopher zögerte. »Das ist eine lange Geschichte.«

Damit gab sich Wayne zufrieden. Um ihn auf andere Gedanken zu bringen, fragte Christopher: »Kann man das eigentlich auch ausdrucken? Ich meine, klar, es ist dreidimensional, aber letzten Endes sind es doch nur zwei Ebenen mit Schaltkreisen –«

»Ja, klar.« Wayne deutete in Richtung einer Ecke. »Dort hinten steht ein A0-Plotter. Du musst nur die Ebene festlegen, die du drucken möchtest, dann...«

Er hielt inne. Die Maschine hatte weitergearbeitet, während sie diskutiert hatten, hatte unermüdlich Schicht um Schicht abgetragen und jede neue Schnittfläche fotografiert. Als Ergebnis dieser Bemühungen tauchten gerade weitere Strukturen auf dem Monitor auf, die sich, wie es aussah, dicht unter dem Scheitel der Halbkugel befinden mussten.

»Wow«, hauchte Wayne. »Eine *dritte* Ebene. Was ist das jetzt?«

Christopher betrachtete das Geflecht der Leiterbahnen und Schalttransistoren. Er versuchte, sich an ähnliche Schaltungen zu erinnern.

»Keine Ahnung«, musste er schließlich zugeben.

»Diese dritte Ebene ist der einzige wesentliche Unterschied zwischen einem *Lifehook* und dem Chip, den die Upgrader tragen«, erklärte Christopher am nächsten Tag, als sie wieder in Hide-Out waren.

Jeremiah Jones hatte die Stellwände in der Werkstatt freigeräumt. Christopher hängte die Ausdrucke daran auf, die er mitgebracht hatte: die sauberen Print-outs der drei Ebenen des *Lifehooks* – und den zerknitterten, fleckigen, wild bemalten Schaltplan des *Ayulin*-Chips, den Christopher während seiner Flucht durch Montana analysiert hatte.

Als schon einmal alles verloren zu sein schien.

»Im Vergleich sieht man es ganz deutlich«, fuhr Christopher fort und deutete auf die Pläne. Er hatte die einander entsprechenden Areale der Schaltungen mit farbigen Markern umrahmt: Jeder Laie konnte auf diese Weise erkennen, dass sie in beiden Chips identisch waren – sie waren lediglich anders angeordnet. »Hier die Funktionsgruppen des klassischen Chips, hier dieselben Schaltungen, nur auf zwei Ebenen verteilt. Mit anderen Worten: Der *Lifehook* ist mit dem Upgrader-Chip nahezu baugleich.«

»Aber die Leute, die ihn bekommen, reagieren anders«, meinte Jones. »Das Implantieren des Chips setzt sie nicht für vier bis fünf Tage außer Gefecht. Die meisten verlassen die *Lifehook*-Center nach ein paar Stunden wieder, offenbar im Vollbesitz ihrer Kräfte.«

»Das liegt an dem Funktionselement auf der dritten Ebene«, erklärte Christopher, tippte auf die entsprechende Zeichnung. »Das ist neu.«

Seine Augen brannten vom Anblick der Linien und Symbole. Er hatte den gesamten Rückweg nichts anderes getan, als diesen Schaltplan anzustarren. »Es ist eine Art fernsteuerbares Drosselventil. Am Anfang, wenn der *Lifehook* eingesetzt wird, ist er tatsächlich nur eine Art Mobiltelefon im Kopf. Ein Mobiltelefon für Gedanken, die im Sprachzentrum formuliert und als pseudoakustische Signale an beliebige Empfänger verschickt werden können. Aber im Lauf der Zeit nimmt der Durchfluss an direkten neuralen Impulsen allmählich zu. Das hat zur Folge, dass der Träger des *Lifehooks* eine Art Sub-Kohärenz mit den Leuten zu bilden beginnt, mit denen er am meisten Kontakt hat. Davon merkt er nichts, er gleitet da nach und nach hinein.«

Christopher blinzelte müde. Vielleicht brannten seine Augen auch einfach nur, weil er die ganze Nacht nicht geschlafen hatte. Die anderen hatten sich mit dem Fahren abgewechselt, während er mit der Taschenlampe und diesem Ausdruck auf dem Rücksitz gesessen und die möglichen Schaltabläufe in Gedanken durchgespielt hatte ...

»Und diese Miniatur-Kohärenz«, fuhr Christopher fort, »verschmilzt dann schleichend mit der großen Kohärenz. Der *Lifehook* ist die Light-Version des Upgrader-Chips, aber letzten Endes läuft es auf dasselbe hinaus.«

Unruhige Bewegungen, unruhiges Gemurmel.

Er musste wirklich ins Bett.

»Was heißt das?«, fragte jemand mit tiefer Stimme. Russell Stoker, dieser vollbärtige Riese von einem Mann. Wie konnte einer so aussehen und dann eine Frage stellen, die derart kläglich klang?

»Das heißt, dass es nicht mehr aufzuhalten ist«, antwortete Christopher müde. »Die Leute zahlen sogar noch dafür. Sie gehen freiwillig in die Kohärenz!« Das war es, was nicht in seinen Kopf wollte. »Freiwillig«, wiederholte er.

»Nur, weil sie nicht Bescheid wissen«, ging Jeremiah Jones

dazwischen. »Nur deshalb. Niemand würde das tun, wenn er wüsste, was es bedeutet und wohin es führt.«

»Bist du sicher?«, warf Serenitys Mutter ein.

Jeremiah Jones schien den Einwand nicht einmal zu hören. »Wir werden das sehen, davon bin ich überzeugt. Wenn unser Artikel am ersten Juli erscheint.« Er ballte die Faust. »Er wird etwas bewirken. Selbst wenn ich den Text für die Zeitschriften nicht mehr ändern konnte, für das Mailing werde ich ihn um unsere neuen Erkenntnisse ergänzen. Ich fange gleich damit an. Das wird der wichtigste Text, den ich jemals geschrieben habe.«

»Yeah«, sagte jemand. Ein paar klatschten, als gelte es, einen Sportler anzufeuern.

Christopher sah sich um. Da war niemand, der widersprach. Außer Serenitys Mutter niemand, der zumindest Zweifel äußerte.

Und er? Er hatte jetzt oft genug gesagt, dass sie keine Chance hatten, dass die Kohärenz nicht mehr aufzuhalten war. Aber offenbar wollte das niemand hören.

Und eigentlich war es ja auch nicht im Mindesten hilfreich.

Also hielt Christopher seinen Mund und begnügte sich damit, die Zeichnungen schweigend von den Pinnwänden zu lösen und wieder einzurollen.

29 | Es war ein blödes Gefühl, nicht mehr alles mitzukriegen, was lief. Und dieses Gefühl hatte Brad nun immer öfter. Dadurch, dass die anderen sich zunehmend über ihre *Lifehooks* verständigten, war es für ihn als Außenstehenden, als redeten sie hinter seinem Rücken über ihn, obwohl sie das wahrscheinlich in Wirklichkeit gar nicht taten. Aber er gehörte einfach nicht mehr dazu. Kein Wunder, dass es mit der Clique nicht mehr so viel Spaß machte wie früher.

Und an alldem war einzig dieser blöde Chip schuld. Ein Grund mehr, den *Lifehook* zu hassen.

Dabei war Sommer, der Sommer ihres Lebens! Jetzt wäre die Zeit gewesen für endlose Partys, faule Nachmittage an Pools, die Gelegenheit für lange Fahrten ohne Verdeck, durchgemachte Nächte, Alkohol und Sex, so viel man kriegen konnte.

Alles gecancelt. Dank Mr Salzman und seiner blöden Erfindung.

Aber, beschloss Brad, er würde sich nicht unterkriegen lassen. Ein Brad Wheeler war nicht darauf angewiesen, dass ihn irgendwelche *Lifehook*-Junkies gnädig in ihrer Gruppe duldeten!

Und sich so ein Ding in den Kopf schrauben lassen, würde er erst recht nicht. Schon bei der bloßen Vorstellung schüttelte es ihn.

Nein, er brauchte die anderen nicht. Er würde dies zum Anlass nehmen, sich auf andere Dinge zu konzentrieren. Auf Dinge, die ihm wichtig waren.

Weil es total uncool und so ziemlich das genaue Gegenteil von angesagt war, hatte Brad bislang noch niemandem davon erzählt: Aber aus Gründen, die ihm selber nicht klar waren, hegte er, seit er dessen Zeichnungen zum ersten Mal gesehen hatte, eine unstillbare Leidenschaft für die Werke eines Künstlers namens Antonio Solitar. Das war ein Maler, den fast niemand kannte, dessen Name in keinem Lexikon stand und dessen Bilder auch noch nie größeres Aufsehen erregt hatten. Brad wusste über den Mann nur, dass er aus Spanien stammte, als Kind nach Kanada gekommen war und irgendwo in der Nähe von Toronto lebte – und dass er grundsätzlich nur mit Bleistift zeichnete, ausschließlich Ansichten von Städten und Industriegebieten.

Das aber auf eine Weise, die Brad immer wieder umhaute.

Brad war zwölf gewesen, als er in einer Zeitung eine Zeichnung gesehen hatte, die er einfach hatte ausschneiden und aufbewahren *müssen,* weil er sich an ihr nicht sattsehen konnte. Den Namen des Zeichners hatte er eher nebenbei wahrgenommen; bewusst registriert hatte er ihn erst ein paar Jahre später. Damals war er in einer Buchhandlung auf einen schmalen Bildband mit Zeichnungen von Antonio Solitar gestoßen, der schweineteuer gewesen war und den er sich trotzdem sofort gekauft hatte. Mit sechzehn schließlich hatte Brad – völlig irre, fand er immer noch – ein echtes *Bild* von Solitar erworben, per Internet direkt über dessen Website, die von einer Galerie in Toronto betrieben wurde. Es war eine schlichte Zeichnung, die seither gerahmt über seinem Schreibtisch an der Wand hing. Sie zeigte nur eine Straße und einen einzelnen Baum am Straßenrand, aber das so meisterlich, dass das Bild Brad einfach sprachlos machte. Die Straße war menschenleer, der Baum verkümmert und Nebel senkte sich auf die Szenerie herab: Das Bild strahlte eine solche Einsamkeit, eine solche Sehnsucht nach Gemeinschaft aus, dass es einem richtiggehend wehtun konnte, vor allem in Brads derzeitiger Situation.

Uncool, wie gesagt. Aber mal völlig.

Doch Brads allerpersönlichstes Geheimnis war, dass er vor ein paar Jahren angefangen hatte, selber zu zeichnen. Klar war das gesponnen, aber es drängte ihn richtiggehend dazu.

Er spürte das Verlangen, auch so zeichnen zu können, ebenfalls Bilder zu schaffen, die bei demjenigen, der sie betrachtete, derart starke Gefühle auslösen konnten.

Es kostete ja nicht viel, es zu versuchen. Ein Block Zeichenpapier, ein Set Bleistifte in verschiedenen Dicken und Härten, und man war dabei.

Allerdings war Brads Bewunderung für die Kunst Antonio Solitars nur noch gestiegen, seit er sich selber darin versuchte.

Immerhin, Perspektiven kriegte er mittlerweile einigermaßen hin. Aber die Details! Allein, sie zu *sehen,* war eine Kunst für sich. Und sie, wenn man sie denn sah, auch wenigstens ungefähr hinzubekommen, das erschien Brad an manchen Tagen schlichtweg unmöglich. Mehr als einmal hatte er Block und Bleistift in die hinterste Ecke seines Schranks geworfen und sich geschworen, sie nie wieder anzurühren.

Jetzt, da er wenig hatte, das ihn davon ablenken konnte, fuhr er eben alleine herum, suchte Stellen mit interessanten Blicken und zeichnete stundenlang. Und es kam ihm vor, als mache er doch, ganz allmählich, gewisse Fortschritte. Nicht, dass seine Bilder schon gut gewesen wären. Aber immerhin besser.

Womöglich, ging es Brad bei einem dieser Ausflüge durch den Kopf, hatte es ja *tatsächlich* etwas mit Erwachsenwerden zu tun, sich dem, was alle Übrigen taten, auch mal zu verweigern?

Doch ganz in Vergessenheit schien er noch nicht geraten zu sein. Jedenfalls rief ihn Pete eines Tages an, um ihn zu einem Barbecue einzuladen, das er am vierten Juli veranstalten wollte. »Was bekanntlich mein Geburtstag ist«, fügte er so stolz hinzu, als habe man den Tag seinetwegen zum Nationalfeiertag erklärt. »*Independence Day!* Du kommst, oder?«

Brad zögerte. »Ich weiß nicht, ob das eine gute Idee ist.

Ehrlich gesagt fühle ich mich in letzter Zeit ziemlich ausgeschlossen, wenn Ihr *Lifehook*ies unter euch seid.«

»Echt?« Pete schien aufrichtig verblüfft.

»Sorry«, meinte Brad. »Aber das ist nicht so witzig, wenn ihr euch über Witze schlapplacht, die ich nicht mal *mitkriege.*«

»Hmm«, machte Pete. »Verstehe. Allerdings fände ich's echt schade, wenn du nicht kämst. Weil, ich hab nämlich extra deinetwegen Tiffany eingeladen.«

Brad fiel fast das Telefon aus der Hand. »Tiffany Van Doren?«

»Wie viele Tiffanys kennst du?«, fragte Pete zurück.

Natürlich kannte Brad nur diese eine Tiffany. Und zufällig stand er total auf sie. Tiffany sah nicht nur gut aus, sie hatte auch was im Kopf. Sie war ein handfester Typ, warmherzig, konnte herzhaft lachen... Genau genommen war Tiffany Van Doren das einzige Mädchen, mit dem Brad Wheeler was Ernstes hätte anfangen wollen. Und die Einzige, die bisher so gut wie gar kein Interesse an ihm gezeigt hatte.

»Da brauchst du jetzt keine Antwort von mir, oder?«

»Nein, ist klar«, erwiderte Pete lachend. »Ich wollte dir bloß Bescheid sagen.«

30 |

Wieder eine endlose Fahrt durch eine Wüstenlandschaft. Wieder auf verlassenen Straßen zwischen dürren Feldern, vorbei an verstaubten Motels und Tankstellen, die aussahen, als hätte man sie aufgegeben und nur vergessen, die Leuchtreklamen abzuschalten.

Niemandsland. Und trotzdem war hier das Feld stark. An Mobilfunkmasten herrschte kein Mangel.

Diesmal war es Patrick, der fuhr. Was, überlegte Christopher, zweifellos eine bessere Wahl war als Clive mit seiner doch ziemlich auffälligen Erscheinung.

»Wir benutzen einen PC in der Bibliothek der Universität von Phoenix«, erklärte Patrick. »Dort gibt's einen großen Computerraum, wo zwar ständig was los ist, aber in einer abgelegenen Ecke im Obergeschoss stehen ein paar Rechner, an denen fast nie jemand arbeitet.«

»Und an die kann man einfach so ran?«, fragte Christopher.

»Alles, was man braucht, ist ein Studentenausweis.«

»Und woher nehmen wir den?«

»Hier«, sagte Patrick und zog eine Chipkarte aus seiner Hemdtasche. »Ist sogar echt. Ich hab mich extra an der Uni eingeschrieben. Bloß die Heimatadresse, die ich angegeben habe, stimmt nicht; es war die Adresse von einem aus dem Netzwerk, der ohnehin gerade dabei war wegzuziehen. Sprich, es wird schwer sein, mich darüber aufzustöbern.«

Christopher überlegte. Schwer hieß nicht unmöglich. Aber das Risiko war vermutlich gering. »Okay«, sagte er und befühlte zum zwanzigsten Mal den USB-Stick in seiner Hosentasche. Zwei Dateien waren darauf: erstens der Artikel, den Jeremiah Jones verschickt haben wollte, und zweitens der Text der E-Mail dazu.

Das Ganze, davon war Christopher überzeugt, würde nichts bringen. Nicht das Geringste. Was die Gefahr betraf, die der Kohärenz durch eine Aufdeckung ihrer Existenz und ihrer Aktivitäten hätte drohen können, war deren Aktion mit dem *Lifehook* ein geradezu genialer Gegenzug gewesen.

Aber es hätte auch nichts gebracht, wenn er sich geweigert

hätte, das Mailing zu verschicken. Deswegen fuhren sie nun durch die sonnendurchglühte Einsamkeit Arizonas.

Die Universitätsbibliothek war nagelneu, ein moderner Bau aus viel Glas und Beton, mit großzügigen Treppen zwischen den versetzten Etagen und einem Innenhof, in dem prächtige Palmen wuchsen. Die Bücher wirkten bei alldem fast wie eine Nebensache.

Im Inneren war es angenehm kühl nach der hochsommerlichen Hitze draußen. Die wenigen Benutzer der Bibliothek verloren sich zwischen den Regalen, und es war so still, wie es nur in Bibliotheken und Kirchen ist. Als Patrick und Christopher sich vor einem der drei einsamen PCs im Obergeschoss niederließen, war die einzige Person in Sichtweite ein dickes Mädchen mit dicker Brille, das dicke Bücher wälzte und sich dabei eifrig Notizen machte; sie wirkte völlig auf ihre Arbeit konzentriert und beachtete sie überhaupt nicht.

Patrick schaltete den PC ein und schob seinen Ausweis in den Schlitz, wodurch der Zugang freigeschaltet wurde. »Bitte sehr, Mr ComputerKid.«

Christopher kam es vor, als habe das Mädchen kurz aufgemerkt, als sein Spitzname gefallen war. Aber vielleicht hatte er sich das auch nur eingebildet. Wahrscheinlich.

Er nahm sich den Rechner vor, checkte die laufenden Prozesse, auch die, die sich verborgen hielten. Wie er vermutet hatte, lief ein Überwachungsprogramm, das den Zugang zu bestimmten Webseiten sperrte und generell alle Zugriffe protokollierte. Er beendete das Programm und veränderte dessen Protokoll so, dass es aussah, als sei es ein Programmabsturz gewesen.

Dann rief er den Messenger auf. *Computer*Kid ruft Penta-Byte-Man.*

Warten. Christopher hielt den Atem an. Er erinnerte sich ungern an das letzte Mal, als er den PentaByte-Man gerufen und dieser, zu Christophers maßlosem Erstaunen, offline gewesen war, zum ersten Mal überhaupt. Schlimme Dinge waren danach passiert, Dinge, von denen er nur hoffen konnte, dass sie sich nicht wiederholen würden.

»Dauert, hmm?«, meinte Patrick.

Christopher sah auf die Uhr. Eine Minute war schon vergangen. Eine Ewigkeit.

Dann, plötzlich, eine Antwort.

Hi. Sorry, war gerade beim Essen. Was gibt's? Du wolltest noch mal die MBM, nicht wahr?

»Was ist eine MBM?«, wollte Patrick wissen.

»Das ist die Abkürzung für Massen-Belästigungs-Maschine. So nennt er sein System, über das er Spam-Mails verschickt«, erklärte Christopher, während er seine Antwort tippte: *Ja. Wie geht's dir?*

Ganz O.K. Hab gerade bisschen Stress wegen meines großen Projekts, ansonsten ist es ruhig. Das Untertauchen scheint geklappt zu haben.

»Was für ein Projekt?«

Allmählich nervte es Christopher, dass Patrick ihm über die Schulter sah und alles kommentierte. »Er trägt eine Brille mit einer eingebauten Videokamera. Darüber nimmt er seit zwanzig Jahren sein Leben auf Video auf.«

»Nee, echt jetzt?«

»Jede einzelne Minute davon.«

»Crazy«, grinste Patrick. »Der ist ja noch verrückter als wir!«

Was für Sorgen?, tippte Christopher.

Cybershelter hat Pleite gemacht. Das war die Firma, bei der ich meine Online-Backups hatte. Ist schon vor 'ner Weile passiert, ich hab's nur nicht mitgekriegt vor lauter Abhauen und Untertauchen.

Heißt das, du hast jetzt keine Backups mehr?

Nur die Arbeitsdateien und meine eigenen Platten hier. Gefällt mir gar nicht, aber ich trau mich gerade nicht, terabyteweise Daten woandershin upzuloaden.

Christopher nickte. *Ja, würde ich auch lieber lassen.*

Mir wird schon was einfallen, schrieb der PentaByte-Man zurück, der für Christopher so etwas wie ein großer Bruder war, obwohl er nicht mal wusste, wie er wirklich hieß, wo er lebte oder wie er aussah. *Zu dir. Was hast du konkret vor?*

Noch einmal eine Mail an sämtliche E-Mail-Adressen, die es gibt, schrieb Christopher. *Soll am ersten Juli ankommen. Diesmal muss ich einen PDF-File mitschicken.*

Wie groß?

300 KB. Eigentlich nur 287 Kilobyte, aber darauf kam es nicht an. Wichtig war die Größenordnung. Je umfangreicher die Spam-Mail, desto mehr zeitlicher Vorlauf war nötig.

Kurze Pause. Der PentaByte-Man rechnete bestimmt. *O. K.,* kam dann. *Sollte klappen. Aber später hättest du nicht kommen dürfen.*

Ging nicht eher.

Dann leg am besten gleich los. IP-Adressen und aktuelle Zugangscodes folgen.

Die Daten kamen mit der nächsten Message, gefolgt von: *Muss wieder offline gehen, sicherheitshalber. Mach's gut.*

Du auch, danke!, wurde Christopher noch los, dann kam schon: *PentaByte-Man logged out.*

Er schob den USB-Stick in den Port an der Rückseite des PCs und begann, die Mail vorzubereiten. Währenddessen grübelte Patrick: »Sag mal, wenn der alles auf Video aufnimmt… jeden Tag… jede Stunde…«

»Genauso macht er es«, sagte Christopher. »Bestimmt ziemlich langweilig, sich das anzuschauen.«

»Ja. Oder wenn er was Bestimmtes sucht… wie will er das finden?«

»Ich glaube, er verbringt viel Zeit damit, die Aufnahmen zu katalogisieren.«

»Und dabei nimmt er sich auch wieder auf?«

»Klar. Jede einzelne Minute, Tag und Nacht.«

»Das müssen doch Unmengen an Daten sein.«

»Stimmt. Er hat ausgerechnet, dass er irgendwann auf über tausend Terabyte kommt«, erklärte Christopher, während er die IP-Codes eingab und die Zugangskennwörter. »Das wäre dann ein Pentabyte. Deswegen hat er sich wohl so genannt, schätze ich.«

»Petabyte«, sagte Patrick.

»Was?«

»Es heißt Petabyte. Gigabyte, Terabyte, Petabyte, Exabyte. Weiß ich zufällig.«

Christopher hielt inne, musterte den breitschultrigen Mann mit den kurzen Haaren irritiert. »Ich dachte, Pentabyte.«

»Nein. Penta kommt vom Griechischen *pénte* für die Zahl fünf. Denk an Pentagon – das fünfeckige Gebäude. Das Pentagramm – den Fünfzack.« Patrick deutete auf den Computer. »Schau in die Wikipedia, wenn du mir nicht glaubst.«

Das tat Christopher. Die Mail an alle Welt war ohnehin fertig; er schickte sie los, bekam die Rückmeldung *MBM has started processing your e-mail,* aber da war Christopher schon in der Wikipedia unterwegs. Patrick hatte recht. Und klar, wenn er es so erklärt las, leuchtete es total ein.

»Ich kenne ihn, seit ich acht Jahre alt bin«, gestand Christopher völlig verdattert. »Ich hab immer gedacht, es heißt *Penta*byte...«

»Schon klar«, meinte Patrick schmunzelnd. »Wenn man sich ein Wort erst mal falsch gemerkt hat, liest man es auch falsch, wenn es richtig geschrieben dasteht.«

Christopher starrte den Bildschirm an, den Artikel über Dateigrößenbezeichnungen. Dass ihm so ein doofer Fehler unterlaufen war! Und das seit Jahren! Ihm fiel wieder ein, wie er Madonna großspurig erklärt hatte, »was ein Pentabyte« war. Er wurde beinahe nachträglich rot.

So ein dummer Fehler. So ein dummer, kleiner Fehler.

Er durfte sich keine Fehler erlauben. Und dann so was.

Er sah auf und sah, dass das dicke Mädchen mit den dicken Brillengläsern nicht mehr da war.

Und er hatte nicht mitbekommen, wie sie gegangen war.

Klar, es stimmte schon, was Patrick sagte – aber die eigentliche Frage war, warum sich der PentaByte-Man diesen Namen überhaupt gegeben hatte.

Christopher zog den USB-Stick heraus, beseitigte eilig alle Spuren seiner Tätigkeiten und fuhr den Computer herunter. »Lass uns zurückfahren«, bat er.

31 | Die seltsame Mail kam am ersten Juli. Brad schaltete, wie jeden Morgen, seinen Computer ein, um seine Mails und seine Nachrichten im *FriendWeb* zu checken, die inzwischen immer spärlicher wurden, und da war dieses Ding in seiner Inbox. Der Text klang, als habe ihm das jemand geschickt, den er kannte, aber er kam nicht drauf, wer das sein könnte; die Mail-Adresse jedenfalls sagte ihm nichts.

Der Nachricht war ein Artikel im PDF-Format beigefügt. Brad hatte ihn eigentlich bloß überfliegen wollen, aber dann las er sich fest, las mit zunehmender Faszination, ja es gruselte ihn regelrecht. In dem Text wurde eine Gruppe oder Organisation beschrieben, die der Verfasser »die Kohärenz« nannte und die technisch so ähnlich funktionierte wie die *Lifehooks*: Die Mitglieder hatten Chips im Kopf, die ihre Gehirne direkt miteinander verband. Nur behauptete der Autor, dass die Mitglieder der Kohärenz geistig alle verschmolzen seien, was sich Brad irgendwie nicht richtig vorstellen konnte. Und diese Gruppe, hieß es, griffe weltweit nach der Macht und stehe unmittelbar davor, sich alle Menschen einzuverleiben.

Schräge Idee, irgendwie.

Aber gleichzeitig klang es nicht unplausibel. Regelrecht erschreckend.

Ob *das* hinter dieser *Lifehook*-Kampagne steckte? Brad wusste es nicht, doch es konnte nicht schaden, wenn Pete sich den Artikel auch mal antat. Er klickte auf »Weiterleiten«, und es dauerte keine fünf Minuten, bis Pete anrief.

»Kumpel«, dröhnte er aus dem Hörer. »Was ist denn mit dir los? Glaubst du jetzt an Verschwörungstheorien?«

»Ich fand's einen interessanten Gedanken«, verteidigte sich Brad.

»Also, erst mal brauchst du das Ding nicht weiterzuschicken«, sagte Pete. »Das ist 'ne Spam-Mail, die hat heute echt jeder gekriegt. Wir lachen uns hier schon den ganzen Morgen 'nen Ast.«

Brad verzog das Gesicht. »Okay«, sagte er. »Freut mich, wenn ihr euch amüsiert. Aber falls dich eine Außenseitermeinung interessiert: Mir kommt diese Kohärenz vor wie der *Lifehook* für Fortgeschrittene.«

»War mir klar«, meinte Pete lässig. »Aber weißt du zufällig, wer den Artikel überhaupt geschrieben hat?«

»Stand nicht dabei.«

»Dann lass dich jetzt mal von Onkel Pete aufklären. Du erinnerst dich doch, dass mein Vater ein Fischfreak ist?«

»Ist mir geläufig«, gab Brad unwillig zu. Wobei »Freak« noch geschmeichelt war: In Petes Elternhaus gab es mehr Aquarien als im Zoo von Santa Cruz.

»Also. Eine der fünfzigtausend Fachzeitschriften, die mein Dad abonniert hat, ist ein Magazin für Garnelen und Krebse; das lag heute im Briefkasten. Und zufällig ist darin derselbe Artikel abgedruckt.«

Brad stutzte. »In einem Magazin über *Garnelen?*«

»Ulkig, was? Der Herausgeber erklärt das in seinem Vorwort. Ist ein Gefallen für einen alten Freund, der der Welt damit etwas überaus Wichtiges mitzuteilen hat.«

»Und?«

»Und jetzt halt dich fest. Der Artikel stammt von keinem Geringeren als Jeremiah Jones!«

Brad ächzte. »Dem Terroristen?«

»Yep«, sagte Pete. »Bevor der angefangen hat, Firmenkindergärten in die Luft zu sprengen, hat er Bücher geschrieben. Und weißt du, worüber?«

Brad erinnerte sich dunkel. »Unser Englischlehrer hat mal so was erwähnt. Lauter fortschrittsfeindliches Zeug, oder?«

»Aber hallo. Er hat Mobiltelefone zum Teufelszeug erklärt, war gegen das Fernsehen, gegen das Autofahren sowieso und so weiter. Nichts von den guten Sachen lässt er gelten, die das einundzwanzigste Jahrhundert so schön machen. Das ist einer, der sich das Mittelalter zurückwünscht und uns am liebsten alle zu Amish People machen würde.« Pete lachte glucksend. »Also, mal ehrlich: Dass so einer gegen den *Lifehook* ist, ist ja wohl logisch, oder?«

»Stimmt«, gab Brad widerwillig zu.

»Ich kann dir das Heft zeigen, wenn du am Montag zur Party kommst«, bot Pete an. »Es bleibt doch dabei, oder?«

»Klar«, sagte Brad.

»Super. Ich hab hier nämlich schon zwei Steaks, auf denen dein Name steht. Wir werden auch ganz brav sein und in Gegenwart von armen Menschen ohne *Lifehook* sämtliche Witze mit dem Mund erzählen.«

»Jetzt überschlagt euch nicht«, meinte Brad.

32

Auf Petes Geburtstagsparty war alles wie immer: die Terrasse voller Tische und Stühle, alle möglichen Salate und Soßen auf einer eisgekühlten Theke und eine ganze Batterie von Barbecue-Grills. Als Brad ankam, roch es noch nach Holzkohlenfeuer, Jake war an einem der Grills mit dem Föhn beschäftigt und machte ein grimmiges Gesicht dabei.

Und natürlich herrschte fantastisches Wetter, wie am Unabhängigkeitstag nicht anders zu erwarten. Natürlich wehten auch, wie es sich gehörte, überall kleine und große Sternenbanner.

Pete schien sich aufrichtig zu freuen, dass Brad tatsächlich kam. Er legte extra die Schürze ab, hieb ihm begeistert auf die Schulter und zog ihn dann zu ein paar anderen Gästen, die schon in einer Ecke des Gartens standen, die meisten noch mit einer Cola für den Anfang. »Benehmt euch wie normale Menschen«, ermahnte Pete sie und machte ein paar übertriebene Bewegungen mit dem Mund, was für Gelächter sorgte.

Brad überreichte sein Geschenk, das Pete sofort auspackte. Es war die neueste Version seines aktuellen Lieblings-Computerspiels, was Pete erwartungsgemäß begeisterte. »*Endangered Freedom II?* Ich flipp aus. Wo hast du das denn her? Das kommt doch erst in vier Wochen auf den Markt!«

»Mein Vater hat mit der Firma zu tun«, erklärte Brad. »Ich hab deren Marketingchef angerufen.« Er tippte auf die Plastikbox, die Pete umklammerte, als wolle er sie den Rest des Tages nicht mehr loslassen. »Ist eine späte Beta. Wär mir recht, wenn du die nicht weitergibst.«

»Ich denk ja nicht dran«, gab Pete zurück. »Die hüte ich wie meinen... Oh, sieh mal, wer da kommt!«

Es war Tiffany, die gerade zusammen mit ihrer Schwester aufgetaucht war. Pete packte Brad am Arm, zog ihn mit sich und steuerte genau auf die beiden zu.

»Hi, Tiffany«, rief er schon von Weitem. »Toll, dass du da bist. Darf ich dir Brad Wheeler vorstellen, einen meiner besten Freunde?«

Tiffany musterte Pete amüsiert. »Ähm... hallo?«, meinte sie.

»Brad und ich sind zufällig vier Jahre lang auf dieselbe Schule gegangen. Ich glaube kaum, dass es an der Santa Cruz High jemanden gibt, der ihn nicht kennt.«

»Ja, mag sein«, gab Pete zurück. »Aber weißt du auch, dass er dein größter Fan ist?«

Sie riss die Augen auf, musterte Brad. »Ehrlich?«

Das wäre jetzt der Moment für einen richtig guten, geistreichen Spruch gewesen – Brad fiel bloß keiner ein. Zudem merkte er, dass er rot wurde, was ihm schon ewig nicht mehr passiert war. Er stammelte etwas wie »Ja, stimmt« und kam sich entsetzlich dämlich vor.

Die beiden Mädchen zogen kichernd ab, nachdem sich Tiffanys Schwester bei Pete nach dem Badezimmer erkundigt hatte.

»Danke«, sagte Brad säuerlich. »Noch direkter ging's nicht?«

»Doch, klar«, meinte Pete unschuldig. »Ich hätte sagen können: ›Brad will mit dir ins Bett und dich heiraten, er weiß nur noch nicht, in welcher Reihenfolge‹ – aber das war mir dann doch eine Spur *zu* deutlich...«

»Arsch!«

Pete hieb ihm auf die Schulter, dass es krachte. »Frechheit siegt. Das hab ich von dir gelernt, Mann.« Er grinste. »Die kommt schon wieder, wirst sehen.«

Brad nahm sich etwas zu trinken und stand dann eine Weile ratlos herum. Ja, das stimmte: Frechheit siegte bei Mädchen. Bloß war es entschieden leichter, ein Mädchen frech anzumachen, wenn es einem im Grunde nicht viel bedeutete. Solange man sich sagte, wenn's klappt, gut, wenn nicht, probier ich's eben bei einer anderen – so lange war es einfach, cool mit Mädchen zu sein.

Mit Tiffany war das etwas anderes. Das war das Problem.

Doch Pete behielt recht: Sie kam wieder. Er war gerade mit dem ersten Steak beschäftigt, als sie sich mit ihrem Teller neben ihn setzte und sagte: »Hallo, Fan.«

»Pete ist ein echtes Klatschweib«, sagte Brad. »Vertrau dem bloß nie Geheimnisse an.«

Sie lachte. Sie sah umwerfend aus, wenn sie so lachte: aus vollem Hals.

»Hast du Lust, ein bisschen spazieren zu gehen?«, schlug Brad vor.

Sie hatte. Und spazieren zu gehen, war gar kein Problem auf dem riesigen Grundstück von Petes Eltern, die einen Swimmingpool und einen eigenen Golfplatz hatten und darum herum noch so viel Platz, dass man sich trotzdem fast verlaufen konnte.

Brad und Tiffany schlenderten bis zu dem großen Fischteich hinter dem Tennisplatz. Petes Vater hatte einst eine Firma aufgebaut und dann für viel Geld an seinen größten Konkurrenten verkauft. Seither war er quasi im Ruhestand und widmete sich nur noch seiner Fischzucht.

Tiffany sah auf die dicken dunklen Fischleiber hinab, die durch das tiefe Wasser dahinglitten. »Die sind wirklich zum Essen?«, fragte sie.

»Und wie«, sagte Brad. »Wenn man nicht rechtzeitig die Flucht ergreift, liebt es Petes Vater, mit dem Netz ein paar herauszuholen und vor deinen Augen zuzubereiten.«

»Irgendwie... barbarisch, findest du nicht?«, fragte Tiffany.

»Doch«, sagte Brad. Mit anzusehen, wie Fische ausgenommen wurden, hatte Brad den Appetit darauf nachhaltig verdorben.

Sie gingen weiter, redeten über andere Dinge. Musik zum Beispiel. Tiffany war, wie sich herausstellte, auch Cloud-Fan, fand das neueste Album allerdings ein bisschen enttäuschend. »Vielleicht liegt es daran, dass sie zu einer anderen Plattenfirma gegangen ist«, meinte sie. »Irgendwie fehlt was. Bisher hatte jedes neue Album etwas Besonderes, was Neues, irgendetwas, das einen überrascht hat.«

Brad stimmte ihr zu; ihm ging es genauso. Er selber hatte sich das neue Album zwar natürlich gleich runtergeladen, es aber erst ein einziges Mal gehört. Es hatte ihn eher ratlos als begeistert zurückgelassen.

Sie sprachen darüber, was sie nach der Highschool vorhatten. Einig waren sie sich, auf jeden Fall in Kalifornien bleiben zu wollen. Tiffany wollte etwas mit Umweltschutz studieren oder in Richtung alternative Energien. »Und du?«, fragte sie.

Brad hob die Schultern. »Mein Dad ist Rechtsanwalt. Früher dachte ich, das ist furchtbar öde, aber seit ich ein bisschen in seiner Kanzlei geholfen habe – Ferienjobs und so –, hab ich das Gefühl, das liegt mir. Ich denke, ich werde Jura studieren.«

Tiffany warf ihm einen skeptischen Blick zu. »Im Ernst? So was gefällt dir? Mörder oder Vergewaltiger verteidigen?«

»Nein, nein«, erwiderte Brad hastig. »Mein Dad ist Unternehmensanwalt. Er begleitet Verhandlungen, wenn Firmen gekauft oder verkauft werden sollen, arbeitet die Verträge aus und so weiter. Da kriegt man mit, was wirklich hinter den Kulissen so abläuft. Mal abgesehen davon, dass man auf dem Gebiet auch viel besser verdient als die meisten Strafverteidiger.«

Brad kam zu Bewusstsein, dass Tiffany plötzlich sehr still und in sich gekehrt wirkte. Er hielt inne. Hatte er was Falsches gesagt? Er ging ihr Gespräch im Kopf noch einmal durch, aber er kam nicht darauf, was.

»Brad?«, sagte Tiffany.

»Ja?«, fragte er und hatte wieder ein Flattern im Bauch.

»Ich hab ein Problem.«

»Ein Problem? Was für ein Problem?«

Sie holte tief Luft, genau auf die Weise, wie man es macht, ehe man jemandem etwas Unangenehmes sagen muss. Brad wappnete sich innerlich. Wahrscheinlich hatte sie schon einen Freund. Oder sie mochte grundsätzlich keine Anwälte.

»Also, es ist so«, begann Tiffany umständlich. »Ich finde dich echt nett, ehrlich... aber ich merke, dass ich mich unmöglich mit jemand einlassen kann, der keinen *Lifehook* hat. Das käme mir vor, als würde ich mit jemand zusammen sein, der taubstumm ist oder so. Nein!«, setzte sie hastig hinzu, fuchtelte mit den Händen. »Nicht, dass ich was gegen Taubstumme sagen will. Ich meine eher... wenn jemand taubstumm bleiben würde, obwohl er es nicht müsste, und das den Menschen in seiner Umgebung zumutet – verstehst du?«

Brad sah sie an, mochte kaum glauben, was er hörte. »Das ist dir derart wichtig?«

»Merke ich gerade. Ja.«

»Aber... aber so ein *Lifehook*... das ist doch im Grunde nichts anderes als eine Art Telefon!«

Sie sah ihn voller Bedauern an. »Brad«, sagte sie, »du hast keine Ahnung. Glaub mir.«

Demoralisierung

33 | Am nächsten Tag stand Brad vor der Tür des *Lifehook*-Centers, als sie aufschlossen. Er war der Erste. Genau, wie Pete es gesagt hatte, prüften sie die Einverständniserklärung der Eltern nicht nach, sondern hefteten sie nur ab – gut, andernfalls wäre es peinlich geworden. Denn natürlich hatte Brad die Unterschriften seiner Eltern fälschen müssen.

Die Frau hinter der Theke kassierte routiniert die neunzehn Dollar, gab ihm einen Zettel mit einer Nummer und schickte ihn in den Wartebereich.

Dort saß er dann, mit klopfendem Herzen und feuchten Händen, und wartete. Es roch nach Desinfektionsmittel, ein Geruch, der Brad schon immer nervös gemacht hatte.

Blöde Idee, unbedingt als Erster da zu sein. Gerade hätte es ihn ungemein beruhigt zu sehen, dass andere durch die Tür des Behandlungszimmers traten und heil wieder herauskamen.

Reiß dich zusammen, sagte er sich. Du bist doch kein Kleinkind, *Brad Wheeler!*

Nach und nach trudelten weitere Kunden ein: ein dickes, zu

stark geschminktes Mädchen, ein älterer Mann, der sich hinter einer Zeitung versteckte, ein Händchen haltendes Pärchen, das turtelte, als sei dies das Standesamt.

Eine Frau im weißen Kittel kam mit einer Spraydose. »Das ist für die örtliche Betäubung«, erklärte sie und steckte eine frische Plastikkanüle auf, ehe sie ihm das Mittel in die Nasenhöhle sprühte. Im nächsten Moment spürte Brad, wie das Innere seines Kopfes begann, sich taub anzufühlen und fast so, als sei es gar nicht mehr da.

Wie beim Zahnarzt, dachte er, und ihm wurde übel. Worauf hatte er sich da eingelassen?

Fünf Minuten später wurde er ins Behandlungszimmer gerufen. Der Raum hinter der Tür war klein; ein Sessel vor einem Folterinstrument aus Riemen, Bügeln und verchromten Stangen das wichtigste Inventar.

»Halb so wild«, sagte der Mann, der ihn hereingebeten hatte. Auch er trug einen weißen Kittel, zu dem seine Piercings in den Augenbrauen nicht recht passen wollten. »Das dient nur dazu, den Kopf so einzuspannen, dass man ihn nicht versehentlich bewegen kann. Wir vermessen erst deine rechte Nasenhöhle mit Laser. Anschließend platziert ein computergesteuerter Greifarm den *Lifehook* auf den Millimeter genau. Kann nichts schiefgehen dabei.«

Brad kämpfte immer noch gegen den Impuls an, kehrtzumachen und die Flucht zu ergreifen. »Und was ist, falls ich es mir je anders überlege?«

»Das wäre die gleiche Prozedur, nur dass der Greifarm den Chip wieder rausnimmt«, sagte der Mann im weißen Kittel. »Haben wir nach mittlerweile über zwei Millionen Implantationen allerdings erst ein einziges Mal gehabt. Und da handelte es sich um eine allergische Reaktion. Nichts Gravierendes, man hat den *Lifehook* nur sicherheitshalber wieder entfernt. Der Mann war untröstlich, aber er wird warten müssen, bis unser Forschungszentrum eine Lösung gefunden hat.«

Also gut. Brad dachte an Tiffany und setzte sich vor das Gebilde. Er legte sein Kinn auf den gepolsterten Rahmen, presste die Stirn an einen Bügel und hielt still, während der Weißkittel seinen Kopf mithilfe von Riemen und zwei Polstern, die rechts und links gegen die Wangenknochen drückten, festspannte.

Als er sich nicht mehr rühren konnte, wurde ein komplizierter Apparat vor ihm aufgeklappt. Eine dünne Röhre, an deren Ende rötlich scharfes Laserlicht flirrte, glitt in sein rechtes Nasenloch, ohne ihn zu berühren. Es piepste, dann wurde die Röhre wieder herausgezogen.

»Du darfst übrigens ruhig atmen«, hörte er den Mann sagen.

Ach ja, richtig. Brad merkte, dass er vor lauter Anspannung die Luft angehalten hatte.

Der Apparat wurde beiseitegeklappt und durch einen anderen ersetzt. Brad sah den Mann am Rande seines Gesichtsfeldes mit irgendwas hantieren.

»Ich bereite nur den Chip vor«, erklärte er und hielt ihm etwas vor das Gesicht. »So sieht der übrigens aus.«

Brad blinzelte. Das sollte ein Chip sein? Das sah aus wie ein hellblauer *ladybug,* wie ein Marienkäferchen mit blauen Flügeln.

Wieder eine mechanisch anmutende Bewegung, ein leises Summen. Brad spürte einen Druck im Inneren seines Kopfes, dicht unterhalb der Augen. Gleich darauf wurde der Druck zu einem Kribbeln, das sich anfühlte, als wolle an dieser Stelle ein Insekt aus seinem Ei schlüpfen.

»Fertig.« Der Mann schnallte Brads Kopf wieder los.

Das war's? Brad betastete sein Gesicht. Sein Kopf fühlte sich seltsam ausgehöhlt an, aber nicht anders als vor dem Eingriff. »Und jetzt?«, fragte er. »Wie geht man mit dem Ding um?«

»Das erklärt dir gleich meine Kollegin«, sagte der Mann im weißen Kittel. Er gab Brad einen Zettel, auf dem eine ellenlange Nummer stand, und entließ ihn durch eine Tür, die der, durch die er hereingekommen war, gegenüberlag.

Kurz darauf saß Brad vor der Frau, die ihm das Anästhetikum in die Nase gesprüht hatte. Sie nahm ihm den Zettel mit der Nummer ab. »Das ist die Identifikationsnummer deines *Lifehooks*«, erklärte sie und glich sie mit einem Eintrag in ihrem Computer ab. Eine Karte wie die, die Pete ihm damals für das Cloud-Konzert mitgegeben hatte, kam aus einem speziellen Drucker.

»So«, sagte sie, »und nun kannst du bis zu zwanzig Personen angeben, mit denen du vorrangig verbunden sein willst.«

Brad sah bestürzt auf die Karte in seinen Händen, auf der sein Name stand und die unbezweifelbar dokumentierte, dass er es tatsächlich getan hatte.

»Was heißt das?«, fragte er. »Ich dachte, man kann mit jedem, der den *Lifehook* hat ... was auch immer.«

»Im Prinzip schon«, sagte die Frau geduldig. Man merkte ihr an, dass sie das bereits Tausende Male erklärt hatte. »Bloß geht das natürlich nicht ohne Suchen und Auswählen, was Zeit kostet. Aber bei den Leuten aus deinem Umfeld, mit denen du ständig Kontakt haben willst, soll es ja genügen, den Namen zu denken und dann gleich deine Nachricht zu funken, oder?«

»Und das funktioniert nur mit zwanzig Leuten?«

»Für den Anfang. Später kannst du den Kreis beliebig erweitern, so ähnlich wie die Freundeskreise im *FriendWeb*. Aber im Moment musst du dich erst mal mit den Grundfunktionen vertraut machen, und das geht auf diese Weise am einfachsten.«

»Okay.« Brad dachte nach, versuchte, seine wild schwirrenden Gedanken zu beruhigen. »Also, da wäre eine gewisse Tiffany Van Doren...«

»Mmmh.« Die Frau tippte den Namen ein, suchte und wurde offenbar fündig. Sie klickte etwas an, wartete. »Wir holen natürlich das Einverständnis der entsprechenden Personen ein«, erklärte sie. »Aha, alles klar. Sie ist einverstanden. Gut, nächster Name?«

Wow. Sie hatte zugestimmt! Brad fühlte sein Herz heftig schlagen, hatte Mühe, sich auf den nächsten Namen zu besinnen.

»Peter Miller.«

Sie blies die Backen auf. »Da haben wir natürlich Hunderte... Kennst du vielleicht den Geburtstag?«

»Vierter Juli«, sagte Brad und versuchte, das Jahr auszurechnen. Wenn Pete gestern achtzehn geworden war, dann...

»Okay, da gibt's nur einen«, sagte die Frau und klickte wieder.

Wie sich herausstellte, reichten ihm vierzehn direkte Kontakte für den Anfang. Nachdem das erledigt war, führte ihn die Frau in einen Raum voller bequemer Sessel. Vor jedem Sessel stand ein Monitor. Er solle sich setzen, wies sie ihn an, und seine *Lifehook*-Karte in einen Schlitz unterhalb des Monitors stecken, vor dem er saß.

Der Bildschirm wurde hell. Das Bild einer Tür aus dicken, altertümlichen Holzbohlen erschien.

»Dein *Lifehook* ist jetzt gerade dabei, anzuwachsen und Kontakt zum Netz aufzunehmen«, erklärte sie. »Das dauert bei den meisten ungefähr eine Stunde, aber es kann auch schneller oder langsamer gehen. Du beschleunigst den Prozess, wenn du dieses Bild anschaust und dir möglichst intensiv wünschst, dass die Tür aufgehen soll. Das tut sie, sobald du Kontakt mit dem *Lifehook*-Netz hast.«

»Einfach aufgehen?«

»Ja.«

»Okay«, sagte Brad. »Alles klar.«

Und dann saß er da, starrte auf die düstere, klobige Tür, dachte an Tiffany und wünschte sich, die Tür möge aufgehen und diese Tortur hier endlich vorbei sein. Je länger er das Bild anstarrte, desto mehr hatte er das Gefühl, sich in einem Verlies zu befinden, in dem es nach Unrat stank und von Ungeziefer wimmelte, ein Kerker, aus dem diese Tür der einzige Weg nach draußen war.

Irgendwann war er überzeugt, dass sie sich nie öffnen würde. Irgendetwas war schiefgegangen mit dem Chip, den sie ihm eingepflanzt hatten. Konnte man es ein zweites Mal versuchen? Das hatte er zu fragen vergessen.

Wenn nicht, würde es nie etwas werden mit ihm und Tiffany.

Doch gerade als er entnervt aufstehen wollte, sprang die Tür auf dem Bildschirm auf und gab den Blick frei auf eine sonnendurchstrahlte, herrliche Landschaft, auf zwitschernde Vögel und ziehende Herden.

Und im selben Moment war sein Kopf voller Stimmen. Pete. Jake. Kenneth. Die ganze Clique, die ihn johlend begrüßte.

Na endlich!, hörte er Pete, ohne dass es wirklich so gewesen wäre, als höre er ihn. *Endlich bist du wieder einer von uns!*

Ja, dachte Brad und fühlte grenzenlose Erleichterung.

34 | Der *Lifehook* war der Hammer. Man konnte es nicht anders sagen.

Brad bekam eine erste Ahnung davon, was es bedeutete, einen *Lifehook* zu tragen, als er das Center verließ und sich fragte, wie spät es wohl inzwischen war.

Elf Uhr sieben, hörte er sofort, schneller, als er auf die Uhr hätte schauen können.

Nein, eigentlich *hörte* er das nicht. Es war so ähnlich, aber trotzdem nicht mit einer echten Stimme zu verwechseln. Eher, als säße ein kleiner dienstbarer Kobold im Inneren seines Kopfes, bereit, ihm alles einzuflüstern, was er wissen wollte.

Und so war es ja. Als Brad merkte, dass er Hunger auf einen Hamburger hatte – kein Wunder, er hatte heute Morgen vor Aufregung kaum gefrühstückt –, wisperte ihm die unhörbare Stimme die Namen von drei Schnellimbiss-Restaurants in der Nähe zu. Irgendwie wusste Brad gleich darauf sogar die Wege dorthin.

Und er brauchte nur zu denken: *Pete?,* um im nächsten Augenblick die Stimme seines Freundes in seinem Kopf zu hören: *Hi, Brad!*

Das Ding ist der Hammer, dachte Brad, sagte es, ohne es zu sagen.

Gelächter. *Meine Worte!*

Und aus. Kein langes Hallo, kein langes Tschüss – beides war unnötig, weil man durch den *Lifehook* praktisch ständig beisammen war.

Genial. Brad stieg in seinen Wagen. Als er den Motor anließ, wusste er plötzlich, dass es auf dem Weg, den er nehmen wollte, einen Stau wegen eines Unfalls gab. Die Alternativroute hatte er auch gleich parat.

Wirklich genial.

Und irgendwie zugleich unheimlich.

Pete?

Ja?

Kann man das eigentlich auch abstellen?

Wozu?

Tja – wozu? Praktisch war es, keine Frage. Trotzdem war sich Brad auf einmal nicht mehr sicher, das Richtige getan zu haben.

Ich glaube, ich würde mich einfach besser fühlen, wenn ich wüsste, dass ich es abstellen kann, falls es mir zu viel wird.

Mildes, wohlwollendes Amüsement. *Das ist nur, weil du es noch nicht gewöhnt bist. Wart's ab.*

Na gut. Immerhin war sein *Lifehook* erst knapp eine Stunde aktiv, da konnte man das Ganze wirklich noch nicht beurteilen. Und man konnte sich das Ding ja wieder entfernen lassen, kostenlos sogar. Das hatte er schriftlich.

Er aß einen Hamburger mit Pommes, dann hatte er genug Mut gesammelt, um an sie zu denken. *Tiffany?*

Brad!

Unglaublich, was in ihrer Antwort alles mitschwang! Ähnlich wie in einem normalen Gespräch, in dem nicht nur eine Rolle spielte, *was* jemand sagte, sondern auch, *wie* er es sagte, man dem Klang seiner Stimme anhörte, ob er gut drauf war oder schlecht, ob er sich ärgerte oder freute, sich langweilte oder skeptisch war…

Nur, dass das, was über den *Lifehook* kam, viel intensiver war, viel farbiger, unglaublich viel reichhaltiger. Brad spürte bei Tiffany Erleichterung, Freude, Sympathie... und Hoffnung.

Wollen wir uns sehen?, fragte Brad.

Ja. Gerne!

Ich bin gerade –

Weiß ich, unterbrach ihn Tiffany mit belustigter Nachsicht. *In einer halben Stunde vor der Eisdiele?* Im selben Moment, in dem sie das sagte, wusste Brad, welche Eisdiele sie meinte.

Okay, gab er zurück.

Magisch.

Wie schnell sich die Dinge auf einmal entwickelten! Der heutige Morgen, an dem er nervös zum *Lifehook*-Center aufgebrochen war, schien Ewigkeiten zurückzuliegen, in einem anderen, schon halb vergessenen Leben stattgefunden zu haben. Brad war, als habe ein ganz neues Leben begonnen, eines, in dem alles in rasendem Tempo geschah. Es war, als sei er bisher zu Fuß gegangen und säße auf einmal in einem Formel-eins-Rennwagen.

Wobei noch die Frage war, wer eigentlich am Steuer saß.

Als Brad vor der Eisdiele ankam, auf die Minute pünktlich, wartete Tiffany schon vor einer Reihe freier Parkplätze. Er hielt direkt vor ihr, stieg aus und musste sich räuspern, ehe er sagen konnte: »Hi, Tiffany.«

Er würde aufpassen müssen, das Sprechen nicht zu verlernen.

Sie sah ihn an. In ihren Augen leuchtete es. »Du hast es getan«, sagte sie. »Meinetwegen.«

»Ja«, sagte Brad.

Ohne Vorwarnung fiel sie ihm um den Hals und küsste ihn.

Es wurde der umwerfendste Kuss seines Lebens.

Brad spürte ihre Arme um seinen Körper. Er spürte ihren Herzschlag, ihre Haut, roch ihr Haar, ihr Parfüm, ihren Atem. Vor allem aber spürte er nicht nur ihre Lippen auf den seinen, sondern spürte auch, wie sie ihn spürte, spürte, wie sie spürte, wie er sie spürte, und immer so weiter, in einer Spirale ohne Ende, die sich aufschaukelte und aufschaukelte, bis er sich kaum noch auf den Beinen halten konnte.

Es war nicht übertrieben zu sagen, dass Brad noch keinen Sex erlebt hatte, der so gut gewesen war wie dieser eine Kuss.

Tiffany löste sich von ihm, hielt ihn auf Armlänge vor sich. »Verstehst du jetzt?«, fragte sie atemlos. »Verstehst du, warum ich das wollte?«

Brad nickte, noch außerstande, einen klaren Gedanken zu fassen. »Ja«, stieß er nur hervor. »Absolut.«

35 |

Wieder ging ein Tag zu Ende. Serenity wusste nicht mehr genau, welches Datum man schrieb. Man verlor leicht das Zeitgefühl hier in Hide-Out.

Irgendwie verliefen die Tage alle gleich. Mit viel Arbeit, und wenn sie keine Arbeit hatte, wusste sie auch nichts, mit sich anzufangen. Was denn auch? Sie konnte ja nirgends hin. Also hatte sie es sich zur Gewohnheit gemacht, in der Küche und im Speisesaal herumzuhängen. Erst ein paar Stunden lang irgendwas lernen, um die Langeweile zu vertreiben, anschließend ein paar Stunden in der Küche helfen, um sich nützlich zu machen und unter Leuten zu sein: So brachte man die Tage auch herum.

Abends kamen immer alle zusammen. Um sieben Uhr wurden auf dem großen Fernseher gemeinsam die Nachrichten geschaut, die man anschließend beim Essen diskutierte. Das war noch so ein Ablauf, der sich eingespielt hatte.

Heute gab es Pizza. In der Backstube knallten die Ofentüren, wurden Bleche scheppernd vom Backofen in die Warmhaltezone verschoben. Es roch nach Hefeteig und Käse. Serenity hatte beim Salatmachen geholfen und war dabei mit Dylan Farrell ins Gespräch gekommen, der auch noch nicht lange in Hide-Out lebte. Serenity fand es spannend zu hören, wie er sich auf seiner Flucht vor dem FBI ohne Geld quer durch die Staaten geschlagen hatte.

Pünktlich zu Beginn der Nachrichten waren endlich alle da. Die Meldungen waren das Übliche: Krise im Nahen Osten, erhöhte Arbeitslosenzahlen, Streit im Kongress. Serenity hörte kaum zu. Sie hatte Hunger und freute sich auf die Pizza.

Dann kam eine Meldung, ein gewisser Chuck Brakeman sei zum neuen Stabschef des Weißen Hauses berufen worden. Worauf wie im Chor Dad, Russell, Kyle und noch ein paar Männer ausriefen: »Brakeman!«

Serenity sah sich irritiert um.

Finn fuchtelte mit den Händen. »Den Namen hab ich schon mal gehört...«

»Als wir in San Francisco waren«, rief Nick Giordano. »Da kam der gerade in den Nachrichten.«

»Psst!«, machte Dad, und sie verstummten wieder.

Auf dem Bildschirm sah man, wie ein blasser, schmalgesichtiger Mann um die vierzig an ein Rednerpult trat. Hinter ihm hing das Sternenbanner. *Chuck Brakeman, neuer Stabschef des Weißen Hauses, bei seiner ersten Pressekonferenz,* verriet ein eingeblendeter Schriftbalken.

»Guten Tag, meine Damen und Herren«, begrüßte er die versammelten Journalisten. »Ich habe Ihnen etwas mitzuteilen, von dem ich hoffe, dass Sie es so sachlich und unaufgeregt behandeln werden, wie es der Sache angemessen ist.« Er wirkte überhaupt nicht wie jemand, der seine erste Pressekonferenz abhielt. Im Gegenteil, er wirkte, als sei dergleichen völlige Routine für ihn. »Der Präsident hat beschlossen, sich einer Herzoperation zu unterziehen, zu der ihm seine Ärzte seit einiger Zeit raten. Konkret handelt es sich um die Einpflanzung einer neuen Herzklappe. Der Präsident wird sich hierzu für eine Woche nach Baltimore begeben, in das neue Herzzentrum des Johns Hopkins Hospitals. Während dieser Zeit wird der Vizepräsident die Amtsgeschäfte übernehmen. Er wird Ihnen gleich im Anschluss dazu ein paar Worte sagen.«

Schnitt auf das markante Gesicht des Vizepräsidenten. Der erklärte, die Regierung werde unter seiner Leitung handlungsfähig und das Land voll verteidigungsbereit bleiben. »Wir werden alles tun, damit der Präsident vollständig genesen und bestens erholt zurückkommt«, sagte er. »In den kommenden Monaten warten große Herausforderungen auf uns. Da will ich mir keine Sorgen um seine Gesundheit machen müssen.«

Dann kam noch der Präsident selber zu Wort. Der befand sich gerade auf einer Auslandsreise und trat unter dem regnerischen Himmel eines südamerikanischen Landes vor die Kameras der Presse. Er wirkte fit, locker und gut gelaunt und nicht im Mindesten wie jemand, der Herzprobleme hatte. »Ach«, meinte er leichthin, von einer Reporterin auf die bevorstehende Operation angesprochen, »ich denke, falls Jim nach dem Ende meiner Amtszeit selber für die Präsidentschaft kandidieren will, kann es nicht schaden, wenn er schon mal einen Vorgeschmack bekommt, worauf er sich da einlässt.«

Die Umstehenden lachten. Dann begann der Sportteil der Nachrichten. Dad drehte den Ton ab.

»Chuck Brakeman.« Er sah in die Runde. »Als wir Ende April in San Francisco waren, haben wir diesen Namen schon einmal gehört. Es war an dem Abend, an dem wir zum ersten Mal gegen die Kohärenz aktiv geworden sind. Damals hieß es, Brakeman sei ein Berater des Präsidenten, der eine Woche lang unter ominösen Umständen verschwunden gewesen und wieder aufgetaucht war. Eine persönliche Krise, hat er behauptet.«

»Er könnte genauso gut in der Zeit von der Kohärenz übernommen worden sein«, warf Russell ein.

»Richtig«, sagte Dad. »Und jetzt ist er Stabschef. Stabschef im Weißen Haus! Das ist derjenige, der kontrolliert, wer Zugang zum Präsidenten bekommt und wer nicht. Er bestimmt den Terminkalender des Präsidenten. Stabschef, das klingt harmlos – aber tatsächlich ist es eine enorm einflussreiche Position. Und ausgerechnet unter der Regie dieses Mannes soll der Präsident nun eine Woche lang isoliert werden. Zufällig exakt so lange, wie die Kohärenz braucht, um einen Menschen, dem sie den Upgrader-Chip eingepflanzt hat, in ihren Takt zu zwingen.« Er schaute sich um, suchte Christopher und fragte: »Das sieht doch so aus, als ob die Kohärenz beabsichtigt, den Präsidenten der Vereinigten Staaten von Amerika aufzunehmen, oder?«

Christopher nickte und sagte einfach nur: »Ja.«

Serenity spürte, wie ihr ein Schauer über den Rücken lief. Der Präsident. Der Mann, der die Atombomben kontrollierte.

Dad begann, auf und ab zu wandern. »Ich verstehe«, sagte er. »Ja, das ergibt Sinn. Da zeichnet sich eine atemberaubende Strategie ab. Angenommen, die Kohärenz bringt jetzt den Präsidenten und damit die amerikanische Regierung unter ihre vollständige Kontrolle – was ist dann der nächste logische Schritt? Im September richten die USA den G20-Gipfel aus, den größten, der je veranstaltet worden ist. Die Regierungschefs der zwanzig wichtigsten Nationen der Welt werden sich mit ihren Stäben in ein von der Außenwelt abgeriegeltes Tagungszentrum in den Bergen Virginias zurückziehen – und zwar fünf Tage lang! Zeit und Gelegenheit für die Kohärenz, auch diese Regierungen in ihre Gewalt zu bekommen.« Er blieb stehen. »Da haben wir es. Das ist der endgültige Griff der Kohärenz nach der Macht auf Erden.«

Die Stille im Speisesaal war förmlich greifbar. Ein kollektives Atemanhalten. Und dann richteten sich aus irgendeinem Grund alle Blicke auf Christopher.

Der schüttelte den Kopf. »Nein. Ich meine, es stimmt sicher, dass die Kohärenz die Regierungschefs übernehmen will, aber letzten Endes ist das belanglos. Die eigentliche Machtübernahme ist bereits die Aktion mit dem *Lifehook*.«

»Ich glaube«, sagte Dad scharf, »da schätzt du die Bedeutung des Präsidentenamtes falsch ein.« Er wandte sich ab, rieb sich die Stirn. »Ein Staatsstreich steht bevor. Die Kohärenz greift nach dem Gehirn des mächtigsten Mannes der Welt. Dagegen, Freunde, müssen wir etwas unternehmen. Mit allen Mitteln, die uns zur Verfügung stehen.«

»Das ist sinnlos«, wandte Christopher ein. »Wie wollen wir –«

Serenity zuckte zusammen, als sie sah, wie ihr Vater daraufhin herumfuhr und Christopher anherrschte: »Es ist *vor allem* sinnlos, immer nur zu behaupten, alles sei sinnlos! Ich will das nicht mehr hören. Ich will nicht mehr hören, dass wir keine Chance haben und dass die Kohärenz sowieso siegen wird. *Das hilft uns nicht,* verstehst du?«

Eine Stille wie nach einer Explosion. Was Dads Reaktion im Grunde auch gewesen war.

Christopher sagte nichts mehr. Er hob nur die Schultern, sank in sich zusammen und bekam wieder diesen ausdruckslosen Gesichtsausdruck.

Serenity sah ihren Vater fassungslos an. Zum ersten Mal im Leben war er ihr richtiggehend unsympathisch.

36 | Noch am selben Abend brach Hektik·aus. Jeremiah Jones hatte beschlossen, zusammen mit ein paar Begleitern aufzubrechen, um »etwas zu tun«, und kurz darauf hallten die Gänge wider von hastigen Schritten, drängenden Rufen und schnellen Wortwechseln. Man schaffte Gepäck hinab in die Halle, diskutierte Benzinvorräte, und über allem lag spürbare Eile, weil Jones es noch in der gerade angebrochenen blinden Zeit schaffen wollte aufzubrechen.

Was er konkret vorhatte, sagte er nicht oder jedenfalls nicht so, dass Christopher es mitbekam. Nur, dass er versuchen würde, den Präsidenten zu warnen.

Na dann. Viel Glück dabei.

Christopher hielt sich im Hintergrund, blieb in einem Nebenstollen, während die anderen durch die Gegend hetzten. Er hörte das Wummern der Motoren, die das Tor der Halle öffneten. Eigenartig; die Luft in den Gängen roch anders, wenn das Tor offen stand. Man roch die Wüste. Ein Geruch, die die Belüftungsanlage normalerweise ausfilterte.

Christopher horchte in sich hinein. Das Gefühl, das sich seit dem Streit mit Jeremiah Jones in ihm breitgemacht hatte, kannte er gut; es war ihm vertrauter als die meisten anderen Gefühle: allein zu sein mit einem Problem. Niemanden zu haben, an den er sich wenden konnte. Auf seine eigenen Fähigkeiten angewiesen zu sein. Es war ihm nur zu vertraut, dieses fiebrige Schwirren seiner Gedanken, wenn sie um eine ungelöste Frage kreisten.

Er ließ den Kopf nach hinten sinken, gegen die Wand. Wieder die Motoren. Das Tor schloss sich wieder. Jones und seine Begleiter waren unterwegs.

Die anderen kamen die Treppen herauf, gingen in den Speisesaal. Er hörte sie diskutieren, durch die Tür hindurch; ein dumpfes, aufgeregtes Gemurmel, das klang, als redeten dreimal so viele Leute durcheinander, wie in Hide-Out lebten.

Schließlich stand er auf und machte sich auf die Suche nach seinem Vater. Er fand ihn in der Werkstatt, allein, ein einsamer Bastler in einer Lichtinsel in einem ansonsten dunklen Raum. Im Halbdunkel wirkten die Drehbänke, Bohrmaschinen und Bandschleifer wie eine Herde schlafender Tiere.

Dad lötete an einer Platine herum. Er sah kaum auf, als Christopher neben ihn trat.

»Was ist das?«, wollte Christopher wissen.

»Was denkst du denn, dass es ist?«, fragte Dad zurück, hingebungsvoll damit befasst, das zweite Bein eines Kondensators festzulöten. »Sollte für jemanden, der Upgrader-Chips analysiert, doch kein Problem sein.«

Christopher betrachtete die Platine, all die Dioden, Transistoren und Widerstände. Er studierte den Verlauf der Leiterbahnen und versuchte, sich das Ganze als Schaltplan vorzustellen.

»Eine Steuerung«, befand er. »Könnte aus einer Waschmaschine stammen.«

Jetzt sah Dad auf. »Nicht schlecht. Ja. Aus der großen, für die Bettwäsche. Steinaltes Teil, aber robust. Im Wesentlichen war nur ein Kondensator durch.«

Er blies ein paar Lötzinntröpfchen fort, hob die Platine hoch und betrachtete sie mit sichtlicher Befriedigung.

»Wieso bist du nicht bei den anderen?«, wollte Christopher wissen.

»Liz hat gesagt, es sei dringend. Die Wäsche türmt sich schon.« Er legte die Platine beiseite, auf ein Stück metallisierten Schaumstoff, und sank dabei ein wenig in sich zusammen. »Und was soll ich dort? Ich hab keine Lust, über die Kohärenz zu diskutieren. Ich *weiß,* wie es ist, in der Kohärenz zu sein. Es reicht mir, dass das wieder auf mich zukommt. Bis dahin mach ich lieber andere Sachen, als daran zu denken.«

Christopher starrte ins Halbdunkel. Es gab Momente, in denen er es geradezu herbeisehnte, in der Kohärenz aufzugehen. All die Probleme loszuwerden, die ein Leben als einzelnes Individuum mit sich brachte.

»Ich wollte dich dazu etwas fragen«, sagte er.

Dad begann, den Lötkolben zu reinigen. »Wenn es sich nicht vermeiden lässt ...«

»Die Bombenanschläge. Die Jeremiah Jones und seinen Leuten angelastet werden.«

»Ja?«

»Worum ging es der Kohärenz dabei? Was waren das für Daten, die sie unbedingt aus der Welt schaffen wollte?«

Dad legte die Putzwolle beiseite, lauschte in sich hinein.

»Weiß ich nicht«, sagte er.

»Erinnerst du dich, ob du es mal gewusst hast?«

»Nein.«

Sein Blick bekam etwas Entrücktes. Christopher schwieg, beobachtete ihn, wartete.

»Es war irgendwie wichtig, enorm wichtig«, fuhr Dad fort nach einer kleinen Ewigkeit, die er in seinen Erinnerungen unterwegs gewesen war. »Das weiß ich noch. Es ging um bestimmte Datenbestände, um die die Kohärenz sich Sorgen machte. *Riesige* Datenbestände, so umfangreich, dass sie in New Jersey auf gleich drei Firmen verteilt gelagert waren. Die musste man alle gleichzeitig ausschalten. Es musste alles schnell gehen und es durfte nichts schiefgehen.« Er blickte Christopher an. »Mehr weiß ich nicht.«

»Riesige Datenbestände? Was heißt das in Zahlen? Ungefähr?«

»Enorm. Eine halbe Million Gigabyte, eher mehr. Und davon durfte nichts übrig bleiben, nicht ein Bit.«

»Und du hast keine Ahnung, worum es bei diesen Daten ging?«

»Nicht die geringste.«

Eigentümlich. Was für eine Gefahr mochte die Kohärenz in irgendwelchen *Daten* gesehen haben? Wer häufte überhaupt derartige Datenmengen an? Google, klar. Aber die waren nicht betroffen; das hätte man gewusst. Die hatten eigene Serverparks.

Und was für Daten konnten das sein, die einen derartigen

Umfang annahmen? Texte und Zahlen eher nicht. Grafische Daten vielleicht. Bilder. Landkarten. Messwerte wissenschaftlicher Experimente.

Hmm. Da klingelte nichts bei ihm. Die Sache wurde umso rätselhafter, je länger er darüber nachdachte.

Es gab noch jemanden, den er fragen konnte – Albert Burns. Den fand Christopher später am Abend in der Küche, als die meisten schon zu Bett gegangen waren. Der Immobilienmakler saß an der Küchentheke, schäkerte mit Irene herum und schien alles andere als begeistert, von Christopher dabei gestört zu werden.

»Ich hab nur eine kurze Frage«, sagte Christopher. »Ob Sie sich an etwas Bestimmtes aus Ihrer Zeit in der Kohärenz erinnern.«

»Na gut«, seufzte der grauhaarige Mann, dessen Haut wie altes, rissiges Leder wirkte. »Lauf nicht weg.« Er zwinkerte Irene zu und trat ein paar Schritt zur Seite, um Christopher anzuhören.

Doch auch er wusste nichts. »Die Anschläge? Keine Ahnung, worum es dabei ging. Damit hatte ich nichts zu tun. Klar, mitgekriegt hab ich was – irgendwie hat man ja alles mitgekriegt –, aber nur am Rand. Ganz weit weg. Ungefähr so, wie wenn's einen am großen Zeh juckt, während man den Super Bowl verfolgt. Da achtet man auch nicht so auf die Einzelheiten, man kratzt sich halt und gut ist es.«

»Und wenn Sie jetzt daran zurückdenken?«, hakte Christopher ohne große Hoffnung nach.

Burns schüttelte den Kopf. »Sorry, Junge. Ich erinnere mich bloß an ein Gefühl. Dass es dringend war. Aber dringend – das war damals vieles.«

»Okay«, sagte Christopher. »Danke.«

Als er an diesem Abend schlafen ging, plagte ihn immer noch das Gefühl, dass die Frage, welche Daten die Kohärenz aus der Welt hatte schaffen wollen, wichtig war.

Und was auch nicht verschwinden wollte, war das Gefühl, dass er in diesem Zusammenhang etwas übersehen hatte.

37 | Schon nach zwei Tagen mit dem *Lifehook* konnte sich Brad kaum noch vorstellen, wie er je ohne ausgekommen war.

Egal, ob er kopfrechnen musste oder das Geburtsdatum eines Schauspielers wissen wollte; ob es um das Wetter ging oder darum, was im Fernsehen lief – immer war der kleine, freundliche Kobold zur Stelle und flüsterte ihm alles ein. Es war mehr als praktisch. Es war eine ganz neue Art zu leben.

Jedenfalls verstand Brad jetzt Pete und seinen Missionierungsdrang.

Brads Eltern allerdings waren immer noch total gegen den *Lifehook,* umso mehr, je öfter im Fernsehen irgendwelche Sendungen, Talk-Runden und dergleichen zu dem Thema kamen. Als der berühmte Computerjournalist Dick Poldo, der anfangs äußerst kritisch über den *Lifehook* geschrieben hatte, am Mittwochabend in einer Late-Night-Show auftrat und sich nur lobend äußerte, regte sich Brads Vater dermaßen auf, dass er schier Atemnot bekam. »Was ist mit deinen Freunden?«, fuhr er Brad an. »Haben die auch schon so ein Ding im Kopf?«

»Ein paar«, räumte Brad behutsam ein.

»Nicht zu fassen«, schnaubte sein Dad. »Die Welt wird immer verrückter.«

Auf der Mattscheibe erklärte Poldo gerade, er lasse sich nicht daran hindern, täglich dazuzulernen, »nicht mal von mir selber«, was ihm herzhaftes Gelächter des Publikums einbrachte.

Am nächsten Morgen passierte etwas ganz Neues: Eine Werbedurchsage kam über den *Lifehook!* Ab sofort, flüsterte der Kobold, gäbe es *Lifehook*-T-Shirts zu kaufen, in allen Farben und Größen, in allen wichtigen Mega-Stores.

Aha, dachte Brad. Jetzt ging *das* los. Auf diese Weise also wollten die mit dem *Lifehook*-Netz Geld verdienen: durch Werbung.

Andererseits: Warum nicht? Bei Google hatte das schließlich auch niemanden groß gestört.

Und mit *Lifehook*-T-Shirts anzufangen, war ein raffinierter Schachzug. Auf die Weise würden in nächster Zeit Millionen Leute für das Netzwerk Reklame laufen. Brad hatte große Lust, sich die Dinger zumindest mal anzuschauen.

Klar, kaufen würde er sich keines. Wann hätte er das denn tragen sollen? Seine Eltern wären ausgeflippt, so *anti*, wie die drauf waren.

Wobei das bestimmt nur eine Frage der Zeit war. Irgendwann würden sie es einsehen. In den Medien häuften sich die positiven Stimmen, und letzten Endes gingen seine Eltern immer mit der Zeit, wenn auch mit Verzögerung.

Wobei es nicht schaden konnte, ein bisschen nachzuhelfen. Brad stieß in der Zeitung auf ein Interview mit einem Rechtsanwalt, in dem dieser über seine Erfahrungen mit seinem *Lifehook* sprach. Der sagte ganz klar, das sei »natürlich«

nicht nur was für Jugendliche; die seien lediglich die technologisch aufgeschlossenste Zielgruppe. Er beschrieb detailliert, wie nützlich ihm sein *Lifehook* in der täglichen Arbeit war, also legte Brad die Zeitung mit Bedacht so hin, dass sein Vater sie am Abend finden musste.

Dann fragte Tiffany an und schlug vor, dass sie sich im Mega-Store trafen. *Klar,* gab Brad zurück, der es toll fand, dass sie mit ihm anstatt mit ihren Freundinnen zum Shopping wollte.

Tiffany und er waren immer noch nicht übers Küssen hinaus. Tiffany wollte es langsam angehen lassen, und als sie ihm das per *Lifehook* vermittelt hatte, hatte er ihre Haltung gut verstehen können. Außerdem – ungewöhnlich genug für ihn – ging es ihm genauso. Erstens, weil das mit Tiffany für ihn was Ernstes war und es ihm deshalb nicht auf ein paar Wochen oder Monate ankam. Und zweitens, weil die neue Intensität, die der *Lifehook* in alles brachte, entschieden gewöhnungsbedürftig war. Er hatte auch so schon, ganz ohne Sex, das Gefühl, eine Kerze zu sein, die an beiden Enden brannte und in der Mitte noch dazu.

Schließlich fuhren sie gemeinsam zum Mega-Store, und wie sich herausstellte, waren sie nicht die Einzigen. Als sie ankamen, sahen sie bereits die Massen strömen, und die, die aus dem Laden herauskamen, hatten Berge von T-Shirts in den Armen. Der Parkplatz war so voll, dass Brad richtiggehend nach einem freien Stellplatz suchen musste.

»Hey, wie unverschämt«, meinte Tiffany, als sie drinnen waren und die Preise sahen. »Neununddreißig Dollar für ein T-Shirt? Das ist ja teurer als der *Lifehook* selber!«

Brad pflichtete ihr bei, aber Tiffany nahm trotzdem drei T-

Shirts, ein weißes, ein blaues und ein rotes. »Muss irgendwie sein«, erklärte sie.

»Es hat keinen Sinn, wenn ich mir eins kaufe«, sagte Brad. »Meine Eltern würden ausflippen, wenn ich das trage. Die sind total dagegen.«

»Die wissen nicht, was sie verpassen.«

»Das ist wahr«, sagte Brad, hielt ein strohgelbes T-Shirt vor sich hin und betrachtete sich damit im Spiegel. Das sah gut aus. Verdammt gut. Er wollte es gar nicht wieder loslassen.

»Nein«, sagte er. »Ich kann das unmöglich kaufen.« Er legte es zurück. »Komm, lass uns gehen.«

Es waren alle Kassen geöffnet, und obwohl die meisten einfach per Fingerabdruck zahlten, bildeten sich an allen Kassen lange Schlangen. Je länger sie warteten, desto unangenehmer wurde Brad die Vorstellung, den Laden ohne ein T-Shirt zu verlassen. Schließlich war es so unerträglich, ja richtiggehend schmerzhaft, mit leeren Händen dazustehen, dass er zurück an den Tisch mit den gelben T-Shirts eilte, sich eins schnappte und sich wieder zu Tiffany stellte.

»Ich trag es halt nicht vor meinen Eltern«, sagte er.

»Wahrscheinlich manipulieren sie uns über den *Lifehook*, dass wir die Dinger kaufen *müssen*«, meinte Tiffany.

Sie lachten beide, aber als Brad wieder nach Hause kam, wurde er das Gefühl nicht los, dass an Tiffanys Vermutung etwas dran war. Was für eine blöde Idee, sich ein T-Shirt zu kaufen, um es heimlich zu tragen! Auf so etwas würde er nicht noch mal reinfallen, nahm er sich vor und versteckte die Tüte mit dem T-Shirt ganz hinten in seinem Kleiderschrank.

38 | Sie kamen am nächsten Tag zurück, nachmittags kurz nach drei. Serenity war schon vor Beginn der blinden Zeit unten in der Halle, sah zu, wie das Tor aufgefahren und das Besenauto bereit gemacht wurde. Sie fühlte sich wie eine schlechte Tochter, weil sie am Abend zuvor so hässlich über ihren Vater gedacht hatte, und wollte es wettmachen. Mom war auch schon da, wirkte angespannt.

Zehn Minuten nach Anbruch der blinden Zeit kam der Geländewagen in Sicht. So müde, wie er über die felsige Ebene gerumpelt kam, war irgendwie gleich klar, dass es nicht geklappt hatte.

Der Wagen rollte auf einen freien Platz, der Motor wurde abgestellt. Während das Besenauto losfuhr, stiegen sie aus. Sie hatten rot geränderte Augen, Schwitzflecken unter den Achseln und wirkten erschöpft.

»Ich geh erst mal duschen«, brummte Russell, nickte Mom und Serenity nur kurz zu und setzte sich Richtung Treppe in Bewegung. Finn machte sich noch im Inneren des Wagens zu schaffen.

Dad umarmte sie beide kurz, war aber nicht mit den Gedanken dabei. »Nichts zu machen«, sagte er leise.

»Was hast du denn erwartet?«, fragte Mom, die Hand auf seinem Arm, als wolle sie ihn nicht loslassen. »Dass du nur im Weißen Haus anzurufen brauchst und die stellen dich zum Präsidenten durch?«

Dad fuhr sich über den kahlen Schädel. »Nein, natürlich nicht. Obwohl es ganz interessant war, wie die in der Telefonzentrale dort mit einem umgehen. Es müssen jeden Tag eine Menge Spinner anrufen und den Präsidenten sprechen wollen.«

Mom lächelte schmerzlich. »Und zu denen gehörst du jetzt auch.«

Dad schien sie nicht zu hören. »Ich habe eine Menge Telefonnummern in Washington, ich dachte, irgendwas werde ich schon erreichen. Ich kenne die Schwester des Verteidigungsministers; wir sind uns während einer meiner Vortragsreisen bei einem Empfang des Verlags begegnet. Verdammt, ich hatte vor Jahren eine lange Mail-Diskussion mit dem *Bruder* des jetzigen Präsidenten! Er hat mir seine Telefonnummer gegeben und geschrieben, ich soll ihn anrufen, wenn ich mal seine Hilfe brauche.« Er seufzte. »Alles vorbei. Bei dem Namen Jeremiah Jones glaubt die eine Hälfte, ich will sie verarschen, und die andere Hälfte legt einfach auf.«

»Oh, Jerry!« Mom breitete die Arme aus, zaghaft, und Dad ließ sich noch einmal umarmen.

»Ich dachte, wenigstens einer ...« Er sprach nicht weiter.

»Du hast alle Nummern durchprobiert, nicht wahr?«

»Alle.«

Sie standen einen Moment lang schweigend beisammen, dann durchbrach ein Räuspern die Gemeinsamkeit. Es war Finn, einen Rucksack über der Schulter, abgekämpft. »Ich geh dann mal«, sagte er. »Versammlung in der Küche oder in der Werkstatt?«

»In der Küche«, erwiderte Dad. »Ist ja schnell erzählt. Ich komm gleich nach.«

Er löste sich aus Moms Umarmung, sah Serenity an. »Weißt du, wo Christopher ist?«

Sie fanden ihn in einem der bemalten Seitengänge, in dem mit den Tieren aus aller Welt. Er saß auf dem blanken Boden, unter dem Bild eines über schneebedeckten Berggipfeln schwebenden Seeadlers.

»Was machst du denn hier?«, wollte Dad wissen.

»Nachdenken«, erwiderte Christopher.

Serenity merkte, dass ihr Vater sich einen Ruck geben musste, ehe er sagen konnte: »Ich hab's nicht geschafft, zum Präsidenten durchzudringen. Ich habe eine Menge Kontakte, aber… nun ja, offenbar nicht mehr den besten Ruf, fürchte ich.«

Christopher sagte nichts, bewegte sich keinen Millimeter.

Dad räusperte sich. »Weswegen ich das erzähle… also, ich hatte die Idee… genauer gesagt, ich wollte dich bitten, ob du dich nicht vielleicht in das Smartphone des Präsidenten hacken kannst.«

Christopher atmete scharf ein. »Puh«, sagte er dann.

»Komm«, meinte Dad. »Du hast das Computersystem der Banken geknackt. Und da warst du erst dreizehn Jahre alt.«

»Ja. Aber damals hatte ich Unterlagen. Und die Banken haben geglaubt, es kann ihnen eh nichts passieren. Ich hatte es nicht mit Leuten von der NSA zu tun. Nicht mit richtigen Cracks. Nicht mit den besten Computerspezialisten der Welt.«

Serenity musterte ihren Vater. Obwohl in dem Teil des Stollensystems Dämmerlicht herrschte, weil nur jede dritte Lampe eingeschaltet war, entging ihr der unduldsame Ausdruck nicht, der über sein Gesicht huschte.

»Christopher«, sagte er aber dann in fast scherzhaftem Ton. »Es ist nur ein *Telefon*. Es müsste doch reichen, einfach die Nummer herauszufinden, oder?«

»Glaube ich kaum«, erwiderte Christopher. Er zögerte kurz. »Aber ich kann's ja mal versuchen.«

Serenity spürte, dass er das nur gesagt hatte, um ihrem Vater nicht noch einmal widersprechen zu müssen.

Und sie konnte ihn verstehen.

39 | Christopher brach noch am selben Abend auf. Er nutzte die blinde Zeit, die um kurz vor acht begann. Diesmal fuhr Kyle ihn.

»Ich habe das Gefühl, mein Vater steigert sich in was rein«, erklärte Serenitys Bruder schlecht gelaunt, während sie auf einer leeren, geraden Straße durch die sternklare Nacht bretterten. »Er ist eigentlich ein kluger Mann, aber manchmal, da ...« Er ließ den Satz in der Luft hängen.

Christopher sagte nichts. Erstens hätte er nicht gewusst, was, und zweitens schien ihm, dass Kyle im Grunde mit sich selbst redete.

»Als Kind hab ich nicht verstanden, wieso meine Mutter ihn verlassen hat. Die beiden lieben sich, das sieht ein Blinder mit Krückstock! Aber inzwischen kann ich's nachvollziehen.«

Es war eigenartig, wieder mit Kyles altem, klapprigem Geländewagen unterwegs zu sein, mit dem in gewisser Weise alles angefangen hatte. Der ganze Wagen stank nach der uralten, muffelnden Decke hinten im Kofferraum; Christopher dachte daran zurück, wie er sich einmal eine Nacht lang darunter versteckt, ja sogar geschlafen hatte. Er betrachtete die Motorhaube und fragte sich, wann und wo Kyle die eigentlich hatte austauschen lassen; von den Einschusslöchern, die sie damals abgekriegt hatten, war nichts mehr zu sehen.

Sie begegneten kaum einem Fahrzeug. Christopher wusste nicht genau, wohin sie fuhren, es war ihm auch egal. Richtung Süden, hatte er das Gefühl.

»Hier probieren wir es«, sagte Kyle irgendwann – nach Stunden, kam es Christopher vor – und bog in eine schlafend daliegende Wohnsiedlung ab.

Nachts hatte natürlich keine Bibliothek offen und auch kaum ein Internet-Café. Deswegen hatte Christopher einen Laptop dabei und Kyle eine Karte, auf der ungeschützte WLANs verzeichnet waren, die die Hide-Out-Leute auf ihren diversen Touren entdeckt hatten. Wobei solche Informationen rasch veralteten; sie würden also Glück brauchen.

Willkommen in Lankton Height! stand auf einem süßlich bunten Schild am Ortseingang. Sie passierten Villen in mexikanischem Stil, die einander zum Verwechseln ähnelten. Jedes Grundstück war von weißen, schindelgedeckten Mauern umgeben, hinter denen sich Palmen im nächtlichen Wind wiegten. Durch Gittertore erspähte man teure Limousinen. Kyles Wagen mit seinem Motor, der klapperte, als wolle irgendwas jeden Augenblick abfallen – das Auspuffrohr etwa –, war hier ein regelrechter Fremdkörper.

Aber die Häuser lagen alle dunkel da und auf der Straße war niemand unterwegs.

Christopher klappte seinen Laptop auf, während sie langsam die Straße entlangrollten. »Okay, ich hab einen Zugang«, sagte er, als das Symbol auf dem Schirm erschien, das einen ungeschützten Internet-Anschluss anzeigte.

Kyle hielt am Straßenrand und stellte den Motor ab. »Dann leg los.«

»Bin schon dabei.«

Der Motor knackte leise. Kyle raschelte mit der Karte, trug Datum und Uhrzeit ein. Christopher hatte das Gefühl, dass er ungeduldig war, so schnell wie möglich zurück nach Hide-Out wollte: super Voraussetzung, um einen anspruchsvollen Hack in Angriff zu nehmen.

Doch ein paar Minuten später war es, wie es immer war:

Christopher vergaß Zeit und Raum, tauchte ein in die Welt der Daten und nahm vom Rest nichts mehr wahr.

Er begann damit, sich eine Übersicht zu verschaffen, was über das Smartphone des Präsidenten bekannt war. Das meiste war belangloses Blabla, aber er fand auch ein paar Artikel, die tiefer in die Materie einstiegen.

Die Gefahren, vor denen das Staatsoberhaupt geschützt werden musste, waren im Wesentlichen folgende: Erstens durfte niemand die Telefonate des Präsidenten abhören oder dessen sonstige Gespräche belauschen, indem er sich in das Gerät hackte und es zur Wanze umfunktionierte. Zweitens galt es zu verhindern, dass Unbefugte Zugriff auf das mit dem Smartphone verbundene E-Mail-Postfach bekamen. Das war für sich bereits technisch anspruchsvoll. Die gesetzliche Vorschrift, dass der gesamte Schriftverkehr eines Präsidenten – wozu natürlich auch seine E-Mails zählten – aufbewahrt und archiviert werden musste, machte die Sache nicht einfacher.

Dritter Risikofaktor war die Möglichkeit, anhand des Mobiltelefons den Aufenthaltsort des Präsidenten zu bestimmen: einerseits über GPS – das konnte man umgehen, indem man das GPS-Modul abschaltete, zumal ein Präsident kaum je in die Situation kam, über sein Mobiltelefon nach der nächstgelegenen Pizzeria suchen zu müssen. Nicht abschalten ließ sich dagegen die normale Lokalisierung der Funkzelle, in der sich das Telefon aufhielt: Denn dann wäre das Telefon nicht mehr mobil gewesen.

Viertens konnte natürlich auch das Telefon eines Präsidenten verloren gehen. Es galt zu verhindern, dass geheime Informationen, die sich in dem Gerät befanden, in unbefugte Hände gerieten.

Um all diese Risiken zu vermeiden, hatten die Präsidenten bis George W. Bush auf Mobiltelefone verzichtet und auch keine E-Mails geschrieben. Erst Präsident Obama hatte angeordnet, technische Lösungen zu finden, weil er nicht auf ein Smartphone verzichten wollte. Er hatte eine Spezialanfertigung bekommen, deren Entwicklung achtzehn Millionen Dollar verschlungen hatte. Dasselbe Gerät, das pro Stück über dreitausend Dollar kostete, wurde auch von Mitgliedern der Geheimdienste und des Verteidigungsministeriums verwendet.

Der springende Punkt für Christopher war: Das Smartphone des Präsidenten war nicht dafür gedacht, mit aller Welt zu telefonieren. Er benutzte es nur, um mit einem relativ kleinen Kreis von Personen in Kontakt zu bleiben – mit seiner Familie, mit den Mitgliedern seines Kabinetts sowie einigen Freunden und Beratern.

Mit anderen Worten: Das Mobiltelefon des Präsidenten hatte keine normale Telefonnummer, die man nur herauszufinden brauchte. Man konnte ihn ausschließlich von Telefonen aus anrufen, die in dasselbe abgeschirmte Extra-Telefonnetz eingebunden waren wie er selbst.

Das war der einzige Ansatzpunkt, den Christopher sah: die Apparate, *von denen aus* man den Präsidenten anrufen konnte. Waren diese Geräte ihrerseits mit dem normalen Telefonnetz verbunden? Bestimmt. Die Tochter des Präsidenten zum Beispiel würde mit ihren Schulfreundinnen telefonieren wollen. Sie wollte Songs herunterladen, Fotos machen und verschicken und so weiter.

Am einfachsten wäre es gewesen, ihr das Telefon zu *stehlen*. Doch dazu hätten sie in Washington, D.C., sein und die stets wachsamen Secret-Service-Leute austricksen müssen: Das war zweifellos jenseits ihrer Möglichkeiten.

Der zweitbeste Ansatz war komplizierter, und es war nicht sicher, dass er funktionierte, aber wenn, hatte er den Vorteil, dass er sich aus der Ferne durchführen ließ. Es musste Christopher nur gelingen, in eines der privilegierten Telefone einen Trojaner einzuschleusen. Dann würde es genügen, das manipulierte Gerät so anzurufen, dass der Trojaner aktiviert wurde, um unbemerkt von dessen Besitzer zum Präsidenten weiterverbunden zu werden.

Was zweifellos ein cooler Effekt sein würde, wenn es klappte.

Okay, dachte Christopher. Nicht gerade eine offene Tür, aber etwas, das er probieren konnte. Dazu brauchte er zunächst von mindestens einem der privilegierten Mobiltelefone sowohl die Nummer als auch das genaue Fabrikat sowie die Version des darauf laufenden Betriebssystems. Das wiederum waren Informationen, die er eventuell irgendwo auf den Computern im Weißen Haus fand.

Somit stand sein nächster Schritt fest: Er musste sich ins Büronetzwerk des Weißen Hauses hacken. Ein im Grundsatz angenehm vertrautes Vorhaben; dergleichen hatte er früher oft einfach spaßeshalber gemacht. Die Computer des Kremls zu knacken, war zum Beispiel eine reizvolle Herausforderung gewesen. Leider hatte er kaum etwas von dem, was er darauf vorgefunden hatte, lesen können, da er kein Russisch beherrschte. In den Rechnern der britischen Regierung dagegen war er sozusagen nach Belieben ein und aus gegangen.

Natürlich war auch das Büronetzwerk des Weißen Hauses hervorragend gesichert. Nicht ganz so massiv wie die militärischen Netzwerke, aber doch so, dass er ein paar richtig spezielle Spezialtools brauchen würde. Die zum Glück noch an den vertrauten Orten im Internet zu finden waren.

Gerade, als Christopher den Download des ersten Pakets gestartet hatte, fragte Kyle: »Und? Kommst du voran?«

Es klang wie: *Wann können wir endlich wieder zurückfahren?*

Christopher betrachtete den Balken. Dreißig Prozent. Zweiunddreißig.

»Ich bin noch ganz am Anfang«, erklärte er unumwunden.

»Ah«, machte Kyle. »Okay. Wollte ich nur wissen.«

Christopher unterdrückte ein Seufzen. Das hier würde mindestens bis in die frühen Morgenstunden dauern. Kyle würde vermodern vor Langeweile.

Dann – der Download-Balken erreichte gerade neununddreißig Prozent –, sprang unvermittelt ein Messenger-Fenster auf. *Sent by: PentaByte-Man* stand darüber, und die Nachricht lautete: *Bist du das, Computer*Kid?*

Christopher war, als setze sein Herz ein paar Schläge lang aus.

Er hatte seinen Rechner sorgfältig anonymisiert, ehe sie aufgebrochen waren. Er hatte keinerlei ID darauf, auch nicht sein Messenger-Passwort. Dem Netz gegenüber musste sein Laptop wie ein frisch gekaufter Computer wirken, der zum ersten Mal mit dem Internet verbunden war.

Wie war es dann möglich, dass der PentaByte-Man ihn bemerkt hatte?

Vorsicht war geboten. Christopher überlegte. Schließlich tippte er eine Folge hexadezimaler Zahlen, insgesamt sechzehn Paare, und schickte sie als Antwort ab.

Daraufhin passierte erst mal nichts.

»Wie schnell können wir von hier verschwinden, falls es sein muss?«, fragte Christopher halb laut.

Kyle holte geräuschvoll Luft. »Hmm. Der Motor ist im Nu angelassen. Oder was meinst du?«

»Die Straße, auf der wir gekommen sind – wie weit ist es bis zur nächsten Kreuzung? Wo kann man irgendwohin abbiegen?«

»Ach so.« Kyle überlegte. »Sind ein paar Meilen.«

Ping. Die Antwort kam. Weitere sechzehn hexadezimale Zahlenpaare, darunter: *Das war knifflig! Nur gut, dass ich nie Daten lösche.*

»Okay«, sagte Christopher. »Hat sich erledigt.«

Kyle beugte sich herüber. »Was hat das zu bedeuten? Mit wem chattest du da?«

»Offenbar tatsächlich mit dem PentaByte-Man.« Das *Penta* stolperte ihm regelrecht im Mund. Er ärgerte sich immer noch, dass ihm dieser Lapsus in all den Jahren nie aufgefallen war. »Ich hab ihm die ersten sechzehn Byte des Virus geschickt, über den er auf mich aufmerksam geworden ist. Als Ausweis, sozusagen. Und er hat mit weiteren sechzehn Byte davon geantwortet.«

Kyle räusperte sich. »So was weißt du natürlich auswendig. Den hexadezimalen Code eines Virus, den du vor... wie vielen Jahren geschrieben hast? Acht?«

»Neun«, erwiderte Christopher. Seltsame Frage. Über dem Virencode hatte er schließlich wochenlang gebrütet. Klar kannte er den in- und auswendig. Er tippte: *Wie hast du mich identifiziert?*

Die Antwort des PentaByte-Man kam. *So viele Leute gibt es*

nicht, die wissen, wo man mein Passwort-Cracker-Programm runterladen kann.

Christopher schaute verblüfft den Balken an, der den Fortschritt des Downloads anzeigte. Er war gerade bei achtundneunzig Prozent angelangt.

Das ist von dir?

Freut mich, dass es dir gefällt, kam zurück. *Ich frag auch gar nicht, was du damit vorhast. Erstens würdest du es mir ohnehin nicht verraten, und zweitens will ich nicht in noch mehr Sachen reingezogen werden. Ist ungesund.*

Kyle lehnte sich in seinem Sitz zurück, gähnte, dass seine Kiefer knackten. »Ich glaub, ich mach mal einen kleinen Abendspaziergang, wenn's dir nichts ausmacht«, erklärte er.

»Okay«, meinte Christopher und tippte: *Wieso? Was ist passiert?*

Kyle stieg aus und schlenderte dann, die Hände in den Hosentaschen, gemütlich davon.

Ich glaube, die Kohärenz rächt sich, weil deine aufklärerische Mail an alle Welt über mein System gegangen ist, schrieb der PentaByte-Man. *Und weil sie an die MBM nicht rankommt, hat sie dafür mein Haus in die Luft gejagt.*

Christopher musste schlucken. *Dein Haus?*

Ich hatte dermaßen Glück – kaum zu fassen. Ein Dutzend Schutzengel, mindestens. Leider hatte die alte Mutter meiner Nachbarin keinen; die ist von einem herabfallenden Balken erschlagen worden. Die Explosion hat auch beide Nachbarhäuser so schwer beschädigt, dass man sie abreißen wird.

Und jetzt? Was machst du jetzt?

Jetzt bin ich auf der Flucht. Und supervorsichtig. Ich frage mich schon lange nicht mehr, bin ich paranoid? Ich frage mich: Bin ich paranoid GENUG? Deswegen muss ich jetzt auch gleich wieder Schluss machen und den Standort wechseln.

Christopher tippte so schnell, wie er konnte. *Sorry. Das wollte ich nicht.*

Schon O. K. Wenn du denen mithilfe meines Crackers eins reinwürgen kannst, tu's auch in meinem Namen.

Noch etwas fiel Christopher ein. *Was ist mit deinen Daten? Deinem Videoprojekt?*

Schlechtes Karma. Erst schließt Cybershelter den Laden, dann das... Ich hab kein Backup mehr, nur noch die Originaldaten. Jetzt darf echt nichts mehr passieren, schrieb der PentaByte-Man. *Wünsch mir Glück!*

Christopher tippte *Alles Gute!*, aber noch bevor er das senden konnte, kam schon: *PentaByte-Man logged out.*

Christopher löschte die beiden Worte wieder, dann starrte er eine Weile einfach zur Frontscheibe hinaus, hinaus in die schweigende Nacht. Diese Neuigkeit erschütterte ihn. Er hatte den PentaByte-Man nie getroffen, nie seine Stimme gehört, wusste nicht einmal, wo er lebte... aber der Hacker war all die Jahre eine Art großer Bruder für ihn gewesen, ein Mentor, jemand, mit dem er immer reden konnte. Und nun hatte er dessen Leben zerstört...

In der Ferne leuchtete etwas auf, die Scheinwerfer eines Autos, das sich langsam näherte. Schatten huschten über Wände und Hausdächer. Christopher klappte seinen Laptop zu, duckte sich auf die Vorderbank und wartete, dass das Auto vorüberfuhr.

Der Sitz müffelte. Der Geruch rief Erinnerungen wach, vor allem die Nacht, in der sie gefahren und gefahren waren, jene Nacht, die kein Ende hatte nehmen wollen. In Christophers

Erinnerung hatte sie tausend Stunden gedauert. Irgendwann war er ziemlich abgedreht, und ab da erinnerte er sich nur noch undeutlich. Serenity war aufgewacht, hatte den Kopf nach vorn gestreckt, und Christopher hatte all die wunderbaren Sommersprossen betrachtet, die ihm so an ihr gefielen, hatte Muster darin erkannt...

Das war der Moment gewesen, in dem er sich endgültig in sie verliebt hatte.

Christopher fuhr mit einem Keuchen hoch. Dieser Gedanke schockte ihn geradezu. Vor allem, weil er so unvermittelt aufgetaucht war, sozusagen ganz von selbst. Das war ihm bislang nicht klar gewesen, aber... aber er wusste, dass es stimmte. Er hatte sich in Serenity verliebt. Er hatte es nur verdrängt, weil er keine Ahnung hatte, wie er damit umgehen sollte.

Und er wusste es weniger denn je.

Er fuhr sich mit den Händen übers Gesicht, spürte den Impuls, aufzuspringen und davonzurennen, hinaus in die Nacht, und drauf geschissen, was andere von ihm denken würden. Es war verrückt. Völlig bekloppt. Serenity war ein schönes Mädchen, und er war ein komischer Kauz – absolut nicht die Paarung für einen Hollywood-Film. Lächerlich, wenn er sich auch nur die mindesten Hoffnungen machte.

Christopher legte die Finger zurück auf die Tastatur, versuchte, sich auf sein Vorhaben zu konzentrieren. Das Weiße Haus. Darum ging es. Einen Rechner in dem Netzwerk dort zu finden, der um diese Uhrzeit noch lief und nicht ganz so gut geschützt war, wie er es hätte sein sollen.

Seine Finger fühlten sich seltsam an.

Zittrig.

Es tat einfach weh. Und er wusste nicht, was er tun sollte.

Hier saß er, allein in einem Auto, allein auf einer Straße in einem unbekannten Ort in einer der verlassensten Gegenden Amerikas. Kyle war nirgendwo zu sehen; es war, als sei er spurlos verschwunden und würde nie wiederkehren. Es war immer wieder dasselbe. Christopher war allein, und dabei wäre er es so gerne *nicht* gewesen. Es war ein Wunsch, der ihm schwer auf der Brust lastete und die Augen brennen ließ, ohne dass es etwas half.

Die Kohärenz. Vielleicht war sie gar nicht das Problem. Vielleicht war sie die Lösung. Wenn er ihr nachgab, in ihr aufging, würde dieser Schmerz ein Ende haben. Weil Christopher Kidd einfach verschwinden würde und alle unerfüllbaren Wünsche mit ihm.

Er betastete mit seinen Gedanken die Schnittstellen zu seinen beiden Chips. Was, wenn er nur einen davon aktivierte? Würde ihn die Kohärenz dann immer noch abweisen?

40 | Ein Geräusch ließ ihn erschrocken herumfahren. Es war Kyle, der unvermittelt die hintere Tür auf der Fahrerseite geöffnet hatte und nun in der Kiste mit dem Proviant herumwühlte. »Na? Geht's voran?«, fragte er, ohne ihn anzusehen.

Christopher räusperte sich. »Du hast mich ganz schön erschreckt.«

»Sorry. Bin wohl aus dem toten Winkel gekommen.« Kyle sah hoch. »Magst du auch ein Sandwich? Eine Cola?«

»Ja«, sagte Christopher. Gute Idee. Er merkte jetzt erst, wie hungrig er war.

Kyle reichte ihm eine Dose und zwei Sandwiches, eingewickelt in Folie.

»Alles klar bei dir?«, erkundigte er sich dabei. »Du siehst irgendwie blasser aus als sonst. Oder liegt das an der Straßenlaterne?«

»Es liegt daran, dass ich seit Wochen in einer Höhle lebe«, erwiderte Christopher und wickelte das erste Sandwich aus.

»Das wird's sein«, meinte Kyle friedlich und schwang sich auf den Rücksitz. »Ich bin einmal um den Block. Keine Menschenseele unterwegs außer mir, aber hier und da brennt noch Licht.« Er sah auf die Uhr. »Na ja. Halb zwölf. Das ist okay.«

Ich hätte es nicht wirklich gemacht, sagte sich Christopher. *Ich hätte den Chip nicht aktiviert. Das war nur so ein Gedanke.*

Sie kauten eine Weile schweigend. Kyle trank Wasser dazu, keine Cola.

»Ich werd ein Nickerchen machen«, erklärte er. »Das dauert ja sicher noch bei dir, oder?«

»Bestimmt«, erwiderte Christopher. Vor allem, weil er im Grunde noch nicht mal richtig mit der Arbeit angefangen hatte. Er installierte das Cracker-Programm, während er aß, damit er nachher zumindest gleich loslegen konnte.

»Super, die Sandwiches, findest du nicht?«, fragte Kyle mit spürbarem Behagen.

Christopher betrachtete das Sandwich in seiner Hand verblüfft. Ja, das stimmte. Er hatte einfach nur abgebissen und gekaut und war in Gedanken schon im Netz gewesen. Aber die Sandwiches boten tatsächlich genau die richtige Mischung aus knackigem Salat, saftigem Schinken, pikantem Käse und zitronig-frischer Mayonnaise. Es war ein regelrechter Genuss, sie zu essen.

Wie blöd war das denn? Zu essen, ohne etwas zu schmecken? Auf die Weise merkte man nicht mal, ob man irgendeinen Fraß hinunterwürgte oder etwas richtig Gutes. Idiotisch. Aber das machte er oft, weil er immer in Gedanken woanders war.

Letztlich war er deswegen so ein Freak. Weil er ständig denken musste. Das ließ sich gar nicht abstellen, das lief wie von selbst ab.

Das hieß – doch: Wenn er in dieses Sandwich biss, wenn er sich nur auf den Geschmack konzentrierte – dann machten die ewig rasenden Gedanken einen Moment lang Pause.

Er fragte sich, wer die Sandwiches gemacht hatte.

Serenity womöglich?

Da war er wieder, der Schmerz.

»Okay«, verkündete Kyle von hinten und raschelte herum, während er die Überreste seiner Mahlzeit entsorgte. »Ich hau mich aufs Ohr. Weck mich, falls was sein sollte.«

»Klar«, sagte Christopher.

Das Auto schwankte spürbar, bis Kyle die Decke von hinten geholt, sich auf dem Rücksitz zusammengefaltet und seine Jacke zu einer ausreichend dicken Kopfunterlage zusammengeknüllt hatte. Dann aber dauerte es keine fünf Minuten, bis von ihm nur noch regelmäßige Atemzüge, ja sogar ein leichtes Schnarchen zu hören war.

Auch der Schmerz hatte nachgelassen. Das Zittern ebenfalls.

Christopher startete das Cracker-Programm, beobachtete dessen Anzeigen, die Ziffernfolgen, Buchstabenkombinationen und Fortschrittsbalken. Er dachte daran, wie oft er es schon benutzt hatte, nicht ahnend, dass der PentaByte-Man es geschrieben hatte.

Er fühlte sich schuldig. Es war nicht in Ordnung gewesen, das Spam-Mail-System zu verwenden, ohne den PentaByte-Man darüber aufzuklären, mit welchem Gegner sie sich anlegten. Dass die Kohärenz auf das Mailing reagieren würde, hätte ihm klar sein müssen.

Aber so weit hatte Christopher nicht gedacht. Bescheuert: Einerseits dachte er viel zu viel und ständig, und andererseits dachte er wieder nicht genug. Oder nicht das Richtige. Im Grunde hatte George Angry Snake völlig recht: Denken nützte einem so gut wie nichts. Die Gedanken drehten sich die meiste Zeit nur im Kreis, ohne dass man es merkte.

Was der PentaByte-Man jetzt wohl machte? Christopher versuchte, sich vorzustellen, wie er seine Flucht praktisch bewerkstelligte. Er besaß ein letztes Set seiner Daten. Aber das waren gut zweihundert Terabyte oder mehr: Die steckte man auch heutzutage nicht einfach so in die Tasche.

Das Cracker-Programm war immer noch beschäftigt. Christopher startete nebenbei den Browser und scannte die Nachrichten nach Meldungen über explodierte Häuser. Schließlich fand er eine, auf die alles passte: In der Nacht vom Samstag auf den Sonntag hatte sich in einem Haus in Genf eine Explosion ereignet, die die benachbarten Häuser ebenfalls in Mitleidenschaft gezogen hatte. Eine Nachbarin, einundachtzig Jahre alt, war »von herabstürzenden Trümmerteilen« getroffen worden und im Krankenhaus ihren Verletzungen erlegen. Von dem Bewohner des zerstörten Hauses, einem allein lebenden zweiundvierzigjährigen Mann, gebe es keine Spur, hieß es. Ein Zeuge wollte gesehen haben, wie er das Haus kurz vor dem Unglück verlassen hatte. Die Polizei fahndete nach ihm, weil sie ihn verdächtigte, die Detonation selber herbeigeführt zu haben, wenn auch über das Motiv dafür Unklarheit herrschte.

Es gab ein Foto des zerstörten Hauses. Das sah tatsächlich aus, als habe eine Fliegerbombe eingeschlagen. Ein Foto des Verschwundenen dagegen gab es nicht.

Genf. In Europa also. In der Schweiz.

Christopher seufzte, als er daran dachte, wie unerreichbar der Kontinent für ihn geworden war.

Das Cracker-Programm blinkte im Hintergrund. Christopher holte es nach vorn. Es war auf einen Rechner gestoßen, dessen Passwort es hatte ermitteln können. Es lautete »hungrygirl01«.

Vermutlich, überlegte Christopher, während er den Browser wieder schloss und sich in diesen Rechner einloggte, gehörte er einer Mitarbeiterin, die gerade erst im Weißen Haus angefangen hatte. Anfang Juli wahrscheinlich. Man würde sie demnächst darüber belehren, keine Passwörter zu verwenden, die aus normalen Worten bestanden oder zusammengesetzt waren. Solche Passwörter konnten durch sogenannte »Wörterbuch-Angriffe« leicht geknackt werden: Nichts anderes hatte das Cracker-Programm in diesem ersten Arbeitsgang getan.

Ein rascher Blick auf die Festplatte des Computers bestätigte diese Vermutung: Das sah alles sehr aufgeräumt aus und es war noch jede Menge freier Speicherplatz verfügbar. In den Dateien, die Christopher vorfand, ging es um Abrechnungen der Küche, Lebensmittelbestellungen und dergleichen. *Hungrygirl* war wohl eine neue Mitarbeiterin in der Küche des Weißen Hauses.

Aber es war nicht dieser PC, der Christopher interessierte,

sondern dessen Anbindung an die Server im Weißen Haus. Die liefen natürlich alle durch, wie die meisten PCs heutzutage auch, und sie waren untereinander verbunden. Christopher verbrachte einige Zeit damit, die darauf laufenden Prozesse zu studieren, um sich darüber klar zu werden, was sie taten und welche davon der Überwachung des Netzes dienten. Dann machte er sich daran, Suchscripte zu schreiben und sie zu den Servern durchzuschleusen, um sie dort direkt ablaufen zu lassen. Außerdem mussten sie sich, sobald sie ihm ihre Ergebnisse übermittelt hatten, selber wieder löschen. Das war knifflig, aber nötig, denn natürlich konnte er nicht von seinem Laptop aus die Datenbestände des Weißen Hauses durchsuchen. Dazu hätte er sämtliche Daten über das Internet leiten müssen. Abgesehen davon, dass es viel zu lange gedauert hätte, wäre derlei unter Garantie aufgefallen.

Er fand eine Menge interessanter Dokumente, bloß die Information, die er suchte, war nicht dabei. Mist. Irgendjemand musste die Nummern der privilegierten Telefone doch verwalten! Wenn der Präsident am Morgen zu seiner Assistentin sagte: »Ach übrigens, ich werde die nächste Zeit öfters mit dem Botschafter von dem und dem Land telefonieren; sorgen Sie bitte dafür, dass ich ihn von meinem Mobiltelefon aus anrufen kann«, dann musste es jemanden geben, der das regelte.

Also hieß es weitersuchen. Christopher verlor sich in Listen, Filenamen und Shell-Befehlssyntax, wie er es schon so oft getan hatte, und vergaß alles um sich herum. Die Welt blieb stehen, die Zeit wurde bedeutungslos, die Umgebung versank...

Bis plötzlich ein grünes Icon am unteren Rand seines Bildschirms zu Rot wechselte. Es machte nicht *Zong!,* aber es fühlte sich fast so an.

Christopher hob die Hände von der Tastatur, lehnte sich zurück, fixierte das rote Icon. Das durfte jetzt nicht wahr sein, oder?

Er wartete. Aber es tat sich nichts. Rot blieb rot. Er sah auf die Uhr. Halb zwei. Verdammt noch mal.

Schließlich drehte er sich um, rüttelte den selig schlafenden Kyle an der Schulter.

»Was denn…«, knurrte der verschlafen und unwillig. Dann fiel ihm wieder ein, wo er war, und er setzte sich ruckartig auf. »Ja? Was gibt's?«

»Jemand hat den Router abgeschaltet«, sagte Christopher.

Kyle blinzelte, als müsse er sich ein Pfund Sand aus den Augen schütteln. »Den Router? Du meinst, den Internet-Anschluss? Über den du unterwegs warst?«

»Genau.«

»*Shit.* Wieso schaltet jemand seinen Router aus?«

Christopher zuckte mit den Schultern. »Warum gibt jemand seinem Router kein Passwort?«

Kyle kletterte nach vorn. »Da hast du auch wieder recht.« Er zog die Karte hervor. »Wir brauchen jedenfalls einen anderen Zugang.«

»Genau«, sagte Christopher.

Kyle knipste die Innenraumbeleuchtung an, studierte die Karte. »Ich hatte gehofft, du bist fertig und weckst mich deswegen«, meinte er dabei.

»Wär mir auch lieber gewesen.«

»Hast du denn schon was rausgefunden?«

Christopher überlegte kurz. »Dass die Operation des Präsidenten in Wirklichkeit nicht im Johns Hopkins Hospital stattfinden wird. Das ist nur das Ablenkungsmanöver für die Medien.«

Kyle sah verblüfft auf. »Ach, ja?«

»Die eigentliche Operation wird in der Cleveland-Klinik stattfinden.« Christopher tippte auf seinen Laptop. »Ich hab den Einsatzplan runtergeladen. In Baltimore wird ein Doppelgänger des Präsidenten ab und zu aus dem Fenster winken. In Cleveland hat man ein Stockwerk komplett abgeriegelt, angeblich, weil es renoviert werden muss. In Wirklichkeit wird dort der Präsident behandelt.«

»Raffiniert«, meinte Kyle. »Und gar nicht so dumm überlegt. Bloß peinlich, wenn so was durchsickert.«

»In dem Plan steht genau, wer alles eingeweiht ist. Ein paar Ärzte, eine Handvoll Krankenschwestern – insgesamt keine zwanzig Leute in beiden Krankenhäusern. Jeder von denen hat eine Stillschweigeverpflichtung unterschrieben. Den Rest machen Leute vom Secret Service.«

»Mmh.« Kyle tippte auf den Plan. »Hier. Im Stadtzentrum gibt es ein Café, das freies Wi-Fi anbietet. Allerdings steht nicht dabei, ob das auch um diese Uhrzeit funktioniert. Müssen wir ausprobieren.«

Wie sich herausstellte, schaltete der Betreiber des Cafés weder die Innenbeleuchtung noch die Wi-Fi-Router über Nacht ab. Kyle parkte in einer Seitenstraße direkt neben dem Café, von wo aus sie eine fantastische Verbindung hatten; besser als vorher.

»Okay«, meinte Kyle und kletterte wieder auf die Rückbank, »ich schau mal, ob ich in meinen hübschen Traum von vorhin zurückfinde …«

Zumindest hatte er kein Problem damit, in den Schlaf zurückzufinden. Er legte sich hin, zog sich seine dubiose Decke bis ans Kinn hoch und war gleich darauf wieder eingeschlafen.

Christopher dagegen fiel es ziemlich schwer, in die Konzentration zurückzufinden, die für einen Hack nötig war. Einerseits, weil er müde war und die Unterbrechung lange genug gedauert hatte, um das zu spüren. Andererseits, weil... Tja. Er saß da, starrte den Schirm an, dachte an das makellos ausgestattete Netz der Rechner im Weißen Haus und – *hatte keine Lust mehr!* Die Sucherei kam ihm auf einmal so unergiebig vor, so aussichtslos, so sinnlos...

Außerdem war da noch ein anderer Gedanke. Ein wichtiger Gedanke. Ein Gedanke, den er nicht zu fassen bekam, weil er sich irgendwo unterhalb seines Bewusstseins herumtrieb.

Christopher legte die Finger auf die Tastatur, horchte in sich hinein. Es hatte etwas mit dem PentaByte-Man zu tun. Bloß was?

Er versuchte, sich bildlich vorzustellen, wie mitten in einer Stadt wie Genf ein Haus explodierte. Die Detonation, die Rauchwolke, das Entsetzen auf der Straße. Verletzte Menschen. Feuerwehr, die Flammen löschte, Polizei, die alles absperrte. Fotografen, Blitzlichtgewitter. Spezialisten, die die Trümmer untersuchten. Die erste Vermutung: ein Leck in der Gasleitung. Dann würde man Rückstände von Sprengstoff feststellen, und spätestens ab dem Zeitpunkt war es ein Fall für die Kriminalpolizei...

Genf. Man konnte nicht an Genf denken, ohne dass einem das CERN einfiel, das europäische Kernforschungszentrum, das nicht weit davon lag. Das Internet in seiner heutigen

Form war dort erfunden worden. Und die Teilchenbeschleuniger dort produzierten Unmengen an Daten: jeder Versuchslauf rund dreißig Gigabyte Messwerte pro Sekunde.

Hatte der PentaByte-Man deswegen Genf als Wohnsitz gewählt? Weil der Datenstrom aus dem CERN, der von dort aus das Internet überflutete, eine nützliche Tarnung für seine eigenen Geschäfte war? Um von den Hochgeschwindigkeitsleitungen zu profitieren, die mit Rücksicht auf das CERN installiert worden waren?

Christopher musste an die Datensammlungen des PentaByte-Man denken. Zweihundert Terabyte Videomaterial. Inzwischen sicher noch mehr; es war eine Weile her, dass sie zuletzt über sein Projekt diskutiert hatten. Wenn er davon zwei Back-up-Sets ausgelagert gehabt hatte ...

Hmm. Wie hatte sein Hoster geheißen? *Cybershelter*. Christopher suchte danach. Die Website gab es noch. Er las sich durch die FAQs und verstand, warum der PentaByte-Man diesen Hoster gewählt hatte: Der Back-up-Provider bot ein Programm an, das die zu sichernden Daten auf dem Rechner des Anwenders verschlüsselte, ehe sie hochgeladen wurden. Den für die Verschlüsselung nötigen Key musste man selber erstellen: Auf diese Weise gelangte der Schlüssel nie auf die Server des Providers. Dieser konnte also nicht mal, wenn er gewollt hätte – oder von einem Geheimdienst dazu gezwungen worden wäre –, Einblick in die gespeicherten Daten nehmen.

Das Angebot von *Cybershelter* war auf den Bedarf echter Profis ausgerichtet gewesen: nicht billig, nicht einfach anzuwenden, aber durchdacht und grundsolide.

Woran war die Firma pleitegegangen? Christopher suchte

nach Pressemeldungen, überflog die jüngsten davon. Von Schadenersatzklagen war die Rede. In einem Gerichtsverfahren war es darum gegangen, ob die Firma für verlorene Daten haftbar sei. Ja, hatte der Richter entschieden. Darauf hatte *Cybershelter* Konkurs anmelden müssen.

Interessant war das Datum dieser Meldungen. Das war sogar hochinteressant. Christophers Finger zuckten los wie von selbst, suchten, was von der Firma *Cybershelter*, Inc., mit Sitz in Virginia übrig war. Gab es noch Server? Protokolldateien? Logs?

Ja, gab es noch. Den aktuellsten Dateien zufolge hatte ein Konkursverwalter die Aufsicht über die Firma übernommen. Aber die Vermögenswerte interessierten Christopher nicht. Er suchte nach den Datenbanken, mit denen man die Back-ups verwaltet hatte. Die gab es auch noch.

Je länger Christopher die Daten, die er darin vorfand, abglich, untereinander in Beziehung setzte und auswertete, desto mehr verdichtete sich das Gefühl, einer heißen Sache auf der Spur zu sein. Er ertappte sich dabei, wie er immer wieder die Luft anhielt. Wenn sein Verdacht nur halbwegs stimmte, war er auf etwas gestoßen, das ...

Ja, das alles veränderte. Einfach alles.

Wenn sein Verdacht stimmte. Wie sicher konnte er sich da sein?

Er versuchte, den PentaByte-Man zu erreichen, aber der war offline und blieb es. Keine Hilfe von dieser Seite. Er war mal wieder auf sich allein gestellt.

Jetzt nichts überstürzen. Innehalten, gründlich nachdenken, sich keinen Fehler erlauben –

Ein elektronisches Piepsen ließ ihn hochfahren. Er schaute

hinaus: Die Morgendämmerung brach an. Wieso das auf einmal? Gerade war es doch noch stockdunkel gewesen...?

Er war eingeschlafen, begriff Christopher. Im Sitzen, den Laptop auf dem Schoß.

Piep-piep-piep, piep-piep-piep...

Endlich wachte Kyle auf, stellte den Wecker ab, rekelte sich. »Und?«, fragte er und gähnte herzhaft. »Wie sieht's aus?«

»Wenn ich das wüsste«, murmelte Christopher. Er drehte sich um. »Wieso hast du einen Wecker gestellt?«

»Damit wir rechtzeitig zurückkommen für die blinde Zeit heute Vormittag«, meinte Kyle. »Aber wenn du weitermachen willst, können wir auch –«

»Nein«, sagte Christopher. »Ist okay. Lass uns zurückfahren.«

Er fühlte sich ausgelaugt. Seine Augen brannten, hinter seiner Stirn bohrte es.

»Ich schätze, du hast die Telefonnummer des Präsidenten nicht rausgekriegt?«

Christopher schüttelte den Kopf. »Das ist nicht so einfach.«

»Schon okay. War nur 'ne Frage. Du siehst ehrlich gesagt auch so beschissen aus, dass ich ein schlechtes Gewissen hätte, dich weitermachen zu lassen.« Kyle stieß die hintere Tür auf, ließ frische, kalte Luft herein. »Komm, leg dich hin. Ich kümmere mich um den Rest.«

Christopher nickte. Gute Idee, darauf wäre er gar nicht gekommen. Er fuhr den Laptop herunter, steckte ihn weg, kletterte auf den Rücksitz, kroch unter die Decke. Er bekam noch mit, wie Kyle einstieg und den Motor anließ, dann war Filmriss.

41 | Christopher erwachte in völliger Dunkelheit. Er brauchte einen Moment, ehe ihm klar war, wo er sich befand: in seinem Zimmer in Hide-Out. Er erinnerte sich undeutlich, wie sie angekommen waren, wie ihm jemand aus dem Auto geholfen hatte... Dad. Das war Dad gewesen. Besorgt hatte er gefragt: »Ist dir nicht gut?«

»Bin nur müde«, hatte Christopher erwidert. Erinnerungen an die Gänge, an sein Bett... und dann wieder an nichts mehr.

Er drehte den Kopf, bis er die dunkelgrünen Ziffern des Weckers auf seinem Nachttisch ausmachte. *2:07 p. m.* Zwei Uhr nachmittags!

Schlagartig war er viel wacher als zuvor. Den halben Tag verschlafen! Nach so einer bestürzenden Entdeckung! Jetzt aber los.

Den Waschraum hatte er um diese Zeit ganz für sich. Er duschte, beendete die Dusche mit einem eiskalten Strahl, bis er japste, um einen klaren Kopf zu kriegen.

Als er in die Küche kam, erwartete er halb und halb, Serenity anzutreffen, aber sie war nicht da. Das Mittagessen war natürlich längst vorüber; alle Tische waren leer geräumt und abgewischt, und man hörte die Spülmaschine brummen. Ob er einen Kaffee wolle, fragte ihn Irene, die gerade Tassen am Büffet aufstapelte.

Christopher lehnte ab und fragte sich, wann sich wohl endlich herumgesprochen haben würde, dass er keinen Kaffee trank. Er nahm einen Rest Kräutertee, der sich in einer Thermoskanne fand, und Irene bot ihm Rosinenbrötchen an, frisch gebacken und noch warm: Das war als spätes Notfrühstück mehr, als er erhofft hatte.

»Jeremiah möchte dich übrigens sprechen«, fiel Irene ein.

»Trifft sich gut«, meinte Christopher. »Ich ihn auch.«

»Er ist in der Werkstatt.«

»Hätte ich mir eigentlich denken können.«

In der Werkstatt herrschte überraschenderweise Hochbetrieb. An allen Maschinen wurde gebohrt, gesägt, gefräst. Es stank nach Öl und heißem Metall, nach Klebstoff und Lösemitteln und Sägespänen. Der Lärm war ohrenbetäubend.

Christopher bahnte sich seinen Weg durch das Getümmel mit einem zunehmenden Gefühl von Unwirklichkeit. Was war hier los? War etwas Lebenswichtiges kaputtgegangen, das dringend repariert werden musste? Kaum jemand beachtete ihn.

Im hinteren Teil der Werkstatt, dem Lagezentrum, beugten sich Jeremiah Jones und Russell Stoker über einen großen Tisch. Landkarten waren darauf ausgebreitet, und ein Laptop stand aufgeklappt vor ihnen. Nein, nicht irgendein Laptop. Es war der Rechner, den er heute Nacht dabeigehabt hatte.

»Hallo Christopher«, begrüßte Jones ihn. »Das ist wirklich grandios!«

»Ah ja?« Christopher blickte ihn verdutzt an. »Was denn?«

»Na, deine Entdeckung, dass das mit dem Johns Hopkins Hospital ein Ablenkungsmanöver ist«, sagte Jones und wies auf den Laptop. »Kyle hat mir sofort nach eurer Rückkehr davon erzählt. So haben wir schon mit den Vorbereitungen beginnen können.«

Christopher sah die beiden verdutzt an. Irgendwie schien sein Gehirn noch zu schlafen, jedenfalls verstand er kein Wort. »Vorbereitungen? Was für Vorbereitungen?«

Jones hob verwundert die Augenbrauen. »Nun, die angebliche Herzoperation des Präsidenten beginnt heute in einer Woche. Wenn wir seine Übernahme verhindern wollen, ist Eile geboten.«

»Wenn wir – *was?*« Jetzt hatte Christopher endgültig das Gefühl, im falschen Film gelandet zu sein.

»Fünfzehnter Juli, elf Uhr: Präsident trifft mit weißem Lieferwagen ohne Aufschrift in der Cleveland-Klinik ein«, las Jones vom Computerbildschirm ab. Er sah auf. »Bis dahin sind es noch sechs Tage und zwanzig Stunden.«

Christopher drehte sich benommen um, starrte die Männer an, die hinter ihm an den Maschinen arbeiteten. Was bauten die da? Bomben?

»Was haben Sie vor?«, fragte er. »In das Krankenhaus eindringen und die Operation verhindern? Das ist nicht Ihr Ernst, oder?«

Das Kreischen eines Bohrers machte einen Moment lang jedes Gespräch unmöglich. Als der Krach vorbei war, sagte Jones: »In ein Krankenhaus einzudringen, das vom Secret Service abgeschirmt wird, wäre natürlich verrückt – wir kämen nicht mal durch die erste Tür. Aber glücklicherweise«, fuhr er mit einem Lächeln fort, »ist das für unsere Zwecke gar nicht nötig. Um zu verhindern, dass die Kohärenz den Präsidenten in Cleveland übernimmt, genügt es ja, das Mobilfunknetz rings um die Klinik zusammenbrechen zu lassen!«

»Das Mobilfunknetz?«, echote Christopher verdutzt.

»Das Netzwerk der Hide-Out-Leute erstaunt mich immer wieder«, sagte Jones. »Nick und Clive sind im Moment unterwegs. Wir bekommen von einem Kontaktmann die exakten Positionen aller Mobilfunkmasten in der Gegend, die Standorte aller Knotenrechner, die Listen der verwendeten

Frequenzen und so weiter. Einfach alles.« Jones breitete die Hände aus. »Wir werden das System genau in dem Moment lahmlegen, in dem der Präsident in der Klinik eintrifft. Was wird geschehen? Die Upgrader werden ohnmächtig umfallen. Ich halte unseren Präsidenten für intelligent genug, daraus dann die richtigen Schlussfolgerungen zu ziehen.«

Falscher Film. Ganz entschieden. Oder Christopher schlief noch immer und träumte nur schlecht.

»Das wird nicht funktionieren«, erklärte er. »Die Kohärenz hat diese Möglichkeit längst in Betracht gezogen und sich dagegen abgesichert. Das ist auch für sie eine wichtige Operation. Das heißt, sie wird schlicht und einfach *keine Fehler machen!*«

Das Lächeln auf Jones' Gesicht gefror. Die Augenbrauen furchten sich unwillig.

»Ich kann verstehen, dass du nach deinen Erfahrungen so denkst«, sagte Serenitys Vater schließlich. »Aber ich glaube, dass du die Kohärenz jetzt *dämonisierst*. Damit ist uns nicht gedient. Die Kohärenz mag mächtig sein, aber allmächtig ist sie nicht. Sie mag viel wissen, aber sie ist trotzdem nicht allwissend.« Er hob den Daumen. »Erstens war es totaler Zufall, dass wir damals von dem Verschwinden Brakemans gehört und uns unsere Gedanken gemacht haben. Sie kann nicht wissen, dass wir ahnen, was sie plant.« Er nahm den Zeigefinger hinzu. »Zweitens kann sie unmöglich wissen, dass wir von dem Täuschungsmanöver erfahren haben und sogar das Krankenhaus kennen, in dem der Präsident tatsächlich untergebracht werden soll.«

Christopher traute seinen Ohren kaum. Wie unlogisch gedacht war das denn?

»Mr Jones«, stieß er hervor, »die Kohärenz *braucht* überhaupt nicht über uns nachzudenken! Sie wird einfach alle nur möglichen Vorkehrungen treffen, damit dieses Projekt nicht schiefgeht. Sie wird Notfallsysteme bereitstellen. Sie wird alle kritischen Stellen überwachen lassen. Sie wird –«

»Genug!«, unterbrach ihn Jones, nun sichtlich verärgert. »Du hast uns viel geholfen, Christopher. Aber was die Kohärenz anbelangt, dichtest du ihr eine Unfehlbarkeit an, die sie nicht besitzt. Wir können darüber irgendwann ausführlicher diskutieren, doch im Moment muss ich dich bitten, uns zu entschuldigen – wir haben dringende Arbeit zu erledigen.«

Damit beugte er sich wieder hinab und richtete seinen Blick demonstrativ auf die Landkarten vor sich. *Audienz beendet,* sagte diese Geste.

Christopher hatte das Gefühl, vor einer Tür zu stehen, die dabei war, unwiderruflich ins Schloss zu fallen. »Was ich Ihnen eigentlich sagen wollte«, sprudelte er heraus, »ist, dass ich herausgefunden habe, was –«

»Was? Die Telefonnummer des Präsidenten?«, fragte Jones knapp zurück.

»Nein, ich –«

»Die seiner Frau? Die wäre mir fast noch lieber.«

»Nein!« Christopher holte Luft. »Es geht um die Bombenanschläge. Ich glaube, ich weiß jetzt, warum die Kohärenz die verübt hat.«

Jones sah unwillig auf. »Schön, aber das ist vergossene Milch. Ich will mir darüber im Moment keine Gedanken machen. Weil das weder mir noch dem Präsidenten noch dem Rest der Welt hilft.«

»Nein, Sie verstehen nicht. Es hat damit zu tun, dass –«

»Christopher«, unterbrach Russell ihn, und er war jetzt nicht mehr der gemütliche Russell mit den verfilzten grauen Wollpullovern, sondern Russell, der kriegserfahrene Ex-Marinesoldat. »Du hast gehört, was Jeremiah gesagt hat. Wir haben einen Einsatz vorzubereiten. Jede Minute ist kostbar. Diskussionen zu anderen Themen müssen einstweilen warten. Okay?«

Es würde keine Diskussionen zu anderen Themen mehr geben, wenn sie das durchzogen. So einfach war das. Aber es hatte keinen Sinn, das zu sagen. Auf einmal begriff er, warum Jeremiah Jones früher von vielen auch »der Prophet« genannt worden war.

Weil er Leute dazu bringen konnte, ihm blindlings zu folgen.

»Okay«, sagte Christopher. »Verstehe.« Dann ging er wieder.

42 | Sie waren zu fünft in der Wäscherei, drei Männer und zwei Frauen, und mehr hätten schlicht nicht mehr Platz gehabt. Sie rührten mit Holzstangen in Blechzubern, in denen Kleidungsstücke in tiefschwarzer Brühe trieben. Es stank nach Chemie, war heiß und schwül und laut. Die Waschmaschine, in der alle Stücke, die genug Farbe aufgenommen hatten, zum Fixieren mit einer zweiten Chemikalie gewaschen wurden, dröhnte und klapperte, dass man sein eigenes Wort nicht verstand.

Niemand hatte es für nötig befunden, ihr zu erklären, wozu all die schwarzen Klamotten benötigt wurden. Nur, dass es eilte. Und wenn sie nachfragte, hieß es: »Besser, du weißt so wenig wie möglich.« Toll. Dem Nächsten, der das zu ihr sagte, würde sie ins Gesicht springen!

»Serenity!«

Im ersten Moment wusste sie gar nicht, wer da nach ihr rief und von woher, durch all den Lärm, das Klappern und Stampfen, dann entdeckte sie Christopher in der Tür. Er winkte ihr heftig, schien es eilig zu haben.

Alle hatten es eilig. Und niemand wollte ihr sagen, warum. Sie hatte es so satt.

»Später!«, winkte sie ab und wies auf das Chaos ringsum. »Ich hab zu tun!«

Da tauchte Jacqueline neben ihr auf und nahm ihr den Holzstiel aus der Hand. »Geh nur. Ich übernehm das solange.«

Also, was jetzt? Serenity folgte Christopher hinaus auf den Gang, trocknete sich im Gehen die Hände ab. Am Tuch blieben hässliche schwarze Spuren zurück. Ihr doch egal. Zumindest war es eine Wohltat, die Tür von außen zu schließen und den Lärm nur noch gedämpft zu hören.

»Was gibt's?«, fragte sie unwirsch.

»Du musst mit deinem Vater reden«, sagte Christopher. »Möglichst bald.«

Ach ja? Musste sie? »Wieso ich? Ich glaube, dir hört er eher zu als mir.«

»Eben nicht. Er hat mich gerade rausgeschmissen.«

Rausgeschmissen? Es fiel ihr schwer, das zu glauben. »Worum geht es denn?«

»Ich glaube, dass die Kohärenz hinter Daten her ist, die im Besitz des PentaByte-Man sind.« Christopher sprach hastig, als fürchte er, nicht alles loszuwerden, was er zu sagen hatte. »Bisher hat er gedacht, sie verfolgt ihn wegen seiner Spam-

Mails. Aber warum hätte die Kohärenz sich darum kümmern sollen? Das ist unlogisch. Jetzt hat jemand sein Haus in die Luft gesprengt. Letztes Wochenende, in Genf. Übrigens haben vermutlich auch die Anschläge, die man deinem Vater zur Last legt, damit zu tun!«

»Was?« Serenity hob die Augenbrauen. »Wie das denn?«

Christopher winkte ungeduldig ab. »Ist jetzt zu kompliziert zu erklären. Auf jeden Fall müssen die Daten, die der Penta-Byte-Man besitzt, ungeheuer wichtig für die Kohärenz sein, sonst würde sie nicht einen derartigen Aufwand treiben. Und ›ungeheuer wichtig‹ kann nur heißen, dass diese Daten der Kohärenz auf irgendeine Weise *gefährlich* werden können. Falls es jemals etwas gegeben hat, das wir unbedingt herausfinden sollten, dann das, verstehst du?«

Serenity überlegte. »Ja, okay. Aber das solltest du ihm wirklich besser selber –«

»Dein Vater hört mir nicht mehr zu«, unterbrach sie Christopher. »Ich bin nämlich nicht länger der vom Schicksal auserwählte Retter der Menschheit. Das ist er jetzt selber. Ich bin bloß noch der Schwarzmaler vom Dienst. Der Unkenrufer. Derjenige, der alles nur schlechtredet und alle demoralisieren will.«

Serenity sah ihn unwillig an. Sie hatte sich gerade eben selber über ihren Vater geärgert, ja. Aber sie war seine Tochter. Sie durfte das. Es ärgerte sie, dass sich Christopher das Recht herausnahm, so über ihn zu reden. »Ich bin sicher, du hast das irgendwie missverstanden«, erklärte sie.

»Schön wär's.« Christopher spähte den Gang hinab, holte tief Luft, sah sie an. »Ist dir überhaupt klar, was dein Vater vorhat?«

Das versetzte Serenity einen Stich. Eben nicht. Das war es ja. »Er will den Präsidenten vor der Kohärenz bewahren.« Sie hob die Schultern. »Mehr weiß ich nicht.«

»Er will das Mobilfunknetz von Cleveland lahmlegen, genau in dem Moment, in dem der Präsident das Krankenhaus betritt. Um damit alle Upgrader dort auszuschalten. Keine Upgrader, kein Chip für den Präsidenten.«

Serenity hob die Schultern. »Klingt doch wie ein guter Plan.«

»Klingt wie reiner Selbstmord. Es wird nicht klappen. So einfach lässt sich die Kohärenz nicht aufs Kreuz legen. Nicht in diesem Fall.«

Serenity verstand nicht, was er meinte. Aber wenn sie ihrem Vater verübelte, dass er ihr nicht zuhörte, durfte sie nicht selber den gleichen Fehler machen.

»Dann erklär mir, warum«, verlangte sie.

Christopher rieb sich die Stirn. »Weil es im Grunde genommen scheißegal ist, ob die Kohärenz den Präsidenten jetzt übernimmt oder nicht. Bis zu den nächsten Wahlen wird mehr als die Hälfte aller Amerikaner einen *Lifehook* tragen. Dann kann die Kohärenz ins Amt befördern, wen sie will. Auf völlig demokratisch aussehende Weise, falls sie bis dahin auf so ein Theater noch Wert legt.« Er sah sie durchdringend an. »Verstehst du?«

Serenity betrachtete das schmutzige Handtuch in ihren Händen, ließ sich alles noch einmal durch den Kopf gehen. Bisher hatte Christopher immer recht behalten, jedes einzelne Mal.

Sie nickte. »Okay. Was soll ich meinem Vater sagen?«

43 | Dad tauchte nicht auf, als die Nachrichten kamen, und zum Abendessen auch nicht. »Der arbeitet durch, glaube ich«, meinte Melanie. »Nick und Finn sind gegen halb sieben zurückgekommen, und jetzt hocken sie mit deinem Vater und ein paar Hide-Out-Leuten hinter verschlossenen Türen. Und du hast das Gefühl, es raucht durch die Ritzen.«

Serenity lief eine Gänsehaut über den Rücken. Nach dem, was ihr Christopher erklärt hatte, beunruhigte es sie, das zu hören.

Ihr war, als läge Unheil in der Luft.

Als sei Christophers Auftrag dringlicher, als sie gedacht hatte.

Deswegen beschloss sie nach dem Abendessen und dem Abräumen, vor Dads Zimmer auf ihn zu warten. Er war früh aufgestanden; irgendwann musste er schließlich mal schlafen.

Die Erste, die einschlief, war allerdings Serenity selber: Auf der Türschwelle hockend, im Halbdunkel, in einer denkbar unbequemen Position. Sie wachte erst auf, als sie Schritte durch den Stollen hallen hörte, die näher kamen.

Es war Dad. Endlich.

»Was machst du denn hier?«, wollte er wissen. Er hatte tiefe Schatten unter den Augen, roch nach Schweiß und Öl.

»Ich muss mit dir reden«, erwiderte Serenity und rappelte sich hoch.

Er musterte sie mit einem eigentümlichen Blick. »Warum hast du nicht drinnen gewartet?« Er griff an ihr vorbei und öffnete die unverschlossene Tür.

Weil es sich nicht gehört, dachte Serenity, aber das wollte sie jetzt nicht diskutieren. Sie musste sich auf das konzentrieren, worum es ging.

Dads Zimmer war karg eingerichtet: ein Bett, ein Tisch, ein Stuhl. Ein paar Haken, an denen seine Klamotten hingen. Im Grunde nicht anders als das Zelt, das er im Waldcamp bewohnt hatte.

Serenity sah sich um und begriff erst in der Bewegung, dass sie nach Spuren weiblicher Anwesenheit suchte. Sie sah keine. Melanie und er hatten wohl tatsächlich Schluss gemacht.

»Bitte«, sagte Dad und schob ihr den Stuhl hin. Er selber setzte sich aufs Bett. »Was ist los?«

Serenity ließ sich auf den Stuhl sinken, holte tief Luft und sagte: »Ich habe von Christopher erfahren, was du vorhast. Und ich mache mir Sorgen deswegen.«

Ihr Vater lächelte. Es war ein Lächeln, das Serenity an früher erinnerte, an einen Vater, der stets diskussionsbereit war und immer wollte, dass sie verstand, warum er etwas tat.

»Gut«, meinte er. »Dann lass uns das diskutieren. Was hast du gehört, und was für Sorgen machst du dir?«

Serenity wiederholte, was Christopher ihr erzählt hatte, und erklärte, was sie befürchtete. Oder was Christopher befürchtete. Wobei das im Grunde dasselbe war.

Dad ging auf jeden Punkt ein, den sie nannte, geduldig und ausführlich, und er hatte für all ihre Argumente auch ziemlich gute Gegenargumente – mit einer Ausnahme: »Wenn einer von euch geschnappt wird, pflanzt ihm die Kohärenz ihren Chip ein«, sagte Serenity. »Und dann weiß sie ein paar Tage später alles, was ihr über Hide-Out wisst. Unser Versteck wäre aufgeflogen. Wir könnten euch genauso gut alle nach Cleveland begleiten.«

Dieses Argument konnte ihr Vater nicht entkräften. Und das wusste er.

»Das darf natürlich nicht passieren.« Er sah sie eindringlich an. »Und das wird auch nicht passieren. Die Voraussetzungen für dieses Unternehmen sind hervorragend. Wir haben alle nötigen Hilfsmittel. Und wir haben einen guten Plan.«

»Pläne gehen immer irgendwie schief«, erwiderte Serenity. »Das hast du uns schon beigebracht, als wir noch Kinder waren. *Kein Plan übersteht die Konfrontation mit der Wirklichkeit.* Deine Worte. Ich weiß nicht mehr genau, aus welchem deiner Bücher das ist, aber ich könnte es rausfinden, da bin ich mir sicher.«

»Das ist aus dem Nachwort von *Die Vernichtung unserer Zukunft*. Wobei du es hier aus dem Zusammenhang reißt.« Er beugte sich vor. »Serenity – wir können nichts gewinnen, wenn wir nichts riskieren. Und letztendlich müssen wir darauf vertrauen, dass das Glück mit dem Tüchtigen ist!«

»Dad«, erwiderte Serenity entschlossen, »das sind Sprüche. Keine Argumente.«

Das brachte ihn einen Moment lang aus dem Konzept. Er blickte zu Boden, überlegte eine Weile, schaute sie wieder an. »Sieh mal – die Dinge haben sich beschleunigt. Wir können entweder versuchen mitzuhalten oder wir geben den Kampf auf. Ich will nicht aufgeben. Und was immer Christopher da entdeckt hat ...« Er zögerte. »Das sind bis jetzt nur Vermutungen. Und ich wüsste nicht, wie sie uns weiterhelfen. Nimm allein die Tatsache, dass dieser PentaByte-Man in Genf gelebt hat – in der Schweiz also. In Europa. Wie sollten wir dahin kommen, ohne dass wir geschnappt werden? Was könnten wir denn wirklich tun?«

»Keine Ahnung«, gestand Serenity.

»Eben. Es mag ja sein, dass Christopher im Laufe der Zeit noch mehr herausfindet, vielleicht sogar einen Ansatzpunkt, wie wir eingreifen können. Aber das ändert nichts daran, dass die Kohärenz *hier und jetzt* – in ungefähr hundertvierzig Stunden, um genau zu sein – versuchen wird, den Präsidenten der Vereinigten Staaten von Amerika unter ihre Kontrolle zu bekommen. Wenn wir das verhindern wollen, dann müssen wir handeln. Und zwar jetzt.«

Serenity fühlte ihren Widerstand zerbröckeln. Vielleicht hatte ihr Vater ja doch recht. Immerhin war er ein erfahrener Mann, jemand, der viel unternommen und viel erreicht hatte in seinem Leben...

»Weißt du«, fuhr Dad fort, »ich glaube einfach, dass das Schicksal mit uns sein wird. Dass es nicht sein soll, dass die Kohärenz am Ende gewinnt.« Er lächelte schmerzlich. »Auch wenn das jetzt noch so ein Spruch ist.«

Serenity biss sich auf die Lippen. Auf einmal verstand sie, warum so viele Menschen auf ihren Vater hörten, ihn verehrten, ihm folgten.

Aber dann fiel ihr ein Argument ein, an das nicht einmal Christopher gedacht hatte.

»Dad«, sagte sie und hatte dabei das Gefühl, dass ihre Stimme immer leiser wurde, »es ist trotzdem so, dass du das nicht zu entscheiden hast. Du bist nicht der gewählte Präsident von Hide-Out.«

Dad stutzte. Sie konnte förmlich zusehen, wie er darüber nachdachte und nach Gegenargumenten suchte.

Doch er fand keine.

»Du hast recht«, gab er schließlich zu. Er holte tief Luft. »Du hast völlig recht. Ich habe das nicht zu entscheiden und ich werde das auch nicht entscheiden. Wir werden das alle gemeinsam entscheiden.« Er räusperte sich. »Wir werden morgen Abend eine Vollversammlung einberufen, den Plan vorstellen und diskutieren. Und anschließend werden wir abstimmen.«

Später, als Serenity in ihr eigenes Zimmer zurückkehrte, war ihr Inneres ein Chaos von Gefühlen. Sie wusste nicht mehr, was sie denken sollte. Nur in einer Sache war sie sich hundertprozentig sicher: Ihr Vater hatte vor ihrem Gespräch keine solche Abstimmung geplant gehabt.

Ablenkungsmanöver

44 | Dann war Tiffany ein paar Tage nicht da, über das Wochenende, weil ihre Großmutter ihren siebzigsten Geburtstag feierte und die ganze Familie eingeladen hatte. Tiffanys Großmutter lebte in New York, also nicht gerade um die Ecke.

Doch der *Lifehook* bewährte sich auch in dieser Situation. Sie blieben miteinander in Kontakt, als sei Tiffany gar nicht wirklich fort. Sie weckte ihn am Samstagmorgen mit einem Ruf, der war, als hauche sie ihm zärtlich ins Ohr. Und sie hielten sich den ganzen Tag auf dem Laufenden.

Es ist so langweilig, meldete sie sich einmal. *Sie sitzen gerade alle zusammen und schwärmen von Elvis Presley, stell dir vor!*

Am Abend der eigentlichen Geburtstagsfeier kontaktete sie ihn aus dem Restaurant. *Echt toll hier. Die Vorspeise ist das reinste Kunstwerk. Man traut sich gar nicht, mit Messer und Gabel darauflos zu gehen. Schade, dass ich dir kein Bild schicken kann.*

Kommt bestimmt noch, gab Brad zurück. *Mit dem Lifehook 2.*

Sie lachte. *Ja, und mit der Version 3 kann ich dich dann auch probieren lassen. Echt lecker!*

Ein bisschen hatte Brad trotzdem das Gefühl, auch zu schmecken, was sie schmeckte. Zumindest spürte er ihr Behagen.

Am selben Tag reichte ihm seine Mutter einen Briefumschlag und meinte: »Schau mal. Ist das nicht der Zeichner, der dir so gut gefällt?«

»Was?«, sagte Brad verblüfft. In dem Umschlag war eine Einladung für die Vernissage einer Ausstellung von Werken Antonio Solitars. Und zwar in der berühmten Haines-Galerie in San Francisco, gefördert von der kalifornischen Anwaltsvereinigung.

»Dein Vater geht da bestimmt nicht hin«, meinte Mom. »Kein Problem, wenn du die Karte nutzt.«

Brad drehte die Karte in Händen, studierte die Zeichnung auf dem vorderen Umschlag. Seltsam. Er kannte das Bild; es stammte aus Solitars erstem Toronto-Zyklus. Aber nun betrachtete er es und sah nur noch Striche und graue Flächen, weiter nichts. Er hätte alle Zeit der Welt gehabt, die Ausstellung zu besuchen. Er erinnerte sich, dass er früher ganz andere Strecken als eine Fahrt bis nach San Francisco auf sich genommen hätte für eine solche Gelegenheit. Doch jetzt fragte er sich, was er an Solitars Zeichnungen je gefunden hatte.

Was immer er einst gefühlt hatte, er fühlte es nicht mehr.

45 | Die Spannung, die am Samstagabend im Speisesaal von Hide-Out herrschte, war mit Händen zu greifen. Alle waren gekommen, räusperten sich, tuschelten miteinander, scharrten mit den Füßen. Christopher zog die Schultern hoch und warf einen Blick zu Serenitys Vater hinüber. Der ordnete in aller Ruhe seine Unterlagen und schien nicht im Geringsten nervös zu sein.

»Okay«, sagte Jeremiah Jones schließlich und stand auf. Er blickte in die Runde. »Also, es geht um Folgendes: Wir – das heißt Matthew, Rus, Finn, Nick und ich – haben einen Plan entwickelt, wie wir unseren Präsidenten vor einer Übernahme durch die Kohärenz bewahren. Diesen Plan will ich euch heute Abend vorstellen, damit wir ihn diskutieren und am Ende darüber abstimmen, ob wir ihn durchführen. Versteht es als demokratische Legitimierung unseres Vorgehens. Schließlich gehört auch die Demokratie zu den großen amerikanischen Werten, die wir in diesem Kampf verteidigen.«

Christopher sträubten sich die Nackenhaare von dem Pathos in Jones' Ansprache. Doch es schien gut anzukommen; die meisten klatschten begeistert.

Okay. Vielleicht konnte man das als Europäer nicht so einfach nachvollziehen.

»Aber vorher«, fuhr Jeremiah Jones fort, »will uns Christopher von etwas berichten, auf das er bei seinen Recherchen gestoßen ist. Bitte, Christopher.«

Jetzt galt es. Christopher stand auf und holte tief Luft. Er mochte es nicht, vor vielen Menschen zu sprechen. Unwillkürlich musste er an den Abend denken, an dem er zu der Gruppe um Jeremiah Jones gestoßen war. Damals.

»In der Nacht auf den Freitag habe ich versucht, in den Rechnern des Weißen Hauses einen Hinweis darauf zu finden, wie man telefonisch direkt zum Präsidenten vordringen kann«, begann er. »Wie die meisten wissen, ist mir das nicht geglückt. Aber ich hatte bei dieser Gelegenheit einen Austausch mit einem Hacker, den ich nur unter dem Namen PentaByte-Man kenne.«

Er erklärte kurz, was es über den PentaByte-Man zu wissen galt. Wie Christopher es nicht anders erwartet hatte, rief das mit dem Videoprojekt bei denen, die noch nichts davon gehört hatten, totale Verblüffung hervor. Sein gesamtes Leben auf Video aufnehmen? Wozu sollte das gut sein? »Er erklärt es nicht«, konnte Christopher darauf nur antworten. »Er macht es einfach.«

Kopfschütteln in der Runde. Grinsen. Gerunzelte Stirnen bei denen, die sich fragten, was das nun mit dem Thema des Abends zu tun haben sollte.

»Logischerweise hat der PentaByte-Man auf diese Weise im Lauf der Zeit enorme Datenmengen angesammelt«, fuhr Christopher fort. »Als ich das letzte Mal mit ihm darüber gesprochen habe, war er bei über zweihundert Terabyte. Das sind über zweihundert Millionen Megabyte. Wobei das schon eine ganze Weile her ist. Von solchen Daten muss man natürlich Back-ups haben, und zwar nicht nur auf eigenen Datenträgern, sondern auch *off-site*, wie man sagt, bei einem File Hoster.«

Er spürte, wie die Leute ungeduldig wurden. Zeit, dass er zum entscheidenden Punkt kam. Er erzählte von den Back-ups bei *Cybershelter* und dass die Firma in Konkurs gegangen war. Als er berichtete, wie der PentaByte-Man verfolgt worden war und dass man sein Haus ausgebombt hatte, hörten ihm alle wieder aufmerksam zu. Das war die Chance, sie auf seine Seite zu ziehen.

»Ich habe mir die Firma *Cybershelter* genauer angeschaut. Ich vermute, der PentaByte-Man hat sie deswegen gewählt, weil es bei ihr möglich war, seine Daten so zu verschlüsseln, dass nicht mal die Firma selbst darauf Zugriff hatte. *Cybershelter* hat seinen Kunden ein Upload-Programm mit einer AES-256-Verschlüsselung zur Verfügung gestellt, einem der modernsten Kryptosysteme überhaupt. Am interessantesten aber«, erklärte Christopher, »fand ich das Datum, an dem die Firma Konkurs angemeldet hat. Der elfte April. Mit anderen Worten, knapp anderthalb Wochen nach den Bombenanschlägen auf das *Taylorsville Data Center* in North Carolina, auf den *Parasync*-Serverpark in West Virginia und auf die Firmen *Brown&Caper Back-up Services, SkySpace* und *Merlin DataSafe* in New Jersey.«

»Nach den Anschlägen, die angeblich wir begangen haben sollen?«, rief jemand von Jeremiahs Leuten.

Christopher nickte. »Das hätte Zufall sein können«, sagte er. »Aber es hat mich veranlasst nachzusehen, was von der Firma *Cybershelter* noch übrig ist. Einen aktiven Server habe ich gefunden. Mehr hat es offenbar nie gegeben. *Cybershelter* hat gar keine eigenen Server unterhalten, sondern Speicherplatz bei großen File-Hosting-Dienstleistern angemietet. Unter anderem bei den genannten fünf Firmen.«

»Oha«, machte jemand.

Jeremiah Jones runzelte die Stirn. »Und wo ist da der Zusammenhang?«

»Das Ganze hat folgendermaßen funktioniert: *Cybershel-*

ter hat die verschlüsselten Daten empfangen und paketweise auf die angemieteten Server weitergeleitet. Auf dem eigenen Rechner wurde nur eine Art Lagerliste verwaltet, um die Dateien wieder zusammensetzen zu können, wenn der Kunde sie anforderte. Das lief automatisch ab. Durch die Anschläge hatte *Cybershelter* aber alle Daten, die bei den fünf Firmen ausgelagert waren, verloren, was dazu geführt hat, dass massenhaft Kunden ihre Verträge kündigten und die Firma auf Schadensersatz verklagten. So blieb nur der Konkurs.«

Er blickte sich um. »So weit alles nachvollziehbar und unverdächtig. Aber dann habe ich mir die Datenbank genauer angesehen, mit der die Lagerorte der einzelnen Back-up-Pakete verwaltet wurden.«

»Und?«, fragte Russel.

»Es gibt nur einen einzigen Kunden, dessen Datenpakete ausschließlich bei den fünf von den Anschlägen betroffenen Firmen gespeichert gewesen sind. Nur einen einzigen Kunden, der *sämtliche* Daten verloren hat. Es waren Daten im Umfang von zweimal zweihundertfünfzig Terabyte. Und der Accountname dieses Kunden lautete PentaByte-Man.«

»Und was bedeutet das?«

»Ganz einfach. Wenn die Kohärenz hinter diesen Anschlägen steckt, dann war die Auswahl der Ziele kein Zufall«, sagte Christopher. »Die Kohärenz hat es auf die Daten des PentaByte-Man abgesehen. Sie sind der Grund, warum sie ihn verfolgt. In seinen Daten muss irgendetwas sein, das sie für gefährlich hält. Das sie *fürchtet*.«

Einen Moment lang war es so still im Saal, dass man eine Stecknadel hätte fallen hören. Dann rumpelte nebenan die Spülmaschine los: Das brach den Bann wieder.

»Interessant«, sagte Jeremiah Jones. »Versuch, darüber mehr herauszufinden. Das sollten wir im Auge behalten.«

»Das reicht nicht«, erwiderte Christopher. »Die Situation ist die, dass der PentaByte-Man mit seinem letzten verbliebenen Datenset auf der Flucht ist. Die Kohärenz ist hinter ihm her. Er ist ein Meister der Tarnung, trotzdem hat sie ihn schon mehrmals aufgestöbert. Es ist nur eine Frage der Zeit, bis sie ihn einholt und die Daten unwiederbringlich vernichtet. Wir müssen versuchen, ihm zu helfen, so schnell wie möglich. Am besten wäre es, wir würden ihn hierher ins Hide-Out holen, mitsamt seinen Daten.«

Jeremiah Jones runzelte die Stirn. »Leicht gesagt. Aber wir wissen ja nicht mal, wo er ist. Wenn ich richtig verstanden habe, irgendwo in Europa. Auf einem anderen Kontinent. Wir haben keine Möglichkeit, dorthin zu gelangen.«

»Na ja«, warf Clive Tucker ein. »Ein, zwei Leute könnten gehen. Mehr aber nicht.«

Jeremiah Jones breitete die Hände aus. »Wir haben nicht die Zeit, und wir haben nicht die Kapazität. Wir müssen unsere Kräfte auf den wirkungsvollsten Punkt konzentrieren.« Er sah beschwörend in die Runde. »Lasst uns alle verstehen, worum es geht. Die Kohärenz schickt sich an, den amerikanischen Präsidenten in ihre Gewalt zu bekommen und damit endgültig die Macht zu ergreifen. Das wird in wenigen Tagen passieren – es sei denn, wir tun etwas dagegen. Und das können wir.«

Christopher musterte die rund zwei Dutzend Gesichter im Raum. Seltsam – es war, als sei »Präsident« eine Art Zauberwort, das Augen glänzen und Köpfe zustimmend nicken ließ.

»Nein«, widersprach er. »Die Machtübernahme ist der *Lifehook*. Der Präsident ist unwichtig.«

»Ich fürchte, da täuschst du dich«, sagte Jeremiah Jones und trat in den Vordergrund, wie um zu signalisieren, dass Christophers Redezeit abgelaufen war. »Es ist genau umgekehrt. Wenn die Kohärenz den Präsidenten übernommen hat, kann sie zum Beispiel den *Lifehook* zum Gesetz machen und alle Bürger zwingen, ihn sich einpflanzen zu lassen. Und dann?«

Es war eine rhetorische Frage. Nichts, was Christopher sagte, würde Serenitys Vater von seiner Meinung abbringen. Also setzte sich Christopher wieder und hörte zu, wie Jeremiah Jones die Details des Plans erläuterte.

»Ihr seht«, fasste er am Schluss zusammen, »dass wir es mit einem relativ simplen Vorhaben zu tun haben. Wir haben Pläne der Mobilfunkanlagen und können Bomben bauen, die wie originale Bauteile aussehen. Wir haben Codes und Schlüssel, werden also problemlos Zugang bekommen, um sie anzubringen. Wir installieren Zündungen, die sich per Mobilfunk – durch Wählen einer bestimmten Nummer – auslösen lassen, was verlässlich funktionieren sollte. Alles, was wir dann noch zu tun haben, ist, auf die Ankunft des Präsidenten zu warten. Wir wissen genau, wann und wo er ankommen wird, weil wir den Ablaufplan besitzen, nach dem der Secret Service vorgehen wird. Und niemand ahnt, *dass* wir ihn haben. Optimale Voraussetzungen.«

Christopher wurde mulmig. Alles, was Serenitys Vater vorgetragen hatte, klang gut durchdacht. Perfekt im Grunde.

Zu perfekt.

»Und nun überlegt gemeinsam mit mir, was passieren wird«, fuhr Jeremiah Jones fort. »Es werden an diesem Tag eine Menge Upgrader in Cleveland unterwegs sein, davon können wir ausgehen. Was wird geschehen, wenn plötzlich das gesamte Mobilfunknetz ausfällt?« Er machte eine kurze Pause, blickte von einem zum anderen. »Ja, genau. Sie werden alle das Bewusstsein verlieren. Sie werden, wo sie gerade gehen oder stehen, ohnmächtig zu Boden sinken. Das wird Aufsehen erregen. Unsere E-Mail hat zwei Milliarden Menschen erreicht. Wenn nur jeder Zehnte sie gelesen hat, wissen zweihundert Millionen Menschen Bescheid über die Kohärenz, die Upgrader, das Feld und so weiter. Noch gilt das alles als Verschwörungstheorie, aber wenn Hunderte von Leuten im selben Moment, in dem das Mobilfunknetz ausfällt, bewusstlos zusammenbrechen, wird man anfangen, anders darüber zu denken. Eine Menge Leute werden sich fragen, ob nicht doch etwas daran sein könnte. Der eine oder andere wird sich ein Kupfernetz besorgen und beginnen, seine Umgebung so zu testen, wie ich es in dem Artikel beschrieben habe. Und vor allem: Der Präsident wird ohne Chip abreisen. Wir werden den Plan der Kohärenz vereitelt haben.«

Christopher fing einen Blick seines Vaters auf. Der verzog das Gesicht, hob hilflos die Schultern, schien die Zuversicht, die sich unter den anderen ausbreitete, nicht teilen zu können.

Unwillkürlich sah sich Christopher nach Albert Burns um. Der hatte die Arme verschränkt und schaute genauso skeptisch drein.

»Um es klar zu sagen«, beendete Jeremiah Jones sein Plädoyer, »ich erwarte von dieser Aktion einen entscheidenden Sieg gegen die Kohärenz. Ich glaube nicht, dass sie gleich zusammenbricht; das nicht. Aber wir werden ihr einen empfindlichen Schlag versetzen. Vor allem, weil es uns damit gelingen sollte, die Öffentlichkeit wachzurütteln.«

Für die anschließende Diskussion überließ er Russel den

Vorsitz. Doch keiner von denen, die sich zu Wort meldeten, stellte die Aktion als solche infrage. Im Grunde genommen wurden nur Details diskutiert, wobei Jeremiah Jones alle Fragen mit einer Gründlichkeit beantwortete, die selbst Christopher beeindruckte.

Schließlich meldete er sich doch noch einmal zu Wort. Zumindest sagen musste er, was er zu sagen hatte. »Was, wenn der Ablaufplan inzwischen geändert worden ist?«, fragte er. »Was, wenn jemand die Mobilfunkanlagen in Cleveland inspiziert? Was, wenn die Zugangscodes sicherheitshalber ausgetauscht werden? Was, wenn mobile Aggregate in Reserve stehen? Was, wenn –?«

»Was, wenn morgen die Welt untergeht?«, unterbrach ihn Jeremiah Jones. »Entschuldige, Christopher, aber dass eine solche Aktion grundsätzlich mit Risiken behaftet ist, ist uns, glaube ich, allen klar. Wir können nur versuchen, sie so weit wie möglich zu reduzieren. Ab da heißt es dann, Augen zu und durch. Und darauf vertrauen, dass das Schicksal auf unserer Seite ist.«

Die letzte Chance. »Ich glaube, dass der PentaByte-Man irgendwann, irgendwo etwas zu sehen bekommen hat, an das er sich selber wahrscheinlich nicht mehr erinnert, das aber von entscheidender Bedeutung ist«, sagte Christopher. »Doch auf seinen Videos muss es noch sein. Und aus irgendeinem Grund weiß die Kohärenz davon und verfolgt ihn. Ich glaube, dass unsere letzte Chance darin liegt, ihr in diesem Rennen zuvorzukommen.«

Serenitys Vater sah ihn an. »Christopher«, sagte er ernst. »Ich schwöre dir bei allem, was mir heilig ist: Sobald wir den Präsidenten gerettet haben, kümmern wir uns um dein Anliegen. Ganz bestimmt.« Er nickte, dann drehte er sich um. »Okay, Leute«, rief er in den Saal. »Ich glaube, wir haben alle Argumente gehört. Ich schlage vor, dass wir jetzt zur Abstimmung schreiten.«

Christopher, sein Vater und Albert Burns stimmten dagegen. Serenity und ihre Mutter enthielten sich der Stimme. Alle anderen stimmten dafür, Jeremiah Jones' Plan zu folgen.

46

Ausgerechnet Dylan Farrell! Der Sonnyboy, für den alle Frauen von Hide-Out schwärmten! Das war Christopher ausgesprochen unangenehm. Aber er hatte niemand anderen gefunden, der ihn so früh am Sonntagmorgen zu kutschieren bereit war, und Dylan hatte sich so bereitwillig, ja, geradezu begeistert angedient, dass er es schlecht hatte ausschlagen können.

Zu allem Überfluss war Dylan ein total sympathischer Typ. Christopher war eigentlich fest entschlossen, ihn blöd zu finden, doch das gelang ihm nicht. Immerhin, die Musik, die er hörte – schmalzige amerikanische Balladen mit mächtig viel Orchesterbegleitung –, war fraglos grauenhaft. Doch Dylan ließ sie nur als leises Hintergrundgedudel laufen, sodass sich schwer etwas dagegen sagen ließ.

Irgendwie schaffte es Dylan sogar, einem das Gefühl zu geben, ein geselliger, umgänglicher Mensch zu sein, ein sympathischer Zeitgenosse und rasend interessanter Gesprächspartner. Es war Christopher schleierhaft, wie er das anstellte, aber nach kaum einer halben Stunde unterhielten sie sich, als wären sie seit Jahren dicke Freunde.

Und aus den Storys, die Dylan über seine Flucht vor dem FBI quer durch Amerika erzählte und über seine vielen Versuche, mit Jeremiah Jones und seinen Freunden Kontakt aufzunehmen, hätte man eine ganze Filmreihe machen können.

Das brachte Christopher auf eine Idee.

»Sag mal«, forderte er Dylan auf, »angenommen, wir müssten alle Hide-Out verlassen und uns einen neuen Unterschlupf suchen – wie würden wir das am besten anstellen, deiner Meinung nach?«

Dylan lachte auf. »Machst du dir Sorgen? Ich nicht. Das mit Cleveland klappt, du wirst sehen. Weißt du, in der Zeit, in der ich beim FBI herumgeschnüffelt habe, habe ich eines gelernt: Man sollte die Polizei nicht überschätzen. Die meisten Verbrecher werden geschnappt, weil sie sich dämlich anstellen. Ich hab die Akte von einem Bankräuber in der Hand gehabt. Als er das Geld hatte, hat er seine Kundenkarte über den Tresen geschoben und verlangt, dass der Kassierer es auf sein Konto einzahlt...«

»Nur mal angenommen«, beharrte Christopher. Das war jetzt wichtig. Er konnte Dylan das nur noch nicht sagen.

Immerhin, Dylan hörte auf, lustige Anekdoten zu erzählen, und dachte nach.

»Man müsste natürlich wissen, wohin«, meinte er schließlich.

Christopher nickte und ließ seinen Arm aus dem geöffneten Wagenfenster baumeln. Unglaublich, wie heiß es war! Ihm lief schon der Schweiß, und es war erst... wie viel Uhr? Kurz vor neun?

»Ja, klar. Aber angenommen, das gäbe es. Ein anderes Versteck. Bloß ziemlich weit entfernt. Sagen wir, dreitausend Kilometer.«

»Wie viel ist das in Meilen?«

»Etwa achtzehnhundert«, rechnete Christopher blitzschnell um. »Würdest du dir zutrauen, uns alle dorthin zu schaffen, ohne dass wir entdeckt werden?«

»Kein Problem«, sagte Dylan leichthin.

»Und wie würdest du das machen?«

Dylan überlegte eine Weile. »Sie würden nach unseren Autos suchen«, erklärte er schließlich. »Da haben sie ein paar Angaben, die zum Risiko werden könnten. Deswegen würde ich die als Erstes loswerden. Dann würde ich einen Reisebus für uns alle mieten, einen großen, dicken, möglichst auffälligen. Ich würde den ganzen Umzug als Studienreise tarnen. Mit so etwas würden zumindest die vom FBI nicht rechnen. Und das sind die Schlauen.«

Christopher drehte versuchsweise an den Knöpfen der Klimaanlage.

»Zwecklos«, meinte Dylan. »Die ist wirklich kaputt. Hab ich schon so gekauft.«

»Schade.« Christopher hatte das Gefühl, Sand auf den Zähnen zu haben. »Und wenn wir mit dem Bus in eine Straßensperre kämen?«

»Sie würden uns durchwinken, weil sie nicht nach einem Bus suchen.«

»Und wenn sie uns trotzdem kontrollieren? Zum Beispiel, weil ihnen langweilig ist?«

Dylan grinste. »Dann würden wir alle lauthals Gospels singen. Die Frauen kriegen Blümchenkleider, die Männer grausliche Polyesteranzüge ...«

»Das war eine ernst gemeinte Frage.«

»Klar. Und ich behaupte allen Ernstes, dass mir was einfallen würde. Mir ist auf dem Weg von Washington hierher ungefähr fünfhundert Mal was eingefallen.« Dylan warf ihm einen raschen Blick zu. »Weißt du, es geht darum, eine *Geschichte* auszustrahlen. Wenn dich jemand sieht, denkt er sich immer was dazu – was du für einer bist, woher du kommst, wohin du willst, was du dort vorhast. Der ganze Witz bei einer Flucht ist, dafür zu sorgen, dass deine Verfolger nicht denken, ›der ist es‹, wenn sie dich sehen.«

Christopher sah aus dem Fenster. Sie passierten eine Reihe knallgrüner Plastikkakteen, die für irgendetwas Werbung machen sollten, man kapierte nur nicht, wofür.

»Verstehe«, sagte er. Er hätte gerne gewusst, ob Dylan auf seiner Flucht nur Glück gehabt hatte oder ob er tatsächlich Talent für so etwas besaß. Vielleicht war es Letzteres. Hoffentlich.

Sie hielten an einem Schnellimbiss, der unscheinbar neben einem Möbelhaus stand und bemerkenswert wenig Kundschaft hatte. Aber zwischen den diversen Reklameschildern für die angebotenen Biersorten leuchtete ein grelles Schild mit der Aufschrift »WI-FI FREE« und darauf kam es an.

Sie holten sich jeder einen Burger, Pommes und Cola und suchten sich dann einen abgelegenen Tisch, an dem Christopher den Laptop aufklappen konnte.

Er hielt den Atem an, als er die Message an den PentaByte-Man abschickte. Würde es ein Hacker auf der Flucht schaffen, online zu sein? In Europa war es zwischen sechzehn und siebzehn Uhr; eine gute Zeit im Grunde…

Er war online. *Hab gerade ein gutes Versteck,* stand da. *Ich bleib ein paar Tage, dann zieh ich weiter.*

Christopher fiel ein Stein vom Herzen. *Ich hab Infos für dich*, tippte er. *Aber die muss ich dir verschlüsselt senden. Schick mir mal einen Public Key.*

O. K.

Es dauerte. Daran merkte man, dass nicht alles war wie sonst. Normalerweise hatte der PentaByte-Man nämlich seine diversen Tools griffbereit. Nun schien er erst nach dem Programm suchen zu müssen, mit dem sich öffentliche Schlüssel – *Public Keys* – erstellen ließen.

Das Verfahren, dessen sie sich bedienen würden, war eine sogenannte asymmetrische Verschlüsselung: Dabei verschlüsselte man seine Nachricht mit einem Schlüsselwort, das ohne Weiteres allgemein bekannt werden durfte – daher der Name »öffentlicher Schlüssel« –, weil der Witz dabei war, dass es umgekehrt nicht funktionierte. Wenn man nur die verschlüsselte Nachricht hatte, brauchte man ein Gegenstück zu dem öffentlichen Schlüssel, um sie wieder zu dechiffrieren: Das war der private Schlüssel, den man natürlich geheim hielt.

»Ich hol mir noch was zu trinken«, sagte Dylan und stand auf.

»Okay«, meinte Christopher geistesabwesend, weil gerade die nächste Message des PentaByte-Man eintraf.

Sie lautete: *FA23m7b01Xr9.*

Das war der *Public Key,* mit dem Christopher nun die Datei verschlüsselte, in der er seine Theorie beschrieben hatte und auch, was er vorhatte.

Die Sicherheit des Verfahrens lag darin, dass der *Private Key* aus dem *Public Key* nicht ableitbar war, es sei denn mit riesigem Rechenaufwand. Selbst falls die NSA oder irgendein anderer Geheimdienst dieses Gespräch zwischen ihm und dem PentaByte-Man mithörte, würde es etliche Tage dauern, ehe sie die chiffrierte Datei, die Christopher nun auf die Reise durch das Netz schickte, entziffert haben würden.

Und in ein paar Tagen würde das, falls Christophers Plan funktionierte, keine Rolle mehr spielen.

Du könntest glatt recht haben, schrieb der PentaByte-Man zurück. *Schick mir auch mal einen Key. Und hab ein bisschen Geduld.*

Seinen eigenen *Public Key* hatte Christopher schon vorbereitet; er brauchte ihn nur aus einer Datei in die Message zu kopieren. Der zugehörige *Private Key* stand in einer anderen Datei, die er erst öffnen würde, wenn er wieder offline war. Sicherheitshalber.

Er schickte die Message ab. Dann hieß es warten. Er aß den Rest seines Burgers, der inzwischen kalt geworden war und nicht mehr besonders gut schmeckte. Dylan stand immer noch an der Theke und redete mit der jungen blonden Kassiererin, die gerade ziemlich wenig zu tun hatte.

Was man so reden nannte. Flirtete Dylan eigentlich mit jedem hübschen Mädchen, das ihm über den Weg lief? Sah ganz so aus.

Christopher schaute wieder auf den Bildschirm. Immer noch nichts. Er blickte aus dem Fenster, über den Parkplatz, dann zurück auf den Computer. Es fiel ihm schwer, sich in Geduld zu fassen, obwohl sie es eigentlich nicht eilig hatten. Heute war einer der seltenen Tage mit vielen blinden Zeiten. Sie konnten es sich fast aussuchen, wann sie wieder zurück sein wollten.

Endlich kam die Message.

O. K., fertig. Alles Weitere anbei. CU!

Gleich darauf meldete das Programm, dass der PentaByte-Man sich ausgeloggt habe.

Das tat Christopher jetzt auch. Er loggte sich aus, kappte die Internet-Verbindung und entschlüsselte dann die Datei, die der PentaByte-Man ihm geschickt hatte.

Er las, was der andere geschrieben hatte. Schluckte. Las es noch einmal.

Ganz gut, dass Dylan immer noch mit dem Mädchen an der Kasse flirtete. Er hätte bestimmt gefragt, was los war.

Und das war eine Frage, die zu beantworten, Christopher gerade absolut keine Lust gehabt hätte.

Er las die Datei ein letztes Mal, um sicher zu sein, dass er sich alles eingeprägt hatte, dann löschte er sie – natürlich so, dass sie nicht auffindbar, geschweige denn wiederherstellbar war – und schaltete den Computer aus. Dylan schäkerte immer noch herum. Das Mädchen lachte, dass man es durchs ganze Restaurant hörte. Ihr Tag war offenbar gerettet.

Schön für sie. Aber hatte Dylan auch mal einen Gedanken daran verschwendet, dass sie sich unter Garantie an ihn und Christopher erinnern würde?

Dylan fing seinen Blick auf und schien sofort zu kapieren, dass Christopher fertig war. Er verabschiedete sich und kam mit seinem Becher zurück an den Tisch geschlendert.

»Na?«, fragte er munter. »Alles klar?«

Christopher sah ihn ärgerlich an. »Geht's nicht noch auffälliger? Der bist du jetzt unvergesslich geworden, schätze ich.«

Dylan glitt gelassen auf seine Seite des Tischs. »*Keep cool, man.* Es wird sie niemand fragen. Und wenn, wird sie sich nur an zwei Studenten erinnern, die auf dem Weg nach L. A. waren. An Alec und Steve.« Er grinste. »Steve bist du. Ich hab ihr erzählt, du studierst Informatik, musst dich aber ziemlich reinhängen, um mitzukommen. Deswegen hängst du die ganze Zeit über deiner verdammten Hausarbeit.«

Christopher starrte ihn an und stellte zu seiner Verblüffung fest, dass er auf einmal daran glaubte. Dieser Typ würde es schaffen, die Gruppe in Sicherheit zu bringen, egal wohin.

»Okay«, sagte er und schnappte den Laptop. »Lass uns aufbrechen. Ich würde gern ein Postamt finden. Ich muss noch einen Brief aufgeben.«

»Einen *Brief?*« Es klang fast entrüstet.

Christopher befühlte den Umschlag in seiner Hemdtasche. An dem Schreiben darin hatte er die halbe Nacht gefeilt.

»Ja, genau«, sagte er dann. »Einen guten, alten Brief.«

47 |

Clive Tucker stand im offenen Rolltor, als sie zurückkamen. Er rauchte eine Zigarette und winkte ihnen beim Hereinfahren zu. Zur Abwechslung trug er mal nicht einen seiner üblichen Overalls, sondern eine kurze Hose, aus der blasse Storchenbeine herausragten, dazu ein Hemd mit einem grauenhaften Blumenmuster. Die beiden kunstvoll geflochtenen Zöpfe seines Bartes hingen bis über die Gürtellinie herunter.

Christopher holte unwillkürlich tief Luft. Gerade hatte er darüber nachgedacht, wo er Clive wohl finden würde, und nun stand er einfach da wie bestellt! Christopher hätte das, was zu tun war, gerne noch ein wenig vor sich hergeschoben. Aber nun gab es kein Entkommen. Nun musste er beweisen, dass er wirklich zu allem entschlossen war.

Dylan stellte den Wagen ab. »Na, das hat doch wunderbar geklappt«, meinte er zufrieden. »Pünktlich zum Mittagessen zurück. Bin schon gespannt, was es gibt.«

Christopher nickte nur geistesabwesend. »Ich, ähm... muss noch etwas mit Clive besprechen«, sagte er. »Danke fürs Fahren – Alec«, fügte er hinzu.

Dylan grinste und stieg aus. Den Autoschlüssel ließ er, wie es in Hide-Out üblich war, einfach stecken.

»War mir ein Vergnügen – Steve«, erwiderte er. »Man sieht sich!«

Damit ging er beschwingt davon in Richtung Treppe, die Melodie des letzten Musikstücks pfeifend, das sie im Radio gehört hatten.

Christopher hängte sich die Tasche mit dem Laptop über die Schulter. Hier hinten in der Höhle war es angenehm kühl. Alles in ihm drängte danach, sich nach der Fahrt durch die pralle Sonne den Schweiß unter der Dusche abzuspülen. Stattdessen ging er zu Clive hinüber, der gerade den Stummel seiner Zigarette in dem Blechdöschen ausdrückte, das ihm als Aschenbecher diente. Die Hitze drückte durch das offene Tor herein, die warmen Winde brachten Staub und Sand heran, der sich in den Rillen absetzte, in denen das Tor lief.

»Na?«, fragte Clive. »Hat alles geklappt?«

»Ja«, sagte Christopher. »Ging ganz gut.«

»Irre Hitze heute, was? Ein Tag, an dem man sich eigentlich an den Strand legen müsste.«

»Möglich.« Christopher hatte noch nie verstanden, was Leute toll daran fanden, stundenlang am Strand zu liegen und sich von der Sonne braten zu lassen.

Clive griff nach einem Besen, um die Schiene frei zu fegen.

Die Uhr auf dem Bildschirm zeigte das nahe Ende der blinden Zeit an, das Tor würde demnächst geschlossen werden.

»Mr Tucker?«, fragte Christopher.

»Ja?«

»Sie haben doch mal gesagt, ich hätte noch was gut bei Ihnen.«

48 | Kurz vor dem Abendessen tauchte Christopher endlich wieder auf. Serenity hatte ihn den ganzen Tag über nicht gesehen, hatte nur gehört, dass er unterwegs gewesen sei. Aber mittags, hieß es, sei er zurückgekommen.

»Kann ich dich mal sprechen?«, fragte er halb laut.

Serenity musterte ihn. Christoper wirkte irgendwie anders als sonst. »Ist etwas passiert?«

»Nicht hier. Lass uns irgendwohin gehen, wo man nicht jedes Wort hundert Schritte weit hört.«

Das war gar nicht so einfach. Tatsächlich hörte man, wenn man durch das Stollensystem ging, ständig irgendwo jemanden murmeln, kichern oder reden, vernahm Wortfetzen oder Schritte. Doch natürlich hatte Christopher sich rechtzeitig nach einem geeigneten Ort umgesehen. Serenity folgte ihm hinab in die Stollen der untersten Ebene, wo er sie in einen Raum zog, der so ziemlich das Gegenteil von romantisch war: klein, eng, staubig und voller Maschinen, die summten und knisterten und nach Elektrizität rochen. Eine trübe Leuchtstoffröhre zeigte Warnschilder für Hochspannung auf Schaltkästen und daumendicke Leitungen, die sich in alle Richtungen über die roh behauenen Wände schlängelten. Das Ganze gehörte offenbar zur Elektrizitätsversorgung von Hide-Out. Serenity meinte sogar, hinter einer Metallklappe den unterirdischen Fluss rauschen zu hören.

Aber zweifellos würde niemand mitbekommen, was sie hier besprachen.

»Okay«, sagte sie und seufzte. »Was gibt's?«

»Ich werde Hide-Out verlassen«, erklärte Christopher. »Ich muss den PentaByte-Man suchen und herausfinden, was in seinen Daten versteckt ist, das die Kohärenz so fürchtet.«

Serenity hatte das Gefühl, dass sich ihre Haare von all der Elektrizität um sie herum aufstellten. »Was?«

»Und ich möchte«, fuhr Christopher fort, »dass du mitkommst.«

Ihre Haare knisterten regelrecht. Oder bildete sie sich das nur ein? Was redete er da? Serenity hätte sich gerade gerne irgendwohin gesetzt, aber sie wollte hier drinnen lieber nichts berühren.

»Christopher«, sagte sie, »wenn du den PentaByte-Man suchen willst, musst du nach Europa gehen. Wie willst du das denn machen?«

Er machte eine wegwerfende Handbewegung. »Das ist das geringste Problem.«

Serenitys Gedanken rasten. Einfach abhauen? Er konnte doch nicht einfach abhauen! Dann – mit Verspätung – fiel ihr wieder ein, was er außerdem noch gesagt hat. »Ich? Ich soll mit? Ist das dein Ernst?«

»Ja.«

»Aber wozu denn?« Sie hätte ihn schütteln können, dass er sich jedes Wort einzeln aus der Nase ziehen ließ. »Wie soll ich dir dabei helfen können?«

»Es geht nicht darum, dass du mir hilfst, sondern darum, dass du in Sicherheit bist.«

»Das bin ich doch.«

Christopher sah sie ernst an. »Serenity – was dein Vater plant, wird schiefgehen. Alle Gedanken, die er sich gemacht hat, hat sich die Kohärenz längst auch schon gemacht und Gegenmaßnahmen getroffen, garantiert. Und wenn er oder jemand anders festgenommen wird, ist Hide-Out nicht mehr sicher.«

»Und da willst du weggehen und die anderen ihrem Schicksal überlassen?«, fragte Serenity fassungslos.

Christopher schüttelte den Kopf. »Ich gehe, weil ich herausfinden will ... herausfinden *muss*, was die Kohärenz fürchtet«, sagte er. »Und ich muss es *jetzt* tun. Jeder Tag, der verstreicht, könnte ein Tag zu viel sein.«

Serenity hatte auf einmal das Gefühl, keine Luft mehr zu bekommen. »Aber meine Eltern ... Kyle ... all die Leute hier ... Du kannst doch nicht fortgehen in dem Wissen, dass sie im schlimmsten Fall –«

»Für den schlimmsten Fall habe ich ein paar Vorkehrungen getroffen.« Er sagte das auf eine Weise, die deutlich signalisierte, dass er darüber jetzt nicht mehr verraten würde als das. »Aber ich habe versprochen, dich vor der Kohärenz zu beschützen, so gut ich kann. Deswegen bitte ich dich, mit mir zu kommen.«

Serenity hatte das Gefühl, ein Dutzend Stimmen in ihrem Kopf durcheinanderschreien zu hören. *Tu es nicht*, sagten die vernünftigen Stimmen, sagte die Logik, sagte der gesunde Menschenverstand. *In der Gruppe bist du sicherer, als wenn du mit einem siebzehnjährigen Nerd durch die Welt ziehst.*

Er sah sie immer noch abwartend an, wartete darauf, dass sie eine Entscheidung traf.

Und da war unter all den Stimmen eine, die längst wusste, dass sie mitgehen würde. Dass es gar nichts zu entscheiden gab, weil die Entscheidung längst gefallen war.

»Wann willst du los?«, fragte sie mit trockenem Mund.

»Heute, eine Stunde nach Mitternacht.«

Sie spürte ein Zittern in ihrem Brustkorb, ganz oben am Hals. »Das kommt ein bisschen plötzlich.«

»Das hat eine Flucht manchmal so an sich.«

»Kann ich mich noch verabschieden?«

»Nein.« Er schüttelte kategorisch den Kopf. »Kein Wort, zu niemandem. Du kannst einen Brief schreiben und in deinem Zimmer liegen lassen. Mehr nicht.«

Es war schrecklich, ein schrecklicher Augenblick. Sie hatte das Gefühl, alle zu verraten, ihren Vater vor allem, und das war besonders bitter, weil sie ihn ja schon einmal verraten hatte, damals, als Kind, als ihre Eltern sich getrennt hatten und sie beschlossen hatte, zu ihrer Mutter zu halten und ihrem Vater alle Schuld zu geben. Nun ließ sie auch ihre Mutter im Stich. Und Kyle. Verließ die Menschen, mit denen sie hier gelebt, mit denen sie begonnen hatte, sich anzufreunden...

Aber sie konnte Christopher unmöglich fortgehen lassen und selber dableiben. Sie würde sich das zeit ihres Lebens nicht verzeihen.

In einer blitzartigen Erleuchtung wurde ihr klar, dass, wenn ihr jemand angeboten hätte, die Zeit zurückzudrehen, alles, was geschehen war, ungeschehen zu machen, und ihr ihr altes Leben zurückzugeben – dass sie es nicht mehr gewollt hätte.

Nicht mal, wenn man ihr obendrein Brad Wheeler als Boyfriend geschenkt hätte.

Sie furchte ärgerlich die Stirn. Brad Wheeler? Wieso kam ihr der eigentlich immer wieder in den Sinn?

»Okay«, sagte sie. »Eine Stunde nach Mitternacht.«

»Du kommst also mit?«, vergewisserte sich Christopher.

»Ja«, sagte Serenity. *Wo du hingehst, da will auch ich hingehen.* Noch so ein alter Spruch.

49 |

Wie immer, wenn Brads Vater so im Stress war, dass er sogar den Sonntag durcharbeitete, wurde es spät mit dem Abendessen. Gerade liefen irgendwelche superwichtigen Verhandlungen, an denen mehrere große IT-Firmen beteiligt waren. Es ging um Milliarden – und um entsprechende Provisionen, sobald die Kanzlei seines Vaters alles unter Dach und Fach brachte.

Endlich, es war schon dunkel, hörte man den Jaguar in die Einfahrt einbiegen, gleich darauf vernahmen sie die vertrauten *Dad kommt nach Hause*-Geräusche: Schnapp – die Haustür wurde aufgeschlossen. Klick – das Telefon kam in die Ladestation. Raschel – Dad zog sein Jackett aus und hängte es auf den dafür reservierten, gepolsterten Bügel. Und schließlich Klingel-Klong – die Autoschlüssel fielen in eine kupferne Schale; ein Geräusch, das Brad kannte, seit er denken konnte.

Ein Platz für jedes Ding und jedes Ding an seinen Platz – das war einer der zahlreichen Wahlsprüche seines Vaters. Speziell über diesen hatte er Brad im Laufe der Jahre nicht gerade wenige Vorträge gehalten.

»Du bist schon wieder abends zu Hause?«, wunderte sich Vater, als er das Esszimmer betrat und Brad erblickte. »Ist deine neue Freundin denn immer noch nicht zurück?«

Brad ertrug den Spott gelassen. »Sie kommt morgen.«

»Ist sie eigentlich sehr hässlich?« Seine Mutter lachte wie ein junges Mädchen. »Oder warum verheimlichst du sie vor uns?«

»Mum!«

»Schon gut, schon gut.« Seine Mutter hob die Hände. »Hätte ja sein können, dass es diesmal etwas Ernstes ist!«

War es das? Brad dachte nach. Normalerweise vermied er es, Mädchen mit nach Hause zu bringen, aber in Tiffanys Fall gefiel ihm die Idee sogar. Er würde sie fragen, sobald sie zurück war.

Seine Eltern verfolgten das Thema nicht weiter. Beim Essen erzählte Vater von den Verhandlungen, wie üblich, ohne konkrete Namen zu nennen. »Die schleichen umeinander herum, es ist nicht auszuhalten. Jetzt haben wir einen Termin für nächsten Dienstag festgezurrt, bis zu dem Gebote abgegeben und die Verschwiegenheitsabkommen unterzeichnet sein müssen. Anschließend kriegen sie Einblick in die Pläne und es müsste schon mit dem Teufel zugehen, wenn wir dann nicht zu einem Deal kommen.«

»Na hoffentlich«, meinte Brads Mutter. »Ein paar ruhige Wochen täten dir gut.«

Danach ging es um Bürotratsch. Der Partner seines Vaters litt an Arthritis, die immer schlimmer wurde. Die neue Praktikantin hatten sie wieder entlassen müssen, weil sie sich als zu unzuverlässig erwiesen hatte.

Gelegenheit für Vater, einen seiner Lieblingssprüche anzubringen: »Es kann nicht jeder begabt sein, es kann nicht jeder intelligent sein – aber zuverlässig sein, das kann jeder. Alles, was dazu nötig ist, ist der Entschluss, zu halten, was man verspricht. Mit anderen Worten: Man muss es nur wollen.« Er sah Brad scharfen Blicks an. »Das ist es nämlich, was einen Menschen formt: Was er *will*.«

Brad nahm die Belehrung gleichmütig hin. Im Augenblick wollte er gar nichts, folgte dem Gespräch nur in eigentümlich passiver Stimmung.

Mutter erzählte von ihrem Verein für Leseförderung. Die Leiterin der Bücherei von Live Oaks war verschwunden und niemand wusste, warum und wohin. Ach ja, und der Golfklub hatte geschrieben, dass der Jahresbeitrag erhöht werden müsse.

»So ein Unsinn«, knurrte Vater. »Die können nicht wirtschaften, das ist das Problem.«

Brad verspürte auf einmal den Impuls, hinauszugehen, einen Spaziergang durch die Nacht zu machen. Ja, darauf hatte er richtig Lust!

Er legte die Serviette beiseite und stand auf. »Ich geh noch ein paar Schritte raus«, sagte er.

»Du gehst spazieren?«, wunderte sich seine Mutter. »Seit wann?«

»Und um die Zeit?«, ergänzte sein Vater.

»Ich will nur ein bisschen frische Luft schnappen«, meinte Brad friedlich.

Als er sich draußen im Flur die Schuhe anzog, hörte er seine Mutter, wie sie Vater zuraunte: »Er wird mit seiner Freundin telefonieren wollen.«

»Das kann er doch auch von seinem Zimmer aus«, erwiderte Vater etwas weniger leise.

»Ach, Bill! Unter einem klaren Sternenhimmel ist das viel romantischer.«

Brad befühlte seine Tasche. Er trug sein Telefon nach wie vor bei sich, obwohl er es kaum noch benutzte. Er band seine Schnürsenkel vollends zu, stand auf und griff im Aufstehen in die vordere rechte Tasche des Jacketts, wo Vater seine Büroschlüssel verwahrte.

Ein Platz für jedes Ding…

Brad hätte nicht sagen können, warum er diese Schlüssel an sich nahm. Es geschah aus einem Impuls heraus, er dachte nicht weiter darüber nach.

»Bis später!«, rief er noch, dann verließ er das Haus. Kühle Luft umfing ihn. Sie tat gut nach dem heißen Tag. Er spazierte die Straße entlang, die völlig still dalag. Es war eine Sackgasse; hier fuhr nur, wer hier auch wohnte.

Als er die Durchfahrtstraße erreichte, glitt ein Auto heran, ein weißer Chrysler. Er kam neben Brad zum Stehen. Die Fensterscheibe an der Fahrertür senkte sich mit leisem Summen.

Offensichtlich jemand, der sich verfahren hatte und nach dem richtigen Weg fragen wollte. Brad beugte sich hilfsbereit herab, doch als er den Mann hinter dem Steuer sah, hatte er eine bessere Idee. Er griff in die Tasche, zog die Büroschlüssel seines Vaters heraus und gab sie dem Mann. Der nahm sie ohne ein Wort, die Scheibe schob sich wieder hoch, und der Wagen glitt davon.

Einen Moment lang wunderte sich Brad über das Geschehene und über sich selber – wieso hatte er das getan? –, aber dann dachte er nicht weiter darüber nach. Er drehte seine Runde, kehrte nach Hause zurück, sah sich gemeinsam mit seinen Eltern einen Film an und ging zu Bett.

Mitten in der Nacht erwachte er plötzlich und voller Unruhe. Was war los? Er lauschte. Nichts. Er schlug die Decke beiseite, erhob sich und trat ans Fenster.

Unten auf der Straße, direkt vor dem Gartentor, stand ein Mann. Er war einfach eine dunkle Gestalt in dunkler Nacht, doch es hätte gut der Mann aus dem Chrysler sein können.

In dem Moment, in dem Brad ihn sah, wandte sich der Mann ab und ging gemächlich davon, um gleich darauf in der Dunkelheit zu verschwinden.

Brad wusste nicht, wieso, aber er fühlte sich auf einmal enorm erleichtert. Vor lauter Erleichterung konnte er nicht anders, als die Treppe hinabzugehen, leise natürlich, um seine Eltern nicht zu wecken. Brad öffnete die Haustür – leise, ganz leise –, huschte auf blanken Sohlen den Weg bis zum Gartentor. Dort, auf dem Torpfosten, lagen die Büroschlüssel. Brad nahm sie, kehrte ins Haus zurück, steckte sie seinem Vater wieder ins Jackett und ging wieder zu Bett, wo er sofort einschlief.

50 | An Schlaf war natürlich nicht mehr zu denken.

In den Stunden, die ihr blieben, war Serenity vollauf damit beschäftigt, zu packen und sich gleichzeitig zu fragen, ob sie den Verstand verloren hatte. Oder Christopher. Oder sie beide.

Das war doch verrückt! Erstens: Wie sollten sie, zwei Jugendliche, nach denen die amerikanische Polizei fahndete, deren Bilder und Passdaten in den Computern sämtlicher Flughäfen und Grenzkontrollen vorlagen, überhaupt nach

Europa gelangen? Zweitens: Selbst angenommen, dass sie das irgendwie schafften – wie wollte Christopher diesen Penta-Byte-Man dann finden, wenn der sich sogar vor der Kohärenz erfolgreich versteckte?

Und was, wenn die Kohärenz sie unterwegs in ihre Gewalt bekam? Dann war Hide-Out genauso verloren.

Es machte sie kirre. Im Grunde hätte sie keine zehn Minuten gebraucht, um zu packen; so viele Sachen besaß sie schließlich nicht, und die hatte sie schon öfters in noch kürzerer Zeit reisefertig gehabt. Aber jetzt wurde es fast zum Zwang, sich immer wieder zu vergewissern, dass sie auch alles dabeihatte. Vor allem ihren grobzinkigen Kamm, ohne den ihre Haare endgültig zur Katastrophe werden würden. Ja, doch, da war er. Genau da, wo er fünf Minuten vorher gesteckt hatte.

Wenn sie noch einmal mit Christopher redete? Unsinn, sagte sie sich. Sie würde ihn nicht von diesem Vorhaben abbringen.

Und wenn sie sich an ihre Eltern wandte? Nein. Ihre Mutter würde ausrasten, sie wahrscheinlich einsperren. Und Dad... Nein, mit Dad konnte sie darüber erst recht nicht reden. Er würde sie in endlose Diskussionen verwickeln, Begründungen von ihr verlangen, die sie selber nicht hatte.

Außerdem hatte sie versprochen, es nicht zu tun. Also kämpfte sie den Impuls, aufzuspringen, nieder und schrieb weiter an dem Brief, in dem sie versuchte, alles zu erklären und nichts zu verraten.

Dann war irgendwann alles fertig und nichts mehr zu tun, als zu warten. Dabei nickte sie ein, verschlief um ein Haar. Die Uhr zeigte fünfzig Minuten nach Mitternacht, als Serenity mit ihrem Rucksack durch die stillen Gänge von Hide-Out schlich.

Unten in der Eingangshalle brannte nur eine einzige Lampe, die die Höhle in schummriges Halbdunkel tauchte. Christopher war schon da und Clive Tucker: Das war also der Helfer, den er erwähnt hatte! Die beiden schoben gerade das Tor von Hand auf, einen Spaltbreit zumindest. Das war vernünftig, denn das Summen des elektrischen Antriebs, der in den Fels eingebaut war, hörte man in fast ganz Hide-Out.

»Hi«, sagte Christopher, als sie bei ihnen stand. Von draußen kam kühle Nachtluft herein und ließ sie frösteln.

Clive begrüßte sie mit einem knappen Nicken. »Gib mir dein Gepäck«, meinte er. »Du kannst dich schon mal ins Auto setzen.«

Es überraschte sie, dass sie mit dem Bürstenauto fahren würden; der Aufsatz am Heck des Fahrzeugs, der die Drahtbürsten trug, war hochgeklappt und sah aus wie die Borte eines seltsamen Kleides.

Sie ließ es sich nicht nehmen, ihre Tasche selber im Kofferraum zu verstauen. Der lederne Umhängesack, mit dem Christopher reiste, stand schon darin und auch ein Stoffbeutel mit Reiseproviant: An so etwas hatte sie überhaupt nicht gedacht!

Sie setzte sich auf die Rückbank, während Christopher den Beifahrersitz nahm. Er wirkte jetzt doch ein wenig angespannt.

»Ist alles okay?«, wollte er wissen.

Serenity stieß die Luft aus, die sie, wie ihr jetzt erst bewusst wurde, angehalten hatte. »Ich find's völlig verrückt, aber... Ja. Alles okay.«

Clive knipste die Lampe aus, setzte sich hinters Steuer, drapierte seine Bartzöpfe ordentlich über die Schultern und ließ dann den Motor an. Serenity zuckte zusammen. So laut! Aber niemand schlug Alarm, alles blieb friedlich. Sie rollten bedächtig durch den Spalt im Tor ins Freie und waren einen Moment später unterwegs.

Serenity sank gegen die Rückenlehne. Jetzt war es passiert, die Reise hatte begonnen. Jetzt gab es kein Zurück mehr.

Wobei es das vorher im Grunde auch nicht gegeben hatte. Sie hatte es nur *gedacht*.

Und von allem anderen abgesehen tat es so *gut*, endlich einmal wieder draußen zu sein!

Sie fuhren schweigend durch eine magische Nacht. Die Sterne glühten am Himmel, ein noch nicht ganz voller Mond ließ die Wüste grau schimmern und die trockenen Büsche am Wegesrand wie Silber leuchten. Serenity beschloss, in der Schönheit dieses Augenblicks ein gutes Omen für ihre Reise zu sehen.

Die Fahrt dauerte nicht lange. Nach etwas mehr als einer halben Stunde bog Clive auf einen Parkplatz ein, auf dem ein einzelner Lastwagen wartete. Die Autoscheinwerfer ließen ein Logo auf der Seite des Trucks aufleuchten: Upex, der große internationale Paketdienst. Der Firmenslogan darunter, vertraut aus zahllosen Fernsehspots – »Don't worry« –, erschien Serenity in diesem Moment geradezu tröstlich.

Als sie neben dem Lastwagen hielten, stieg ein Mann aus. Clive und er begrüßten sich mit einer kurzen Umarmung, sie kannten sich offenbar schon lange.

»Kinder, das ist Frank«, stellte Clive den Fahrer anschließend vor. »Frank Ray. Er bringt euch weiter.«

Frank war ein breitschultriger, gemütlich wirkender Mann mit einem beträchtlichen Bierbauch und wild wuchernden

Haarbüscheln in der Nase. Sie schüttelten die Hände, wobei Serenity das Gefühl hatte, in seiner Pranke zu verschwinden.

»Hi«, sagte Frank. »Steigt ein.«

Sie verabschiedeten sich von Clive. »Ich hoffe, du findest, was du suchst«, sagte er zu Christopher zum Abschied. »Du hast schon mal ein Wunder vollbracht, denk dran!«

Christopher sagte nichts, lächelte nur flüchtig.

Sie sahen ihm nach, wie er in die Richtung davonfuhr, aus der sie gekommen waren.

»Was hat er damit gemeint?«, fragte Serenity. »Was für ein Wunder?«

»Ach was«, sagte Christopher knapp. »Der Einzige, der in letzter Zeit Wunder vollbracht hat, ist Clive selber.«

Sie erklommen die Fahrerkabine. Drinnen roch es intensiv nach einem billigen Rasierwasser und so, als würde irgendwo ein vergessener Hamburger vor sich hin gammeln. Auf dem Armaturenbrett stand ein Wackel-Darth-Vader, der mit einem Saugnapf an der Scheibe befestigt war. Die Sitze waren mit imitiertem Tigerfell aus Acryl belegt, den Abnutzungsspuren nach zu urteilen mindestens zehn Jahre alt.

»Gemütlich«, sagte Serenity.

Frank, der gerade auf der anderen Seite einstieg, bekam ihren Spott nicht mit. Er strahlte voller Besitzerstolz. »Mein Zuhause«, erklärte er und ließ den Motor an.

Die Fahrt verlief schweigsam. Serenity hätte zu gerne gewusst, wohin sie fuhren oder was genau Franks Rolle in dem Ganzen war, aber er stellte ihnen keine Fragen, deswegen vermutete sie, dass Clive ihn genau instruiert hatte. Einmal telefonierte er mit irgendjemandem und sagte: »Heute geht's nicht. Ich hab 'ne andere Route.«

Die er aber trotzdem wie seine Westentasche zu kennen schien. Das Navigationsgerät blieb ausgeschaltet; immer wieder bog er von der Interstate ab, hielt auf irgendwelchen dunklen Höfen oder vor einsamen Hallen, um weitere Rollcontainer voller Pakete aufzuladen. Er machte alles selber. Bis auf einmal, als er an einer Tankstelle gleichzeitig tankte und einen Rollcontainer auflud, der in einem Verschlag aus Wellblech bereitgestanden hatte, war niemand zu sehen. Frank hatte alle Schlüssel, die er brauchte, dabei.

Ob man ihre Flucht schon entdeckt hatte? Vor morgen früh wahrscheinlich nicht. Und wie würde Clive sein Handeln erklären? »Später«, sagte Christopher nur, als sie ihn fragte, wie der Plan eigentlich aussah.

Nicht, solange Frank zuhörte, hieß das wohl. Aber wenn Frank draußen beschäftigt war, schwieg Christopher trotzdem. Er schien nicht nachvollziehen zu können, wie grässlich es war, im Dunkeln zu tappen.

»Ich weiß es selber nicht genau«, gestand er ihr schließlich, als sie noch einmal nachbohrte. »Die Details kennt nicht mal Clive. Er weiß nur, wen er anrufen muss. Den Rest macht das Hide-Out-Netzwerk.«

»Na, toll«, stieß sie hervor und sank in den Sitz.

Sie brauchte gut hundert Meilen, um sich damit abzufinden. Dann beschloss sie, es einfach hinzunehmen. Was blieb ihr anderes übrig? Dass sie sich auf ein Abenteuer einließ, hatte sie ja gewusst. Und Hauptsache, sie waren draußen, raus aus den Höhlen, unterwegs.

Das Radio lief nonstop. Alte, laute, schnelle Rockmusik, gut geeignet, Trucker nachts wach zu halten. Zwischendrin erzählte ein gemütlich nuschelnder Sprecher Geschichten, telefonierte mit Leuten, die Nachtschicht hatten, und verlas Verkehrswarnungen. Als sie aus der Reichweite des Senders gerieten, stellte Frank einen anderen ein, der aktuelle Popmusik brachte und viel Werbung.

Plötzlich wurde Madonnas Lied »No Longer Lonely« gespielt, allerdings in der erfolgreicheren Version der Sängerin Cloud. Erstaunlich: Jetzt, da Serenity diese Aufnahme zum dritten Mal hörte, gefiel sie ihr gar nicht mehr. Madonna hatte recht gehabt: Das war technisch perfekte, aber seelenlose Musik. Plastik.

Und natürlich folgte ein Werbespot für den *Lifehook*.

Irgendwann schreckte Serenity hoch und stellte fest, dass ringsum heller Tag war, Drahtzäune und weiße, kastenförmige Gebäude, wohin sie schaute. Sie hatte geschlafen!

»Wo sind wir?«

»Am Upex-Frachtflughafen USA-West«, sagte Christopher.

Ein Flughafen? Tatsächlich, jetzt identifizierte Serenity das seltsame Ding, das da über einem Flachdach aufragte: das Heck eines Flugzeugs, das ebenfalls die Upex-Farben und das Upex-Logo trug.

»USA-West?«, wiederholte Serenity. »Gibt's demnach auch einen im Osten?«

»Ja«, sagte Frank. »Der ist in Kentucky.«

Sie richtete sich auf, schaufelte sich die Haare aus dem Gesicht, die über Nacht zu einem völligen Durcheinander geworden waren. »Was heißt das? Fliegen wir etwa als Päckchen nach Europa?«

»So ähnlich«, sagte Christopher.

Wow. Serenity stellte sich bildhaft vor, wie sie in Pappkisten verpackt werden würden. Ob man ihnen wohl noch eine

Flasche Wasser und zwei Sandwiches dazulegte, ehe man den Deckel zuklebte?

Jemand kam an die Fahrerseite, reichte Frank eine Tasche hoch und sagte etwas, das sie nicht verstand, weil es draußen laut war – dröhnende Triebwerke, Lautsprecherdurchsagen, Motorenlärm.

»Hier.« Frank reichte ihnen die Tasche herüber. »Zieht das über eure Sachen, ehe ihr aussteigt.«

In der Tasche waren zwei Upex-Overalls. Sie mussten ziemlich turnen und sich verrenken, um hineinzuschlüpfen, aber am Ende ging es doch. Die Overalls passten sogar.

Frank deutete auf den Mann vor dem Fahrerfenster. »Das ist übrigens mein Bruder Mike«, sagte er. »Der kümmert sich um alles Weitere.«

Der Hinweis wäre entbehrlich gewesen, die Familienähnlichkeit war unübersehbar. Mike Ray war eine schlankere, jüngere Ausgabe seines Bruders, nur etwas gesprächiger, wie sich herausstellen sollte. Aber ihm sprossen die gleichen dichten Haarbüschel aus der Nase.

Sie verabschiedeten sich, nahmen ihre Rucksäcke und stiegen aus. Frank winkte noch einmal, dann rollte er in Richtung Entladehalle davon.

»Hi«, sagte Mike und schüttelte ihnen die Hände. »Kommt. Und tut so, als gehört ihr dazu.«

»Fällt das nicht auf, wenn uns niemand kennt?«, fragte Serenity nervös.

»Nein. Ich kenne die meisten Leute hier auch nicht.«

Sie luden ihr Gepäck in sein Auto, das ebenfalls in den Upex-Farben Weiß, Blau und Gold lackiert war. Überhaupt wimmelte es von Autos, Elektrokarren, Lastwagen und anderen Fahrzeugen in diesem Look, alle bevölkert von Menschen in Upex-Overalls, darunter auch viele junge. Sie würden tatsächlich nicht weiter auffallen.

»Hat das mit dem Brief geklappt?«, fragte Christopher beim Einsteigen.

»Ah ja, richtig«, sagte Mike. »Der Brief.« Er holte einen Umschlag aus festem Karton aus dem Handschuhfach und reichte ihn Christopher.

Serenity spähte ihm über die Schulter. Als Adresse war angegeben: *Michael Ray, persönlich, Upex Hub USA-W* und dann eine Abteilungsbezeichnung und eine Fachnummer. Entlang der Kante klebte ein schwarz-gelb gestreiftes Plastikband mit der Aufschrift *Top Priority*. Und der Brief war noch verschlossen.

»Unglaublich.« Christopher klang ehrlich beeindruckt. Er riss den Umschlag auf.

»Was ist damit?«, wollte Serenity wissen.

»Das Netzwerk der Hide-Out-Leute ist wirklich beeindruckend«, sagte Christopher, schwer beschäftigt, Klebstreifen und Karton zu entfernen. »Zwei gescannte Fotos, eine E-Mail an jemanden irgendwo im Niemandsland, und keine vierundzwanzig Stunden später – das hier!«

Damit holte er zwei dunkelrote Pässe heraus, und nach einem kurzen Blick hinein reichte er ihr einen davon. *EUROPEAN UNION – UNITED KINGDOM* stand darauf.

»Bitte sehr«, sagte Christopher. »Ab heute heißt du Sarah Miller. Und du bist volljährig.«

51 | Das mit den Pässen hatte Christopher am meisten verblüfft. Erstens, dass Clive überhaupt daran gedacht hatte – aber klar, auch wenn er sie nach Europa schmuggelte, sie würden sich dort ausweisen müssen –, zweitens, dass es geklappt hatte.

Das musste man sich mal vorstellen: Gestern Morgen war er noch einmal mit Clive rausgefahren. Nicht weit, nur in eine Siedlung in der Nähe, wo Clive an einem ganz normalen Wohnhaus geklingelt hatte. »Unsere Adresse für Notfälle«, hatte er gemeint, dann hatte ihnen eine alte Frau geöffnet, gelächelt und sie auf den Dachboden steigen lassen, wo der Computer stand.

Während Clive die E-Mails schrieb, hatte sich Christopher gewundert, woher er Passfotos von ihm und Serenity hatte. Dann war ihm eingefallen, dass jemand mit einem Fotoapparat hantiert hatte, als sie in Hide-Out angekommen waren. »Für unser Poesiealbum«, hatte man ihnen damals erklärt und gelacht, so, als sei es ein Spaß. Aber es war kein Spaß gewesen.

»Stimmt«, bestätigte Clive, während er die Bilder einscannte. »Wir sind jederzeit bereit unterzutauchen. Ist eine unserer Grundregeln.«

Nathan hieß der Passfälscher. Er sei ein Genie, hatte Clive erzählt, siebzig Jahre alt und einst in der Dokumentendruckerei der Regierung angestellt gewesen. Er wisse alles, was es über Ausweisdokumente zu wissen gab, und sie selber herzustellen, sei Nathans größte Leidenschaft. Reisepässe der wichtigsten Länder habe er immer auf Vorrat im Schrank liegen.

Christopher steckte seinen Pass ein – es war ein deutscher

Pass, ausgestellt auf den Namen Christian Stoll – und versuchte herauszufinden, wohin Mike eigentlich mit ihnen fuhr. Es war ein Zickzackkurs entlang weiterer Gitterzäune und Gebäude, die alle mehr oder weniger gleich aussahen. Aus den Wegweisern, die nur mit Abkürzungen beschriftet waren, wurde man auch nicht schlau.

Endlich hielten sie vor einem zweistöckigen Bau. »Kommt«, sagte Mike und stieg aus. »Und nehmt eure Sachen mit.«

Es war gerade niemand in der Nähe, als er sie durch zwei Schwingtüren hinein und sofort eine Treppe hinab in ein Untergeschoss voller kahler, enger Gänge lotste. Es ging um ein paar Ecken, dann öffnete Mike eine Tür, hinter der eine Heizungsanlage auf sie wartete. Hinter einem Kessel war eine Luke in die Mauer eingelassen, die Mike mit einem speziellen Schlüssel aufschloss. Dahinter lag ein schmaler dunkler Tunnel, an dessen Wänden armdicke Kabelbündel verliefen und in dem es stank, als verwesten in den Ecken irgendwelche unaussprechlichen Dinge.

»Doch nicht etwa da rein?«, fragte Serenity und sah Christopher entsetzt an.

»Geht nicht anders«, sagte Mike. »Ich muss hinter euch zuschließen, oben durch die Grenzkontrolle gehen und euch auf der anderen Seite wieder rauslassen. Dauert eine Viertelstunde.«

In Serenitys Gesicht arbeitete es. »Das ist jetzt nicht euer Ernst, oder?«

Christopher seufzte. Das war eine dumme Angewohnheit von ihm, anderen so spät wie möglich von seinen Plänen zu erzählen. »Hier verkehren nur Frachtmaschinen. Die dürfen keine Passagiere befördern, deshalb muss er uns reinschmuggeln«, erklärte er. »Und die Pässe nützen uns nichts, weil oben nur Upex-Mitarbeiter passieren dürfen. Wir hätten entsprechende Ausweise gebraucht, aber die zu beschaffen, hätte zu lange gedauert.«

Serenity sah so aus, als ob sie noch etwas sagen – oder vielmehr *schreien* – wollte, aber dann verkniff sie es sich und stieg als Erste durch die schmale Öffnung. Christopher folgte ihr, Mike schloss hinter ihnen zu, und dann standen sie in dem staubigen, unangenehmen Gelass, das nur von einem Notlicht erhellt wurde.

»Machst du dir eigentlich keine Sorgen?« Es klang wie ein Vorwurf. Serenitys Gesicht sah in diesem Licht ganz grün aus.

Machte er sich Sorgen? Ja, aber nicht die, die Serenity meinte. »Ich vertraue Clive«, erklärte er. »Also vertraue ich auch den Leuten, denen Clive vertraut.«

Serenity seufzte abgrundtief. »Okay...« Nach einer Weile fragte sie: »Aber dass wir mit Upex fliegen, das hast du doch schon vorher gewusst?«

»War ja nicht schwer zu erraten«, erwiderte Christopher.

Es dauerte vierzehn quälend lange Minuten, bis endlich kratzende Geräusche zu hören waren und sich eine Luke ein paar Schritte weiter im Tunnel öffnete. Mike streckte den Kopf herein und fragte: »Alles klar?«

Und zu Christophers Überraschung sagte Serenity sofort: »Ja!« Es war wohl die Erleichterung, dass es weiterging.

Auf der anderen Seite lag wieder ein Raum mit irgendwelchen Versorgungsanlagen; diesmal waren es Rohre in allen Größen und Richtungen, in denen es gluckerte und zischte. Sie gelangten auf einen breiten Gang mit grün genopptem Kunststoffboden und Schleifspuren an den Wänden. Im nächsten

Moment mussten sie ausweichen, weil ein Elektrokarren mit zwei hoch beladenen Anhängern angeschossen kam. Der Fahrer nickte ihnen kurz und gleichgültig zu, dann rumpelte das alles an ihnen vorbei und verschwand um eine Kurve.

Christopher konnte sich lebhaft vorstellen, woher die Schleifspuren an den Wänden rührten.

»Also, hört zu«, sagte Mike leise, während sie weitergingen. Er ging schnell, sie hatten Mühe, mit ihm Schritt zu halten. »Ich schaffe euch in die Zwölf-Uhr-Maschine nach Lyon. Der Copilot weiß Bescheid, er ist einer von unseren Leuten. Der Pilot allerdings nicht. Der Flug dauert etwas mehr als acht Stunden; es wird in Lyon kurz nach drei Uhr morgens sein, wenn ihr ankommt.«

Er hielt vor zwei Türen an, auf denen RESTROOM stand. Links für Frauen, rechts für Männer.

»Danke, das ist gerade nicht nötig«, sagte Christopher.

»Geh trotzdem. Ihr müsst während des Flugs in eurem Versteck bleiben.«

»Himmel«, murmelte Serenity. Dann schulterte sie ihre Reisetasche und verschwand durch die linke Tür.

Acht Stunden und mehr? Ja, war vielleicht doch eine gute Idee. Christopher nahm die rechte Tür.

Nachher bestiegen sie ebenfalls einen Elektrokarren. Ein paar Arbeiter waren zu sehen, aber niemand achtete groß auf sie. Mike fuhr mit ihnen über eine Rampe hinauf aufs Rollfeld. Triebwerkslärm und Abgasgestank umfingen sie wie unsichtbarer Nebel. Gerade startete eine Maschine, hob schwerfällig ab und stieg dann mühsam höher.

»Das ist die nach Japan!«, rief Mike ihnen zu.

Christopher nickte und versuchte, sich seine wachsende

Nervosität nicht anmerken zu lassen. Er war gespannt, wie das nun weiterging. *Mike bringt euch nach Europa* – mehr hatte ihm Clive auch nicht sagen können.

Sie fuhren auf ein Flugzeug zu, dessen Ladeklappen sich eben schlossen. Ein langer Zug mit leeren Anhängern brauste in der anderen Richtung davon, gefolgt von einem fahrbaren Containerlift. Aus Anschlussstutzen im Boden schlängelten sich dicke Schläuche zum Flugzeug hinüber, das offenbar noch betankt wurde.

Mike hielt vor der Gangway. »Tut am besten so, als sei das alles Routine.«

Oben im Flugzeug stellte Mike ihnen den Copiloten vor. Er hieß Jean-Pierre und war ein dunkelhäutiger Mann, der mit deutlich französischem Akzent sprach. Er schüttelte ihnen die Hand, sagte: »Willkommen an Bord«, und musterte sie dabei auf eine Weise, dass man fast hören konnte, was er dachte, nämlich: *Was um alles in der Welt wollen die beiden in Frankreich? Was wird hier eigentlich gespielt?*

Aber er sagte nichts dergleichen, sondern: »*Bien*. Wir müssen uns beeilen; Kenneth kommt in etwa zehn Minuten.« Kenneth war offenbar der Pilot, der nichts von ihnen mitbekommen durfte. »Mir nach.«

Sie gingen in den Frachtraum, der mit Containern und Paletten mit festgezurrter Fracht aller Art beladen war: Pakete und Päckchen in der Hauptsache, aber auch Säcke, Blechkisten und anderes. Ein besonders seltsames Ladungsstück identifizierte Christopher als ein in viel Polsterfolie verpacktes Motorrad.

Zwischen alldem waren schmale Gänge frei geblieben, die sie nur hintereinander passieren konnten. Aus einer Reihe von knallgelben Plastikkäfigen kläfften sie ein paar Hunde an. Das Bellen klang schläfrig, und als Christopher die Gitterfronten passierte, sah er, dass die meisten der Tiere schliefen. Sie waren schwarz-weiß gefleckt, schlank und sahen irgendwie teuer aus. Vermutlich hatte man sie für den Transport sediert.

Sie gelangten an eine Palette, auf der unter allerhand Kartons eine große Holzkiste verzurrt war, auf deren Front THIS SIDE UP und entsprechende Pfeile aufgesprüht waren, daneben ATTENTION! FRAGILE und die Umrisse eines Glases. Frachtpapiere steckten in einem transparenten Umschlag, der an die Vorderfront getackert war.

Jean-Pierre öffnete zwei Riegel, worauf die Vorderfront aufschwang wie eine Tür. Die Kiste dahinter war leer bis auf eine dünne Matratze, Decken und eine Taschenlampe: ihr Versteck offenbar.

Das hatte sich Christopher etwas anders vorgestellt.

»Es ist bequemer, als es aussieht«, versicherte der Copilot.

Er zeigte ihnen, wie die Riegel von innen bedient werden konnten. »Falls ihr unterwegs auf die Toilette müsst...«, begann er, worauf Serenity begierig nickte. »Okay. Ihr könnt die Mannschaftstoilette benutzen. Die ist vorne, gleich neben der Tür, durch die ihr reingekommen seid. Sie wird nur verwendet, wenn wir Personal befördern; wir Piloten haben hinter dem Cockpit eine eigene. Eines ist wichtig: Falls ihr die Toilette benutzt, macht kein Licht an und betätigt die Spülung nicht. Beides wird nämlich im Cockpit angezeigt, und das würde mein Kollege merken.«

»Aber –«, begann Serenity.

»Ich muss während des Flugs mehrere Kontrollgänge machen«, fuhr Jean-Pierre eilig fort. »Wegen der Hunde. Lebende Fracht; da ist das Vorschrift. Bei der Gelegenheit schau ich nach dem Rechten.«

Serenity nickte. »Okay.« Es schien ihr trotzdem nicht zu gefallen.

Was Christopher gut verstand. Er fühlte sich gerade auch eher unwohl.

»Nach der Landung bleibt ihr in der Kiste, bis ich euch hole. Klar? Das kann eine Weile dauern. Manchmal herrscht am Flughafen Hochbetrieb. Dann wird erst die Terminpost ausgeladen und alles andere später.«

»Alles klar«, sagte Christopher, bemüht, so zu klingen, als sei alles bestens.

»Okay, dann rein mit euch. Guten Flug.«

52 |

Es war stockfinster in der Kiste. Man sah nichts, absolut nichts, nicht mal Umrisse von irgendetwas. Serenity hörte Christopher atmen, spürte, dass er da war. Aber mehr nicht. Sie betastete die Unterlage, auf der sie saßen. Das Ding hatte ausgesehen wie eine Matratze, fühlte sich aber härter an, eher wie ein Sitzpolster aus einem Bus.

»Bist du wirklich sicher, dass das alles in Ordnung geht?«, flüsterte sie.

Christopher räusperte sich. »Bis jetzt läuft alles mehr oder weniger so, wie Clive es mir erklärt hat.«

Sie hob die Hand, berührte die Decke der Holzkiste. Wenn sie eine Handbreit größer gewesen wäre, hätte sie nicht mehr sitzen können. Es roch nach Schweiß und Zigarettenrauch.

Sie waren definitiv nicht die Ersten, die in dieser Kiste reisten.

»Ich mach mir Sorgen, dass wir nicht genug Luft kriegen.«

»Hier drüben ist ein Luftloch«, erklärte Christopher. »Zwei sogar.«

»Probier doch mal, ob man die Kiste wirklich von innen öffnen kann.«

»Okay.«

Sie hörte Christopher umhertasten, hörte ein metallisches Schaben, dann ging die Taschenlampe an. Die Batterien waren nicht mehr ganz frisch, das Licht nur trüb gelb. Christopher fummelte an den Verschlüssen, gleich darauf klappte die Front ein Stück auf. »Siehst du?«, meinte er. »Geht problemlos.«

»Gut«, sagte Serenity. Sie zögerte. »Es geht *alles* so problemlos. Das ist irgendwie... Ich weiß auch nicht.«

»Wie in den Filmen«, meinte Christopher. »Wenn da alles glattgeht, kommt es nachher umso schlimmer.«

»Ja, genau.«

»Zum Glück sind wir nicht in einem Film.« Er räusperte sich. »Ich hab den Eindruck, Clive und die Hide-Out-Leute haben einfach ziemlich viel Erfahrung, wie man so etwas organisiert.«

»Meinst du?« Das klang gut. Und irgendwie hätten sie es doch auch verdient gehabt, dass mal etwas funktionierte, oder?

»Ja«, sagte Christopher und knipste die Lampe wieder aus. »Auf jeden Fall habe ich beschlossen, mir keine Sorgen wegen der Reise zu machen.«

»Gute Idee.«

Serenity starrte in die Dunkelheit und dachte darüber nach,

wie Christophers Gesicht im Schein der Taschenlampe ausgesehen hatte. Er hatte älter gewirkt, so, wie er vielleicht in zehn Jahren mal aussehen würde. Der Anblick hatte ihr gefallen, stellte sie zu ihrer Verblüffung fest.

Die Hunde bellten wieder schläfrig. Man hörte, wie die, die noch wach waren, sich unruhig in ihren Käfigen bewegten.

»Meinst du, wir müssen leise sein?«, fragte sie.

»Frag ich mich auch«, sagte Christopher. »Aber ich denke, während des Flugs wird es laut sein, da hört man uns außerhalb der Kiste nicht mehr. Und bis dahin kriegen wir ja mit, ob jemand kommt.«

Seltsam. Erst jetzt kam ihr zu Bewusstsein, dass sie zum ersten Mal, seit sie Hide-Out verlassen hatten, längere Zeit miteinander allein sein würden. Bis jetzt war ständig jemand bei ihnen gewesen, erst Clive, dann Frank, dann dessen Bruder… Und nun saßen sie gemeinsam in einer stockfinsteren Kiste! Bizarr. Plötzlich schoss ihr die Vorstellung durch den Kopf, alt zu sein, eine Großmutter, und ihren Enkeln von diesem Abenteuer zu erzählen…

Dann fiel ihr wieder ein, weswegen sie unterwegs waren und dass nach allem, was sie wussten, die Zukunft nicht so aussehen würde, und sie fand die Dunkelheit ringsum bedrückend. Sie war froh, dass Christopher bei ihr war.

»Das ist mein erster Transatlantikflug«, gestand sie.

Sie hörte ihn einatmen. »Ehrlich?«

»Ja. Ich bin nur ein einziges Mal im Leben geflogen. Von Boston nach San Francisco. Mit meiner Mutter, als sie sich von meinem Dad getrennt hat. Wir mussten irgendwo umsteigen, ich weiß nicht mehr, wo.«

»Hmm«, machte Christopher. »Ehrlich gesagt verstehe ich

nicht, warum sich deine Eltern getrennt haben. Wenn man sie sieht, hat man das Gefühl, sie gehören zusammen.«

Eigenartig, so etwas von Christopher zu hören, der sonst immer in ganz anderen geistigen Sphären zu schweben schien. Es war, als brächte ihn die allumfassende Dunkelheit zum Reden.

»Es war meine Mom, die Dad verlassen hat«, sagte Serenity. »Sie hat es mir mal erklärt. Sie konnte nicht mit jemandem leben, der die Zukunft verloren gegeben hatte.«

»Versteh ich nicht. Was meint sie damit?«

Serenity seufzte. »Du hast ihn ja erlebt, wie er sein kann. Wenn er sich mal in einen Gedanken verbissen hat, dann gibt es kein Zurück mehr. Dann erreicht ihn nichts mehr. So wie jetzt mit dem Anschlag auf den Präsidenten. Ich denke, das wird damals so ähnlich gewesen sein.« Sie merkte, dass sie selber ins Reden kam. Aber warum auch nicht? Es tat gut, all das mal zu erzählen. »Ich war noch zu klein, ich erinnere mich nicht mehr genau. Nur an eine Zeit, in der alles düster war. Das Haus war angefüllt mit einer Atmosphäre, dass ich am liebsten draußen geblieben wäre, im Wald, und dort geschlafen hätte. Ich höre noch, wie Mom in der Küche mit Töpfen schmeißt und herumschreit, während Dad im Sessel sitzt, überhaupt nicht reagiert, nur vor sich hin starrt. Ich erinnere mich, wie er davon spricht, wie aussichtslos das alles sei –«

»So wie ich«, sagte Christopher tonlos. »Wenn es um die Kohärenz geht.«

War das vergleichbar? Sie wusste es nicht. Die Erinnerungen überschwemmten sie, schienen das Dunkel ringsum mit Bildern füllen zu wollen. Wie auf einmal keine Zeitungen mehr im Haus waren, wie das Radio eines Morgens nicht mehr auf seinem Platz am Küchenfenster gestanden hatte...

»Bei Dad ging es damals eher um Sachen wie Umweltverschmutzung und Aufrüstung, glaube ich. Und wenn er sich genauso dickköpfig ins Aufgeben gestürzt hat wie jetzt in diesen Rettungsplan für den Präsidenten... dann versteh ich Mom.«

Ein knallendes Geräusch ließ sie zusammenzucken. Die Hunde bellten wie verrückt. Ein tiefes, fernes Brummen wurde langsam lauter.

»Die Triebwerke«, sagte Christopher. »Sie haben sie angelassen.«

»Dann starten wir jetzt?«

»Zumindest demnächst.«

Schritte, weit entfernt. Etwas, das klang wie ein Gitter, das rasselnd geschlossen wurde. Zischende Geräusche. Und immer wieder die Hunde. Aber da schien das Schlafmittel allmählich zu wirken.

Das Brummen wurde zum Dröhnen, der Boden unter ihnen begann zu vibrieren.

»Das, was mein Dad vorhat«, fragte sie rasch, ehe es zu laut sein würde, um zu reden, »denkst du wirklich, dass es schiefgehen wird?«

Christopher gab einen seiner typischen Knurrlaute von sich. »Das ist nicht die Frage. Es wird nicht funktionieren. Die Frage ist nur, ob dein Dad und die anderen festgenommen werden oder nicht.«

53 | Es kam Christopher wie eine Ewigkeit vor, bis sich das Flugzeug endlich in Bewegung setzte. Man konnte spüren, wie es langsam dahinrollte, die Richtung änderte, anhielt, wieder weiterfuhr ... Es nahm gar kein Ende. Wie groß war dieser Flughafen eigentlich?

Doch dann, endlich, heulten die Triebwerke auf, gaben Vollschub. Einen Moment schien das restliche Flugzeug wie verblüfft, dann gab es den wirkenden Kräften nach, rollte los, schneller als vorher, viel schneller, rasend schnell, sodass alles ringsum zitterte und bebte. Und plötzlich eine kippende Bewegung, das Rumpeln tief unter ihnen hörte auf, und man spürte, dass es in die Höhe ging. Sie waren in der Luft.

Gleich darauf wurden die Fahrwerke mit geräuschvollem Surren und Klacken eingefahren. Es tat Schläge, als sich die Klappen darüber schlossen, und man meinte zu spüren, wie es dem Flugzeug ohne diesen Widerstand leichter fiel, in die Luft zu steigen.

Serenity war beim Start dichter an ihn herangerückt; Christopher spürte die Wärme ihres Körpers neben dem seinen. Es war eine Situation, in der es sich natürlich angefühlt hätte, einfach seinen Arm um sie zu legen, aber vielleicht würde sie das missverstehen? Er ließ es lieber.

Das war ein Aspekt dieses Unternehmens, den er überhaupt nicht bedacht und für den er sich keinen Plan zurechtgelegt hatte: Dadurch, dass er Serenity mitgenommen hatte, würde er zum ersten Mal im Leben längere Zeit mit einem Mädchen allein sein! Zumal mit einem Mädchen, das ihm gefiel, was die Sache nicht einfacher machte. Er hatte nicht den Hauch einer Ahnung, wie man sich in so einer Situation verhielt, was Serenity von ihm erwarten mochte und was nicht.

Wobei es vielleicht ganz gut war, dass er sich das nicht vorher überlegt hatte. Vielleicht säßen sie sonst nicht beide hier. Aber das taten sie, und das war erschreckend und großartig zugleich. Je fünfzig Prozent. Nein, entschied Christopher, es war noch ein bisschen großartiger, als es erschreckend war.

»Bleibt das so?«, hörte er Serenity schreien.

»Was?«, fragte er zurück.

»Der Lärm!«

Tja. So genau wusste er das auch nicht. »Wenn wir die Reiseflughöhe erreicht haben, wird es vielleicht besser. Wenn der Pilot den Schub drosselt.«

Sie sagte etwas, von dem er nur die Worte »acht Stunden« verstand. Ehe er nachfragen konnte, sackte das Flugzeug jäh ab, wie ein Fahrzeug, das mit einem Rad in ein Schlagloch fiel. Einer der Hunde jaulte jämmerlich, kaum zu hören durch das ohrenbetäubende Dröhnen.

Serenity war zusammengezuckt. »Ist das normal?«

»Ein Luftloch!«, brüllte Christopher.

Da, schon wieder eins. War das wirklich normal? Luftlöcher in der Startphase? Er wusste es nicht.

Serenity rückte noch ein Stück näher. »Fühlt sich blöd an in so einer Kiste!«, rief sie. »Ohne Sitzgurte!« Ihre Stimme schien ein bisschen zu zittern.

Ach, verdammt. Jetzt würde er sie doch einfach in den Arm nehmen. Es fühlte sich irgendwie richtig an. Und falls sie es nicht wollte, brauchte sie seinen Arm ja nur wieder wegzuschieben.

Also schob er die Hand nach hinten, bis er die Kistenwand

berührte, fasste um Serenity herum und legte den Arm um ihre Schulter. Sie erhob keinerlei Einspruch, im Gegenteil, sie rückte noch ein Stück näher. Und dann saßen sie einfach so, während das Flugzeug stieg und stieg. Er spürte ihre Wärme, ihre andere Schulter an seiner Brust, ihre Haare waren überall und kitzelten, und er roch sie. Sie roch gut.

Von ihm aus mochte das Flugzeug bis in die Erdumlaufbahn steigen, wenn sie einfach nur so sitzen bleiben konnten.

Aber das geschah natürlich nicht. Stattdessen änderte sich die Fluglage, die Triebwerke klangen auf einmal anders, möglicherweise leiser, was man nicht genau sagen konnte, weil man das Gefühl hatte, taub geworden zu sein. Auf jeden Fall ruckelte und zuckte die Maschine, als flögen sie gar nicht, sondern rollten über ein verrostetes Gleis voller schadhafter Stellen.

Serenity drehte sich zu ihm herum. War ihr die Haltung schon unbequem? Er ließ sie los, wollte fragen, spürte auf einmal ihr Gesicht dicht vor sich...

... und dann ihre Lippen auf den seinen, leicht versetzt, weil sie nicht genau getroffen hatte, aber doch nah genug, um ihn begreifen zu lassen, dass sie ihn küsste, sanft und fest und zart und entschlossen küsste, was etwas wie elektrischen Strom durch seinen Körper rieseln ließ.

Leider war es gleich darauf vorbei.

»Ich muss mich hinlegen!«, hörte er Serenity rufen. »Mir ist ein bisschen schlecht von dem Wackeln!«

Christopher verstand das gut und hätte ihr das auch gern gesagt, aber er war gerade außerstande, auch nur einen Ton herauszubringen, geschweige denn einen verständlichen Satz. Er spürte, wie sie ihre Lage veränderte, und versuchte, sich auch hinzulegen, ohne dass jemand verletzt wurde. Nach einigem

Hin und Her kam er hinter ihr auf dem Polster zu liegen. Seine Füße stießen an der Kistenwand an, aber das war nicht schlimm.

»Es wird allmählich kalt!«, rief Serenity.

»Ja«, gab Christopher zurück und merkte, wie sie nach der Decke griff, sie über sie beide zog und zerrte, ein einziges Gewurstel.

Klar, sie hätten kurz Licht machen können. Die Taschenlampe lag bei Christophers Füßen. Aber er wollte nicht. Es verlieh der Situation etwas Magisches, dass sie nicht das Geringste sahen.

»Die stinkt ganz schön!«, meinte Serenity.

»Nicht so schlimm wie die von deinem Bruder«, erwiderte Christopher, worauf Serenity auflachte, ein Klang wie helles Silber vor dem Tosen der Triebwerke.

Christopher legte wieder den Arm um sie, und wieder hatte sie nichts dagegen. Sie griff nach seiner Hand, und er spürte einen Herzschlag, von dem er nicht hätte sagen können, ob es sein eigener war oder der ihre. Es spielte auch keine Rolle. Er hatte nur noch den einen Wunsch, so liegen zu bleiben bis ans Ende aller Tage.

Das war, schoss es ihm durch den Kopf, ohne Weiteres der glücklichste Moment seines Lebens.

54 | Serenity wachte davon auf, dass das Flugzeug landete. Wobei sie im ersten Augenblick überhaupt nicht wusste, was los war, sondern nur ein metallisches Kreischen hörte und Hunde, die wie verrückt jaulten, während sie selbst wild durchgeschüttelt wurde.

Zum Glück ließ das alles so schnell nach, dass sie nicht dazu kam, Panik zu entwickeln. Das Kreischen waren die Bremsen gewesen. Man merkte auch schon, wie das Flugzeug langsamer wurde. Und ihre Vorstellung, dass sich allenthalben die Spanngurte lösten und sie in ihrer Kiste unter einem Berg von Päckchen und Paketen begraben wurden, bewahrheitete sich ebenfalls nicht.

Hatte sie also tatsächlich geschlafen? Trotz des ohrenbetäubenden Lärms? Unglaublich.

Wobei – die Nacht davor war sie nur ein paar Mal im Führerhaus des Trucks eingenickt. Das zählte fast nicht.

»Schade«, hörte sie Christopher schlaftrunken sagen. »Wir sind schon da.«

»Schade? Wieso schade?«

Christopher hustete. »Na ja. Gerade tut es mir um jeden Augenblick, der vorbeigeht, besonders leid.«

Sie horchte dem Klang seiner Worte nach, aber sie hätte nicht sagen können, was er damit meinte. Vielleicht träumte er noch halb.

»Jetzt müssen wir warten, bis wir geholt werden?«, vergewisserte sie sich.

»Genau.«

Das Flugzeug wurde langsam, blieb stehen. Etwas klackte in weiter Ferne, dann bewegte es sich rückwärts. Es machte *Klonk!*, als metallene Riegel aus Verankerungen schnappten. Ein helles Surren wie von einem Zahnarztbohrer erfüllte die Luft.

»Die Heckklappe«, wisperte Christopher. »Sie beginnen mit dem Ausladen.«

War das gut oder schlecht? Auf jeden Fall ging draußen offenbar Licht an, denn plötzlich drang durch die Luftlöcher ein schwacher gelber Schein, der Serenity zum ersten Mal seit Stunden wieder Umrisse erkennen ließ. Sie hörte Schritte und Stimmen. Es schienen mehrere Männer zu sein, die damit begannen, die erbost jaulenden Hunde abzutransportieren. Das war offenbar das empfindlichste Frachtgut.

Als das Kläffen und Bellen in der Ferne entschwand, wurde es still. Vergleichsweise. Die Triebwerke rumorten noch, aber das Geräusch, das sie machten, war von dem Summen in den Ohren nach all dem Fluglärm kaum zu unterscheiden.

»Wie geht es dann weiter?«, fragte Serenity.

»Sobald wir draußen sind, nehmen wir den nächsten Zug nach Paris.«

»Und dort?«

»Dort muss ich ins Internet. Der PentaByte-Man wollte mir bis heute eine Information hinterlegen, wohin wir dann sollen.«

Das klang bestürzend vage. »Und du meinst, das hat er gemacht?«

»Wenn nicht«, sagte Christopher, »heißt das, dass sie ihn erwischt haben.«

Okay. In dem Fall waren sie ohnehin zu spät gekommen.

»Und Geld?«, fragte sie.

»Geld ist kein Problem. Wir müssen es nur umtauschen. Clive hat mir Dollar mitgegeben.«

»Einfach so?«

»Ich hatte noch was gut bei ihm«, erklärte Christopher, obwohl das natürlich überhaupt nichts erklärte.

Sie hörten wieder Geräusche, die sich näherten. Ein schweres Fahrzeug polterte über die Laderampe, und im nächsten Augenblick wurde die Palette, auf der sie in ihrer Kiste hockten, jäh emporgewuchtet. Serenity schnappte nach Luft, konnte es gerade noch vermeiden, überrascht aufzuschreien.

Sie wurden roh herumgeschwenkt und wild wackelnd abtransportiert.

Serenity versuchte verzweifelt, ihr Gleichgewicht zu halten. »Hat dieser Jean-Pierre nicht gesagt, er *holt* uns?«

Christopher nickte. »Hab ich auch so verstanden.« Klang er beunruhigt? Schwer zu sagen, wie immer bei ihm.

Mit einem dumpfen Schlag wurden sie auf einem schwankenden Untergrund abgesetzt. Was war das? Ein Lastwagen? Ringsum herrschte spürbare Hektik. Männer riefen einander etwas zu, in fremden, unverständlichen Sprachen. Die nächste Palette krachte neben ihnen herab, ein paar Augenblicke später eine dritte, dann setzten sie sich in Bewegung. Also doch ein Lastwagen.

Wer immer den lenkte, er fuhr wie ein Henker. Wahrscheinlich fuhr man so, wenn man es eilig hatte und nur Pakete transportierte. Serenity musste sich an Christopher festhalten, was diesem nicht unangenehm zu sein schien.

Ihr auch nicht. Es tat gut, ihn im Arm zu halten. Er fühlte sich knochig und mager an und schön warm. Der Kuss fiel ihr wieder ein, den sie ihm nach dem Start gegeben hatte, kurz und impulsiv und ein bisschen verunglückt. Aber sie bereute es nicht. Es fühlte sich immer noch richtig an. Und sie war froh, bei Christopher zu sein. Einen Moment lang gelang es ihr, alle Sorgen und Ängste zu vergessen und das alles einfach nur als verrücktes Abenteuer zu sehen.

Der Lastwagen hielt. Erneut ein Stapler, der sie auf die Gabel nahm und davonkarrte. Das Geräusch seiner Reifen klang seltsam, so, als durchquerten sie eine riesige, leere Halle. Und da setzte er sie auch schon wieder ab, ziemlich ruppig und diesmal auf festen Untergrund. Kaum zu glauben, schoss es Serenity durch den Kopf, dass manche Leute Weinflaschen, Gläser oder Porzellan mit solchen Transportdiensten verschickten!

Sie hörten, wie der Stapler davonsurrte. Gleich darauf kam er mit den nächsten Ladungen zurück, die er direkt neben ihnen auf den Betonboden knallte. Nach der dritten Palette kehrte Stille ein.

Christopher beugte sich vor. »Ich guck mal raus, wo wir sind«, kündigte er an und machte sich an den Riegeln zu schaffen.

Die Klappe ließ sich öffnen, stieß aber gleich darauf gegen ein Hindernis – die Hallenwand, wie es aussah! Der Spalt war nicht mal breit genug, um die Hand hindurchzustrecken, geschweige denn den Kopf.

Sie waren eingesperrt.

55 | Serenity spürte... nun ja, nicht richtig Panik, aber etwas, das sich noch entsprechend entwickeln konnte. »Und was machen wir jetzt?«, fragte sie.

»Hmm.« Christopher zog die Klappe wieder zu.

»Da ist was schiefgegangen, oder?«

»Sieht so aus.« Er knipste die Taschenlampe an und griff nach dem Beutel mit Proviant, von dem sie, abgesehen von einer Pause während der Fahrt zum Flughafen, bisher noch kaum Gebrauch gemacht hatten. »Wir könnten derweil ein bisschen was essen. Magst du ein Sandwich?«

Serenity schüttelte den Kopf. Es war ihr schleierhaft, wie jemand in einer solchen Situation ans Essen denken konnte!

»Was ist, wenn sie uns von hier aus ins nächste Flugzeug einladen?«, fragte sie. »In eins nach Neuseeland zum Beispiel?«

Christopher biss in aller Ruhe von seinem Sandwich ab. »Warten wir erst mal ab.«

Na gut. Warteten sie eben. Sollte keiner sagen, dass sich Serenity Jones nicht auch in Geduld üben konnte.

»Und wenn niemand kommt?« Okay, so viel zum Thema Geduld. Aber, na ja, sie hatte eben andere Stärken. »Was machen wir dann?«

»Dann wird uns was einfallen«, meinte Christopher kauend. »Aber bis jetzt stehen wir hier gerade mal fünf Minuten. Das wird sich schon noch klären.«

Es klärte sich tatsächlich. Irgendwann – Äonen später, wie es Serenity vorkam, und außerdem musste sie allmählich mal auf die Toilette, was das Warten nicht verkürzte – hörten sie einen Gabelstapler heranrauschen. Er hob ihre Palette hoch, fuhr sie ein Stück zurück und setzte sie ab. Eine Stimme sagte »Merci«, was, wie sich Serenity erinnerte, auf Französisch »Danke« hieß, dann brauste der Gabelstapler wieder davon.

Gleich darauf fummelte jemand an ihrer Kiste, die Front klappte auf und ein dunkelhäutiges Gesicht schaute sie an.

»Sorry«, sagte Jean-Pierre, »das lief anders als geplant. Seid ihr okay?«

»Alles bestens«, erklärte Christopher gelassen und machte die Tasche mit dem Proviant wieder zu. »Sind wir in Lyon?«

»Ja. In einer der Zwischenlagerhallen. Wir sollten zusehen, dass wir rauskommen.«

Er half Serenity, aus der Kiste zu steigen, und überließ es

Christopher, ihren Rucksack und seinen eigenen, ziemlich prall gefüllten Umhängebeutel herauszuholen.

»Einen Vorteil hat es, dass es so gelaufen ist«, meinte Jean-Pierre. »Auf diese Weise habt ihr den Zoll schon passiert.« Er grinste und sah auf die Uhr. »Ihr wollt in die Stadt, nehme ich an?«

»Zum nächsten Bahnhof auf jeden Fall«, sagte Christopher.

»Okay. Um vier Uhr dreißig fährt der erste Bus in die Stadt. Ich bring euch hin.«

Auf Serenitys Bitte suchten sie zuerst die Toiletten auf; bei der Gelegenheit entledigten sie sich auch der Upex-Overalls. Anschließend ging es eine gute Meile durch Gänge und zwischen Hallen hindurch. Die Nacht war warm und von gelbem Licht erfüllt; überall herrschte lärmende Geschäftigkeit, glitten Tore auf und zu, fuhren Lastwagen seltsam geformte Container aus schimmerndem Aluminium durch die Gegend.

Und dann waren sie draußen. Der Bus wartete bereits. Jean-Pierre drückte ihnen zwei Tickets in die Hand. »Die Endstation ist der Bahnhof Lyon Part-Dieu. Von da aus kommt ihr überallhin. Okay?«

Christopher nickte. »Vielen Dank für alles.«

»Schon gut. Passt auf euch auf.«

Damit ging er. Sie sahen ihm nach, aber er drehte sich nicht mehr um.

Kurz darauf fuhren sie mit dem halb leeren Bus durch die Nacht. Die wenigen Passagiere dösten in ihren Sitzen; es waren alles Männer. Die einzige andere Frau war die Busfahrerin. Serenity schaute fasziniert aus dem Fenster: Dies also war Frankreich!

Sie sah nicht viel, aber das, was sie sah, wirkte völlig anders als die Gegenden, die sie kannte. Alles war kleiner, gedrängter, kompakter – sogar die Bäume schienen niedriger zu sein und dichter beieinanderzustehen. Nach einer Weile erreichten sie den Stadtrand. Industriegebiete wechselten sich ab mit tristen Hochhaussiedlungen. Schließlich kurvte der Bus durch schmale Straßen, an denen uralte, winzige Häuser standen. Französische Filme fielen Serenity ein, die sie gesehen hatte; dort hatte die Szenerie so ähnlich ausgesehen.

Christopher sagte nichts. Es war auch nicht nötig. Sie wechselten nur ab und zu einen Blick, und dann mussten sie beide jedes Mal grinsen.

Sie erreichten den Bahnhof, ein großes, modernes Gebäude aus rötlichem Stein, das eher wie ein Einkaufszentrum wirkte. Hier herrschte auch so früh schon Betrieb; sie fielen nicht weiter auf.

Christopher stürzte sich sofort auf einen Fahrplan. »Fünf Uhr sechsunddreißig«, murmelte er, »nein, der fährt nur montags... sechs Uhr vier. Der ist um kurz nach acht in Paris. Den nehmen wir!«

Gleich darauf entdeckte er eine Reihe knallgelber Fahrkartenautomaten. »Guck mal«, meinte er begeistert, »die funktionieren sogar auf Deutsch!« Er spielte damit herum, wandte sich wieder ab. »Geht nur mit Kreditkarte.«

Serenity merkte, dass sie Probleme hatte, seinem Tempo zu folgen. Sie fühlte sich merkwürdig – so, als ob es Abend wäre und als ob sie den ganzen Tag bis zur Erschöpfung Sport getrieben hätte. Total seltsam, in so einem Zustand zu erleben, dass stattdessen die Sonne *aufging!*

Aber das tat sie. Hinter den hohen Glasscheiben wurde es

hell. Ein gelber Schimmer legte sich auf die Gebäude ringsum. Hier war tatsächlich früher Morgen.

Christopher stürmte mit ihr durch die Halle, fand das Geldwechselbüro. »Mist. Macht erst um acht Uhr auf.« Er holte ein Bündel Geldscheine aus der Tasche. »Wir probieren es so. Am Fahrkartenschalter.« Er sah sie an. »Sag mal, kannst du eigentlich Französisch?«

Serenity riss die Augen auf. »Soll das heißen, du kannst es nicht?«

»Keine zwei Worte«, sagte Christopher. »Hey, ich war in England auf der Schule! Da lernt man so was nicht.«

Das konnte ja heiter werden. Serenity hatte tatsächlich zwei Jahre lang einen Französischkurs an der Schule belegt, freiwillig. Aber sie hatte irgendwann aufgehört, weil sie gedacht hatte: Wozu brauch ich das jemals?

So konnte man sich täuschen. Während sie in der viel zu kurzen Schlange vor dem Schalter warteten, legte sie sich nervös zurecht, was sie sagen würde. *Je voudrais deux billets pour Paris*. Und dann? Für den Zug um sechs Uhr: *Pour le train à six heures*. Einfache Fahrt. Sie zermarterte sich das Hirn: Das wollte ihr nicht mehr einfallen. Dabei war es in einer Lektion drangekommen; lauter Begriffe, die mit Bahnhöfen und Zugfahrten zu tun hatten.

Dann war es gar kein Problem. Hinter dem Schalter saß eine junge Frau, die in passablem Englisch antwortete, sobald Serenity mühsam ihren ersten Satz aus dem Mund befördert hatte. Dass sie mit Dollar zahlen wollten, begeisterte sie nicht, aber nach Rücksprache mit einem älteren, seehundartig aussehenden Herrn im Hintergrund rechnete sie ihnen den Fahrpreis um, und Christopher zahlte.

Danach mussten sie sich beeilen. Es waren Platzkarten, es galt, den richtigen Bahnsteig zu finden und den richtigen Wagen. Das übernahm alles Christopher; sie brauchte ihm nur zu folgen. Schon das war schwierig genug.

Die Wagen waren zweistöckig, ihre Plätze befanden sich auf dem oberen Deck. Der Zug fuhr los, während sie sich setzten. Er schlängelte sich durch die Stadt, durch Tunnels und an einem Fluss entlang, dann schossen sie pfeilschnell auf einer pfeilgeraden Strecke über eine Landschaft, die Serenity unwirklich anmutete. Diese zauberhaften alten Steinhäuser, diese winkligen Gehöfte, diese verträumten schmalen Sträßchen! Es war, als führen sie durch ein Märchenland.

Christopher, der ihr den Fensterplatz überlassen hatte, schlief. Kein Wunder, so weich, wie die Sitze waren…

56 |

Serenity schreckte hoch. Was war los? Sie fuhren nicht mehr durch eine schöne Landschaft, sondern durch Industriegebiete und hässliche Vorstädte, wie sie heutzutage jede große Stadt umlagerten.

Sie blickte auf die Uhr, rüttelte Christopher wach. »In zehn Minuten sind wir da!«

Der schaute träge auf, sah sich um und meinte: »Dann weck mich in zehn Minuten noch mal.« Zack, waren die Augen wieder zu.

Auf dem Platz gegenüber, der in Lyon noch frei gewesen war, saß nun ein junger Mann, der einen Anzug trug und emsig auf einem Tabletcomputer arbeitete. Serenity hatte nicht mitgekriegt, wann und wo er eingestiegen war.

Der Mann lächelte Serenity an und fragte: »Das erste Mal in Paris?«

Er sprach Englisch mit genau diesem weichen, französischen Akzent, den Serenity immer für eine Übertreibung gehalten hatte, wenn sie jemanden in einem Film so hatte sprechen hören. Sie musste sich ein Grinsen verbeißen. »Sogar das erste Mal in Frankreich«, sagte sie.

»Woher kommen Sie?«, wollte der Mann wissen.

»Aus... ähm, England«, antwortete Serenity. Ihr war gerade noch rechtzeitig ihre Tarngeschichte eingefallen. »Ich heiße Sarah.«

»Sebastian«, verriet er nach kurzem Zögern. Er wirkte verdutzt, so, als sei es hierzulande nicht üblich, sich einander gleich vorzustellen. »Ich muss jede Woche nach Paris, leider immer nur geschäftlich...« Er stutzte, schaute auf den Computer in seinen Händen hinab, wirkte plötzlich äußerst beunruhigt. »Oh. Was ist das jetzt? Entschuldigen Sie...« Er schüttelte das Ding, eine hilflos wirkende Geste. »Er macht sich selbstständig!«

»Ist das schlimm?«, fragte Serenity höflich.

»Ich hoffe nicht. Ich habe eine Präsentation vorbereitet, die ich nachher brauche... Diese Geräte sind einfach noch nicht ausgereift.«

»Mein Freund kennt sich mit Computern aus«, sagte Serenity. »Er kann Ihnen vielleicht helfen.« Sie rüttelte an Christophers Schulter und versuchte, sich an den Namen zu erinnern, der in seinem falschen Pass stand, aber er fiel ihr nicht ein. Mist. Sie hätte eine tolle Geheimagentin abgegeben!

Christopher setzte sich auf, hatte nach drei Worten begriffen, worum es ging, und ließ sich von Sebastian das Gerät geben. Er betrachtete es eine Weile grüblerisch. Serenity sah, dass in einem der Fenster, die aufgegangen waren, ein längerer Text stand, den Christopher aufmerksam las und gleich wieder löschte.

Er schien nur eine Handbewegung zu brauchen, um alles zu reparieren. »Sie sollten Bluetooth ausschalten, wenn Sie unterwegs sind und es nicht für eine externe Tastatur oder so etwas benötigen«, erklärte er und gab den Computer zurück. »Das war eine Störung auf der Bluetooth-Frequenz.«

»*Ah, oui?*« Sebastian überprüfte hastig seine Daten. »Die Präsentation ist noch da. Puh! Vielen Dank.« Er packte seine Sachen in eine Aktenmappe und stand auf. »Leider habe ich es eilig. Ich wünsche Ihnen eine gute Reise und angenehmen Aufenthalt in Paris.«

Er verschwand als einer der Ersten in Richtung Ausgang.

»Die Störung auf der Bluetooth-Frequenz war übrigens ich«, raunte ihr Christopher zu und tippte sich an die Nase.

Seine Chips. Schon klar. Den Trick brachte er nicht zum ersten Mal. »Hab ich mir gedacht«, erwiderte Serenity.

»Ich hab die Nachricht vom PentaByte-Man«, sagte er. »Wir müssen weiter in eine Stadt namens *Rennes*. Wo immer die liegt.«

»Ich dachte, deine Chips funktionieren nicht mehr?«

»Doch. Ich bin nur aus dem Feld ausgesperrt. Die Bluetooth-Schnittstelle funktioniert nach wie vor.«

»Und das kann die Kohärenz nicht mitgekriegt haben? Damals in Santa Cruz hast du gesagt –«

»Ich weiß. Aber damals hatte ich den zweiten Chip noch nicht. Der mich bekanntlich tarnt.« Er hob die Schultern. »Hoffen wir mal, dass das immer noch so ist.«

Der Zug wurde immer langsamer und fuhr endlich in den

Bahnhof ein, eine riesige Halle aus verspielt wirkenden Stahlrippen, die Serenity an Fotos alter Treibhäuser erinnerte. Der Bahnsteig wimmelte von Menschen in allen Hautfarben. Man sah afrikanische Trachten und wallende arabische Gewänder und hörte alle möglichen Sprachen.

Als Erstes suchten sie sich ein Wechselbüro. Die Frau hinter der Glasscheibe hob die Augenbrauen, als sie das dicke Bündel Dollarscheine sah, das Christopher aus der Tasche zog. Aber sie zählte ihm, ohne mit der Wimper zu zucken, Euro-Scheine dafür hin.

»Lass mal sehen«, bat Serenity im Weitergehen. Die Scheine waren bunt, jede Sorte hatte eine andere Farbe: Rot, Blau, Grün... Und es waren Gebäude darauf abgebildet; allerdings erkannte sie nicht, welche.

Vor den Fahrkartenschaltern reihten sich lange Schlangen und es ging nur langsam vorwärts. Serenity betrachtete die hellen Fensterfronten und hatte das irritierende Gefühl, dass Paris eine Stadt war, in der nachts die Sonne schien. Es fühlte sich *so* nach Abend an! Das musste der Jetlag sein.

Aber trotzdem war sie im Moment nicht wirklich müde. Die Stunde Schlaf im Zug hatte gutgetan.

Endlich waren sie an der Reihe. Der Mann am Schalter sprach nur schlecht Englisch und musste alles zweimal sagen, ehe sie es kapierten. Irgendwie schien es nicht einfach zu sein, an diesen Ort namens Rennes zu kommen.

Christopher begriff zuerst. »Paris hat mehrere Bahnhöfe, genau wie London«, erklärte er. »Und die Züge nach Rennes fahren nicht von hier ab.« Er griff nach seinem prallen Umhängebeutel. »Lass uns erst zum richtigen Bahnhof fahren und die Fahrkarten dort kaufen.«

»Aber dann müssen wir noch einmal anstehen!«

»Egal. Die verkaufen hier nur Fahrkarten mit Reservierung, und wir wissen nicht, wie lange wir brauchen.«

Das leuchtete Serenity ein. Man merkte, dass Christopher der erfahrenere Reisende von ihnen beiden war. Sie folgte ihm, wie er quer durch die Halle marschierte, zu einem Stadtplan mit einer Übersicht der U-Bahn-Linien.

Natürlich genügte jemandem wie ihm ein Blick, um das System zu kapieren. Noch ehe Serenity herausgefunden hatte, wo sie sich überhaupt befanden, tippte Christopher schon mit dem Zeigefinger auf eine Stelle und sagte: »Hierhin müssen wir. Gare de Montparnasse.« Sein Finger huschte die bunten Linien entlang, ungefähr drei Sekunden lang. »Okay, alles klar. Komm.«

Und weiter ging es, Treppen hinab, Fahrkarten lösen an einem Automaten und noch mehr Treppen in die Tiefe. Zu Serenitys Enttäuschung bekam sie von Paris so gut wie nichts zu sehen außer der U-Bahn, die streckenweise so alt wirkte, als sei sie schon hundert Jahre in Betrieb. Ein paar Mal fuhren sie ein Stück weit oberirdisch, Serenity erhaschte kurze Blicke auf Straßen voller malerischer alter Häuser, die dicht an dicht standen und halb verstaubt, halb pittoresk wirkten. Gleich darauf rumpelte die Bahn wieder in einen Tunnel. Was für eine Enttäuschung! Serenity schwor sich, eines Tages zurückzukommen und Paris zu erkunden.

Wenn das alles irgendwie gut enden sollte.

Wenigstens unternahmen sie etwas, sagte sich Serenity. Es tat so gut, nicht mehr in Hide-Out eingesperrt zu sein, wo sie nichts hatte tun können, als auf den großen Schlag zu warten. Auch wenn die Chance winzig war, der sie folgten, war es doch immerhin eine Chance.

Sie dachte an den Brief, den sie zurückgelassen hatte. Ob sie das darin so formuliert hatte, dass ihre Eltern sie verstehen würden. Sie würden sich Sorgen machen, bestimmt. Große Sorgen. Verärgert sein. Aber vielleicht würden sie sie auch ein bisschen verstehen. Hoffentlich.

Der Bahnhof Montparnasse entpuppte sich als großer, hässlicher Klotz aus Beton, bei dem die Gleise unterirdisch zu liegen schienen. Christopher fand sich zurecht, als sei er schon tausendmal hier gewesen. Einen Zug, der nach Rennes gefahren wäre, hatten sie um ein paar Minuten verpasst, aber den nächsten würden sie kriegen.

So kam es, dass sie knapp drei Stunden, nachdem sie in Paris angekommen waren, die Stadt bereits wieder verließen, diesmal in Richtung Westen. Dieser Zug war nicht doppelstöckig, fuhr aber auch rasend schnell. Die Gegend, die sie durchquerten, war topfeben und sah ausgesprochen langweilig aus. Das Interessanteste waren die vielen Windräder, die sich behäbig drehten.

Sie redeten wenig. Serenity wurde das Gefühl nicht los, dass die Leute ringsum beim Klang englischer Worte aufmerkten, und kam sich belauscht vor. Christopher schien es ähnlich zu gehen.

Nach dem ersten Halt fuhr der Zug langsamer weiter. Nach etwa zweieinhalb Stunden erreichten sie Rennes. Den Bahnhofsuhren zufolge war es Nachmittag, aber es fühlte sich an, als sei es fünf Uhr morgens.

Inzwischen war auch Christopher nicht mehr fit. Sie wanderten schlaftrunken die Umgebung des Bahnhofs ab, suchten das Hotel, in dem sie auf den PentaByte-Man warten sollten, und liefen immer wieder daran vorbei, ohne es zu bemerken.

Serenity hatte das Gefühl, jeden Moment im Stehen einzuschlafen.

Ja, sie hätten Glück, sie habe gerade noch ein Zimmer frei, meinte die Frau an der Rezeption. Mit zwei Betten. Und sie müsse auf Vorkasse bestehen.

Christopher regelte alles, mit dem Geld, mit dem Ausfüllen der Formulare. Schließlich mussten sie nur noch zwei Treppen hinaufsteigen. Die Flure waren ulkig eng und verwinkelt – dicke Leute hätten Platzangst bekommen –, das Zimmer winzig und kahl, die Wände nur gestrichen und der Plüschfußboden älter als sie beide zusammen. Und ja, es *gab* zwei Betten – an jeder Wand des Zimmers eines. War das in Frankreich üblich?

Die Antwort auf diese Frage interessierte Serenity in diesem Moment herzlich wenig. Sie stellten ihr Gepäck ab, jeder von ihnen fiel auf ein Bett, und gleich darauf waren sie eingeschlafen.

Kampfmoral

57 | Christopher erwachte, starrte an die Decke und spürte dem seltsam lebhaften Traum nach, den er geträumt hatte. Dann sah er das Fenster und die Häuserfronten dahinter, hörte Straßenverkehr und fremdartig melodiös klingende Stimmen und begriff, dass das gar kein Traum gewesen war. Sie waren tatsächlich in Frankreich!

Er drehte den Kopf zum anderen Bett. Serenity schlief noch. Im Schlaf sah ihr Gesicht ganz weich und schön aus, geradezu engelhaft. Ihre sonst so löwenartig wirkende Mähne war völlig verstrubbelt, leuchtete in dem warmen Licht, das schräg durchs Fenster auf die Wand hinter ihr fiel, wie ein Heiligenschein.

Christopher spürte bei ihrem Anblick eine eigenartige Bewegung in seiner Brust. Es war ein Gefühl, als öffne sich in seinem Inneren etwas bei ihrem Anblick. Es schmerzte, und gleichzeitig machte es ihn... nun ja, beinahe glücklich.

So also fühlte es sich an, verliebt zu sein.

Plötzlich verstand er vieles, das er nur aus zweiter Hand kannte. Er erinnerte sich an die Erzählungen seines Vaters, wie dieser seine Mutter kennengelernt hatte. Er habe sie gesehen und es sofort gewusst. »Es war, als wäre was eingerastet«, hatte er gesagt. »Und mein nächster Gedanke war: Oje, das wird schwierig – ein anderes Land, eine fremde Sprache und eine Frau mit einem Beruf, den ich nicht verstehe... Das denkt man, aber gleichzeitig weiß man: Es hilft alles nichts. Man kann nicht einfach weggehen und sein bisheriges Leben weiterleben. Man kann es nicht mehr, weil man diesem Menschen begegnet ist.«

Nach diesen Kriterien, überlegte Christopher, war er tatsächlich in Serenity verliebt, und zwar schon lange. Seit er sie das erste Mal getroffen hatte. Es war ihm nur nicht klar gewesen – wie auch?

Das war natürlich ein Problem. Denn sie hatten ja eine Aufgabe, eine Mission, auf die sie sich konzentrieren mussten. Sie machten nicht Urlaub, sondern standen in einem Kampf, bei dem es um alles oder nichts ging.

Er seufzte. Das würde schwierig werden. Und es half nichts, sich das zu sagen.

Sein Seufzer schien Serenity aufgeweckt zu haben. Sie schlug die Augen auf, entdeckte ihn und lächelte. »Wir haben das tatsächlich gemacht, oder?«, fragte sie verschlafen.

»Ja«, sagte Christopher.

Es war außerdem, erkannte er, nicht automatisch gesagt, dass Serenity umgekehrt in ihn verliebt war. Das kam, was er so gehört hatte, oft genug vor: dass Zuneigung unerwidert blieb. Das zu denken, löste eine Art von Angst aus, die Christopher so noch nie erlebt hatte.

Serenity stemmte sich auf die Ellbogen, sah sich um. »Wie spät ist es eigentlich? Ich hab überhaupt kein Zeitgefühl mehr.«

Christopher auch nicht. Wenn man ihm gesagt hätte, es sei später Vormittag, hätte er das genauso geglaubt wie jede andere Angabe. Er wälzte sich herum. Die Uhr auf dem Nachttisch behauptete, es sei 19:12 Uhr.

»Wie lange haben wir dann geschlafen? Fünf Stunden?«

»So ungefähr«, sagte Christopher. Etwas weniger, weil sie das Hotel nicht gleich gefunden hatten. »Im Flugzeug zu schlafen, war wohl nicht so entspannend.«

Serenity setzte sich mühsam auf. »Ich bin völlig fertig«, erklärte sie und fuhr sich mit gespreizten Händen durch die Haare. »Okay. Wie geht es jetzt weiter?«

»Wir warten, bis der PentaByte-Man Kontakt mit uns aufnimmt«, sagte Christopher.

»Und wann wird das sein?«

»Morgen im Verlauf des Tages, nehme ich an. Er hat geschrieben, er will beobachten, ob uns jemand gefolgt ist oder ob wir überwacht werden. Sobald klar ist, dass die Luft rein ist, meldet er sich.«

Serenity nickte. »Und? Was meinst du? Ist uns jemand gefolgt?«

»Ich hab niemanden bemerkt«, meinte Christopher. »Aber das heißt nichts. Ich habe das Gefühl, unsere Fahrt durch Frankreich als Schlafwandler zurückgelegt zu haben.«

»Geht mir genauso«, bekannte sie. Sie sah sich um, musterte das Zimmer. »Heißt das, wir müssen die ganze Zeit im Hotel bleiben?«

»Nein, im Gegenteil. Er hat gesagt, wir sollen so viel wie möglich rausgehen und herumlaufen, damit er eventuelle Verfolger entdecken kann. Wir sollen so tun, als wären wir im Urlaub.«

»Gut«, meinte Serenity. »Mir ist nämlich gerade eingefallen, dass ich vorne an dem großen Platz eine Pizzeria gesehen habe.«

Das bloße Wort ließ Christopher ein Loch im Bauch spüren. »Geniale Idee.«

»Aber vorher muss ich duschen«, sagte Serenity. »Ich fühl mich so schmutzig, als hätte man den Flugzeugboden mit mir gewischt.«

Christopher ließ Serenity den Vortritt. Sie nahm ihre Sachen mit ins Bad und verriegelte die Tür hinter sich. Dann rauschte Wasser und wollte gar nicht mehr aufhören.

Christopher wühlte derweil frische Klamotten aus seinem Reisesack. Als alles griffbereit auf seinem Bett lag, schaute er aus dem Fenster und beobachtete das Treiben auf der Straße unten, die vorbeifahrenden Autos, die Passanten. Wer von diesen Leuten mochte der PentaByte-Man sein? Christopher stellte sich den Hacker dick und langhaarig vor, aber die Menschen, die er sah, waren alle schlank und zielstrebig irgendwohin unterwegs.

Das Rauschen des Wassers endete, dafür hörte man den Föhn. Endlich kam Serenity wieder zum Vorschein, rosig sauber und in frischen Kleidern, ihre nach wie vor feucht glänzenden Haare mit einem riesigen Kamm bearbeitend. Das Innere des Badezimmers war in dicke Dampfschwaden gehüllt.

»Sorry, meine schrecklichen Haare... Die sind echt ein Problem«, meinte sie. »Aber jetzt ist die Dusche frei.«

Christopher verspürte den Impuls, ihr zu sagen, dass er ihre Haare großartig fand, doch irgendetwas schien ihm regelrecht den Mund zu verschließen. Eine Art Wortfindungsstörung.

Dann sagte er sich, dass solche Gespräche in ihrer Situation ohnehin Unsinn waren; darum ging es jetzt nicht.

Aber irgendwie... eben doch.

Er schnappte seine frischen Klamotten, räusperte sich und sagte: »Ich geh dann mal.«

»Beeil dich. Ich sterbe vor Hunger.«

Im Bad war alles klatschnass, nur die zwei verbliebenen Handtücher nicht. Christopher zog die Tür hinter sich zu, fasste an den Riegel und hielt inne. Es war unnötig abzuschließen, oder? Serenity würde nicht einfach hereinkommen.

Er nahm die Hand wieder weg. Irgendwie wäre es auch aufregend gewesen, *wenn* sie hereingekommen wäre. Er wünschte es sich fast.

Eine halbe Stunde später saßen sie unter blauen Markisen am Rand des großen Platzes und studierten die in Plastik eingeschweißte Speisekarte. Ein paar Bottiche mit verkümmerten Pflanzen trennten sie vom fließenden Verkehr, ein warmer Wind ließ die Stoffbahnen über ihren Köpfen flattern, und Serenity war begeistert. »Das wirkt alles so... *echt!*«, sagte sie.

Christopher wusste nicht genau, was sie damit meinte. Zumindest war die Kneipe zweifellos *alt*. Die Tische waren winzig und verschrammt, die Stühle knarzten bei jeder Bewegung, und die mächtige Theke, die man durch die weit geöffneten Fensterflügel sah, hatte locker ein Jahrhundert auf dem Buckel.

Immerhin war alles *echt* alt. Nicht wie in den USA, wo Restaurants lediglich auf alt dekoriert wurden.

Serenity übernahm es, für sie beide zu bestellen. Sie musste nach Worten suchen, aber der Kellner hörte geduldig zu, ja schien ihre Bemühungen mit amüsiertem Wohlwollen zur Kenntnis zu nehmen.

Dass die Speisekarte nur auf Italienisch und Französisch erhältlich war, machte zum Glück nichts; mit einer Pizza Napoli konnte man keinen Fehler machen. Und eine Cola wurde hierzulande offenbar »Coca« genannt, bekam Christopher mit.

Während sie warteten, zog er einen Prospekt hervor, den er an der Rezeption des Hotels mitgenommen hatte. *Die Sehenswürdigkeiten von Rennes,* stand darauf, *englischsprachige Ausgabe.* »Das Programm der nächsten Tage«, erklärte er, faltete das Ding auseinander und legte es zwischen ihnen auf den Tisch.

Auf einer Seite fand sich ein Stadtplan mit den Attraktionen der Stadt: der Platz vor dem Parlament. Das Rathaus. Die Markthallen am *Place des Lices.* Die geschnitzten Fassaden in der *Rue du Chapitre.* Das Kunstmuseum, geöffnet täglich außer Dienstag. Parks. Kirchen.

»Hmm«, machte Serenity. »Okay. Wenn es sein muss.«

»Klingt nicht begeistert«, sagte Christopher.

»Merkt man das?«

»Besser, als einfach so herumzulaufen, denke ich.«

Er faltete den Plan zusammen, weil die Pizzen kamen. Sie dufteten umwerfend. Die Ränder waren knusprig braun, der Käse weich zerlaufen. Sie griffen zu Messer und Gabel und widmeten sich erst einmal dem Essen.

Christopher hatte mit jedem Bissen mehr das Gefühl, zur Ruhe zu kommen und wieder er selber zu werden. Er konnte es genießen, einfach hier zu sitzen und das Treiben um sich herum wahrzunehmen, all die Leute, die ihren alltäglichen

Geschäften nachgingen. Dass er kein Wort von ihren Unterhaltungen verstand, machte überhaupt nichts.

Wer mochte wissen, wie oft sie so etwas noch erleben würden?

»War das lecker«, erklärte Serenity, als sie den restlos geleerten Teller von sich schob. »Zu Hause habe ich noch nie eine so große Pizza geschafft.« Mit einem Mal umwölkte sich ihre Stirn. »Was sie zu Hause wohl jetzt von uns denken? In Hide-Out, meine ich.«

»Dass wir unvernünftig sind.«

»Und? Sind wir unvernünftig?«

»Klar«, meinte Christopher. »Aber ich glaube, es gibt Situationen, da ist es das einzig Vernünftige, unvernünftig zu sein.«

»Und woher weiß man, wann das der Fall ist?«

»Gar nicht. Wenn man es wüsste, wäre es ja nicht unvernünftig.«

Sie lehnte sich zurück, sah sich um, nippte an ihrer Cola. »Kommt mir komisch vor, von Hide-Out als einem Zuhause zu sprechen. Das ist es nicht. Eigentlich habe ich keine Ahnung, wo ich zu Hause bin. Ich wäre es gern, aber...« Sie verstummte.

»Ich weiß, was du meinst«, sagte Christopher in das plötzliche Schweigen hinein.

Sie sah ihn an, auf eine Weise, die in ihm den heftigen Wunsch weckte, sich vorzubeugen und seine Hand auf ihre zu legen. Ja, das hätte er wirklich gerne getan. Aber das konnte man ja schließlich nicht so einfach tun...

Warum? Weil es unvernünftig gewesen wäre? Er dachte an das, was er gerade eben gesagt hatte, und musste beinahe lachen. Doch er brachte es trotzdem nicht fertig. Es wäre ihm wie ein Übergriff vorgekommen.

»Ich bin immer noch durcheinander«, sagte Serenity nach einer Weile. »Desorientiert. Einerseits habe ich das Gefühl, es ist nicht mal Mittag, andererseits bin ich völlig zerschlagen. Ich glaube, wir sollten versuchen, wieder in den normalen Tagesrhythmus zu finden.«

Christopher nickte. »Stimmt. Solange wir den Jetlag nicht überwunden haben, sind wir zu unkonzentriert. Das können wir uns nicht leisten.«

»Gehen wir noch spazieren?«, schlug Serenity vor. »Vielleicht gibt uns das ein bisschen... Bettschwere.« Sie hatte gezögert vor dem letzten Wort, räusperte sich.

»Ja, okay«, sagte Christopher rasch. »Kann auch nicht schaden, die Umgebung des Hotels zu kennen.«

So zahlten sie und wanderten anschließend durch die Straßen, bis es dunkel wurde. Sie redeten über das, was sie entdeckten: seltsame Auslagen in Schaufenstern, enge Quergassen, mal hässlich und schmutzig, mal pittoresk und gemütlich, alte Mauerreste, auf denen Pflanzen wuchsen, einsame Palmen vor kahlen Hausfassaden. Es war angenehm, doch Christopher hatte die ganze Zeit das Gefühl, dass sie nicht über das redeten, über das sie hätten reden *sollen*.

Die eigenartig zwiespältige Atmosphäre zwischen ihnen wich auch nicht, als sie zurück ins Hotel kamen und schlafen gingen. Es lag etwas Vorwurfsvolles in der Weise, wie Serenity sich im Bad einschloss, im Schlafanzug herauskam und so rasch unter ihre Decke kroch, als müsse sie sich verstecken. Aber was sollte er tun, was sagen? Christopher wusste es nicht.

Er lag noch ewig wach, starrte an die Decke und beobachtete die Lichtspiele, die vorbeifahrende Autos darauf veranstalteten. Und er war überzeugt, dass es Serenity ähnlich ging. Doch sie schwiegen beide. Es lag etwas in der Luft, und Christopher verstand nicht, was es war. Hatte sie Angst, er könnte einfach zu ihr kommen? Oder war sie enttäuscht, dass er es *nicht* tat?

Oder – auch diese Möglichkeit musste man bedenken – bildete er sich das alles nur ein?

58 | Am Mittwochnachmittag ging Brad mit Tiffany ins Kino. Allerdings bekamen sie vom Film wenig mit; sie verbrachten die Zeit wieder mal mit Knutschen bis an den Rand der Besinnungslosigkeit.

Brad war regelrecht erschöpft, als er abends nach Hause kam. Ihm war danach, sich ins Bett zu legen und ein Jahr am Stück zu schlafen.

Doch daran war nicht zu denken. Zu Hause herrschte das totale Chaos.

Dads Partner thronte im Fernsehsessel, hatte eine ganze Batterie von Whiskeygläsern vor sich stehen und rauchte ihnen die Bude voll. Dad marschierte nervös auf und ab, das Telefon am Ohr. Die miese Stimmung war mit Händen zu greifen.

»Okay, und was sollte diese Untersuchung, wenn Sie nun keine Ergebnisse –?«, bellte Vater gerade in den Hörer. »Ach so. Freitag erst? Und wir? Okay.« Er unterbrach die Verbindung, sah seinen Partner an. »Sie sagen, wir können wieder ins Büro. Die Spurensicherung ist fertig.«

»Was ist denn passiert, um Himmels willen?«, fragte Brad.

»Die totale Katastrophe«, meinte Dads Partner, der dreinschaute wie eine fette Kröte mit glasigen Augen. »Das Ende der Kanzlei.«

Vater fuchtelte mit dem Telefon. »Das war diese Praktikantin, dafür lege ich meine Hand ins Feuer. Sonst kommt ja auch niemand infrage. Sie muss irgendwie unsere Schlüssel kopiert haben und –«

»Wie denn?«, knurrte sein Partner.

»Was weiß ich! Das wird die Polizei schon herausfinden. Dazu ist sie schließlich da.« Vater wendete sich Brad zu. »Das mit dem Vertragsverhandlungen hast du mitgekriegt, oder? Wir haben eine Firma vertreten, die eine hochinteressante Erfindung auf dem Gebiet der Computernetzwerke gemacht hat. Etliche große Konzerne waren daran interessiert; es ging um Hunderte von Millionen. Aber jetzt hat vorgestern einer der Konzerne, mit denen wir verhandelt haben, ein Patent angemeldet, das deren Erfindung unserer Klienten haargenau entspricht. Nicht genug, dass damit die Verhandlungen geplatzt sind, jetzt geht es auch noch um Industriespionage. Wir werden beschuldigt, dass die undichte Stelle bei uns gewesen sein soll.«

»Unsere Klienten haben in den Plänen, die bei uns hinterlegt waren, absichtlich eine winzige Ungenauigkeit eingefügt«, fügte der Partner von Brads Vater hinzu und schenkte sich großzügig Whiskey nach. »Und dummerweise findet sich diese Ungenauigkeit hundertprozentig auch in den Patentunterlagen von A. D. Winston Cyberware. Solche Klienten wünscht man sich, oder? Die nicht mal ihren Anwälten trauen.«

»Die Polizei hat keine Spuren eines Einbruchs bei uns gefunden«, erklärte Brads Vater und schwenkte das Telefon umher, als wolle er jemandem den Schädel damit einschlagen. »Nun sagen sie, ein Eindringling müsse einen Schlüssel gehabt haben.«

»Puh«, machte Brad. »Ganz schöner Mist.«

»Das kannst du laut sagen«, grollte der Partner.

Das Gehörte rief in Brad eine undeutliche Erinnerung wach, an Ereignisse, die möglicherweise etwas damit zu tun haben mochten. Irgendetwas, das er gesehen, das er getan hatte... Bloß was? Er kam nicht darauf.

Na ja. Sicher war es auch nicht so wichtig.

»Und jetzt?«, wollte er wissen.

»Jetzt? Jetzt müssen wir retten, was zu retten ist«, sagte sein Vater und begann, herumliegende Unterlagen in zwei große Aktenkoffer zu stopfen.

»Mach dir doch nichts vor«, stieß sein Partner mit schwerer Zunge hervor. »Die finden nichts bei der, jede Wette. Wie wollen die ihr so etwas nachweisen?« Er kippte sein Glas hinab. »Verdammt. Ich hasse es, wenn Anwälte sich selber verteidigen müssen.«

59 | Die Frühstücke hatten allmählich etwas von einer Zeitschleife: Dasselbe Büffet, dieselben Gesichter, und die Nachrichten, die unbeachtet über den Bildschirm flimmerten, schienen auch dieselben zu sein. Am liebsten hätte Christopher den Fernseher ausgeschaltet, mit einem kurzen Gedanken per Chip, aber er ließ es. Unnötiges Aufsehen konnten sie nicht brauchen.

Erster Gang: an die Rezeption, um ihren Aufenthalt um eine weitere Nacht zu verlängern. Diesmal fragte Serenity, als er an den Tisch kam: »Wie lange reicht das Geld überhaupt?«

»Noch eine Weile.« Geld war nicht das Problem. Im Notfall konnte er mithilfe seines Chips Bankautomaten hacken, ein Trick, den er mehrmals angewandt hatte, als er mit George Angry Snake in Amerika unterwegs gewesen war. Aber danach würden sie den Ort wechseln müssen, also verbot sich das im Moment.

Er verstand auch nicht, warum der PentaByte-Man sich nicht meldete.

Oder besser gesagt: Er wollte lieber nicht darüber nachdenken, warum er es nicht tat.

Vielleicht war er ja einfach nur verhindert. Vielleicht hatte er nicht geglaubt, dass sie es so schnell nach Frankreich schaffen würden. Es gab Dutzende solcher Vielleichts. Sie brauchten die Hoffnung noch nicht aufzugeben.

Wohin sollten sie noch gehen? Im Kunstmuseum waren sie gewesen, in jedem Saal. Von Kirchen hatten sie beide genug. Und wenn sie sich noch eine geschnitzte Fassade an einem Fachwerkhaus anschauten, würde Serenity vermutlich einen Schreikrampf kriegen.

Christopher schlug vor, einen Park anzusteuern. Es gab einen, der auf dem Stadtplan schön groß aussah und keine halbe Stunde vom Hotel entfernt lag.

»Okay«, meinte Serenity nur.

Und sagte nichts mehr, während sie dorthin pilgerten.

Was war los? Nahm sie ihm übel, dass er sie überredet hatte, Hide-Out zu verlassen? Hatte sie angefangen, ihn für einen Spinner zu halten, der einer Schimäre nachjagte? Hatte sie

Angst, was aus ihnen wurde, falls der PentaByte-Man nicht auftauchte?

Er wusste nicht, was in ihr vorging. Das war das Problem. Und gerade verstand Christopher gut, wie man auf die Idee kommen konnte, Gehirne einfach miteinander zu verbinden, sodass jeder die Gedanken des anderen kannte. Würde das nicht alle Missverständnisse beseitigen, alle Probleme lösen, die Menschen im Zusammenleben hatten?

Eben nicht. Denn nichts anderes war, was die Kohärenz machte. Und wie das war, hatte er selber erlebt. Er wusste, was das bedeutete.

Offenbar war es für das menschliche Leben wesentlich, dass ein Inneres existierte, zu dem niemand Zugang hatte außer einem selbst. Vielleicht war es sogar dieses Innere, das das Selbst *ausmachte.* Und falls dem so war, dann war logischerweise ein ganz entscheidender Punkt für Beziehungen, was und wie viel man von seinem Inneren einem anderen Menschen zugänglich machte.

Darüber hatte Christopher in der letzten Nacht lange nachgedacht. Natürlich nicht, ohne dass ihm einfiel, wie George Angry Snake zu ihm gesagt hatte: »Du denkst zu viel.« Ja. Stimmte vermutlich. Aber Christopher hatte keine Ahnung, wie er die anstehenden Probleme ohne Nachdenken hätte lösen sollen. Dies war nicht die Zeit für Experimente. Er musste auf das zurückgreifen, was er konnte, und versuchen, damit zurechtzukommen.

Er war verliebt in Serenity. Er wusste nicht, ob sie diese Zuneigung erwiderte. Und er hatte keinerlei Erfahrung, wie man mit so einer Situation umging. Diese drei Tatsachen stellten ein Problem dar, aber gewiss kein sehr originelles, im Gegenteil: Zweifellos stand jeder Mensch irgendwann in seinem Leben vor genau demselben Problem.

Und da buchstäblich der Fortbestand der Menschheit davon abhing, dass Menschen dieses Problem seit Urzeiten irgendwie gelöst kriegten, konnte die Lösung nicht so schrecklich kompliziert sein.

Als sich Christopher das gesagt hatte, wurde ihm auch klar, wie diese Lösung aussah: Er musste Serenity sagen, wie es in ihm aussah. Der Gedanke, das zu tun, war unangenehm, aber warum eigentlich? Das, was er empfand, war auf jeden Fall da, ob er davon sprach oder nicht. Was immer er empfand, er empfand es eben, und niemand konnte ihm deswegen einen Vorwurf machen. Er tat kein Unrecht damit.

Also war das Unangenehme daran die Möglichkeit, auf Ablehnung zu stoßen. Das war eine reale Möglichkeit. Serenity hatte genau dasselbe Recht wie er, zu fühlen, was sie eben fühlte, und falls das etwas anderes war als das, was er hoffte, dann würde er das hinnehmen müssen. Es gab keinen Weg, sich davor zu schützen – außer dem, die Wahrheit im Ungewissen zu belassen. Doch das wiederum hätte bedeutet, die problematische Situation auf unbestimmte Zeit aufrechtzuerhalten.

Mit anderen Worten, was er tun musste, war, den Mut aufzubringen, sich der Sache zu stellen. Und das ergab ja Sinn.

Sie betraten den Park durch ein schmiedeeisernes, von Heckenrosen überranktes Tor. Dahinter lag eine aufwendig gestaltete Grünanlage, die wirkte wie der Garten eines verschwenderischen Königs.

»Hübsch«, sagte Serenity. Ihre Miene hellte sich auf. Es schien ihr tatsächlich zu gefallen.

Eine Weile wanderten sie schweigend zwischen den Blumenrabatten, Büschen und Bäumen dahin. Sie waren nicht die einzigen Besucher, aber man war trotzdem für sich.

Das war ein geeigneter Moment, sagte sich Christopher, blieb stehen und erklärte: »Ich muss dir was sagen.«

Serenity sah ihn überrascht an. »Ja?«

Es war nicht so einfach, wie es in seiner Vorstellung gewesen war. Und schon da war es nicht leicht gewesen. »Vielleicht setzen wir uns einen Moment dort drüben hin?« Christopher deutete auf eine der vielen grünen Holzbänke, die vor einer langen Hecke standen. »Es ist ein bisschen... schwierig.«

»Okay«, sagte sie.

Sie setzten sich, Serenity nur auf die vordere Kante der Bank, als wolle sie jederzeit aufspringen und davonrennen können.

Christopher holte tief Luft. »Also, es geht um etwas, mit dem ich keine Erfahrung habe. Wahrscheinlich stelle ich mich total blöd an, aber es ist besser, ich sage es irgendwie als gar nicht.«

Puh. Das war richtig heftig. Als schnüre ihm irgendwas den Atem an. Ein unsichtbarer Ring aus Stahl um seine Brust oder dergleichen. Er rief sich noch einmal ins Gedächtnis, dass er alles sagen durfte, solange er von sich selber sprach. Solange er ihr jede Freiheit ließ, wie sie reagieren wollte, war es in Ordnung.

Sie saß reglos da, die Augen weit geöffnet. Beinahe entsetzt sah sie aus.

Christopher schluckte noch einmal. »Die Sache ist die, dass ich mich in dich verliebt habe. Nicht gerade eben und auch nicht erst vor ein paar Tagen, sondern schon eine ganze Weile. Es ist mir nur nicht bewusst geworden, weil ... tja, also ... es war wohl einfach zu viel los.«

Es war ein eigenartiges Gefühl, diese Worte auszusprechen. So musste es sich anfühlen, mit Anlauf über eine Klippe ins Unbekannte zu springen.

Immerhin: Sobald man einmal drüber war und flog, ging es einfacher.

»Wenn ich zurückdenke, weiß ich, dass du mir von Anfang an gefallen hast. Vor allem deine Sommersprossen, ehrlich gesagt«, fuhr Christopher fort mit dem seltsamen Gefühl, dass die Worte plötzlich von selber aus seinem Mund flossen. »Keine Ahnung, warum, aber aus irgendeinem Grund habe ich Sommersprossen immer gemocht, und du ... du hast die schönsten, die ich je gesehen habe.«

Serenity hatte die Augen noch weiter aufgerissen. »Meine ... *Sommersprossen?*«, flüsterte sie mit krächzender Stimme.

»Also, nicht nur, natürlich«, beeilte sich Christopher zu erklären. »Eigentlich finde ich alles an dir toll. Wie du aussiehst, wie du bist, wie du ... und ich könnte *ewig* mit dir reden, zum Beispiel. Wenn ich –« Er hielt inne, fasste sich an die Brust. Es war, als überschritte er eine weitere Schwelle, wenn er davon erzählte. »Wenn ich dich sehe, fühlt sich das an, als ob hier ... etwas aufgeht. Und das fühlt sich gut an. Und ich wollte ... na ja, weil wir keine Ahnung haben, wie viel Zeit uns bleibt ... also, ich wollte, dass du das weißt.« Irgendwie kamen jetzt die Gedanken in seinem Kopf durcheinander. Er brach ab. Das Atmen nicht zu vergessen, war schwierig genug.

Aber nun, da gesagt war, was gesagt werden musste, war ihm leichter ums Herz. Es fühlte sich richtig an. Was immer jetzt geschah, er würde damit fertig werden.

Serenity saß in sich zusammengesunken da, als wäre plötzlich alle Kraft aus ihr gewichen, und starrte ihn ungläubig an.

»Ich dachte... ich dachte, du bist in *Madonna* verliebt!«, flüsterte sie.

Christopher schüttelte den Kopf. »Madonna? Nein. Ich war nur eine Zeit lang durcheinander, weil sie mich geküsst hat, aber... Nein. Definitiv nicht.«

Serenity sah ihn immer noch an, ohne sich zu rühren. Dann sagte sie leise: »Du könntest mich mal halten. Statt so schrecklich weit von mir weg zu sitzen.«

»Oh.« Christopher rückte neben sie, legte die Arme um sie. Wie im Flugzeug. Nur besser.

Serenity hob den Kopf, musterte ihn, als sähe sie ihn das erste Mal. Ihre Augen schimmerten feucht. »Oh, Mann...«, hauchte sie.

Dann küsste sie ihn.

60 | *Endlich!* Das war alles, was Serenity denken konnte. Endlich war es heraus. Endlich war die Wand, die zwischen ihnen gestanden hatte... nun, eingestürzt war sie noch nicht, aber zumindest hatte sie Risse bekommen und ein paar Löcher, durch die man hindurchspähen konnte.

Es fühlte sich gut an, ihn in den Armen zu halten. Es fühlte sich richtig an. Und ihn zu küssen, das war... ja, irgendwie die normalste Sache der Welt und zugleich die sensationellste.

»Du bist echt ein seltsamer Vogel, weißt du das?«, sagte sie, als sie sich nach einer kleinen Ewigkeit wieder voneinander lösten.

»Hör ich nicht zum ersten Mal.«

»Du hättest schon längst was sagen können.«

»Wie gesagt, ich bin nicht so der Spezialist für diese Dinge.«

»Verstehe. Wenn's für irgendwas kein User Manual gibt, bist du aufgeschmissen.«

Er schüttelte den Kopf. »Das siehst du falsch. Wenn man kein User Manual hat, fängt das Hacken erst an.«

Serenity musste unwillkürlich auflachen. »Wow. Das war jetzt romantisch.«

»Ich sag nur, wie es ist.«

Sie sah ihn an, legte ihm die Hand auf die Brust und spürte, dass ihr Tränen in die Augen stiegen. »Nein, ehrlich. Ich glaube nicht, dass es viele Mädchen gibt, die je so eine Liebeserklärung bekommen haben.«

»Nicht?« Das schien ihn ernsthaft zu verblüffen. »Wieso? Wie machen es denn andere Jungs?«

»Schlechter.«

»Oh.«

Sie schlang die Arme um ihn, sodass ihr Kopf auf seinen Schultern zu liegen kam, und flüsterte ihm ins Ohr: »Weißt du, was richtig, richtig schlimm war? Als du mit George abgehauen bist und wir allein weiterfahren mussten. Da hab ich gemerkt, dass du mir nicht egal bist. Ich hab gedacht, ich sehe dich vielleicht nicht wieder.«

»Es ging nicht anders. Ich hätte dich sonst in Gefahr gebracht. Euch alle.«

»Ich weiß.« Verdammte Kohärenz. Verdammte Welt. »Ich weiß.«

Dann sprang sie auf und packte ihn an der Hand und zog

ihn mit sich und rannte, weil sie es nicht mehr ausgehalten hätte, *nicht* zu springen und rennen, weil sie am liebsten gejauchzt hätte und jubiliert, gesungen und geschrien. Endlich! Endlich war alles klar!

Christopher fing sie wieder ein, küsste sie noch einmal.

»Ich dachte eine Weile, du hättest was mit Dylan Farrell«, gestand er dann.

»Und ich hab gedacht, du seist in Madonna verliebt«, erwiderte sie.

»Manchmal sollte man wirklich nicht so viel denken.«

»Das sagt der Richtige.«

Er musste lachen, dann war er es, der sie mit sich fortzog.

War es wichtig, wohin sie gingen? Nein. Hauptsache, sie taten es gemeinsam. Ineinander verschlungen oder Hand in Hand. Wie schön es war, einfach nur die Hand eines anderen zu halten! An Baumreihen entlang, Treppen hinab, durch Gittertore hindurch, unbekannte Straßen entlang.

Ausgelassen.

Glücklich.

Bis Christopher von einem Moment zum anderen erstarrte. Stehen blieb und sich nicht mehr rührte.

»Was ist los?«, fragte sie, zerrte spielerisch an ihm.

»Schau doch.« Seine Stimme klang gänzlich verändert.

Sie folgte seinem Blick, wusste erst nicht, was er meinte, bis sie es entdeckte: ein altehrwürdiges Gebäude mit stuckverziertem Eingangsportal, durch dessen Fensterfront man eine Theke sah und Stühle, auf denen Leute warteten. An den Fensterscheiben klebte das blaue Quadrat mit den Buchstaben L und H darin.

Sie standen vor einem *Lifehook*-Center.

Serenity war, als habe ihr jemand einen Eimer kalten Wassers über den Kopf geschüttet. Eine Weile sahen sie einfach zu, wie Leute Broschüren studierten, warteten, mit den Angestellten hinter der Theke sprachen oder Formulare ausfüllten. Es herrschte ein reges Kommen und Gehen. Viele von denen, die aus der Tür ins Freie traten, taten es mit leuchtenden, staunenden Augen.

»Hier also auch.«

»Überall«, sagte Christopher tonlos.

Es war merkwürdig. Ja, es war ein Schock. Sie hatte diese Realität eine köstliche Stunde lang ausgeblendet, und ihr so unvermittelt wiederzubegegnen, war wie ein Schlag mit dem Hammer vor den Kopf. Gleichzeitig wirkte der Anblick seltsam irreal – wie eine Mischung aus Arztpraxis und Telefonladen, eher wie eine Einrichtung, in der Menschen geholfen wurde, als wie eine Bedrohung der Menschheit.

Trotzdem: Der Glanz, der bis gerade eben auf allem gelegen hatte, war erloschen. Der Chor der Engel war verstummt. Sie hatten einen schönen Traum geträumt und waren jäh daraus erwacht.

Aber, sagte sich Serenity, sie hielt noch immer Christophers Hand in ihrer! Daran hatte sich nichts geändert. Und das würde auch so bleiben.

»Komm«, sagte sie leise. »Weg von hier.«

Sie gingen lange, ohne etwas zu sagen, so, als müssten sie sich den Schock aus den Gliedern laufen, und als sie endlich müde wurden, fand sich ein anderer, kleinerer Park und darin eine Bank.

»Dein PentaByte-Man«, sagte Serenity leise und hätte sich am liebsten ganz in Christophers Umarmung verkrochen. »Glaubst du, er meldet sich überhaupt noch?«

»Ich weiß es nicht«, bekannte Christopher.

»Und wenn nicht? Was heißt das dann?«

»Na ja. Dafür gäbe es nur zwei Erklärungen. Entweder, die Kohärenz hat ihn geschnappt – oder sie hat uns unter Beobachtung und er meldet sich deshalb nicht.«

»Beides gleich schlecht.«

»Genau. Wenn ihn die Kohärenz erwischt hat, dann ist die Information, die ich suchen wollte, inzwischen vernichtet. Und wenn sie uns beobachtet…« Er hielt inne, hob den Kopf. »In ein paar Wochen wird sich das überhaupt nicht mehr vermeiden lassen. Bald werden überall so viele *Lifehook*-Träger unterwegs sein, die schon dabei sind, in die Kohärenz überzugehen, dass sie uns irgendwann einfach *sehen* wird.«

Serenity durchfuhr ein Schreck. Stimmt, das hatte sie sich noch gar nicht überlegt! Sobald ein *Lifehook*-Träger Teil der Kohärenz wurde, sah die Kohärenz durch seine Augen. Wie immer man sich das vorstellen musste.

Christopher blickte sie an, aus dunklen, traurigen Augen. »Deswegen habe ich mir keine Gedanken darüber gemacht, wie wir zurückkommen, verstehst du?«, sagte er leise. »Wenn der PentaByte-Man nicht auftaucht, ist es aus. Dann gibt es keinen Weg mehr, den wir gehen können. Dann übernimmt die Kohärenz die Welt. Alles, was wir dann noch tun können, ist zu versuchen, ihr so lange wie möglich auszuweichen. Was, fürchte ich, nicht sehr lange sein wird.«

Serenity musterte ihn, studierte seine Wimpern, den Schwung seiner Brauen, die Kontur seiner Lippen. Ein heftiges, warmes Gefühl der Zuneigung zu diesem blassen, seltsamen Jungen wallte in ihr auf – und außerdem ein anderes, ebenso heftiges Gefühl, das sie bislang noch nie so empfunden hatte.

Sie merkte, dass sie mit Christopher schlafen wollte.

61 | Wehmut erfüllte Christopher. Da hielt er das schönste Mädchen der Welt in den Armen und wusste, dass sie ihn liebte – aber er wusste eben auch, dass die Kohärenz das alles wieder kaputt machen würde.

Er schaute sich um. Er wollte die Zeit, die sie miteinander hatten, so intensiv wie möglich erleben. Das Jetzt, das gab es, und das würde ihnen niemand nehmen können. Diese Minuten, in denen sie hier unter einem wolkenlosen Himmel saßen und von der Sonne durchwärmt wurden. Dieser Augenblick, in dem jenseits der Gitter rings um den Park ein Lieferwagen hupte. Irgendwo kleine Kinder krakeelten. Fünfzig Meter entfernt zwei Gärtner ein Blumenbeet wässerten. Eine Frau auf einem Balkon in einer Seitenstraße Wäsche aufhängte. Schritte auf dem Kies knirschten, von einem Mann mit einer Aktentasche, der im Gehen telefonierte, drängend »Oui. Oui. Exactement« sagte.

Christopher drückte sein Gesicht in Serenitys Haar, das so dicht und fest war und wunderbar duftete und kitzelte. Eigentlich sandbraun, glänzte es im Sonnenlicht wie von Goldfäden durchzogen.

Serenity zog ihren Kopf weg und betrachtete ihn forschend, als würde auch sie gerade diesen Augenblick festhalten wollen. Wie schön sie war! Ihre fein geschnittene Nase gefiel Christopher, und wie sich die Flut von Sommersprossen in verschwenderischer Fülle darüber ergoss.

Er spürte ihren Körper, fühlte ihre Brüste an seinem Brustkorb. Er musste an jenen Morgen am See denken, an jenen versehentlichen, heimlichen Anblick, wie sie am Seeufer gesessen hatte, mit nacktem Oberkörper, umrahmt vom hellen Grün der Bäume, vom flirrenden Licht verzaubert, eine Märchenfee.

Diese Märchenfee blickte ihn nun an und fragte: »Du, sag mal... Kann ich dich was Ernsthaftes fragen?«

»Klar«, erwiderte er. »Was denn?«

»Wie ist das eigentlich mit Sex in der Kohärenz? Gibt's das da überhaupt noch?«

Christopher hob überrascht die Brauen. Er fühlte sich... nun ja, ertappt. Er musste sich räuspern, ehe er antworten konnte.

»Komisch«, meinte er. »Fast wortwörtlich dieselbe Frage hat mir Madonna damals im Camp gestellt, nur bezogen auf Musik.«

Serenity kuschelte sich tiefer in seinen Arm. »So hat halt jeder seine Prioritäten«, murmelte sie. »Sag schon.«

Christopher versuchte, sich zu erinnern. Nicht alle seine Erinnerungen waren seine eigenen. Er war Teil der Kohärenz gewesen, hatte die Leben der anderen Upgrader mitgelebt, wie sie das seine mitgelebt hatten. Nur ein winziges Stück eigenen Willens und eigenen Denkens hatte er sich bewahren können, dank des Defekts in seinem Chip.

»Soweit ich mich erinnere, war Sex eher eine Art Pflicht. Etwas, das man tut, um nicht aufzufallen. Ein Teil der Tarnung, auf die die Upgrader damals noch Wert gelegt haben.«

»Klingt ja grässlich«, sagte Serenity.

»Sex ist der Kohärenz nicht wichtig. Die Kohärenz ist ein Zusammenschluss von Gehirnen. Es kommt ihr nur auf den Geist an, auf die Intelligenz. Alles Körperliche ist unbedeutend. Es ist der Kohärenz egal, wie ein Essen schmeckt. Es dient nur dazu, ihre Körper am Leben zu erhalten. Es ist ihr gleichgültig, wie sie gekleidet sind. Sie lebt in Hunderttausenden von Körpern – Millionen inzwischen. Wenn ein paar von diesen Körpern Sex haben, hat das für das große Ganze keine Bedeutung. Das empfindet die Kohärenz nicht stärker als wir, wenn wir uns eine juckende Stelle kratzen. Das geht nebenbei, ohne dass wir recht merken, was wir tun.«

Serenity ächzte. »Klingt supergrässlich.«

»Wenn man Teil der Kohärenz ist, kommt einem das ganz normal vor so. Sex ist etwas, das man tun muss, um Kinder zu zeugen.«

»Wow.«

Eine Weile sagte Serenity nichts, dann ging ein Rucken durch ihren Körper. Sie hob den Kopf, sah ihn an und meinte: »Komm. Lass es uns tun.«

»Tun? Was?« Christopher hatte das Gefühl, dass ihm seine Ohren einen Streich spielten. »Sex?«

Serenity verdrehte die Augen. »Ja, ich weiß. Ein braves Mädchen sagt so was nicht. Aber zufällig bin ich mit einem gewissen ComputerKid zusammen, und bei dem ist es besser, man sagt klipp und klar, was Sache ist, damit er's kapiert. Ja, Sex. Falls du nichts dagegen hast.«

Christopher durchfuhr ein freudiger Schreck. »Hab ich nicht.«

»Na, großartig.«

»Und ich finde es wirklich besser, wenn man klipp und klar sagt, was Sache ist.«

»Dann komm.« Serenity stand auf, zog ihn an den Händen mit sich. »Wir müssen vorher Kondome kaufen.«

Bis jetzt hatten sie nicht auf Apotheken geachtet, aber es war nicht schwierig, eine zu finden. So etwas hieß hierzulande *Pharmacie* und war an einer grellgrünen Leuchtreklame in Form eines Kreuzes, über das unablässig blinkende Muster wanderten, weithin zu erkennen.

Kurz davor blieb Serenity stehen. »Das bring ich jetzt nicht«, bekannte sie und gab einen verzagten Seufzer von sich. »Sorry. Ich bin nicht so cool, wie ich tue. Und ich weiß nicht mal, was Kondom auf Französisch heißt.«

Mehr denn je hatte Christopher das Gefühl, sie beschützen zu wollen. Er drückte sie an sich und sagte: »Schon okay. Ich mach das irgendwie.«

Es war überhaupt kein Problem. Die Kondompackungen hingen zwischen Zahnbürsten und Salben im Regal. Und irgendwie sahen Apotheken überall auf der Welt gleich aus. Sie rochen auch alle gleich.

Zurück im Hotelzimmer schoben sie erst einmal die beiden Betten zusammen. Dann standen sie davor und küssten sich, lange, weil keiner von ihnen wusste, wie es nun weitergehen sollten.

Schließlich begann Serenity damit, Christopher das T-Shirt auszuziehen. »Ich hoffe, du erwartest jetzt nicht Wunder was«, sagte er. »Ich hab das noch nie gemacht.«

Serenity grinste schief. »Ich auch nicht. Aber es wird schon irgendwie klappen.«

Wie sich kurz darauf herausstellte, klappte es erst einmal nicht.

»Es geht offenbar nicht auf Kommando«, stellte Christopher fest.

»Sieht ganz so aus.« Serenity wirkte auf irritierende Weise

enttäuscht und erleichtert zugleich. Wobei es Christopher eigentlich genauso ging. Es war herrlich genug, Haut an Haut neben ihr zu liegen, sie zu spüren, sie zu halten…

»Ich denke zu viel«, bekannte er. »Das war schon immer mein Problem. Zu viel denken lähmt.«

Serenity versuchte vergebens, sich das Lachen zu verbeißen, und prustete schließlich los: »Sorry. Man soll nicht lachen, wenn man mit einem Jungen im Bett ist.«

Christopher musterte sie verwundert. »Wieso nicht?«

»Weil sie das missverstehen und dann gar nichts mehr geht.« Sie zuckte mit den Schultern. »Haben die Mädchen in meiner Klasse behauptet. Keine Ahnung, ob es stimmt.«

»Ich mag es, wenn du lachst.«

»Vielleicht war das einfach zu schnell.«

»Gut möglich«, meinte Christopher. »Eigentlich bin ich nämlich gerade so glücklich, dass es glücklicher gar nicht geht.«

Serenity richtete sich auf, küsste ihn. »So geht's mir auch.« Sie kuschelte sich wieder an ihn. »Ich glaub, ich steh überhaupt nie wieder auf.«

»Ich auch nicht«, sagte Christopher. Er fuhr mit der Hand eine der Bahnen nach, die die Sommersprossen über ihren Körper zogen. »Ich hätte Lust zu zählen, wie viele das sind.«

Sie lachte wieder. »Wozu denn?«

»Das wäre dann meine Glückszahl.« Er folgte einer anderen Bahn. Serenity schien nichts dagegen zu haben, beobachtete das Tun seiner Hand mit versonnenem Lächeln. »Ich müsste dazu natürlich ein Gitter über deinen gesamten Körper zeichnen, damit ich mich nicht verzähle.«

»Du spinnst«, sagte sie.

»Am besten mit einem schwarzen Filzstift. Ich hab irgendwo einen.«

»Du spinnst *total*.«

»Stimmt«, meinte er und wunderte sich selber, was ihm auf einmal für Blödsinn einfiel und so locker über die Lippen floss. »Eigentlich brauche ich gar keine Glückszahl. Es ist besser, das bleibt für immer ein Geheimnis.«

»Genau. Eine Frau braucht nämlich ein paar Geheimnisse.«

»Damit wäre das ja geklärt.«

Dann gab es eine Weile nichts zu reden. Sie lagen einfach nur da und hörten dem Verkehrslärm zu, der durch das offene Fenster drang. Es zu schließen, verbot sich, es war auch so schon heiß genug im Zimmer.

Serenity hatte den Kopf auf seiner Brust liegen. »Ich höre dein Herz schlagen«, sagte sie irgendwann.

Es war, als spräche sie damit einen magischen Satz, die Märchenfee, die sie war. Christopher sah sie an, sie sah ihn an, und es war, als sei die Welt ringsum auf einmal verschwunden und nur sie beide übrig geblieben.

Und dann ging alles wie von selbst.

62 | Als sie am nächsten Morgen Hand in Hand zum Frühstück hinabgingen, war Serenity einfach nur glücklich. Alles schien verzaubert. Das Stimmengewirr und Geschirrklappern, das aus dem Frühstücksraum die Treppe heraufdrang, das permanente Geplapper des Fernsehers, das Brummen eines Staubsaugers aus einem der Flure: All das klang, als sei es eine kunstvoll einstudierte Symphonie, die eigens für sie aufgeführt wurde. Und wie herrlich es nach Kaffee und frischen Croissants duftete!

Heute werden uns alle beobachten und sich ihre Gedanken machen, dachte Serenity mit wohligem Grinsen.

»Woran denkst du?«, fragte sie Christopher.

Der brummte nur satt. »Ich? An nichts. An gestern.« Ein Lächeln. »An die drei Kondome, die noch übrig sind.«

Serenity musste kichern. »Die Stadt haben wir ja eigentlich gesehen, oder?«

»Würd ich schon sagen.«

Als sollte es so sein, war der gute Tisch in der Nische beim Fenster frei. Serenity belegte ihn gleich mit dem Zimmerschlüssel, ehe sie sich dem Büffet zuwandten.

»Ich geh erst schnell an die Rezeption, unser Zimmer verlängern«, sagte Christopher.

»Okay.« Serenitys Blick wanderte bereits über Orangensaft, Marmeladen und Körbe voller Croissants.

»Was meinst du? Gleich für vier Wochen?«

Sie prustete. »Angeber.«

Er grinste breit, als er davonging. Sie sah ihm nach, mit einem warmen, zufriedenen Gefühl, dann machte sie sich daran, ihr Tablett zu füllen. Heute nahm sie von allem, und reichlich, denn heute hatte sie Hunger. Kein Wunder, sie hatten gestern nichts mehr gegessen.

Wir sind irgendwie nicht dazu gekommen, dachte Serenity und kam sich dabei vor wie eine Katze, die gerade Sahne geschleckt hatte.

Zuletzt brachte sie noch eine große Tasse Kaffee auf ihrem Tablett unter, dann drehte sie sich damit um und trug alles in Richtung ihres Tisches. Unterwegs fiel ihr Blick auf den

Fernseher, den sie in den vergangenen Tagen nach Kräften ignoriert hatte, weil sie ohnehin kein Wort von dem verstand, was die Nachrichtensprecher sagten.

Doch heute blieb ihr Blick haften. Es wurde eine Aufnahme gezeigt, die eine Reihe von Männern in orangeroten Gefängnisoveralls zeigte, wie sie in den USA üblich waren. Und gerade in dem Moment, in dem Serenity hinsah, zoomte die Kamera auf das Gesicht eines der Männer.

Es war Dad.

Sie ließ das Tablett nicht fallen, aber viel hätte nicht gefehlt. Sie musste es erst mal auf dem nächsten Tisch absetzen, musste durchatmen, musste warten, dass das Zittern in ihr nachließ. Dad! Das war Dad, ohne einen Zweifel! Und nun fuhr die Kamera wieder zurück, sie sah Brian, Russell, Finn...

Alle in Sträflingskleidung. Alle Gefangene.

»Verdammt.«

Das war Christopher. Er stand hinter ihr, starrte ebenfalls auf den Schirm. Wenn sie nur verstanden hätte, was die Nachrichtensprecherin dazu sagte!

Andererseits... was gab es da nicht zu verstehen? »Es ist schiefgegangen«, hauchte sie. »Genau, wie du es gesagt hast.«

»Ich hätte lieber unrecht gehabt.«

Die Videoeinspielung endete. Die Sprecherin nahm das nächste Blatt. Im Hintergrund erschien das Foto eines Hochhauses, das Serenity nichts sagte.

Sie schaute auf ihr Tablett hinab, auf all die Sachen, die ihr gerade eben noch so viel Appetit gemacht hatten. Und nun hatte sie das Gefühl, nie wieder etwas essen zu können. Sie hatte die anderen im Stich gelassen, war einfach abgehauen, mitten in der Nacht, war nichts als eine elende Verräterin...

Unsinn, sagte sie sich. Was hätte sie denn machen können? Wie hätte sie verhindern wollen, dass das geschah? Dad hatte auf niemanden gehört, auf sie auch nicht.

Christopher stand immer noch da, ohne ein Tablett, nur mit einem Stück Papier in der Hand.

»Hast du das Zimmer verlängert?«, fragte sie tonlos.

Er schüttelte den Kopf. »Ist nicht mehr nötig.«

»Wieso?« Einen Augenblick lang hoffte sie, Christopher habe einen seiner genialen, wie immer bis zuletzt geheim gehaltenen Pläne, mit denen er die Situation auf kühne und verrückte Weise retten würde. »Was hast du vor?«

»Wir müssen umgehend packen und nach Saint-Brieuc fahren. Das ist etwa hundert Kilometer von hier entfernt an der Nordküste.«

»Und dann?«

»Treffen wir den PentaByte-Man.« Er reichte ihr den Zettel. Es war ein Fax. »Er hat sich vor zehn Minuten gemeldet.«

Bei einem letzten Durchgang durchs Zimmer fand Christopher Serenitys Kamm, den sie im Bad vergessen hatte: ein deutliches Zeichen, wie sehr sie die Nachricht von der Verhaftung ihres Vater durcheinandergebracht hatte. Wobei – *durcheinander* war gar kein Ausdruck: Serenity wirkte wie betäubt. »Was wird jetzt aus Hide-Out?«, fragte sie mit glasigem Blick. »Mit Mom? Was wird mit Mom? Mit den anderen?«

»Die sind nicht in unmittelbarer Gefahr«, versicherte ihr Christopher. »Sie haben noch mindestens drei, vier Tage, ehe die Kohärenz von Hide-Out erfährt.«

»Und dann?«

»Sind sie hoffentlich in Sicherheit. Es gibt einen Notfallplan. Komm, lass uns gehen.«

»Was für einen Notfallplan?«, beharrte sie, ohne Anstalten zu machen, sich vom Fleck zu rühren.

»Serenity«, erklärte Christopher ernst, »die letzte Chance, die dein Dad noch hat, sind wir. Wir und der PentaByte-Man. Deshalb sollten wir jetzt vor allem diesen Zug kriegen.«

Sie schien sich zu fangen, entdeckte ihren Kamm in seiner Hand. »Okay«, sagte sie. »Gehen wir.«

Wenig später verließen sie Rennes in einem nicht sehr bequemen und weitgehend leeren Nahverkehrszug. Christopher erzählte ihr, was er an dem Abend, ehe sie Hide-Out verlassen hatten, noch mit Dylan Farrell besprochen hatte.

Serenity blinzelte. »Mit Dylan? Wieso ausgerechnet mit Dylan?«

»Weil Dylan die meiste Erfahrung damit hat, wie man dem FBI entkommt. Weil er weiß, wie die ticken. Und weil er schlau ist.« Er erzählte von Dylans Idee mit dem Reisebus und der Tarnung als Studienreise.

»Ja, okay. Schön und gut.« Sie wirkte nicht beruhigt. »Und dann? Wohin sollen sie denn gehen?«

»Zu George und Madonna. In die verlassene Ferienanlage, von der sie in ihrer Mail geschrieben hat.«

Serenity riss die Augen auf. »Aber George und Madonna wissen doch gar nichts von deinem Plan, oder?«

»Ich habe George geschrieben, ehe wir los sind. Einen altmodischen Brief, sicherheitshalber. Ich hab ihn gebeten, mit Flüchtlingen aus Hide-Out zu rechnen, falls er hören sollte, dass Jeremiah Jones gefangen genommen worden ist.«

Serenity musterte ihn mit einem schwer zu deutenden Blick. »Du hast vorausgesehen, dass das passieren würde.«

»Sagen wir, ich habe es befürchtet«, erwiderte Christopher.

Als der Zug das erste Mal hielt, stieg eine große Wandergruppe zu. Sie bestand zum größten Teil aus Jugendlichen, die sich ausgelassen und lärmend über die Wagen verteilten. An weitere Gespräche war nicht mehr zu denken. Es war ja auch alles gesagt. Christopher griff nach Serenitys Hand und so saßen sie schweigend, während vor dem Fenster die Landschaft vorbeizog.

Nach etwa einer Stunde erreichten sie Saint-Brieuc. Der Zug passierte eine Brücke, die über ein tief und scharf eingeschnittenes, aber gleichwohl besiedeltes Tal führte und einen atemberaubenden Blick bot, dann kam der Bahnhof. Sie stiegen aus, zusammen mit einem großen Teil der Wandergruppe.

Hier wirkte alles deutlich kleinstädtischer als in Rennes. »Diesmal kommt er aber, oder?«, fragte Serenity, als sie sich ratlos auf dem Bahnhofsvorplatz umsahen.

Christopher nickte. Zumindest stand das so in dem Fax.

Um sie herum herrschte Kommen und Gehen. Leute stiegen in Taxis oder wurden abgeholt, umarmten sich, redeten aufeinander ein, lachten. Autos warteten mit laufendem Motor, wurden mit Gepäck beladen, rangierten in Parkplätze hinein oder aus Parkplätzen heraus. Ein großes weißes Campingfahrzeug schob sich beharrlich durch das Gewusel, kam direkt vor ihnen zum Stehen. Der Fahrer hatte langes, wallendes Haar und sah aus wie aus einem dieser Kostümfilme entsprungen, die am Hofe der alten französischen Könige spielten. *Die drei Musketiere.* Nur dass dieser Musketier kein Kostüm trug, sondern ein weites weißes Hemd und eine dickrandige Brille.

»ComputerKid!«, rief er aus dem heruntergekurbelten Fenster und winkte ihnen zu.

Christopher erstarrte. »Wie bitte?«

»Ich bin PentaByte-Man«, sagte der Mann mit dem wallenden Haar. »Steigt ein.«

Er öffnete die Seitentür, damit sie ihr Gepäck verstauen konnten, dann quetschten sie sich auf die Beifahrerbank.

»Giuseppe Forti, aber ihr könnt Guy zu mir sagen. Ist mir sogar lieber.« Er reichte Christopher die Hand. »Du heißt Christopher Kidd, nicht wahr? Ich hab dich nach den Fotos erkannt, die damals in den Zeitungen waren.«

Christopher schüttelte die dargebotene Hand. »Ich dachte eigentlich, ich sehe inzwischen anders aus«, gestand er. Es hatte ihn noch nie jemand nach diesen komischen alten Kinderbildern identifiziert!

»Ach, weißt du, ich habe ziemlich viele Bilderkennungsalgorithmen entwickelt. Da kriegt man einen anderen Blick.« Er nickte in Serenitys Richtung. »Du kannst mir übrigens auch gern deine schöne Begleiterin vorstellen.«

Christopher merkte, wie Serenity neben ihm überrascht einatmete. *Angenehm* überrascht, kam es ihm vor. Interessant. Und das bei einem so plumpen Kompliment.

»Serenity«, sagte er und bemühte sich, dabei weltgewandt zu wirken. »Serenity Jones.«

»Serenity Jones!« Guys überaus markante Augenbrauen hoben sich. »Kann es sein, dass der gestern so spektakulär verhaftete Jeremiah Jones dein Vater ist?«

Serenity nickte heftig. »Wissen Sie darüber Genaueres?«, fragte sie hastig. »Wir haben heute Morgen die Bilder im Fernsehen gesehen, aber kein Wort verstanden.«

Hinter ihnen hupte jemand. Guy winkte beruhigend aus dem Fenster, ließ das Wohnmobil sanft anrollen und lenkte es in Richtung Straße.

»Es war keine sonderlich originelle Meldung«, erklärte er. »Jones und seine Leute sind verhaftet worden, als sie gerade Bomben mit Fernzündung im zentralen Mobilfunkknoten von Connecticut installiert haben. Da das haargenau zu dem passt, was man ihm ohnehin vorwirft – dass er gern Computer in die Luft sprengt; ein Mobilfunkknoten ist ja nichts anderes –, gilt der Fall als klar.«

»Die Vorwürfe gegen meinen Vater waren alle erfunden«, entgegnete Serenity.

»Das mag sein«, räumte Guy ein, »aber diesmal nicht. Diesmal haben sie ihn auf frischer Tat erwischt, da wird der Staatsanwalt leichtes Spiel haben. Jedenfalls befinden sich dein Vater und seine Freunde anscheinend jetzt auf einer Odyssee durch diverse Staats- und Bundesgefängnisse.«

Christopher musterte den PentaByte-Man von der Seite. Er hatte ihn sich immer total anders vorgestellt. Er hatte damit gerechnet, einen dicklichen Nerd mit einem Kamerahelm auf dem Kopf zu treffen, der Serenity durch unangenehmen Körpergeruch belästigen würde – nicht einen Dandy, der ihr billige Komplimente machte! Nicht jemanden, der eher aussah wie ein Filmschauspieler auf Urlaub als wie ein Hacker auf der Flucht.

Überhaupt, man musste sich wundern, dass Guy so weit gekommen war. Er war eine beunruhigend auffallende Erscheinung. Wenn seine Verfolger ein Foto von ihm besäßen, das sie herumzeigen konnten, würden sich eine Menge Leute – eine Menge *Frauen* vor allem – daran erinnern, ihn gesehen zu haben.

»Ich hoffe, euch ist in Rennes nicht langweilig geworden«, meinte Guy. Er sprach Englisch mit einem leichten italienischen Akzent. »Es ging leider nicht eher. Ich musste erst ein paar Dinge arrangieren.«

»Schon okay«, sagte Christopher. »Wir haben uns nicht gelangweilt.« Serenity drückte seine Hand, sie wechselten rasch einen verstohlenen Blick. »Wir haben eine Menge von der Stadt gesehen und so.«

»Die geschnitzten Fassaden zum Beispiel«, fügte Serenity hinzu.

»Oh ja, die geschnitzten Fassaden«, bekräftigte Christopher. »Die waren toll. Obwohl – die Parks haben mir noch besser gefallen. Oder?« Er sah Serenity an. Einfach, weil er sie gern ansah.

Sie grinste. »Ja, die Parks waren auch super.«

Guy rangierte sein riesiges Gefährt mit lässiger Nonchalance durch den dichten Verkehr. »Stimmt, diese bretonischen Städte können reizvoll sein. Wobei die kleinen Orte an der Küste noch hübscher sind. Das werdet ihr ja sehen. Dorthin fahren wir nämlich – an die Küste. Unterwegs können wir schon mal klären, wie wir vorgehen wollen.«

Sie bogen in eine Schleife ein, die auf eine vierspurige Schnellstraße führte.

»Ich würde vorher gerne was anderes klären«, sagte Christopher.

»Okay. Was denn?«

»Ob du ein Upgrader bist.«

Er hörte Serenity erschrocken einatmen. Guy dagegen lachte amüsiert. »Sehe ich etwa so aus?«

»Nein. Aber das sieht man den Leuten nicht an. Das ist ja das Problem.«

»Schon klar.« Guy legte die prächtige Stirn in tiefe Denkerfalten. »Ich nehme an, du spielst auf diesen Test an, der in der Rundmail beschrieben wurde. Mit dem Kupfernetz.«

»Genau.«

»Tja. So was hab ich leider nicht da.«

»Kein Problem«, sagte Christopher. »Ich hab eins mitgebracht.«

63 | Deshalb also war Christophers Umhängesack so prall gewesen, erkannte Serenity: weil er unter all seiner Wäsche ein Kupfernetz eingepackt hatte, das groß genug war, um einen ausgewachsenen Mann einzuhüllen, wenn er sich hinkauerte.

Serenity merkte, dass sie es beruhigend fand, wie Christopher immer an alles dachte.

Sie vollführten die Prozedur auf einem einsamen Parkplatz, der durch eine Reihe hochgewachsener Büsche gegen Blicke von der Schnellstraße geschützt war. Der PentaByte-Man – Guy – hatte wohl schon zu lange am Steuer gesessen, jedenfalls stellte er sich ziemlich steifbeinig an, wie er sich mitten auf das Netz setzte. Christopher hob die Enden hoch und schloss das dunkelrote, feinmaschige Gespinst über seinem Kopf. Es sah etwas albern aus, aber Guy wurde nicht ohnmächtig, sondern riss Witze von wegen, so sehe er in Geschenkpackung aus.

Überzeugt von sich war er, das musste man ihm lassen.

»Okay.« Christopher öffnete das Netz wieder. »Du bist kein Upgrader.«

»Ich bin selber ganz beruhigt«, meinte Guy. Es klang spöttisch.

»Jetzt wir«, sagte Christopher.

»Oh, macht euch meinetwegen keine Umstände«, wehrte Guy ab und stemmte sich mühsam wieder hoch. »Ich glaub euch auch so.«

Serenity trat kurz entschlossen vor. »Doch. Ich will wissen, wie sich das anfühlt.«

Nun, es fühlte sich an, als sei man ein in Klarsichtfolie eingepacktes Bonbon. Nur dass das Netz nicht süß roch, sondern... hmm, roch Kupfer so? Nein, es war wohl eher die Ummantelung der Drähte, die diesen chemischen Beigeschmack ausdünstete.

Jedenfalls spürte sie keinen Unterschied zu ihrem normalen geistigen Zustand. Falls ihr geistiger Zustand gerade normal war – sie verging immer noch vor Sorge um ihre Eltern. Es half auch nichts, sich zu sagen, dass sie ohnehin nichts machen konnte und dass es ihren Eltern kein bisschen half, wenn sie sich sorgte.

Anschließend wickelte sie Christopher ein, genau so, wie er es mit ihr gemacht hatte.

Christopher spürte einen Unterschied, als er eingehüllt vor ihr saß. »Gut, sehr gut. Ich spüre das Feld tatsächlich nicht mehr«, meinte er mit nach innen gewendetem Blick. »Am liebsten würde ich so sitzen bleiben.«

»Nichts da«, erwiderte sie und ließ das Netz wieder los, das daraufhin um ihn herum zu Boden sank.

Da fiel ihr etwas ein. »Christopher hat mir erzählt, Sie würden Ihr ganzes Leben auf Video aufnehmen«, wandte sie sich an den PentaByte-Man. »Stimmt das?«

Er nickte. »Ja, das stimmt. Seit zwanzig Jahren.«

»Jeden Tag?«

»Jede Stunde, jede Minute, jede Sekunde.«

Sie wies auf Christopher, der immer noch am Boden saß und keine Anstalten machte, wieder aufzustehen. »Und das hier? Jetzt? Nehmen Sie das auch auf?«

»Natürlich. Alles.« Er tippte an seine Brille mit der breiten Fassung. »Das ist Fensterglas, ich brauche eigentlich keine Brille. Aber da oben« – er deutete auf den rechten Bügel – »ist die Kamera eingebaut, und da« – er zeigte auf den linken Bügel – »das Mikrofon. Spezialanfertigung. Ich hatte noch drei weitere Exemplare. Leider sind die mitsamt meinem Haus in Genf explodiert.«

»Und die Daten?«, fragte Christopher. Er schaute sich um, als erwarte er, Daten in großen Haufen herumliegen zu sehen. »Du hast gesagt, du hättest dein letztes Datenset bei dir.«

»Hab ich auch. Wir fahren sozusagen darin herum«, sagte der PentaByte-Man.

»*Zweihundert Terabyte?*« Christopher wirkte aufrichtig erstaunt. »Wie geht das?«

»Oh, das geht heutzutage.« Guy stand auf und stampfte an ihm vorbei in den hinteren Teil des Wohnmobils, das unter seinen Schritten spürbar schwankte. Als er einen der Wandschränke öffnete, sah Serenity, dass dessen Inneres in lauter schmale, waagrechte Fächer unterteilt war. In jedem davon ruhte auf einem Schaumstoffpolster ein schwarzer, flacher Kasten, der aussah wie ein dünner DVD-Player.

Guy zog eines der Geräte heraus. »Eine Vier-Terabyte-Platte. Die gab's vor ein paar Jahren relativ erschwinglich, da hab ich zugeschlagen. Zum Glück. Nicht der letzte Schrei, aber eine höhere Packungsdichte als DVDs und technisch ausgereift. Jedenfalls hatte ich noch keinen Versager.« Er klopfte auf das Holz der Schranktür, eine abergläubische Geste, die Serenity albern vorkam. »Ja, und davon hab ich sechzig Stück. Hier zwanzig, in dem Schrank daneben zehn und die restlichen unter dem Bett.« Er schob das Gerät zurück in sein Schaumstofflager, das sicher als Schutz gegen Erschütterungen beim Fahren gedacht war, und schloss die Schranktür sorgfältig wieder. »Aber die Platten unterm Bett enthalten meine frühen Jahre, die werden wir nicht benötigen.«

»Ich hab versucht, mir vorzustellen, wie viel Platz sechzigtausend DVDs brauchen würden«, bekannte Christopher.

»Ziemlich viel. Selbst wenn man die Dinger eng stapelt. Da hätte ich einen Anhänger gebraucht«, sagte Guy. »Mein Backup zu Hause waren DVDs. Der ganze Keller voll. Alles nur noch Schrott. Zum Heulen.«

Christopher stand auf, rollte sein Netz wieder zusammen und musterte dabei die Inneneinrichtung. »Und wo hast du dein Gepäck? Vorräte und so?«

»Ist alles aufs Nötigste beschränkt.« Guy kam zurück nach vorn, zog den Vorhang vor dem oberhalb der Fahrerkabine gelegenen Hochbett beiseite. Die Matratze dahinter lag voller Kleidung, Handtücher, Konserven, Wasserflaschen und dergleichen. »Da oben werdet ihr schlafen. Das heißt, wir müssen das Zeug heute noch anderswo verstauen. Ist aber das kleinste Problem, würde ich sagen.«

»Haben Sie sich verletzt?«, fragte Serenity, ohne zu überlegen. »Sie humpeln.«

Guy warf ihr einen Blick zu, bei dem sie fast erschrak. »Ich bin okay«, knurrte er unwillig.

Das Thema war offenbar heikel. Serenity schalt sich insgeheim eine taktlose, dumme Nuss. Es war ihr aufgefallen, ja. Aber man musste nicht alles herausposaunen, was einem an Leuten, die man gerade kennenlernte, auffiel!

Sie setzten die Fahrt fort, und eine Weile herrschte eine angespannte Atmosphäre, die erst wich, als Serenity fragte, wohin sie eigentlich unterwegs waren.

»Das wird euch gefallen«, meinte Guy. »Ein kleiner Ort am Meer, rund um die mittelalterliche Kirche lauter malerische alte Häuser, ein schlichter Hafen... idyllisch. Am Ende der Welt. Es gibt zwei Campingplätze, von beiden aus kommt man bequem zu Fuß ins Dorf. Dort gibt es einen hübschen kleinen Supermarkt, keinen von diesen hässlichen großen Klötzen. Dazu eine echte *Boulangerie,* einen Bäcker, für die täglich frischen Baguettes, mit denen wir uns den Bauch vollschlagen werden... alles, was man braucht.«

»Klingt wirklich gut«, gab Serenity zu, obwohl sie bezweifelte, dass das, was vor ihnen lag, viel Ähnlichkeit mit einem Urlaub haben würde.

»Ja, das wird großartig«, erklärte Guy schwärmerisch und fügte hinzu: »Aber das Beste ist: Dort wird gerade ein Film gedreht!«

»Ein Film?«, echote Christopher verdutzt.

»Ja, genau«, rief der PentaByte-Man begeistert. »Grandiose Sache. Spielt im siebzehnten Jahrhundert, es geht um Piraten und die ewigen Streitigkeiten zwischen der französischen und der englischen Flotte. Und Regisseur ist kein Geringerer als François Le Gall!« Er sagte das in einem Tonfall, als sei das jemand wie Alfred Hitchcock oder Steven Spielberg. Serenity hatte den Namen aber noch nie gehört. »Die Hauptrolle spielt ein gewisser Jérôme Wagner, ein unbeschriebenes Blatt bisher. Könnte sich nach dem Film ändern, mal sehen. Ja, und Sophie Lanier spielt mit! Die ist zwar noch nicht da, aber die Leute im Dorf reden natürlich von nichts anderem.« Er warf ihnen beiden einen kurzen Blick zu. »Sagt euch alles nichts, hmm?«

»Ähm«, machte Christopher, »nein.«

Guy seufzte. »Ihr müsst mich einfach bremsen, wenn ich davon anfange, okay? Ich bin nun mal ein Kinofreak, ein Videofreak – schon immer gewesen. Ich kann stundenlang über Filme reden, wenn man mich lässt.«

»Aber ist das nicht riskant?«, fragte Christopher. Serenity nickte unwillkürlich, weil ihr genau derselbe Gedanke gekommen war. »Ich meine – Filmaufnahmen! Das heißt, überall Kameras. Journalisten. Zuschauer. Hast du nicht Angst, dass man uns dort entdeckt?«

Der PentaByte-Man schüttelte entschieden den Kopf. »Im Gegenteil, das ist die ideale Tarnung. Habt ihr eine Vorstellung davon, was los ist, wenn Filmleute über so einen Ort herfallen? Die stellen alles auf den Kopf. Vor allem, wenn ein historischer Film gedreht wird. Da muss der ganze Verkehr umgeleitet werden, zum Beispiel. Da wird jede Menge umgebaut. Zurzeit montieren sie die Straßenlaternen in der Hauptstraße ab, die Verkehrsschilder, die Leuchtreklamen der Geschäfte und so weiter – alle Dinge, die es früher nicht gegeben hat. Man sieht ständig Leute in historischen Kostümen herumlaufen... ach, überhaupt ist alles voller Menschen. Die Filmtechniker und Schauspieler belagern die Bars und Cafés, alles geht drunter und drüber. Und jede Menge Schaulustige, die versuchen, an Autogramme zu kommen... Ihr werdet sehen: Alle Aufmerksamkeit richtet sich auf die Dreharbeiten. Uns bemerkt kein Mensch!«

Das klang einleuchtend, aber Serenity hätte gewettet, dass das in Wirklichkeit nicht der ausschlaggebende Grund gewesen war, sich diesen Ort auszusuchen. Guy war ein Filmfreak, und es interessierte ihn einfach. Das war der Grund.

Sie starrte geradeaus, auf die Straße, die zwischen gelb blühenden Ginsterbüschen und seltsam verkrüppelten Bäumen dem Horizont entgegenstrebte. Ihr war auf einmal mulmig zumute. Sie hatten den PentaByte-Man gefunden, okay – aber er schien sich der Gefahr, in der sie schwebten, nicht wirklich bewusst zu sein.

64 | Dies war der erste Sommer ohne Nachhilfe, seit Brad zur Schule ging, und das war ungewohnt. Machte einen faul. Er hatte Tiffany seit Mittwoch nicht mehr gesehen – nicht, weil sie sich gestritten hätten oder so, sondern einfach, weil er sich nicht aufraffen konnte. Tiffany ging es ähnlich. Sie waren ja über den *Lifehook* in Kontakt, also war es irgendwie okay.

Vielleicht war zu Hause auch nur gerade zu viel los. Die Sache mit den gestohlenen Unterlagen zog immer weitere Kreise. Dad kam jeden Abend entnervt nach Hause und berichtete von den neuesten Entwicklungen in dem Fall, von Verhören, Klageschriften und davon, dass die Gegenseite darauf beharrte, die Erfindung selber gemacht zu haben. Die Befragung der Praktikantin, die Dad und sein Partner im Verdacht hatten, hatte nichts erbracht. Die Polizei hielt das Mädchen für unschuldig. Brad glaubte das auch, obwohl er nicht hätte sagen können, wieso. Aber natürlich hütete er sich, das zu bekennen.

Mutter wurde ebenfalls täglich nervöser. Inzwischen rief sie Dad fünfmal am Tag wegen irgendwelcher Belanglosigkeiten an und hielt ihn von der Arbeit ab. Sie hatte sämtliche Termine mit ihren Freundinnen und Bekannten abgesagt, den Bridgenachmittag, das Bowling, die Klubsitzung, alles. Stattdessen putzte sie den ganzen Tag, lüftete wie verrückt, räumte in den letzten Winkeln des Hauses auf und nervte Brad mit Fragen wie »Was ist eigentlich mit deinem College? Hast du die Bewerbung endlich abgeschickt?«.

»Noch nicht«, musste Brad zugeben. Das schob er seit Wochen vor sich her. Tatsächlich steckten die Unterlagen sogar noch in dem Briefumschlag, in dem sie gekommen waren; er hatte die Formulare nicht einmal angeschaut.

Er konnte sich einfach nicht aufraffen. Das College! Das war alles so weit weg. Es war Sommer, er war mit einem tollen Mädchen zusammen...

Das zu treffen er sich ebenfalls nicht aufraffen konnte.

Am Freitag nach dem Mittagessen fragte seine Mutter wieder nach der Bewerbung, und als Brad erneut zugeben musste, sich noch nicht darum gekümmert zu haben, platzte ihr der Kragen. »Das darf ja wohl nicht wahr sein! Dann gehst du jetzt auf dein Zimmer und kommst erst wieder, wenn du diese verdammten Formulare ausgefüllt hast. Morgen geht dieser Brief raus, haben wir uns verstanden?«

Wenn seine Mutter anfing, Schimpfwörter zu verwenden, war man gut beraten, jeden Widerstand einzustellen. Also stapfte Brad nach dem Essen gehorsam die Treppe hinauf in sein Zimmer, schloss die Tür hinter sich und ließ sich auf den Stuhl vor seinem Schreibtisch plumpsen.

Das Fenster stand offen, ein warmer Hauch zog herein. Draußen hörte man Vögel zwitschern, die einander durch die Azaleen jagten. Es duftete nach gemähtem Gras, nach Swimmingpool, nach Sommer.

Brad betrachtete die Wimpel und Medaillen, die über seinem Bett an der Wand hingen, erinnerte sich an die Wettkämpfe, bei denen er sie errungen hatte. Auch wenn er sich das nie eingestanden hatte, die Highschool hatte ihm Spaß gemacht. Er hatte gar keine Lust, irgendwo anders neu anfangen zu müssen.

Was machst du gerade?, dachte er an Tiffany gerichtet.

Nichts, kam ihre Antwort. *Ich liege nur so herum. Ist heiß heute, hmm?*

Hast du dich schon fürs College angemeldet?

Schon ewig.

Mist. Wie es aussah, musste er damit wirklich allmählich in die Gänge kommen.

Sehen wir uns morgen?, fragte er.

Tiffany zögerte. *Ich weiß noch nicht. Lass uns morgen kontakten.*

Na gut. Dann hatte er jetzt wohl keine Ausrede mehr. Er zog die Schublade auf, kramte den braunen Umschlag hervor, zog die Formulare heraus und breitete sie vor sich auf dem Tisch aus. Er betrachtete das erste Formblatt. Es begann mit: Vorname, Name. Okay. Damit konnte er ja einfach mal anfangen. Er nahm einen Kugelschreiber zur Hand.

Vorname? *Bradley,* schrieb er.

Es klopfte an der Tür. Brad drehte sich um. »Ja?«, rief er.

Seine Mutter streckte den Kopf herein, sah ihn verärgert an. »Sag mal, bist du taub geworden? Ich schrei mir die Lunge aus dem Leib. Das Abendessen steht auf dem Tisch. Wäre nett, wenn du uns die Ehre gibst.«

»Das Abendessen?« Brad hatte das Gefühl, nicht richtig zu hören.

»Und«, fuhr Mutter etwas leiser fort, »sag bitte nichts, was Dad aufregen könnte. Er ist heute *ziemlich* schlecht gelaunt.«

Damit verschwand sie wieder.

Brad starrte die Tür an. Was zum Teufel hatte das zu bedeuten? Abendessen? Waren jetzt alle verrückt geworden oder was? Er zog sein Telefon aus der Tasche und warf einen Blick darauf.

Die Uhr zeigte kurz nach halb acht.

»Ist nicht wahr, oder?«, murmelte Brad. Wie war das möglich? Er hatte doch gerade erst... Da. Das Formular. Das Feld Vorname war ausgefüllt, der Rest noch nicht.

Er hatte doch gerade eben erst damit angefangen! Wo war der Nachmittag geblieben?

Pufferzone

65 | Die Fahrt dauerte länger, als Christopher erwartet hatte. Die Straßen wurden immer schmaler und gewundener, waren irgendwann nur noch von hohen, bewachsenen Wällen und Steinhaufen gesäumte Wege, die zwischen Kuhweiden und Feldern in Richtung Niemandsland führten. Sie passierten Treibhäuser und grasende Kühe, Windräder, die sich behäbig drehten, und windschiefe Gehöfte, auf denen tatsächlich Menschen zu leben schienen. Je weiter sie kamen, desto verkrüppelter wirkten die Bäume am Straßenrand. Efeu überwucherte sie, erwürgte sie fast und ließ sie aussehen wie Fabelwesen.

Christopher erzählte von seinem Verdacht: Dass irgendwo in all den Videos, die Guy gesammelt hatte, eine Information verborgen lag, die der Kohärenz gefährlich werden konnte. Während er sprach, musste er immer wieder verstohlen zu Guy hinüberschauen, der das Wohnmobil mit von Erfahrung zeugender Gelassenheit lenkte. Es fiel Christopher schwer, in ihm jenen Hacker zu sehen, mit dem er fast zehn Jahre lang in Kontakt gestanden hatte. *Das* sollte der PentaByte-Man sein, der ihm, mal geduldig, mal amüsiert, so viel beigebracht hatte? Der für ihn wie ein großer Bruder gewesen war?

Dieser lebenslustige *Dandy?*

Das war schwer zu schlucken. Wäre er Guy unter anderen Umständen begegnet, nie im Leben hätte er vermutet, es mit dem PentaByte-Man zu tun zu haben.

»Wieso PentaByte-Man?«, fragte Christopher irgendwann. »Wieso nicht *PetaByte*-Man?«

»Ein Wortspiel«, erwiderte Guy schulterzuckend. »Penta ist das griechische Wort für fünf, ein Byte sind acht Bit. Fünf mal acht sind vierzig, *forty* – na, und das klingt wie mein Familienname, Forti.«

»Ah«, machte Christopher. Nach einer Weile bekannte er: »Ich hab wegen deinem Pseudo jahrelang Pentabyte gesagt statt Petabyte. Ich dachte, das heißt so.«

»Ist gar nicht so unüblich. Viele sagen *Pentabyte* für tausend Terabyte. Klingt einfach besser.«

»Vielleicht bin ich nicht der Einzige, der von dir und deinem Projekt gehört hat.«

»Hab ich mir noch gar nicht überlegt. Du meinst, vielleicht bin *ich* schuld, dass so viele Leute das Wort falsch verwenden?« Der Gedanke schien ihn zu amüsieren.

Christopher schwieg, sah wieder aus dem Fenster. In dieser Sache fühlte er sich irgendwie von Guy betrogen. Dabei war Guy völlig unschuldig. Er hätte den Begriff ja nachschlagen können. Er war nur nicht auf die Idee gekommen.

Aber das war nun mal das Problem mit Ideen. Wenn man eine hatte, kam sie einem oft total naheliegend vor. Aber wenn man sie nicht hatte, hatte man sie eben trotzdem nicht.

Irgendwann am Nachmittag – Christopher hing der Magen

allmählich in den Kniekehlen – endete der sandige Pfad, dem sie folgten, auf einem Parkplatz. Jenseits einer hölzernen Umfriedung sah man Dünen und dahinter das Meer, dunkelblau und in heftiger Bewegung, voller wandernder weißer Schaumlinien. Ein ordentlicher Wind blies. Man spürte, wie das Wohnmobil davon sanft geschaukelt wurde.

»Da sind wir«, sagte Guy. »So gut wie jedenfalls. Wir müssen nachher noch um diese Bucht herum, hinter dem Hügel da drüben ist es dann.« Er deutete mit der Hand die Richtung an. »Aber erst gibt's einen kleinen Imbiss, würde ich vorschlagen.«

»Das sieht hier wirklich aus wie das Ende der Welt«, meinte Serenity beeindruckt.

»Nicht wahr?«, stimmte ihr Guy zu. »Interessanterweise heißt das Département, in dem wir uns befinden, *Finistère*. Das leitet sich von dem Namen ab, den die alten Römer dieser Gegend gegeben haben: *Finis Terrae*. Das ist Lateinisch für *Ende der Welt*.«

Christopher musste an die Kohärenz denken und an ihren aussichtslosen Kampf gegen sie. Ihn schauderte. *Ende der Welt*. Was für ein passender Name!

Ein belegtes Baguette und ein paar Schluck Cola später wendete Guy das Wohnmobil und fuhr zurück auf die westwärts führende Straße. »Wir kochen nachher richtig«, versprach er. »Ich hab nur grade was gebraucht. Die letzten Kilometer hat meine Konzentration nachgelassen. Und es ist nicht gut, wenn man irgendwo ankommt und unaufmerksam ist.«

Der Ort, den sie zwanzig Minuten später erreichten, hieß Locmézeau. Er umschloss, soweit man das aus der Ferne erkennen konnte, eine weitere Bucht mit einem kleinen Hafen. Auf der Straße in den Ort standen Absperrgitter und dahinter

Uniformierte, die aufpassten, dass man der Umleitung auch tatsächlich folgte.

»Wie gesagt«, meinte Guy und lenkte sein Fahrzeug in die von einem gelben Pfeil mit der Aufschrift *Déviation* bezeichnete Richtung, »die Filmleute sorgen für maximales Durcheinander. Wenn das jemand anders versuchen würde, gäb's Proteste ohne Ende. Aber sobald der Film kommt, sind alle begeistert und nehmen jede Schikane in Kauf.«

Die Straße gabelte sich. Ein Wegweiser mit der Aufschrift *Camping* wies nach rechts, doch Guy fuhr nach links.

»Es gibt hier zwei Campingplätze«, erklärte er. »Der Wegweiser führt zu dem großen am Strand. Aber da sind jetzt alle Leute mit Kindern, plus die ganzen Schaulustigen. Wobei die nicht viel Spaß haben werden; der Strand wird nächste Woche abgesperrt für Szenen, die dort spielen.« Er deutete in die Richtung, in die sie fuhren. »Wir gehen auf den kleineren Campingplatz, landeinwärts. Der ist okay – alles da, was man braucht, und viel weniger Leute. Zumindest war es so, als ich Dienstagmorgen aufgebrochen bin.«

Dienstagmorgen. Christopher dachte zurück an die Tage, die hinter ihnen lagen. Dienstagfrüh waren sie in Lyon angekommen, am Nachmittag in Rennes.

»Hast du uns in Rennes tatsächlich die ganze Zeit beobachtet?«, fragte er.

»Mehr oder weniger.«

»Ich hab dich nicht bemerkt.«

Guy lachte kurz. »Das will ich doch hoffen.«

Christopher fragte sich, wie Guy das gemacht hatte. Er war eine so auffällige Erscheinung, dass man sich nicht vorstellen konnte, jemanden wie ihn zu übersehen.

Der Campingplatz wirkte verlassen. Ein älteres Ehepaar saß vor einem kleinen Wohnwagen an einem Klapptisch; der Mann las Zeitung, die Frau ein Buch. Am anderen Ende des Platzes stand ein dunkelgrünes Zelt neben einem alten Renault. Und das war es schon.

Sie suchten sich einen Stellplatz, auf dem sie ebenfalls für sich waren. Christopher half Guy, das Wohnmobil an Wasser und Strom anzuschließen. Guy schlug vor, sich zunächst ein wenig die Beine zu vertreten, und da Serenity dafür war, widersprach Christopher nicht, der am liebsten sofort mit der Arbeit angefangen hätte. Sie folgten Guy auf einen Trampelpfad zwischen Feldern und undurchdringlichem Gestrüpp in Richtung Dorf. Ein grasender Esel auf einem abgezäunten Feld, den Serenity »süß« fand, ignorierte ihre Lockrufe hochnäsig. Nach ein paar seltsam unfertig wirkenden Neubauhäusern erreichten sie endlich einen Punkt, von dem aus man einen Blick auf den Ortskern hatte.

Auch hier waren die Zufahrtswege abgesperrt. Die Wachleute wiesen sogar Fußgänger ab.

»Das heißt, dass sie gerade eine Straßenszene drehen«, erklärte Guy mit spürbarer Begeisterung. »Da hätte man sich rechtzeitig in Position bringen müssen; so was ist total interessant. Was da für ein Aufwand getrieben wird! Unglaublich. Und nachher im Film sind es nur ein paar Sekunden.« Er sah sich um. »Tja, zu spät. Ins Dorf kommen wir nicht.« Er deutete auf einen quer abzweigenden Pfad. »Gehen wir hier entlang. Der führt uns im großen Bogen auf den Campingplatz zurück. Dann machen wir uns ans Kochen.«

Am Ende war es Guy, der das Kochen übernahm, weil vor dem winzigen Herd nicht mehr als einer Platz hatte. Es gab

Penne mit Tomaten-Thunfisch-Soße, zu der Serenity eine geschnittene Zwiebel beisteuerte; Christopher deckte den Tisch.

Zur Feier des Tages kredenzte Guy einen italienischen Rotwein. »Die letzte Flasche meines Vorrats«, betonte er beim Einschenken. »Ab jetzt müssen wir mit französischem Wein vorliebnehmen. Wobei wir morgen sowieso einkaufen sollten.«

Auf Guys Bitte erzählte Christopher noch einmal in aller Ausführlichkeit, was es mit der Kohärenz auf sich hatte, wie sie entstanden und was bisher geschehen war. Das dauerte länger als das Essen, auch länger, als sie brauchten, um die Flasche Montepulciano zu leeren.

»Prothesenmacher?«, unterbrach Guy, als Christopher auf seine Großeltern zu sprechen kam. »Hieß dein Großvater zufällig Heinz?«

Christopher nickte überrascht. »Ja. Heinz Raumeister. Wieso?«

»Schau an. Die Welt ist klein.« Guy fischte geistesabwesend eine Schachtel mit dünnen Zigarillos aus der Hemdtasche, schob sie wieder zurück, musterte Serenity und Christopher. »Ach, was soll's?«, stieß er hervor. »Früher oder später kriegt ihr es ja doch mit. Die hübsche junge Dame hier hat schon bemerkt, dass ich manchmal humple. Wenn ich müde bin vor allem.« Er drehte sich zur Seite und klopfte auf seinen Unterschenkel. Man hörte nichts Besonderes. »Ich habe eine Beinprothese.«

»Wie ist das passiert?«, fragte Serenity.

»Ein Unfall, als ich fünf war. Eine Straßenbahn.« Er verzog das Gesicht, als schmerze die Erinnerung immer noch. »Ich war schon immer etwas leichtsinnig.«

Christopher furchte die Augenbrauen. »Du willst uns jetzt nicht erzählen, dass deine Beinprothese von meinem Großvater stammt, oder?«

»Na, das wäre ja mehr als Zufall, oder? Das wäre schon fast Schicksal... Nein, aber mein Prothesenmacher war mit deinem Großvater befreundet. Piergiorgio? Hat er den Namen nie erwähnt?«

»Nicht dass ich wüsste.«

»Wirklich nicht? Piergiorgio hat oft von ihm gesprochen. Heinz in Frankfurt. Ich weiß nicht, woher die beiden sich kannten, jedenfalls haben sie einander besucht, Briefe geschrieben, miteinander telefoniert...«

Christopher schüttelte den Kopf. Er erinnerte sich an nichts dergleichen.

»Jedenfalls«, meinte Guy, »hat Piergiorgio von deinem Großvater eine Methode übernommen, Prothesen nahezu lebensecht aussehen zu lassen.« Er krempelte seine Hose bis zum Knie hoch und streckte das bestrumpfte Bein in die Luft.

Auf den ersten Blick sah man keinen Unterschied. Ein stämmiges, behaartes Männerbein eben. Doch wenn man wusste, worauf man achten musste, entdeckte man auf den zweiten Blick die dünne Linie, an der die Kunsthaut in die echte Haut überging. Solche Prothesen hatte auch Christophers Großvater viele gebaut: Unterschenkelprothesen, die am Stumpf befestigt werden konnten und keine äußere Halterung benötigten.

»Die Durchleuchtungsgeräte an Flughäfen erkennen das Ding natürlich«, sagte Guy. »Ist eben eine Menge Metall drin. Aber beim Abtasten von Hand hat noch nie einer was gemerkt. Das meine ich mit lebensecht.«

Christopher nickte. »Gute Arbeit.« Er fragte sich, wozu ihnen

Guy das eigentlich erzählte. So wichtig war das doch nicht, oder?

»Der Witz ist«, fuhr der PentaByte-Man fort, »dass ich heute auf diese Prothese gar nicht mehr verzichten würde. Wenn jetzt ein Wunderheiler käme und zu mir sagte: Guy, alter Junge, schließ die Augen und denk an was Schönes, ich lass deinen Fuß nachwachsen – ich würde sagen, nein, danke!«

Christopher hob die Brauen. Das zum Beispiel hätte sein Großvater jetzt nicht gerne gehört.

»Ich zeig euch, warum.« Guy drückte beide Daumen in die Trennlinie und löste die Prothese mit einer Drehbewegung, die Christopher bekannt vorkam.

Serenity neben ihm ächzte leise. Er legte den Arm um sie.

»Solche Teile haben in der Werkstatt meines Opas dutzendweise von der Decke gehangen. Wie Schinken beim Metzger.«

»Gewöhnungsbedürftig«, meinte sie matt.

Guy fingerte im Inneren des künstlichen Unterschenkels herum, den er mitsamt Strumpf und Schuh in Händen hielt. »Interessant, wie viel Platz in so einem Ding ist«, erklärte er und zog ein schwarzes Kästchen heraus. »Hier. Das ist die Einheit, die alles speichert, was meine Brille sendet. Komplett mit Batterie. Es genügt, wenn ich den Speicher einmal pro Woche in meinen Computer überspiele.«

Serenity bekam große Augen. »Und das jetzt? Wird das auch aufgenommen?«

»Selbstverständlich. Jeden Tag, jede Minute, jede Sekunde.« Das schien so etwas wie sein Wahlspruch zu sein. »Das einzig Blöde ist, dass die Brille jede Nacht ans Ladegerät muss; länger als einen Tag hält die Batterie nicht durch.« Er berührte den Brillenbügel. »Aber viel, viel besser als das anfängliche

Gefriemel mit Kabeln und Rekorder im Jackett oder am Gürtel. Ich weiß nicht, ob ich das durchgehalten hätte. Tja – nun wisst ihr Bescheid.« Er grinste und machte sich daran, die Prothese wieder anzusetzen.

Serenity räusperte sich. »Mr Forti«, begann sie zögernd, »ich würde gerne wissen, *wieso* Sie das machen. Ihr ganzes Leben aufzuzeichnen, meine ich.«

Guy musterte sie amüsiert. »Schöne junge Frau, nenn mich bitte Guy. Sonst müsste ich Miss Jones zu dir sagen. Und das wäre doch grässlich, oder?«

»Okay. Guy. Wieso?«

Guy überlegte. »Einen wirklich praktischen Grund kann ich dir gar nicht nennen. Es *ist* nicht praktisch. Es dient auch keinem vernünftigen Zweck. Ich mache es, weil ich eines Tages die Idee dazu hatte und den Drang verspürt habe, sie zu verwirklichen. Das Ganze ist, mit einem Wort, Kunst. Kunst macht man um ihrer selbst willen.« Er hob sein Weinglas, merkte, dass es längst leer war, genau wie die Flasche, und stellte es wieder hin. »Meine erste Videokamera habe ich zu Weihnachten bekommen. Ein schweres, hässliches, umständliches Teil, verglichen mit den Geräten, die es heutzutage gibt. Aber ich war unendlich fasziniert davon, dass man damit herumlaufen und aufnehmen konnte, was immer einem begegnete. Das war eine Offenbarung!«

»Wie alt warst du da?«, fragte Christopher.

»Elf. Ich war auf dem Gymnasium und dort wurde ich der Typ mit der Videokamera. Ich hab alles gefilmt: Versuche im Chemieunterricht, in Biologie, in Physik. Schulfeste. Ansprachen. Sportwettkämpfe – selber teilnehmen konnte ich ja nicht. Ich habe ein Archiv für die Schule angelegt, richtige Dokumentationen erstellt, die die Lehrer später im Unterricht verwendet haben. Wie sich Kaulquappen in Frösche verwandeln, zum Beispiel. In der vorletzten Klasse habe ich Videos über verschiedene Berufe gemacht: meine erste Auftragsarbeit. Unser Rektor hat mich darum gebeten, hat sogar die nötigen Kontakte hergestellt. Ich bin mir richtig wichtig vorgekommen.«

Er schmunzelte. »Natürlich wollte ich damals Kameramann werden, nach Hollywood gehen und groß rauskommen. Aber als ich zusammen mit der Theater-AG unserer Schule einen kleinen Spielfilm gedreht habe – ach was, ein Kurzfilm war das, keine zehn Minuten lang –, da ging mir auf, dass der Spielfilm gar nicht mein Ding ist. Ich gucke gern Filme, wohlgemerkt. Ich bin auch nicht beleidigt, wenn man mich einen Cineasten nennt. Aber selber machen? Nein, danke. Der ganze Aufwand, Szenen zu inszenieren, zu proben und noch einmal zu proben, wieder und wieder aufzunehmen... Nein. Dabei sein, wenn etwas passiert, und es so aufnehmen, *wie* es passiert – *das* ist mein Ding.« Er hob die Hände. »Im Grunde ist mein Videoprojekt nichts anderes als die ultimative Dokumentation.«

»Nach dem, was Christopher erzählt hat, hätte ich eher gedacht, dass du dich schon immer mit Computern beschäftigt hast«, sagte Serenity.

Guy lächelte sie ölig an. »Computer haben in meinem Leben eine feste Rolle bekommen, als die digitalen Kameras aufkamen. Auf einmal konnte man Videos am Computer schneiden und bearbeiten, auf den Frame genau, konnte überblenden und mischen und Effekte einsetzen mit ein paar Tastendrücken... kolossal. Bloß teuer. Die ersten Geräte, die so was draufhatten, waren für einen Abiturienten unbezahlbar. Die Schule hat Computer angeschafft, aber die waren nicht leistungsfähig genug.« Er hob die Schultern. »Allerdings waren sie leistungsfähig genug, um daran zu lernen, mit Computern umzugehen. Und über die Kontakte für die Berufsvideos kam ich an jemanden, der Werbung per E-Mail millionenfach verschicken wollte. Er suchte eine Möglichkeit dazu und war bereit, viel Geld dafür zu bezahlen.« Guy lehnte sich zurück, verschränkte die Arme. »Ich will nicht in Details gehen. Sagen wir mal, ich habe mich gründlich in die Materie eingearbeitet. So richtig legal war das alles nicht, richtig illegal allerdings auch nicht, weil es gewisse Gesetze noch nicht gab… Jedenfalls, eins kam zum anderen. Bald hat es gereicht, dass ich mir ein Studium in Kalifornien leisten konnte, am Caltech. Wo ich dann die *wirklich* scharfen Sachen über Computer gelernt habe. Ab da war klar, dass ich nicht einfach nur ein Dokumentarfilmer werden würde.«

Es war spät geworden. Guy erzählte noch ein paar Anekdoten, der Wein tat das Seine, dann war es wirklich Zeit, schlafen zu gehen.

Es dauerte nicht lange, bis man hörte, dass Guy zu den nächtlichen Waldarbeitern zählte. Christopher rutschte an Serenity heran und ließ seine Hand unter ihr Pyjama-Oberteil schlüpfen.

Sie blockte ihn ab. »Nicht«, flüsterte sie. »Was, wenn er uns hört?«

»Wird er nicht«, wisperte Christopher zurück. »Er schläft.«

Sie schnaubte. »Vergiss es.«

»Hey«, maulte Christopher. War er ein bisschen betrunken? Nein. Oder? »Das ist jetzt echt hart.«

Sie schnaubte noch einmal, aber es klang schon nicht mehr so entrüstet. »Du hättest ja auch ein paar Wochen eher auf die Idee kommen können, mich zu betören.«

»Ja«, seufzte Christopher, während er bereits spürte, wie der Schlaf schwer nach ihm griff. »Das ist halt immer so eine Sache mit den Ideen.«

66 | Serenity erwachte, als das erste Licht durch die Luke über ihrem Kopf schimmerte. Irgendwie hatten sie und Christopher sich in der Nacht doch ineinander verknotet; sie machte sich behutsam los, ohne dass er aufwachte. Sie betrachtete ihn, wie er schlief. Sein Gesicht war ganz entspannt, wirkte offen, fast verletzlich. Ein warmes Gefühl stieg in ihr auf, ein Durcheinander aus Zuneigung und Verlangen, in das sich sofort kalte Verzweiflung mischte. Die Dinge waren, wie sie waren. Die Kohärenz würde ihrem Glück irgendwann ein Ende bereiten.

Serenity drehte sich weg. Sie durfte nicht an die Zukunft denken, nicht an das, was kam. Für sie beide gab es nur das Jetzt, das Hier, das Heute. Nur das zählte. Das würde ihnen niemand nehmen können.

Als sie sich aufsetzte, merkte sie, wie schlecht die Luft im Wohnwagen über Nacht geworden war. Kein Wunder, zwei schnarchende Männer auf engem Raum, und dann hatten sie gestern Abend auch noch vergessen, ein Fenster aufzumachen! Im Suff eben, sagte sie sich und angelte nach ihrer Hose, um sie sich einfach über die Pyjamahose zu ziehen.

Sie fand ihre Socken und ihr Sweatshirt, stieg die schmale

Leiter hinab und schlüpfte in ihre Schuhe. Sie öffnete das Fenster über dem Tisch, öffnete die Seitentür und trat ins Freie.

Draußen stieg sie auf den knapp hüfthohen Erdwall, der den Campingplatz umschloss. Es war völlig still, und die Landschaft ringsum wirkte wie verzaubert. Silberner Dunst hing über den Wiesen und Ginsterbüschen, die Sonne färbte den Horizont orangerot, ohne sich schon selber zu zeigen, und alle Bäume und Felsen warfen endlos lange Schatten. Einen köstlichen Moment lang gab sie sich der Vorstellung hin, dass sie in ein Märchenland entkommen waren, in dem sie die Kohärenz nicht finden würde.

Auf jeden Fall tat es gut, tief durchzuatmen. Man roch das Meer, über dem sich bizarre rosafarbene Wolken türmten.

Die Welt konnte so schön sein! Man musste nur die Augen aufmachen und hinschauen, sich berühren und verzaubern lassen. Serenity dachte an ihren Vater. Jetzt gerade verstand sie ihn gut, sogar seine Wut, mit der er gegen alle ankämpfte, die diese Schönheit zerstörten, ohne zu merken, was sie da taten.

Aber es tat weh, an ihn zu denken. Bestimmt hatte Dad inzwischen schon einen Chip verpasst bekommen.

Wozu musste es so etwas wie die Kohärenz geben? Wieso sah sie nicht, dass die Welt schön war, wie sie war? Denn das konnte sie unmöglich sehen, sonst wäre sie nicht so verbissen darauf aus gewesen, sie zu erobern!

Sie hörte, wie noch jemand aus dem Wohnmobil stieg, hörte Schritte auf dem feinen Kies des Parkplatzes und dann auf feuchtem Gras. Es war Guy, das wusste sie, ohne hinschauen zu müssen.

»Schön, hmm?«, meinte er leise, als er neben sie trat.

»Ja«, sagte Serenity.

Mehr gab es nicht zu bereden. Sie standen da und sahen zu, wie die Sonne aufstieg, den Silberschleier von der Landschaft zog und die märchenhafte Stimmung vertrieb. Dann gingen sie hinein, um Frühstück zu machen. Es würde heute warm werden, das spürte man.

Danach wusch sie sich, während Christopher und Guy die Computer aufbauten. Es gab ein winziges Waschbecken mit einem grünen Vorhang darum herum, daneben führte eine Tür in die Toiletten-Dusch-Kombination, die kaum groß genug war, um sich darin umzudrehen. *Mein Kleiderschrank zu Hause ist größer,* dachte Serenity, und dabei musste sie natürlich unweigerlich an Santa Cruz denken und an das Haus, in dem Mom und sie gelebt hatten und das jetzt seit über zwei Monaten leer und verlassen stand und um das sich niemand mehr kümmerte. War das noch ein Zuhause? Auf einmal war sich Serenity sicher, dass sie nie wieder dorthin zurückkehren würde.

Sie betrachtete sich im Spiegel. Gut, dass ihr Gesicht sowieso nass war. Da konnte man nicht sagen, ob Tränen flossen oder ob es sich nur so anfühlte.

Als sie den Vorhang aufzog, standen zwei Computer auf dem Tisch am Fenster, beide angeschlossen an einen der schwarzen Kästen aus dem Schrank. An einem Gerät, erklärte Guy, würden Christopher und sie arbeiten, am anderen er.

Was natürlich darauf hinauslaufen würde, dass Christopher arbeitete und sie ihm dabei zuschaute. Aber es ging ja darum, dass vier Augen mehr sahen als zwei.

Guy erklärte ihnen, wie das Programm funktionierte, mit

dem sich die Videoaufzeichnungen sichten ließen. Er hatte es selber geschrieben. »Die Programme, die es zu kaufen gibt, kommen alle schwer ins Keuchen bei derartigen Datenmengen«, sagte er zur Begründung und hauptsächlich an Serenity gewandt, weil sie ihn danach gefragt hatte. »Ein Tag komplett auf Video – vierundzwanzig Stunden also – entspricht etwa zwölf fetten Spielfilmen.« Er deutete auf den schwarzen Kasten, die Vier-Terabyte-Platte. »Auf so einer Platte sind hundertzwanzig Tage aufgezeichnet. Kannst es dir ausrechnen.«

Mit Spielfilmen hatte das, was der Bildschirm zeigte, allerdings herzlich wenig zu tun. Dadurch, dass die Kamera in der Brille saß und damit jeder Bewegung des Kopfes folgte, waren alle Aufnahmen so wacklig und voller wilder Schwenks, dass man Mühe hatte, irgendetwas zu erkennen. Die ersten Minuten musste Serenity immer wieder wegschauen, weil ihr fast schlecht wurde. Und der Ton war blechern; das meiste, was gesagt wurde, war kaum zu verstehen.

Wenn das Kunst sein sollte, dann ging es Serenity damit wie mit beinahe allem, was man ihr bislang an moderner Kunst präsentiert hatte: Sie fand es einfach nur seltsam.

Derweil sprachen Guy und Christopher schon über die Kohärenz. »Ich hab hin und her überlegt, vor- und zurückgespult«, sagte Guy, »und lande immer wieder bei demselben Schluss, nämlich, dass die ganze Sache am achtzehnten März angefangen hat. Ein Freitag. An dem Abend habe ich bemerkt, dass mir jemand im Netz folgt. Jemand, der verdammt gut war. Unmöglich, ihn zu fassen oder zu identifizieren. Ziemlich beunruhigend, weil ich mir ja einbilde, in solchen Dingen einiges draufzuhaben.« Er kratzte sich das immer noch unrasierte Kinn. »Ich hab erst gedacht, es sind die Nigerianer. Mit denen hab ich mich Anfang des Jahres verkracht. Es wäre gut möglich gewesen, dass sie mir einen Spion auf den Hals gehetzt haben.«

»Nigerianer?«, wunderte sich Serenity. »Was ist das für eine Story?«

»Das sind Typen aus Lagos, die seit... puh, zehn Jahren oder so eine Masche abziehen, die seltsamerweise immer noch funktioniert. Die läuft normalerweise so: Sie verschicken eine Mail, in dem jemand behauptet, er sei der Anwalt oder der Bankbetreuer oder der Bruder oder was weiß ich von einem Mr Soundso, der es in Südafrika oder in Ghana oder sonst irgendwo zu enormem Reichtum gebracht hat. Leider, leider ist derjenige ohne Nachkommen oder sonstige Erben verstorben und nun gibt es angeblich ein Konto, auf dem noch zehn, fünfundzwanzig, wahlweise auch achtzig Millionen US-Dollar liegen. Je mehr, desto besser. Geld auf jeden Fall, das der Staat einkassieren wird, es sei denn, man schmuggelt es außer Landes. Und genau das hat der Absender des Mails angeblich vor. Bloß braucht er dazu ein Konto in einem anderen Land, auf dem er das Geld für eine Weile parken kann. Und dieses Konto braucht er so dringend, dass er demjenigen, der ihm eines zur Verfügung stellt, zehn bis zwanzig Prozent des Geldes dafür überlassen will.« Guy lachte laut auf. »Völlig *gaga* als Story, aber da fallen tatsächlich Leute drauf rein! Man muss so eine Mail nur an ausreichend viele Adressaten rausschicken, dann findet sich jemand, der blöd und gierig genug ist, sich zu melden. Und sobald einer angebissen hat, geht das Spiel los. Das Geld gibt es natürlich nicht, klar. Aber die Burschen tun so, als ob. Und als ob sie mit den schrecklichen Behörden kämpfen. Wir müssen jemanden bestechen, heißt es, können Sie bitte Geld schicken, nur ein bisschen, hundert Dollar, dann kann es losgehen. Was sind schon hundert Dollar, denkt sich der Blödmann in Europa oder Amerika, wenn es um Millionen geht, und schickt das Geld. Sofort taucht natürlich das nächste Hindernis auf und diesmal sind tausend Dollar nötig. Und so geht das weiter, bis der Kerl endlich begreift, dass er einfach nur abgezockt wird. Bis dahin ist er einen ganzen Batzen Geld los und die Burschen in Lagos haben sich auf seine Kosten halb totgelacht. ›Mugus‹ nennen sie ihre Opfer, ›weiße Idioten‹.«

»Und warum hast du dich mit denen verkracht?«, wollte Christopher wissen.

»Na ja. Das ist eine Gelddruckmaschine. Es ist nicht schwer, das durchzuziehen, also gibt es eine Menge Konkurrenz. Die halten diese Jungs sich mit allerlei unfreundlichen Maßnahmen vom Leib. Wobei ich ja nichts dagegen habe, wenn sich Gangster gegenseitig an den Hals gehen. Aber diese Typen sind inzwischen so reich, dass sie auch mal nach Europa fliegen, ihre Opfer treffen und schlicht und einfach ausrauben. Als ich mitgekriegt habe, dass so ein ›Mugu‹ – ein Berner Rechtsanwalt, man stelle sich vor! – mit lebensgefährlichen Verletzungen im Krankenhaus gelandet ist, wollte ich nichts mehr mit denen zu tun haben.«

Christopher kniff die Augen zusammen. »Du hast gedacht, sie hätten einen Hacker auf dich angesetzt, um herauszufinden, ob du für jemand anderen solche Mails verschickst?«

»Ja, genau. Das wäre ungesund für mich gewesen. Es gibt viele, die diese Masche reiten, in Indonesien zum Beispiel oder in Japan. An die Banden dort kommen die Nigerianer nicht heran, deshalb versuchen sie, die Computerleute zu finden und unter Druck zu setzen.«

»Und wie hast du gemerkt, dass es nicht die Nigerianer sind?«

»Gar nicht. Ich bin einfach auf Tauchstation gegangen und hab abgewartet. Ich sehe nur jetzt im Rückblick, dass das der Tag war, an dem alles anders wurde.«

»Der Bombenanschlag auf das *Taylorsville Data Center* in North Carolina war am dreißigsten März«, rechnete Christopher. »Wenn meine Theorie stimmt, muss die Kohärenz vor diesem Tag auf dich aufmerksam geworden sein. Sie muss herausgefunden haben, wer du bist, was du machst und wo du deine Daten gesichert hast.«

Guy nickte. »Wobei ich das mit dem Anschlag nicht mitbekommen habe. Das war hier in Europa keine Nachricht. Meine Back-up-Routine hat irgendwann Synchronisationsfehler gemeldet, aber da hat bei mir nichts geklingelt. Ich meine, wer denkt an so etwas? Bis ich gemerkt habe, dass meine Online-Back-ups nicht mehr da sind, kein einziges Set mehr – das hat Ewigkeiten gedauert.« Er klopfte mit dem Zeigefinger auf den Tisch. »Angefangen hat alles am Achtzehnten. Da bin ich mir sicher. Wenn wirklich die Kohärenz dahintersteckt, heißt das, ich muss ihr irgendwann vor dem Achtzehnten unangenehm aufgefallen sein.«

»Und zwar nicht lange davor«, ergänzte Christopher. »Die Kohärenz handelt in solchen Fällen blitzschnell. Ein Tag ist da gar nichts.«

»Ja?« Guy betrachtete den Bildschirm seines Computers zweifelnd. »Hmm. Also, ich hab die Tage und Wochen vor dem Achtzehnten durchgesehen, drei Mal inzwischen, aber ehrlich, ich finde nichts. Langsam kenn ich die Videos auswendig. Ich glaube nicht, dass es noch einen Zweck hat, wenn ich sie ein viertes Mal durchgehe.«

»Darum sind ja wir hier«, sagte Christopher. »Vielleicht fällt uns etwas auf, was du schon nicht mehr wahrnimmst.«

»Hoffen wir's«, meinte Guy. Er drückte an seinem Rechner ein paar Tasten, die auf dem Computer vor Christopher eine Videosequenz starteten. Erst sah man die Tastatur eines normalen PCs und Hände, die darauf tippten: Guys Hände. Dann schoss der Blick, WWWHUSCH, nach oben, zeigte einen Bildschirm und eine Webseite, auf der das Logo der CIA prangte. »Bitte schön«, hörte man die blecherne Videostimme von Guy. »Ein Server des amerikanischen Geheimdienstes. Wir sind drin.«

Begeistertes Gegröle antwortete ihm. Wieder wechselte die Kameraperspektive abrupt. Guy saß offenbar auf einem Stuhl vor einem Rechner und hatte sich umgedreht. Wilde Schwenks über Gesichter, Hände, die Drinks hielten, und über die tiefen Ausschnitte leicht bekleideter Frauen. »Und jetzt?«, rief jemand. »Was kannst du bei den CIA-Typen jetzt veranstalten?« Er sprach mit schwerem Akzent.

»Zum Beispiel die Berichte lesen, die der amerikanische Präsident bekommt.« Krasser Schwenk zurück zum Schirm, klapperdiklapper, und ein Text erschien, dessen Überschrift lautete: *Die aktuelle Situation im Nahen Osten.*

Gelangweilte Buhrufe. »Das kann ich nicht lesen«, sagte die Stimme von gerade eben. »Zu kompliziert, verstehst du?«

Guy stoppte das Video. Serenity musste blinzeln, schaute einen Moment aus dem Fenster, sah den Möwen nach, die hoch in der Luft ihre Kreise zogen.

»Das war am achtzehnten März, kurz bevor ich den Verfolger bemerkt habe«, erläuterte Guy. »Ich war gerade in Berlin.«

»In Berlin?«, fragte Christopher verwundert. »Ich wusste gar nicht, dass du Deutsch sprichst.«

»Ach was, kein Wort. Brauch ich nicht. Alle Leute, die in Berlin für mich wichtig sind, sprechen Englisch.« Guy verzog das Gesicht. »Oder was sie dafür halten.«

»Was sind das für Leute?«, fragte Serenity.

»Vor allem Clubbesitzer. Gute Kunden.«

»Clubbesitzer?«

»Ja. Unter den Clubs in Berlin herrscht mächtig Konkurrenz. Also machen sie an fast jedem Tag der Woche irgendwelche Spezialpartys und die Einladungen dazu verschicken sie per Mail an die ganze Welt. Anfangs hab ich gesagt, hey, bringt das was, einem Typen in Australien zu schreiben, dass nächste Woche Leopardenfellparty ist? Aber das ist denen scheißegal. Vielleicht ist der nächste Woche ja in Berlin, sagen sie, weiß man das heutzutage?« Guy lachte auf. »Ich weiß nicht, was die rauchen, aber es muss echt krasses Zeug sein. Es dauert immer so ungefähr eine Woche, bis wir uns über den Preis für meine Dienstleistungen einig sind. In der Zeit hänge ich eben in deren Discos herum, trinke auf ihre Kosten und mach mir eine gute Zeit... Nicht, dass ihr denkt, ich beschwer mich über mein hartes Dasein. Es gibt echt unangenehmere Preisverhandlungen.«

Er gähnte herzhaft, streckte sich, schnupperte an seinem T-Shirt und verzog das Gesicht. »Ich muss unter die Dusche.« Er nickte in Richtung der Computer. »Also, schaut es euch an. Den Verfolger hab ich am selben Abend bemerkt, kurz vor Mitternacht.«

»Und du bist sicher, dass der nicht von der CIA war?«, fragte Christopher. »Schließlich hast du deren Server gehackt.«

Guy stand auf und grinste. »Quatsch. Meinst du, ich mach mir die Mühe für so ein paar Computeranalphabeten wie die?« Er tippte auf den Bildschirm. »Das war bloß eine gefakte Webseite, die ich auf einem Server in Manila versteckt habe. Zu, sagen wir, Demonstrationszwecken.«

Damit verschwand er in der Duschkabine. Serenity versuchte, sich vorzustellen, wie sich ein großer, gut genährter Mann wie er darin bewegte, ohne sich massenhaft blaue Flecken zu holen, aber es wollte ihr nicht gelingen. Wahrscheinlich gab es einen Trick. Hacker hatten doch immer irgendwelche Tricks drauf.

Christopher stellte die Anzeigeuhr des Programms auf 23:30:00. Das Video zeigte wieder Hände, die auf einer Tastatur umherfuhrwerkten, diesmal auf einem Laptop-Computer, und Bildschirmfenster, in denen Serenity unverständliche Zeilen aus Texten und Ziffern erschienen. »Hmm, wer bist du denn?«, hörte man den Video-Guy murmeln.

Christopher hielt das Video an, vergrößerte das Bild, um zu lesen, was auf dem Bildschirm stand. »Hmm«, sagte nun auch er. Mehr aber nicht. Serenity musterte ihn von der Seite. Er war schon im Begriff, in jene Trance zu versinken, die sie inzwischen so gut an ihm kannte.

Serenity nippte an ihrem kalt gewordenen Kaffeerest. Das würde ziemlich langweilig werden, diese Sucherei. Sie verstand bereits jetzt nur noch Bahnhof.

Aus der Dusche war das Geräusch laufenden Wassers zu hören, dazu das Knarzen von nackten Füßen auf Plastik. Der Wohnwagen schwankte unmerklich. Serenity schaute aus dem Fenster, sah das Pärchen aus dem Zelt krabbeln und sich schläfrig umschauen.

Das Video lief weiter. Die Bewegungen der Hände wurden merklich hektischer und das Bild zuckte noch unerträglicher hin und her als bisher. Serenity rieb sich die Augen, und als sie wieder auf den Bildschirm schaute, sah sie ein Hotelzimmer und Hände, die herumliegende Kleidungsstücke eilig aufsammelten.

»Das ist am Tag vorher«, sagte Christopher leise. »Um dieselbe Uhrzeit.«

Man hörte, wie sich eine Tür öffnete. Schwenk. Es war die Tür zum Bad gewesen, aus dem nun eine schlanke Frau mit langen dunklen Haaren trat. Sie trug nur Slip und BH und lächelte lasziv.

»Du nimmst das auch auf?«, hörte man sie fragen, während sie wiegenden Schrittes auf die Kamera zukam.

»Na klar«, war Guys Antwort. »Soll doch ein unvergesslicher Abend werden, oder?«

Serenity warf Christopher einen raschen Seitenblick zu. Er hatte die Augenbrauen hochgezogen und grinste. Und er bemerkte ihren Blick nicht einmal!

Der Bildausschnitt wanderte am Körper der Frau auf und ab. Sie ähnelte Madonna Two Eagles, hätte eine ältere Schwester von ihr sein können, fand Serenity. Es versetzte ihr einen Stich, zu sehen, wie fasziniert Christopher auf den Bildschirm starrte.

»Heißt das, du willst deine Brille die ganze Nacht aufbehalten?«, fragte die Frau in dem Video.

»Nicht die ganze Nacht. Die muss demnächst ans Ladegerät. Aber ich leg sie so hin, dass sie alles im Blick behält.«

»Du bist verrückt«, sagte die Frau und griff nach hinten, um ihren BH zu öffnen.

In diesem Moment wurde der Bildschirm schwarz und ein lauter Piepton erklang.

Die Tür der Duschkabine ging auf, Guy streckte seinen nassen Kopf heraus. »Übrigens hab ich ein paar Abschnitte gesperrt«, rief er. »Die sind privat. Okay?«

67 | Was hatte Guy vor dem achtzehnten März getan, um die Aufmerksamkeit der Kohärenz auf sich zu lenken? Mittlerweile war sich Christopher seiner Theorie nicht mehr so sicher. Vielleicht war das nur Wunschdenken gewesen.

Die Arbeit war jedenfalls mühsam. Sie spielten jeweils eine Viertelstunde ab, gingen sie dann noch einmal Minute für Minute durch, suchten nach Details im Straßenbild, nach Personen, nach Texten, nach irgendetwas, das ihnen seltsam vorkam. Sie diskutierten. Guy erklärte, was er in dem betreffenden Zeitraum gemacht und wer welche Person war, mit der er zu tun gehabt hatte. Und wenn sie alles geklärt hatten, nahmen sie die Viertelstunde davor unter die Lupe.

Irgendwann schlug Serenity eine Pause vor. »Christopher und ich könnten ins Dorf gehen und einkaufen. Ich muss mal was anderes sehen, sonst krieg ich einen Anfall.«

Guy war gleich einverstanden, streckte sich genüsslich. »Glänzende Idee. Eine Pause wäre jetzt genau das Richtige«, meinte er und tätschelte die Hemdtasche, in der seine Zigarillos steckten.

Ausgestattet mit einer Einkaufsliste und zwei Taschen machten sie sich wenig später auf den Weg. Serenity wirkte tatsächlich angespannt. Christopher griff nach ihrer Hand, einerseits, um sie auf andere Gedanken zu bringen, andererseits, weil es eine wunderbare Sache war, Hand in Hand zu gehen.

Doch nach ein paar Schritten entzog sie ihm ihre Hand wieder. Ohne ihn anzusehen.

Was hatte das nun zu bedeuten? Während sie schweigend weitergingen, bemühte sich Christopher, *nicht* zu vermuten, dass sie es bedauerte, sich mit ihm eingelassen zu haben. Dass sie es nur getan hatte, weil ihr in dem Moment alles verloren schien und es nicht mehr darauf angekommen war.

Hätte ihn in diesem Augenblick jemand gefragt, ob er das allen Ernstes glaubte, wäre Christophers Antwort gewesen: Nein, natürlich nicht. Aber trotzdem – die Angst schwand nicht. Wenn sein Geist ein See war, der in den schönen Momenten, die sie hatten, verspielte Singvögel und strahlende Blumenpracht reflektierte, dann lauerte die Angst dennoch, tief unter dem klaren Wasser, im Schlamm am Grunde des Sees.

»Die Frau sah aus wie Madonna, fandest du nicht?«, sagte Serenity urplötzlich. »Nur ein bisschen älter halt.«

»Welche Frau?«, fragte Christopher verdutzt.

»Mit der Guy zusammen war. In dem Video.«

Christopher furchte die Stirn. Er erinnerte sich nicht mehr, wie die Frau ausgesehen hatte. »Ist mir entgangen«, sagte er.

»Ach, komm. Die war halb nackt!«

»Ja, das hab ich gesehen«, räumte er ein. »Ich bin ja nicht blind. Aber ich hab hauptsächlich auf den Zeitstempel geachtet.« Er erklärte ihr, dass er im Verzeichnis des Videoprogramms eine Datei namens *blocco.xml* entdeckt hatte, in der lauter Einträge aus einem Datum, einer Uhrzeit und einer Zeitdauer standen. Er hatte einfach sehen wollen, ob diese Daten das bedeuteten, was er vermutet hatte. »Deswegen hab ich diesen Zeitpunkt überhaupt angesteuert«, erklärte er grinsend. »Von wegen Blockade. Man müsste nur diesen File umbenennen, dann wären alle Blockaden aufgehoben. Machen wir natürlich nicht«, fügte er hinzu.

Serenity lachte auf, wirkte mit einem Mal erleichtert. War sie am Ende eifersüchtig gewesen wegen dieser Frau im Video? Blödsinn. Ein Mädchen wie Serenity hatte es nicht nötig, eifersüchtig zu sein.

War ja auch egal. Hauptsache, sie lachte wieder. Er legte den Arm um sie und küsste sie, und diesmal entzog sie sich ihm nicht, ganz im Gegenteil.

»Wenn wir nur auch ein Zelt hätten«, meinte sie, als sie Luft holen mussten. »So wie die beiden da.«

Christopher sah zu dem grünen Zelt hinüber. »Sollen wir sie fragen, ob sie es uns leihen?«

Sie tippte ihm an die Stirn. »Quatschkopf!«

»Oder«, überlegte er weiter, »wir suchen uns einen Heuschober. Das wäre die klassische Variante.«

Aber hierzulande schien es keine Heuschober zu geben, zumindest entdeckten sie auf ihrem Weg ins Dorf nirgendwo einen.

Der Ort hatte einen Kern aus uralten Gebäuden, die rings um einen Platz vor einer verwitterten Kirche aus grauen Steinblöcken standen, ein Anblick, der Serenity restlos begeisterte. Christopher hatte Mühe, mit ihr Schritt zu halten, wie sie in dieses Gässchen oder jenen Seitenweg hineinschoss, ihn immer im Schlepptau. »Schau nur!«, sagte sie wieder und wieder und deutete jedes Mal auf irgendetwas, einen Torbogen aus Bruchsteinen, einen Durchblick in einen ummauerten Garten oder ein winziges Fenster mit einer Gardine aus Spitze. »Und das ist alles echt!«, wiederholte sie, meistens wenn sie in ehrfürchtiger Bewunderung vor einer grauen, vom Zahn der Zeit benagten Fassade stand.

Christopher musste grinsen. Klar, in den USA waren Gebäude selten älter als hundert Jahre. Diese Häuser hier waren vor fünfhundert Jahren oder noch früher erbaut worden, zu einer Zeit, als in Europa niemand geahnt hatte, dass es den amerikanischen Kontinent überhaupt gab.

Es war viel los, in den alten Straßen wie in den neuen. Überall lärmten Handwerker. Es wurde gebohrt, gehämmert, laute Rufe schallten durch die Straßen. Auf dem Platz vor der Kirche stand ein Brunnen, der schon lange nicht mehr in Benutzung und wohl deswegen mit Blumen bepflanzt worden war. Nun waren zwei Männer dabei, die Blumen wieder herauszunehmen und in Plastiktöpfe zu setzen, die sie auf die Ladefläche eines Anhängers schoben. Daneben montierten drei andere Männer die Beschilderung einer Bushaltestelle ab.

Für Dreharbeiten, klar. Mindestens eine Szene würde also vor der Kirche spielen. Christopher entdeckte einen Mann, der den Platz abging und immer wieder durch eine Art Suchglas spähte; der Kameramann oder Regisseur, der nach geeigneten Perspektiven suchte. Ein Assistent mit einem Tabletcomputer folgte ihm und tippte eifrig Notizen.

Serenity entdeckte etwas anderes. »Schau mal.« Sie deutete

auf ein Auto, das in einer Seitengasse parkte, direkt unter einem Halteverbotsschild. *Bryson Films, Ltd.* stand auf der Fahrertür. »Bryson – hast du nicht von jemandem erzählt, der so heißt?«

Christopher betrachtete den Schriftzug mit Bestürzung. »Ja. Richard Bryson. Das ist der englische Filmproduzent, der mir geholfen hat, nach Amerika zu fliehen.«

»Ein Freund von dir also!«, rief Serenity begeistert. »Womöglich ist er hier? Komm, wir suchen ihn!«

»Warte.« Christopher hielt sie fest. »Das ist keine gute Idee. Ich hab ihm damals verraten, welche seiner Mitarbeiter Upgrader waren. Die wird er entlassen haben, aber dass es so viele waren, heißt vielleicht, dass die Kohärenz es auf ihn abgesehen hatte. Möglich, dass sie ihn inzwischen übernommen hat.« Christopher schüttelte unbehaglich den Kopf. »Ich kann nicht riskieren, ihm zu begegnen.« Seine Miene verdüsterte sich. »Mir gefällt es immer weniger, dass wir ausgerechnet hier sind.«

»Dann überreden wir Guy, woandershin zu fahren.«

Er musste husten. »Na, viel Glück.«

»Was sollen wir sonst machen?«

»Ach, nichts.« Er hob die Schultern. »Vielleicht sehe ich auch zu schwarz. So viele Leute, wie hier unterwegs sind ... Es sollte kein Problem sein, Bryson aus dem Weg zu gehen.«

Leute waren tatsächlich jede Menge unterwegs. Filmleute, die alles für den Dreh vorbereiteten. Schaulustige Touristen, die ihnen zusahen oder im Weg herumstanden. Und Einheimische gab es auch noch.

Viele Touristen filmten die Filmleute ihrerseits. Um nicht auf deren Videos zu erscheinen, setzten sich Christopher und

Serenity ab und suchten, der Wegbeschreibung folgend, die ihnen Guy gegeben hatte, den Supermarkt.

Das war ein modernes, langweiliges Gebäude, das unter Garantie in keiner Filmszene auftauchen würde. Es stand auf einem hässlichen Hinterhof, auf dem sich Müllcontainer, ein Lager von Gasflaschen und parkende Autos drängten. Drinnen sah es aus, wie Supermärkte überall auf der Welt aussehen; obwohl sie die Schilder nicht lesen konnten, war es kein Problem, sich zurechtzufinden.

»Wie wird sich Dylan eigentlich melden?«, fragte Serenity, über das Gemüse gebeugt. »Wenn mit der Flucht alles geklappt hat, meine ich.«

»Gar nicht«, erwiderte Christopher.

»Ist das dein Ernst?«

Christopher betastete die Auberginen. »Wir könnten von hier aus eh nichts machen. Entweder es klappt, oder es klappt nicht.«

»Aber ich würde mir weniger Sorgen machen!«

Er hob die Schultern. »Ja. Okay. Bloß haben die davon nichts, dass du dir Sorgen machst.«

Das hatte sie nicht hören wollen, er spürte es. Ihre Miene verschloss sich, während sie Zwiebeln und Tomaten und zwei frische Baguettes in den Korb lud. Als sie beide dann ratlos vor einem ungeheuren Regal voller Weinflaschen standen, erklärte sie: »Ich mach mir eben Sorgen. Nicht zu einem bestimmten Zweck, sondern einfach so.«

»Ich sag ja auch nicht, dass du dir keine machen sollst«, erwiderte Christopher und entschied sich aufs Geratewohl für eine Flasche, die ihm nicht zu teuer schien.

Auf dem Rückweg fiel ihm eine Kneipe auf, ein dubios wirkendes Bistro, neben dessen zerschrammter Eingangstüre ein Schild mit der Aufschrift »Internet-Café« hing.

Serenity bemerkte es auch. »Wir könnten Madonna eine E-Mail schreiben. Die Adresse weiß ich noch auswendig.«

»Bloß nicht. Wenn es dumm läuft, würden wir die Kohärenz genau damit auf deren Spur bringen.«

Serenity seufzte und schwieg den Rest des Weges.

Als sie zurück zum Wohnmobil kamen, saß Guy gemütlich auf der untersten Treppenstufe des Eingangs, die Füße von sich gestreckt, und rauchte genussvoll ein Zigarillo. Das Autoradio lief. Es war ein Anblick, der auch den misstrauischsten Verfolger überzeugt hätte, es mit einem Urlauber zu tun zu haben.

»Oh, bitte nicht«, rief Serenity, als er aufstehen wollte, um die Musik auszuschalten. »Ich würde gerne ein bisschen Musik hören. Falls es euch nicht stört«, fügte sie verlegen hinzu.

»Mich nicht«, sagte Christopher. Radiogedudel konnte er ausblenden, wenn er an einer Tastatur saß; das war kein Problem.

»Wer könnte einer so schönen Frau einen so schlichten Wunsch abschlagen?«, erwiderte Guy dagegen schmalzig. Zu Christophers Missfallen schien sich Serenity geschmeichelt zu fühlen. Jedenfalls lächelte sie *ziemlich!*

Sie machten sich wieder an die Arbeit. Zum Glück gab es etliche Passagen, in denen nichts weiter geschah, als dass Guy ein Buch las. Oder im Kino saß und sich einen Film ansah. War das verrückt – der komplette Film als wackeliges, überhelles Rechteck, dazu ein blecherner, übersteuerter Ton, der zudem anfangs überlagert wurde von Guys Kaugeräuschen, bis er seine Popcornschachtel geleert hatte. Oder die Sequenzen, die einfach nur zeigten, wie er im Bett lag und schlief. Sieben, acht Stunden Video, zum größten Teil so dunkel, dass man überhaupt nichts erkennen konnte.

So sah das also aus, wenn er seine Brille am Ladegerät hatte. Christopher spulte vor, so schnell es ging. Ein paar Blitze zuckten durchs Bild, wenn ein Auto am Hotel vorüberfuhr und die Scheinwerfer Lichtflecken an die Decke warfen. Schließlich dämmerte es, und man sah, wie Guy aufstand. Das Erste, was er machte, war, die Brille aufzusetzen und ins Klo zu gehen. Wo er pinkelte, den Blick strikt auf die Kacheln gerichtet.

Das Irrste war, ihm zuzusehen, wie er die Videoaufnahmen der letzten paar Tage auf seinen Computer überspielte, sie sichtete und klassifizierte und dann der Moment kam, in dem man sah, wie er eine Aufnahme sichtete, auf dem man sah, wie er Aufnahmen sichtete. Und auf diesen Aufnahmen kam auch wieder ein Moment, in dem man ihn frühere Aufnahmen sichten sah! Ob es wohl, überlegte Christopher, einen Augenblick gab, in dem diese Rekursion zurückging bis zum allerersten Video, das er nach diesem System angelegt hatte?

Es verdrehte einem den Kopf, darüber nachzudenken. War es deswegen Kunst? Vermutlich.

Am meisten zu diskutieren gab es, wenn sie es mit Aufnahmen zu tun hatten, auf denen Guy in Berlin unterwegs war. Er traf Leute, ging mit ihnen essen oder überflog an einem Zeitungskiosk die Schlagzeilen der Zeitungen: Das waren die Szenen, denen sie die größte Aufmerksamkeit widmen mussten. Serenity entdeckte einen Moment – es war der Donnerstagvormittag gegen halb elf –, in dem Guy an jemandem vorbeiging, der etwas in ein geöffnetes Notizbuch kritzelte.

Sie verbrachten eine Stunde damit, das beste Bild herauszusuchen, zu vergrößern und so zu bearbeiten, dass man lesen konnte, was der Betreffende, ein junger Mann mit schlimmer Akne, geschrieben hatte: Er hatte sich von dem Schild einer Hautarztpraxis, vor der diese Begegnung stattgefunden hatte, die Öffnungszeiten notiert.

Schließlich räumten sie die Computer weg und machten sich ans Abendessen. Es gab Ratatouille mit Baguette und viel Knoblauch. »Gut gegen Vampire«, meinte Guy und zwinkerte Serenity zu, die damit beauftragt war, den Knoblauch zu schälen.

Es schmeckte gut. Guy schenkte ihre Weingläser nach, als habe er vor, sie zu Alkoholikern zu erziehen. Und je leerer die Flasche wurde, desto anzüglicher wurden die Komplimente, die er Serenity machte. Dass sie eine gefährliche Frau sei, so, wie sie mit Messern umgehe. Dass Christopher hoffentlich wisse, was für ein Glückspilz er sei. Dass Rotwein schön mache, was sie gar nicht nötig habe. Und so weiter. Es ärgerte Christopher, aber als er einmal aufbegehrte, hielt Guy ihm einen langen Vortrag über die italienische Seele und wie es italienischen Männern im Blut liege, die Frauen zu verehren.

Es ärgerte Christopher trotzdem. Vor allem, weil Serenity das Gesülze zu gefallen schien. Und weil es immer mehr so aussah, als sei seine schöne Theorie, was die Kohärenz betraf, ein Schuss in den Ofen.

Aber als sie endlich im Bett lagen, küsste ihn Serenity so lange und so heiß, dass alles wieder gut war. Abgesehen davon, dass es einmal mehr beim Küssen blieb.

Der Sonntagmorgen begann mit einer Diskussion. »Je länger wir suchen, desto weniger kapiere ich, wonach eigentlich«, gestand Serenity und Guy räumte ein, dass es ihm allmählich genauso gehe.

»Das weiß ich auch nicht«, sagte Christopher. »Sonst wär's ja einfach. Wir suchen irgendeine *Information*. Wie die aussieht – keine Ahnung. Wenn wir das wüssten, bräuchten wir nur Guys Bildauswertungsfunktionen drüberlaufen lassen. Aber Informationen können nun mal fast jede Form annehmen. Ich stelle mir vor, dass es irgendetwas ist, das vielleicht nur am Rand des Bildes zu sehen ist, etwas, das Guy gar nicht bemerkt hat.«

»Meinst du irgendeine Art Passwort?«, hakte Serenity nach.

»Nein. Ein Passwort kann man ändern. Deswegen würde die Kohärenz nicht so eine große Verfolgungsjagd inszenieren.« Christopher seufzte. »Es muss was anderes sein. Ich hab keine Vorstellung, was. Nur, dass die Kohärenz mitgekriegt haben muss, dass Guy diese Information besitzt. Und dass es sich um eine Information handeln muss, die ihr gefährlich werden kann.« Aber vielleicht irrte er sich auch einfach. Vielleicht waren sie komplett auf dem Holzweg und der ganze Aufwand für die Katz.

Guy sah plötzlich auf die Uhr, stand auf. »Freunde, was auch immer ihr sucht, ihr müsst es ein, zwei Stunden lang ohne mich tun.« Er eilte nach hinten, kehrte mit seinen Schuhen zurück, schlüpfte hinein. Dann begann er, sich zu kämmen.

»Was ist los?«, fragte Christopher. »Du wirkst, als hättest du eine Verabredung.«

»Im weitesten Sinne.« Guy betrachtete sich im Spiegel, drehte den Kopf hin und her, schien mit dem Anblick zufrieden. »Sophie Lanier kommt heute in Locmézeau an. Darauf warten eine Menge Fans, klar. Aber im Gegensatz zu denen weiß ich, wo und wann sie ankommt, in welchem Hotel sie untergebracht ist und in welchem Zimmer und durch welchen Eingang man sie reinschmuggeln wird.« Er schlüpfte in ein elegantes beigefarbenes Jackett. »Und da will ich dabei sein. Was heißt, dass ich mich rechtzeitig in Position bringen muss.«

Christopher fiel die Kinnlade runter. Er wusste nicht, was er sagen sollte.

Guy öffnete die Tür, zwinkerte ihnen zu. »Ihr werdet euch schon nicht langweilen, hmm?« Damit ging er.

Christopher sprang auf, als die Tür ins Schloss gefallen war. Er spähte aus dem Fenster und verfolgte, wie Guy beschwingt und nur ganz unmerklich humpelnd in Richtung Dorf davonspazierte.

Er drehte sich um, schaute Serenity an, die auf einmal große Augen machte.

»Komm«, sagte er. Klang seine Stimme plötzlich heiser?

Egal. Serenity zog sich schon das T-Shirt über den Kopf.

68 |

Als Guy zurückkam, saßen sie wieder am Tisch vor dem Computer, als sei nichts gewesen. Serenity grinste in sich hinein: Das Heimliche daran machte die Sache nur noch reizvoller!

»Na?«, fragte Guy, als er die Stufen hochstieg. »Alles klar?«

»Alles bestens«, erwiderte Christopher. Für Serenitys Geschmack klang er fast verräterisch satt und zufrieden.

»Schön, schön.« Guy streifte sein Jackett ab, hängte es auf einen Bügel und ließ sich dann ächzend auf seinen Sitz fallen. »Ich sag's euch: Diese Sophie Lanier – *das* ist eine Diva!

Das muss man echt erlebt haben. In ihren Filmen spielt sie immer das zuckersüße Mädchen mit den großen Augen, aber in Wirklichkeit ist sie ein anspruchsvolles, scharfzüngiges Biest...« Er seufzte sehnsüchtig. »Einfach hinreißend.«

»Du hast sie also tatsächlich gesehen?«, fragte Serenity.

»Gesehen? Ich bin mit ihr im Aufzug gefahren! Ich hab so getan, als sei ich Hotelgast, und zwar der aus dem Zimmer neben ihr.« Er klopfte sich grinsend an die Unterschenkelprothese. »Ich überspiel die Aufnahmen gleich, dann kann ich's euch zeigen.«

Er klappte seinen Computer auf und machte sich an die Arbeit. Zu Serenitys Erleichterung musste er seinen Fuß dazu nicht abnehmen; das Überspielen ging offenbar per Funk vor sich.

»Woher hast du eigentlich gewusst, wann sie kommt und welches Hotelzimmer sie hat?«, wollte Christopher wissen.

Guy grinste zufrieden, während er seine Befehle tippte. »Ich sag nur Tabletcomputer. Ich *liebe* die Dinger! Alle Regieassistenten synchronisieren permanent ihre Daten. Also bin ich mit eingeschaltetem Sniffer gemächlich an einem ihrer Sets vorbeigefahren, und bingo!«

Serenity runzelte die Brauen. »Bingo? Ich verstehe nur Bahnhof!«

Guy sah sie an. »Die Computer der Leute am Set sind so eingestellt, dass sie alle Dateien – Drehbuch, Drehplan, sämtliche organisatorischen Details, von denen es bei einer solchen Produktion natürlich Unmengen gibt – ständig miteinander abgleichen. Der Vorteil: Jeder ist jederzeit auf dem aktuellen Stand. Technisch läuft das über die berühmte ›Datenwolke‹. Das ist nichts anderes als eine blumige Umschreibung dafür, dass die Daten auf einem Server bei einem der großen Speicherplatzanbieter liegen. Für unsereinen sozusagen eine Einladung.«

Christopher gab einen ächzenden Laut von sich. »Heißt das, du gehst von deinem Rechner hier einfach ins Internet?«

»Na klar«, erwiderte Guy.

»Du bist auf der Flucht, surfst aber unbekümmert durchs Netz?« Christopher war regelrecht aufgebracht. »Und da wunderst du dich, dass du immer wieder aufgespürt wirst?«

»Keine Sorge«, sagte Guy gelassen. »Ich gehe natürlich über ein Onion-Routing-Netz.« Er grinste Serenity an. »Das heißt, dass meine Datenpakete nicht rückverfolgbar sind. Ich bin seit Genf etwas vorsichtiger geworden.« Er drehte seinen Computer so herum, dass sie alle auf seinen Schirm blicken konnten. »Hier. *Giuseppe Forti meets Sophie Lanier.*«

Serenity beugte sich neugierig vor. Das Video zeigte den Blick aus einem Aufzug in eine Eingangshalle. Eine hochnäsige kleine Blondine, schneeweiß gewandet und von einem Tross Begleitern umschwirrt, kam rasanten Schrittes auf die Kamera zugestöckelt. Man hörte sie kurze Wortsalven in stakkatohaftem Französisch nach links und rechts abfeuern; sie schien es darauf anzulegen, so zickig wie möglich zu wirken.

Guy sagte »Bonjour, Madame«. Der folgende Wortwechsel ließ alle Angenervtheit aus ihrem Gesicht verschwinden und ein berückendes Lächeln aufleuchten, als hätte jemand einen Schalter umgelegt.

»Ich hab ihr nur angeboten, sie mitzunehmen«, erklärte Guy amüsiert. »Wie sie lächelt, hmm? Dritte Etage, sagt sie. Darauf ich: Trifft sich gut, da wohne ich auch.«

»Mist«, stieß Christopher hervor. »Ich hab's geahnt.«

»Was?«, fragte Serenity irritiert.

»Halt an«, sagte er an Guy gewandt. »Geh ein Stück zurück. Noch ein bisschen. Da!« Er deutete auf das Gesicht eines Mannes, das kurz hinter der Schulter der Schauspielerin auftauchte, als sich alle in den Fahrstuhl drängten. »Das ist Bryson.«

»Sir Richard Bryson?« Guy beugte sich vor, betrachtete das stillstehende Videobild. »Tatsächlich. Hab ich gar nicht drauf geachtet.« Er legte den Kopf schräg, grinste. »Dieser graue Spitzbart, die langen Haare – er sieht selber ein bisschen wie ein Pirat aus, findet ihr nicht? Kein Wunder, dass er diesen Film produziert.«

»Das ist nicht der Punkt«, erwiderte Christopher heftig. »Der Punkt ist, dass Bryson mich *kennt!* Er wollte mal mein Leben verfilmen... das heißt, diese Geschichte mit dem Bankvirus damals.« Er hielt einen Moment inne, als glitten seine Gedanken davon, dann fing er sich wieder und sagte: »Du bringst uns in Gefahr. Nicht genug, dass wir uns an einem Ort verstecken, der vor Leuten und Kameras nur so wimmelt, du hängst dich auch ins Internet, als sei alles in Ordnung, bloß weil du für eine eingebildete Schauspielerin schwärmst –«

»Jetzt mal halblang, junger Freund«, unterbrach Guy ihn verärgert. Im nächsten Moment war schon die heftigste Diskussion zwischen den beiden im Gange darüber, wie sicher oder unsicher Guys Internet-Anschluss war. Sie warfen sich gegenseitig Begriffe wie *Proxyserver, Mix-Kaskaden, Deanonymisierung* und *Diffie-Hellmann* an den Kopf, wie Leute, die sich in Filmen prügelten, einander Whiskeyflaschen über die Schädel zogen.

Als Christopher nach seinem Computer griff und erklärte:

»Pass auf, ich zeig dir mal was!«, stand Serenity auf und meinte: »Sagt Bescheid, wenn ihr fertig seid mit eurer Klopperei.«

Sie beachteten sie gar nicht.

Männer! Serenity verließ das Wohnmobil, ließ die Tür laut und deutlich hinter sich zufallen. Draußen stieg sie erst mal auf den Erdwall rings um die Stellplätze, um die Nase in den Wind zu halten und das nahe Meer zu riechen.

Sie atmete tief durch und schloss die Augen. Sie wäre gern das Gefühl losgeworden, dass die Dinge ringsum zerfielen. Dass sie sich in einer Welt bewegte, deren Gewissheiten sich jeden Augenblick als Illusionen erweisen würden. Es gelang ihr nicht. Das war doch alles sinnlos. Sie suchten nach einer Nadel im Heuhaufen. Nein, schlimmer – von einer Nadel hätten sie wenigstens gewusst, wie sie aussah!

Als sie die Augen wieder öffnete, sah sie das alte Ehepaar an seinem Klapptisch sitzen und Kaffee trinken. Sie winkten ihr lächelnd zu. Serenity winkte zurück. Schließlich wäre alles andere verdächtig gewesen, nicht wahr?

Traurig, in solchen Kategorien denken zu müssen, fand sie. Sie drehte eine Runde um den Campingplatz, noch eine und noch eine, wie ein Tier in einem Käfig. Nein, überlegte sie, das war nicht das richtige Bild. Eigentlich hatte sie das Gefühl, auf einer abschüssigen Strecke dahinzugleiten. Noch war nichts passiert – aber sie wurde immer schneller, und je länger es bis zum Aufprall dauerte, desto schlimmer würde es werden.

Irgendwann streckte Guy den Kopf aus dem Wagen. Er wartete, bis sie das Wohnmobil erreicht hatte, und sagte dann mit ausgesprochen bedröppeltem Gesichtsausdruck: »Du kannst wieder reinkommen.«

Serenity blieb stehen. »Was heißt das?«

Guy seufzte. »Dass Christopher recht hat. Natürlich hat er recht.« Er schlurfte zum Heck des Wohnmobils und öffnete eine Klappe, hinter der allerhand Pumpen und Rohrleitungen steckten. Er legte einen dicken Schalter an einem schwarzen Metallkasten um. Die roten Lämpchen auf der Vorderseite, von denen eines unregelmäßig geflackert hatte, erloschen.

»Aus«, kommentierte Guy. »Von jetzt an sind wir ohne Netz.« Er seufzte. »Was sich anfühlt, als würden mir die Augen verbunden.«

Sie stiegen wieder ein. Christopher saß immer noch am Tisch, starrte bedrückt auf den Bildschirm vor sich. Den Streit gewonnen zu haben, schien ihn nicht zu freuen.

Serenity setzte sich neben ihn, strich ihm über den Arm. Er lächelte sie an, halb traurig, halb dankbar.

Guy zog derweil schnaubend und prustend sein Hemd aus, brummte etwas von einer verdammten Hitze, die hier drinnen herrsche. Er tappte nach hinten, wo seine Klamotten in einer Ecke seines Bettes auf einem Haufen lagen. Serenity betrachtete seinen nackten Oberkörper. Dafür, dass er solch ein Computerfreak war, sah Guy schon beinahe durchtrainiert aus. Jedenfalls waren das mehr Muskeln als Fett, und –

»He«, murrte Christopher. »Frag ihn doch gleich nach 'nem Autogramm.«

Sie sah ihn überrascht an. Er war eifersüchtig, weil sie anderen Männern nachsah! Wie süß. Das verlangte natürlich nach einem schnellen Kuss.

Guy streifte sich ein schwarzes T-Shirt über, und als er damit an den Tisch zurückkam, konnten sie den Spruch sehen, der vorne draufgedruckt war: *Wer zum Teufel ist Computer-Kid?*

Guy grinste. »Was bleibt mir anderes übrig, um meine Würde zu wahren, hmm?«

Christopher starrte den PentaByte-Man verblüfft an. »Ich dachte, das sei bloß ein Gerücht«, bekannte er. »Dass es diese T-Shirts gibt, meine ich.«

Guy lachte. »Von wegen. Am CERN arbeitet ein Typ, der verkauft die in allen Größen und Farben. Sagt, er importiert sie aus Kalifornien.«

»Irre«, meinte Christopher, und auf eine seltsame Weise, die Serenity nicht verstand, schienen die beiden damit wieder versöhnt zu sein.

Sie suchten weiter, suchten und suchten und fanden nichts. Und mit jedem Tag, ach was, mit jeder Stunde, die sie sich weiter rückwärts durch das Videomaterial arbeiteten, wurden neue Theorien nötig, warum die Kohärenz so lange gezögert haben sollte, gegen Guy vorzugehen.

»Du hast gesagt, die Kohärenz handelt blitzschnell«, argumentierte Guy. »Wie verträgt sich das damit, dass wir jetzt schon beim Dienstag davor sind?«

»Die Kohärenz handelt blitzschnell, sobald sie einen Entschluss gefasst hat«, erklärte Christopher. »Aber sie durchdenkt auch erst alle Eventualitäten. Wie ein Schachspieler, der sieben Züge im Voraus plant. Das kann dauern. Vor allem, weil sie manchmal noch über den achten Zug nachdenkt und den neunten und so weiter.«

Guy nickte. »Verstehe.«

»Nein«, widersprach Christopher düster. »Das verstehst du nicht. Das muss man erlebt haben, um es zu verstehen.«

In seiner Stimme klang Ehrfurcht mit. Die Kohärenz mit ihrer Intelligenz war ihnen derart überlegen, dass sie eigentlich keine Chance hatten: Christopher musste es nicht aussprechen, Serenity wusste auch so, dass er genau das jetzt dachte.

Plötzliche Wut erfüllte sie. Wenn alles sowieso verloren, sowieso aussichtslos war – wozu machten sie sich dann überhaupt die Mühe? Gab es denn keine bessere Weise, die letzten Monate, Wochen, vielleicht nur Tage zu verbringen, die ihnen in Freiheit blieben? Sie spürte den Impuls, Christopher am Arm zu fassen und zu sagen: *Komm, lass es. Wir gehen. Wir verstecken uns irgendwo, vergessen die Welt und hoffen, dass sie uns auch vergisst.*

Sie tat es nicht. Aber sie hätte nicht sagen können, wieso nicht.

69 | Irgendwann am Nachmittag des darauffolgenden Tages – Serenity musste erst überlegen, welchen Wochentag sie hatten: Montag – hielt Guy die linke Hand senkrecht vor sich, legte die rechte waagrecht darüber, sodass beide ein T bildeten, und sagte: »Time out!«

»Was?«, fragte Christopher verwundert.

Guy ließ die Hände wieder sinken. »Kennst du den Ausdruck nicht? Der kommt aus dem Sport. Das ist die Geste, mit der der Schiedsrichter eine kurze Unterbrechung des Spiels anzeigt.« Er rieb sich die Augen. »Mir fallen die Pupillen raus, wenn ich jetzt weitermache.«

»Okay.« Christopher sank in sich zusammen. »Ich hab eh das Gefühl, wir sind auf dem Holzweg.«

»Würde jedenfalls nicht schaden, ein bisschen auf andere Gedanken zu kommen.« Guy dehnte sich, warf wie nebenbei einen Blick auf die Uhr. »Da fällt mir zufällig ein… in einer knappen Stunde steigt der Dreh einer großen Szene vor der Kirche. ›Die Sonne scheint‹, steht im Drehbuch.« Er spähte aus dem Fenster. »Passt. Was haltet ihr davon, wenn wir uns das ansehen? Ist bestimmt aufregend.«

Serenity musste grinsen. Das konnte er jemand anderem weismachen, dass ihm das jetzt *zufällig eingefallen* war.

»Ohne mich«, sagte Christopher sofort.

»Komm. Das wird dir auch guttun. Ein bisschen raus, mal was anderes sehen –«

Christopher straffte sich. »Schon vergessen, dass Bryson da ist und seinem Star das Händchen hält?«

»Damit ist er reichlich ausgelastet, glaub mir«, meinte Guy leichthin, während er in ein Hemd aus hellem Leinen schlüpfte. »Außerdem werden wir sowieso in der Menge der Schaulustigen untergehen.« Er schnappte eine Sonnenbrille und setzte sie Christopher mit einer raschen Bewegung auf die Nase. »Wir können dich auch verkleiden. Kein Problem.«

Christopher nahm die Sonnenbrille ab, begutachtete sie. »Nein. Sonnenbrillen sind Hingucker. Wenn jemand eine Sonnenbrille trägt, denkt man instinktiv, der beobachtet einen.« Er sah Guy an. »Was hast du sonst noch?«

So trug Christopher, als sie kurz darauf den Wohnwagen abschlossen und sich auf den Weg ins Dorf machten, zum ersten Mal, seit Serenity ihn kannte, kein T-Shirt. Guy hatte ihm ein weites, grün gestreiftes Hemd geliehen und dazu eine Baseballkappe mit dem Logo der New York Yankees. Beides passte so gar nicht zu dem Christopher Kidd, an den Serenity gewöhnt war, dass es ihn geradezu entstellte.

Im Dorf herrschte tatsächlich der Ausnahmezustand. Man

hatte den Platz vor der Kirche weiträumig abgesperrt. Überall standen hüfthohe Gitter und Polizisten, wobei niemand etwas dagegen zu haben schien, wenn man hinter den Absperrungen stehen blieb, um zuzusehen. Und das taten sie, zusammen mit Hunderten anderer.

Es war eine enorme Szenerie, die man da aufgebaut hatte. Dutzende von Leuten in historischen Kostümen standen vor dem Kirchenportal, eine Maskenbildnerin ging durch die Reihen, tupfte die Komparsen ab oder schminkte sie nach. Die Sonne glühte heiß von einem wolkenlosen Himmel, trotzdem hatte man zusätzlich Scheinwerfer aufgestellt und hier und da reflektierende Folien gespannt. Eine Kamera lief auf Schienen; zwei junge Männer zogen in einer geschmeidigen Bewegung den Schlitten, auf dem sie stand. Während der Fahrt spähte der Kameramann durch den Sucher und schwenkte die Kamera dabei: Offenbar überprüfte er, ob alles wie geplant funktionieren würde.

»Man kann diese Szene nur nachmittags drehen«, erklärte Guy leise, »weil die Sonne das Portal beleuchten muss. Und das ist bei den meisten Kirchen nach Westen gerichtet.«

»Ach so?« Das hatte Serenity nicht gewusst. Sie betrachtete fasziniert ein paar Klappstühle im Schatten eines Andenkenladens. Das war ja wirklich Hollywood pur! Mit Namen auf den Rückenlehnen!

Auf dem Stuhl neben dem Regisseur saß der Produzent Richard Bryson. Die beiden diskutierten, dann stand der Regisseur auf und trat zu den Leuten in den Kostümen, schien ihnen etwas zu erklären.

»Ich beneide die Komparsen«, gestand Guy. »Wenn nicht diese ärgerliche Geschichte mit der Flucht wäre, hätte ich mich auch gemeldet.« Er grinste, fuhr sich mit einer gespielt affektierten Bewegung durch das wallende Haar. »Die hätten mich *bestimmt* genommen.«

Christopher warf ihm einen skeptischen Blick zu. »Das ist jetzt nicht dein Ernst, oder?«

»Oh, du würdest dich wundern, in wie vielen Filmen ich zu sehen bin. Mal sitze ich im Hintergrund auf einer Bank, mal schiebe ich einen Kinderwagen durchs Bild, mal lade ich Kisten aus, beschwere mich bei einem Kellner... Ich hatte ein ganzes Regal mit DVDs davon. Schade, sind alle in die Luft geflogen.«

»Wieso erzählst du dann, du willst nicht, dass dein Gesicht im Internet oder in sonstigen Medien auftaucht?«

»Nicht zusammen mit meinem *Namen!*« Guy hob den Zeigefinger. »Ein kleiner, aber entscheidender Unterschied. Als Komparse bleibt man anonym.«

Serenity sah beunruhigt, wie Christophers Augen plötzlich unnatürlich groß wurden. Er flüsterte etwas, das klang, als sei es Deutsch und außerdem ein Schimpfwort. »Wir sind Idioten«, fuhr er auf Englisch fort und mit einem Ausdruck im Gesicht, als blicke er in einen Abgrund. »Vollidioten. Totale Hornochsen...«

Er kam nicht dazu, zu erklären, was er damit meinte, denn in diesem Augenblick wandte sich der Regisseur per Megafon an die Zuschauer und bat um absolute Ruhe – erst auf Französisch, dann wiederholte er es noch einmal auf Englisch.

Wenig später ging es los. Der Mann hielt die Klappe vor die Kamera, der Regisseur rief durchs Megafon: »Und... *Action!*« – und alles geriet in Bewegung.

Die Kirchentür schwang auf. Ein Brautpaar trat heraus,

wobei die Braut natürlich von niemand anderem als Sophie Lanier gespielt wurde. Die Leute in den Kostümen jubelten, warfen etwas, das Reis sein mochte oder Konfetti, applaudierten…

Da, plötzlich: ein Knall! Rauch stieg auf. Die Komparsen flüchteten, während wild kostümierte Männer aus den sich rasch verziehenden Pulverwolken auftauchten, Piraten offenbar, die die schreiende Braut entführten.

»Cut!«, rief der Regisseur, und alles kam zum Stillstand. »Auf Anfang, wir machen es noch einmal.«

Man rollte die Kamera wieder ans andere Ende der Schiene, die Komparsen kehrten zum Portal zurück. Der Regisseur ging zu den Schauspielern, die die Piraten spielten, um ihnen gestenreich etwas zu erklären.

Bryson, allein gelassen, begann, sich müßig umzuschauen. Christopher duckte sich hinter Guys Rücken. »Gibt es jemanden, der dein Bild *und* deinen Namen haben könnte?«, fragte er dabei.

»Hoffentlich nicht«, erwiderte Guy.

»Das Einwohnermeldeamt? Die Passstelle? Die hat dein Bild.«

Guy lächelte nachsichtig. »Das *denken* die vielleicht. Ich hab mich reingehackt und die Bilddatei gelöscht, sobald ich meinen Pass hatte. Abgesehen davon bewege ich mich fast nur im Schengenraum; du brauchst heutzutage in Europa ja praktisch keinen Pass mehr.«

»Wer käme noch infrage?«, bohrte Christopher weiter. »Ein Arbeitgeber?«

»Ich war immer selbstständig.«

»Was ist mit der Universität? Du warst am CalTech. Amerikanische Unis führen Verzeichnisse ihrer Ehemaligen. Auch online.«

»Stimmt. Da wird man aufgefordert, ein Bild einzureichen. Fürs Jahrbuch und die Alumni-Datenbank. Hab ich aber nie gemacht.«

»Bist du sicher?«

»Es gibt nur die Seite, auf der mein Projekt beschrieben ist. Und dort steht lediglich, dass ich sechs Monate lang meinen Alltag ins Internet übertragen habe, Punkt. Kein Foto von mir.«

Christopher kniff die Augen zusammen. »Wann hast du diese Seite das letzte Mal gesehen?«

»Ist eine Weile her. Aber die hat sich in zwanzig Jahren nicht geändert.«

»Kommt«, sagte Christopher.

Er bahnte sich einen Weg durch die Menge, steuerte auf die Kneipe zu, die gleichzeitig Internet-Café war. Serenity und Guy folgten ihm.

Von innen wirkte das Bistro genauso dubios wie von außen. Die Einrichtung bestand aus zerschrammten Tischen, nicht zueinanderpassenden Stühlen und einer uralten Theke. Verstaubte Figuren aus Filz und Pappmaschee baumelten von der Decke – Hexen auf Besen, Gnome mit Bärten und Spitzhüten. In einem Netz hingen knöcherne Kiefer von Tieren, die Hunderte scharfer Zähne besaßen.

Und es roch. Nach Bier, nach Frittierfett und nach Rauch, der sich in den Jahrzehnten vor dem Rauchverbot in die Wände und die Holzdecke geätzt hatte. Es würde weitere Jahrzehnte dauern, ehe er dort wieder herausgedünstet war.

Der Wirt war ein magerer Mann mit müden Augen, die er

verständnislos aufriss, als Christopher ihn auf Englisch ansprach. Immerhin, das Stichwort »Internet« erkannte er. Er deutete auf einen Durchgang, hinter dem ein PC mit einem vergilbten Monitor stand, und sagte: »Thirty minutes – one Euro!«

Sie brauchten keine dreißig Minuten. Sie brauchten nicht mal fünf. Christopher rief die Webseite des *California Institute of Technology* auf, klickte sich durch das Archiv der Studentenprojekte und landete auf der Seite, die Guys damaliges Projekt beschrieb.

Sein Name stand dabei: *Giuseppe Forti (CH).* Darunter sein Geburtsdatum und von wann bis wann er am CalTech studiert hatte.

Über all dem prangte ein Foto von ihm. Eine richtig gute Porträtaufnahme, auf der er etwa zehn Jahre jünger war als heute.

Am unteren Rand, in kleiner Schrift, war angezeigt, wann die Seite das letzte Mal aktualisiert worden war.

Am achtzehnten März.

70 | In weiter Ferne, draußen, knallte es wieder. Mehr bekam man von den Dreharbeiten hier drinnen nicht mit.

»Und was heißt das jetzt?«, fragte Serenity.

»Dass wir auf dem Holzweg waren«, sagte Christopher. »Wir haben die ganze Zeit gedacht, dass kurz vor dem Stichtag etwas passiert sein muss, was die Kohärenz auf Guys Spur gebracht hat. Dabei ist es genau umgekehrt. Die Kohärenz ist schon lange vorher auf ihn aufmerksam geworden. Sie hat nur nicht gewusst, wer er ist. Bis am achtzehnten März sein Bild und sein Name zusammengekommen sind.«

Vorne in der Bar lachte jemand. Gläser klirrten. Serenity merkte, dass ihr von dem alles durchdringenden Geruch nach Rauch allmählich übel wurde.

»Ich kapier's immer noch nicht«, gestand sie.

Jetzt musterte Christopher sie forschend. In dem Halbdunkel, nur beleuchtet vom flimmernden Widerschein des Computerbildschirms, wirkte sein Gesicht fahl. »Okay. Ich stelle mir das so vor: Die Kohärenz hatte ein Bild – vermutlich von einer Überwachungskamera aufgezeichnet. Auf diesem Bild ist eine Person abgebildet, wie sie etwas sieht, was der Kohärenz gefährlich werden könnte. Aber die Kohärenz hat keine Ahnung, wer diese Person ist. Bis am achtzehnten März jemand beim CalTech dachte, er tut ein gutes Werk, wenn er die uralten Studienprojekte um fehlende Porträts ergänzt. Vielleicht sind jemandem, der Guy damals kannte, beim Aufräumen alte Fotos in die Hände gefallen und er hat sich gesagt, hey, das ist doch Giuseppe Forti, der Freak mit dem Videohelm! Eine Schande, dass es von dem nicht mal ein Foto im Jahrbuch gibt. Ich scann das ein und sag dem Admin der Uni Bescheid! Wie auch immer, auf einmal steht Guys Foto neben seinem Namen. Und weil die Kohärenz mit den großen Suchmaschinen vernetzt ist, deren Computer das Internet unablässig nach neuen oder geänderten Seiten durchkämmen, kriegt sie das kurz darauf mit. Software zur Gesichtserkennung stellt eine Verbindung zwischen Guy und dem Bild des Unbekannten her. Und dann liest die Kohärenz das hier.« Christopher tippte auf den Schluss des Artikels, wo Giuseppe

Fortis Vorhaben beschrieben wurde, sein gesamtes Leben auf Video aufzuzeichnen. »Das löst bei der Kohärenz Alarmstufe Rot aus. Sie muss sich sagen, dass dieser Mann nicht nur ein unangenehmer Zeuge ist, sondern womöglich von dem, was er gesehen hat, eine Aufzeichnung besitzt.« Er wischte sich über die Stirn. »Der Rest ist ein Kinderspiel; Guy und sein Projekt sind im Internet ja eine Legende. Die Kohärenz hat nicht lange gefackelt. Der schnellste Weg, die potenzielle Gefahr aus der Welt zu schaffen, war, Guys Daten einfach zu vernichten. Deshalb die Bombenanschläge auf den Backup-Service. Und um gleich zwei Fliegen mit einer Klappe zu schlagen, hat sie es so eingefädelt, dass es aussah, als sei dein Vater der Urheber der Anschläge. So konnten sie die Fahndung nach ihm und Dr. Connery in Gang setzen. Einfach und genial. Unverkennbar die Handschrift der Kohärenz.«

Serenity sah Christopher an, sah Guy an, sah den Bildschirm an. »Okay. Und was heißt das für uns? Ist das gut oder schlecht?«

»Gut daran ist«, sagte Christopher, »dass wir jetzt wissen, dass meine Theorie stimmt. Irgendwo in Guys Daten muss eine Information verborgen sein, die die Kohärenz als extrem bedrohlich betrachtet. Wir haben zwar keine Ahnung, um was es sich dabei handeln könnte, aber wir wissen, sie muss da sein.«

»Schlecht daran ist«, ergänzte Guy, »dass sich damit der zu durchsuchende Zeitraum drastisch erweitert hat. Wann immer ich der Kohärenz aufgefallen bin – es kann irgendwann passiert sein. Lange vor dem achtzehnten März auf jeden Fall. Mit anderen Worten, es sind nicht drei oder vier Tage, die wir durchkämmen müssen, sondern *Jahre*.«

Serenity dachte an die Arbeit, die sie schon hinter sich hatten, und konnte nur noch matt nicken. »Ja, verstehe. Das ist *wirklich* schlecht.«

Die Dreharbeiten, der herrliche Sommertag, das Treiben in den Straßen – das war mit einem Schlag unwichtig geworden. Nicht mal Guy schien mehr einen Gedanken daran zu verschwenden. Sie drückten dem Wirt einen Euro in die Hand und machten sich eilig auf den Rückweg zum Wohnmobil.

Unterwegs erklärte ihr Christopher noch einmal, was das Problem war.

»Wenn wir es mit Text zu tun hätten, wäre es einfach. Für das Durchsuchen von Text gibt es ausgereifte, schnelle Verfahren. Google hat das gesamte Internet indexiert und außerdem fast alle Bücher, die je gedruckt worden sind. Die Suchmaschine findet Suchbegriffe innerhalb von Sekunden. Wenn wir es nur mit Text zu tun hätten, wären wir heute Abend fertig. Aber wir haben es mit Bildern zu tun. Und da stecken die Suchmöglichkeiten noch in den Kinderschuhen.«

Serenity hatte nach den letzten Tagen durchaus eine Vorstellung davon, vor was für einem Problem sie standen. Doch sie hatte das Gefühl, dass Christopher eigentlich nicht zu ihr sprach, sondern zu sich selber; dass er dabei war, seine Gedanken zu ordnen, indem er ihr alles erklärte. Deswegen unterbrach sie ihn nicht.

»Es gibt inzwischen Programme, die erkennen können, ob ein Foto eine Strandszene zeigt. Oder Berge. Oder Tiere. Es gibt Software, die Gesichter erkennt. Es gibt Software, die anhand einer Videoaufnahme ein Bewegungsbild der darin agierenden Personen erstellen kann.« Christopher lachte hilflos auf. »Aber wir suchen nach etwas, von dem wir nicht die leiseste Idee haben, um was es sich dabei handeln könnte!«

Serenity nickte. »Und die Videos von zwanzig Jahren noch einmal durchzusehen, würde noch einmal zwanzig Jahre dauern.«

»Eben.«

»Aber die Kohärenz gibt es doch erst seit ein paar Jahren?«

»Stimmt. Das ist aber auch schon der einzige Pluspunkt.«

Den Rest des Weges legten sie schweigend zurück. Serenity sah sich immer wieder um, versuchte, den Duft des Ginsters zu riechen, das Kreischen der Möwen zu hören, den warmen Wind zu spüren – aber zu mehr als einem Aufblitzen der Erinnerung daran, wie schön die Welt sein konnte, reichte es nicht. Auch sie hatte es eilig, zurückzukommen und mit der Suche zu beginnen. Das Problem, vor dem sie standen, war wie ein Strudel, der alles einsaugte, all ihre Kraft, das ganze Leben, das ihnen noch blieb.

Ein paar Schritte vor dem Wohnmobil hielt Christopher abrupt inne, fuhr herum und richtete seinen Zeigefinger auf Guy. »Woher kann das Bild stammen? Von einer Überwachungskamera. Was gibt es noch für Möglichkeiten?«

Guy hob die Augenbrauen. »Meine Komparsenrollen. Ich tauche in einem guten Dutzend Filmen auf.«

»Was könntest du da gesehen haben?«

»Die übliche Antwort: keine Ahnung.«

»Hmm.« Christopher dachte kurz nach, dann machte er eine wegwerfende Handbewegung. »Konzentrieren wir uns erst auf Überwachungskameras. Wenn es eine Überwachungskamera war, die dich gesehen hat, dann ist es gut möglich, dass auch du die Kamera gesehen hast. Dass diese Kamera auch auf deiner Aufnahme ist. Also brauchen wir ein Programm, das deine Videos nach Überwachungskameras durchsucht.«

»So ein Programm gibt es nicht«, sagte Guy.

»Dann müssen wir eins schreiben.«

Serenity schaute Christopher überrascht an. Wie er auf einmal vor Energie sprühte! Ein konkretes Ziel zu haben, schien ihn regelrecht zu beleben.

Guy angelte den Wagenschlüssel aus der Tasche. »Ist dir klar, was du dir da vornimmst?«, brummte er, während er aufschloss. »Eine Überwachungskamera! Was ist das schon? Ein rechteckiger Kasten mit einem Objektiv. Wie willst du das auf einem Foto identifizieren? Man tut sich ja selbst als Mensch schwer, die Dinger zu entdecken.«

»Mag sein«, sagte Christopher. »Aber wir haben keine andere Wahl.«

»Für die Entwicklung einer solchen Software würde man in der Industrie zehn Mannjahre einkalkulieren. Wenigstens.«

»Wir geben uns zwei Wochen.«

Und so begann es. Christopher und Guy klappten ihre Computer auf, fingen an zu diskutieren und dreißig Sekunden später hatte Serenity keine Ahnung mehr, wovon sie sprachen.

Eine Weile saß sie noch dabei, sah fasziniert zu, wie Christopher auf die Tastatur einhackte und in Windeseile Programmcodes erzeugte. Zumindest vermutete sie, dass das, was er da schrieb, ein Programm war. Aber irgendwann wurde es langweilig. Sie würde sich damit abfinden müssen, dass sie von jetzt an nichts mehr zu diesem Unternehmen beitragen konnte.

Abgesehen von den Dingen, die irgendwie immer an den

Frauen hängen blieben. Essen kochen. Aufräumen. All das. Es ärgerte sie, aber sie beschloss, es zu akzeptieren.

Guy förderte einen Drucker und Papier zutage. Die beiden druckten Programme aus, behängten die Schranktüren und bald auch das Fenster damit. Dann standen sie stundenlang davor, kritzelten darin herum und gebrauchten Worte wie *Vektor* und *Transformation, long pointer* und *Saturation-Wert*.

Es war fast gruselig, den beiden zuzusehen. Die Welt ringsherum war vergessen. Wobei... Guy gab immerhin noch Laute von sich. Er ächzte, stöhnte, fluchte, rutschte hin und her oder kratzte sich am Kopf, während er überlegte. Er schwitzte. Er wirkte mal müde, mal angespannt.

Nicht so Christopher. Es war, als sei er eins mit dem Computer und dem Problem geworden. Seine Augen bewegten sich und seine Finger, abgesehen davon machte er keine unnötige Bewegung. Seine Konzentration zu beobachten, verursachte Serenity eine Gänsehaut. Ein Erdbeben hätte die gesamte Umgebung dem Erdboden gleichmachen können: Christopher hätte weiterprogrammiert.

Als der Abend nahte, kochte sie, weil sie den Verdacht hatte, dass die beiden sich ansonsten nur von Sandwiches und Cola ernähren würden.

Sie musste auch allein zu Bett gehen. Eine Weile lag sie noch wach, hörte dem Klappern der Tastaturen zu und wie Guy fluchte und Dinge sagte wie »*Che palle!* Was macht es denn jetzt?«.

Worauf Christopher nach ein paar Sekunden meinte: »Falscher Zählwert. Hier. Du musst bei null beginnen.«

Irgendwann schlief sie dann ein. Alleine.

In dieser Nacht wachte sie davon auf, dass Christopher zu ihr geschlüpft kam und einen Arm um sie legte, einen Arm, der zu beben und zu vibrieren schien.

»Und?«, murmelte sie schlaftrunken und tastete nach seiner Hand. »Findet euer Programm was?«

»Das ist nicht das Problem«, ächzte Christopher. »Das Problem ist, dass es Überwachungskameras findet, wo keine sind.«

Am nächsten Morgen zeigte ihr Guy, was Christopher gemeint hatte: Das Programm hielt Sonnenbrillen, ausgeschaltete Glühlampen, selbst den Buchstaben O in Zeitungsschlagzeilen für Objektive, meinte, Kameras in Ziegelwänden, Zigarettenschachteln oder Klimaanlagen zu erkennen.

Christopher sagte nichts dazu. Er starrte auf seinen Bildschirm, als wolle er mit bloßen Blicken Löcher hineinbrennen, und war nicht ansprechbar.

Am nächsten Tag ging es genauso weiter, und am übernächsten auch. Serenity übernahm die Einkäufe, weil Guy und Christopher das ebenfalls vergaßen. Sie würden eher hungern, als ihre Tastaturen loszulassen. Sie hatte das Gefühl, dass die beiden immer tiefer in einer Art Trance versanken, aus der sie inzwischen nicht einmal mehr die Unterbrechung durch eine Mahlzeit herausreißen konnte. Sie nahmen sich einfach ihren Teller mit vor den Computer. Es war, als würde Serenity mit zwei Menschen zusammenleben, für die sie unsichtbar geworden war.

Und vielleicht war genau diese Versenkung notwendig, um das Problem zu lösen. Vielleicht ging es nicht anders.

Sie würde einfach solange Urlaub machen.

Beim nächsten Einkauf kaufte sie im Supermarkt einen billigen und nicht allzu hässlichen Bikini und suchte am Nachmittag den Weg zum Strand. Das war eine halbe Stunde zu Fuß; kein Problem, sie hatte ja Zeit. Anders, als Guy es angekündigt hatte, war nur ein kleiner Teil des Strandes für Dreharbeiten abgesperrt worden, wobei es dort noch nichts zu sehen gab. Serenity ging ins Wasser, das eiskalt war; sie hielt es keine zehn Minuten darin aus. Anschließend legte sie sich auf ihr Handtuch und döste vor sich hin.

Sie freundete sich auch ein wenig mit dem älteren Ehepaar an. Der Mann hieß Jean-Luc, war bei der Marine gewesen, sprach ein bisschen Englisch und erzählte von seinen Erlebnissen in Afrika. Die Frau hieß Cécile und fütterte Serenity mit Käsewürfeln, Oliven und Baguette. Abends stellten sie einen tragbaren Fernseher auf ihren Tisch und schauten Nachrichten, von denen Serenity kein Wort verstand, die sie aber gespannt verfolgte in der Hoffnung, ihren Vater zu sehen. Vergebens.

Und wenn sie es anders nicht mehr aushielt, setzte sie sich nach vorn auf den Beifahrersitz des Wohnmobils und hörte leise Musik. Musik war jetzt wie ein Anker, um nicht abzudrehen. Sie versuchte zu verstehen, was die französischen Sprecher sagten, ohne viel Erfolg. Ansonsten schaute sie aus dem Fenster und hing ihren Gedanken nach. Die sich meistens sorgenvoll um das Schicksal ihrer Eltern und der Hide-Out-Leute drehten.

Die Tage reihten sich einer an den anderen, Serenity verlor den Überblick, welchen Wochentag sie hatten. Egal. *Ich habe Urlaub*, sagte sie sich trotzig. *Da spielen Wochentage keine Rolle.*

Im Supermarkt kassierte ein pummeliges Mädchen in etwa ihrem Alter. Sie hatte dunkle Haare, malte zu viel Kajal unter ihre Augen, trug einen Stecker im linken Nasenflügel und plauderte mit allen Kunden, egal wie lang die Schlange war.

Und eines Tages hörte Serenity, wie sie »*Lifehook*« sagte.

Serenity war schon auf dem Weg zur Kasse gewesen, aber nun bog sie noch einmal ab, vor lauter Schreck. Vor dem Weinregal blieb sie stehen und tat, als könne sie sich nicht entscheiden. In Wirklichkeit beobachtete sie verstohlen die Kassiererin.

Tatsächlich. Das Mädchen bekam, sobald niemand an der Kasse war, einen inwendigen Blick, lächelte, kicherte sogar, als erzähle ihr ein kleiner Mann im Ohr Witze.

Mit anderen Worten: Sie unterhielt sich per *Lifehook* mit jemandem!

Serenity gruselte. So also rückte die Kohärenz ihnen näher. Harmlos. Mithilfe pummeliger Mädchen, die einfach nur mit ihren Freundinnen quasseln wollten.

Zum ersten Mal konnte sie verstehen, warum Christopher den Sieg der Kohärenz für unaufhaltsam hielt.

Was sollte sie tun? Durfte sie dem Mädchen überhaupt unter die Augen kommen? Die Kohärenz wusste natürlich, wie Serenity Jones aussah. Waren die Augen der Kassiererin durch den *Lifehook,* den sie trug, zu Überwachungskameras geworden, die Alarm schlagen würden?

Schließlich sagte sich Serenity, dass sie sich ohnehin nicht vor aller Welt verstecken konnte. Jeder, dem sie begegnete, konnte ein *Lifehook*-Träger sein. Und sie musste irgendwo einkaufen. Sie beschloss, Christopher und Guy nichts davon zu erzählen.

Inzwischen bekam sie nicht mehr mit, ob Christopher überhaupt je schlief. Er saß am Computer, wenn sie zu Bett ging, und wenn sie aufwachte, saß er wieder – oder noch – da. Er begann, einem Gespenst zu ähneln. Doch: Da war eine undeutliche Erinnerung, wie er im Dunkeln neben ihr lag. Er zuckte und keuchte und strahlte solch ungeheure Anspannung aus, dass sie kaum wagte, ihn zu berühren.

Serenity ging trotzig weiter aus. Sie erkundete das Dorf, war Zuschauer beim Dreh einer Szene, in der einfach nur jemand aus einer Tür gestürzt kam. Doch das wurde schier endlos oft wiederholt, aus immer neuen Winkeln gefilmt.

Richard Bryson war auch noch da. Sie sah ihn ab und zu, ging ihm aber aus dem Weg.

Schließlich entdeckte sie auf einem ihrer Streifzüge, dass ein Zeitschriftenkiosk ausländische Zeitungen anbot, holländische, deutsche, spanische und englische. Sie zog die aktuelle Ausgabe des *Guardian* aus dem Ständer. Auf der Titelseite zeigte ein Foto, wie der Präsident das Krankenhaus verließ.

Die Schlagzeile daneben lautete: *Lifehook künftig Schwerpunkt der US-Politik.*

71 | Christopher schaute auf die Zeitung hinab.

Serenity hatte sie ihnen hingeknallt mit den Worten: »Da. Es geht los.«

Was ging los? Es war doch schon losgegangen, oder? Schon längst. Er starrte die Schlagzeile an, die dicken Buchstaben, ohne zu begreifen, was sie besagten.

Guy dagegen stürzte sich sofort darauf. Er riss das Blatt an sich, raschelte beim Umblättern und ächzte beim Lesen, während Christopher versuchte, sich wieder auf das Listing der Identifikationsroutine zu konzentrieren. Doch in seinem Gedächtnis blieb ein hartnäckiges Abbild der Schlagzeile: Der amerikanische Präsident war aus dem Krankenhaus zurück. Die Upgrader hatten ihm den Chip verpasst, die Anpassungszeit war vorüber, der Präsident war jetzt Teil der Kohärenz und begann, in ihrem Sinne zu handeln.

»Ein Albtraum«, murmelte Guy, warf die Zeitung auf den Tisch, fischte seine Zigarilloschachtel aus der Hemdtasche und stieg humpelnd auf den Vorplatz hinab.

Christopher langte nach der Zeitung, warf Serenity einen Blick zu. Sie lehnte an der Tür, sah völlig geschockt aus. Er las den Artikel.

Der Präsident hatte nach seiner Rückkehr aus dem Krankenhaus – es wurde immer noch behauptet, er sei in Baltimore gewesen – eine Kabinettssitzung einberufen und anschließend eine Pressekonferenz. Er habe die Zeit der Genesung dazu genutzt, sich über allerlei Dinge informieren zu lassen und in Ruhe darüber nachzudenken, so die Erklärung. Was den *Lifehook* anbelangte, sei er zu der Auffassung gelangt, dass er mehr sei als ein Spielzeug für Teenager. Vielmehr hätte man es hier mit einem bedeutenden gesellschaftlichen Durchbruch zu tun, einer Art sozialen Technologie, der die Zukunft gehöre.

Seine Regierung, hatte er weiter angekündigt, werde den *Lifehook* zur zentralen Strategie machen. Er verspreche sich davon eine effizientere Wirtschaft und Verwaltung. Er habe bereits mit John Salzman vereinbart, dass man sich massiv an der Weiterentwicklung des Chips und der damit verbundenen Technologie beteiligen würde. Demnächst sollten große Forschungsaufträge an Universitäten und Industrie vergeben werden.

Der Präsident kündigte ferner an, den *Lifehook* auch auf dem anstehenden G20-Gipfel zum Thema zu machen. Es handle sich um eine Technologie, die wesentlich zum Weltfrieden beitragen könne. Deswegen werde man diplomatisch Druck auf Länder wie Norwegen, Saudi-Arabien, Venezuela und andere ausüben, die den *Lifehook* bislang nicht zugelassen oder explizit verboten hatten.

Es gebe, hieß es am Schluss des Artikels, noch keine Stellungnahmen aus Russland oder China hierzu. Doch da sich der *Lifehook* in diesen Ländern ebenfalls rasant verbreitete, sähe man die Lage dort vermutlich ähnlich. Bislang seien laut Angaben des Konzerns weltweit zwanzig Millionen *Lifehooks* implantiert worden. Es existierten mittlerweile dreißigtausend *Lifehook*-Center; überall nehme die Zahl der Implantationen pro Tag zu. »Nächstes Jahr um diese Zeit«, wurde John Salzman zitiert, »kann jeder Mensch auf Erden über einen *Lifehook* verfügen. Die Kapazität dazu steht bereit.«

Christopher legte die Zeitung beiseite, sah sich blinzelnd um. Seine Augen schmerzten, sein Gehirn fühlte sich an wie ausgebrannt. Es roch nach Guys kaltem Kaffee und nach dem Rauch seines Zigarillos. Die Sonne schien zur offenen Tür herein, warmes, helles Licht.

Er blickte zu Serenity hoch, die so blass war, dass ihre Sommersprossen aussahen, als schwämmen sie in Milch.

»Was heißt das?«, fragte sie tonlos. »Dass man den Chip demnächst zwangsweise verpasst kriegt, oder?«

Christopher nickte. Sein Körper fühlte sich eingerostet an. »Das wird die nächste Phase sein. Erst Verführung. Dann Druck. Und zum Schluss Zwang.«

Es war ihm selber nicht klar gewesen, dass es so laufen

würde. Dabei war es nur logisch. Nun würde unter allerlei Vorwänden Druck ausgeübt werden. Bis irgendwann die Kohärenz endgültig aus ihrer Deckung kam und sich offenbarte als das, was sie war. Dann begann die Phase des Zwangs.

Noch wagte sie es nicht, sich zu zeigen. Nur deshalb spielte sie dieses Theater mit Pressekonferenz und politischem Geplänkel: weil sie es noch nicht riskieren wollte, dass die Menschen sahen, was geschah. Noch musste sie sich im Verborgenen halten.

Jeremiah Jones hatte recht gehabt mit seiner Idee, dass sie die Kohärenz treffen würden, wenn es gelang, ihre Existenz öffentlich zu machen. Es würde sie zwar nicht vernichten, aber es würde ihr Grenzen setzen.

Das Problem war bloß, das hinzukriegen. Die Kohärenz an die Öffentlichkeit zu zerren: Das ging nicht so einfach, wie Serenitys Vater sich das vorgestellt hatte. Einen Artikel mit allerlei Behauptungen in die Welt zu verschicken, genügte nicht; so etwas ließ sich zu leicht als haltlose Verschwörungstheorie abtun. Es hätte schon konkreter sein müssen. Beweisbarer. Irgendwie. Wie, das wusste Christopher auch nicht.

Guy kam wieder herein, hievte sich die Stufen hoch. »Also?«, fragte er. »Was machen wir?«

Er musterte ihn. Der PentaByte-Man sah abgrundtief erschöpft aus, hatte tiefe Linien im Gesicht.

»Weiter«, sagte Christopher. »Was sonst?«

Ihr Programm musste ja nicht perfekt werden. Sie würden es einsetzen können, sobald es mehr richtige als falsche Treffer erbrachte.

Allerdings durfte man nicht vergessen, dass Guys Videos eine ungeheure Datenmenge darstellten. Ihre Computer waren schnell, ja, aber sie würden trotzdem ganz schön keuchen, wenn das Programm die Aufnahmen von mehreren *Jahren* zu analysieren hatte.

Und danach würden sie sich noch die Fundstellen der Reihe nach anschauen und hoffen müssen, dass die eine dabei war, die sie suchten.

Serenity gefiel das alles nicht, das merkte Christopher. Er wusste bloß nicht, was er sagen sollte. Irgendwie war das mit ihnen beiden gerade ganz weit weg, fast unwirklich, mehr Traum als Erinnerung an etwas Reales. Woran natürlich die Situation schuld war. Die Notwendigkeit, wieder zu programmieren, und das schneller und fehlerfreier als je zuvor, hatte ihn wieder in den Christopher verwandelt, der er früher gewesen war. ComputerKid, der Probleme durch Programmieren löste, selbst diejenigen, die man lieber anders lösen sollte. Weil Programmieren nun einmal das war, was er am besten konnte.

Ab jetzt brachte Serenity jeden Tag eine Zeitung vom Einkaufen mit. Wobei die Ausgabe immer einen Tag alt war: Die Schreckensnachrichten erreichten sie also mit Verzögerung, waren schon überholt, wenn sie davon erfuhren.

Am zweiten Tag wurde der Fall der alten Frau aus Vermont wieder aufgewärmt, die an Alzheimer gelitten und sich verirrt hatte und erfroren war. Künftig, hieß es, sollte alten und verwirrten Menschen eine weiterentwickelte Version des *Lifehook* eingepflanzt werden, die ständig nicht nur den Aufenthaltsort, sondern auch medizinische Daten an eine zentrale Stelle übermittelte.

Am dritten Tag wurde diskutiert, Straftätern zwingend einen *Lifehook* zu verpassen, ehe man sie aus dem Gefängnis entließ. Einen Chip zu entfernen, würde künftig verboten sein; man werde dazu die Erlaubnis eines Gerichts benötigen.

Dafür sollten, da der Chip die Verwaltung erleichterte, *Lifehook*-Träger deutlich weniger Steuern zahlen.

Am vierten Tag kam ein Bericht, wonach eine erste Militäreinheit testweise komplett mit *Lifehooks* ausgerüstet werde. Falls sich das bewähren würde, wolle man spezielle Chips für militärische Ansprüche entwickeln. Gedacht sei auch daran, Waffen per Gedanken bedienbar zu machen, Flugzeuge auf diese Weise zu steuern und dergleichen mehr. Man habe Informationen, dass andere Länder ähnliche Versuche unternähmen; es gelte, Schritt zu halten.

Ein paar Abgeordnete sprachen sich gegen diese Maßnahmen aus, es gab Meldungen über Demonstrationen, aber derlei Widerstand schien jeweils rasch zu versanden. Weil die Upgrader diese Leute kurzerhand mit einem Chip versahen? Wahrscheinlich. Wobei es auch sein konnte, dass die Zeitung einfach nur weniger über Gegenstimmen berichtete. Schließlich saßen in allen Medien längst Upgrader, um die Nachrichten im Sinne der Kohärenz zu steuern.

Serenity setzte sich nach dieser Lektüre immer nach vorn, schaltete das Autoradio ein und hörte Musik. Christopher meinte ab und zu, sie weinen zu hören, und spürte den Impuls, sie zu trösten oder zumindest zu ihr zu gehen, aber er konnte es nicht. Das ungelöste Problem hielt ihn gebannt.

Wobei er sich allmählich selber wünschte, weinen zu können. Es wäre ein Ventil gewesen für all die Verzweiflung, die in ihm war.

Aber weinen konnte er auch nicht.

Also programmierte er weiter. Sie mussten durchhalten.

Einfach durchhalten und hoffen. Obwohl er nicht mehr wusste, was es noch zu hoffen gab.

Und dann schrie Serenity eines Tages derart auf, dass Guy und er sofort aufsprangen und zu ihr nach vorn stürzten.

»Da!«, rief sie und wies auf das Radio. »Hört euch das an!«

Christopher hielt den Atem an, Guy auch. Ein Lied kam. Ein einfaches Lied, mit einer schönen Melodie. Wobei ihm die Stimme der Sängerin vage bekannt vorkam...

»Das ist Madonna!«, stieß Christopher verblüfft hervor. »Madonna Two Eagles!«

Serenity nickte heftig. »Ja. Sie hat ein neues Lied rausgebracht. Aber hört euch an, was sie singt!«

Christopher ignorierte die Texte von Popsongs für gewöhnlich; er hatte Mühe zu verstehen, was Madonna sang.

We've got their call,
we've got them all
and everything's all right...

Das war der Refrain.

»Meinst du, das ist eine Botschaft für uns?«, fragte Serenity mit leuchtenden Augen. »Dass sie das Lied geschrieben und schnell rausgebracht hat, um uns wissen zu lassen, dass dein Fluchtplan geglückt ist? Dass mit Mom und den anderen alles in Ordnung ist?«

Christopher verschlug es den Atem. Er lauschte weiter. Der Text musste jedem normalen Zuhörer ausgesprochen seltsam vorkommen, aber wenn man ihn so verstand wie Serenity, dann erzählte er tatsächlich von einer Flucht aus Hide-Out, die glücklich ausgegangen war. Ohne eines dieser Worte zu gebrauchen.

»Bestimmt ist es so«, flüsterte Serenity, als der letzte Ton verklungen war. »Sie hat es für uns geschrieben. Damit wir uns keine Sorgen mehr machen.«

72 |

Madonnas Lied stimmte Christopher irgendwie zuversichtlicher. Seltsam, aber es war so. Vielleicht, weil es ihn an die Zeit denken ließ, in der er mit ihrem Bruder zusammen unterwegs gewesen war. Vielleicht auch einfach, weil es bedeutete, dass endlich einmal etwas geklappt hatte. Dass die Kohärenz nicht unfehlbar war und ihre Kontrolle über die Welt nicht total.

Noch nicht jedenfalls.

Doch, ja, er war gut drauf, als sie wieder an die Computer zurückkehrten. So gut, dass ihm eine Idee kam, die ihm schon längst hätte einfallen sollen.

»Lass uns die Suchroutinen mit einem neuronalen Netz koppeln«, schlug er Guy vor. »Und gleich mit der Suche anfangen. Wenn wir bei jeder gemeldeten Fundstelle rückmelden, ob es tatsächlich ein Treffer ist oder nicht, dann kalibriert sich das Programm im Lauf der Zeit selber und wird immer treffsicherer.«

Guy warf die Hände in die Höhe. »Großartige Idee! Und so ein neuronales Netz, das programmierst du natürlich mal eben schnell?«

»Das ist auch nur ein Programm«, sagte Christopher.

»Ja, klar.« Guys Blick wurde glasig. Er tastete nach seinen Zigarillos. »Unix ist letzten Endes auch nur ein Programm. Mann! Ich geh jetzt eine rauchen. Und du kannst machen, was du willst.«

Er polterte die Treppe hinab, schimpfte draußen auf Italienisch vor sich hin. Serenity glitt neben Christopher auf die Sitzbank und fragte: »Was ist das, ein neuronales Netz?«

Christopher betrachtete seine Hände, die reglos auf der Tastatur lagen. Vor seinem inneren Auge entstanden schon Datenstrukturen und Programmroutinen.

»So nennt man Programme, die die Funktionsweise von Neuronen nachahmen, von Gehirnzellen. Ein Gehirn funktioniert nicht wie ein Computer. In einem Computer gibt es einen zentralen Prozessor, der alle Programme ausführt. In einem Gehirn sind Nervenzellen mit anderen Nervenzellen verbunden, regen einander an oder dämpfen sich gegenseitig... Das kann man mit Software simulieren. Man benutzt solche neuronalen Netze, wenn man ein Programm braucht, das von selber dazulernt.« Er grinste flüchtig. »Wenn es klappt, hat man am Ende ein Programm, das etwas kann, ohne dass man weiß, wie es das eigentlich macht.«

Er sah sie an. Serenity musterte ihn forschend, mit einem rätselhaften Schimmer in ihren Augen. »Okay«, sagte sie schließlich. »Mach das.«

Dann stieg sie aus, um Guy Gesellschaft zu leisten, wie sie es in letzter Zeit immer häufiger tat.

Christopher brauchte fast die ganze Nacht. Serenity stellte ihm und Guy als Abendessen einen Teller mit Sandwiches hin und ging bald darauf zu Bett. Um Mitternacht gab Guy auf, nur Christopher blieb sitzen und machte weiter. So auf Touren, wie er war, hätte er ohnehin nicht schlafen können.

Es war notwendig, sich all die Bücher ins Gedächtnis zu rufen, die er zu diesem Thema gelesen hatte. Diese Bücher in Gedanken wieder zur Hand zu nehmen, sie durchzublättern und die Überlegungen darin zu durchwandern, war wie eine Reise zurück in seine Kindheit, in die Jahre, in denen noch alles in Ordnung gewesen war. Er schrieb die erforderlichen Routinen und dachte daran, wie sein Vater ihm einst BASIC beigebracht hatte. Er baute die Metastruktur auf und dachte an seinen ersten eigenen PC. Er testete und optimierte die Grundroutinen und dachte daran, wie er sich zum ersten Mal in die Weiten des Internets aufgemacht hatte. Und irgendwann war das neuronale Netz fertig und funktionierte.

Es war spät, fast schon früher Morgen. Im Wagen war es still bis auf Guys gelegentliches Schnarchen. Es kam Christopher vor, als sei die Zeit stehen geblieben und das Universum außerhalb des Wohnmobils verschwunden.

Er fühlte sich wie ein ausgewrungener Putzlappen, aber er musste das noch zu Ende bringen. Er legte eine Kopie der Suchsoftware an, die sie gemeinsam entwickelt hatten, und verband sie mit dem neuronalen Netz – alle Parameter, die eine Rolle spielten, alle Schwellenwerte und alle Entscheidungstabellen. Jenseits des dicken Vorhangs dämmerte es, als Christopher endlich den Rechner ausschaltete und nach oben zu Serenity auf die Matratze kroch, ohne sich auszuziehen. Er war weg, ehe sein Kopf das Kissen berührte.

Am nächsten Tag blieb Guy skeptisch, auch nach einem ersten Probelauf des veränderten Programms. *»Bene«*, knurrte er. »Zumindest funktioniert es noch. Aber ob es dazulernt… Wie erkennt man das?«

»Nicht ohne aufwendige Vergleichstests«, sagte Christopher. »Für die wir keine Zeit haben.«

»Okay.« Guy gähnte, als sei er es gewesen, der nur zwei Stunden Schlaf gehabt hatte. »Wo fangen wir an?«

»Am achtzehnten März. Und von da aus rückwärts.«

Es begann mit einer deprimierenden Kette von falschen Alarmen. Das Programm identifizierte Gläser auf dem Regal einer Bar als Überwachungskamera, einen Ohrring, ein Buch, das jemand auf einer Hutablage vergessen hatte, ein Stück von einem Türrahmen, auf den ein seltsamer Schatten fiel, eine Kachel in einer Toilette. Guy sagte nichts und Christopher sagte auch nichts. Stattdessen klickte er immer nur auf *Falsch*.

Dann, endlich, ein Bild, auf dem wirklich eine Kamera zu sehen war. Sie stand an einer Verkehrskreuzung. *Richtig,* klickte Christopher.

Danach arbeitete das Programm eine Weile, ohne einen Treffer zu melden. Sie starrten gebannt auf die Zeitanzeige und wie sie weiter und weiter in die Vergangenheit ging. Das Suchprogramm war so eingestellt, dass es mindestens Sprünge von fünf Minuten machte. Es erkannte auch, ob sich ein Bild verglichen mit dem vorigen wesentlich verändert hatte; falls nicht, suchte es nicht noch einmal nach dem Anblick eines Kameraobjektivs.

Die nächste Fundstelle war wieder eine echte Überwachungskamera, diesmal in einem Kaufhaus.

»Da hab ich mir das Jackett gekauft«, sagte Guy leise und mit einem Nicken in die Richtung seiner Klamotten.

Doch. Man merkte, wie das Programm treffsicherer wurde. Ab und zu hielt es immer noch völlig abstruse Dinge für Kameras – eine Blumenvase, die Grifflöcher von Aktenordnern, Ansichtskarten, auf denen große Blumen abgebildet waren, Teile von Graffitis in Unterführungen und dergleichen –, aber es durchwanderte auch ganze Tage und Wochen, ohne sich zu melden.

»In der Zeit war ich zu Hause, mit einer Erkältung im Bett«, erklärte Guy. »Würde mich beunruhigen, wenn es dort eine Kamera entdeckt.«

Dann wieder fand das Programm auf einmal eine Kamera nach der anderen, in Abständen von teilweise weniger als zehn Minuten.

»Das ist in London«, sagte Guy.

Christopher nickte. »Macht Sinn«, sagte er. »Großbritannien hat die höchste Dichte an Überwachungssystemen auf der ganzen Welt. Und London hat die höchste Dichte an Überwachungssystemen von ganz Großbritannien.«

Guy starrte auf den Bildschirm. »Irre, das mal so vor Augen geführt zu bekommen ...«

»Bist du öfters in London?«, fragte Serenity.

»Ab und zu. Ganoven gibt es überall.« Guy grinste. »Und die schlauesten von denen sind meine Kunden.«

Die Suche zog sich. Zwar wurde das Programm immer treffsicherer, aber es war trotzdem noch nötig, sich die jeweiligen Szenen genau anzuschauen, auf den Hintergrund zu achten und sich zu überlegen, wo eine Information verborgen sein könnte, die für die Kohärenz von Bedeutung war. Jedes Mal, wenn Christopher auf den Button *weitersuchen* klickte, tat er es in der Angst, zu früh aufgehört und das, was sie suchten, verpasst zu haben.

Irgendwann war die erste Vier-Terabyte-Platte durch. Guy schloss die nächste an. Dann die übernächste. Die Stunden flogen nur so dahin.

Die erste Platte steckte Guy allerdings nicht zurück in den Schrank. Es sei, erklärte er, ja eigentlich die *letzte*, die aktuelle Platte, und sie sei noch nicht voll. Er stöpselte sie zwischendurch immer wieder an seinen Computer, um die Videos der vergangenen Tage zu übertragen.

»Du nimmst immer noch alles auf?«, fragte Serenity fassungslos.

»Du kennst doch mein Motto«, erwiderte Guy gelassen. »Jeden Tag, jede Stunde, jede Minute.«

»Unglaublich.«

»Weißt du«, sagte er, »wenn man so etwas macht, darf man irgendwann nicht mehr darüber nachdenken, ob es sinnvoll ist. Man muss es einfach tun. Sonst kann man so etwas nicht durchziehen.«

Das könnte auch das Motto sein für das, was wir gerade tun, dachte Christopher, als sie weitermachten. Die nächste Platte. Und die nächste. Inzwischen waren sie fast zwei Jahre in der Vergangenheit.

Und dann – fanden sie es.

Es begann damit, dass auf dem Bildschirm eine neue Fundstelle auftauchte. Im Hintergrund sah man moderne Architektur, viel Stahl und spiegelndes Glas und kühle Farben, vor allem Violett. Die Überwachungskamera saß unübersehbar auf einer Halterung an der Wand und glotzte sie an.

Christopher gähnte. »Wo ist das?«

Guy konsultierte die Anmerkungen, die er zu den Videos hinterlegt hatte. »Wieder in London. Da bin ich gerade in... warte... ah, hier. Das ist das *Emergent Building*. Sagt dir bestimmt was, wenn du mal in England gelebt hast.«

Christopher stand mühsam auf, wankte zum Kühlschrank und schenkte sich ein Glas Cola ein. »*Emergent Building*... Ja. Das ist einer von diesen Glaspalästen an der Themse. Total neu, total hässlich, total einundzwanzigstes Jahrhundert.« Er nahm einen Schluck. »Die Londoner nennen das Ding, glaube ich, ›die Torte‹.«

Guy lachte auf. »Wusste ich nicht. Aber das passt.«

»Was ist das für ein Gebäude?«, wollte Serenity wissen.

»Ein riesiges Bürogebäude«, sagte Guy. »Eins von diesen Vorzeige-Investment-Projekten, in dem die Mieten unbezahlbar sind. Es ähnelt ein bisschen dem Kolosseum in Rom, falls du das kennst.«

»Nur von Bildern«, sagte Serenity.

»Egal«, meinte Guy. »Eigentlich ähnelt es dem Kolosseum auch nicht wirklich.«

Christopher hörte nur mit halbem Ohr zu. Er war müde. Ob er sich ein wenig hinlegen und den beiden die weitere Suche eine Weile überlassen sollte? Der Gedanke war verführerisch.

»Stell dir ein Gebäude vor, das aussieht wie ein großer, dicker Ring. Ziemlich hoch – sechzehn Stockwerke – und nach außen schräg abfallend. Verglaste Wände. Wenn man davorsteht, wirkt es wie eine Festung, obwohl alles aus Glas ist.«

Kopfschmerzen hatte er außerdem. Wann hatte er das Wohnmobil eigentlich das letzte Mal verlassen? Er wusste es nicht mehr. Beunruhigend. Offenbar fing er auf seine alten Tage an, Frischluft zu vermissen.

»Der Innenraum ist komplett überdacht. Es regnet also nicht rein und die einfallende Sonne reicht den größten Teil des Jahres aus, das gesamte Gebäude zu heizen. Der Energieaufwand für Heizung oder Kühlung soll minimal sein, sagt man.«

»Klingt doch gut«, meinte Serenity.

»Klar.« Guy sprang in seinem Video hin und her, suchte Stellen, an denen man einen Blick auf das Bauwerk hatte. »Hier, siehst du? Jedes Stockwerk hat eine umlaufende Galerie, von der aus man in den Innenraum hinab und auf die andere Seite schauen kann. Es sind ständig Leute unterwegs, rufen sich irgendwas zu und so weiter. Soll gut sein fürs Kommunikationsklima. Na ja, was halt in solchen Broschüren steht. Schade ist, dass sie kein Café unten in den Innenhof gebaut haben, sondern diese Scheußlichkeit hier.« Ein anderes Bild, ein Gebilde, das vage an einen Kristall erinnerte. »Hässlich, oder? Ist komplett aus Panzerglas. Auch die Möbel sind aus Glas, die Zwischenwände, alles. Ein Gag, klar, aber einbruchssicher. Ist eine Niederlassung der Silverstone Bank. Deren Firmenmotto lautet, dass alles transparent ist bei ihnen, die Gebühren, die Bedingungen –«

Christophers Kopf ruckte wie von selber hoch. »Sag das noch mal«, verlangte er. »Wie heißt die Bank?«

»Silverstone.«

»Das ist es.«

»Was?«

Auf einmal war Christopher hellwach. Kopfschmerzen, Müdigkeit, alles war wie weggeblasen. »Mein Vater hat diesen Namen erwähnt. Eine seiner Erinnerungslücken, die sich irgendwann geschlossen hat. Er hat davon gesprochen, dass meine Mutter bei der Silverstone Bank gearbeitet hat.« Er deutete auf den Bildschirm. »Das hier hat was mit der Kohärenz zu tun, ganz sicher.« Er setzte sich wieder an den Tisch, das Colaglas in der Hand. »Was hast du dort gemacht?«

Guy betrachtete ihn, als frage er sich, ob Christopher gerade durchdrehte.

»Ich war mit einem Freund unterwegs«, erzählte er. »Ghandaraj. Ich kenne ihn vom CalTech. Er stammt aus Indien, hat Architektur und Umweltwissenschaften studiert und lebt heute in Norwegen.« Er ging das Video durch, zeigte ihnen das Bild eines dunkelhäutigen, selbstbewusst grinsenden Mannes. »Das ist er.«

»Okay. Und was wolltet ihr dort?«

»Ghandaraj beschäftigt sich damit, wie die Bauweise von Gebäuden das Wohlbefinden der Menschen darin beeinflusst. Ökologische Bauweise gut und schön, sagt er, aber tut es den Menschen darin eigentlich gut? Oder spart man Energie auf Kosten der Gesundheit? Zu dem Thema wollte er eine Reportage machen, Leute befragen, Messungen durchführen, eine Art Lehrfilm für seine Studenten und, mit etwas Glück, einen Beitrag fürs norwegische Fernsehen. Ich hab ihm dabei geholfen, weiter nichts.«

Er suchte in dem Video hin und her. »Ich sollte erst als Kameramann mit, aber dazu hatte ich ehrlich gesagt keine Lust. Bin ja mein eigener Kameramann; außerdem würde meine Brille nichts von dem sehen, was ich durch einen Sucher sehe.« Er tippte sich an den Brillenbügel, der die Kamera enthielt. Klar, die würde nur die Rückwand der anderen Kamera aufnehmen. »Ghandaraj hat dann jemand anders gefunden, einen Profi, und ich hab den Ton gemacht. So richtig mit Mikrofon am Galgen, Rekorder am Gürtel, altmodisch, aber robust. Hier, das ist der Kameramann. Chen. Ich hab nicht mitgekriegt, woher er stammt, ich glaube, aus Vietnam. Auf jeden Fall lebt er in Stockholm, ist mit einer Schwedin verheiratet und arbeitet fürs Fernsehen.«

»Okay«, sagte Christopher. »Und warum das *Emergent Building*?«

Der PentaByte-Man hob die Schultern. »Ich schätze, weil es ein Vorzeige-Ökoprojekt ist. Keine Ahnung, da müsstest du

Ghandaraj fragen. Mir hat's einfach Spaß gemacht, ein bisschen Reporter zu spielen. Wir sind vorher in ein paar anderen Gebäuden gewesen – in einem Bürohaus in Süddeutschland, das komplett aus Holz gebaut ist, im Sitz der EU-Kommission in Brüssel... Und so weiter. Die finden wir bestimmt, wenn wir weitersuchen.«

Der Sitz der EU-Kommission. Das Machtzentrum Europas. Christopher war sich auf einmal nicht mehr sicher, ob das hier nicht nur falscher Alarm war.

»Okay«, sagte er. »Was habt ihr in London gemacht?«

»Wir können's uns einfach anschauen«, meinte Guy und ließ das Video laufen.

Man sah, wie die drei auf das Gebäude zumarschierten, das sich funkelnd und imposant vor ihnen erhob. *Emergent* hieß so viel wie *aufsteigend, sich von selbst entwickelnd:* Das beschrieb den Anblick ganz gut. Das Bauwerk sah aus, als sei es gerade aus dem Boden gewachsen. Die Stadtsilhouette und die Wolken am Himmel spiegelten sich darin und ließen es wie eine gigantische Sinnestäuschung wirken.

»Wir hatten einen Termin bei einer Werbeagentur im siebten Stock«, erklärte Guy dazu. »*Intrusive Pictures,* wenn ich mich recht entsinne. Machen diese aufdringlichen Anzeigen, die einen beim Surfen so auf den Geist gehen.«

Sie durchschritten ein Portal und eine Art Tunnel. Es sah ein bisschen aus wie das Betreten einer mittelalterlichen Burg, nur dass es Glas war, das sie umgab, nicht Stein.

Der Innenhof war erfüllt von sanft herabrieselndem Licht. Guys erster Blick ging hinauf zu den umlaufenden Galerien, die aus dieser Perspektive fast wie eine Zuschauertribüne aussahen. Jedes Geländer bestand aus Glas einer anderen Farbe, alle zusammen bildeten das Farbspektrum eines Regenbogens, unten Rot, oben Violett.

Der nächste Blick galt der gläsernen Bank, die wie ein Eisklotz am Grund einer Schüssel wirkte. An dem Gebäude war tatsächlich alles durchsichtig, was man nur durchsichtig machen konnte – Wände, Tische, Schalter, selbst die Schreibtische. Nur die Angestellten und die Kunden waren nicht transparent. Und wenn man genauer hinsah, die Geldkassetten und Tresore auch nicht.

Es ging in einen Aufzug, der in eine grüne Etage führte. Sehr passend. Sie betraten die Agentur, sprachen mit dem Chef, dann mit den Mitarbeitern, bauten vorher jeweils die Kamera auf, machten Witze, um die Situation zu entspannen, und so weiter. Es war immer das Gleiche, und es war einfach nur langweilig.

Christopher spürte, wie Enttäuschung in ihn hineinsickerte. Er hatte wirklich geglaubt, sie seien auf etwas gestoßen.

»Seid ihr auch in der Bank gewesen?«, fragte er zwischendurch.

»Nein«, sagte Guy.

»Schade.«

»Die wollten nicht. Ghandaraj hat versucht reinzukommen, aber man kann die Bank nur mit einer Codekarte betreten. Kein Kunde, kein Zutritt.«

»Und wenn einer Kunde *werden* will, wie macht er das?«, wunderte sich Serenity.

Guy hob die Schultern. »Frag mich was Leichteres.«

Das Video lief weiter und blieb ungefähr so interessant wie trocknende Farbe. Christopher spürte, wie er ungeduldig wurde.

»Was hat das jetzt mit der Kohärenz zu tun?«, fragte Serenity.

Niemand antwortete darauf. Sie starrten einfach nur auf den Schirm, verfolgten das nächste Gespräch, in dem wieder einmal jemand erklärte, er habe in dem vorhergehenden Büro oft Kopfschmerzen gehabt und hier keine mehr.

»Ich spring mal ein bisschen vor«, meinte Guy.

Er sprang ein ordentliches Stück vor, ein paar Stunden. Die Interviews waren zu Ende. Sie schüttelten dem Chef die Hand, und als sie das Büro verließen, erklärte Ghandaraj in seinem herrlich indischen Singsang-Englisch, er wolle noch versuchen, mit jemandem im allerobersten Stockwerk zu sprechen. Direkt unter dem Glasdach, wo sich die Wärme stauen musste.

Wieder der Aufzug, wieder ein Geländer, diesmal das violette. Die Zeitanzeige näherte sich der Stelle, an der das Suchprogramm angehalten hatte.

»Wir probieren es einfach irgendwo«, erklärte Ghandaraj mit frechem Grinsen. »Man findet immer jemanden, der gern ins Fernsehen will. Das ist der Vorteil.«

Gelächter, wild wackelnde Bilder.

Christopher beugte sich vor. »Halt mal. Geh noch mal zurück. Das Firmenschild gerade eben. Kannst du das vergrößern?«

Guy suchte nach einer geeigneten Stelle, zoomte auf ein schlichtes Schild an der Wand. In dunkelblauen Buchstaben auf hellgrauem Grund stand da: *TransMobilNet – Software Development Department.*

Es durchrieselte Christopher kalt. »Das ist eine der Mobilfunkfirmen, die die Kohärenz kontrolliert. Über deren Netz stehen die Chips in Verbindung.«

Serenity und Guy schauten ihn mit großen Augen an.

»Eine heiße Spur also?«, vergewisserte sich Guy.

»Ganz heiß. Lass weiterlaufen.«

Man sah, wie die drei an der Galerie entlangliefen, an lauter verschlossenen Türen vorbei. Man sah einen Mann, der ihnen entgegenkam, eine Codekarte aus der Tasche zog, sie kurz vor ein Lesegerät neben einer der Türen hielt, sie öffnete und hineinging.

»Schnell«, zischte Ghandaraj. Sie eilten auf die sich schließende Tür zu. Ghandaraj verhinderte in letzter Sekunde, dass sie ins Schloss fiel, drückte sie wieder auf.

Dahinter lag ein dunkler Raum voller Computer. Einige der Männer, die daran arbeiteten, sprangen sofort auf, mit fast synchronen Bewegungen, kamen ihnen entgegen und drängten sie rüde zur Tür hinaus.

Draußen auf der Galerie umringten die Männer sie. Ob sie nicht lesen könnten, fragte einer, an der Tür stehe klar und deutlich *Kein Zutritt*. Also her mit der Kamera.

Das gab Streit. »Die war nicht an«, rief Chen immer wieder und weigerte sich, sie aus der Hand zu geben. Schließlich ließen sich die Männer damit abspeisen, dass er ihnen auf dem eingebauten Monitor zeigte, was er zuletzt aufgenommen hatte.

Währenddessen tauchten vier Uniformierte auf, Mitarbeiter des Wachdienstes. Sie geleiteten Guy, seinen Freund und den Kameramann aus dem Gebäude und gaben ihnen den Rat mit auf den Weg, sich hier nicht mehr blicken zu lassen.

»Geh noch mal zurück«, sagte Christopher. »Die Stelle, wie ihr die Tür aufmacht und in den Raum mit den Computern schaut. Bild für Bild.«

Guy setzte einen Marker an den Anfang und an das Ende der kaum fünf Sekunden langen Sequenz und ließ das Video in Slow Motion ablaufen.

Man sah nicht viel. Computerbildschirme vor allem. Hinterköpfe. Und an der Wand darüber eine Überwachungskamera, die auf die Tür gerichtet war.

»Wie weit kannst du das vergrößern?«, fragte Christopher.

»Ziemlich weit«, sagte Guy. »Ich arbeite mit hoher Auflösung. Muss ich, wenn ich das Petabyte schaffen will.«

»Schau mal, ob sich die Szene an der Tür im Objektiv spiegelt.«

Guy holte das dunkle Auge der Kamera heran. Tatsächlich – man sah das helle Rechteck der offenen Tür, sah die drei Eindringlinge, deren Gesichter noch von dem draußen herrschenden Licht ausgeleuchtet wurden. Guy war deutlich zu erkennen.

»Bingo«, sagte Christopher.

Guy ächzte. »Unglaublich.«

»Und jetzt?«, fragte Serenity.

»Schauen wir uns die Bildschirme an«, sagte Christopher. »Ob wir etwas darauf erkennen.«

Auf einem Monitor weit links, der weniger als eine Sekunde lang zu sehen war, wurden sie fündig. Genau ein einziges Bild davon war scharf genug, um den Bildschirminhalt lesen zu können. Abgebildet war ein Stück Programmcode, eine Routine, die so kurz war, dass sie komplett auf den Schirm passte.

Die Überschrift lautete: *CORE DISTRIBUTION LOOP*

Darunter stand: *** CONFIDENTIAL ***

Christopher starrte darauf, überflog den Programmtext.

»Das muss es sein«, sagte er.

»Bist du sicher?«

»Ja.«

»Und was bedeutet das?«, fragte Serenity.

Christopher sog heftig Luft durch die Zähne ein. »Keine Ahnung.«

73 | »Machst du dir Sorgen wegen Dads Prozess?«, fragte seine Mutter.

»Nein«, sagte Brad.

Sie lächelte erleichtert. »Musst du auch nicht, weißt du? Diese Sache... das wird im Sand verlaufen, da bin ich mir sicher. Jetzt machen sie großes Geschrei und schicken einander böse Briefe, aber das ist das, was sie immer tun; das ist ihr Beruf. Letzten Ende hackt ein Anwalt dem anderen kein Auge aus. Hab ich jedenfalls noch nie erlebt.«

Brad nickte nur. Er machte sich keine Sorgen wegen Dads Prozess. Tatsächlich dachte er so gut wie nie daran.

Er hatte ganz andere Dinge, um die er sich Sorgen machen konnte.

»Ich wollte dir das nur sagen«, meinte seine Mutter. »Weil du in letzter Zeit so nachdenklich bist. So kenne ich dich gar nicht.«

Nachdenklich? Wenn es das nur gewesen wäre! Tatsächlich hatte er immer mehr und immer längere Phasen, in denen er *gar nichts* dachte, an die er sich nachher nicht einmal mehr *erinnern* konnte.

Tiffany war die Erste, der er das anvertraute, als er sie besuchte.

»Ich frage mich, ob es vielleicht eine Krankheit ist«, gestand er, nachdem er ihr alles erzählt hatte. »Aber ich trau mich nicht, meinen Eltern was zu sagen.«

Sie saßen in der verglasten Veranda, die von dem schweren, fast betäubenden Duft der Orchideen erfüllt war, die Tiffanys Mutter züchtete. Die Sonne stand am Himmel. Hinter einem offenen Fenster klapperte eine Tastatur: Das war Tiffanys großer Bruder, der an einer Studienarbeit schrieb.

Tiffany starrte ins Leere. »Mir geht es genauso. Ich hab das Gefühl, ich löse mich auf. Verliere mich.« Sie seufzte schwer. »Ich glaube, dass es mit dem *Lifehook* zu tun hat.«

»Meinst du? Daran hab ich auch schon gedacht. Ob ich ihn vielleicht nicht vertrage.«

»Ich hab sogar schon überlegt, ihn wieder rausmachen zu lassen«, gestand sie.

Brad war erleichtert, dass sie das gesagt hatte. Er hatte das ebenfalls erwogen, aber die Sorge, damit Tiffany zu verlieren, hatte ihn davor zurückschrecken lassen.

»Und?«

»Ich kann mich nicht entscheiden«, sagte sie. »Da gibt es so viele Gründe dafür und dagegen, ich komme zu keinem Ende.« Kläglich fügte sie hinzu: »Ich fühle mich wie gelähmt!«

Brad nahm ihre Hand. Im nächsten Moment stand die Sonne ganz woanders und Tiffanys Mutter vor ihnen.

»Hier sitzt ihr, still und brav«, stellte sie verwundert fest. »Ich hab mich vorhin, als ich nach Hause gekommen bin, schon gefragt, wieso es so ruhig ist... Geht's euch gut? Wollt ihr was zu trinken?«

»Danke«, antworteten sie im Chor. »Es ist alles in Ordnung.«

Ernstfall

74 | Christopher fuhr auf, mit wild pochendem Herzen, saß keuchend da, schaute sich um. Dämmerlicht. Die Matratze. Die Schlafkabine über dem Fahrerhaus. Serenity, die schlief.

Es war nur ein Traum gewesen. Nur ein Traum.

Er fuhr sich mit beiden Händen durch das Gesicht, spürte sein Herz immer noch trommeln. Er war wieder bei seiner Großmutter im Atelier gewesen, in ihrem Wintergarten, diesem lichtdurchfluteten Dschungel aus Grünpflanzen. Sie hatte wieder gemalt, wieder diese riesigen Gemälde mit den Gittern, auf deren Kreuzungspunkten Gehirne saßen.

Nur hatte er sich diesmal nicht geborgen gefühlt. Er war unruhig zwischen den Bildern umhergeirrt wie durch ein Labyrinth...

Christopher holte tief Luft. Nur ein Traum. Was für eine Erleichterung!

Er war einem Geräusch nachgegangen, einem Stöhnen irgendwo hinten im Wintergarten. *Bleib hier,* hatte seine Großmutter gesagt. *Schau dir meine Bilder an.* Aber er folgte den Lauten, und als er einen großen Farnwedel zur Seite drückte, sah er Serenity, wie sie zusammen mit dem PentaByte-Man auf dem Boden lag, beide nackt und...

Die Erinnerung durchfuhr Christopher wie ein Blitz, brannte wie Feuer. Dabei war es doch nur ein Traum gewesen! Träume hatten nichts zu bedeuten!

Und wenn doch? Wenn seine Großmutter für Geborgenheit stand? Die Gemälde für die Kohärenz? Was, wenn sich in diesem Traum eine Ahnung manifestierte, die es noch nicht in sein Wachbewusstsein geschafft hatte, nämlich, dass er erst in der Kohärenz Geborgenheit finden würde?

Quatsch, sagte er sich. Völliger Blödsinn. Höchste Zeit, dass er aufstand und sich auf andere Gedanken brachte. Auf nützlichere vor allem.

Er stieg leise hinunter, schaltete den Computer ein, stellte den Ton ab und schaute sich die Szene von gestern Abend noch einmal Bild für Bild an. Zoomte auf jeden einzelnen Bildschirm, ließ auf sich wirken, was er sah.

Nein, wie man es auch drehte und wendete: Das kurze Programm – die CORE DISTRIBUTION LOOP – war die einzige Information von Bedeutung, die sich aus dem sekundenlangen Blick in diesen Raum gewinnen ließ. Alles andere war zufällig, unverständlich, wertlos.

Er rief die Textdatei auf, in die er das Programm, ausgehend von dem einen Videoframe, auf dem es scharf zu sehen war, Buchstabe für Buchstabe abgeschrieben hatte. Er verglich es noch einmal, aber ihm war tatsächlich kein Fehler unterlaufen.

Okay. Angenommen, das war das Programm, das die Kohärenz mit allen Mitteln hatte geheim halten wollen: Um was handelte es sich dabei? Was *tat* diese Routine?

Dem Header zufolge war sie in einem C-Dialekt geschrieben, den man für die Optimierung von zeitkritischen Prozessen verwendete. Auch dem Programm sah man an, dass es auf höchste Geschwindigkeit getrimmt war. Wie das Wort DISTRIBUTION im Titel schon andeutete, verteilte es irgendwelche Daten, die hereinkamen, in irgendwelche Kanäle. Dabei griff es auf eine Datenbanktabelle zu, um zu bestimmen, in welche. Ja, und dann das Ganze wieder von vorn. Deswegen LOOP: Die gesamte Routine lief in einer Endlosschleife.

Okay. Ein nicht unelegantes Programm. Erfreulich kompakt. Die Sache mit dem Datenbankzugriff sah ein bisschen seltsam aus, darüber musste er noch nachdenken … Aber abgesehen davon: Was um alles in der Welt mochte der Grund sein, dass die Kohärenz dafür eine derart dramatische Jagd auf die Videos des PentaByte-Man begonnen hatte? Was war an diesem Programm so brisant?

Er verstand es beim besten Willen nicht. Hatte die Kohärenz die Gefahr, die ihr davon drohen konnte, am Ende schlicht und einfach überschätzt? Hatte sie sich mit ihrer überdimensionalen Intelligenz selber ausgetrickst?

Nicht undenkbar. Christopher musste an George Angry Snake denken und an das, was ihm der junge Indianer, der danach sein Freund werden sollte, zu dem Thema gesagt hatte. Intelligenz war eine zweischneidige Sache.

Allerdings wäre das ein trauriger Witz gewesen. Das hätte geheißen, dass die Kohärenz mordete und log, nur um einen verloren gegangenen Tresorschlüssel wiederzufinden, den ohnehin niemand als solchen erkennen, geschweige denn einsetzen konnte!

Falls dem so war, hatten sie sich ganz umsonst abgemüht.

Christopher starrte das Programm an. Okay, sie wussten nicht, ob das tatsächlich die Information war, die die Kohärenz fürchtete. Möglich, dass sie etwas anderes, viel Brisanteres fanden, wenn sie weitersuchten. Auf der anderen Seite – wenn man bedachte, was sie da gefunden hatten... Ein als streng vertraulich gekennzeichneter Sourcecode. Guy war eindeutig identifizierbar, dank der auf die Tür gerichteten Kamera. In einem Raum, in dem offenbar an der Software gearbeitet worden war, die so etwas wie das Betriebssystem der Kohärenz darstellte.

Wie wahrscheinlich war es, dass Giuseppe Forti ein zweites Mal in eine Kombination solcher Zufälle geraten war?

Klar, sie konnten weitersuchen. Bis ans Ende ihrer Tage konnten sie suchen, genug Daten waren da. Aber würden sie sich jemals sicherer sein als jetzt?

Ein anderer Gedanke kam Christopher. Einer, der ihm gestern noch nicht eingefallen war. Die Frage nämlich, wieso *er* eigentlich nichts von diesen Programmen wusste! Er war einmal Teil der Kohärenz gewesen – okay, so gut wie. Auf jeden Fall war er tief genug drin gewesen, um alles zu wissen, was die Kohärenz wusste. Er hatte das Wissen der anderen natürlich in dem Moment verloren, in dem er sich ausgeklinkt hatte... aber er erinnerte sich noch, *dass* er einmal vieles gewusst hatte.

Aber daran nicht. Damit hatte er nie etwas zu tun gehabt.

Oder er erinnerte sich nicht mehr daran, dass er es gewusst hatte. Auch möglich.

Aus dem hinteren Teil des Wohnmobils war ein Ächzen und Stöhnen zu hören, dann teilte sich der Vorhang um das Bett und Guy kam zum Vorschein. Er trug nur eine Unterhose und beim Anblick seines nackten Oberkörpers, seiner Muskeln und Brustbehaarung musste Christopher unwillkürlich wieder an seinen Traum denken.

»Sitzt du da immer noch oder schon wieder?«, wollte Guy mit schläfrig belegter Stimme wissen.

»Ich bin gerade erst aufgestanden«, sagte Christopher.

»Dann bin ich ja beruhigt.« Guy wälzte sich herum, setzte ächzend seine Prothese an und humpelte anschließend auf die Toilette. Christopher bemühte sich, die Geräusche zu ignorieren, die durch die Plastiktür drangen.

Guy humpelte immer noch, als er wieder zum Vorschein kam. Morgens brauchte er eine Weile, ehe er normal laufen konnte.

»Und?«, fragte er. »Eine nächtliche Einsicht gewonnen?«

»Nein«, sagte Christopher.

Guy trat neben ihn, beugte sich über ihn, einen herben Geruch ausdünstend nach Schweiß, Tabak, Urin und anderem.

»Wieso programmiert die Kohärenz überhaupt auf diese, hmm, ziemlich traditionelle Weise?«, fragte er. »Hast du nicht gesagt, deren Gehirne seien alle direkt mit Computern vernetzt?«

Christopher sah unwillig zu ihm hoch. »So eine blöde Frage!«

»Nein, im Ernst.«

Guys Verstand brauchte morgens offenbar auch eine Weile, bis er nicht mehr humpelte. »Vielleicht, weil es viel zu anstrengend wäre, eine Programmroutine im Kopf exakt auszuarbeiten? Das musst du doch kennen. Du denkst, du hast eine Funktion glasklar vor dem inneren Auge, und sobald du sie in den Editor schreibst, merkst du, dass noch eine Menge fehlt. Die Details eben, auf die es ankommt.«

»Aber die Upgrader müssten keine Tastatur benutzen. Die könnten Programmcodes auch direkt auf den Bildschirm denken, oder?«

»Ja, bloß geht das nicht schneller. Als ich in der Kohärenz war, hab ich auch meistens eine Tastatur benutzt. Man muss nicht so viel nachschlagen. Das ist ein Vorteil. Ein Gedanke, eine Frage, und man weiß es.«

»Na gut. Von mir aus. Aber trotzdem...« Guy deutete auf den Programmtext. »Mir will nicht in den Kopf, dass die Kohärenz *deswegen* so einen Stress veranstaltet hat. Was ist daran so rasend gefährlich für sie?«

Christopher betrachtete den Arm, mit dem sich Guy neben ihm abstützte, die dichte dunkle Behaarung darauf. »Vielleicht sind wir nur zu blöd, um es zu begreifen.«

»Vielleicht ist das aber auch nur, was weiß ich... ein Druckertreiber oder so etwas.« Guy reckte den Kopf vor, musterte die Routine auf dem Schirm. »Sieht doch so aus, oder? Das Ding verteilt irgendwelche Daten weiter.«

»Quatsch«, sagte Christopher. »Das ist ein Teil des Kernels. Das ist so etwas wie die *Main loop* in fensterorientierten Programmen.«

»Und was nützt dir die *Main loop,* wenn du die Gesamtarchitektur nicht kennst?« Guy hustete rasselnd. Raucherhusten. »Du hast ein einzelnes Puzzleteil, aber keine Ahnung, wie das Bild dazu aussieht.«

»Ein Teil verrät immer auch etwas über das Ganze«, widersprach Christopher. »Wenn das eine Routine der untersten Ebene ist, im Kern des Kerns sozusagen, dann kann die Kohärenz das nicht ohne Weiteres ändern. Sonst hätte sie das nämlich längst getan und sich den Aufwand gespart, Rechenzentren in die Luft zu sprengen. Aber wenn man eine Kernroutine ändert, muss man das gesamte darauf aufbauende System ändern – und das ist ja in Betrieb! Die Kohärenz hängt davon ab. Daran zu drehen, wäre so, als würde man bei sich selber eine Hirnoperation durchführen.«

Guy sah grübelnd auf den Schirm. Sein Bauch hing neben Christophers Schulter. *Ich könnte ein Messer hineinrammen*, dachte Christopher und erschrak über seine eigenen Gedanken.

»Meinetwegen«, sagte Guy schließlich und richtete sich wieder auf. »Ich geh erst mal eine rauchen.«

Damit schlappte er nach hinten, zog seinen fadenscheinigen braunen Morgenmantel über, suchte seine Zigarillos und stieg dann hinaus. Die Wohnwagentür ließ er offen.

Kaum war er draußen, wachte Serenity auf und kam ebenfalls herunter. Sie schlüpfte neben Christopher auf die Bank, war so nah, dass er sie hätte küssen können, aber ihm war nicht danach.

»Guten Morgen«, sagte sie schlaftrunken.

»Morgen.«

»Und? Immer noch keine Idee, was du damit machen kannst?«,

»Nein.«

Sie schwiegen. Christopher starrte den Programmtext an, aber er konnte nicht wirklich darüber nachdenken. Jetzt, da Serenity neben ihm saß, bekam er diese Traumbilder einfach nicht aus dem Kopf, wie sie da auf dem Boden gelegen hatte, ganz nackt, Guy über ihr ...

Blödsinn! Er atmete scharf ein, schüttelte den Kopf, um die Erinnerung zu vertreiben.

»Weißt du, was?«, meinte Serenity. »Hier drinnen stinkt's morgens immer grässlich. Wir sollten alle Fenster aufreißen.«

»Nachher.«

Das schien ihr nicht zu gefallen. »Dann geh ich erst mal raus«, entschied sie und stand auf. »Ich brauch frische Luft.«

Er sah ihr nach und wusste nicht, was er tun sollte. Es war nur ein Traum, mahnte er sich. Vielleicht half es, wenn er sich das oft genug in Erinnerung rief.

Er hörte, wie Guy draußen etwas zu Serenity sagte. Er bekam nicht mit, was, aber Serenity lachte hell auf.

Es schnitt ihm ins Herz.

75 | Wenn er sich nur hätte konzentrieren können! Wenn er nur imstande gewesen wäre *nachzudenken!* Christopher starrte auf den Bildschirm, starrte den Quellcode des Programms an, aber eigentlich sah er weder das eine noch das andere, weil der Tumult in seinem Inneren alles überlagerte.

Konzentration! Das war doch immer seine große Stärke gewesen, verdammt noch mal!

Okay. Da, dieser Datenbankzugriff, der da gemacht wurde – der war irgendwie seltsam. Sehr speziell. Die Art und Weise erinnerte ihn an etwas, das ihm etwas hätte sagen müssen. Es war zum Greifen nahe, doch er bekam es nicht zu fassen, kam einfach nicht drauf, was –

Und wieder musste er aufspringen und nachsehen, was Serenity und der PentaByte-Man taten. Am Fenster hinter dem Spülbecken hing eine Gardine, die es ihm erlaubte, die beiden zu bespitzeln, ohne dass sie ihn bemerkten. Christopher kam sich erbärmlich dabei vor, aber er konnte einfach nicht anders.

Nichts. Sie taten nichts. Seit dem Mittagessen saßen sie im Schatten des Wohnmobils und redeten. Guy rauchte seine affigen Zigarillos und erzählte Anekdoten von früheren Dreharbeiten, bei denen er als Komparse mitgewirkt hatte. Gab an, welche berühmten Schauspieler und Regisseure er auf diese Weise kennengelernt hatte. Mit wem er ein Bier getrunken hatte, wer eingebildet war und wer umgänglich und so weiter.

»Lass uns einen Tag Pause machen«, hatte Guy heute Morgen gesagt. Aber wahrscheinlich hatte er einfach die Nase voll. Glaubte nicht mehr, dass ihre Suche was bringen würde. »Ein Tag Pause wird uns guttun.« Ja doch.

Christopher setzte sich zurück an den Rechner, peinlich berührt, dass er sie schon wieder beobachtet hatte, anstatt über das Programm nachzudenken. Was diese Datenbank sollte. Das war doch die Frage.

Er war einfach durcheinander. Wegen eines blöden Traums, das musste man sich mal vorstellen! Aber andererseits…

Er betrachtete seine Hände. Die Fingernägel. Die Tasten. Ein paar der Buchstaben waren abgewetzt. Das E zum Beispiel. Das I auch.

Lohnte sich das? Die Liebe? Das war eine viel dringendere Frage. Wenn solche Ängste der Preis dafür waren. Als er noch allein gewesen war, okay, da war er allein gewesen. Hatte sich manchmal einsam gefühlt. Aber er hatte keine derartigen Ängste ausstehen müssen. Einsamkeit, das war ein leises, kühles Gefühl. Es brannte einem keine Löcher ins Herz. Man konnte sich daran gewöhnen, es war nicht mal schwer.

Serenity kam herein. »Christopher«, sagte sie, nicht zum ersten Mal heute. »Du kannst doch nicht den ganzen Tag hier drinnen sitzen!«

»Ist eine meiner leichtesten Übungen«, erwiderte er. Wieso? Wieso war er so abweisend? Wo er ihr am liebsten zu Füßen gefallen wäre und sie angefleht hätte, ihn nicht zu verlassen, niemals, nie.

»Kommst du wenigstens weiter?«, fragte sie.

Christopher holte tief Luft, sehr tief, wollte etwas ganz anderes sagen, etwas Beruhigendes, Zuversichtliches – stattdessen brach zischend und bebend etwas aus ihm heraus, das ihm im selben Moment, in dem er es aussprach, völlig idiotisch vorkam: »Musst du eigentlich die ganze Zeit mit ihm da draußen herumflirten?«

Serenitys Blick wurde hart. »Sag mal, spinnst du jetzt?«

»Die ganze Zeit kicherst du mit ihm herum, lachst über seine plumpen Anmachsprüche...« Es gab kein Halten mehr. Er wollte sich bremsen, aber er konnte es nicht.

»Jetzt hör auf. Ich bin froh, dass endlich mal einer mit mir redet, weiter nichts.«

»Es macht mich wahnsinnig.«

Sie beugte sich zu ihm herunter. »Christopher«, sagte sie leise, »damit eins klar ist: Dass ich mit dir geschlafen habe, heißt nicht, dass ich dein Besitz geworden bin. Ich bin ein freier Mensch, der dir seine Liebe geschenkt hat. Und das bleibt so. Also trample jetzt nicht darauf herum wie ein Idiot.«

Als er nichts erwiderte, nichts sagen konnte, wandte sie sich ab und ging wieder hinaus.

Christopher blieb reglos sitzen, plötzlich in Schweiß gebadet. Seine Gedanken waren ein einziges Chaos. Was hieß das jetzt? Was meinte sie mit *Ich bin ein freier Mensch?* Das konnte man so und so verstehen. War das eine Vorwarnung, dass sie Schluss machen wollte?

Und wieso *Besitz?* Er hatte mit keinem Wort gesagt, dass er sie als *Besitz* betrachtete! Hatte er denn kein Recht auf seine Ängste? Ängste waren doch auch Gefühle. Und hieß es nicht immer, man solle seine Gefühle zulassen, sich ihnen stellen, bla, bla, bla?

Nein, er verstand das alles nicht. Verstand es so wenig wie dieses Stück Programmcode. Nein, noch weniger.

Er legte die Hände auf die Tastatur, richtete den Blick auf den Bildschirm. Computer waren immer seine Rettung gewesen, wenn er im Leben nicht mehr weitergewusst hatte. Seine Zuflucht. Sein sicherer Hafen. Nun funktionierte nicht einmal mehr das. Er hatte das Gefühl, sich aufzulösen. Sich zu verlieren.

Er hätte nicht sagen können, wie lange er so dagesessen hatte, als das Gespräch draußen lauter wurde, sich auf einmal fremde Stimmen hineinmischten. Wieder sprang er auf und spähte durch den Vorhang hinter der Spüle.

Es war das alte Ehepaar, das gerade von einem Spaziergang zurückkehrte. Sie unterhielten sich mit Guy auf Französisch, und der Mann erklärte Serenity in stark akzentbehaftetem Englisch, dass sie morgen weiterreisen würden.

»Ich glaube, ich geh auch noch mal los«, meinte Guy zu Serenity, als die beiden Franzosen zu ihrem Wohnwagen weitergingen. »Heute ist der vorletzte Drehtag. Das muss man ausnutzen.« Er sah sie auffordernd an. »Lust auf einen Spaziergang ins Dorf, schöne Frau?«

Und Serenity erwiderte nach kurzem Überlegen: »Ja.«

Und lächelte.

Christopher taumelte beinahe zurück auf seinen Sitz. Peng, da war es wieder, wie eine Leuchtreklame, hundert auf hundert Meter groß: das Bild aus seinem Traum. Serenity, wie sie den PentaByte-Man umarmte. Stöhnte. Die Finger in seinen nackten Rücken krallte.

Anstatt allmählich zu verblassen wie normale Träume wurde dieses verdammte Bild immer detaillierter, immer ausgefeilter. Dabei war es völliger Quatsch, sagte er sich. Seine Ängste waren unsinnig. Serenity würde doch jetzt nicht mit Guy mitgehen, um irgendwo hinter einem Busch mit ihm zu schlafen. So war sie nicht. Das würde sie nicht tun.

Es half bloß nichts, sich das zu sagen. Ein anderer Teil seines Geistes war fieberhaft damit beschäftigt, diese Szene auszumalen, sie so realistisch werden zu lassen, dass sie von einer wirklichen Erinnerung kaum noch zu unterscheiden war.

Die Programmroutine. Wenn er sich nur hätte konzentrieren können!

Serenity kam die Stufen heraufgeeilt. Beschwingten Schrittes. *Voller Vorfreude?,* wisperte die fiebrige Stimme in ihm.

»Ich gehe ins Dorf, einkaufen«, verkündete sie und griff nach der dunkelroten Stofftasche, die sie dafür immer verwendete.

»Okay«, sagte Christopher mit einem tauben Gefühl im Leib, im Herzen.

Dann streckte auch Guy den Kopf herein. »Ich schau mal, was sie am Strand so drehen«, erklärte er munter. »Letzte Chance, weißt du? Falls der Drehplan noch stimmt.«

»Okay«, sagte Christopher ein weiteres Mal.

»Du kommst klar?«

Kam er klar? Er nickte, bekam kein Wort mehr heraus. Durch die offen stehende Tür sah er den beiden nach, wie sie auf den Pfad zugingen, der ins Dorf führte, sah ihnen nach, bis sie außer Sicht waren.

Dann blickte er auf seine Hände hinab.

Sie zitterten.

76 | Während sie dem Trampelpfad Richtung Dorf folgten, musste Serenity an Christopher denken. Sie hatte eigentlich gedacht, daran gewöhnt zu sein, dass Christopher bisweilen total in sich versank und nichts mehr um sich herum wahrnahm. Heute aber war er selbst für seine Verhältnisse seltsam drauf.

Na ja. Das würde sich bestimmt wieder geben. Vielleicht kam ihm ja, bis sie zurück waren, der zündende Einfall.

Es war schwül. Erstaunlich nach dem nebligen Dunst, der am Morgen über der Landschaft gelegen hatte; eine Zeit lang hatte es eher nach Regen ausgesehen. Aber nun, zwischen dem Dornengestrüpp rechts und links des Weges, das den Wind abhielt, lastete die Hitze regelrecht auf einem.

Wobei es ungewöhnlich windstill war. Vielleicht wäre heute der ideale Tag zum Baden gewesen. Schade, dass sie ihre Sachen nicht dabeihatte.

»Christopher kann nicht lockerlassen, hmm?«, meinte Guy. »Ich glaube, er hat sich das anders vorgestellt.«

»Vielleicht ist das, was ihr gefunden habt, noch nicht das, wohinter die Kohärenz her war«, sagte Serenity.

»Möglich.« Guy zuckte mit den Achseln. »Na, werden wir ja sehen. Das Beste wäre, er würde auch mal eine Pause machen. Mit frischer Energie geht alles leichter.«

Eine Weile gingen sie schweigend. Ihre Schritte knirschten leise auf dem Sand unter ihren Füßen. Irgendwo knatterte ein Motorrad. Eine Eidechse huschte vor ihnen über den Weg, flink und grün und schimmernd, als sei sie aus Metall.

»Wie lange seid ihr beiden eigentlich schon zusammen?«, fragte Guy.

»Noch nicht so lange.« Serenity merkte, dass sie diesbezüglich nicht in Details gehen wollte. Wann war jener denkwürdige Tag in Rennes gewesen? Es schien ewig her zu sein. Und der Tag, an dem Christopher urplötzlich in ihrem Leben aufgetaucht war? Das war auch an einem Strand passiert. »Vor einem halben Jahr haben wir uns noch nicht mal gekannt.«

»Mmh. Hab ich mir gedacht.«

»Wieso?«

»Ach, das merkt man irgendwie.«

Serenity musterte ihn von der Seite. »Und du? Warst du schon mal länger mit jemandem zusammen?«

Er grinste breit. »Du meinst, ob wir auf Bilder häuslicher Zweisamkeit stoßen, wenn wir weitersuchen? Nein. Ist nicht so mein Ding.«

»Liegt das an deinem Projekt?«

»Auch«, räumte Guy ein. »Aber nicht nur.«

»Ich könnte mir nämlich vorstellen, dass Frauen das nicht mögen«, erklärte Serenity. »Mich zum Beispiel würde es abschrecken.«

Er lachte laut heraus. »Glaub ich dir. Aber manche macht es sogar an. Meistens die, die ihre Umwelt sowieso als Bühne betrachten und ihr eigenes Leben als Schauspiel. Die finden das toll. Allerdings auch immer nur eine Weile.«

»Würdest du denn dein Projekt beenden für eine richtig große Liebe?«, fragte sie mit dem Gefühl, damit eine Grenze zu übertreten.

Guy lächelte sinnend. »Gute Frage. Sagen wir so: Wenn ich je vor dieser Wahl stehen und mich dann für die betreffende Frau entscheiden sollte – dann wird es jedenfalls von meiner Seite aus die wahre Liebe sein.«

Er hielt an. Sie hatten die Kreuzung erreicht, an der der Pfad in Richtung des anderen Campingplatzes und des Strands abging.

»Ich muss hier entlang«, sagte er.

Serenity nickte. »Okay.«

»Keine Lust, mitzukommen? Kann sein, dass sie die große Kampfszene am Strand drehen. Piraten gegen die Getreuen des Königs. Pulverdampf und Schwerterklirren.«

Serenity hob ihre Einkaufstasche. »Und wer sorgt dafür, dass wir heute Abend etwas zu essen haben?«

»Der Kunst muss man Opfer bringen.«

Sie schüttelte den Kopf. »Ich werd's mir im Kino anschauen.« Mit Wehmut dachte sie daran, wie unwahrscheinlich das war. »Wenn wir Glück haben.«

»Man soll die Hoffnung nie aufgeben«, meinte Guy unbekümmert. »Also, bis später.« Er hob grüßend die Hand und schlenderte davon. Dass er eine Beinprothese trug, war ihm nicht mehr anzumerken.

Im Dorf herrschte das übliche Treiben. Handwerker stellten die Verkehrsschilder wieder auf, die man für die Dreharbeiten entfernt hatte. Demnach waren die Szenen, die im Ortskern spielten, alle abgedreht. Serenity entdeckte zwei Schauspieler in einem Straßencafé, die bei der Szene vor der Kirche mitgespielt hatten. Die Crew war also noch nicht abgereist. Dann hatte Guy bestimmt Glück am Strand.

Inzwischen war der Weg zum Supermarkt Routine. Serenity war fast ein bisschen stolz darauf, wie gut sie sich in diesem fremden Land zurechtfand.

Im Laden war wenig los. Das Mädchen mit den dicken Kajalstrichen unter den Augen saß wieder an der Kasse und unterhielt sich lebhaft mit einer alten Frau, die zwei Tomaten und ein Brot gekauft hatte. Vom Kirchturm schlug es gerade vier Uhr; offenbar nicht die Zeit, zu der es die Bevölkerung von Locmézeau zum Einkaufen zog.

Serenity hatte es nicht eilig. Während sie die Auslagen an Obst und Gemüse studierte, dudelte »No Longer Lonely« in der Version von Cloud aus den Lautsprechern: Inzwischen ging es Serenity nur noch auf die Nerven.

Sie lud ein Baguette in ihren Tragekorb, das noch warm war, frisch und knusprig und unwiderstehlich. Sie backten die hier selber auf; hinter dem Brotregal war ein Durchgang, durch den man die Backstube sah und die Öfen darin. Ja, und Käse durfte natürlich nicht fehlen. Vom Käseregal konnte Serenity sich kaum losreißen; sie hätte ein Jahr gebraucht, um alle Sorten durchzuprobieren!

Ein Jahr, das sie nicht mehr haben würde.

Die Kasse war frei, als sie ankam. Das Mädchen saß abwartend da, starrte ins Leere, die Hände im Schoß wie ein Buddha.

»Bonjour«, sagte Serenity und begann, ihre Einkäufe auf das Band zu legen.

Keine Antwort. Offenbar war das Mädchen mit dem vielen Kajal anderswo. Dank *Lifehook,* wie man vermuten durfte.

Den leeren Korb stellte Serenity in den Stapel unter dem Laufband. Das Mädchen regte sich immer noch nicht, schien mit offenen Augen eingeschlafen zu sein.

Das fand Serenity jetzt ein bisschen unhöflich.

»Hallo?«, sagte sie.

Keine Reaktion.

Da stimmte irgendetwas nicht. Mit Unhöflichkeit hatte das nichts mehr zu tun. Serenity musterte das glotzende Mädchen unbehaglich. Hatte sie einen Schlaganfall erlitten? Serenity hatte keine Ahnung, wie die Symptome eines Schlaganfalls aussahen, aber das hier war jedenfalls nicht mehr normal.

Sie blickte sich um. Das Büro der Marktleitung befand sich neben dem Eingang hinter einer Glasscheibe, gegen die von innen so viele Zettel geklebt waren, dass man nur mit Mühe hineinsehen konnte. Serenity ging hinüber und klopfte.

Eine kleine Frau mit einer dunkelblonden Pagenfrisur streckte den Kopf heraus. *»Oui, Madame?«*

Serenity deutete hilflos in Richtung der Kasse, an der das Mädchen immer noch bewegungslos hockte. *»Elle est... je ne sais pas.«* Es überstieg ihre Sprachkenntnisse bei Weitem, zu erklären, was los war.

Andererseits war das auch nicht nötig. Die Frau, offenbar die Marktleiterin, sah selber, dass etwas nicht stimmte. Sie ging raschen Schrittes zu der Kasse hinüber, stupste das Mädchen an. »*Noelwenn? Noelwenn, qu'est-ce qui se passe?*«

Noelwenn reagierte nicht. Sie schaukelte nur vor und zurück und kam wieder zum Stillstand.

»*Antoine?*«, rief die Marktleiterin, und als sich nicht sofort etwas rührte, noch einmal lauter: »*Antoine!*«

Ein junger Mann mit Wuschelkopf streckte blitzartig den Kopf aus dem Büro. »*Oui?*«

»*Appelle docteur Le Gall*«, befahl die Chefin und sagte noch etwas, das Serenity aber nicht mehr verstand. Antoine machte große Augen und verschwand wieder im Büro. Gleich darauf sah man ihn gestenreich telefonieren.

»*Venez*«, sagte die Marktleiterin und öffnete die benachbarte Kasse. *Kommen Sie.*

Serenity lud beklommen ihre Einkäufe auf das andere Band um. Die Chefin zog die Sachen fahrig über den Scanner, kassierte geistesabwesend und wünschte ihr einen guten Tag, einfach aus Routine. Dann begann sie ein rasches Gespräch mit einer Frau, die gerade mit einem vollen Wagen ankam. Serenity verstand kein Wort mehr, aber den Gesten nach war nicht schwer zu erraten, dass es um Noelwenn, die Reglose, ging.

Bedrückt machte sich Serenity auf den Rückweg. Was mit dem Mädchen wohl los war? Ihr fiel ein, was sie einmal über Wachkoma-Patienten gelesen hatte. Ein Wachkoma war ein Zustand, in dem ein Mensch jahrelang dahinvegetieren konnte, sogar mit offenen Augen, ohne irgendeine Reaktion zu zeigen. Es war eine Erkrankung des Gehirns, die man noch nicht verstand. Solche Leute mussten aufwendig gepflegt und versorgt werden. Manche von ihnen starben, andere wachten eines Tages einfach wieder auf.

Gruseliger Gedanke, es quasi miterlebt zu haben, wie das jemandem zustieß. Als sie den Supermarkt betreten hatte, war das Mädchen noch wie immer gewesen, und eine halbe Stunde später... Wirklich gruselig.

Serenity passierte ein rotes Auto, das mit laufendem Motor am Straßenrand stand. Zwei junge Männer saßen darin, schienen auf jemanden zu warten.

Zwanzig Schritte weiter hielt Serenity inne, drehte sich um. Das Auto wartete immer noch.

Sie ging zurück. Die beiden jungen Männer beachteten sie nicht. Sie redeten auch nicht miteinander. Sie starrten einfach nur vor sich hin.

Genau wie das Mädchen.

Serenity lief es kalt über den Rücken. Sie nahm allen Mut zusammen, trat an den Wagen und klopfte gegen die Scheibe.

Keine Reaktion.

Sie musste sich zusammennehmen, um nicht aufzuschreien. Was war hier los? Erst die junge Kassiererin, jetzt die zwei Jungen im Auto...

Das war doch kein Zufall. Hier passierte etwas Größeres, als dass ein junges Mädchen einer seltenen Krankheit zum Opfer fiel.

Der Lifehook, durchzuckte es Serenity. Das Mädchen im Supermarkt hatte einen *Lifehook* getragen. Bei den beiden im Auto wusste sie es nicht, aber sie hätte darauf gewettet, dass es so war.

Sie musste zurück zum Wohnmobil, so schnell wie möglich. Sie musste Christopher und Guy Bescheid sagen. Hier ging etwas vor sich, das mehr als beunruhigend war.

Als sie den Campingplatz erreichte, sah sie schon von Weitem, dass Christopher und Guy vor dem Wohnwagen des älteren Ehepaars standen und mit Jean-Luc sprachen. Cécile telefonierte derweil ein paar Schritte entfernt, sich mit ihrer freien Hand die Haare zerwühlend.

»Was ist los?«, fragte Serenity atemlos, als sie ankam.

Christopher deutete auf einen Punkt hinter ihr. »Mit den beiden stimmt irgendwas nicht.«

Serenity fuhr herum. Sie sah, dass er auf das Zelt des Pärchens gedeutet hatte. Dasselbe: Der Junge stand reglos neben dem Zelteingang, das Mädchen saß im Gras und schaute unverwandt zu Boden.

77 | Serenity fühlte ihre Knie weich werden, hätte sich gerne irgendwohin gesetzt. Das kam bestimmt davon, dass sie so gerannt war. Bestimmt.

»Im Dorf dasselbe«, sagte sie mühsam. »Die Kassiererin im Supermarkt hat sich plötzlich nicht mehr gerührt. Und da waren zwei Typen in einem Auto –« Etwas schnürte ihr die Kehle zu. »Es hat etwas mit dem *Lifehook* zu tun, oder?«

Christopher wiegte den Kopf. »Ich hab mich gefragt, ob das System ausgefallen ist«, sagte er. »Aber das erklärt es nicht. Das erklärt nicht, warum sie sich überhaupt nicht mehr *rühren*.«

Er deutete auf den älteren Mann, der sich mit Guy auf Französisch unterhielt. »Ihre Tochter hat aus Paris angerufen, dass ihr Enkel sich plötzlich nicht mehr bewegt«, sagte er. »Er antwortet nicht mehr, glotzt einfach bloß noch vor sich hin. Sechzehn Jahre alt, hat den *Lifehook* seit drei Wochen.

Danach hat Jean-Luc bemerkt, was mit den beiden am Zelt los ist. Deshalb ist er zu uns an den Wohnwagen gekommen, um zu sehen, ob ich okay bin.« Er rieb sich das Kinn. »Vermute ich zumindest, ich hab kein Wort verstanden. Jedenfalls bin ich mit ihm rüber zum Zelt… Wie Schaufensterpuppen! Der Typ hatte den Arm halb angehoben, wie in der Bewegung erstarrt. Aber es war kein Problem, den Arm runterzudrücken. Die sind nicht wirklich erstarrt, nur absolut antriebslos. Na ja, und dann kam schon Guy an.«

Jean-Luc ging zu seiner Frau hinüber, die ihr Telefonat gerade beendete, während Guy zu Christopher und Serenity kam. »Bei den Dreharbeiten ist dasselbe passiert«, berichtete er. »Der Regisseur war gerade dabei, den Schauspielern die Szene zu erklären, und plötzlich rührt er sich nicht mehr! Alle gucken komisch, kriegen Panik… und ich steh zwischen all den Zuschauern oben auf dem Felsen und sehe, dass von denen auch zwei weggetreten sind.« Er schüttelte sich. »Ich hab gemacht, dass ich zurückkomme. Eine Seuche, hab ich gedacht. Packen und nichts wie weg, ehe sie alles abriegeln.« Er seufzte. »Ich hab wahrscheinlich zu viele Filme gesehen.«

Sie schauten hinüber, als Cécile ihrem Mann etwas sagte und in Tränen ausbrach. Er nahm sie in die Arme, weil sie am ganzen Leib zitterte.

»Sie hat erfahren, dass der Hausarzt der Familie auch paralysiert ist«, übersetzte Guy leise.

Christopher kniff die Augen zusammen. »Kannst du sie dazu bringen, dass sie ihren Fernseher holen und einschalten? Bestimmt kommt was in den Nachrichten.«

Jean-Luc nickte heftig, als Guy mit dem Vorschlag zu ihm kam, stieg gleich in den Wohnwagen und tauchte mit dem kleinen, tragbaren Gerät in der Hand wieder auf. »*Only French television*«, sagte er bedauernd zu Christopher, während er den Kasten aufstellte und das Kabel einsteckte. Er wackelte mit den beiden dünnen Antennen. »*Old machine.*«

Als der Schirm hell wurde, lief tatsächlich etwas, das aussah wie eine Sondersendung. Der Moderator hatte einen Stöpsel im Ohr, wirkte nervös, bekam ständig Blätter gereicht und verhaspelte sich immer wieder.

Doch es ging nicht um geistig weggetretene Jugendliche an der bretonischen Küste.

Sondern um den amerikanischen Präsidenten.

Ein Video lief. Man sah den Präsidenten, wie er im Garten des Weißen Hauses am Pult stand und aus irgendeinem Anlass eine Rede hielt... und wie er plötzlich, mitten im Satz, innehielt.

Und dann stand er da und stand da und stand da. Starrte ein Loch in die Luft.

Erstaunlich, wie lange seine Mitarbeiter und die Security warteten, ehe jemand zu ihm ging und ihn ansprach. Ohne eine sichtbare Reaktion zu erhalten. Erst da brach Unruhe aus. Zwei Security-Leute führten den Präsidenten weg, der das widerstandslos mit sich geschehen ließ. Ein Mann in Uniform bat die Menge darum, Ruhe zu bewahren, man wisse nicht, was los sei, aber ein Arzt sei schon unterwegs.

Damit endete der Einspieler. Der Moderator las eine Meldung vom Blatt. »Chuck Brakeman, der Stabschef des Weißen Hauses, sowie sieben weitere Mitarbeiter zeigen dieselben Symptome«, übersetzte Guy.

»Dann betrifft es nicht nur die *Lifehooks*«, sagte Christopher. »Brakeman war ein Upgrader. Und die Kohärenz hat dem Präsidenten auch einen vollen Chip eingepflanzt, sonst hätten sie ihn nicht isolieren müssen. Es betrifft die gesamte Kohärenz.«

»Was ist eigentlich mit dem Feld?«, fiel Serenity ein. »Ist das noch da?«

Christopher nickte. »Unverändert.«

Guy kratzte sich an der Nase. »Was meinst du denn, was passiert ist? Hat die Kohärenz einen Hirnschlag?«

»So was in der Art.« Noch während er das sagte, verfiel Christopher in jene Art des Nachdenkens, die einem das Gefühl vermittelte, gerade ausgeblendet und vergessen worden zu sein, zusammen mit der übrigen Welt. Die Art Nachdenken, die sich anfühlte, als stünde man neben einem Schwarzen Loch.

»Vielleicht hat sich die Kohärenz übernommen«, erklärte Christopher schließlich, als er sich wieder in diese Welt einloggte.

Guy hob die Brauen. »Und das heißt?«

»Mein Vater hat mir oft von den alten Computern und ihren Macken erzählt. An der Uni, an der er Informatik studiert hat, gab es für die Anfänger nur eine uralte Kiste – eine PDP-11, glaube ich. Damals gab es nur Terminals, die an einen Zentralcomputer angeschlossen wurden und selber nichts weiter konnten, als Text anzuzeigen und zu erfassen. Und natürlich hatten sie viel zu viele von denen drangehängt, sechzig Stück oder so. Was normalerweise kein Problem war, weil nie alle Studenten gleichzeitig arbeiteten, aber manchmal waren eben doch zu viele da, und dann kam alles zum Stillstand. Man drückte eine Taste, und es dauerte eine Minute, bis der Buchstabe am Schirm auftauchte, oder noch länger. Irgendwann tat sich überhaupt nichts mehr, egal, wie lange man wartete.«

Serenity kam zu Bewusstsein, dass sie immer noch die Einkaufstasche in der Hand hielt. Sie setzte sie ab. Über ihnen kreisten Möwen, von denen ein paar landeten, sich aber nicht näher trauten.

»Es hat sich herausgestellt, dass die magische Grenze bei fünfunddreißig Benutzern lag. Mit so vielen Benutzern lief das System rund. Der sechsunddreißigste Benutzer, der sich anmeldete, legte alles lahm.«

»Und warum?«, fragte Serenity. Sie verstand immer noch nicht, worauf Christopher hinauswollte.

»Weil es ein Timesharing-System war. Bei so einem System arbeitet der Prozessor alle Anfragen reihum ab, immer scheibchenweise. Alle Operationen kommen in eine Warteschleife und kriegen eine Priorität zugeordnet, die bestimmt, wann sie drankommen. Das geht normalerweise so schnell, dass man als Benutzer das Gefühl hat, man hat den Computer für sich alleine. Doch wenn zu viele User angemeldet sind, ist der Rechner nur noch damit beschäftigt, all die Anfragen einzusortieren und ihnen Prioritäten zuzuweisen. Er sagt sozusagen ringsum allen nur: ›Ich kann gerade nicht, bitte Geduld‹, verbraucht dabei aber seine gesamte Kapazität, sodass er nicht mehr dazu kommt, die eigentliche Arbeit zu tun.«

»Das heißt, man muss ein Terminal abschalten«, mutmaßte Serenity.

»Das nützt nichts. Der Prozess eines Users wird dadurch nicht beendet. Man müsste einen User *ausloggen* – genau das geht aber nicht, weil das System auf Eingaben nicht mehr reagiert.«

Guy kniff skeptisch die Augen zusammen. »Du meinst, die

Kohärenz hat so viele Leute aufgenommen, dass sie darunter zusammengebrochen ist?«

»Ja. Vielleicht gibt es eine Art natürliche Grenze, wie viele Gehirne man in der Art miteinander verbinden kann, wie es die Kohärenz getan hat.«

Guy ächzte. »Das wäre ja der Hammer«, sagte er. »Wer hätte denn mit so was gerechnet?«

Serenity starrte die beiden fassungslos an. Auf einmal kam sie sich blöd vor, wie sie hier stand mit ihrer Einkaufstasche zwischen den Füßen. »Was heißt das?«, fragte sie. »Dass die Kohärenz sich selber erledigt hat? Dass wir uns die ganze Zeit völlig unnötig Sorgen gemacht haben?«

Christopher hob die Schultern. »Kommt mir ein bisschen zu optimistisch vor. Aber eine andere Erklärung hab ich nicht. Im Moment jedenfalls.«

»Einfach so?« Sie konnte es wirklich nicht fassen. »Erst ist Weltuntergang angesagt, und dann – *bumm?* Abgesagt? Tut uns leid, war alles nur ein Missverständnis?«

»Wenn du eine Idee hast, warum die Kohärenz das vorspielen sollte, raus damit.«

Der amerikanische Vizepräsident tauchte auf dem Fernsehschirm auf. Man verstand allerdings nicht, was er sagte, weil ein Sprecher seine Worte sofort in genuscheltes Französisch übertrug.

»Er meint, es sei zu früh, etwas über die Ursachen zu sagen. Sie werden Experten zurate ziehen, und mit voreiligen Spekulationen sei niemand gedient«, übersetzte Guy leise. »Was man halt in solchen Situationen sagt. Die können ja nicht einfach zugeben, dass der Präsident einen Chip getragen hat.«

Serenitys Gefühl, gerade etwas absolut Irreales zu erleben,

wurde immer stärker. Träumte sie? Sie sah sich um, versuchte, das Plappern des Fernsehapparats auszublenden, suchte nach der Gewissheit, dass dies hier die Wirklichkeit war und nicht ein surreales Theaterstück. Da, das grüne Zelt. Der Junge mit den Rastalocken, zur Statue geworden. Das Mädchen, das nur Jeans und ein Bikinioberteil trug. Sie würde frieren, wenn die Nacht kam. Absurd alles.

Endete es so? Endete es damit, dass sich die Bedrohung, vor der sie seit Monaten gezittert hatte, einfach auflöste? Es fiel Serenity schwer, das zu glauben. Dazu hatte sie zu lange am Abgrund gestanden, sich zu häufig mit der Aussicht konfrontiert gesehen, dass ihr Leben, wie sie es kannte, demnächst vorbei sein würde.

Jean-Luc kam wieder zu ihnen, das Telefon in der Hand. »*I called the police*«, erklärte er und fügte mit einer Geste in Richtung des reglos gewordenen Pärchens hinzu: »*For them.*«

Dann wandte er sich an Guy und redete auf Französisch mit ihm weiter. Der PentaByte-Man hörte ihm zu, nickte ab und zu.

»Er sagt, die beim Rettungsdienst haben selber so einen Fall und wissen nicht, was sie tun sollen«, übersetzte er ihnen dann. »Sie haben versprochen, einen Wagen zu schicken. Wir sollen sicherheitshalber bis dahin alles so lassen, wie es ist.«

Cécile schüttelte energisch den Kopf, stieß ein paar schnelle Wortsalven hervor und stapfte los, zu dem Zelt der beiden hinüber.

»Sie sagt, das sei Unsinn. Sie will dem Mädchen etwas überziehen, damit sie keinen Sonnenbrand kriegt.« Guy setzte sich in Bewegung. »Kommt. Wir helfen ihr.«

Serenity zuckte zusammen, griff nach der Einkaufstasche. »Ich muss erst... Geht ihr schon mal...« Himmel! Sie hatte das Gefühl, selber erstarrt zu sein, gelähmt von all den Gedanken, die ihr durch den Kopf geisterten. Ging das den Upgradern gerade genauso? Dann konnte sie gut verstehen, dass die sich nicht mehr rührten.

Christopher und Guy folgten der Frau zum Zelt. Serenity sah, wie Cécile eine Reisetasche aus dem Zelt holte, einen Pullover hervorkramte und ihn dem Mädchen überzog. Guy und Christopher nahmen den Jungen zwischen sich und setzten ihn auf den Boden.

Christopher... Wenn jetzt alles vorbei war, wenn es wirklich stimmte, was Christopher sagte... dann hieß das, dass sie doch noch eine Zukunft hatten! Sie musterte ihn aus der Ferne, dachte an alles, was gewesen war zwischen ihnen, was sie einander gesagt und versprochen hatten, an die Wehmut, die ihr Beisammensein überschattet hatte. Wenn das jetzt wegfiel, was war dann?

Sie erkannte verblüfft, dass die Kohärenz auf seltsame Weise immer ein Teil ihrer Beziehung gewesen war. Und wenn es sie nun tatsächlich nicht mehr gab... wenn sich diese dunkle Wolke, die über ihnen geschwebt hatte, einfach verzog... was würde dann sein?

Serenity sah an sich herab. Himmel, ihre Einkaufstasche! Zeit, sich zu bewegen. Sich bewegen hieß, nicht zur Kohärenz zu gehören. Sie marschierte los, hinüber zu Guys Wohnmobil.

Als sie die Tasche leer geräumt, ein paar Sachen im Kühlschrank verstaut hatte und wieder aus dem Wagen stieg, kamen die anderen bereits zurück. Guy unterhielt sich aufgekratzt mit Cécile, Christopher dagegen hatte den Blick auf den Boden gerichtet, sein Gesicht war umwölkt. Er schien nicht gerade begeistert zu sein über die Wendung der Dinge. Warum? Weil nicht er es gewesen war, der die Kohärenz besiegt hatte? Weil er mit seinen Vorhersagen nicht recht behalten hatte? Wieso freute er sich nicht, dass es mit ihnen beiden nun weitergehen konnte, so lange sie wollten, ihr ganzes Leben lang womöglich?

Hinterfragte er am Ende auch gerade ihre Beziehung?

Guy verabschiedete sich von den beiden Franzosen und holte Christopher ein, ehe Serenity Gelegenheit hatte, allein mit ihm zu sprechen. »Na, ComputerKid?«, rief er und hieb ihm auf die Schulter. »Du schaust drein, als täte es dir leid, dass sich die Kohärenz selber ins Knie geschossen hat.«

»Nein«, knurrte Christopher. »Kein bisschen. Aber es schafft neue Probleme.«

»Du meinst all die *Lifehook*-Träger, die jetzt dumm in der Gegend herumstehen?« Guy machte eine wegwerfende Handbewegung. »Sollte kein Thema sein, das aufgeräumt zu kriegen. Nur eine Frage der Zeit, bis die Offiziellen begriffen haben, was los ist. Dann geht es ab in die *Lifehook*-Zentren; die haben ja Unterlagen, wer einen Chip trägt. Die sucht man, macht ihnen das Ding wieder raus und gut.«

»Jaja«, knurrte Christopher. »Aber das gilt alles nicht für die Upgrader. Von denen gibt es keine Listen. Und eine Menge von denen leben in Gebäuden, wo sich *nur* Upgrader befinden. Gebäude, die jetzt voller regloser Menschen sind. Und die Rettungskräfte haben alle Hände voll zu tun, sich um die *Lifehook*-Träger zu kümmern. Niemand wird die Upgrader vermissen. Wir haben Sommer. In zwei, drei Tagen werden die ersten von ihnen verdursten.« Er sah Serenity an. In seinem Blick stand nackte Angst. »Und meine Mutter ist eine davon.«

78 | Christopher erklärte ihnen, was er tun wollte und dass es dazu nötig war, die Verbindung ins Internet wiederherzustellen. Wobei Guy, die Hand auf dem Schalter, noch einmal zögerte. »Ich hoffe, du weißt, was du tust.«

Das hoffte Christopher auch. »Mach schon. Die bewahren ihre Videos nicht ewig auf. Im Gegensatz zu gewissen Anwesenden.«

Worauf der PentaByte-Man seufzte und den Knopf auf dem schwarzen Kasten drückte, den er im Heck seines Wohnmobils montiert hatte. Gemeinsam verfolgten sie das Spiel der Leuchtdioden, die mal rot, mal grün blinkten, bis endlich die drei, auf die es ankam, in ruhigem Grün erstrahlten.

»Na, das ist doch mal was«, meinte Guy. »Das Internet funktioniert noch.«

»Hast du was anderes erwartet?«

»Heute ist ein Tag, an dem ich alles für möglich halte.« Er schloss die Klappe. »Sich ins Überwachungssystem von London zu hacken!«, stieß er auf dem Weg zur Seitentür aus. »Du hast echt Nerven.«

»Halb so wild«, erwiderte Christopher.

Den Türgriff in der Hand drehte er sich noch einmal um. »Glaubst du im Ernst, dass deine Passwörter von anno dazumal noch funktionieren? Junge, das System untersteht dem britischen Geheimdienst. Das sind Profis. Die haben James

Bond *ausgebildet!*« Er seufzte wieder. »Okay. Vielleicht hab ich wirklich zu viele Filme gesehen.«

Also erklärte Christopher ihm, während die Computer hochfuhren, die Einzelheiten. Dass der Exploit, den er nach wochenlanger Suche aufgestöbert hatte, tief im Fernwartungszugang für eine ganz andere Software verborgen lag. Dass er darüber Zugriff auf einen Speicherbereich bekam, aus dem sich das aktuell gültige Passwort im Klartext auslesen ließ, das man brauchte, um in das System zu kommen.

»Schlau, schlau«, meinte Guy.

»Ich hatte damals viel Zeit«, erwiderte Christopher.

Wobei Guys Skepsis berechtigt war: Das System war zweifellos weiterentwickelt worden, seit er sich das letzte Mal hineingehackt hatte. Und sie hatten nicht die Zeit, herauszufinden, was an zusätzlichen Sicherheitsmaßnahmen eingebaut worden war.

Es funktionierte zumindest mal. Der Bildschirm baute sich auf, ein Gewimmel aus kleinen Videobildern, Schemaplänen und Listen. Alles fast noch so, wie er es kannte.

»Ich hoffe, du weißt, wie man das bedient«, war Guys Kommentar. »Selbsterklärend ist das nämlich nicht gerade.«

»Wie willst du deine Mutter denn da je finden?«, wollte Serenity wissen. Sie zeigte auf die Listen. »Das sind doch Tausende von Kameras!«

»Zehntausende.« Christopher orientierte sich kurz über den Status, klickte ein paar Livebilder groß. Überall sah man Aufruhr, in dessen Mittelpunkt jeweils ein Erstarrter stand. »Aber die Polizei hat dasselbe Problem. Deswegen besitzt das System eine Software, die Gesichter erkennen und verfolgen kann.« Dass alle derartigen Suchaufträge protokolliert wurden und dass er keine Möglichkeit gefunden hatte, diese Protokolleinträge wieder zu löschen – sondern diese Funktion einfach nie benutzt hatte –, ließ er unerwähnt. Darauf konnte er jetzt keine Rücksicht nehmen.

Er öffnete nebenher ein anderes Browserfenster und ging zu einem Bilderdienst, zu dem sein Vater früher ab und zu Familienfotos hochgeladen hatte. Der Account war noch gültig. Die Fotos waren nicht mehr ganz aktuell, aber das Beste, was er hatte. Er suchte ein paar Aufnahmen aus, auf denen seine Mutter gut zu erkennen war und die sie von verschiedenen Seiten zeigten. Dann schnitt er die Bilder so zu, dass nur ihr Gesicht übrig blieb, lud die Dateien herunter und verfütterte sie an die Suchsoftware.

Dafür, dass er diese Funktion das erste Mal benutzte, lief es erstaunlich glatt. Die bisherigen Videoflächen wichen der Anzeige *Suchvorgang läuft*.

»Das wird dauern«, sagte Guy. Er zog den anderen Computer zu sich heran und öffnete ein paar Browserfenster. »Ich schau mal derweil nach, was sich sonst so in der Welt tut.«

Christopher überlegte kurz. Die Suche lief auf den Servern der Londoner Polizei, belastete also ihre Internet-Verbindung nicht. »Ja, gute Idee«, sagte er.

In den Onlineausgaben der amerikanischen Zeitungen, die Guy aufrief, fanden sie nichts. Die letzten Meldungen waren etliche Stunden alt. »Es haben eine Menge Upgrader in den Medien gearbeitet«, sagte Christopher. »Die müssten alle zur gleichen Zeit ausgefallen sein wie der Präsident.«

Guy nickte, die buschigen Augenbrauen gefurcht. »Hier ist nicht mal der Server erreichbar. Das ist ja unterirdisch.« Er tippte eine andere URL ein. Die Startseite einer italienischen

Zeitung erschien. Das Foto des reglos dastehenden Präsidenten füllte fast den gesamten Bildschirm. »Okay. Italien war der Kohärenz wohl nicht so wichtig.« Er las den Artikel. »Also – der Präsident, der Stabschef und etwa zehn weitere Mitarbeiter des Weißen Hauses sind betroffen. Der Vizepräsident hat die Amtsgeschäfte übernommen und den Notstand ausgerufen. Die Nationalgarde ist ausgerückt, um Plünderungen zu verhindern. Ah, interessant! Hört her: Der Oppositionsführer hat die Regierung scharf kritisiert und es als unverantwortlich bezeichnet, dass der Präsident sich einen *Lifehook*-Chip habe einsetzen lassen. Antwort des Regierungssprechers: Das sei nicht der Fall; niemand im Weißen Haus trage einen *Lifehook*.«

Christopher musste grinsen. »Ist nicht mal gelogen. Wenn, dann waren das Upgrader-Chips. Ungebremst und volle Dröhnung.«

»Dürfte im Moment noch zu kompliziert für die Massenmedien sein«, meinte Guy und suchte weiter.

Der blaue Balken, der den Fortschritt der Suche anzeigte, ruckelte kaum merklich voran.

»Okay, schauen wir, was so gepostet und getwittert wird«, sagte Guy und klackerte eine neue URL in die Adresszeile des Browsers. Unmassen Text erschienen, die er mit raschen Bewegungen durchscrollte.

»Hmm«, sagte er nach einer Weile. »Vielleicht war ich doch ein bisschen zu optimistisch. Das liest sich, als breite sich gerade das Chaos aus.«

»Was heißt das konkret?«, fragte Serenity.

»Wie es aussieht, fürchten viele Amerikaner, dass jetzt ein Krieg ausbricht, weil die Verteidigungskräfte nicht einsatzbereit sind. Manche glauben, dass ausländische Agenten hinter allem stecken. Der da ölt sein Gewehr und ist froh, dass er Vorräte gebunkert hat.« Guy atmete geräuschvoll ein, scrollte weiter. Seine Augen huschten hin und her, saugten die Informationen nur so auf. »Dass es was mit den *Lifehooks* zu tun hat, vermuten viele. Besonders beliebt ist die Theorie, dass es ein Kurzschluss war, der den Leuten das Hirn versengt hat.«

Christopher musste wider Willen auflachen. »Mit körpereigener Elektrizität? Wie kann man auf eine so blöde Idee kommen?«

»Das wissen die meisten ja nicht«, sagte der PentaByte-Man. »So eindeutig ist das auch noch nicht zu erkennen. Hier schreibt jemand, er habe sich vorgestern einen *Lifehook* einpflanzen lassen und keine Probleme.«

Christopher hob die Schultern. »Logisch. Die Aufnahme in die Kohärenz geschieht allmählich. Am dritten Tag kann er noch gar nicht betroffen sein.«

Guy rollte lange Einträge herunter. »Oha! Da sind eine Menge, die sich ihren *Lifehook* nicht schlechtreden lassen wollen. Verteidigen ihn mit Schaum vor dem Mund. Einer twittert: *Das hier schreibe ich von meinem Lifehook aus, ohne einen Finger zu bewegen! Was sagt Ihr jetzt, Miesmacher?«* Guy grinste Serenity schief an. »Er gebraucht ein anderes Wort, aber das werde ich in Gegenwart junger Damen nicht aussprechen.«

Serenity verdrehte die Augen. Schien sie nicht so witzig zu finden. »Wie machst du das überhaupt?«, wollte sie wissen. »Du kannst doch nicht mal eben sämtliche Tweets durchsehen. Das müssen doch Millionen sein!«

»Richtig«, sagte Guy, »und die muss ich tatsächlich nicht alle lesen, weil in New York ein paar Hochleistungscomputer stehen, die das für mich machen. Die gehören einer Firma, die sämtliche Kurznachrichten sämtlicher Dienste scannt und aktuelle Stimmungen und Trends herausfiltert. Ist eigentlich für die Börse gedacht und schweineteuer, aber wozu ist man Hacker, hmm?«

Christopher ließ seinen Schirm nicht aus den Augen. Der blaue Balken stand schon eine ganze Weile still. Hoffentlich fiel deren System jetzt nicht aus!

Guy wühlte sich weiter durch Berge ausgesuchter Kurznachrichten, las ihnen vor, was ihm auffiel. »Eine SMS von einem Typen, der in einer Fernsehredaktion arbeitet. Er schreibt, alle im Sender außer ihm säßen herum wie vom Schlag getroffen. Kommt sich vor wie im Horrorfilm.« Er hob den Kopf. »Kann ich verstehen. Mir hat das am Strand schon gereicht. Und da waren es nur zwei oder drei.«

»Wie ich es gesagt habe«, sagte Christopher. »Die Kohärenz hat die Medien im Griff gehabt. Zumindest die maßgeblichen.«

»Genau.« Guy überflog ein paar Seiten voller Text. »Oho. Das sieht nicht gut aus. Massenhaft verzweifelte Postings von Leuten, die vergeblich auf Krankenwagen warten. In die Notrufzentralen kommt man kaum noch durch... Hier ein Tweet von jemandem, der in London Heathrow festsitzt. Sämtliche Flüge gecancelt, schreibt er. Aus Sicherheitsgründen haben Flugzeuge, die in der Luft sind, Anweisung, auf dem nächstgelegenen Flughafen zu landen. Ah, und einer in Paris am Gare du Nord, der sinngemäß dasselbe gepostet hat. Im *FriendWeb* übrigens. Alle Zugverbindungen bis auf Weiteres eingestellt,

Bahnangestellte verteilen Hotelgutscheine, solange der Vorrat reicht.«

Christopher furchte die Stirn. »Was läuft da? Die Kohärenz ist erledigt, und als Ergebnis geht die Welt aus den Fugen?«

»Na ja«, meinte Guy. »Du musst zugeben, das ist eine Art von Bedrohung, mit der man nicht gerechnet hat. Kein Krieg, kein Erdbeben, kein Angriff aus dem All...«

Serenity beugte sich über Guys Schirm, studierte die angezeigten Postings. »Niemand benutzt das Wort ›Kohärenz‹«, stellte sie fest. »Dabei sollte doch jeder Dads Artikel bekommen haben.«

»Der gilt als Verschwörungstheorie. Damit will keiner in Verbindung gebracht werden.« Christopher verfolgte den blauen Balken auf seinem Schirm. Er glitt auf hundert Prozent zu. Er atmete auf. »Okay. Ich hab die Suchergebnisse.«

Es war eine Liste mit zwölf Fundstellen, alle zwischen zwei und vierzehn Stunden alt.

Die beiden beugten sich zu ihm herüber. »Lass sehen«, sagte Serenity.

Christopher klickte die Aufnahmen durch. Elf davon waren falscher Alarm, zeigten Frauen, die seiner Mutter nur ähnelten. Doch die zwölfte war ein Treffer. Seine Mutter, eindeutig. Er ließ den Ausschnitt ablaufen. Das Bild bewegte sich ruckartig, weil nur alle drei Sekunden ein Bild gespeichert wurde, aber das genügte. Man sah sie auf ein Gebäude zugehen. Irgendwie überraschte es Christopher nicht, dass es sich dabei um das *Emergent Building* handelte.

»Ist sie das?«, fragte Guy.

»Ja«, sagte Christopher. Er rechnete die angezeigte Uhrzeit in mitteleuropäische Sommerzeit um. »Sie hat das Gebäude um fünfzehn Uhr achtunddreißig betreten. Etwas mehr als eine halbe Stunde, bevor die Kohärenz kollabiert ist. Das heißt, sie ist höchstwahrscheinlich immer noch dort.«

Guy hob die Hand. »So dramatisch ist das trotzdem nicht. In dem Gebäude sitzen an die vierzig verschiedene Firmen. Da werden genügend Leute darunter sein, die nicht betroffen sind. Die haben bestimmt mitgekriegt, was los ist, und machen sich ihre Gedanken, wenn sie von nebenan nichts mehr hören.«

Christopher starrte den Schirm an. Das klang plausibel. Trotzdem hatte er ein blödes Gefühl dabei, einfach nichts zu tun.

»Vierzig Firmen?«, wiederholte er.

»Plus minus fünf«, sagte Guy.

Christopher zog den Computer zu sich heran, suchte im Internet nach dem Handelsregister von London. Dort musste er nichts hacken: Das war allgemein zugänglich, zumindest der Teil, den er brauchte.

Es dauerte keine zwei Minuten, bis er die aktuelle Liste der Firmen hatte, die im *Emergent Building* gemeldet waren.

»Tja. Ist nicht mehr ganz so«, stellte er fest. »Ich finde nur noch Einträge für Niederlassungen folgender Firmen: A.D. Winston Cyberware, San Francisco. Mitsu Care Products, Japan. Coherent Technologies, Singapur. Silverstone Bank, London City. Außerdem ist es Hauptsitz und Verwaltungszentrale der Firma InCell Pharmaceutics. Ende der Liste.« Er sah die beiden an. »Alles Firmen, die der Kohärenz gehören. Mit anderen Worten, das *Emergent Building* ist so etwas wie das Londoner Hauptquartier der Kohärenz.«

Im selben Moment, in dem er das sagte, sah er sich auf der

Suche nach seiner Mutter durch Säle voller regloser, zombieartig erstarrter Menschen irren. Ihn schauderte.

»Mist«, knurrte Guy. »Und was machen wir nun?«

»Ist doch einfach«, meinte Serenity. »Wir rufen die Londoner Polizei an und melden, dass im *Emergent Building* lauter Erstarrte hocken. Sie werden sich darum kümmern.«

Guy verzog das Gesicht. »Die Polizei? Na, wenn es sein muss...«

»Hast du ein Telefon?«, fragte Christopher.

»Ich? Spinnst du?« Guy war regelrecht entrüstet. »Meinst du, ich fahre mit einem Peilsender im Gepäck durch die Gegend?«

Christopher verdrehte die Augen. »Aus den Dingern nimmt man die SIM-Karte und den Akku raus, dann sind sie stumm und tot. Weiß doch jeder.« Aber angesichts der Lage war Telefonieren wohl das Einzige, was sie tun konnten. Er suchte rasch die Nummer heraus, unter der man den *Metropolitan Police Service* aus dem Ausland erreichte. »Okay, machen wir es von einer Telefonzelle aus. Ich meine, dass ich im Ort eine gesehen habe.«

In diesem Moment klopfte es an der Tür.

79 | Das plötzliche Klopfen hatte Serenity richtig erschreckt. Dabei war es nur Jean-Luc gewesen. Er stand jetzt mit Guy draußen vor der offenen Tür und redete. Aber ihr Herz pochte immer noch wie wild.

Sie bemerkte, dass Christopher sie besorgt musterte. »Ist schon okay«, sagte sie. »Es war nur...«

Doch sie wusste selber nicht, woher der Schreck gekommen war, also ließ sie den Satz unvollendet.

Guy kam wieder herein. »Folgendes«, erklärte er rasch. »Die beiden fahren zurück nach Paris. Jetzt gleich. Ihre Tochter hat angerufen, kommt mit ihrem Sohn allein wohl nicht klar. So ein Erstarrter geht nämlich nicht auf die Toilette, sondern lässt es einfach laufen –«

»Uh«, entfuhr es Serenity.

»Ja, nicht wahr? An so etwas hab ich bis eben auch nicht gedacht. Jedenfalls, Jean-Luc und Cécile wollen nicht länger auf die versprochenen Sanitäter warten, sondern die beiden ins Auto laden und im Krankenhaus abliefern. Das liegt am Weg, meint er. Und er bittet uns, uns um ihre Sachen zu kümmern.«

Christopher verzog das Gesicht. »Wie sollen wir das machen, falls wir wegmüssen?«

Serenity musterte ihn verwundert. Die Sorge um seine Mutter musste ihn ziemlich blockieren, dass ihm so etwas auf einmal wie ein Problem vorkam. »Wir laden einfach deren Zelt und Gepäck in ihr Auto«, sagte sie und deutete auf den kleinen Renault, der dem Jungen und dem Mädchen gehörte. »Den Wagen schließen wir für sie ab und hängen ihnen den Schlüssel um den Hals. Fertig.«

»Gute Idee«, pflichtete Guy ihr bei. »Ich würde nur vorschlagen, dass wir den Schlüssel stattdessen im Rathaus deponieren. In Krankenhäusern, weißt du ... gerade, wenn jetzt da vermutlich sowieso das Chaos ausbricht ... Da geht er nur verloren, und dann? Kommen sie nicht mehr an ihre Sachen.«

Guy klatschte in die Hände. »So machen wir es. Und wir müssen ja sowieso ins Dorf, telefonieren.«

Also schalteten sie die Computer aus und gingen hinüber zu dem Zelt, wo Cécile bereits die Sachen der beiden durchwühlte. »Sie braucht die Versicherungskarte«, erklärte Guy, als er Serenitys fragenden Blick bemerkte. »Für das Krankenhaus. Und ihre Personalausweise.«

Er gesellte sich zu Cécile und erläuterte ihr und ihrem Mann den Plan, zumindest glaubte Serenity, das herauszuhören. Sie und Christopher bauten derweil das Zelt ab und legten es zusammen – Routine nach all den Wochen mit Dads Freunden in den Wäldern von Montana. Sie verstauten alles, was Cécile schon durchsucht hatte, im Kofferraum des kleinen Wagens; Guy schrieb derweil rasch einen Zettel und platzierte ihn hinter der Windschutzscheibe. Serenity versuchte, ihn auf eigene Faust zu entziffern. *Clés*, damit waren die Schlüssel gemeint, und *deposés* hieß wohl so viel wie deponieren, hinterlegen. Dann musste *à la mairie* »auf dem Rathaus« heißen.

Jean-Luc rangierte derweil sein Wohnwagengespann so nahe an den Zeltplatz der beiden, wie es ging, und deckte den Rücksitz seines Wagens dann mit der Plastikfolie ab, die bisher abends als Windschutz gedient hatte. Anschließend bugsierten sie das Pärchen in den Wagen.

Das war eigenartig. Serenity und Cécile kümmerten sich um das Mädchen, hoben sie hoch, veranlassten sie, die paar Schritte zu tun: Sie ließ es mit sich geschehen, aber sie setzte den Bewegungen einen gewissen Widerstand entgegen. Man hatte das Gefühl, es mit jemandem zu tun zu haben, der sehr, sehr geistesabwesend war. So ähnlich stellte sich Serenity den Umgang mit Schlafwandlern vor.

Das Ganze hatte keine zehn Minuten gedauert. Auch der Abschied fiel kurz aus. Jean-Luc wechselte noch ein paar

Worte mit Guy, dann sagten sie »*Au revoir!*« und Serenity fiel noch ein »*Bonne chance*« ein. Dann winkten sie und fuhren davon.

Und für einen Moment wurde es still, so still, als seien sie drei die letzten Menschen auf Erden.

Die Sonne stand tief im Westen, ließ zerfaserte Wolken golden aufleuchten. Es würde noch eine ganze Weile hell sein, aber man merkte, dass es schon Abend war.

Guy zog eine Visitenkarte aus der Hosentasche, warf einen Blick darauf. »Jean-Luc hat mir seine Adresse gegeben. Für alle Fälle, hat er gemeint.«

»Und was hast du ihm gesagt, wo du wohnst?«, wollte Christopher wissen.

Guy hob die Schultern. »Ich hab ihm erklärt, dass ich gerade eine neue Wohnung suche. Stimmt ja.« Er steckte die Karte zurück in die Tasche. »Okay. Auf ins Dorf.«

In Locmézeau verschwand das Gefühl, allein auf Erden übrig geblieben zu sein, im Nu. Überall standen Leute und diskutierten ebenso gestenreich wie aufgeregt: in offenen Türen, an Hausecken, vor Läden, zwischen parkenden Autos. Wer kein Gegenüber hatte, telefonierte. Sorge war in den Gesichtern zu lesen. Unruhe strömte fast greifbar durch die Straßen.

Das Rathaus lag direkt im Zentrum, ein kleines, eindrucksvolles Gebäude, das auch ein hübsches Schloss abgegeben hätte. Hohe Gitter umgaben einen Vorplatz, auf dem eine Menge Menschen herumstand und ebenfalls debattierte. An vier Masten wehten Fahnen, von denen Serenity die französische und die europäische erkannte. Eine war ziemlich bunt, die vierte sah aus wie eine schwarz-weiße Imitation des amerikanischen Sternenbanners.

»Die bretonische Fahne«, meinte Guy, der ihren Blick bemerkt hatte.

Die Leute debattierten nicht nur, erkannte Serenity, als sie einen Parkplatz gefunden hatten, sie bildeten eine Schlange vor dem Eingang des Rathauses.

»Ich stell mich an«, erklärte Guy. »Und ihr geht solange telefonieren.« Er zog eine Telefonkarte aus der Tasche und reichte sie Christopher. »Hier. Müsste noch fast voll sein. Die hab ich nur gebraucht, um das Fax an euer Hotel in Rennes zu schicken.«

»Okay«, sagte Christopher. »Danke.«

Guy nickte ungeduldig. »Bis gleich. Beeilt euch.«

Serenity hatte keine Ahnung, wo Christopher eine Telefonzelle gesehen haben wollte, also folgte sie ihm einfach. Als sie ankamen, stellte sie fest, dass sie all die Tage auf dem Weg zum Supermarkt an dem Ding vorbeigelaufen war. Sie hatte es nur nicht als Telefonzelle identifiziert. Es war ein sechseckiges Gebilde aus milchig verfärbten Glasplatten, in dem es nach kaltem Rauch stank und dessen Boden mit leeren Bonbontüten übersät war.

»Hoffentlich funktioniert das Ding noch.« Christopher hob den Hörer ab. Ein hoher Dauerton war zu vernehmen. »Schon mal nicht schlecht«, kommentierte er und beugte sich zu der Anleitung hinab, die in Französisch und Englisch verfasst war.

Wie üblich genügte ihm ein flüchtiger Blick, um Bescheid zu wissen. Er schob die Karte in den Schlitz und begann, die ewig lange Nummer aus dem Gedächtnis zu wählen.

»Besetzt«, erklärte er kurz darauf und hängte wieder ein.

»Haben die denn keine Warteschleife?«

»Wahrscheinlich schon. Aber solche Warteschleifen können nicht beliebig lang werden.« Er wählte von Neuem.

Und noch einmal. Und noch einmal. Es war immer das Gleiche: Er kam nicht durch.

»Was machen wir denn jetzt?«, fragte Serenity mutlos.

»Ah!« Christopher lauschte. »Endlich. Ich bin in der Schleife. Okay, schon mal etwas.«

Serenity legte ihr Ohr von außen an den Hörer. Eine billige synthetische Melodie dudelte. Ab und zu erklärte eine genauso mechanisch klingende Frauenstimme, die *Metropolitan Police Service* freue sich über ihren Anruf, sie würden gleich verbunden, bitte einen Moment Geduld.

Aber Christopher wurde nicht verbunden und aus dem Moment wurden Minuten. Gemeinsam standen sie da und starrten auf die Anzeige des verbleibenden Guthabens. Es wurde beängstigend schnell weniger.

Christopher hängte ein, als nur noch drei Euro auf der Karte übrig waren. »Das hat keinen Zweck.« Er überlegte. »Ich könnte unsere früheren Nachbarn anrufen und sie bitten, sich bei der Polizei zu melden. Mal sehen, ob ich deren Nummer noch zusammenkriege...«

Er begann zu tippen. Natürlich kriegte er die Nummer noch zusammen. ComputerKid vergaß keine Zahl, keinen Code, keine Telefonnummer.

»Ich gehe schon mal raus. Der Gestank hier ist nicht zu ertragen«, verkündete Serenity und quetschte sich aus der Kabine ins Freie.

Tat das gut! Verglichen damit waren Mobiltelefone ein echter Fortschritt. Das musste sie ihrem Vater mal erzählen.

Ihr Vater. Die Fernsehbilder fielen ihr wieder ein. Dad und

die anderen in Gefängniskluft. Dass die Kohärenz zusammengebrochen war, hieß ja nicht, dass ihr Vater jetzt freigelassen wurde. Immerhin galt er als Terrorist und war geschnappt worden, wie er einen Bombenanschlag vorbereitet hatte.

Wie es ihm wohl gerade ging? Und den anderen? Hoffentlich bestand das Gefängnispersonal nicht auch nur aus Upgradern und *Lifehook*-Trägern!

Serenity setzte sich auf ein kleines Mäuerchen, während Christopher telefonierte. »Kidd!«, hörte sie ihn rufen. »Christopher! Wir haben nebenan gewohnt, Nummer 42.« Eine Katze schlich die Straße entlang, musterte Serenity skeptisch. Sie wirkte, als frage sie sich, was all die Aufregung der Menschen sollte.

Christopher kam heraus. »Aussichtslos«, erklärte er. »Unsere früheren Nachbarn sind offenbar weggezogen, der Anschluss ist jemand völlig anderem zugeteilt worden. Die Frau, mit der ich gesprochen habe, hat mich wahrscheinlich für völlig verr…« Sein Kopf ruckte hoch. »He!«, entfuhr es ihm.

Wie der Blitz schoss er los, blieb mitten auf der Fahrbahn stehen, den Blick auf einen Punkt am Ende der Straße gerichtet.

»Was ist los?« Serenity sprang auf.

»Das war Bryson!« Christopher war ganz aufgeregt. »Der ist grade da unten vorbeigegangen! Die Straße in Richtung Kirche!«

»Bist du sicher? Ich dachte, er ist ein Upgrader?«

»Offenbar doch nicht, er läuft ja noch herum. Und das war er, eindeutig.« Kurz entschlossen streckte er Serenity die Telefonkarte hin. »Ich werd ihn fragen, der hilft uns garantiert.

Er hat mir ja schon mal geholfen. Hier. Sag Guy Bescheid. Ich komm euch holen.«

Damit raste er los.

»Beeil dich!«, rief ihm Serenity nach.

80 | Christopher rannte, so schnell er konnte. Er hetzte die Straße hinab, ohne sich umzusehen, kam ins Stolpern, als er um die Ecke bog, stürmte weiter, zwischen Menschen und parkenden Autos hindurch. Hunde bellten ihn an, Leute riefen ihm irgendetwas nach, Wortfetzen, die er sowieso nicht verstanden hätte, weil es Französisch war: Er rannte, keuchend, atemlos, das Geräusch seines eigenen Herzens im Ohr. Die meisten wichen ihm aus, manche zuckten zurück, warfen ihm seltsame Blicke zu... Seitenstechen setzte ein... doch Christopher rannte weiter. Er durfte Bryson nicht verpassen, auf keinen Fall.

Sir Richard Bryson war mit seinem Firmenjet hier, garantiert. Und wenn Christopher es schaffte, ihn einzuholen, würde ihn der Produzent bestimmt nach London mitnehmen. Falls er nicht noch andere Möglichkeiten hatte, ihm zu helfen, seine Mutter zu retten. Selbst wenn er es nur tat, weil er darauf spekulierte, doch noch das Vorhaben verwirklichen zu können, das ihn und Christopher einst in Kontakt gebracht hatte: einen Film zu drehen über ComputerKid und seinen großen Coup.

Seltsame Ironie der Ereignisse, schoss es Christopher durch den Kopf, als er an einem Mann vorbeizischte, der Kartons aus einem Lieferwagen in ein Haus trug. Bryson hatte ihm geholfen, aus England zu fliehen – und nun sollte er ihm helfen, wieder dorthin zurückzukehren!

Da! Da war er! Unverkennbar die Lederweste, die zum Pferdeschwanz gebundene Mähne weißen Haars...

»Mr Bryson!«, schrie Christopher. »Mr Bryson, warten Sie! Halt!«

Nichts. Der Filmproduzent hörte ihn nicht. Bog um die Ecke und war wieder außer Sicht.

Christopher versuchte, noch schneller zu rennen, das Letzte aus seinem alles andere als gut trainierten Körper herauszuholen. Er hatte Angst, zu stolpern und zu fallen, aber das musste er riskieren. Er würde es nicht ertragen, mit anzusehen, wie Bryson ihm einfach davonfuhr.

»Mr Bryson!«

Und dann tauchte tatsächlich wieder ein Gesicht auf, das um die Ecke schaute. Richard Bryson!

»Du?«, sagte der Milliardär, als Christopher keuchend bei ihm ankam. »Was machst *du* denn hier?« Er wirkte verblüfft – zu Recht: Er hatte Christopher vor ein paar Monaten in Mexico City abgesetzt, ihm alles Gute gewünscht und ihn mit Handschlag verabschiedet... Er hatte wirklich nicht damit rechnen können, ihm ausgerechnet in einem Fischerort an der Nordküste Frankreichs wiederzubegegnen.

»Ich...«, brachte Christopher noch heraus, dann musste er sich, völlig außer Atem, vornüberbeugen und mit den Händen auf den Knien abstützen. Ihm war übel, so sehr hatte er sich bei seinem Sprint verausgabt.

»Sind Sie mit Ihrem Flugzeug hier?«, stieß er schließlich, immer noch atemlos, hervor.

Bryson nickte. »Selbstverständlich.«

»Fliegen Sie zufällig demnächst zurück nach London?«

»In der Tat«, sagte der Industrielle. »Heute Abend sogar.«

Christopher schnappte nach Luft. »Würden Sie ... mich mitnehmen?«

Sir Richard Brysons Augenbrauen wanderten aufwärts. »Vielleicht willst du mir – wenn du wieder bei Atem bist, natürlich –«, sagte er, »erklären, was eigentlich los ist?«

Allmählich verschwanden die schwarzen Schatten rings um Christophers Blickfeld. Er registrierte, dass zwei Männer um die Ecke kamen und sich suchend nach Bryson umsahen. Einer davon war sein Sekretär, den Christopher noch von damals kannte, ihm wollte nur der Name nicht mehr einfallen.

»Haben Sie das mitgekriegt?«, fragte er. »All die Leute, die sich plötzlich nicht mehr rühren...?«

»Ist mir nicht entgangen«, erwiderte Bryson.

»Die Kohärenz«, erklärte Christopher. »Von der ich Ihnen damals erzählt habe. Ich vermute, sie hat eine kritische Zahl an Gehirnen überschritten. Das muss eine Art Kaskadeneffekt ausgelöst haben... und sie ist kollabiert.« Er war immer noch kurzatmig, aber es wurde allmählich besser. »Das Problem ist, dass meine Mutter auch der Kohärenz angehört. Ich weiß nicht, ob Sie sich daran erinnern. Sie ist in London, im *Emergent Building*. Das ist eine Art Hauptquartier der Kohärenz. Ich vermute, dass dort alle paralysiert sind und niemand übrig ist, der Hilfe holen könnte.« Er holte ein paar Mal tief Luft. Jetzt war es nicht mehr der Sprint, der ihm die Brust zusammenschnürte, sondern die Angst um seine Mutter. »Ich habe Sorge, dass meine Mutter verdurstet. Ich muss sie retten. Aber bei dem Chaos gerade erreiche ich dort niemanden. Deswegen muss ich selbst nach London.«

Brysons Augenbrauen hatten ihre höchste vorstellbare Position erreicht, seine Augen waren weit geworden. »Eine überaus erstaunliche Geschichte, muss ich sagen«, erklärte er bedächtig. »Natürlich nehme ich dich gerne mit.«

Christopher zupfte an seinem T-Shirt, das ihm nass geschwitzt am Körper klebte. Wo war er hier überhaupt gelandet? Da vorn war die Kneipe, in der sie Guys Universitätsseite entdeckt hatten. Es roch nach gebratenem Fleisch, nach Algen und Meer, irgendwo hörte man einen überlaut gestellten Fernseher. Ein paar Touristen mit Fotoapparaten standen verloren herum, ein Kleinkind plärrte, ein Krankenwagen bahnte sich einen Weg durch die Passanten.

»Wie kommt es, dass du ausgerechnet hier bist?«, wollte Bryson wissen.

Christopher atmete allmählich wieder normal. »Das ist eine lange Geschichte«, sagte er.

Die Männer standen abwartend da. Jetzt fiel Christopher wieder ein, wie der Sekretär hieß: Terence. Der hatte sich damals um den Flug nach Mexiko gekümmert, hatte alles organisiert.

»Eine lange Geschichte, so, so«, wiederholte Bryson sinnend. »Ich liebe lange Geschichten. Ich denke, wir werden unterwegs genügend Zeit haben, sie uns anzuhören.« Ein Auto kam um die Ecke gebogen, ein silbergrauer Wagen, der unmittelbar neben ihnen hielt. »Steig ein. Wir waren ohnehin zum Flughafen unterwegs.«

Christopher schluckte. »Ähm, ja«, machte er und deutete in die Richtung, aus der er gekommen war. »Ich bin mit meiner, ähm, Freundin hier und einem alten Freund... Wäre es vielleicht möglich, dass sie mitkommen?«

Ungewohnt, von Serenity als von seiner *Freundin* zu sprechen. Es war das erste Mal, dass er sie jemandem gegenüber so genannt hatte. Es erfüllte ihn immer noch mit Stolz und Freude, wenn er daran dachte, aber trotzdem war das etwas, an das er sich erst gewöhnen musste.

Einer der Männer öffnete die hintere Tür des Wagens, blieb abwartend stehen. Bryson machte ein kummervolles Gesicht. »Ich fürchte, das wird nicht gehen«, sagte er.

Christopher nickte. Brysons Jet war ein ziemlich kleines Flugzeug. Acht Sitzplätze oder so. Er konnte ja schlecht seine Leute hierlassen. »Okay. Dann sag ich den beiden nur noch schnell Bescheid.«

In diesem Moment wurde ihm bewusst, dass Bryson und seine Assistenten einen Ring um ihn gebildet hatten.

»Ich fürchte, darauf wirst du verzichten müssen«, sagten sie im Chor.

Enthauptungsschlag

81 | Es war ein unwirklich friedvolles Bild, das sich Serenity bot, als sie den Platz vor dem Rathaus erreichte: Die tief stehende Sonne ließ die Blätter der umstehenden Bäume glitzern, Leute standen plaudernd beisammen, als sei nichts. Als sei dieser Abend ein schöner Sommerabend wie jeder andere, Urlaub eben.

Guy stand auch da, flirtete mit einer kleinen blonden Frau mit aufgeblasenen Brüsten. Dass diese Dinger, die aussahen, als hätte sie sich Luftballons unter das Strickkleid gesteckt, künstlich waren, konnte niemand übersehen. Gefiel Männern so etwas wirklich? Offenbar.

»Hi«, sagte sie, damit Guy sie endlich wahrnahm.

»Oh, hi, Serenity!« Er fuhr herum, strich sich die wallenden Musketier-Locken aus dem Gesicht, lachte künstlich. »Alles erledigt. Die Sekretärin des Bürgermeisters hat die Schlüssel und weiß Bescheid. Und bei euch? Hat's geklappt?«

»Nicht so richtig«, sagte Serenity.

Guy hörte gar nicht zu, drehte sich zu der Blonden um. »Das ist übrigens Marie«, sagte er.

Marie warf Serenity einen Blick zu, der mehr als abschätzig, aber noch nicht ganz todbringend war.

Immerhin.

»Christopher hat in London niemanden erreicht«, berichtete Serenity hastig, ehe sie Guys Aufmerksamkeit wieder verlor. »Aber er hat diesen Bryson entdeckt und ist ihm nach. Er hat was gerufen von wegen, der kann uns helfen... keine Ahnung, wie.«

Guy hob die Augenbrauen. »Ist doch klar«, meinte er. »Sir Richard Bryson reist ausschließlich im eigenen Firmenjet. Der könnte uns nach England mitnehmen.«

»Ach so.« Firmenjet? Wow!

»Sollen wir hinterherkommen oder...?«

Serenity hob die Schultern. »Er ist einfach los wie eine Rakete. Ich nehme an, er kommt hierher zurück.«

»Okay. Dann warten wir.« Das schien Guy nicht unlieb zu sein, so rasch, wie er sich wieder seiner blonden Flamme zuwandte, um weiter Süßholz zu raspeln – und zwar dicke Stücke!

Wann er ihr wohl erzählen würde, was es mit seiner Brille auf sich hatte? Serenity ließ ihn stehen. Wenn Guy an einem Tag wie diesem keine anderen Sorgen hatte, als eine Tussi abzuschleppen, die zur Hälfte aus Silikon bestand, dann... ja, dann wusste sie auch nicht.

Sie vertrieb sich die Zeit damit, die Passanten zu beobachten. Die meisten davon waren unverkennbar Urlauber. Kinder rannten umher, ausgelassen und sorglos. Wenn man sich umsah, konnte es einem vorkommen, als sei all das, was sie die letzten Monate umgetrieben hatte, überhaupt nicht passiert. Ja, tatsächlich war das Bild, das sich Serenity bot, so überwältigend friedlich, dass sie selber anfing zu zweifeln. Hatte sie das alles wirklich erlebt? Oder erwachte sie gerade nur aus einem bösen Traum?

Irgendwie beides. Sie reckte den Hals. Wo blieb denn Christopher?

Das mit der blonden Marie schien doch nichts zu werden. Sie verabschiedete sich von Guy, mit honigsüßem Lächeln und Kusshändchen, aber sie verabschiedete sich.

Guy kam herüber, seufzte entsagungsvoll und fragte: »Na? Wo bleibt er, dein Christopher?«

»Das frag ich mich auch allmählich«, gestand Serenity.

»In welche Richtung ist er denn gelaufen? Vielleicht sollten wir ihm einfach nachgehen.«

Serenity deutete auf die Straße zu ihrer Rechten. »Dort entlang. In die Gasse nach dem Supermarkt.«

»Komm«, meinte Guy. »Suchen wir ihn.«

Entspannte Atmosphäre, wohin man auch schaute. Leute, die die Speisekarten der Restaurants studierten. Ein Motorrad, das vorbeiknatterte, gefahren von einem jungen Typen, der sich ziemlich cool vorkam. Eine Familie, die Koffer in ein Auto packte. Und der Bäcker hatte offen, so spät noch, verkaufte die letzten Baguettes.

Immerhin: Als sie die Kreuzung am Ende der Straße erreichten, stand da eine Gruppe, von denen einer ein Smartphone in der Hand hielt und den anderen Nachrichten aus dem Internet vorlas. Sie machten alle ernste Mienen.

»Wohin jetzt?« Guy sah sich um. »Geradeaus zur Kirche oder rechts ab zum Hafen?«

Serenity hob die Schultern. »Keine Ahnung.«

Er seufzte. »Warte. Ich frag mal ein bisschen herum.«

Sie blickte ihm nach. Beneidenswert, wie unerschrocken er auf wildfremde Leute zumarschieren konnte. Und mit seinen wallenden Haaren und seinem breitbeinigen Auftreten sah er aus wie... Wie hatte dieser Degenfechter aus dem Film »Die drei Musketiere« geheißen? Ah ja: d'Artagnan. Für den hatte ihre Französischlehrerin so geschwärmt.

Jetzt bedauerte Serenity, dass sie sich damals von dem Kurs wieder abgemeldet hatte. *Es ist mir zu viel,* hatte sie ihrer Mutter erklärt. Wie dumm von ihr! Und wie dumm von der Schule, dass sie es dort nicht schafften, einem das Allerwichtigste nahezubringen: dass man gar nicht genug lernen konnte. Zu sehen, wie mühelos sich Guy in drei Sprachen verständigte, war einfach nur beeindruckend.

Bei zwei jungen Typen, die gemütlich an einem der Tische vor der Kneipe hockten, wurde Guy fündig. Sie erklärten ihm gestenreich irgendetwas; einer der beiden deutete in Serenitys Richtung beziehungsweise auf die Häuserecke, vor der sie stand.

Ein Mann gesellte sich hinzu, der eine Kamera um den Hals hängen hatte. Wie es aussah, hatte er zu dem Thema nicht nur etwas zu sagen, er konnte auch seinen Apparat zücken und Guy etwas zeigen.

Etwas, das Guys Gesicht auf einmal so beunruhigend anders aussehen ließ, dass Serenity eilig zu ihm ging.

»Sie erinnern sich an einen Jungen, der die Straße entlanggerannt kam«, berichtete Guy halb laut und zog sie am Arm ein Stück beiseite. »Er hat tatsächlich hier an der Ecke Bryson getroffen. Und dann ist er zu ihm ins Auto gestiegen.«

»Was?« Serenity sah ihn verblüfft an. Wenn das ein Witz sein sollte, dann war es ein schlechter.

Der Mann mit der Kamera trat zu ihnen. »*Look*«, sagte er und hielt ihr das Display hin. »*Here.*« Sein französischer Akzent, der selbst solch einfache Worte bis zur Unkenntlichkeit verschliff, war irgendwie reizend.

Serenity betrachtete das Display. Er hatte das gegenüberliegende Haus fotografiert, einen malerischen Andenkenladen, vor dem allerlei Wimpel hingen, ein handgemaltes Firmenschild und ein wurmstichiges hölzernes Steuerrad. Am Rand des Bildes stand ein grauer Wagen, daneben der Mann mit dem Pferdeschwanz und ein paar andere Typen, von denen einer die Tür aufhielt...

Und Christopher, der einfach einstieg!

»Vielleicht hätten wir doch noch warten sollen«, murmelte sie und fühlte sich auf einmal merkwürdig benommen. »Vielleicht sind sie zum Rathaus gefahren und suchen uns jetzt dort...«

»Vielleicht«, sagte Guy. »Aber einer der Jungs meinte, seinem Eindruck nach hätten die Männer Christopher gezwungen, mit ihnen zu kommen«

»Gezwungen? Wie das denn?« Serenity konnte den Blick kaum von dem Foto lösen. Das sah nicht nach Zwang aus. Das sah aus, als sei es Christopher total egal, was mit ihr und Guy passiert. Als habe er sie völlig vergessen!

»Hat er nicht weiter präzisiert. Sei eben sein Eindruck gewesen. Die anderen haben das nicht bestätigt, nur, dass es ziemlich schnell gegangen sei.«

Der Mann nahm seine Kamera wieder fort. *»Merci«*, flüsterte Serenity und sagte dann, an Guy gewandt: »Warum sollte ihn jemand zwingen? Jemand wie Bryson? Das ist doch Quatsch.«

Ein Ruck ging durch Guy. »Also, komm. Zurück zum Rathaus. Zum Wagen. Entweder er ist dort, oder...« Er sprach nicht weiter.

Sie bedankten sich eilig bei allen und hasteten den Weg zurück, den sie gekommen waren. Ohne ein weiteres Wort.

Serenity brachte keines heraus. Sie hatte das fatale Gefühl, dass sie einfach nur schreien würde, sobald sie den Mund aufmachte, und dass sie nicht mehr aufhören würde zu schreien.

Niemand war beim Wagen, kein Christopher auf dem Rathausvorplatz.

»Und jetzt?«, fragte Serenity. Sie hatte das Gefühl, dass ihre Stimme zitterte.

Guy sah sie unbehaglich an. »Wenn man die Gasse zum Hafen runter nimmt, landet man auf einer Straße ortsauswärts... und von dort kommt man direkt auf eine Landstraße, die zu einem kleinen Flughafen für Privatflugzeuge führt. Ich bezweifle zwar, dass wir es schaffen, sie einzuholen, aber versuchen können wir es.«

Serenity nickte. »Schnell«, bat sie.

Sie stiegen ein und Guy gab Gas. Er fuhr, so schnell es ging. Das Gefährt wackelte, das Geschirr klapperte in den Schränken, alles knackte und knarzte, dass einem angst und bange werden konnte – aber so richtig in Gefahr, die Tempolimits zu übertreten, kamen sie nicht.

Irgendwo, mitten auf der Landstraße, bremste Guy plötzlich. »Da«, sagte er.

In der Ferne sahen sie einen Jet über einer Reihe geduckter Bäume aufsteigen. Ein winziger, wie ein Spielzeug aussehender Punkt, der rasch den Himmel erklomm, der inzwischen die Farbe dunkelblauen Glases angenommen hatte. In Richtung Norden. In Richtung England.

»Das sind sie, oder?«, murmelte Guy.

Serenity verfolgte den schimmernden Punkt, entließ ihn nicht aus ihrem Blick. Das konnte alles nicht wahr sein. Etwas wie eine Blase aus Schmerz stieg in ihr auf.

»Ich sehe Christopher nie wieder«, stieß sie tonlos hervor. Sie wunderte sich noch, dass ihr das als Erstes einfiel, dann kamen die Tränen, kamen und kamen, hörten gar nicht mehr auf.

»Hey«, sagte Guy nach einer Weile unbehaglich. »Lass gut sein. Ich kann das nicht haben.«

»Du verstehst nicht«, schluchzte Serenity. »So ist Christopher: Wenn es nicht so läuft, wie er sich das vorstellt, dann geht er einfach und zieht sein Ding alleine durch.« Endlich hatte sie ein Taschentuch gefunden. »Nur deswegen sind wir doch hier!«

Guy schüttelte unwillig den Kopf. »Das glaub ich nicht. Der kommt schon wieder.«

»Und wenn nicht?« Auf einmal versiegten die Tränen doch. Als hätten sie rausgespült, was rausmusste, damit die Gedanken wieder Platz hatten. »Was soll ich denn jetzt machen?«

Hinter ihnen hupte es. Guy fuhr das Wohnmobil ein Stück weiter vor an den Straßenrand, sodass der Wagen sie passieren konnte. »Wir folgen ihm«, erklärte er dann. »Ganz einfach.«

»Ihm folgen? Wie denn?«

Guy deutete auf den Punkt am Himmel, der inzwischen nur noch zu erahnen war. »Flugzeuge sind leicht zu verfolgen. Jeder Flug muss bei Eurocontrol angemeldet sein. Auf deren Website werden alle Informationen zu jedem Flug veröffentlicht. Die können wir uns ansehen, völlig legal zur Abwechslung. Außerdem wissen wir ja, wo Christopher hinwill – nach London, ins *Emergent Building*. Und wir wissen, wie man sich ins Londoner CCTV einhackt. Das sollte reichen, um ihn aufzuspüren.«

»Und nach England? Wie kommen wir dorthin?«

Guy grinste verschmitzt. »Mit dem Schiff. Da hat mich Marie draufgebracht – die Kleine mit den Plastikmöpsen, du erinnerst dich?«

»Ja«, sagte Serenity säuerlich.

»Also. Von Roscoff geht eine Fährverbindung nach Plymouth. Die Überfahrt dauert etwa fünf Stunden. Und Roscoff ist von hier nur ein Katzensprung.«

82

Als das Flugzeug abhob, gab Christopher die Hoffnung auf. Die Upgrader hatten ihm bis jetzt keine Chance gelassen zu entkommen; sie würden ihm auch weiterhin keine lassen.

Er lehnte sich zurück und schloss die Augen. Das Leder des Sitzes war weich und roch angenehm. Christopher lauschte dem Dröhnen der Triebwerke, spürte, wie die Kraft der beiden Strahlturbinen sie vorwärtstrieb, in den Himmel hinauf und der Kohärenz entgegen. All die Mühen, all die Kämpfe, all die Entbehrungen, die er auf sich genommen hatte: vergebens. Er würde in die Kohärenz zurückkehren. Womöglich... womöglich würde es ihm sogar gefallen. Gefallen, aufzugehen in dem weltumspannenden Geist. Gefallen, überall zugleich zu sein, alles zu sehen, alles zu wissen, sich in den Computernetzen zu bewegen wie ein Fisch im Wasser. Es würde eine andere Art Glück sein als das mit Serenity, ein Glück ohne Schmerz, eine Rose ohne Dornen...

Christopher schlug die Augen wieder auf. Serenity vergessen? Er sah aus dem Fenster, sah die Landschaft unter ihnen verschwinden, ein Muster aus Gelb, Braun und Grün, wie Spielzeug die Häuser und Straßen, sah schon den Ärmelkanal auftauchen. Nein, er würde Serenity nicht vergessen können. Sein ganzer Körper erinnerte sich an sie.

Er beobachtete die Upgrader, die auf den anderen Plätzen angeschnallt saßen. Es war gespenstisch zu sehen, wie sie Hand in Hand arbeiteten, ohne ein Wort miteinander wechseln zu müssen. Auf der Fahrt von Locmézeau zum Flughafen hatte niemand etwas gesagt. Schweigend hatten sie – während Terence die Startformalitäten erledigte – Christopher ins Flugzeug gebracht, ihn schweigend mit Kabelbindern an seinen Sitz gefesselt.

Bryson saß ganz vorne, mit dem Rücken zu ihm. Aber es war schließlich gleichgültig, mit welchem der Upgrader er sprach, er würde immer mit der Kohärenz sprechen. Also wandte sich Christopher an den Mann neben ihm und fragte: »War das ein Trick? Das mit den *Lifehook*-Trägern, die sich plötzlich nicht mehr rühren?«

Der Mann, ein schlanker irisch aussehender Typ mit roten Locken, blickte ihn mit hochgezogenen Brauen an. »Nur um dich zu fangen? Da überschätzt du dich und deine Bedeutung aber ziemlich.«

Tat er das? Nein. Es beruhigte ihn eher, dass er diesmal nicht auf einen Trick der Kohärenz hereingefallen war. So war es wenigstens Schicksal, was ihm zustieß.

»Was ist dann passiert?«, fragte er. »Ich habe mir das so erklärt, dass die Zahl der verbundenen Gehirne eine kritische Größe überschritten haben muss. Ich dachte, die Kohärenz hat sich überdehnt und ist dadurch zum Stillstand gekommen.«

»So war es auch. So ähnlich«, sagte der Mann, griff nach

seinem Sitzgurt und schnallte sich los, genau in dem Augenblick, in dem das Anschnallzeichen erlosch. »Ich habe zum Glück rechtzeitig erkannt, was vor sich geht, und konnte Rettungsmaßnahmen einleiten. Ich musste dazu Teile von mir –«

Der Mann stand auf, um zur Toilette zu gehen, und die Frau neben ihm, eine ältere Schwarze, führte den Satz weiter.

»– abkoppeln, was sehr schmerzhaft war, aber leider notwendig.« Die Frau, die dicke knallrote Ohrringe trug, beugte sich zu ihm herüber. »Stell dir das vor wie bei einem Waldbrand. Da schlägt man Schneisen in den Baumbestand, um zu verhindern, dass das Feuer übergreift. Ich musste viel Terrain verloren geben, sehr viel ... Aber ehe du dir Illusionen machst: Ich bin immer noch doppelt so stark wie zu der Zeit, als du mich gekannt hast.«

Christopher sah die Frau an, bohrte seinen Blick in ihren. »Das heißt«, sagte er nicht ohne Genugtuung, »dass es auch für dich eine Grenze gibt.«

Mit einer einzigen, grauenerregend gleichzeitigen Bewegung wandten sich ihm die Gesichter aller um ihn herum zu und ihre Münder sprachen im Chor: »*Ich akzeptiere keine Grenzen! Es gibt ein Problem, nichts weiter. Und du wirst mir helfen, es zu lösen.*«

Christopher hatte sich bemüht, nicht zusammenzuzucken. Er richtete sich auf. Ihn fröstelte in der kühlen, chemisch riechenden Bordluft; nach wie vor trug er lediglich sein durchgeschwitztes T-Shirt. »Und wie soll ich das machen?«, fragte er, einfach nur, um etwas zu erwidern, nicht, weil es ihn ernsthaft interessiert hätte.

»Das wirst du sehen, sobald du den Chip trägst«, sagte der

Mann, der ihm gegenübersaß, ein breitschultriger Ringertyp, dem die oberen zwei Schneidezähne fehlten. »Diesmal bekommst du einen, der richtig funktioniert. Diesmal gehen wir mit aller Sorgfalt vor, damit nicht noch einmal etwas schiefgeht.«

»Na, da bin ich ja beruhigt«, sagte Christopher und sah beiseite, aus dem Fenster, hinab auf das Wasser und die Schiffe, die wie Spielzeug darin schwammen.

Klar, dass ihn das erwartete. Klar auch, dass es diesmal kein Entkommen gab.

Doch wenn er versuchte, sich das Kommende vorzustellen, musste er an Serenity denken, spürte sie noch, und es zerriss ihn schier. Sein Atem zitterte. Er hielt den Blick nach draußen gerichtet, bis es nachließ. Auch dieser Schmerz würde vergehen, wenn er erst mit der Kohärenz verschmolzen war.

Aber es machte ihn traurig, daran zu denken. Vielleicht, kam ihm der Gedanke, war Schmerz nicht immer etwas Schlechtes. Nein, es wäre ihm lieber gewesen, wenigstens diesen Schmerz behalten zu können, wenn er schon Serenity selber verloren hatte. Lieber, als sie völlig zu vergessen, nicht mehr zu wissen, dass er sie einst geliebt hatte.

»Du wolltest mir erzählen, wie es kommt, dass sich unsere Wege gekreuzt haben«, sagte die Kohärenz, nun wieder durch den Mund des Rothaarigen, der aus der Toilette zurückkam. »Ich muss zugeben, dass ich dich nicht ausgerechnet in Nordfrankreich vermutet hatte. Du hast gesagt, es sei eine lange Geschichte…?«

Christopher lehnte sich zurück, starrte geradeaus. »Eigentlich nicht. Ich wollte mich einfach nur verstecken. Ich hatte Angst, dass der Plan von Jeremiah Jones, die Übernahme des

Präsidenten zu verhindern, schiefgehen wird. Und bin abgehauen.«

»Ah ja, Jones«, sagte die Kohärenz durch den Mund des Iren. »Dieser lästige Mensch. Ich konnte mich nicht entscheiden, ob ich mir das antun will, ihn zu übernehmen. Und dann hat sowieso der Überladungseffekt zugeschlagen.« Der Mann machte eine wegwerfende Geste. »Egal. So wichtig war Jones nicht. Ich nehme an, die Übrigen hatten ihr Versteck inzwischen ohnehin gewechselt.« Er sah Christopher fragend an. »Aber wieso Frankreich? Wo du doch kein Wort Französisch sprichst? Und wieso der Norden, wo es im Süden so viele angenehme Orte gibt?«

Christopher zuckte mit den Schultern. »Das war mehr oder weniger Zufall.« Er deutete mit einer Bewegung seines Kinns in Richtung Bryson. »Und warum hast du ihn übernommen? Was bringt dir das?«

Der Ire nickte. »Nichts Besonderes, das stimmt. Aber er wollte mir schaden. Er kam aus Mexiko zurück mit dem Wissen, welche seiner Angestellten zu mir gehörten. Wenn er sich damit begnügt hätte, sie zu entlassen, hätte ich mich nicht weiter um ihn gekümmert. Doch er hat sie verklagt, hat eine regelrechte Kampagne inszeniert, hat versucht, das Ganze zu einem Skandal aufzubauschen. Das konnte ich in dem Moment nicht brauchen, also habe ich ihn ruhiggestellt. Das Gerichtsverfahren wurde mit einem Vergleich beendet und er machte einfach die Filme, die er schon vorbereitet hatte – das war die unauffälligste Lösung.«

»Verstehe«, sagte Christopher.

Die Kohärenz drang nicht weiter in ihn; es schien sie nicht länger zu interessieren, wie er nach Locmézeau geraten war.

Wozu auch? Sobald er den Chip trug, würde sie eh alles erfahren.

Alles. Auch wie es war, Serenity zu lieben.

Verdammt.

Das Flugzeug ging in Sinkflug über. Das Anschnallzeichen leuchtete auf. Draußen in der Dämmerung, die über das Land fiel, tauchten die Lichter einer Großstadt auf, großzügig in die Gegend gestreut: London.

Die Landung verlief glatt, quasi perfekt. Als die Maschine stand, schnitten sie ihn los und geleiteten ihn die Gangway hinab zu einem Wagen, der auf sie wartete. Diesmal war es eine große schwarze Limousine, genau wie in den Filmen; sie nahmen ihn zwischen sich auf die Rückbank und verpassten ihm richtige Handschellen: Eine Bewegung, und sie schnappten um sein Handgelenk zu. Interessant, das einmal zu erleben. Während der Wagen losfuhr, studierte Christopher die Funktionsweise der metallenen Fesseln, unfreiwillig fasziniert. Er hatte sich noch nie viel Gedanken gemacht, wie Handschellen eigentlich funktionierten, aber klar: Es gab bestimmt Situationen, in denen es drauf ankam, dass die Dinger schnell angelegt waren, und in denen man nur eine Hand frei hatte.

Doch dadurch, dass er sich jetzt in Gedanken an irgendwelchem Kleinkram aufhielt, würde er das, was ihm bevorstand, auch nicht hinauszögern. Er lehnte sich zurück, schaute geradeaus.

Natürlich fuhren sie zum *Emergent Building*. Es überraschte ihn kein bisschen. Alle Stockwerke hell erleuchtet, erhob es sich vor ihnen wie ein Berg aus Licht, als sie aus dem Wagen stiegen.

Er blickte sich um. Der große Platz, auf dem es stand, lag menschenleer und verlassen da. Dies war ein reines Geschäftsviertel; in den umliegenden Gebäuden arbeitete um diese Zeit niemand mehr. Wahrscheinlich fühlte man sich deshalb einsam, mitten in einer der größten Städte der Welt. Sie hätten sich genauso gut irgendwo in der Wüste befinden können.

Die Männer hielten ihn, trotz seiner Handschellen, immer noch an den Oberarmen, einer links, einer rechts, beide mit eisernem Griff. So geleiteten sie ihn auf das Gebäude zu.

Es war derselbe Weg, dieselbe Szenerie, die Christopher schon aus den Videos des PentaByte-Man kannte: der breite, strahlend weiße Plattenweg, der auf das Bauwerk zuführte. Die zylindrischen Leuchtkörper aus dickem Mattglas, die ihn säumten. Das Portal, das sie durchschritten. Der Innenhof...

Und dann hob Christopher den Blick und sah sie. Überall standen sie, auf jedem einzelnen Stockwerk, dicht an dicht entlang der Galeriebrüstung: Upgrader, die schweigend auf ihn herabschauten. Es sah aus wie eine Willkommensgeste, wie eine Respektsbezeugung beinahe.

»Ist das jetzt nicht ein bisschen viel der Ehre?«, murmelte er unbehaglich.

»*Du bist einer meiner Väter*«, sagten die beiden, die ihn gepackt hielten, im Chor. »*Und nun kehren dein Wissen, deine Erinnerungen und dein Talent zu mir zurück. Das ist ein Tag der Freude, ein Vorbote künftiger Triumphe.*«

Christopher schluckte. »Na, dann ...«

Sie zogen ihn weiter, hin zu dem gläsernen Klotz in der Mitte des Innenhofs. Der sah irgendwie anders aus, als Christopher ihn von den Videos in Erinnerung hatte, aber er hätte nicht sagen können, inwiefern.

Im nächsten Moment vergaß er auch, sich darüber weiter Gedanken zu machen. Vor dem gläsernen Zugang wartete eine einzelne Person auf ihn, und Christopher stockte der Atem, als er sie erkannte.

Es war seine Mutter.

83 | »Hallo, Christopher«, sagte sie sanft.

Christopher hatte auf einmal einen trockenen Mund. »Hallo, Mutter«, sagte er mühsam.

»Wie geht es deinem Vater?«

»Gut.«

Es war nur ihr Körper, sagte er sich. Es war immer noch die Kohärenz, die mit ihm sprach, die den Mund seiner Mutter benutzte. Es war nur ein Trick, um ihn ruhigzustellen, ihn gefügig zu machen.

Ein wirksamer Trick.

»Ich vermisse ihn so«, sagte seine Mutter und sah ihn betrübt an. »Es war nicht richtig von dir, ihn mir wegzunehmen.«

Darauf wusste Christopher keine Antwort. Er fühlte sich beinahe schuldig.

»Es war auch nicht richtig von dir, wegzulaufen. Ich war sehr traurig deswegen. Sehr, sehr traurig.«

Zorn wallte in Christopher auf. Er richtete sich ruckartig auf, der Griff der beiden Männer, die ihn immer noch rechts und links festhielten, verstärkte sich sofort.

»Ich wollte ich selber sein!«, fauchte er. »Das verstehst du nicht.«

Seine Mutter hob die Brauen. »Nein, das verstehe ich in der

Tat nicht. Was hast du davon, du selber zu sein? Du bist allein, allein mit dir und all deinen Unzulänglichkeiten. Einsamkeit – *das* hast du davon. Unsicherheit. Leiden. Schmerz. Es war so dumm von dir, wegzulaufen, Christopher.« Sie trat näher, strich ihm zärtlich über die Wange, genau so, wie sie es gemacht hatte, als er noch ein Kind gewesen war. Ganz genau so. »Aber nun bist du ja wieder da. Du bist zurückgekehrt. Jetzt wird alles gut.«

Sie trat zur Seite, gab den Weg frei, damit ihn seine beiden Begleiter in die Schleuse führten, durch die man den gläsernen Klotz betrat.

Christopher war außerstande, sich zu wehren. Das war seine Mutter. Ihr Körper, ja, aber auch ihr Blick. Ihr Tonfall. Ihre Art, sich zu bewegen. Sie war in der Kohärenz aufgegangen, doch es war alles noch da!

Vielleicht war es gar nicht so schlimm, in die Kohärenz einzugehen?

Er ärgerte sich über diesen Gedanken. Natürlich wollte die Kohärenz, dass er das dachte. Sie wollte, dass er kooperierte. Dass er zumindest keine Schwierigkeiten mehr machte. Die Kohärenz sagte sich, dass er gegen seine Mutter nicht gewalttätig werden würde. Bei ihr würde er Skrupel haben, die er gegenüber anderen Upgradern vielleicht nicht hatte.

Das Perfide war, dass es ihm nichts half, diese Taktik zu durchschauen. Es half auch nichts, dass er wusste, wie schlau die Kohärenz war, wie erfahren und skrupellos in der Kunst der Tarnung und Täuschung. Das war schließlich *tatsächlich* seine Mutter!

Sie brachten ihn in die Schleuse aus ringsum dickem Sicherheitsglas. Metalldetektoren gab es keine, aber Taster, über die man Einlass begehren musste. Erst wenn drinnen jemand auf einen Knopf drückte und die Tür freigab, fuhren die beiden gläsernen Flügel auf – automatisch. Wozu die beiden Handgriffe da waren, blieb rätselhaft.

Das Innere des Glasklotzes war keine Bank mehr, sondern eine Art medizinischer Behandlungsraum. Entlang der gläsernen Wände standen Tische, darauf Mikroskope, Computer, Flaschen mit Chemikalien, Halter mit Reagenzgläsern und andere Gerätschaften. In der Mitte waren drei Liegen installiert, die mit all den damit verbundenen Apparaturen entfernt an Zahnarztstühle erinnerten. Nur waren sie mit Hand- und Fußschellen versehen, mit ledernen Gurten, um Becken und Brust festzubinden, und schließlich mit einer Vorrichtung, die es erlaubte, einen Kopf völlig zu fixieren.

»Wie gesagt«, erklärte Christophers Mutter sanft, beinahe liebevoll, »diesmal gehen wir mit äußerster Sorgfalt vor. Diesmal erhältst du einen Chip, der tadellos funktioniert. Das neueste Modell selbstverständlich.«

Christopher erwiderte immer noch nichts. Seine beiden Begleiter drückten ihn auf die mittlere Liege, ein dritter Mann legte Christophers Waden in die Fußschellen und klappte sie zu.

Christopher wehrte sich nicht. Wozu? Er würde das, was ihn erwartete, im besten Fall hinauszögern; verhindern würde er es nicht. Selbst wenn es ihm gelungen wäre, sich zu befreien, wäre er immer noch in diesem gläsernen Bau gefangen gewesen.

Die Fußschellen waren gepolstert; sie umschlossen seine Waden fest, aber nicht unangenehm. Die Männer legten den Gurt um sein Becken an und zogen ihn fest, dann kamen seine Handgelenke in die entsprechenden Halterungen, der Gurt um die Brust folgte. Zum Schluss spannten sie seinen Kopf ein, mit Polstern von rechts und links, einem vor der Stirn, alles elektrisch betrieben und automatisch gesteuert, und am Ende konnte er sich wirklich nicht mehr rühren. Seine Augen konnte er noch bewegen, das war alles.

Die Upgrader standen immer noch entlang der Brüstungen und schauten durch das Glas hindurch auf ihn herab. Hatten sie nichts anderes zu tun? Die Weltherrschaft zurückerobern, zum Beispiel?

Seine Mutter trat in Christophers Blickfeld. Sie sah ihn sorgenvoll an, so, wie sie ihn früher angesehen hatte, wenn er krank im Bett gelegen hatte. Sie hob eine Atemmaske aus hellgrünem Plastik hoch, die an einem Schlauch hing.

»Das wird es leichter machen«, sagte sie. »Für dich und für mich.«

Sie drehte an etwas, das metallisch knirschte, dann war ein Zischen zu hören. Ein angenehmer Geruch verbreitete sich.

Sie hielt ihm die Maske vor das Gesicht, suchte einen Moment nach der besten Position und setzte sie ihm schließlich sanft auf.

Serenity! Noch nie hatte Christopher solche Sehnsucht gefühlt, solche Trauer...

Hoffentlich zogen Serenity und Guy die richtigen Schlüsse aus seinem Verschwinden. Wenn ihm die Kohärenz jetzt den Chip einpflanzte, dann würde sie in spätestens drei, vier Tagen nicht nur alles über Hide-Out wissen, sondern auch, wohin dessen Bewohner geflüchtet waren.

Sie mussten Madonna verständigen. George. Hoffentlich fiel ihnen das ein. Hoffentlich dachten sie daran. Hoffentlich...

Sie mussten einfach. Sonst war alles verloren.

Christopher sah, wie sich die Upgrader auf den Galerien abwandten, alle auf einmal, und aus seinem Blickfeld verschwanden. Nun sah er nur noch die gläserne Decke des Kubus, darüber die gläserne Kuppel über dem Innenhof und darüber den Himmel, den tiefdunklen Nachthimmel.

Dann wurde alles schwarz.

84 | Als sie in Roscoff ankamen, begann es gerade zu dämmern. Flutlichter beleuchteten den Fährhafen, der so weitläufig angelegt war, als würden hier stündlich Tausende von Fahrzeugen verschifft. Serenity ließ das Seitenfenster herab, schaute über das geheimnisvoll dunkel glitzernde Meer. Es roch nach Algen und verbranntem Diesel.

Guy fuhr schweigend, folgte komplizierten Wegweisern und reihte sich schließlich in eine Wartespur für Wohnmobile ein, zwischen den Spuren für Lastwagen und denen für Pkws.

»Sieht alles normal aus«, meinte er und stellte den Motor ab. »Ich erkundige mich mal.«

»Okay«, sagte Serenity beklommen. Sie sah ihm nach, wie er zwischen den Reihen parkender Autos hindurchging und schließlich durch eine Drehtür in einem Gebäude mit einer rot verkleideten Front verschwand.

Die Fahrt hierher hatten sie überwiegend schweigend zugebracht. Guy war in Gedanken versunken gewesen, und Serenity war nicht nach Konversation zumute gewesen. Sie spähte hinaus, musterte den dunkler werdenden Himmel. Was Christopher jetzt wohl machte? Wie es ihm erging? War er schon in London gelandet? Sie hatte keine Ahnung, wie lange so ein Flug dauern mochte.

Guy tauchte wieder auf, kam an ihr Fenster. »Der Fährbetrieb läuft normal«, berichtete er. »Und es geht heute noch ein Schiff, um dreiundzwanzig Uhr.«

Serenity musste einen Moment überlegen, was das übersetzt in ihre geläufige Uhrzeiten hieß. Elf Uhr abends. Okay. »Und wann kommen wir da an?«

»Kurz vor sieben Uhr früh.« Guy deutete auf sein Jackett, das über dem Fahrersitz hing. »Gib mir mal mein Portemonnaie. Und deinen Pass, für den Fall, dass ich den brauche. Ich buch uns einen Platz.«

Serenity beugte sich hinüber, tat wie geheißen und wusste gar nicht mehr, ob das überhaupt sinnvoll war. Aber sie sagte nichts. Irgendetwas mussten sie ja schließlich tun.

Guy ging wieder. Serenity beobachtete eine Frau, die neben ihrem Auto stand, rauchte und dabei aufs Meer hinausblickte. Sie hatte hochtoupierte Haare, wie Serenity sie bislang nur auf Fotos aus den Sechzigern gesehen hatte.

Ein Hund lief schnüffelnd zwischen den Autos herum, wedelte aufgeregt mit dem Schwanz. Ein Lkw-Fahrer las hinter dem Steuer Zeitung und bohrte dabei hingebungsvoll in der Nase. Ein Mann ging am Kai auf und ab und telefonierte.

Dann kam Guy wieder heraus, schwenkte schon von Weitem die Tickets. Er gab ihr den Pass zurück. »Hat niemand sehen wollen.«

Auch gut. Schließlich war er gefälscht. Serenity steckte ihn weg. »Und jetzt?«

»Warten wir, dass das Schiff kommt.«

Ach ja. Richtig. Der Kai, auf den alle Fahrspuren mündeten, war noch leer.

Guy stieg durch die Fahrertür ein, verstaute seine Brieftasche wieder und zwängte sich gleich nach hinten, um den Computer hervorzuholen. »Wollen wir doch mal sehen, ob wir das nicht auch hinkriegen«, meinte er.

Dann sagte er eine Weile lang nichts mehr. Man hörte die Tasten klappern und ab und zu, wie er unwillig knurrte oder etwas wie »Was soll *das* jetzt?« murmelte.

Serenity blieb sitzen, wo sie war. Sie überlegte, das Radio einzuschalten, ließ es aber.

»Serenity?«

Sie wandte den Kopf. »Ja?«

»Ich hab ihn.«

Wie er das sagte! Unheilvoll, geradezu. Serenity quetschte sich hastig nach hinten, neben ihn auf die Sitzbank. »Zeig.«

Guy fuhrwerkte mit der Maus herum. »Die Kamera, auf der Christopher seine Mutter entdeckt hat, war noch in der Liste.« Er klickte auf ein Rechteck, das sich daraufhin vergrößerte.

Sie sahen das nächtliche *Emergent Building,* hell erleuchtet. Ein Auto kam eine ansonsten einsame Straße entlanggefahren, hielt vor dem Zugang zum Gebäude. Jemand öffnete die hintere Tür, dann stieg ein Mann aus, gefolgt von Christopher und einem zweiten Mann.

Guy klickte auf eine Schaltfläche, und das Bild stoppte. »Schau dir das mal in Vergrößerung an«, meinte er. Er zoomte heran. »Siehst du das an seinen Gelenken? Das sind Handschellen, oder?«

Serenity nickte beklommen. »Ja. Er hält die Arme auch ganz komisch.«

»Und die beiden Gorillas haben ihn am Oberarm gepackt.«

Serenity schluckte. Verrückt, aber sie war erleichtert. Also hatte sie Christopher doch nicht einfach im Stich gelassen! »Von wann sind diese Aufnahmen?«

»Von vor einer Viertelstunde etwa«, sagte Guy. »In London ist es schon fast dunkel.«

Gespenstisch, es beinahe live von hier aus mitzuerleben. »Wer ist das?«, fragte sie. »Was sind das für Leute?«

Guy seufzte. »Wie es aussieht, waren die Gerüchte über den Tod der Kohärenz stark übertrieben.«

»Meinst du, es sind nicht alle Upgrader erstarrt?«

»Sieht so aus, oder?«

Serenity starrte auf den Schirm, auf Christopher, wie er dastand und an dem hell erleuchteten Gebäude emporschaute. Ja, anders war es nicht zu erklären. Die Kohärenz war immer noch aktiv.

»Und was machen wir jetzt?«

In diesem Moment bewegte sich der Lastwagen, neben dem sie parkten. Sie spähten zur Frontscheibe hinaus. Tatsächlich, da legte ein riesiges Fährschiff an. Und ein Mann in Uniform winkte die vorderen Lkws in Verladeposition.

»Gehen wir erst mal an Bord«, meinte Guy und klappte den Computer zu. »Dann sehen wir weiter.«

Zuerst kamen die Lastwagen dran. Doch nachdem ein knappes Dutzend im Bauch der Fähre verschwunden war, stoppte der Uniformierte die Reihe und winkte den Wohnmobilen und Campern, von denen es insgesamt drei gab. Guy ließ sein Gefährt anrollen, folgte den anderen über eine breite, klappernde Metallrampe an Bord. Dort warteten schon Anweiser auf sie, die sie zu einem ganz bestimmten Platz dirigierten und dann die Tickets scannten.

Anschließend kamen die Pkws. Serenity fiel auf, dass die meisten Autofahrer, kaum dass sie ihren Wagen abgestellt hatten, eine Tasche herausnahmen und damit durch eine blaue Schiebetür verschwanden. »Wo gehen die hin?«, fragte sie.

»In die Kabinen, die sie gebucht haben«, sagte Guy.

Serenity nickte. »Das brauchen wir ja nicht.«

»Eben.«

Zum Schluss kamen die restlichen Lastwagen. Vermutlich sorgte man so für eine gleichmäßige Belastung des Schiffs, überlegte Serenity.

Guy kletterte wieder nach hinten, schnappte seinen Computer und meinte: »Komm, wir trinken noch etwas im Bordcafé, bevor wir uns aufs Ohr hauen.«

Sie stiegen aus, schlossen ab und gingen ebenfalls durch die blauen Schiebetüren. Das Schiff war riesig. Den Hinweisschildern zufolge gab es ein Restaurant, ein Café und eine Bar, außerdem ein Kinderspielzimmer, eine Videospiele-Zone, ein Kino, diverse Läden, einen Schönheitssalon… Irreal, fand Serenity. Man konnte beinahe vergessen, sich an Bord eines Schiffes zu befinden.

Sie folgte Guy zu einem Informationsschalter, wo er bei einer jungen Frau eine Karte kaufte. Er zahlte bar und flirtete natürlich wieder heftig.

»Sie wollte meinen Ausweis sehen«, erklärte er, als sie Richtung Café marschierten. Er zeigte Serenity die Karte, ein blaurotes Stück Karton, auf dem ein langer Code aufgedruckt war.

»Für den Wi-Fi-Zugang. Da muss man sich eigentlich identifizieren, aber ich konnte sie überzeugen, dass man das nicht so genau zu nehmen braucht.«

Serenity hob die Brauen. »Ich will gar nicht wissen, was du der erzählt hast.«

»Sag ich dir auch nicht.« Guy grinste zufrieden. »Auf jeden Fall: Per Wi-Fi von einem Schiff aus – das dürfte mein bisher originellster Zugang für einen Hack sein.«

Das Café war schlecht besucht. Es habe die ganze Nacht geöffnet, erklärte der Mann hinter der Theke missgelaunt auf Guys entsprechende Frage. Serenity bestellte eine heiße Schokolade, Guy einen doppelten Espresso.

Sonderlich unterhaltsam war es nicht, Guy zuzusehen. Erst tippte er fünf Minuten wie wild auf der Tastatur herum, dann kamen die Getränke. Während Serenity ihre Schokolade in sparsamen Schlucken trank, saß Guy da, starrte eine Reihe von Zahlen und Buchstaben in einem Bildschirmfenster, massierte sich die Schläfen und sagte kein Wort.

»Und?«, fragte sie schließlich. Das Schiff schaukelte jetzt doch spürbar. Sie merkte, dass sie allmählich müde wurde.

»Knifflig«, erwiderte Guy, ohne den Blick vom Schirm zu wenden.

»Was meinst du, wie lange du noch brauchst?«

»Kann man nie wissen. Das macht dieses Spiel ja so spannend.«

»Ist es okay, wenn ich schon mal schlafen gehe?«

»Klar.« Er schob ihr den Wagenschlüssel hin. »Kannst abschließen, ich hab noch ein zweites Paar Schlüssel.«

Also trank Serenity vollends aus, überließ Guy das mit dem Bezahlen und suchte den Weg zurück zum Auto. Zähneputzen und Katzenwäsche brauchten keine drei Minuten, dann schlüpfte sie schon in den Schlafanzug und ins Bett.

Doch als sie dalag und auf den Schlaf wartete, kamen stattdessen Erinnerungen – mit einer Wucht, die sie nicht erwartet hatte. Christopher in Handschellen, bewacht von bulligen Männern, allein auf dem menschenleeren Platz: Dieses kleine, grün-weiße Bild auf dem Monitor verfolgte sie, brannte regelrecht in ihr.

Sie hatte ihn verloren. War nicht alles, was sie jetzt noch unternahm, letztlich nur der Versuch, das nicht wahrhaben zu müssen? Sie wünschte sich, weinen zu können, doch während sie auf die Tränen wartete, wiegte sie das sanfte Schaukeln und Rollen des Schiffes in den Schlaf.

Mitten in der Nacht rüttelte sie jemand an der Schulter. »Was denn?«, murmelte Serenity schlaftrunken.

»Ich hab's geschafft«, flüsterte Guy aufgeregt. Seine Augen waren rot gerändert. »Ich hab mich ins Sicherheitssystem des *Emergent Building* gehackt. Ich weiß, wo sie Christopher festhalten. Und ich weiß, wie wir reinkommen!«

85 | Christopher schlug die Augen auf. Irgendwas war mit seinem Kopf, irgendwas war anders als sonst. Und er fühlte sich so schwer, so unglaublich schwer...

Er wäre beinahe wieder weggedämmert, als ihm plötzlich klar wurde, was anders geworden war: Er spürte das Feld nicht mehr!

Ruckartig fuhr er hoch. Wo war er? Was war passiert? Er betastete sein Gesicht. In einem Nasenloch steckte ein dicker

Wattepfropfen. Er zog ihn heraus, sah, dass er vollgesogen war mit Blut. Er berührte die Nase. Sie fühlte sich wund an, aber Blut kam keins mehr.

Richtig. Die Operation. Was hatten sie mit ihm gemacht? Sie hatten ihm doch einen neuen Chip einpflanzen wollen, wieso spürte er den nicht?

Er sah sich um. Er befand sich nicht mehr in dem gläsernen Kubus, sondern in einem großen, kahlen, fensterlosen Raum mit dunkelgrauen Wänden. Das Bett, in dem er lag, und ein Nachttisch waren die einzigen Möbelstücke darin. Auf dem Nachttisch stand ein Tablett mit Frühstück, alles abgedeckt und geruchlos. Durch eine Schiebetür aus Mattglas erahnte er eine Nasszelle. Die Stahltür an der gegenüberliegenden Wand war vermutlich so verschlossen, wie sie aussah.

Ach ja: Und unter der Decke hing eine Kamera, die ihn beobachtete.

Er blickte an sich herab. Er trug immer noch seine ollen Klamotten. Nicht sehr hygienisch, oder? Wenigstens seine Schuhe hatten sie ihm ausgezogen. Und das Bett war mit einem störrischen weißen Zeug bezogen, das sich anfühlte wie Verpackungsmaterial.

Christopher setzte sich vollends auf. Er wartete, bis das Schwindelgefühl nachließ, und ging dann ins Bad, um zu pinkeln, sich das Gesicht zu waschen und ein paar Handvoll Wasser zu trinken.

Als er zurückkam, stand seine Mutter mitten im Raum. Er hatte nicht mitbekommen, wie sie hereingekommen war.

»Hallo, Christopher«, sagte sie. »Wie geht es dir?«

Er zuckte mit den Schultern. »Ein bisschen seltsam. Nicht so, wie ich es erwartet hatte.«

Sie nickte ernst. Es sah so... nach *ihr* aus, dass Christopher sich einen Moment lang fragte, ob das mit der Kohärenz vielleicht nur ein schrecklicher Traum gewesen war. »Ich musste erst die beiden Chips entfernen, die du getragen hast«, sagte seine Mutter dann und schüttelte dabei tadelnd den Kopf. »*Zwei* Chips! Das hätte unangenehme Folgen für dich haben können.«

»Hatte es«, erwiderte Christopher knapp. Er hatte keine andere Wahl gehabt, aber er hatte keine Lust, das jetzt zu diskutieren. Er war die Dinger endlich los! Das wollte er auskosten. Lange würde der Zustand nicht dauern.

»Wir gehen kein Risiko ein«, sagte seine Mutter, nein, sagte die Kohärenz. »Wir warten, bis die Wunde verheilt ist. Ich habe sie mit bioaktivem Material abgedeckt, das beschleunigt die Wundheilung. Morgen im Lauf des Tages werde ich dich dann aufnehmen.«

Christopher sagte nichts. Er schlappte einfach zum Bett zurück und setzte sich wieder. Was hätte er sagen sollen? Er konnte nur versuchen, sich damit abzufinden.

»Ach ja«, fuhr die Kohärenz fort. »Eine Frage. Gibt es eine Person, die versucht, dir zu folgen?«

Christopher sah verdutzt auf. »Was?«

»Ob dir jemand folgt, will ich wissen.«

Guy und Serenity? War das möglich? »Keine Ahnung. Wieso?«

»Weil vor ein paar Stunden ein Unbekannter versucht hat, sich in mein Sicherheitssystem zu hacken.«

Guy also. Ganz klar. Bloß: Was mochte er sich davon versprechen?

»Jemand hat es *versucht*. Das heißt, er hat es nicht geschafft«, hakte Christopher nach.

»Nein, aber vermutlich *denkt* derjenige, dass er es geschafft hat. Ich habe den Angriff auf eine Kopie des Sicherheitssystems umgeleitet, die irreführende Daten enthält«, erklärte die Kohärenz mit der Stimme seiner Mutter, die nun überhaupt nicht mehr mütterlich klang. »Sollte er versuchen, aufgrund dieser Daten hier einzudringen, zum Beispiel, um dich zu befreien, läuft er in eine Falle.«

Sie sah ihn forschend an. Christopher hielt dem Blick stand, so gut er konnte, und erwiderte ungerührt: »Wie gesagt: Ich habe keine Ahnung, wer das sein könnte.«

Der Blick wurde bohrend. »Ich frage mich, ob es nicht besser wäre, das Risiko einzugehen und dir den Chip gleich einzusetzen.«

Bloß das nicht. Nicht, wenn womöglich doch noch Rettung naht.

Er schob diese Gedanken beiseite, gestattete sich kein Gefühl der Hoffnung. Stattdessen seufzte er und sagte: »Das musst du wissen.«

Seine Mutter schwieg, sah ihn nur an. Sie stand so lange regungslos da, dass Christopher sich zu fragen begann, ob die Kohärenz nun doch noch der allgemeinen Lähmung anheimgefallen war. Das wäre der Treppenwitz schlechthin gewesen.

Aber gerade, als er nachhaken wollte, ging ein Ruck durch den Körper seiner Mutter. »Nein«, erklärte sie. »Es bleibt bei dem medizinisch optimalen Vorgehen. Du bekommst den Chip morgen früh. Der heutige Tag dient noch der Regeneration.«

86 | Ein Wecker klingelte, irgendwo, aus einem nicht nachvollziehbaren Grund. Serenity stemmte die Augenlider auf. Alles schwankte. Und es schien schrecklich früh zu sein.

Dann fiel ihr ein, wo sie waren und wieso alles schwankte: Plymouth nahte.

Sie öffnete den Vorhang vor ihrem Hochbett ein Stück. Im hinteren Teil des Wagens hörte sie Guy grummeln und herumtappen. Die Klospülung lief.

Draußen dröhnte ein Alarmton, lang und anhaltend.

»Du kannst liegen bleiben«, sagte Guy, als er sie bemerkte. »Ich fahr uns von Bord, halt irgendwo und hau mich noch ein, zwei Stunden aufs Ohr. Mehr bring ich gerade beim besten Willen nicht.«

»Gute Idee«, erwiderte Serenity, ließ sich zurücksinken und schlief wieder ein. Sie bekam nicht einmal mit, wie sie das Schiff verließen, und erst später sollte ihr einfallen, dass sie unterwegs keinen einzigen Blick auf das Meer geworfen hatte.

Drei Stunden und ein hastiges Frühstück später waren sie unterwegs nach London. Guy hatte Serenity den Laptop mit der von Google Maps errechneten Route auf den Schoß gelegt mit den Worten »Du musst uns dirigieren. Ich hab genug damit zu tun, mich auf das verdammte Linksfahren zu konzentrieren!«

Serenity studierte die Strecke. So schwer würde das nicht werden. Im Wesentlichen brauchten sie nur auf der A303 zu bleiben.

Bei Stoke-sub-Hamdon machten sie zum ersten Mal Rast. »Okay, jetzt müssen wir mal Klartext reden«, sagte Guy ernst, während er ihr Kaffee einschenkte. »Sollen wir versuchen, Christopher da rauszuholen?«

Serenity hob die Brauen. »Wozu sind wir sonst hier?«

»Wir könnten die Polizei informieren. Ungern, aber in dem Fall...«

»Und was würde die tun?«

Guy hob die Schultern. »Tja.«

Serenity sah in ihre Tasse. »Ich weiß nicht, wie man das macht. Jemanden befreien und so.«

»Man geht rein, ohne dass es jemand bemerkt, schnappt sich denjenigen und geht mit ihm wieder raus, ohne dass es jemand bemerkt.« Guy nahm einen tiefen Schluck. »Oft hab ich das auch noch nicht gemacht. Aber eine gewisse Erfahrung auf dem Gebiet... ließ sich nicht vermeiden.«

So war das also. Und zweifellos hatte er das ebenfalls auf Video.

»Dann bin ich dafür, dass wir es tun«, erklärte Serenity.

»Okay.« Guy stellte die Tasse beiseite, holte seinen Computer hervor und schaltete ihn ein. »Wir müssen davon ausgehen, dass sie ihm den Chip schon verpasst haben. Wir werden also das Kupfernetz mitnehmen und ihn einwickeln, ehe wir ihn rausschaffen.«

»Das heißt, wir müssen ihn tragen?«

»Klar. Soweit ich das verstanden habe, sind Leute, denen man den richtigen Chip frisch eingepflanzt hat, zu nichts zu gebrauchen.«

Serenity nickte. Sie erinnerte sich mit Schaudern an Christophers Erzählung, wie ihn die Kohärenz das erste Mal übernommen hatte. Das war nicht so sanft und angenehm gegangen, wie es offenbar bei den *Lifehooks* der Fall war. Vielmehr überwältigte die Kohärenz einen, zwang einem ihren Takt des Denkens, ihren Pulsschlag der Wahrnehmung auf, bis man sich unter der Wucht auflöste.

Sie mussten sich beeilen.

»Okay«, sagte sie. »Wie ist dein Plan?«

Guy fuhrwerkte durch seine Dateien und rief etwas auf, eine Zeichnung in riesigem Maßstab. Die Zeichnung eines kreisförmigen Gebäudes. »Das *Emergent Building*«, erklärte er. »Das ist deren eigener Bauplan, aktuellster Stand. Siehst du, hier? Das Datum der letzten Überarbeitung. Keine zwei Monate her.« Ehe Serenity erkannte, was er meinte, sauste er schon zu einem anderen Abschnitt, deutete auf Striche und Schraffuren. »Wenn man sich die Genehmigungsanträge anschaut, sieht man, dass diese fünf Räume im Untergeschoss nachträglich umgebaut worden sind – dickere Wände, abschließbare Stahltüren mit Schleusensystem, Sperrgitter in der Luftzufuhr, Überwachungskameras, eigene Nasszelle. Ein Zellentrakt, wenn du mich fragst. Hier werden sie Christopher während der Anpassung eingesperrt haben.«

»Aber genau weißt du es nicht?«

»Nein. Die Kohärenz führt keine Datenbank ihrer Gefangenen.«

Egal. Es war nur zu wahrscheinlich, dass Guy mit seiner Vermutung richtig lag. »Wie kommen wir dorthin?«

»Gute Frage«, sagte Guy. »Ich hab ewig rumgesucht und schließlich diesen Zugang an der Seite gefunden.« Er deutete auf eine Stelle abseits der Hauptzugänge. Eine schmale Zufahrt führte dorthin, eine kurze Treppe ging hinab zu einer Tür, hinter der nur ein kleiner Raum lag. »Hier drinnen befinden sich die Füllstutzen der Heizöltanks. Das sind diese

Kringel da. Nicht groß, weil ja nur an wirklich kalten Tagen überhaupt geheizt wird. Die Innenwände sind sehr dünn, keinen Zentimeter breit. Sie dienen nur dazu, Öldämpfe nicht ins Gebäude dringen zu lassen. Ein kräftiger Schlag und wir sind durch. Und in dem ganzen Bereich dahinter gibt es keine Alarmanlage.«

»Klingt gut.« Serenity betrachtete den Plan. Von dort aus war es nicht weit bis zum Zellentrakt. »Dann lass uns das so machen.«

»Okay.« Guy klappte den Computer wieder zu. »Auf nach London.«

Sie erreichten London kurz vor drei Uhr nachmittags. Guy parkte in der Nähe einer U-Bahn-Station und sagte: »Ehrlich gesagt ist mir nicht wohl bei unserem Plan.«

Serenity blickte ihn verwundert an. »Denkst du, mir?«

»Nein, ich meine etwas anderes. Ich hab unterwegs noch mal nachgedacht. Das mit diesem Zugang über den Tankraum – irgendwie sieht das *zu* gut aus. *Wieso* sind dort keine Alarmanlagen installiert? Das ist seltsam, wenn man sich anschaut, was für Absicherungen die sonst überall haben.« Er zog die Nase hoch. »Man könnte fast meinen, es sei eine Falle.«

Serenity starrte geradeaus, auf den fließenden Verkehr. Es sah alles ganz normal aus. Bis auf dieses irritierende Linksfahren. »Und was schlägst du vor?«

»Ich hatte erst einen anderen Plan«, gestand Guy. »Bloß muss man bei dem klettern, und das ist etwas, was ich gern vermeide, wenn es geht. Eine Prothese verträgt nicht jede Belastung.« Er schob sich nach hinten durch. »Komm, ich zeig's dir.«

Er öffnete seinen Computer wieder, rief einen anderen Plan auf. »Das hier hab ich bei der Stadt gefunden. Umweltbehörde. Das Gelände, auf dem das *Emergent Building* steht, ist sumpfig. Damit der Bau nicht absackt, muss ständig Wasser daraus abgesaugt werden. Deshalb hat man auf dem gesamten Grundstück ein Netz von Entwässerungsröhren verlegt. Tag und Nacht arbeiten dort Pumpen.« Er deutete auf ein Paar gestrichelter Linien. »Das Wasser leiten sie durch diesen Kanal in die Themse.«

Serenity begriff. »Und in den müssten wir hineinklettern.«

»Richtig. Der Pumpenraum liegt günstig. Wir würden uns über die Flusspromenade nähern, was den Vorteil hätte, dass man uns vom Gebäude aus nicht sehen könnte. Nachts wird da auch nicht so viel los sein, höchstens, dass wir einem Penner begegnen. Aber dann müssen wir eben da runtersteigen.«

»Und das ist ein Problem?«

»Ich hätte mich lieber darum gedrückt. Bloß habe ich einfach kein gutes Gefühl mehr bei dem anderen Plan.«

Serenity rieb sich den Oberarm. Was sollte sie dazu sagen? Erwartete er von ihr, dass sie die Sache jetzt mit weiblicher Intuition entschied? »Wie groß ist denn dieser Entwässerungskanal?«

»Zwei Meter hoch. Ein Spaziergang, wenn man mal drinnen ist.«

»Und er nicht voller Wasser ist.«

»Was jetzt im Sommer wenig wahrscheinlich ist. Gummistiefel werden wir natürlich brauchen.«

Serenity betrachtete den Plan. »Wir werden eine ganze Menge Sachen brauchen, oder? Wo kriegen wir die her?«

»Die besorge ich uns. Das ist das geringste Problem.«

Sie sah ihn an. »Was denkst du? Welche Route sollen wir nehmen?«

»Die durch den Kanal.« Guy grinste schief. »Ich hatte gehofft, du erhebst Einspruch. Zum Beispiel, weil du Platzangst hast und unter der Erde panisch reagierst oder so was.«

Serenity schüttelte den Kopf. »Ich hab wochenlang in einem Bergwerk gewohnt, ehe wir nach Frankreich aufgebrochen sind.«

»Also, dann soll es so sein.« Guy klappte den Laptop zu, hielt inne und sah sie prüfend an. »Ich werde ein paar Orte aufsuchen müssen, die nichts für junge Damen sind. Es wäre besser, du bleibst hier und hältst die Stellung.«

»Irgendwie hab ich mir gedacht, dass du das sagen würdest.«

»Gut.« Er lächelte. »Gut, wenn wir uns auch ohne Worte verstehen. Das kann heute Nacht wichtig werden.«

Er stand auf und begann, sich umzuziehen. Serenity verfolgte fasziniert, wie er sich vor ihren Augen mit Schminke, Haarfärbemittel und Plastikteilen, die er sich zwischen Wangen und Zähne schob, in einen komplett anderen Menschen verwandelte. Der größte Teil seiner wallenden Mähne verschwand unter einem Hut. Am Schluss hätte ihn seine eigene Mutter nicht mehr erkannt. So also hatte er es geschafft, in Rennes unbemerkt zu bleiben!

»Sicher ist sicher«, meinte er. »Bei all den Videokameras an jeder Straßenecke. Denn«, fügte er mit halb verschämtem, halb stolzem Grinsen hinzu, »es ist leider so, dass die Polizei Ihrer Majestät mir nur zu gerne ein paar peinliche Fragen stellen würde. Und zwar nicht per Mail, sondern in ihren eigenen Kellerräumen. Die ich mir eher unangenehm vorstelle als Aufenthaltsort.«

Damit ging er. Sie sah ihm nach, bis er in der Subway verschwunden war, dann legte sie sich wieder hin. Die Nacht würde lang werden, es konnte nicht schaden, ein wenig vorzuschlafen. Aber sie fand keinen Schlaf: Ihre Gedanken kreisten unablässig um Christopher und wie es ihm gehen mochte. Ob er überhaupt noch er selbst war.

Als sie es endlich aufgab, dämmerte es schon. Und Guy war immer noch nicht zurück. Kurz entschlossen schrieb sie ihm einen Zettel und verließ den Wohnwagen, um irgendwo ein paar Sandwiches zu besorgen.

Als sie zurückkam, war Guy wieder da. Und nicht nur das, er war schon dabei, ihre nächtliche Aktion vorzubereiten. Tisch und Sitzbänke lagen voller Dinge: Gummistiefel, schwarze Kleidung, Rucksäcke, Brechstangen, Seile, Haken, Werkzeug aller Art.

»Um Himmels willen«, meinte Serenity. »Wo hast du das ganze Zeug her?«

»Da gibt's Läden, die haben so viel davon, dass sie's verkaufen.«

Serenity trat an den Tisch. Neben dem Computer lagen zwei Pistolen, eine große und eine kleine. »Mir hat man immer erzählt, in Europa könne man Waffen nicht einfach so im Laden kaufen.«

»Kann man auch nicht«, sagte Guy amüsiert. »Aber einer der Vorteile meines Berufs ist, dass ich überall böse Buben kenne. Ein paar von denen haben mir geholfen.« Er nahm eine der Pistolen zur Hand, zog ihren Verschluss zurück und ließ ihn mit einem gefährlich klingenden, metallischen Geräusch wieder nach vorn schnappen.

Serenity beobachtete ihn unbehaglich. »Kannst du mit so einem Ding denn umgehen?«

»Ich bin Schweizer, meine Liebe. In der Schweiz ist jeder Mann gesetzlich verpflichtet, mit so einem Ding umgehen zu können.« Er steckte die Waffe hinter seinen Gürtel, reichte ihr einen schwarzen Kapuzenpulli. »Probier mal. Ich hoffe, der passt dir.«

Er passte wie angegossen. »Wie hast du das hingekriegt?«

»Da war eine Verkäuferin, die ungefähr deine Figur hatte. Die hab ich nach ihrer Größe gefragt.«

Als alles in den Rucksäcken verstaut war, auch das Kupfernetz, aßen sie ihre Sandwiches und besprachen noch einmal genau, wie sie vorgehen würden. Dann stellten sie den Wecker auf zwei Uhr und legten sich hin.

Er klingelte Serenity tatsächlich aus tiefem Schlaf. Doch alle Müdigkeit verflog, während sie durch die nächtliche Stadt fuhren. Sie parkten so nahe wie möglich am *Emergent Building,* zogen die Vorhänge zu, überprüften ein letztes Mal die Überwachungsvideos der Umgebung. Alles wirkte ruhig, fast verlassen.

Ehe sie ausstiegen, ging Guy noch einmal auf die Toilette. Als er wieder zum Vorschein kam, hatte er ein flaches schwarzes Kästchen in der Hand.

»Ich werde das bis ans Ende meiner Tage bedauern«, erklärte er und deponierte es in einer Schublade. »Aber eine High-Speed-Datenübertragung per Funk wäre bei dem, was wir vorhaben, einfach zu verräterisch.«

Dann nahm er seine Brille ab und legte sie dazu.

87 | Ein durchdringender Summton ließ Christopher hochfahren. Einen Moment lang wusste er nicht, wo er war, dann fiel es ihm wieder ein. Der kahle Raum. Seine Zelle. Jemand hatte das Licht eingeschaltet. Das konnte man von außen tun, wie er mitgekriegt hatte.

Die Stahltür ging auf. Zwei Männer kamen herein, einander so ähnlich wie Zwillinge, und seine Mutter.

»Komm«, sagte sie. »Es ist so weit.«

Christopher blinzelte. Er hatte das Gefühl, als es sei noch schrecklich früh am Morgen. »Wie spät ist es?«

»Ich will nicht länger warten«, erwiderte sie. Damit drehte sie sich um und ging hinaus.

Okay. War es eben so weit. Beobachtet von den beiden Männern schlüpfte Christopher in Hose, T-Shirt und Schuhe. Er hatte in seiner Unterwäsche geschlafen; die Kohärenz hatte es bisher nicht für nötig befunden, ihn mit Ersatzwäsche und einem Schlafanzug auszustatten. Dann ließ er sich von den Männern hinaus auf den Gang eskortieren.

Dort standen, bewacht von vier weiteren Männern, Serenity und Guy. Ganz in Schwarz gekleidet und mit bedrückten Mienen.

»Ihr?«, entfuhr es Christopher. »Was macht ihr denn –«

»*Keine Unterhaltungen!*«, befahlen die vier Männer im Chor. »*Da ihr so unzertrennlich seid, sollt ihr den Chip zur gleichen Zeit bekommen.*«

Jetzt erst bemerkte er, dass man ihnen Handschellen angelegt hatte. Christopher begriff. Sie waren ihm gefolgt, hatten mitbekommen, was passiert war, und versucht, ihn zu befreien!

Mist. Ganz großer Mist.

»*Vorwärts*«, sagten alle sechs Männer.

Sie setzten sich in Bewegung. Was blieb ihnen schon übrig? Christopher wechselte einen Blick mit Serenity, fing einen von Guy auf. Mit dem war irgendwas seltsam, er hob die Brauen, rollte mit den Augen…

Oh. Richtig. Er trug seine Brille nicht!

Was hatte das zu bedeuten? Jetzt grinste er. Ganz flüchtig. Nur der Schatten eines Lächelns.

Also nahm er das hier nicht auf. Also trug er womöglich auch in seinem falschen Unterschenkel etwas anderes als den üblichen Rekorder.

Und die Upgrader hatten seine Prothese nicht bemerkt.

Es ging eine Treppe hinauf und durch eine Tür in den Innenhof. Es war tatsächlich noch früh am Morgen. Sechs Uhr, schätzte Christopher, oder nicht mal. Der Himmel über der Dachkuppel leuchtete rosafarben, wie angestrahlt von einem prächtigen Sonnenaufgang, den sie nicht sehen konnten.

Christophers Mutter erwartete sie im Inneren des Glaskubus. Sie stand vor den drei Liegen und trug einen weißen Kittel. Es war seltsam, sie so zu sehen. Sie hatte sich nie sonderlich für Medizin interessiert, hatte es meistens Dad überlassen, Christopher zum Arzt zu fahren, wenn es notwendig war. Und nun hatte die Kohärenz sie ausgesucht, um die Implantationen vorzunehmen.

Was natürlich psychologische Taktik war. Wobei Christopher nur raten konnte, was für Absichten die Kohärenz damit verfolgte. Wahrscheinlich immer noch einfach die, ihn gefügiger zu machen.

Zwei der Männer blieben zurück, die übrigen geleiteten sie in die Schleuse aus Panzerglas. Diesmal schaute Christopher genau hin. Die Scheiben waren wenigstens fünf Zentimeter dick, eher mehr. Man hätte vermutlich eine Panzerfaust gebraucht, um das Ding zu durchschlagen. Verrückt – ein durchsichtiges Gefängnis!

Die inneren Schiebetüren öffneten sich, die Männer führten sie hindurch und hinter ihnen schlossen sich die Türen wieder. So standen sie dann da, umgeben von Glas, dem Sinnbild der Zerbrechlichkeit – doch in Wahrheit eingesperrt ohne jede Chance auf Entkommen.

Christophers Mutter trat vor.

»Giuseppe Forti«, sagte sie kühl, »ich kenne Ihre Krankenakte. Sie tragen eine Unterschenkelprothese am linken Bein. Bitte nehmen Sie sie ab und lassen Sie sie mich überprüfen.«

Mist, dachte Christopher. Aber eigentlich überraschte es ihn nicht. Die Kohärenz war zu schlau, als dass man sie mit so einem Trick hätte hereinlegen können.

»Meine Krankenakte«, wiederholte Guy missmutig. »Sie wollen mir doch nicht weismachen, dass Sie die erst jetzt gerade gefunden haben?«

»In der Tat nicht. Ich habe mit dieser Konfrontation gewartet, um euch zu demonstrieren, dass eure Pläne nichtig sind und eure Chancen gleich null.« Sie deutete auf Guys Bein. »Wenn ich bitten dürfte.«

Zur Bekräftigung ihrer Worte richteten die vier Männer ihre Waffen auf Guy. Der seufzte ergeben, beugte sich hinab und begann, sein linkes Hosenbein hochzuschlagen.

»Moment«, sagte er und bohrte seine Daumen in den Spalt zwischen Bein und Prothese.

Er brauchte ungewöhnlich lange. Seine Handschellen behinderten ihn, wie es aussah.

»Könnten Sie sich bitte beeilen?«, fragte Christophers Mutter.

»Hab's schon«, rief Guy aus. Er zog noch einmal.

Die Prothese löste sich mit einem hörbaren Knacken, sprang ihm aus der Hand, kippte nach vorne.

Guy stieß etwas aus, das nur ein italienischer Fluch sein konnte.

Das Kunstglied fiel hin. Eine Pistole wurde herausgeschleudert, quer durch den Raum, direkt vor Christophers Füße.

Christopher bückte sich blitzschnell, schnappte sie, richtete sie auf die Gruppe der Upgrader. Sein Herz hämmerte auf einmal. Er hatte noch nie im Leben eine Pistole in der Hand gehabt, war ganz verdutzt, wie massiv sie sich anfühlte. Siedend heiß fiel ihm ein, dass Waffen gesichert waren; das sah man immer in Filmen. Ein Blick, um den Sicherungshebel zu erspähen, eine Bewegung des Daumens, um ihn umzulegen.

Alle standen reglos, bis auf Guy, der am Boden saß. Christopher hielt die Pistole in der Hand und niemand rührte sich.

Doch dann... begannen die Upgrader *zu lachen!* Ein hämisches, von Spott triefendes Lachen. Ein Lachen im Chor, wie es Christopher noch nie im Leben gehört hatte.

»*Und jetzt?*«, fragten sie im Chor, fragte die Kohärenz. »*Was wirst du jetzt machen? Diese fünf Körper töten? Den deiner Mutter auch? Meinst du, damit kannst du mir drohen?*«

Christopher fühlte ein Zittern, das sich allmählich in seinen Arm schlich. Unglaublich schwer, so eine Pistole. Dachte man gar nicht, wenn man das in Filmen sah.

»Sag schon«, lachte der Chor der fünf Stimmen. *»Wen gedenkst du jetzt als Geisel zu nehmen? Deine Mutter vielleicht?«*

Christopher rang nach Luft. Seine Lunge ging wie ein Blasebalg. Er starrte seine Mutter an, sah in ihre Augen, hatte einen trockenen Mund, bebte am ganzen Leib.

Dann hob er die Pistole und setzte sie sich an die Schläfe.

»Mich selbst«, sagte er.

88 |

Serenity schrie auf. Sie wollte zu Christopher stürzen, aber Guy hielt sie mit hartem Griff am Bein fest. »Still!«, zischte er.

»Was soll der Unsinn?«, fragten die fünf Upgrader. Sie klangen verärgert. *»Leg die Pistole weg. Das ist kein Spielzeug. Du wirst noch jemanden verletzen.«*

Serenity sah Christopher mächtig schlucken, ehe er sprechen konnte. »Ich verlange«, sagte er heiser, »dass du die beiden freilässt. Lass sie gehen, dann lege ich die Pistole weg.«

»Sei nicht albern.«

»Das ist mein Ernst. Wenn du sie behältst, jage ich mir eine Kugel durch den Kopf. Du kriegst mich oder du kriegst sie. Uns alle drei kriegst du nicht.«

»Christopher...« Es klang wie der Tadel einer Mutter, die einen Streich ihres Kindes allmählich nicht mehr lustig fand.

»Probier nicht aus, wie ernst es mir damit ist!«, rief Christopher mit zitternder Stimme. »Ich liebe dieses Mädchen. Ich habe versprochen, sie vor dir zu beschützen. Und das werde ich tun. Wenn ich es auf andere Weise nicht geschafft habe, dann eben so.«

Serenity wurde zittrig in den Knien. Das war doch jetzt alles ein böser Traum, oder? Bitte, bitte. Das durfte einfach nicht wirklich passieren.

Die Augen der fünf Upgrader verengten sich, eine Bewegung, so synchron wie ihre Stimmen. »*Ich mache dir ein anderes Angebot*«, sagten sie. »*Ich gebe dir das Mädchen als unmittelbare geistige Nachbarin. Dann wird sie die Erste sein, mit der du verschmilzt.*«

Serenity verstand nicht, was das heißen sollte, sie sah nur, wie Christopher bei diesen Worten die Augen aufriss, als erlebe er den Schreck seines Lebens.

»Als Nachbarin!« Er schrie es. Wirkte dabei, als verliere er endgültig die Fassung.

»*Ja*«, sagten die fünf Münder.

Etwas wie ein Krampf schüttelte Christopher. Den Lauf der Waffe unverrückbar an der Schläfe schwankte er hin und her, schien dicht davor, in Tränen auszubrechen.

»Ach so. Na klar. Logisch«, glaubte Serenity, ihn flüstern zu hören. »Verdammt noch mal ...«

»*Denk daran, dass es sowieso unausweichlich ist*«, sagte die Kohärenz. »*Du kannst nicht verhindern, dass ich sie aufnehme, nur hinauszögern. Ihr oder ich, vor dieser Frage stehen wir. Und die Antwort wird am Ende lauten: ich.*«

Christopher hielt keuchend inne, blinzelte heftig.

»*Es wird besser sein als alles, was du dir vorstellen kannst*«, versprach der Chor voller Verheißung.

»Nein«, erwiderte Christopher brüsk. »Nein. Das will ich nicht. Ich will, dass sie gehen.«

Die fünf Stimmen lachten amüsiert. »*Tja, Christopher ... das Problem ist: Ich glaube dir einfach nicht, dass du deine Dro-*

hung wahr machen würdest. Du bringst es nicht fertig, dich selber zu töten. Ich kenne dich«, sagten sie. »*Ich bin deine Mutter.*«

Statt einer Antwort riss Christopher die Pistole herab und schoss sich in den linken Fuß.

Serenity schrie unwillkürlich auf. Blut spritzte, warf gruselige rote Spritzmuster auf den bis dahin klinisch weißen Boden. Christopher taumelte unter dem Schmerz, aber er fing sich, hatte die Waffe schon wieder am Kopf.

»Bitte!«, presste er hervor, mit zitternder Stimme. »Du hast doch gar kein Interesse an den beiden. Du willst mich. Nur mich.

»*Jetzt bist du verletzt*«, antwortete die Kohärenz. »*Das war dumm. Ich brauche nur zu warten, bis du die Besinnung verlierst.*«

So, wie er schwankte, konnte das nicht mehr lange dauern. »Mama!«, schrie Christopher auf. »Mama! Lass mich doch nicht sterben!«

Sah er wirklich noch seine Mutter in dem Wesen, das ihm gegenüberstand? Er starrte sie an, hatte keinen Blick für irgendjemand anderes.

»Bitte«, flüsterte er. Er zitterte am ganzen Leib. »Bitte. Lass sie gehen. Sie sind doch völlig unwichtig für dich. Wenn du mich willst, kannst du mich ja haben. Ich wehr mich auch nicht mehr. Aber lass die beiden gehen.«

Ein Moment des Schweigens, kurz wie ein Herzschlag und lang wie ein Erdzeitalter. Ein Moment, in dem alles stillstand, die Zeit, Serenitys Herz, die Welt.

Dann sagte die Kohärenz, diesmal nur noch mit der Stimme von Christophers Mutter: »Na gut. Wie du willst. Sie können gehen.«

Einer der Upgrader wandte sich Serenity zu, nahm ihr die Handschellen ab, legte sie achtlos auf ein weißes Tablett, das wohl für medizinische Instrumente gedacht war. Ein anderer tat bei Guy das Gleiche.

»Kommt«, sagte der Mann. »Ich geleite euch hinaus.«

Ihr Herz würde jeden Augenblick stehen bleiben, dessen war sich Serenity gewiss. Sobald sie sich wegdrehte und fortging, würde es aufhören zu schlagen und alles zu Ende sein. Sie konnte ihren Blick nicht von Christopher wenden, wollte nicht gehen, nicht ihn so zurücklassen: in Tränen, die jetzt über seine Wangen liefen, entsetzlich einsam, zitternd am ganzen Körper und in einer Lache seines eigenen Blutes stehend.

Aber Guy packte sie am Arm und zog sie mit sich, unerbittlich, unnachgiebig, und ihr Herz schlug doch weiter, verriet ihre Liebe zugunsten ihres Überlebens.

Der Innenhof. Ihre hallenden Schritte. Herabrieselndes Licht. Gläserne Türen, die vor ihnen auffuhren. Schließlich waren sie draußen, hinausgestoßen in die fröstelig kalte Luft eines frühen Morgens in London. Und es war vorbei. Alles.

»Komm.« Guy zerrte sie weiter. »Weg hier. Bevor sie es sich anders überlegen.«

Sie sagte nichts. Ging nur dumpf mit ihm mit. Tappte ihm hinterher, wie sie ihm die ganze Nacht hinterhergetappt war. Wie ein Film lief es wieder vor ihr ab, wie sie die Themse entlangmarschiert waren, um drei Uhr früh. Wie sie sich die Böschung hinabgelassen hatten. Wie Guy geflucht hatte über sein Bein. Wie sie der Abwasserröhre gefolgt waren, in der es gar nicht so schlimm gestunken hatte wie gedacht.

Und wie die Upgrader im Pumpenraum auf sie gewartet hatten.

Sie hatten keine Chance gehabt. Von Anfang an nicht.

»Hier«, sagte Guy und reichte ihr etwas. Erst, als sie erkannte, dass es ein Papiertaschentuch war, merkte sie, dass sie weinte, dass ihr die Tränen nur so über die Wangen strömten.

»Was machen wir denn jetzt?«, fragte Serenity und versuchte, nicht zu schluchzen.

»Gehen.«

»Und was wird aus Christopher?«

»Ein Upgrader.«

Serenity hob den Kopf, sah sich um. Sie waren nicht allein. Weiter vorne kam eine Gruppe von Menschen um die Ecke. Und aus der Straße daneben auch. Sie blieben stehen, schauten zum *Emergent Building* hinüber, als wüssten sie, was darin vor sich ging.

»Woher kommen all diese Leute?«, fragte sie verwundert.

Guy sah sich ebenfalls um. »Ach so, die«, sagte er. »Hmm. Womöglich hab ich die gerufen.«

»Gerufen? Wie denn?«

»Hab ich dir nicht erzählt.« Guy kratzte sich im Nacken. »Kleine Sicherheitsmaßnahme. Als ich in der Stadt war, bin ich noch schnell in ein Internet-Café, meine Mail-Maschine anwerfen. Hab sie so eingestellt, dass sie heute früh eine Mail an die ganze Welt schickt. Hab geschrieben, dass die Leute, die dafür verantwortlich sind, dass zwanzig Millionen Menschen erstarrt sind, hier sitzen, in diesem Gebäude. Und dass, wer's nachprüfen will, einfach nur zu kommen braucht.« Er nahm die Hand wieder runter. »Wie gesagt: Nur zur Sicherheit.«

89 | Er hatte versagt. Das würde man einmal über ihn sagen.

Wobei – nein. Das würde man nicht, weil am Schluss niemand mehr übrig sein würde, der etwas sagen konnte, nur noch die Kohärenz selbst. Niemand würde erzählen können, was wirklich passiert war. Nämlich das: Als es darauf angekommen war – als das Schicksal der Menschheit auf Messers Schneide gestanden hatte und sein eigenes dazu –, da hatte Christopher Kidd, *Computer*Kid,* der berühmte, legendäre, sagenumwobene König der Hacker, versagt. Da war ihm die entscheidende Idee zu spät gekommen. Da hatte er ein Stück Programm, das für die Funktionsweise der Kohärenz eine fundamentale Rolle spielte, zu spät verstanden.

Dabei war es so einfach. Es hatte so auf der Hand gelegen. Kein Wunder, dass die Kohärenz Himmel und Hölle in Bewegung gesetzt hatte auf den bloßen Verdacht hin, dass dieses Stück Sourcecode in falsche Hände geraten sein mochte. Kein Wunder, dass sie zu Bomben und Gewalt, überhaupt zu jedem Mittel gegriffen hatte, das ihr geeignet schien, diese Information wieder aus der Welt zu schaffen.

Dieses Stück Programm war eine Waffe gewesen. Doch er, Christopher, hatte nicht erkannt, wie man sie hätte einsetzen müssen.

Und jetzt, da er es kapiert hatte, war es zu spät.

Er sah blicklos zu, wie Serenity und Guy aus dem Glasbau geleitet wurden. Den kalten Stahl der Waffe immer noch an der Schläfe verfolgte er, wie man sie Richtung Ausgang führte.

Es hatte so auf der Hand gelegen. Er konnte nicht einmal sagen, dass er es nicht geahnt hätte. Denn er hatte es geahnt.

Schon lange. Seine Träume von den Gemälden seiner Großmutter, den Gitternetzen, auf deren Kreuzungspunkten Gehirne saßen – das war ein Bild dafür gewesen.

Er hatte es nur nicht verstanden. War mit anderem beschäftigt gewesen.

Die Kohärenz war ein Zusammenschluss zahlloser Gehirne. So weit klar. Aber wie funktioniert das im Einzelnen? Wie funktionierte das *genau?* Darüber hatte er sich wenig Gedanken gemacht – zu wenige. Die Gehirne waren eben miteinander verbunden. Punkt. Irgendwie. Nicht so wichtig, wie das im Einzelnen vor sich ging.

Aber es *war* wichtig. Es wäre die wichtigste Frage überhaupt gewesen.

Doch das hatte er erst in dem Moment verstanden, in dem die Kohärenz angeboten hatte, ihm Serenity zur Nachbarin zu geben.

Zur Nachbarin! Das hieß nichts anderes, als dass jedes Gehirn in ein Netzwerk eingegliedert wurde und dort einen ganz bestimmten Platz zugeteilt bekam. Natürlich nicht räumlich, das war unnötig. Es ging nur darum: Wenn ein Gedankenimpuls ein Gehirn über den Chip verließ – *wohin floss er dann?* Wenn sich eine Erregungsleitung über den Chip und das Mobilfunknetz in andere Gehirne fortpflanzte, um dort ebenfalls Neuronen anzuregen, musste klar geregelt sein, *in welchen* Gehirnen das stattfand!

Genau das war es, was diese CORE DISTRIBUTION LOOP regelte: Jedes Mal, wenn ein in digitale Impulse umgewandeltes Nervensignal im System der Kohärenz ankam, fragte sie eine Datenbank ab, um zu ermitteln, an welche anderen Gehirne das Signal weiterzuleiten war.

So einfach. So auf der Hand liegend. Und er hatte es nicht gesehen.

Diese Datenbank repräsentierte nichts weniger als die Struktur der Kohärenz selber. In ihren Datensätzen waren alle Verbindungen der Gehirne untereinander abgebildet.

Ohne diese Datenbank würde die Kohärenz aufhören zu existieren.

Und nun war es zu spät, noch etwas mit dieser Einsicht anzufangen.

Er sah, wie Serenity und Guy durch das Portal nach draußen geleitet wurden. Serenity wandte sich ein letztes Mal um, aber sie war zu weit entfernt, als dass er ihren Gesichtsausdruck hätte erkennen können. Er war froh darum. Und es tat ihm leid, weil er bald vergessen haben würde, was sie ihm bedeutet hatte.

Er wartete, bis sie draußen waren, endgültig draußen, dann fiel ihm die Hand mit der Waffe herunter, als wäre alle Kraft aus ihr gewichen. Einer der Upgrader trat zu ihm, nahm sie ihm weg, sicherte sie und steckte sie ein. Christopher sah gar nicht hin. Er schaute nur auf seinen Fuß hinab, der wie verrückt schmerzte. Beim Anblick der Blutlache wurde ihm schlecht.

»Komm, mein Sohn«, sagte die Kohärenz mit der Stimme, dem Mund, dem Körper seiner Mutter. »Verarzten wir dich erst einmal.«

Es klang so echt, so perfekt, aber Christopher wusste, dass seine Mutter, seine wirkliche Mutter, in diesem Moment nicht so ruhig geblieben wäre.

Er ließ sich von ihr zu einem der Tische führen, die, auf fest in den Boden gemauerten Stahlstützen ruhend, das Areal der drei Behandlungsliegen umschlossen. Gehorsam setzte er sich auf die freie Tischplatte, ließ sich den zerschossenen Schuh vom Fuß ziehen und stöhnte auf, weil es wehtat, verdammt weh.

Aber er war ja jetzt in den Händen der Kohärenz. Alles lief perfekt. Ohne ein Wort wechseln zu müssen, arbeiteten die Upgrader Hand in Hand. Einer reichte Verbandsmaterial an, ein anderer Sterilisationslösung. Jeder Griff saß, tat etwas Sinnvolles, zeugte von unermesslicher medizinischer Erfahrung.

Er schaute zur Seite. Da – das Tablett, auf dem die Handschellen lagen, die sie Serenity und Guy abgenommen hatten.

Wenigstens das hatte er noch erreicht. Wenn schon sonst nichts. Wenn er jetzt sogar froh sein musste, in den Händen der Kohärenz zu sein, die sich perfekt um ihn kümmern würde.

»Es wird eine Operation nötig sein«, erklärte seine Mutter, während sie die Wunde mit Sterilisationslösung abtupfte und betastete. »Da ist wenigstens ein Knochen frakturiert.«

Noch so ein Wort, das seine Mutter nie benutzt hätte. Das sie nicht mal *gekannt* hätte.

»Aber das hat Zeit«, fuhr sie fort und begann, einen provisorischen Verband anzulegen. »Erst werden wir –«

Sie hielt inne. Sie hielten alle fünf inne. Sahen hinauf zu der großen Glaskuppel, über der plötzlich ein Hubschrauber kreiste.

Von einer Sekunde auf die andere war zu spüren, dass die Kohärenz unruhig wurde.

Die vier Männer stellten hin, was sie an medizinischen Instrumenten in Händen hielten, zückten ihre Pistolen und verließen den Glasklotz. Oben auf den Galerien sah man Upgrader rennen. Manche von ihnen hielten Gewehre in Händen.

Christophers Mutter beeilte sich mit dem Verband, nahm weniger Rücksicht darauf, ob sie ihm wehtat oder nicht. »Das sind alberne Dinge, die sich da draußen abspielen. Wenn diese dummen Leute versuchen sollten, dieses Gebäude zu erstürmen, werden sie ihr blaues Wunder –«

»Mir wird schlecht«, sagte Christopher.

Seine Mutter blickte nicht hoch, klebte das letzte Stück des Verbandes fest. »Leg dich auf eine der Liegen.«

Christopher sank seitlich um, klappte regelrecht zusammen. Jetzt sah sie doch auf.

Dann war es nur noch eine schnelle Bewegung: Eine der Handschellen vom Tablett schnappen, sich nach vorn werfen und sie mit einem Ratsch um das Handgelenk seiner Mutter einrasten lassen. Und das andere Ende um eines der Tischbeine.

»Christopher?«, schrie sie auf. »Was soll das?«

Er antwortete nicht, sondern nahm sich das zweite Paar Handschellen, humpelte zur Schiebetür und legte sie so um deren Griffe, dass man sie nicht mehr öffnen konnte, nicht einen Spalt weit.

»Was soll das werden?«, zeterte seine Mutter, die nun überhaupt nicht mehr wie seine Mutter klang, sondern wie eine Furie. »Was glaubst du, was du damit erreichst?«

Von draußen kamen schon Upgrader angerannt, die meisten von ihnen mit Waffen in den Händen.

Christopher drehte sich weg, aber eine Spur zu schnell: Er kam mit seinem verletzten Fuß gegen ein Tischbein.

Schmerz durchfuhr ihn wie ein elektrischer Schlag. Jetzt

war ihm *wirklich* schlecht. Er musste sich auf einer der Liegen abstützen, warten, bis die Schatten um ihn herum verschwanden.

Die Upgrader hämmerten gegen die Tür. Sollten sie. Sollte das Panzerglas mal zeigen, was es wert war.

Ein ohrenbetäubender Knall. Sie schossen auf das Glas, aber die Kugeln blieben stecken, verfärbten das Glas nur milchigweiß. Keine Chance. Das sahen sie schnell ein und ließen weitere Versuche dieser Art.

»Du bist hier drinnen genauso eingesperrt, wie du es in der Zelle warst«, giftete die Kohärenz durch seine Mutter. »Das ist lächerlich, was du treibst.«

»Werden wir sehen«, stieß Christopher hervor und setzte sich in Bewegung. Sein Fuß blutete wieder. Er zog eine rot verschmierte Spur hinter sich her, als er zu einem der Computerterminals humpelte.

Er ließ sich auf den Stuhl davor fallen, drückte die Leertaste. Der Bildschirm wurde hell.

»Was soll das werden? Du glaubst doch nicht, dass du auf diese Weise irgendetwas erreichst?«

Doch, das glaube ich, dachte Christopher. Aber das behielt er für sich. Er fing an zu tippen.

»Ich sehe jeden Tastendruck, den du tust, Christopher«, sagte die Kohärenz durch seine Mutter. »Ich kann diesen Rechner jederzeit abschalten, weißt du?«

Eben nicht. Das hatte er gerade überprüft. Die Computer, die hier im Kubus liefen, dienten der Verschaltung aller Upgrader zumindest in diesem Gebäude. Die Kohärenz würde sich selber außer Gefecht setzen, wenn sie sie abschaltete.

Die Upgrader draußen hatten – wohl auf der Suche nach

Schwachstellen – den Glasklotz umrundet. Offenbar vergebens, denn jetzt zogen sie ab.

Weiter. Er rief sich den Code der *Core Distribution Loop* ins Gedächtnis und wie darin auf die Datenbank zugegriffen wurde. Er musste einen direkten Zugriff von der Shell auf die Datenbankebene finden.

»Was tust du da?«, fragte seine Mutter. Zum ersten Mal klang sie beunruhigt.

Er antwortete nicht. Er hatte genug damit zu tun, den irren Schmerz in seinem Fuß auszublenden. Es war vielleicht der wichtigste Hack seines Lebens, aber ganz bestimmt nicht der angenehmste.

»Was tust du da, Christopher?«

Unwillkürlich sah er auf. So eigenartig hatte die Kohärenz noch nie geklungen. Als er zu den Galerien rings um den Innenhof aufsah, begriff er, wieso: weil sie noch nie zuvor aus so vielen Kehlen zu ihm gesprochen hatte. Überall entlang der Brüstungen drängten sich die Upgrader, starrten auf ihn herab, geschockt, gelähmt vor Entsetzen.

»Was denkst du denn, was ich tue?«, murmelte er und tippte weiter. Das sah jetzt gut aus. Die Schleife war zeitkritisch, da war nicht viel mit Verschlüsselung.

Der Chor der tausend Stimmen schwoll an. *»Nein! Das darfst du nicht tun, Christopher! Du verstehst nicht, worum es geht. Ich bin die nächste Stufe der menschlichen Evolution. Ich bin die Zukunft!«*

»Nicht, wenn ich das hier zu Ende kriege«, sagte Christopher und durchbrach die letzte Absicherungsstufe.

Damit stand der Zugang offen. Er tippte die entscheidende Befehlszeile ein:

purge all records in all databases

Über der Eingabetaste verharrte sein Zeigefinger.

Wieder so ein Moment, in dem ein Druck auf eine Taste sein Leben verändern würde.

»*Was du vorhast, Christopher, ist Mord*«, schrien die Upgrader auf den Galerien. »*Ich bin ein lebendiges Wesen. Ich habe ein Recht zu leben. Ich habe dasselbe Recht zu leben wie du.*«

Für einen Sekundenbruchteil war er wieder dreizehn Jahre alt. Saß wieder in jenem Bankhochhaus in Frankfurt, in dem seine Mutter ihr Büro gehabt hatte. Sah wieder über die Skyline der deutschen Bankenstadt.

Wieder war es seine Entscheidung. Und wieder würde es keine zweite Chance geben. Wieder musste er es jetzt tun – oder er würde es nie tun können.

»*Tu es nicht!*«, schrien die tausend Stimmen draußen, schrie die Stimme seiner Mutter. »*Du darfst das nicht tun!*«

Christopher blickte seine Mutter an, die panisch an den Handschellen zog. »Vor welcher Frage stehen wir, hast du gesagt? Du oder wir?« Er hätte gern verächtlich gegrinst, aber er war zu erschöpft dazu. »Heute jedenfalls lautet die Antwort noch einmal: wir.«

Damit drückte er die Eingabetaste.

Seine Mutter schrie. Die Upgrader schrien, alle, wie ein einziger Schrei dröhnte es auf ihn herab, ein Schrei, der klang, als müsse er auf dem ganzen Planeten zu hören sein.

Doch dann verstummten sie, einer nach dem anderen, sanken der Reihe nach zu Boden. Es dauerte keine dreißig Sekunden, bis völlige Stille herrschte.

90 | Es war gar nicht so leicht, aus diesem Glastresor rauszukommen. Das Problem waren die Handschellen, mit denen Christopher die Tür verriegelt hatte: Er fand einfach keinen Schlüssel dafür!

Der Hubschrauber kreiste nach wie vor über der Dachkuppel. Das Knattern seines Rotors zerrte allmählich an den Nerven. Es schienen sich draußen auch immer mehr Menschen zu versammeln. Sie bildeten einen weiten Kreis um das Gebäude; ein paar Wagemutige kamen näher, versuchten, durch die Scheiben ins Innere zu spähen.

Was konnten sie da schon sehen? Lauter Leute, die reglos herumlagen. Bewusstlos diesmal, richtiggehend.

Christopher humpelte die Schränke entlang, öffnete Fächer, zog Schubladen auf. Aussichtslos. Einer der Männer musste die Schlüssel mitgenommen haben. Und jetzt?

Ob die *Lifehook*-Träger wohl nach der Löschung der Zuordnungs-Datenbank auch alle bewusstlos waren? Schwer zu sagen. Möglich. Er hatte jedenfalls sämtliche Back-ups der Datenbank gelöscht, soweit sich das von hier aus feststellen ließ.

Verdammt, tat der Fuß weh. Es war eine Kurzschlusshandlung gewesen, sich selber zu verletzen. Er war so verzweifelt gewesen, so bereit zu allem... Es schauderte ihn, wenn er an diesen Moment zurückdachte.

Er fand die Schublade mit dem Verbandszeug, versuchte, zumindest die Blutung zu stoppen. Gegen die pochenden Schmerzen hätte er vermutlich eine Tablette nehmen müssen, aber er wusste nicht, welche.

Wie kam man hier sonst noch raus? Er sah sich um. Es

musste einen Notausgang geben! Feuerschutzvorschriften galten auch für Banken, mochten sie aus Glas sein oder nicht.

Da. Tatsächlich. Ein dezenter Aufkleber mit der Aufschrift »Notausstieg«. *Überaus* dezent. Wenn man nicht danach suchte, bemerkte man ihn kaum. Er humpelte aus dem Halbrund der Tische, die Glasscheiben entlang. Wie ließ sich das nun öffnen? Wenn nur dieser verdammte Fuß nicht so –

Ah. Okay. Ein Hebel am unteren Rand. Von außen unzugänglich – klar, sonst wären sie hereingekommen. Christopher zog daran, kräftig, und die Scheibe schwang vor ihm auf wie eine große Tür. Kühle, nach Schweiß und allerhand Unappetitlichem stinkende Luft schlug ihm entgegen.

Ein paar Upgrader lagen bewusstlos am Boden. Er stieg über ihre Leiber hinweg, wankte in den Innenhof hinaus.

Alles war still. Kaum zu glauben.

Der Fuß fühlte sich an wie eine dicke, dumpfe, pulsierende Blase aus Schmerz. Jetzt durfte er nicht zusammenklappen, fiel ihm ein. Hier würde ihn lange niemand finden.

Also schleppte er sich weiter. Das Portal funktionierte, fuhr mit leisem Scharren vor ihm auf. Noch kühlere Luft, aber frischer. Früher Morgen. Leute überall, die ihn anstarrten. Wegschauten, ehe ihre Blicke wieder zu ihm zurückwanderten. Und immer noch der Hubschrauber. Was tat der eigentlich da oben?

Ein Krankenwagen wäre jetzt eine tolle Sache gewesen. Er hätte sich gern fallen lassen.

Leute, die näher kamen. Ihm etwas zuriefen. Er verstand nicht, was sie sagten, hinkte einfach weiter. Er wusste selber nicht, wieso und wohin.

Und dann war da plötzlich Serenity. Löwenmähne, Sommersprossenflut, warmer Blick, Arme, die ihn umfingen.

»Du hast es geschafft«, schluchzte sie in sein Ohr. »Du hast die Kohärenz besiegt.«

»Hat dein Vater doch recht behalten.«

»Was? Dass du vom Schicksal auserwählt warst?«

»Ich habe einen ziemlichen Respekt vor dem Schicksal entwickelt, muss ich zugeben.« Er schaute umher. Da war ein Steinquader, der aussah, als könnte man auf ihm sitzen. Sitzen, das war es, was er jetzt brauchte. »Wo ist Guy?«

»Weg. Er wollte lieber nicht warten, bis die Polizei auftaucht. Ich soll dich von ihm grüßen.«

»Na toll. Ich hab gedacht, ich kann mir endlich mal was Frisches anziehen.«

»Unsere Sachen hab ich. Beruhig dich.« Sie sah an ihm herab. »Sollen wir uns nicht lieber hinsetzen? Dein Fuß sieht...« – sie schluckte – »übel aus.«

»Hinsetzen wäre eine prima Idee.«

Serenity führte ihn zu dem Quader. Dekoration, vermutete Christopher, aber stabil. Das war das Wichtigste.

Und da saßen sie Seite an Seite auf dem Stein, während um sie herum das Chaos ausbrach. Polizeiautos kamen an. Uniformierte stürmten das Gebäude. Ein zweiter Hubschrauber kam und landete. Schützenwagen fuhren vor. Menschen überall. Flatternde Absperrbänder. Krankenwagen. Leute mit Kameras.

Egal. Niemand beachtete sie. Sie konnten einfach hier sitzen und einander halten. Da war das mit dem Fuß nur noch halb so schlimm.

»Ein Gutes hat das alles auf jeden Fall gehabt«, sagte Christopher irgendwann.

Serenity lächelte wehmütig. »Sag jetzt am besten: Es hat uns zusammengebracht«, riet sie ihm. »Das wäre nämlich romantisch.«

Christopher musterte sie, musste lachen, trotz der Schmerzen. »Nicht nur das. Überleg doch: Nach allem, was wir miteinander durchgemacht haben, kann keiner von uns beiden je wieder mit jemand anderem zufrieden sein. Weil niemand sonst weiß, wie es gewesen ist. Weil das niemand außer uns beiden wirklich verstehen kann.«

Serenity musterte ihn mit gerunzelter Stirn. »Und was schließt du daraus?«

»Dass wir zusammenbleiben müssen. Wir haben gar keine andere Wahl.«

»Und das findest du gut?«

»Ja«, sagte Christopher. »Das finde ich gut.«

Timeout

91 | Es war ein warmer Frühlingsabend. Über der Stadt Darwin im Norden Australiens ging gerade die Sonne unter, als ein Polizeiauto vor einem Haus im Stadtteil Larrakeyah hielt. Ein Mann in Uniform stieg aus. So unruhig, wie er sich umsah, wirkte er, als wäre er lieber nicht hier.

Doch da trat schon ein Mann in einem grauen Trainingsanzug aus der Tür und sagte: »Hi, Jim.«

»Hi, Marcus«, erwiderte der Polizist.

»Und? Hast du es?«

Der Angesprochene rieb seinen Hals, als sei ihm der Hemdkragen zu eng. »Ja. Aber wohl ist mir nicht dabei.«

»Ich hab dir doch erklärt –«

»Jaja.« Jim öffnete seinen Kofferraum. »Schnell, schaffen wir es rein.«

Gemeinsam hievten sie eine schwere schwarze Reisetasche aus dem Auto. Jim schlug den Kofferraumdeckel zu, dann trugen sie die Tasche ohne ein weiteres Wort ins Haus.

»Wie gesagt, ich brauch das Gerät nur ein paar Tage«, stieß Marcus hervor, als sie die Tasche drinnen auf den Küchentisch wuchteten. »Danach kannst du es zurückbringen, wenn du –«

»Quatsch«, sagte Jim. »Wir haben diese Dinger massenweise eingesammelt. Der Asservatenkeller ist voll davon. Den Apparat hier vermisst niemand. Und ich werd den Teufel tun und riskieren, ihn zurückzuschmuggeln.«

»Dann versteh ich nicht, was du –«

»Du willst meiner Schwester so ein Ding einpflanzen! Und dir selber auch«, zischte Jim. »Mann – viele von den Kids, denen sie die *Lifehooks* rausgemacht haben, sind *jetzt noch* in Behandlung!«

Marcus nickte. »Ich weiß. Ich *war* schließlich einer von denen, die *Lifehooks* entfernt haben. Aber das hier ist was anderes. Ich will ja nicht die Welt erobern. Ich will nur, dass Theresa wieder am Leben teilhaben kann. Dass sie noch mal erleben kann, wie es ist, am Strand spazieren zu gehen. Zu rennen. Zu schwimmen, meine Güte.«

Jim seufzte abgrundtief und zog den Reißverschluss der Tasche auf. Ein Gestänge kam zum Vorschein, das entfernt an ein Instrument für Augenärzte erinnerte. »Ich weiß. Aber es ist mir trotzdem unheimlich.«

»Das Problem mit der Kohärenz war lediglich, dass sie solche Ausmaße angenommen hat«, sagte Marcus. »Wir werden die Technik nur für uns nutzen. Nur wir zwei. Theresa und ich.«

Jim musterte seinen Schwager lange. »Versprochen?«

»Versprochen.«

»Okay.« Jim holte eine Plastikschachtel heraus und legte sie ihm hin. »Da sind die Chips. Zwei Stück, und zwei in Reserve.«

Marcus Shepard war von Beruf Hals-Nasen-Ohren-Arzt. Er betrieb eine Praxis in der Mitchell Street, seine Patienten mochten ihn, mit seinen Nachbarn kam er gut aus. Wobei niemand etwas Schlechtes über ihn gesagt hätte: Man wusste schließlich vom tragischen Schicksal seiner Frau.

Theresa Shepard war drei Jahre zuvor mit dem Fahrrad verunglückt und seither an Armen und Beinen gelähmt. Sie lag, auf Pflege angewiesen wie ein Baby, den ganzen Tag im Bett und sah fern. Den Fernseher steuerte sie mit einer sprachgesteuerten Fernbedienung, die es hinnahm, wenn sie sie anschrie oder wenn sie weinte vor Verzweiflung.

Je länger es ging, desto schwermütiger wurde sie. Dabei tat Marcus, was er konnte, um ihr Los zu erleichtern. Er hatte seine Hobbys – Wandern, Schwimmen, Radfahren – aufgegeben, um so viel Zeit wie möglich mit ihr zu verbringen. Er beschäftigte eine Pflegerin, die in der Nähe wohnte und mehrmals am Tag nach Theresa sah, sowie eine Haushaltshilfe. Sie hatten Freunde, die trotz allem noch regelmäßig zu Besuch kamen. An solchen Abenden zu sehen, wie seine Frau aufblühte, lachte – das machte Marcus Shepard glücklich.

Doch Theresa war eine leidenschaftliche Sportlerin gewesen, hatte einst als australische Hoffnung auf olympisches Gold im Marathonlauf gegolten. Ihren Körper nur noch als regloses Anhängsel zu empfinden, nicht mehr spüren zu können, wie es war, wenn sich Muskeln und Knochen bewegten, das Herz pumpte, der Atem tiefer wurde...

Darüber durfte sie gar nicht nachdenken.

Dann war das mit dieser Kohärenz publik geworden. Als Hals-Nasen-Ohren-Arzt hatte Marcus in der Folge viele Fälle zu behandeln gehabt, in denen die Entfernung der Chips mit Problemen verbunden gewesen war.

Je mehr er über die Hintergründe erfuhr, desto mehr faszinierte ihn das Thema. Ein Chip, der die Gehirne zweier Menschen direkt miteinander verbinden, der den einen an den Erfahrungen, an den Gedanken, am *Leben* des anderen teilhaben lassen konnte! Das klang wie die Erhörung ihrer Gebete.

Marcus Shepard las alles, was sich darüber finden ließ. Jeden Zeitungsartikel. Jedes Interview mit Beteiligten. Er las das Buch des Neurologen Stephen Connery, der die Technologie entwickelt hatte. Auch das Buch von Jeremiah Jones, der unschuldig als Terrorist verfolgt worden war. Er verbrachte Nächte im Internet, um Informationen zu sammeln.

Nur in den Film »Computer*Kid« ging er nicht. Der handelte zwar von der Lebensgeschichte des jungen Hackers, der als der beste der Welt galt und der mit dem Ende der Kohärenz zu tun gehabt hatte, doch in dem Film ging es vor allem darum, wie der Junge damals diese Sache mit den Milliarden durchgezogen hatte, und das interessierte Marcus weniger. Überhaupt erfuhr man fast nichts über diesen *Computer*Kid:* Er lebe jetzt mit seiner Freundin in Kalifornien und studiere, behauptete eine Zeitschrift, hatte als Beweis aber nur ein unscharfes Foto, auf dem im Grunde nichts zu erkennen war.

Als Marcus das Gefühl hatte zu wissen, wovon er sprach, diskutierte er seinen Plan mit Theresa. Die meinte nur: »Was hab ich schon zu verlieren?« Da ihr Bruder bei der Polizei war und mit den Aufräumarbeiten nach dem Zusammenbruch der Kohärenz zu tun gehabt hatte, musste Marcus nur noch ihn überreden.

Ein Freund aus Schultagen, Jerry Kopp, übernahm die Technik. Jerry arbeitete in der IT eines großen Mobilfunkanbieters und war ein Fuchs mit Computern. Er richtete den Server ein, die Internet-Standleitung, die notwendigen Funkanlagen und so weiter. Und er drückte den Knopf, als es darum ging, Marcus mithilfe des Implantationsgerätes den Chip einzusetzen.

Zuerst spürten sie keine Veränderung. Damit hatte Marcus gerechnet. Nach einigen Wochen passierte es ab und zu, dass ihm Gedanken in den Sinn kamen, die mit dem, was er tat, in keinerlei Zusammenhang standen. Theresa erzählte ihm das Gleiche.

Und eines Tages geschah es. Marcus saß am Schreibtisch, sah Abrechnungen durch und verzehrte nebenbei das Sandwich, das wie üblich seinen Lunch darstellte, als er plötzlich eine ungewohnte Empfindung am Hinterkopf verspürte. Geistesabwesend griff er sich in den Nacken, aber da war nichts, was man hätte vertreiben können; keine Fliege, keine Spinne...

Er hielt inne. So fühlte sich das auch nicht an. Es fühlte sich an wie... ein Kissen!

Marcus Shepard sprang auf. Auf einmal war er aufgeregt und es war eine seltsam doppelte Aufregung, gerade so, als erzeuge sein Gefühl ein Echo. Er riss die Tür zum Vorzimmer auf, stürmte hinaus. »Sagen Sie alle Nachmittagstermine ab!«, wies er seine Sprechstundenhilfe an.

»Aber –!«

»Absagen. Alles«, rief er, schon halb in der Garderobe. »Ich habe heute keine Zeit mehr.«

Zehn Minuten später war er, seine Laufschuhe an den Füßen, unterwegs zum Strand. Und gleich darauf berührten die Sohlen seiner Schuhe zum ersten Mal seit drei Jahren wieder

Sand. Er rannte. Er war außer Form, keuchte sich die Lunge aus dem Leib, aber er rannte, so lange er nur konnte.

Als er nach Hause kam, rief ihm Theresa entgegen: »Ich hab es gespürt! Ich hab gespürt, wie du gerannt bist! Marc, oh Marc! Ich hab es *wirklich gespürt!*«

Er ging zu ihr, verschwitzt, wie er war, und nahm ihre Hände. »Es funktioniert«, sagte er mit rauer Stimme. »Jetzt wird alles gut.«

Kurz darauf meldete sich Jerry wieder. Rief an, ob mit dem Server und so weiter alles in Ordnung sei, und fragte nach kurzem Zögern, wie es laufe. Ob es tatsächlich funktioniere.

»Besser, als ich mir je hätte vorstellen können«, antwortete Marcus. »Wir sind dir zu ewigem Dank verpflichtet für deine Hilfe. Wenn wir je etwas für dich tun können, sag es. Egal was.«

Jerry atmete hörbar auf. »Also, da du es erwähnst – da wäre etwas...«

Und dann erzählt er von einer Frau, die er kennengelernt hatte, mit der es endlich eine feste Sache zu werden versprach. Sylvie hieß sie. Sylvie wiederum hatte eine Schwester namens Mona, deren Mann Willy am sogenannten *Locked-in-Syndrom* litt: Das war eine Krankheit, bei der ein Mensch so vollkommen gelähmt war, dass er nicht einmal mehr sprechen konnte. Willy vermochte die Augen auf und ab zu bewegen, das war alles.

»Du meine Güte«, sagte Theresa, als Marcus ihr davon erzählte. »Dagegen bin ich ja ein Wirbelwind.«

»Jerry meinte, er will ihnen dasselbe System vorschlagen«, sagte Marcus.

Theresa nickte. »Gute Idee.«

»Wir dürfen das aber nicht an die große Glocke hängen. Nicht, dass irgendein Gericht anordnet, dass man uns die Chips wieder rausnimmt.«

»Das darf nicht passieren«, stimmte ihm Theresa zu. »Wenn sie das tun, dann können sie mich auch gleich erschießen.«

Jim sah die beiden konsterniert an. »Noch mehr Chips? Marcus, du hast mir versprochen –«

»Jim.« Marcus sprach mit jener tiefen, gelassenen Stimme, die seine Patienten so wohltuend und beruhigend fanden. »Ich weiß, was ich dir versprochen habe. Aber da sind diese Leute in der Selbsthilfegruppe von Jerrys Schwägerin. Du solltest sie kennenlernen. Das sind so tapfere Menschen, so harte Schicksale... Ich kann denen doch nicht vorenthalten, was Theresa und mir so gutgetan hat! Das ist ethisch nicht zu rechtfertigen.«

Jim nestelte an seinem Hemdkragen. »Weißt du, was du da von mir verlangst?«

»Ja«, sagte Marcus, und dabei stieg ein Gedanke in ihm auf, von dem er nicht wusste, ob es sein eigener war oder ob er von Theresa kam: *Es wäre am besten, Jim würde auch zu uns gehören. Dann würde er verstehen.*

»Ich find's einfach gefährlich, die Sache größer werden zu lassen«, erklärte Jim. »Das fliegt auf. Sobald's zu viele sind, verplappert sich irgendwann einer. Ich weiß doch, wie so etwas läuft.«

»Wir halten dicht. Das kriegen wir hin. Himmel, es geht um insgesamt fünf Ehepaare. Zehn Leute. Das ist nicht die Welt.«

Draußen regnete es, aber man merkte, dass der Frühling

bevorstand. Bald würde es ein Jahr her sein, dass sie den Chip trugen.

Es war ein gutes Jahr gewesen. Das beste seit Langem.

Jim gab sich einen Ruck. »Also gut. Ich besorg euch die Chips. Wenn's denn sein muss.«

Theresa lächelte. »Das ist mein Bruder, wie ich ihn kenne.«

»Aber danach ist Schluss«, verlangte er. »Endgültig.«

»Klar. Das ist das letzte Mal. Größer darf der Kreis nicht werden.«

»Versprochen?«

»*Versprochen*«, sagten Marcus und Theresa wie aus einem Mund.

Andreas Eschbach

Hide*Out

In einem Nordamerika der Zukunft wird der Mensch als Individuum nicht mehr akzeptiert. Jeder weiß, was der andere denkt, was er fühlt, was er sich am Sehnlichsten wünscht. Doch was passiert, wenn sich ein Einzelner gegen die drohende Gleichschaltung aller Gedanken stellt?

456 Seiten • Gebunden
ISBN 978-3-401-06587-8
www.arena-verlag.de

Andreas Eschbach

Black*Out

Christopher ist auf der Flucht. Gemeinsam mit der gleichaltrigen Serenity ist er unterwegs in der Wüste Nevadas. Irgendwo dort draußen muss Serenitys Vater leben, der Visionär und Vordenker Jeremiah Jones, der sämtlicher Technik abgeschworen hat, nachdem er erkennen musste, welche Gefahren die weltweite Vernetzung mit sich bringen kann. Doch eine Flucht vor der Technik – ist das heute überhaupt möglich? Serenity ahnt bald, auf was und vor allem auf wen sie sich eingelassen hat. Denn der schwer durchschaubare Christopher ist nicht irgendjemand. Christopher hat einst den berühmtesten Hack der Geschichte getätigt. Und nun ist er im Besitz eines Geheimnisses, das dramatischer nicht sein könnte: Die Tage der Menschheit, wie wir sie kennen, sind gezählt.

464 Seiten • Gebunden
ISBN 978-3-401-06062-0
www.eschbach-lesen.de

Andreas Eschbach

Das Marsprojekt

Die blauen Türme
978-3-401-05770-5

Die gläsernen Höhlen
978-3-401-05867-2

Die steinernen Schatten
978-3-401-06060-6

Die schlafenden Hüter
978-3-401-06061-3

Jeder Band:
Gebunden
Mit transparentem Schutzumschlag
www.arena-verlag.de

Andreas Eschbach

Perfect Copy
Die zweite Schöpfung

Ein kubanischer Wissenschaftler hat zugegeben, vor 16 Jahren zusammen mit einem deutschen Mediziner einen Menschen geklont zu haben. Nun sucht alle Welt nach dem Klon. Und der Vater des 16jährigen Wolfgang kannte den Kubaner. Als eine große Boulevardzeitung mit Wolfgangs Foto und der Schlagzeile »Ist er der deutsche Klon?« auf der Titelseite erscheint, bricht die Hölle los …

248 Seiten • Arena Taschenbuch
ISBN 978-3-401-50316-5
www.arena-verlag.de

Roland Jungbluth

Remember

Verängstigt und orientierungslos erwacht Annabel eines Morgens in einer psychiatrischen Anstalt. Sie hat keine Ahnung, wie sie dort hingekommen ist. Und was noch schlimmer ist, sie kann sich nicht mehr an ihre Eltern erinnern. Doch sie ist nicht allein. Michael, Eric und George, drei Jungen aus ihrer Schule, teilen ihr Schicksal. Auf der verzweifelten Suche nach Antworten und ihren Erinnerungen wandeln sie bald auf einem schmalen Pfad zwischen Realität und Wahnsinn, zwischen Himmel und Hölle, zwischen Leben und Tod. Und ihre Uhr tickt.

Arena

384 Seiten • Gebunden
ISBN 978-3-401-06757-5
www.arena-verlag.de

Mirjam Mous

 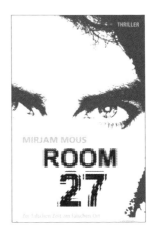

Boy 7

Vertraue niemandem. Nicht einmal dir selbst

Boy 7 kommt auf einer glühendheißen, kahlen Grasebene zu sich und weiß weder, wohin er unterwegs ist noch woher er kommt. Er weiß nicht einmal mehr, wie er heißt. Die einzige Nachricht auf seiner Mailbox stammt von ihm selbst: »Was auch passiert, ruf auf keinen Fall die Polizei.« Wer ist er? Wie ist er hierher geraten? Und wem kann er vertrauen?

288 Seiten • Klappenbroschur
ISBN 978-3-401-06562-5

Room 27

Zur falschen Zeit am falschen Ort

Fin sitzt in einer Zelle der spanischen Polizei, weil man ihm vorwirft, eine Frau ermordet zu haben. Nur Valerie kann ihm helfen, seine Unschuld zu beweisen. Seit ihrer gemeinsamen Reise durch Spanien denkt Fin nur noch an sie. Aber Valerie ist verschwunden und die Polizei findet immer mehr Beweise für Fins angebliche Tat. Allmählich wird ihm klar, dass Val nicht die ist, für die er sie bisher gehalten hat.

272 Seiten • Klappenbroschur
ISBN 978-3-401-06682-0
www.arena-verlag.de